Alistair MacLeod

Die Insel

Erzählungen

Aus dem Englischen von
Brigitte Jakobeit

S. Fischer

Die Übersetzung wurde gefördert vom
Canada Council for the Arts.

Die Originalausgabe erschien 2000
unter dem Titel ›Island‹
bei McClelland & Steward Inc., Toronto, Ontario
© 2000 by Alistair MacLeod
Für die deutsche Ausgabe:
© 2003 S. Fischer Verlag, Frankfurt am Main
Satz: Pinkuin Satz und Datentechnik, Berlin
Druck und Bindung: GGP Media, Pößneck
Printed in Germany
ISBN 3-10-048814-8

Inhalt

Die Insel

Das Boot

Es kommt auch heute noch vor, dass ich morgens um vier mit der schrecklichen Angst aufwache und denke, ich habe verschlafen; dass ich mir einbilde, mein Vater wartet unten am Fuß der dunklen Treppe auf mich oder dass die Männer, die unterwegs zum Meer sind, Kieselsteine an mein Fenster werfen, sich in die Hände pusten und ungeduldig mit den Füßen auf der hart gefrorenen Erde scharren. Es kommt vor, dass ich halb aus dem Bett bin und tastend nach Socken greife und murmelnd nach Worten suche, ehe mir klar wird, dass ich lächerlich allein bin, dass niemand unten an der Treppe wartet und kein Boot unruhig auf dem Wasser am Pier wippt.

In solchen Momenten zeugen nur die grauen Leichen im überquellenden Aschenbecher neben meinem Bett vom Erlöschen des letzten Funkens und erwarten stumm den nächsten ausgedrückten Gefährten. Und weil ich dann Angst habe, mit dem Tod allein zu sein, ziehe ich mich schnell an, räuspere mich umständlich, drehe am Waschbecken beide Wasserhähne auf und fange an, laut und sinnlos herumzuspritzen. Später mache ich mich auf den Weg und gehe die eine Meile zu dem durchgehend geöffneten Restaurant.

Im Winter ist es ein bitterkalter Weg und wenn ich ankomme, stehen mir oft Tränen in den Augen. Die Bedienung begrüßt mich meist mit einem mitfühlenden kleinen Schaudern und sagt: »Junge, da draußen muss es aber wirklich kalt sein. Sie haben ja Tränen in den Augen.«

»Ja«, entgegne ich, »das kann man wohl sagen. Es ist eiskalt.«

Und dann entspinnt sich zwischen den drei oder vier Männern, die man immer bei solchen Gelegenheiten an solchen Orten findet, eine belanglose, fürsorgliche Plauderei, bis widerstrebend der Tag anbricht. Dann trinke ich den Kaffee aus, der meist bitter schmeckt, und breche in aller Eile auf, denn jetzt muss ich aufpassen, dass ich nicht zu spät komme, und mich darum kümmern, ob ich ein sauberes Hemd habe und ob mein Auto anspringt und um die vielen unzähligen Dinge eben, an die man denken muss, wenn man an einer großen Universität im Mittleren Westen lehrt. Und dann wird mir klar, dass auch dieser Tag vorübergehen wird, so wie die vielen Tage in den letzten zehn Jahren, denn die Rufe und die Stimmen und die Gestalten und das Boot waren nicht wirklich da in der Dunkelheit des frühen Morgens, und zum Beweis dafür habe ich genügend beruhigende Fakten. Es sind nur Schatten und Echos, Tiere, die eine Kinderhand bei Lampenlicht an die Wand wirft, Stimmen aus der Regentonne; Ausschnitte aus einem alten Schwarzweißfilm.

Ich nahm das Boot auf die gleiche Weise und fast zur gleichen Zeit wahr, als ich auch die Menschen wahrnahm, die es ernährte. Die früheste Erinnerung an meinen Vater ist ein Blick vom Fußboden auf gigantische Gummistiefel und wie ich plötzlich hochgehoben werde und mein Gesicht an die Stoppeln seiner Wange gedrückt wird, und wie sie nach Salz schmeckt, und wie er von den rot besohlten Stiefeln bis zu den zerzausten weißen Haaren nach Salz riecht.

Auf meine erste Bootsfahrt nahm er mich mit, als ich noch sehr klein war. Ich ritt die halbe Meile von unserem Haus zum Anleger auf seinen Schultern, und ich erinnere mich an das Stapfen seiner Gummistiefel auf dem steinigen

Strand, an die Melodie des schlüpfrigen Lieds, das er immer sang, und an den Geruch des Salzes.

Der Bootsboden war vom gleichen Geruch durchdrungen, und da er alles andere überdeckte, fiel mir keine Veränderung auf. Wir drehten unsere kleine Runde im Hafen und fuhren dann zurück. Er vertäute das Boot, machte das Heck am Liegeplatz fest und hob mich hoch über seinen Kopf auf den festen Boden des Anlegers. Dann kletterte er die kleine Eisenleiter hinauf, die zum Ende des Anlegers führte, setzte mich erneut auf seine Schultern und stapfte wieder los.

Als wir nach Hause kamen, machten alle ein Riesentheater um meinen ersten Ausflug und fragten: »Wie hat's dir im Boot gefallen?«, »Hattest du im Boot Angst?«, »Hast du im Boot geweint?« In jeder Frage kam »das Boot« vor, und deshalb wusste ich, dass es allen viel bedeutete.

Die früheste Erinnerung an meine Mutter sind die Vormittage, die ich allein mit ihr verbrachte, während mein Vater im Boot unterwegs war. Ständig schien sie Sachen zu flicken, die im Boot zerrissen wurden, Proviant vorzubereiten, der auf dem Boot gegessen werden sollte, oder sah aus dem Küchenfenster, das aufs Meer ging, und hielt Ausschau nach dem Boot. Wenn mein Vater gegen Mittag zurückkam, fragte sie: »Und wie war's heute auf dem Boot?« Es war auch die erste Frage, die ich ihm meiner Erinnerung nach stellte: »Und wie war's heute mit dem Boot?« »Wie war's heute auf dem Boot?«

Das Boot, um das sich alles drehte, war in Port Hawkesbury registriert. Es war, wie man in Nova Scotia sagt, ein Cape-Island-Boot und für die kleinen Küstenfischer bestimmt, die im Frühling Hummer, im Sommer Makrelen und später Kabeljau, Schellfisch und Seehecht fingen. Es war knapp zehn Meter lang, fast drei Meter breit und mit einem Motor aus einem Chevrolet-Pick-up ausgerüstet. Es hatte eine Bootskupplung sowie einen schnellen Rückwärtsgang und war hellgrün gestrichen; auf dem Bug stand in schwarzer Schablonenschrift der Name *Jenny Lynn*, am Heck war er auf ein rechteckiges Schild gemalt. Jenny Lynn war der Mädchenname meiner Mutter gewesen und das Boot war nach ihr benannt, ein weiteres Glied in der Kette der Traditionen. Die meisten Boote, die am Anleger lagen, trugen den Namen eines weiblichen Familienangehörigen des Besitzers.

Ich erzähle das jetzt, als hätte ich es damals schon gewusst. Mit einem Mal, alles über Bootsmaße und Motoren, und als wäre mir am Tag meiner ersten kindlichen Reise der Unterschied zwischen einem mit Schablone geschriebenen und einem von Hand gemalten Namen aufgefallen. Aber so war es natürlich nicht, denn ich lernte alles sehr langsam, und es war nie genug Zeit.

Zuerst lernte ich etwas über unser Haus. Es war eins von ungefähr fünfzig Häusern, die sich um den hufeisenförmigen Hafen und den Anleger in seiner Mitte zogen. Einige standen so dicht am Wasser, dass bei Sturm die Gischt an die Fenster spritzte; andere hingegen – und dazu gehörte unseres – waren ein Stück weiter weg am Strand entlang gebaut. Die Häuser und ihre Bewohner waren, ebenso wie die der benachbarten Städte und Dörfer, Ergebnis der Unzufriedenheit in Irland, der Vertreibung der schottischen Hochlandbewohner und des Unabhängigkeitskriegs in Amerika: impulsive, empfindsame katholische Kelten, die es nicht ertragen konnten, mit England zu leben, und kluge, entschlossene protestantische Puritaner, die in den Jahren nach 1776 nicht ohne England leben konnten.

Der wichtigste Raum in unserem Haus war eine dieser rechteckigen altmodischen Küchen, beheizt von einem Herd für Holz und Kohle. Hinter dem Herd stand eine Kiste mit Papier und Kleinholz, daneben eine Kohlenschütte. In der

Mitte befand sich ein schwerer Holztisch mit Einlegebrettern, durch die er sich vergrößern oder verkleinern ließ. Rundherum fünf selbst gezimmerte Holzstühle, in denen mehrere Messer Schrammen und Kerben hinterlassen hatten. An der Ostwand, gegenüber dem Herd, stand ein Sofa, das in der Mitte durchhing und ein Kissen als Kopfstütze hatte; darüber hing ein Regal mit diversem Kleinkram: Streichhölzer, Tabak, Bleistifte, ein paar Angelhaken, Schnurreste und eine Blechdose voller Rechnungen und Quittungen. Die Südwand wurde von einem Fenster beherrscht, das aufs Meer schaute, und auf der Nordseite hing ein anderthalb Meter langes Brett mit unterschiedlichen Haken und der jeweiligen Last daran. Unter dem Brett türmte sich ein Durcheinander von Schuhwerk, zumeist aus Gummi. An derselben Wand hingen noch ein Barometer, eine Seekarte der Umgebung und ein Bord, auf dem ein winziges Radio stand. Die Küche wurde von uns allen genutzt und bildete eine Pufferzone zwischen der tadellosen Ordnung der zehn anderen Räume und dem absoluten Chaos, das im Zimmer meines Vaters herrschte.

Meine Mutter führte das Haus, wie ihre Brüder die Boote führten. Alles war blitzblank und geordnet. Sie war groß, dunkelhaarig und überaus tatkräftig. In späteren Jahren erinnerte sie mich vom Äußeren her an die Frauen bei Thomas Hardy, besonders an Eustacia Vye. Sie ernährte und kleidete eine Familie mit sieben Kindern, bereitete sämtliche Mahlzeiten zu und nähte fast alle Kleidungsstücke selbst. Sie hatte wunderbare Gärten mit herrlichen Blumen und zog Generationen von Hühnern und Enten groß. Manchmal ging sie weite Wege, um Beeren zu suchen, und bei Ebbe raffte sie ihre Röcke und grub nach Muscheln. Sie war vierzehn Jahre jünger als mein Vater, den sie mit sechsundzwanzig geheiratet hatte, und in der Umgebung hatte sie zehn Jahre lang als Schönheit gegolten. Meine Mutter gehörte zum Meer, so wie ihre ganze Verwandtschaft, und ihr Gesichtsfeld war so weit wie der Horizont, den sie mit ihren dunklen furchtlosen Augen absuchte.

Zwischen dem Kleiderbord und dem Barometer in der Küche ging eine Tür zum Zimmer meines Vaters ab. Dort herrschte nur Durcheinander und Unordnung. Es war, als ob es dem Wind, der so oft um das Haus toste, gelungen wäre, in diesen einen Raum einzudringen, alles durcheinander zu wehen und sich dann still davonzustehlen, um sein wissendes Gelächter draußen wieder aufzunehmen.

Das Bett meines Vaters stand an der Südwand. Es sah immer verwühlt und ungemacht aus, weil er mehr obendrauf lag, als unter irgendwelchen vorhandenen Decken zu schlafen. Daneben stand ein kleiner brauner Tisch. Auf ihm drängten sich eine altmodische Schwanenhalslampe zum Lesen, ein ramponiertes Kofferradio, ein Haufen Streichhölzer, ein oder zwei Päckchen Tabak, Zigarettenpapier und ein überquellender Aschenbecher. Die braunen Larven der Tabakkrümel und die grauen Aschehäufchen bedeckten sowohl den Tisch als auch den Boden darunter. Die einst lackierte Oberfläche war von zahlreichen Narben und Löchern entstellt, die ihr die vergessenen brennenden Zigaretten vieler Jahre zugefügt hatten. Sie waren unbemerkt aus dem Aschenbecher gerollt und hatten ihre Aussage dauerhaft und still ins Holz geprägt, bis der Geruch nach Verbranntem dazu führte, dass man ihnen den Garaus machte. Am Fußende des Bettes war das einzige Fenster mit Blick auf das Meer.

An der angrenzenden Wand stand ein schäbiger Schreibtisch und daneben der Schrank meines Vaters, der seinen einzigen, schlecht sitzenden Anzug aus Wollserge enthielt, zwei oder drei Hemden, die ihm den Hals einschnürten, und ein Paar klobige schwarze Schuhe, die ihn drückten. Wenn er seine etwas bequemeren Kleidungsstücke auszog –

die dicken Wollpullover, Handschuhe und Socken, die ihm meine Mutter strickte, und die Hemden aus Wolle und Doeskin –, warf er alles einfach auf den einzigen Stuhl. Kam ein Besucher in sein Zimmer, während er auf dem Bett lag, forderte er ihn auf, die Kleider auf den Boden zu werfen und auf dem Stuhl Platz zu nehmen.

Auf dem Schreibtisch lagen Zeitschriften und Bücher und konkurrierten mit den Kleidern um die Herrschaft über den Stuhl. Sie überlasteten den tapferen kleinen Tisch noch mehr und lagen auch auf dem Kofferradio. Unter dem Bett füllten sie eine rätselhafte, unerforschliche Höhle, und in der Ecke neben dem Schreibtisch ergossen sie sich von den Wänden und wuchsen vom Boden in die Höhe.

Es waren die üblichen Zeitschriften: *Time, Newsweek, Life, Maclean's, The Family Herald, The Reader's Digest.* Er bezog alles, was man mit Rabatt oder als Geschenkabo zu Weihnachten bekam (»zwei volle Jahre für nur 3,50 Dollar«).

Die Bücher zeigten eine größere Vielfalt. Es gab ein paar gebundene Edelausgaben und überholte Bestseller, manche waren Weihnachts- oder Geburtstagsgeschenke. Der Großteil bestand jedoch aus gebrauchten Taschenbüchern und stammte aus Antiquariaten, die auf den letzten Seiten von Zeitschriften inserierten: »Diverse gebrauchte Taschenbücher, 10 Cent das Stück«. Anfangs bestellte er sie selbst, obwohl meine Mutter sich über die Ausgabe ärgerte, aber in späteren Jahren kamen sie immer häufiger von meinen Schwestern, die in die Stadt gezogen waren. Besonders am Anfang war die Auswahl höchst seltsam und bunt. Mickey Spillane und Ernest Haycox wetteiferten mit Dostojewski und Faulkner, und ein in der Reihe Penguin Poets erschienener Gedichtband von Gerard Manley Hopkins kam im gleichen Paket wie ein schmales Buch über Sexualtechniken mit dem Titel: *So ist Liebe am schönsten.* Ersterer war von einer sehr schönen Handschrift in sehr blauer Tinte eifrig mit Anmerkungen versehen, während Letzteres jemand mit sehr großen Daumen gelesen hatte, dessen Abdrücke am Rand noch deutlich sichtbar waren. Bei der geringsten Berührung schlug es sich fast von allein auf besonders plastisch bebilderten und reichlich verschmierten Seiten auf.

Wenn mein Vater nicht auf dem Boot unterwegs war, verbrachte er die meiste Zeit auf dem Bett liegend, in Socken, die zwei oberen Hosenknöpfe offen, das ausgezogene Hemd auf dem stets bereiten Stuhl und die Ärmel der wollenen Stanfield-Unterwäsche, die er sommers wie winters trug, bis zu den Ellbogen hochgekrempelt. Sein schlohweißer Haarschopf lehnte an den Kissen, und die Schwanenhalslampe beleuchtete die Seiten in seiner Hand. Im Aschenbecher und auf dem Tisch qualmten und schwelten die Zigaretten, und das Radio lief ohne Ende, mal leise, mal laut. Manchmal hörte man es um Mitternacht und auch noch um eins, zwei, drei oder vier, dazu sein gelegentliches Husten, den dumpfen Aufschlag eines ausgelesenen Buches, das auf dem Haufen in der Ecke landete, oder die Bewegung, die erforderlich war, wenn er sich auf die Bettkante setzte, um sich die hundertste Zigarette zu drehen. Er schien nie zu schlafen, nur zu dösen, und das Licht aus seinem Fenster leuchtete beständig aufs Meer hinaus.

Meine Mutter verachtete das Zimmer und alles, wofür es stand, und seit ich geboren war, schlief sie nicht mehr darin. Sie verachtete Unordnung in Räumen und Häusern, in Zeitabläufen und Lebensplänen und hatte seit der Highschool kein Buch mehr angerührt. Damals hatte sie *Ivanhoe* gelesen und die Lektüre als ungeheure Zeitverschwendung empfunden. Doch das Zimmer blieb, wie ein Fels des Widerstands in den funkelnden Wassern eines klaren, tiefen Hafens; es ging von der Küche ab, wo unser eigentliches Leben stattfand, und die Tür stand immer offen, der Inhalt für alle einsehbar.

Die Töchter der Familie, die auch diesem Zimmer entstammten, waren sehr schön. Sie waren groß und gertenschlank wie meine Mutter und hatten ihre feinen Gesichtszüge, umrahmt von rötlichem Haar, das eher einen dunklen Kupferton hatte, offenbar den gleichen wie das meines Vaters, bevor er weiß wurde. Alle waren sehr gut in der Schule und halfen meiner Mutter oft im Haus. Als sie jung waren, sangen sie und waren sehr fröhlich und sehr lieb zu mir, weil ich der Kleinste war und der einzige Junge der Familie.

Mein Vater mochte nicht, dass sie am Anleger spielten wie alle Kinder, deshalb gingen sie nur dorthin, wenn meine Mutter sie auf einen Botengang schickte. Dann blieben sie fast immer länger als vorgesehen, spielten kreischend Fangen oder Verstecken rings um die Fischerhütten, die aufgetürmten Hummerkörbe und Netzkübel, riefen den Barsch unten im Wasser, der träge um die algenbedeckten Pfähle am Anleger schwamm, oder sprangen in den Booten herum, die sanft an den Leinen zogen. Meine Mutter machte sich bei solchen Gelegenheiten nie Sorgen um ihre Töchter, und wenn ihr Mann sie kritisierte, sagte sie: »Da passiert ihnen nichts«, oder: »Sie könnten schlimmere Dinge an schlimmeren Orten anstellen.«

Etwa in der neunten oder zehnten Klasse entdeckten meine Schwestern eine nach der anderen das Zimmer meines Vaters, und dann begann die Veränderung. Jede ging eines Morgens in sein Zimmer, wenn er fort war. Sie ging mit der idealistischen Hoffnung, Ordnung zu schaffen, oder mit dem praktischeren Ziel, den Aschenbecher zu leeren, und später fand man sie wie gebannt mit einem Buch in der Hand. Die Reaktion meiner Mutter war immer barsch, grenzte schon an Wut. »Nimm deine Nase aus diesem

Schund und mach deine Arbeit«, sagte sie dann, und einmal sah ich, wie sie meine Schwester so fest schlug, dass ihr Handabdruck dunkelrot auf der Wange ihrer Tochter schimmerte, während das Taschenbuch mit gebrochenem Rücken nutzlos zu Boden fiel.

Hinterher startete meine Mutter einen Feldzug gegen das, was sie entdeckt hatte, aber nicht verstand. Obwohl sie nicht übermäßig fromm war, brachte sie gelegentlich Gott ins Spiel, um ihre Argumente zu untermauern, und sagte: »Im Jenseits wird Gott sich diejenigen vornehmen, die ihr Leben verschwenden und nutzlose Bücher lesen, statt sich um ihre Arbeit zu kümmern.« Oder, ohne theologischen Beistand: »Ich möchte wissen, ob Bücher irgendwem helfen, sein Leben zu meistern.« War mein Vater zu Hause, wiederholte sie ihre Bemerkungen lauter als nötig, sodass ihre Stimme in sein Zimmer drang, wo er auf dem Bett lag. Gewöhnlich drehte er dann die Lautstärke an seinem Radio hoch, auch wenn diese Reaktion an sich schon den Erfolg ihrer anfänglichen Attacke bestätigte.

Kurz nachdem meine Schwestern mit der Lektüre der Bücher begannen, wurden sie unruhig und verloren das Interesse am Sockenstopfen und Brotbacken, und schließlich arbeiteten alle während der Sommersaison als Kellnerinnen im Fischrestaurant. Das Restaurant wurde von einem großen amerikanischen Konzern aus Boston geführt und versorgte vorwiegend die Touristen, die im Juli und August die Umgebung überschwemmten. Meine Mutter verachtete das ganze Unternehmen. Sie sagte, das Restaurant werde nicht von »unseren Leuten« geführt und »unsere Leute« würden dort nicht essen, vielmehr sei es ein Unternehmen von Auswärtigen für Auswärtige.

»Wer sind diese Leute eigentlich?«, fragte sie und warf ihr dunkles Haar zurück, »und was wissen sie davon, wie es hier ist, auch wenn sie ständig mit ihren Kameras herumspazieren? Und was liegt ihnen an mir und den meinen, und warum sollte mir an ihnen etwas liegen?«

Sie war wütend, dass meine Schwestern überhaupt daran dachten, in einem solchen Haus zu arbeiten, und noch wütender, als mein Vater keine Anstalten machte, seine Töchter davon abzuhalten. Sie machte sich Sorgen um sich, um ihre Familie und um ihr Leben. Manchmal sagte sie leise zu ihren Schwestern: »Ich weiß nicht, was mit meinen Mädchen los ist. Mir scheint, keine interessiert sich für das, was im Leben zählt.« Manchmal gab es auch bittere heftige Auseinandersetzungen. Eines Nachmittags kam ich gerade mit drei Makrelen zurück, die ich am Anleger geschenkt bekommen hatte, als ich meine Mutter sagen hörte: »Na, hoffentlich bist du zufrieden, wenn sie mit einem dicken Bauch nach Hause kommen. Hauptsache, du hast deinen Willen gehabt.«

Nie hatte ich meine Mutter etwas Böseres sagen hören. Es war nicht nur, was sie sagte, sondern wie sie es sagte, und ich stand da auf der Veranda und wagte vor Angst nicht zu atmen, die ganze Zeit nicht, die mir so lang vorkam wie von meinem zehnten bis zu meinem fünfzehnten Lebensjahr, und spürte die Makrelen mit ihren silbrig-glasigen Augen feucht und klebrig an meinem Bein.

Durch die Fliegengittertür sah ich, wie mein Vater, der gerade in sein Zimmer gehen wollte, auf dem Absatz seiner Gummistiefel herumwirbelte und ihr aus seinen blauen Augen, die unter dem schneeweißen Haar wie klares Eis glitzerten, einen Blick zuwarf. Sein normalerweise rosiges Gesicht war verzerrt und grau, es spiegelte die Erschöpfung eines fünfundsechzigjährigen Mannes wider, der in diesen Gummistiefeln an einem Augusttag elf Stunden lang gearbeitet hatte, und während ich mit den drei albernen Makrelen in der Hand auf der Veranda stand, überlegte ich einen kurzen Augenblick lang, was ich täte, wenn er meine Mutter umbringen würde. Dann wandte er sich ab, ging in sein Zimmer, und kurz darauf plärrte der Wetterbericht für den nächsten Tag aus dem Radio. Ich zog mich im Schutz des Lärms zurück und ging ein zweites Mal ins Haus, stampfte mit den Füßen und knallte die Tür etwas zu laut, um mein Kommen zu verkünden. Meine Mutter stand geschäftig am Herd und hob auch nicht den Kopf, als ich die Makrelen in eine Pfanne legte. Dann warf ich einen Blick in das Zimmer zu meinem Vater und sagte: »Und wie war's heute auf dem Boot?«, worauf er entgegnete: »Ach, alles in allem gar nicht schlecht.« Er lag auf dem Rücken und zündete sich die erste Zigarette an, im Radio gab es einen Bericht über die Küste von Virginia.

Meine Schwestern bekamen alle gute Trinkgelder. Sie kauften meinem Vater einen elektrischen Rasierapparat, den er eine Zeit lang zu benutzen versuchte, und sie abonnierten noch mehr Zeitschriften. Meiner Mutter kauften sie sehr viele Kleidungsstücke in dem Stil, den sie so mochte – Hüte mit breiten Krempen und Brokatkleider –, aber sie schloss alles in Truhen ein und wollte nichts davon anziehen.

An einem Augustnachmittag überredeten meine Schwestern meinen Vater, mit einigen ihrer Kunden aus dem Restaurant eine Bootstour zu unternehmen. Die Touristen mit ihren teuren Kleidern, den Kameras und Sonnenbrillen kletterten unbeholfen die Eisenleiter am Anleger nach unten, wo mein Vater sie erwartete und mit einer Hand an der Leiter die schaukelnde *Jenny Lynn* festhielt und mit der anderen seine herabsteigenden Passagiere stützte. Sie bemühten sich redlich, so adrett und windzerzaust wie die Mädchen in der Pepsi-Cola-Werbung auszusehen, und taten ihr Bestes, saßen auf den Duchten, über die Zeitungen ausgebreitet lagen, um das verspritzte Blut und die Spuren der Fischgedärme zu bedecken, und sie drängten sich auf einer Seite, sodass sie das Boot beinahe zum Kentern brachten, und schossen die unvermeidlichen Fotos oder ließen einfach nur die Finger durch das Wasser ihrer Träume gleiten.

Sie fanden meinen Vater alle sehr sympathisch und luden ihn, nachdem er sie von ihrer Hafenrunde zurückgebracht hatte, in ihre gemieteten Hütten ein, die auf einem Hügel standen und das Dorf überblickten, in dem sie so fremd waren. Die herrliche Aussicht, die fremde Gesellschaft und der reichlich fließende Alkohol führten dazu, dass er dort oben allmählich sehr betrunken wurde, und am Spätnachmittag fing er an zu singen.

Als er begann, näherte ich mich gerade dem Anleger und wollte die Aufforderung meiner Mutter überbringen, er möge nach Hause kommen, und die vertraute, aber auch fremde Stimme, die von den Hütten herabschwebte, löste ein Gefühl in mir aus, wie ich es noch nie in meinem jungen Leben empfunden hatte, oder vielleicht hatte ich es schon immer empfunden, ohne mir dessen richtig bewusst zu sein. Ich schämte mich und war stolz, ich fühlte mich zugleich jung und alt, gerettet und für immer verloren, und ich konnte weder etwas gegen das Zittern in meinen Beinen tun noch gegen die Tränen in meinen Augen, die um etwas weinten, das sie nicht benennen konnten.

Die Touristen waren mit Kassettenrekordern ausgerüstet, und mein Vater sang über drei Stunden. Seine Stimme schallte den Hügel herunter und hallte von der Wasseroberfläche zurück, die an jenem Augusttag übernatürlich blau leuchtete, dann wurde sie zum Anleger und zu den Fischerhütten zurückgeworfen, wo sie von den Männern aufgesogen wurde, die ihre Leinen für den Fischfang am nächsten Tag mit Ködern bestückten.

Er sang die vielen alten Shanties, die aus der alten Welt herübergekommen waren und in deren Rhythmus Männer wie er seit Generationen Taue gezogen hatten. Und er sang die Seemannslieder der Ostküste, in denen die Robbenfänger der Meerenge von Northumberland verherrlicht werden und die großen Dampfer der Grand Banks und von Anticosti, Sable Island, Grand Manan, Boston, Nantucket und Block Island. Mit der Zeit ging er zu den scheinbar endlosen gälischen Trinkliedern über, mit ihren zwanzig und mehr Strophen und unvermeidlichen Refrains, und die Männer bei den Hütten lächelten über die Anzüglichkeiten mancher Strophen und bei dem Gedanken daran, dass das unmittelbare Publikum des Sängers gar nicht wusste, wofür es applaudierte und was es da auf Kassette aufnahm, um es zurück ins gesetzte alte Boston mitzunehmen. Später, als die Sonne unterging, wechselte er zu den Klageliedern und zu den wilden, unvergesslichen gälischen Kriegsliedern jener versprengten Vorfahren aus den Highlands, die er nie gesehen hatte, und als seine Stimme verstummte, schien die herbe Melancholie von dreihundert Jahren über dem friedlichen Hafen und den ruhigen Booten zu hängen; über den Männern, die in den Türen ihrer Hütten lehnten, während ihre Zigaretten in der Dämmerung glühten, und über den Frauen, die mit ihren Kindern auf den Armen aus den geöffneten Fenstern aufs Meer blickten.

Als er nach Hause kam, warf er das soeben verdiente Geld auf den Tisch, wie er es mit allen seinen Einnahmen machte, aber meine Mutter weigerte sich, es anzufassen, und am nächsten Tag ging er mit den anderen Männern zu den Hütten, um die Fangleinen mit Ködern zu bestücken. Am Abend kamen die Touristen zu uns nach Hause, doch meine Mutter empfing sie an der Tür und sagte ihnen, ihr Mann sei nicht da, obwohl er nur ein paar Meter entfernt auf dem Bett lag, bei laufendem Radio, eine Zigarette rauchend. Meine Mutter blieb in der Tür stehen, bis sie widerstrebend fortgingen.

Im Winter schickten sie ihm ein Foto, aufgenommen am

Tag, als er gesungen hatte. Auf der Rückseite stand: »Unserem Ernest Hemingway«, das »Unserem« war unterstrichen. In einem Brief hieß es, die Kassette habe sich als sehr beliebt erwiesen, und es wurde erklärt, wer Ernest Hemingway sei. Irgendwie ähnelte das Foto tatsächlich einem jener in Kuba aufgenommenen Bilder des unrasierten Hemingway. Mein Vater wirkte massig und gleichzeitig absurd in der Szenerie. Seine derbe Fischerkleidung war zu groß für den grünweißen Gartenstuhl, auf dem er saß, und seine Gummistiefel schienen die ganze ordentlich getrimmte Rasenfläche einzunehmen. Der Sonnenschirm passte nicht zu seinem sonnenverbrannten Gesicht, und da er seit einiger Zeit gesungen hatte, waren seine Lippen, die von den Stürmen im Frühjahr rissig und vom gleißenden Wasser im Sommer verbrannt waren, bereits an mehreren Stellen aufgesprungen, sodass an den Mundwinkeln und auf dem Weiß seiner Zähne winzige Blutflecken hervortraten. Die groben Messingketten, die er trug, um seine Handgelenke vor dem Wundscheuern zu schützen, wirkten abnorm groß, den breiten Ledergürtel hatte er gelockert, das derbe Hemd samt der Unterwäsche war am Hals offen und zeigte einen unkultivierten Wildwuchs aus weißem Brusthaar, der an die halbwegs gepflegten Stoppeln von Hals und Kinn grenzte. Seine blauen Augen blickten fest in die Kamera, und sein Haar war weißer als die zwei winzigen Wolken, die über seiner linken Schulter schwebten. Das Meer lag hinter ihm, die ungeheure blaue Fläche erstreckte sich bis zum gewölbten Blau des Himmels. Es schien sehr weit weg zu sein, oder aber er war so sehr im Vordergrund, dass er zu groß dafür wirkte.

Jedes Jahr las eine andere meiner Schwestern die Bücher und arbeitete im Restaurant. An den warmen Sommerabenden blieben sie manchmal ziemlich lange weg, und wenn sie die Treppe hochkamen, stellte meine Mutter ihnen viele lange und komplizierte Fragen, denen sie ärgerlich auszuweichen versuchten. Bevor sie nach oben gingen, besuchten sie meinen Vater in seinem Zimmer, und wir, die oben warteten, konnten hören, wie sie die Kleider vom Stuhl warfen, ehe sie Platz nahmen, oder wie das Bett knarrte, wenn sie sich auf den Rand setzten. Manchmal unterhielten sie sich eine ganze Weile mit ihm, das Stimmengemurmel verschmolz mit der Radiomusik zu einem geheimnisvollen ätherischen Rauschen, das leise die Treppe heraufdrang.

Auch das erzähle ich, als wäre alles auf einmal passiert und als wären meine Schwestern alle gleich alt und hätten sich wie die Lemminge in ein anderes Meer gestürzt – aber so war es natürlich nicht. Aber auf brachen sie: nach Boston, Montreal und New York, zusammen mit den jungen Männern, die sie während der Sommer kennen gelernt hatten und später in den weit entfernten Städten heirateten. Die jungen Männer waren sehr redegewandt und gut aussehend, sie trugen feine Kleidung und fuhren teure Autos, während meine Schwestern, wie gesagt, sehr groß und sehr schön waren mit ihrem kupferfarbenen Haar und es leid waren, Socken zu stopfen und Brot zu backen.

Eine nach der anderen ging fort. Meine Mutter hatte jede ihrer Töchter fünfzehn Jahre lang, verlor sie dann für zwei Jahre und schließlich für immer. Keine heiratete einen Fischer. Meine Mutter akzeptierte keinen der jungen Männer, denn in ihren Augen verkörperten sie eine Mischung aus Faulheit, Verweichlichung, Falschheit und Fremdheit. Körperliche Arbeit kannten sie offenbar nicht, und meine Mutter konnte ihre luxuriösen Ferien nicht verstehen und wusste weder, woher sie kamen noch wer sie waren. Letztendlich war es ihr auch egal, denn sie gehörten weder zu ihren Leuten noch zu ihrem Meer.

Ich sage das jetzt mit einem Gefühl der Verwunderung über meine Naivität, denn ich glaubte, ich wäre frei und könnte weiterhin gut in der Schule sein, spielen, auf dem Boot helfen und meine frühe Jugend erleben, während im dunklen Haar meiner Mutter die ersten grauen Strähnen auftauchten und die Gummistiefel meines Vaters manchmal müde über die Kiesel am Strand schlurften, wenn er vom Anleger nach Hause ging. Wir waren jetzt nur noch zu dritt in dem Haus, das einmal so laut gewesen war.

Und dann, in dem Winter, als ich fünfzehn war, schien er mit einem Mal alt und krank zu werden. Fast den ganzen Januar lag er auf dem Bett, rauchte, las und hörte Radio, während der Wind um das Haus heulte und der nadelgleiche Schnee vom eisbedeckten Hafen heraufgepeitscht wurde und den Leuten die Türen aus der Hand flogen, wenn sie sie nicht mit aller Macht festhielten.

Im Februar, als die Männer anfingen, ihre Hummerkörbe zu überholen, rührte mein Vater sich immer noch nicht, und meine Mutter und ich knüpften die Netze für die trichterförmigen Eingänge der Hummerkörbe. Der Zwirn war wie immer sehr grob und rau, und auf unseren Daumen bildeten sich Blasen, und kleine Blutrinnsale schlängelten sich zwischen den Fingern hinunter, während die Robben, die aus dem fernen Labrador angetrieben wurden, wie kleine Kinder auf den Eisschollen des Golfs weinten und klagten.

Tagsüber kam der Bruder meiner Mutter, der mit meinem Vater zusammengearbeitet hatte, solange ich zurückdenken konnte, und half uns beim Vorbereiten der Ausrüstung. Er war groß und dunkelhaarig, ein Jahr älter als meine Mutter und Vater von zwölf Kindern.

Im März lagen wir weit zurück, und obwohl ich abends hart arbeitete, wusste ich, es war nicht hart genug, denn bis zu Beginn der Hummersaison am ersten Mai blieben nur noch acht Wochen. Ich wusste auch, dass meine Mutter sich Sorgen machte und mein Onkel leicht nervös war und unser aller Leben davon abhing, dass das Boot mit der Ausrüstung und zwei Männern am ersten Mai bereitstand. Im selben Moment wurde mir klar, dass *David Copperfield, Der Sturm* und all die Freunde, die mir lieb und teuer geworden waren, tatsächlich für immer gehen mussten. Also verabschiedete ich mich von ihnen.

Am Abend nach meinem ersten vollen Tag zu Hause rief er mich, nachdem meine Mutter nach oben gegangen war, zu sich ins Zimmer, wo ich mich auf den Stuhl neben sein Bett setzte. »Morgen gehst du wieder zurück«, sagte er nur.

Ich weigerte mich erst und erklärte ihm, ich hätte meine Entscheidung getroffen und wäre zufrieden.

»Das ist keine Art, Entscheidungen zu treffen«, entgegnete er, »und du bist vielleicht zufrieden, aber ich nicht. Es ist das Beste, wenn du zurückgehst.« Ich wurde jetzt fast wütend und sagte ihm, so wie es wohl alle Kinder tun, er solle mich bitte in Ruhe lassen und aufhören, mir Vorschriften zu machen.

Darauf sah er mich lange Zeit an. Er lag da, auf dem gleichen Bett, auf dem er mich vor sechzehn Jahren gezeugt hatte, mich, seinen einzigen Sohn, aus wer weiß welchen Emotionen heraus, als er bereits fünfundsechzig war und sein Haar schneeweiß. Dann schwang er die Beine über die Bettkante, er saß mir gegenüber, sah mir mit seinen kristallblauen Augen in meine eigenen dunklen Augen und legte mir eine Hand aufs Knie. »Ich will dir keine Vorschriften machen«, sagte er leise, »ich bitte dich nur.«

Am nächsten Morgen kehrte ich in die Schule zurück. Als ich mich auf den Weg machte, ging mir meine Mutter auf die Veranda nach und sagte: »Ich hätte nie geglaubt, dass mein Sohn sich für nutzlose Bücher entscheidet statt für seine Eltern, die ihm das Leben geschenkt haben.«

In den folgenden Wochen kam er wunderbarerweise wieder auf die Beine, und am Ende der letzten beiden Aprilwochen war die Ausrüstung fertig, die *Jenny Lynn* frisch gestrichen und das Eis brach langsam auf, während die einsamen schreienden Möwen zurückkehrten, um die silbernen Heringe zu jagen, die im Meer aufblitzten.

Am ersten Mai jagten die Boote aufs offene Meer hinaus, wie sie es immer getan hatten, fast bis zum Schandeck beladen mit ihrer schweren Hummerkorbfracht. Sie erinnerten fast an Lebewesen, wie sie da durch die frühlingshaften Gewässer stürmten und zwischen den noch immer dahintreibenden kristallweißen und smaragdgrünen Eisbergen hindurchkurvten, unterwegs zu den traditionellen Fanggründen, die sie jeden Mai aufsuchten. Und wir, die an diesem Tag in der Highschool auf dem Hügel saßen und die bildliche Darstellung des Wassers bei Tennyson diskutierten, sahen zu, wie sie unten hin und her glitten, bis die am Anleger gestapelten Körbe gegen Nachmittag nicht mehr zu sehen waren, sondern auf dem Meeresgrund verteilt lagen. Auch die *Jenny Lynn* war den ganzen Tag draußen, mit meinem großen dunkelhaarigen Onkel, der wie ein moderner Tashtego an der Ruderpinne stand, die Beine weit gespreizt, und das Boot geschickt durch die schwimmenden Eisschollen lotste, während mein Vater in der gleichen Haltung im Heck stand, nur lagen seine Hände auf den Tauen, die die Fracht an Deck hielten. Und am Abend fragte meine Mutter: »Und wie war's heute auf dem Boot?«

Das Frühjahr ging dahin und der Sommer kam, die Schule endete in der dritten Juniwoche und die Hummersaison am ersten Juli, und ich wünschte mir sehnlichst, die beiden Dinge, die mir so teuer waren, würden einander nicht so unversöhnlich und drastisch ausschließen.

Am Ende der Hummersaison sagte mein Onkel, er habe einen Job auf einem Tiefseetrawler angeboten bekommen und beschlossen, ihn anzunehmen. Uns allen war klar, dass er die *Jenny Lynn* für immer verlassen und sich vor der nächsten Hummersaison ein eigenes Boot kaufen würde. Seine Frau war wieder schwanger, im kommenden Frühjahr musste er also fünfzehn Leute ernähren und konnte sich nicht meinem Vater widmen statt der Familie, die er liebte.

Jetzt ging ich meinem Vater während der Fangsaison zur Hand, und er hatte nichts dagegen, während meine Mutter sich freute. Den ganzen Sommer über versahen wir nachmittags die Fangleinen mit Ködern, legten sie bei Sonnenuntergang aus und überprüften sie in der Dunkelheit des frühen Morgens. Um vier Uhr früh marschierten die Männer an unserem Haus vorbei und wir schlossen uns an, gingen mit ihnen bis zum Anleger und waren unterwegs, ehe die Sonne aus dem Meer stieg, wo sie die Nacht zu verbringen schien. Wenn ich noch nicht wach war, warfen sie Kieselsteine an mein Fenster, was mir sehr peinlich war, und dann stolperte ich die Treppe hinunter zu meinem Vater ins Zimmer, der völlig angekleidet auf dem Bett lag, ein Buch las, Radio hörte und rauchte. Sobald ich erschien, schwang er sich vom Bett, zog die Stiefel an und war im Nu fertig, und dann packten wir den Proviant ein, den meine Mutter am Abend vorher zubereitet hatte, und marschierten in Richtung Meer. Er selbst versuchte nie, mich zu wecken.

Es war in vieler Hinsicht ein schöner Sommer. Wir hatten nur wenige Stürme und waren fast täglich draußen, verloren sehr wenig Ausrüstung und fingen sehr viel Fisch, und ich wurde braun und brauner, genau wie meine Onkel.

Mein Vater wurde nicht braun, wegen seines rötlichen Teints wurde er nie braun, und das Salzwasser reizte seine Haut wie vor sechzig Jahren. Er bekam einen Sonnenbrand nach dem anderen, verbrannte immer wieder, und auch seine Lippen rissen noch auf, sodass sie bluteten, wenn er lächelte, und auf seinen Armen, vor allem auf dem linken, bildete sich wie eh und je ein Ausschlag von nässenden Salzwasserblasen; schon als Kind hatte ich zugesehen, wie er sie mit wenig Erfolg in verschiedenen Lösungen spülte und badete. Die Messingketten, die alle Männer am Anfang des Frühjahrs um die Handgelenke trugen, um das Wundscheuern zu verhindern, behielt er während der ganzen Saison an, und er rasierte sich nur einmal pro Woche, und das unter Schmerzen.

In diesem Sommer sah ich vieles, was ich mein ganzes Leben lang gesehen hatte, wie zum ersten Mal, und ich überlegte, ob mein Vater vielleicht nie dazu bestimmt gewesen war, Fischer zu werden, weder körperlich noch geistig. Jedenfalls nicht so wie meine Onkel; er hatte die Fischerei nie wirklich geliebt. Und ich erinnere mich, wie er, als wir eines Abends in seinem Zimmer saßen und uns über *David Copperfield* unterhielten, gesagt hatte, dass er immer studieren wollte, aber ich war darüber hinweggegangen, wie man es eben tut, wenn der eigene Vater sagt, er wäre gern Seiltänzer geworden, und hinterher hatten wir weiter über die Peggottys und ihre Liebe zum Meer geredet.

Damals dachte ich, dass mit uns allen und unserem Leben vieles falsch liefe, und ich fragte mich, warum mein Vater, der auch der einzige Sohn gewesen war, erst mit vierzig geheiratet hatte, und dann wunderte ich mich, wieso er überhaupt geheiratet hatte. Mir kam sogar der Gedanke, dass er meine Mutter vielleicht hatte heiraten müssen, und ich überprüfte die Daten auf dem Vorsatzblatt der Bibel, woraufhin ich erfuhr, dass meine älteste Schwester prosaische elf Monate nach der Hochzeit zur Welt gekommen war, und hinterher fühlte ich mich schmutzig und verdorben wegen meines mangelnden Vertrauens und dem, was ich gedacht und getan hatte.

Und dann hatte ich plötzlich eine große Liebe zu meinem Vater im Herzen und ich fand, dass es weitaus mutiger war, sein Leben lang etwas zu tun, was man eigentlich nicht will, als immer nur selbstsüchtig den eigenen Träumen und Neigungen zu folgen. Und im selben Moment wurde mir klar, dass ich ihn nie allein lassen und den verletzenden Harpunenspitzen aussetzen könnte, die meine Mutter ständig in seine Seele schleudern würde, weil er als Ehemann und Vater ein Versager war und keines seiner Kinder zurückgehalten hatte. Und ich hatte das Gefühl, dass ich mich tief im Inneren sehr eigennützig verhalten hatte und dass selbst der Abschluss der Highschool ein dummer, oberflächlicher, egoistischer Traum war.

Also erklärte ich ihm eines Abends sehr entschlossen und sehr nachdrücklich, dass ich bei ihm bleiben würde solange er lebe und wir zusammen das Meer befischen würden. Er hatte nichts dagegen einzuwenden, sondern lächelte nur durch den Zigarettenqualm, der sein Bett umwölkte, und sagte: »Ich hoffe, du behältst, was du da sagst.«

Inzwischen war das Zimmer derart mit Büchern voll gestopft, dass man sich fast wie bei Dickens vorkam, aber meine Mutter durfte sie weder verrücken noch umräumen, und er las sie weiterhin, manchmal zwei oder drei pro Nacht. Sie trafen jetzt sehr regelmäßig ein, und es waren häufiger gebundene Exemplare, geschickt von meinen Schwestern, die vor so langer Zeit gegangen und jetzt so weit weg und so wohlhabend waren. Sie schickten auch Fotos von kleinen rothaarigen Enkelkindern mit Baseballschlägern und Puppen, die er auf den Schreibtisch stellte und die meine Mutter sehnsuchtsvoll anstarrte, wenn sie glaubte, dass niemand es sähe. Rothaarige Enkelkinder mit Baseballschlägern und Puppen, die das Meer weder lieben noch hassen lernten.

Und so fischten wir während der Augusthitze und bis in die kühleren Septembertage hinein, in denen das Wasser so klar war, dass wir fast den Grund sehen konnten, und die weißen Nebel wie zarte Geister in der frühen Morgendämmerung aufstiegen. Einmal sagte meine Mutter zu mir: »Du hast sein Leben um Jahre verlängert.«

Wir fischten bis in den Oktober hinein, in dem die See rauer wurde und wir nicht mehr riskieren konnten, die Leinen nachts auszulegen, sondern unsere Ausrüstung jeden Morgen hinausbrachten und beim ersten Anzeichen von Sturmböen zurückkehrten; und wir fischten in den November hinein, in dem wir drei Fangtonnen verloren und sich das klare blaue Wasser zu einem trüben Grau verfärbte und die hohen, rauen Brecher über Bug und Deck hinwegrollten, wenn wir durch die Wellentäler fuhren. Wir trugen jetzt dicke Pullover und die plumpen Gummimäntel und Wollhandschuhe, die klatschnass zu Eisklumpen gefroren und wie Gliedmaßen von gewaltigen Ungeheuern an unseren Handgelenken hingen, bis wir sie an der Hitze des Auspuffrohrs wieder auftauten. Und fast jeden Tag kehrten wir vor Mittag um, getrieben von den Stößen des Nordwestwinds, der unsere Augenbrauen mit Eis überzog und unsere Lider zufrieren ließ, während wir uns vorbeugten und dennoch kaum etwas sahen. Wir bestimmten unseren Kurs nach Kompass und Seegang, fuhren mit der Dünung der Wellen, nie aber gegen ihre aufragende Kraft.

Auf diesen schlingernden Heimfahrten stand ich jetzt an der Ruderpinne, auf dem Platz und in der Haltung meines Onkels, ich drehte mich zu meinem Vater um, rief ihm über den dröhnenden Motor und die schwappende See hinweg etwas zu, dorthin, wo er klatschnass im Heck stand, vor Schnee, Salz und Gischt triefend, die buschigen Augenbrauen mit Eis verklebt. Am einundzwanzigsten November aber, als wir meinten, es könnte die letzte Fahrt der Saison sein, drehte ich mich um, und er stand nicht da, und im selben Moment wusste ich, dass er nie wieder da stehen würde.

Am einundzwanzigsten November sind die Wellen im grauen Atlantik sehr hoch, das Wasser ist eisig kalt und auf dem Meer gibt es keine Markierungen. Man weiß nicht, wo man fünf Minuten zuvor gefahren ist, und in den Schneeböen ist die Sicht gleich null. Es dauert länger, als man glaubt, um ein vor dem Sturm fahrendes Boot abzustoppen und es ganz vorsichtig, mit sich biegenden und knarrenden Spanten, in einem weiten Bogen wieder in den Wind zu drehen. Man weiß, dass es sinnlos ist und die eigene Stimme keine Bootslänge weit trägt und dass, selbst wenn man die ursprüngliche Stelle kennen würde, die unbarmherzigen Wellen eine solche Fracht eine Meile oder noch weiter tragen, ehe man umkehren könnte. Und man weiß auch – das ist die größte Ironie –, dass der eigene Vater, genau wie die Onkel und die vielen Männer, die deine Vergangenheit ausmachen, nicht einen einzigen Zug schwimmen kann.

Die Hummergründe vor der Küste von Cape Breton sind noch immer sehr ertragreich, und ihre Gaben werden jetzt, von Mai bis Juli, in Eiskisten verpackt und von riesengroßen Lastwagen transportiert, die durch New Glasgow, Amherst, Saint John, Bangor und Portland bis nach Boston donnern, wo man sie noch lebend in Töpfe mit kochendem Wasser wirft, ihre letzte Ruhestätte.

Und obwohl die Preise gestiegen sind und die Konkurrenz härter ist, bleiben die einst von der *Jenny Lynn* befahrenen Fanggründe unberührt und unbefischt, wie schon in den letzten zehn Jahren. Denn bei Sturm mag es keine Markierungen geben, aber bei ruhiger See sind bestimmte Zeichen vorhanden, und die Hummergründe wurden vor unendlichen Zeiten bei ruhiger See zugeteilt, und in den Gründen, in denen mein Vater fischte, fischte bereits vorher sein Vater und davor dessen Vater und viele andere. Zweimal kamen Boote aus vierzig und fünfzig Meilen Entfernung, angelockt von den viel versprechenden Fanggründen, und verteilten ihre Körbe auf dem Meeresgrund, und zweimal kehrten sie zurück, fanden ihre Bojen gekappt, die Ausrüstung verloren und zerstört. Zweimal kam ein Beamter der Fischereibehörde und die Polizei, um lange und komplizierte Fragen zu stellen, und zweimal erhielten sie keine Antworten von den Männern, die in den Türen ihrer Hütten lehnten, und von den Frauen, die mit ihren Kindern auf dem Arm an den Fenstern standen. Zweimal gingen sie fort und sagten: »Auf dem Meer gibt es keine gesetzlichen Grenzen.« »Das Meer gehört allen.« »Diese Fanggründe warten auf niemanden.«

Aber die Männer und Frauen, darunter auch meine dunkelhaarige Mutter, scheren sich nicht um das, was sie sagen, denn ihnen sind die Gründe heilig und sie glauben, dass sie auf mich warten.

Es ist nicht einfach zu wissen, dass die eigene Mutter nur von einer unzulänglichen Lebensversicherung lebt und dass sie zu stolz ist, irgendeine andere Hilfe anzunehmen. Dass sie durch ihr einsames Fenster im Winter auf das Eis blickt, im Sommer auf die ruhige trockene Hitze und im Herbst auf die tosenden Wellen. Und dass sie in der Dunkelheit des frühen Morgens wach liegt, wenn die Gummistiefel der Männer auf dem Kies knirschen, während sie auf dem Weg hinunter zum Anleger an ihrem Haus vorbeigehen. Und sie weiß, dass die Schritte nie stehen bleiben, weil aus ihrem Haus kein Mann kommt und sie unter den vielen Lynns die Einzige ist, die keinen Sohn oder Schwiegersohn hat, der zu seinem Boot geht, um aufs Meer zu fahren. Und es ist nicht leicht zu wissen, dass die eigene Mutter voller Liebe auf das Meer blickt und auf dich voller Bitterkeit, weil das eine so beständig war und der andere so untreu.

Aber es ist auch nicht einfach zu wissen, dass der eigene Vater am achtundzwanzigsten November gefunden wurde, zehn Meilen weiter im Norden, eingezwängt zwischen zwei Felsblöcken, am Fuß des Klippengesteins, wo er viele, viele Male hin- und hergeworfen wurde. Seine Hände waren zerrissene Fetzen, ebenso die Füße, denen die Sogkraft des Wassers die Gummistiefel ausgezogen hatte, und seine Schultern zerfielen in unseren Händen, als wir ihn von den Steinen wegtragen wollten. Die Fische hatten seine Hoden gefressen und die Möwen ihm die Augen ausgepickt, und die weißgrünen Stoppeln seiner Barthaare waren im Tod wie das Gras auf Gräbern auf der blauschwarzen, aufgeschwemmten Masse seines Gesichts weitergewachsen. Wie er da so lag, die Messingketten an den Handgelenken und den Seetang im Haar, war von meinem Vater nicht viel übrig geblieben, körperlich.

Die endlose Weite der Dunkelheit

Am achtundzwanzigsten Juni 1960, dem geplanten Tag meiner Befreiung, erwache ich um Punkt sechs Uhr morgens an meinem achtzehnten Geburtstag und lausche dem Glockenläuten der katholischen Kirche, die ich an den Sonntagen inzwischen nur noch widerstrebend besuche. »Tja«, sage ich zu den Glocken und zu mir, »ab morgen bin ich euch endlich los.« Trotzdem bleibe ich noch eine Weile liegen, ohne mich zu rühren, und werfe einen Blick durchs Fenster auf die grünen Pappelblätter, die sanft und leise in der Morgendämmerung von Nova Scotia rauschen.

Dass ich an einem so bedeutenden Tag nicht sofort aufstehe, liegt – zumindest teilweise – an einem zweiten Geräusch, das ganz anders klingt als das gleichmäßige, getragene Glockenläuten. Es ist das unregelmäßige, keuchend-rasselnde Schnarchen meines Vaters, das aus dem Nebenzimmer kommt. Und obwohl ich ihn nur hören kann, sehe ich ihn deutlich vor mir: Er ruht auf dem Rücken, das schütter werdende, stahlgraue Haar liegt zerzaust auf dem Kissen, die hohlen Wangen und pechschwarzen Augenbrauen heben und senken sich im Rhythmus seines ungleichmäßigen Atems. Sein Mund ist leicht geöffnet, und in den Mundwinkeln bilden sich kleine Speichelblasen, die gleich wieder platzen, und sein linker Arm und vielleicht auch das linke Bein hängen aus dem Bett und berühren den Boden. Wenn sein Arm und Bein so heraushängen, sieht er aus, als wäre er in seinem schlafenden Unterbewusstsein für jeden unerwarteten Notfall bereit, sodass er, wenn es tatsächlich dazu käme, nur leicht nach links rollen und sich aufrichten müsste, um sofort zu stehen. Eine Hälfte seines Körpers wartet schon mit dem Fuß auf dem Boden.

In unserer Familie steht niemand vor ihm auf, aber das wird sich, nehme ich an, jetzt bald ändern. Er wird irgendwie keuchend nach Luft schnappen, und dann hört das Schnarchen auf. Dann folgen ein paar verstohlene Bewegungen, die schlecht sitzende Tür wird sich öffnen und schließen, er wird durch mein Zimmer gehen, in der linken Hand die Schuhe, während er mit der rechten versucht, seine Hose zu halten und gleichzeitig zuzuknöpfen und den Gürtel zu schließen. Solange ich zurückdenken kann, hat er sich im Gehen fertig angezogen, allerdings meistert er die Knöpfe und Schnallen nicht mehr so gut, seit ihm in dem Kohlenbergwerk, wo er jahrelang arbeitete, eine Dynamitstange die ersten beiden Finger seiner vernarbten rechten Hand abgerissen hat. Jetzt versuchen die verbleibenden Finger das zu tun, was von ihnen erwartet wird: Sie halten, schließen Knöpfe und Schnallen, rücken zurecht, aber alles mit einer an Verzweiflung grenzenden, unsicheren Nervosität. Als spürten sie, dass sie jetzt einfach überfordert sind, auch wenn sie ihr Bestes geben.

Wenn er durch mein Zimmer kommt, geht er ganz leise, damit er mich nicht weckt, und ich schließe die Augen und stelle mich schlafend, um ihm das Gefühl zu geben, sein Versuch sei geglückt. Sobald er unten ist, macht er Feuer, dann folgt eine Pause, in der meine Mutter und ich probehalber ein paar Mal husten, um in einem wortlosen Test zu entscheiden, wer den nächsten Schritt unternimmt. Wenn ich huste, weiß sie, ich bin wach, und das heißt meistens, dass ich als Nächster aufstehe und meinem Vater nach unten folge. Gebe ich aber keinen Ton von mir, geht meine Mutter in wenigen Minuten ebenfalls durch mein Zimmer.

Dann schließe ich wieder die Augen, auch wenn ich immer das Gefühl habe, dass es bei ihr nicht funktioniert und sie im Gegensatz zu meinem Vater den Unterschied zwischen echtem und gestelltem Schlaf genau erkennt. Mein kleiner Betrug verursacht mir immer ein schlechtes Gewissen. Aber heute, denke ich, ist es das letzte Mal und ich möchte, dass beide vor mir unten sind. Denn heute habe ich heimlich Dinge zu tun, die sich nur in der kurzen Zeit zwischen dem Hinuntergehen meiner Eltern und dem Aufwachen meiner sieben jüngeren Geschwister erledigen lassen.

Diese Geschwister schlafen jetzt in einer ganz anderen Welt auf der anderen Seite des Flurs, in zwei großen Zimmern, die meist nur »Mädchenzimmer« oder »Jungenzimmer« heißen. Im ersteren sind meine Schwestern Mary, Judy, Catherine und Bernadette, die fünfzehn, vierzehn, zwölf und drei sind. Im zweiten sind die Jungen: Daniel, Harvey und David, die neun, sieben und fünf sind. Sie leben dort, über dem Flur, in einer mir fremden, aber geselligen Welt aus halb unterdrücktem Gekicher, improvisierten Pantomimen und gedämpften Kissenschlachten, und sie schlafen in Betten ein, die mit oft getauschten Comicheften und eingeschmuggelten Kekskrümeln übersät sind. Auf »unserer« Flurseite ist das Leben ganz anders. Da nur eine Tür zu den beiden Räumen führt, müssen meine Eltern, wie gesagt, durch mein Zimmer gehen, um in ihres zu gelangen. Es ist nicht die beste Lösung, und eine Zeit lang hatte mein Vater vor, eine zweite Tür vom Flur ins Elternschlafzimmer einzubauen und die unpraktische Verbindung zwischen ihrem und meinem Zimmer zu schließen. Aber wahrscheinlich hatte er auch irgendwann vor, die dachstützenden Holzbalken und -rippen zu versiegeln und zu verkleiden, und das hat er auch nie getan. Im Winter, wenn es morgens sehr kalt ist, sieht man den Frost auf den eiskalten silbernen Nägelköpfen an der Decke und den eigenen Atem in der kalten, klaren Luft.

Mein Zimmer hier auf dieser Seite des Flurs hat mir immer das Gefühl gegeben, sehr erwachsen zu sein und losgelöst von meinen jüngeren Geschwistern und ihrem gedämpften Gelächter. Ich nehme an, das hängt damit zusammen, dass ich mit einem Abstand von drei Jahren der Älteste bin und die Umstände mich eigenständiger gemacht haben. Eine Zeit lang hat jeder von uns in einer Krippe im Schlafzimmer meiner Eltern geschlafen, und da ich das erste Kind war, wurde ich nicht weit weg untergebracht – nämlich gleich im Nebenzimmer. Vielleicht behielten sie mich länger in ihrer Nähe, weil sie bei mir noch aufgeregter waren und sie damals noch wenig Erfahrung hatten mit Babys und kleinen Kindern. Deswegen bin ich hier allein in diesem Bett, seit ich zurückdenken kann. Die nächsten drei Kinder in unserer Familie sind Mädchen, und von David, meinem nächstjüngeren Bruder, trennt mich ein unüberbrückbarer Abstand von neun Jahren. Und bis dahin sahen meine Eltern offenbar keine Notwendigkeit, ihn bei mir einzuquartieren oder mich bei ihm auf der anderen Flurseite, als hätten sie sich irgendwie daran gewöhnt, mich in ihrer Nähe atmen zu hören, und wüssten, dass ich eine Menge über sie und ihre Gewohnheiten weiß, und ihnen nichts weiter übrig blieb, als mir zu vertrauen, wie etwa einem jüngeren Bruder oder vielleicht einem engeren Freund. Es ist eine seltsame und einsame Angelegenheit, wenn man nachts wach liegt und hört, wie die eigenen Eltern sich im Nebenzimmer lieben, und man sogar die Stöße mitzählen kann. Wenn man weiß, dass sie keine Ahnung haben, wie viel man über sie weiß, aber man trotzdem weiß, sie vermuten, dass man einiges über sie weiß; und man nicht weiß, wann sie gemerkt haben, dass man etwas weiß und seit wann man es weiß. In den letzten vier oder fünf Jahren habe ich, wenn ich hier liege und Wellen von verschämter sexueller Begierde über mich hinwegrollen, abgesehen von der

Not meines eigenen angeschwollenen Fleisches, eine Art Mitgefühl für ihr sicherlich vorhandenes Problem entwickelt und für die schreckliche Verletzung der Privatsphäre, die wir alle darstellen. Denn es muss sehr schwer sein für zwei Menschen, ein gemeinsames Sexualleben zu führen und gleichzeitig zu wissen, dass die erste Frucht dieses Lebens nur wenige Meter weiter daliegt und lauscht. Aber ich weiß noch etwas, von dem sie wahrscheinlich nicht wissen, dass ich es weiß.

Ich erfuhr es vor sieben Jahren von meinem Großvater väterlicherseits – ich war zehn, er achtzig – an einem Frühlingstag, als er im warmen Sonnenschein in die Stadt gegangen war und fast den ganzen Nachmittag in der Kneipe saß, Bier trinkend, auf den Boden spuckend und mit der Hand auf den Tisch und auf sein Knie schlagend, sein Kopf eingehüllt vom Pfeifenrauch der Männer, die von der Arbeit im Kohlenbergwerk verstümmelt waren und die er seine Freunde nannte. Als ich mit meinen Papiertüten an der offenen Kneipentür vorbeiging, winkte er mich herein, als wäre ich ein Minitaxi, und sagte, er wolle nach Hause gehen. Wir machten uns also auf den Heimweg, durch Seitenstraßen und kleine Gassen: ein kleiner, leicht verlegener Junge und ein schwankender, erstaunlich aufrechter alter Mann, der mich neben sich haben, aber nicht von mir gestützt werden wollte, denn das hätte seinen Stolz verletzt.

»Ich könnte sehr wohl allein nach Hause gehen, James«, sagte er und blickte über seine Nase und den Walrossschnurrbart hinweg auf mich herab. »Mich bringt keiner nach Hause. Ich will nur ein bisschen Gesellschaft. Du bleibst also auf deiner Seite und ich auf meiner, wir sind einfach nur Freunde, die zusammen spazieren gehen, mehr nicht.«

Doch dann bogen wir in eine Gasse, und er stützte sich mit dem linken Arm an eine Backsteinmauer, legte halb dösend die Stirn dagegen und fummelte mit der rechten Hand am Hosenschlitz. Und als er so dastand, den Kopf an der Wand und die Füße unten einen halben Meter von ihr entfernt, sah er aus wie eine sonderbare, sprechende Hypotenuse aus den Geometriebüchern in der Schule. Er stand im Strahl seines Urins und murmelte in die Wand, dass er mich liebte, auch wenn er es nicht sehr oft sagen würde, und dass er mich schon geliebt hätte, ehe ich auf der Welt war.

»Weißt du«, sagte er, »als ich erfuhr, dass deine Mutter einen dicken Bauch hat, war ich so glücklich, dass es mir nur peinlich war. Meine Frau war wütend, und die Eltern deiner Mutter haben geweint und verzweifelt ihre albernen Hände gerungen, und wenn ich in ihrer Nähe war, bin ich nur mit gesenktem Blick herumgelaufen. Aber ich glaube – Gott möge mir verzeihen –, ich habe fast für etwas in der Art gebetet, und als ich es erfuhr, sagte ich: Nun ja, jetzt muss er hier bleiben und sie heiraten, denn er gehört zu der Sorte von Mann. Jetzt kann er an meiner Stelle arbeiten, genau wie ich es immer wollte!«

Dann glitt seine Stirn von dem abgestützten Arm und er schwankte unsicher, fiel dabei fast auf mich und schien mich erst jetzt richtig wahrzunehmen. »O Gott«, sagte er mit erschrockener, ängstlicher Miene, »ich egoistischer Trottel! Was hab ich bloß angestellt? Vergiss alles, was ich eben gesagt habe!« Und er packte mich an den Schultern, erst ganz fest, dann lockerte er den Griff und ließ seine gewaltige Hand den ganzen Heimweg schlaff dort liegen. Sobald er durch die Tür trat, ließ er sich auf den nächsten Stuhl plumpsen und sagte, den Tränen nahe: »Ich glaube, ich hab's ihm gesagt. Er weiß jetzt Bescheid.« Und meine Großmutter, die zehn Jahre jünger war, wandte sich ihm beunruhigt zu, fragte aber nur: »Was denn?«, worauf er beide Hände aus dem Schoß hob, sie dann in einer hilflosen

Geste der Verzweiflung wieder fallen ließ und sagte: »Ach, du weißt schon, ganz bestimmt«, als hätte er sehr große Angst.

»Geh nach Hause, James«, sagte sie gleichmütig und freundlich zu mir, obwohl ich merkte, dass sie sehr böse war, »und hör nicht auf den alten Trottel. Er hat noch nie gewusst, wann er die Hose oder den Mund aufmachen und zumachen soll.« Ich wandte mich zum Gehen und sah erst jetzt, dass er seine Hose nach dem Pinkeln in der Gasse nicht zugemacht hatte und dass seine Unterwäsche schief saß.

Niemand hat diese Geschichte seitdem wieder erwähnt, aber da mein Großvater so ängstlich war und meine Großmutter so wütend, muss sie stimmen, denn auf etwas Erfundenes würden sie nicht so heftig reagieren. Und weil ich das weiß, bin ich der Sache nie weiter auf den Grund gegangen. Aber es ist merkwürdig, mit diesem zusätzlichen Wissen nachts im Bett zu liegen und zu hören, wie die eigenen Geschwister ihren Anfang nehmen, und auf eine irgendwie seltsame Art daran teilzunehmen und gleichzeitig zu wissen, man selbst kam anders oder zumindest nicht in diesem Bett zustande. Wie oft habe ich mir Rücksitze von alten Autos vorgestellt, die ich aus Filmen kannte, oder die grünen Hügel hinter den inzwischen abgerissenen Tanzsälen oder die Sandstrände am Meer. Ich stelle mir gern vor, dass es bei meiner Empfängnis anders für meine Eltern war, dass sie von Glück begleitet war und nicht von verbissener Erleichterung. Aber ich nehme an, wir sehen uns alle lieber als Kinder der Liebe denn der Notwendigkeit. Möchten, dass es uns gibt, weil der Erektion ein Gefühl der Ruhe und des Einklangs vorausging, und nicht umgekehrt. Aber natürlich kann ich mich in dieser Hinsicht ebenso täuschen wie in vielem anderen, und vielleicht kenne ich ihre Gefühle heute ebenso wenig wie damals.

Doch darüber muss ich mir bald nicht mehr den Kopf zerbrechen, denn heute lasse ich diese schmutzige Bergwerksstadt, in der ich mein Leben lang gefangen war, hinter mir. Ich bin zu dem Schluss gekommen, dass es überall besser sein muss als hier an diesem Ort mit seinen stillgelegten Kohlengruben und rauchschwarzen Häusern. Dieses Gefühl hat sich während der letzten Jahre in mir verstärkt, und ich glaube, es ist mit den ersten Wellen der sexuellen Lust gekommen und mit ihr in den folgenden Monaten und Jahren gewachsen. Ich möchte nicht werden wie mein Vater, der jetzt unter mir mit den Herdringen klappert, als müsste alles furchtbar schnell gehen und als gäbe es einen Ort, wo er sich schon bald einfinden muss. Dabei gibt es nichts dergleichen. Und ich möchte nicht werden wie mein Großvater, der jetzt ein fast seniler alter Mann ist und mit seinen fast neunzig Jahren den ganzen Tag betend am Fenster sitzt und der sich in seinen klaren Momenten meist nur an seine Siege über die Kohle erinnert und Geschichten darüber erzählt, wie gerade die Holzbalken waren, die er mit meinem Vater vor fünfundzwanzig Jahren in den mittlerweile eingestürzten unterirdischen Stollen eingebaut hatte, als er zweiundsechzig, mein Vater fünfundzwanzig und ich noch gar nicht gezeugt war.

Es ist sehr lange her, seit mein Großvater gearbeitet hat und die vielen großen Bergwerke, in denen er beschäftigt war und die er jetzt so verklärt, geschlossen sind. Mein Vater hat seit Anfang März keine Arbeit mehr, und seine Anwesenheit in einem Haus, in dem er nicht sein will, erzeugt in uns allen eine Spannung, die noch verstärkt wird, seit Ferien sind und wir alle auf engstem Raum aufeinander sitzen. Und während er jetzt mit den Herdringen klappert und so tut, als wäre es wichtig, weil man ihn bald irgendwo erwartet und diese laute Hektik deshalb notwendig ist, fühle ich mich durch eine breite, gewaltige Kluft von ihm getrennt und sehr weit weg von dem Mann, der mich, kurz nachdem er mein Vater wurde, auf den Schultern trug und mir im Drugstore ein Eis kaufte, Basketballspiele mit mir ansah, die ich nicht verstand, oder zu den Wiesen mitnahm, um die Pferde aus dem Bergwerk zu streicheln und mich auf ihre breiten, freundlichen Rücken zu setzen. Wenn wir uns den Pferden näherten, sprach er leise auf sie ein, damit sie wussten, wo wir uns befanden, und keine Angst hatten, wenn er sie schließlich mit der Hand berührte, denn sie waren alle blind. Sie hatten so lange unter Tag gearbeitet, dass ihre Augen kein Licht kannten und die Dunkelheit, die ihre Arbeit bestimmt hatte, nun auch ihr Leben beherrschte.

Mit den jüngeren Kindern unternimmt mein Vater nicht solche Ausflüge, obwohl er jetzt nicht arbeitet. Er ist älter und grauer geworden, und abgesehen von den fehlenden Fingern an der rechten Hand hat er eine Narbe von einem gebrochenen Bohreisen, die am Haaransatz beginnt und sich wie ein heftiger Blitz über die rechte Gesichtshälfte nach unten zieht, und nachts höre ich ihn husten und keuchen vom Steinstaub auf seinen Lungen. Vielleicht bedeutet dieser Husten, dass er nicht mehr lange leben wird, weil er während der letzten Jahre in schlechten Gruben mit schlechter Luft arbeiten musste. Und vielleicht werden meine Geschwister auf der anderen Flurseite nie hören, wie er mit den Herdringen klappert, wenn sie achtzehn sind, wie ich jetzt.

Und während ich hier zum letzten Mal auf dem Rücken liege, muss ich daran denken, wie ich mit ihm zum ersten Mal unter Tage neben ihm auf dem Bauch lag, in der kleinen illegalen Kohlengrube, die unter dem Meer verlief und in der er seit dem Januar davor gearbeitet hatte. Am Ende des Schuljahres hatte ich zusammen mit ihm ein paar kurze Wochen gearbeitet, ehe die kleine Grube endgültig schloss. Zu meinem eigenen Erstaunen war ich ziemlich stolz, dort zu arbeiten, und in einem seiner klareren Momente sagte mein Großvater: »Wenn du einmal anfängst, lässt es dich nicht mehr los. Sobald du unterirdisches Wasser trinkst, kehrst du immer zurück und willst noch mehr trinken. Das Wasser geht dir ins Blut über. Seit 1873 arbeiten wir jetzt schon hier in den Bergwerken.«

Die kleine Grube zahlte sehr niedrige Löhne, außerdem war sie schlecht ausgestattet und belüftet, und da sie illegal betrieben wurde, gab es auch keine Sicherheitsvorschriften. Als wir an jenem ersten Tag auf dem gebrochenen Schiefer und den Kohlebrocken auf unseren Bäuchen lagen, dachte ich, ich müsste sterben, während das Wasser ringsherum auf uns tropfte und uns mit unentwegter Beharrlichkeit frösteln ließ, sobald wir in unseren maulwurfähnlichen Bewegungen innehielten. Wir arbeiteten an einem sehr schmalen kleinen Flöz, erst mit unseren Grubenbohrern und -meißeln, dann mit Dynamit und danach mit unseren Pickeln und Schaufeln. Wir mussten uns auf einer lichten Höhe von einem knappen Meter bewegen, und mein Vater schaufelte über seinen Schultern wie eine Maschine, in die er sich offenbar verwandelt hatte, während ich mich bemühte, das zu tun, was man mir sagte, und keine Angst zu haben, dass die Decke einbrach, oder vor den Ratten, die mein Gesicht streiften, oder vor dem Wasser, das meine Beine, meinen Bauch und meine Hoden gefühllos machte, oder vor der Tatsache, dass ich manchmal nicht atmen konnte, weil die pulvergeschwängerte Luft so schlecht und verbraucht war.

Einmal spürte ich einen zischenden Luftzug neben und über mir und sah im Licht meiner Lampe, wie die riesige Rohrzange meines Vaters einen Bogen über mir beschrieb und mit einem schrillen Knirschen auf Armeslänge vor mir landete; und dann sah ich die Ratte, die nur Zentimeter vor meinen Augen auf dem Rücken lag. Ihr Kopf hing zerschmettert auf der Kohle und der Zange, und sie quiekte immer noch, während ein versiegender Strom von gelbem Urin zwischen ihren krampfartig zuckenden Beinen hinabrann. Mein Vater zog die Zange zurück, packte die noch nicht ganz tote Ratte am Schwanz und schleuderte sie wütend über seine Schulter, sodass wir hörten, wie ihr Körper hinter uns dumpf von der Wand abprallte und dann im Wasser landete. »Du verdammtes Biest«, sagte er zwischen zusammengebissenen Zähnen und wischte den Rücken der Zange an der Steinwand ab. Dann lagen wir eine Weile da, ohne uns zu rühren, und froren zusammen im feuchten Dunkel.

Seltsamerweise bin ich mir nicht sicher, ob ich genau das hasse und deswegen gehen muss oder ob es an der Tatsache liegt, dass es inzwischen nicht einmal mehr diese Kohlengrube gibt, so schrecklich sie auch war, um dort zu arbeiten, denn vielleicht ist es besser, man hat einen ungeliebten Ort, zu dem man gehen kann, als gar keinen. Letzteres macht meinen Vater zunehmend angespannter und nervöser, denn er hat seinen Körper immer benutzt wie ein Auto mit durchgetretenem Gaspedal, und jetzt, wo er vom Leben gezeichnet und verbraucht ist, dient er ihm nur noch zum Sex oder zu strammen, viel zu schnellen Spaziergängen entlang der Küste oder hinten in den Hügeln. Und wenn alles nichts hilft, versucht er sich mit Rum zu betäuben, und dann bringen seine Freunde ihn abends nach Hause und legen ihn, da ihm die Beine versagen, an der Küchentür ab. Meine Mutter und ich tragen und schleppen ihn dann durchs Wohnzimmer zum Fuß der Treppe und die vierzehn Stufen hinauf, eine nach der anderen leise mitzählend. Aber wir schaffen es nicht immer so weit. Einmal schlug er mit der linken Faust die Fensterscheibe im Wohnzimmer kaputt, und ich rang mit ihm auf dem Fußboden, während er mit der immer noch geballten Faust wie wild um sich boxte und überall purpurrote Blutflecken verspritzte: auf dem Boden, den Tapeten, den Vorhängen, dem Geschirr, den albernen tristen Puppen, den Malbüchern und den *Großen Erwartungen* von Charles Dickens, die auf dem Tisch lagen. Als er sich beruhigt hatte und die Faust wieder eine Hand wurde, mussten wir ihn höflich bitten, sie erneut zu ballen, damit sich die Wunden wieder öffneten und das brennende Jod über sie gegossen und die Glassplitter mit der Pinzette entfernt werden konnten. Hinterher beteten wir, und er auch, dass keine Sehnen durchtrennt wären und keine Infektion einsetzen würde, denn es war die einzige gute Hand, die ihm verblieben war und die uns über Wasser hielt wie gefährdete Passagiere auf einer launischen, turbulenten See.

Wenn er so betrunken ist, können meine Mutter und ich ihn nicht immer in sein Bett schaffen und legen ihn manchmal auf meines, versuchen ihn dann inmitten seiner fuchtelnden Arme und Beine und hervorgestoßenen Obszönitäten auszuziehen, so gut es geht, in der Hoffnung, wenigstens die Schuhe von seinen Füßen zu bekommen und Kragen, Gürtel und Hose zu lockern. In den Nächten nach solchen Tagen liege ich steif neben ihm, versuche die Übelkeit zu überwinden, die der klebrige, süßliche Rumgestank in mir verursacht, und lausche dem zusammenhanglosen Gemurmel des Schlafredners, seinem ungleichmäßigen Schnarchen und dem beängstigenden Stocken seines Atems, das vom Schleim in der Kehle kommt. Manchmal schlägt er unerwartet mit der Hand aus, und einmal landete sein Unterarm mit solcher Wucht auf meiner Nase, dass Blut und Tränen gleichzeitig aufwallten und ich mir die Bettdecke in den Mund stecken musste, um den Schrei zu ersticken, der über meine Lippen wollte.

Aber irgendwann werden alle Stürme zu Windböen und danach folgt Ruhe, und ohne Stürme und Windböen kämen wir vielleicht nicht in den Genuss von Ruhe, und wenn doch, würden wir sie nicht als solche erkennen. Und so ist es auch mit meinem Vater: Wenn er um ein oder zwei Uhr nachts aufwacht und ruhig im Dunkel liegt, ist alles ganz friedlich, wie die Stille der See, und erst in solchen Momenten erkenne ich flüchtig den Mann, der mit mir auf den Schultern Ausflüge machte. Ich stehe auf, gehe so leise wie möglich die Treppe hinunter, durch das schlafende Haus, und hole ihm ein Glas Milch, um seine schwere Zunge und die ausgedorrte, fiebrige Trockenheit seiner Kehle zu lindern. Dann bedankt er sich und sagt, wie Leid ihm alles täte, worauf ich erwidere, dass es schon in Ordnung sei und es nichts gibt, was ihm Leid tun müsse. Darauf sagt er, dass ihm sein Verhalten Leid täte und wie sehr er bedaure, dass er mir nur so wenig geben konnte, aber wenn er schon nicht geben könne, möchte er alles daransetzen, nichts zu nehmen. Er sagt, ich sei frei und schulde meinen Eltern nichts. Allein damit gibt er eigentlich schon eine ganze Menge, denn viele junge Männer wie ich gehen hier sehr früh arbeiten oder besser, sie gingen, als es noch Arbeit gab, und nicht jeder darf auf die Highschool und sie beenden. Und vielleicht ist gerade der Abschluss der Highschool das Geschenk, das er mir zusammen mit dem Leben gegeben hat.

Doch das alles ist jetzt vorbei, das Leben hier und die Highschool, und dieser Gedanke bringt mir schlagartig ins Bewusstsein, dass ich halb gedöst habe, denn obwohl ich mir einbilde, mich an alles deutlich zu erinnern, ist meine Mutter offenbar schon durch das Zimmer gegangen, denn ich höre sie unten beim Vorbereiten des Frühstücks. Im Grunde bin ich froh, dass ich an diesem allerletzten Tag nicht so tun musste, als würde ich schlafen.

So schnell ich kann, hole ich unter der Matratze den abgenutzten Rucksack hervor, der früher meinem Vater gehörte. »Hast du was dagegen, wenn ich deinen alten Rucksack irgendwann mal benutze?«, hatte ich ihn vor ein paar Monaten beiläufig gefragt und mich bemüht, meinen Plänen den Anstrich eines langweiligen Campingausflugs zu geben. »Natürlich nicht«, hatte er in einem gleichmütigen, neutralen Tonfall erwidert.

Ruhig packe ich alles ein und hake mit dem Kugelschreiber die Sachen ab, die ich auf einem unter dem Kopfkissen aufbewahrten Briefumschlag aufgelistet habe. Vier Unterhosen, fünf Paar Socken, zwei Hosen, vier Hemden, ein Handtuch, ein paar Taschentücher, eine Gabardinejacke, ein Regenmantel aus Plastik und ein Rasierset. Letzteres ist die einzige Neuerwerbung, noch nie benutzt und die billigste Ausführung, die Gillette herstellt. Bis jetzt habe ich stets den Rasierer meines Vaters benutzt, der durch die jahrelange Benutzung arg mitgenommen und von Grünspan überzogen ist. Ich benutze ihn jetzt schon seit mehreren Jahren – bisweilen öfter, als mein spärlicher Bart es verlangt hätte.

Als ich nach unten gehe, rührt sich noch nichts in den beiden größeren Zimmern auf der anderen Seite des Flurs, und darüber bin ich heilfroh. Ich weiß nicht, wie man sich für längere Zeit verabschiedet, denn ich habe es noch nie getan, und weil ich verunsichert bin, möchte ich das Abschiednehmen auf einen möglichst kleinen Kreis beschränken. Aber wer weiß, vielleicht fällt es mir gar nicht so schwer. Ich lege den Rucksack auf der vorletzten Stufe von unten ab, wo er nicht sofort ins Auge sticht, und gehe in die Küche. Meine Mutter ist am Herd beschäftigt, und mein Vater steht mit dem Rücken zum Raum, er blickt aus dem Fenster über schiefergraue Schlackehaufen und kaputte, skelettartige Fördergerüste hinaus auf die tosende See. Mein Erscheinen überrascht sie nicht sonderlich, denn wir sind oft nur zu dritt am stillen frühen Morgen. Heute darf ich allerdings nicht so tun, als wäre nichts gewesen; in der kurzen Zeitspanne, die uns zu dritt vorbehalten ist, muss ich sagen, was gesagt werden muss. »Ich glaube, ich werde heute gehen«, sage ich und bemühe mich, so lässig wie möglich zu klingen. Nur der leicht veränderte Rhythmus, mit dem meine Mutter im Herd stochert, zeigt mir, dass sie mich gehört hat, während mein Vater weiter dasteht und zum Fenster hinaus aufs Meer blickt. »Ich glaube, ich gehe jetzt gleich«, füge ich hinzu, und irgendwie versagt mir die Stimme, »bevor die anderen aufstehen. Dann ist es für alle leichter.«

Meine Mutter schiebt den Kessel, der angefangen hat zu kochen, auf dem Herd nach hinten, als wolle sie Zeit gewinnen, dann dreht sie sich um und sagt: »Wo willst du denn hin? Nach Blind River?«

Ihre Reaktion ist so anders, als ich erwartet hatte, dass ich mich merkwürdig leer fühle. Irgendwie hatte ich damit gerechnet, dass sie äußerst überrascht, befremdet, verblüfft ist, aber sie ist nichts dergleichen. Und Blind River, das Zentrum der Uranminen in Nordontario, ist eine Möglichkeit, ein Ort, den ich nie Betracht gezogen hatte. Es ist, als hätte meine Mutter nicht nur geahnt, dass ich fortgehe, sondern auch noch meinen Weg und mein Ziel bestimmt. Ich weiß noch, als ich in der Schule las, wie Charles Dickens über Fabrikarbeit dachte und seine Mutter sie unbedingt guthieß. Sie hieß ein Leben für ihren Sohn gut, das er als schrecklich und weit unter seinem erhofften Schicksal empfand.

Mein Vater wendet sich vom Fenster ab und sagt: »Du bist erst achtzehn, vielleicht solltest du noch eine Weile warten. Womöglich ergibt sich etwas.« Doch der Blick in seinen Augen verrät, dass ihn seine Worte selbst nicht überzeugen, und ich weiß, für ihn ist Warten bestenfalls beschwerlich und schlimmstenfalls hoffnungslos. Irgendwie finde ich die Reaktion meiner Eltern enttäuschend und ärgerlich, denn ich hatte mir vorgestellt, sie würden sich verzweifelt an mich klammern und ich müsste dann sehr fest und stark sein.

»Worauf soll ich denn warten?«, entgegne ich; es ist eine sinnlose Frage, auf die ich die allzu offensichtliche Antwort schon kenne. »Wieso meinst du, sollte ich hier bleiben?«

»Versteh mich nicht falsch«, entgegnet mein Vater, »wenn du willst, kannst du jederzeit gehen. Wir zwingen dich zu nichts und verlangen nichts von dir. Ich sage nur, du musst nicht jetzt *sofort* gehen.«

Doch mit einem Mal wird es sehr wichtig, dass ich jetzt *sofort* gehe, denn wie es aussieht, kann alles nur noch schlimmer werden. Also sage ich: »Wiedersehen. Ich schreibe euch, aber bestimmt nicht aus Blind River.« Die letzten Worte sind eine fast unbewusste kleine Spitze gegen meine Mutter.

Ich hole meinen Rucksack und gehe dann zurück durch das Haus nach draußen und durch das kleine Tor. Meine Eltern gehen hinter mir her, und meine Mutter sagt: »Eigentlich wollte ich heute einen Kuchen backen …«, und dann verstummt sie unsicher, und ihr Satz bleibt in der Luft des frühen Morgens hängen. Sie möchte ihre vorherige Bemerkung wieder gutmachen und greift deshalb recht verzweifelt auf meinen Geburtstag zurück. Mein Vater sagt: »Vielleicht solltest du noch drüben vorbeischauen. Es könnte sein, dass sie nicht mehr da sind, wenn du wiederkommst.«

Mit »drüben« meint er das Haus seiner Eltern, die nur einen halben Straßenzug weiter wohnen. Solange ich zurückdenken kann, waren sie da und haben uns bei unseren vielen kleinen Stürmen einen sicheren Hafen geboten, und die Bemerkung meines Vaters, dass sie nicht ewig leben, ist eine Anspielung auf etwas, worüber ich nie ernsthaft nachgedacht habe. Leicht besorgt gehe ich jetzt über die mit Asche und Schlacke gefüllten Schlaglöcher der abgenutzten

Straße zu dem alten Haus, das vom Kohlenstaub vieler Generationen ganz dunkel ist. Es ist noch nicht einmal sieben, und ich komme mir vor wie ein Milchmann, der in aller Frühe von einem Haus zum nächsten zieht und anstelle von Flaschen Abschiedsgrüße an den stillen Türen hinterlässt.

Im Haus meiner Großeltern sitzt mein Großvater am Fenster und pafft Pfeife, während er Rosenkranzperlen durch seine gekrümmten Finger gleiten lässt, die öfter gebrochen waren, als er noch weiß. Seit einiger Zeit ist er taub, deshalb dreht er sich nicht um, als ich die Tür hinter mir schließe. Ich nehme mir vor, nicht bei ihm anzufangen, denn das würde Schreien und Wiederholen nach sich ziehen, und ich bin mir nicht sicher, ob ich das durchhalte. Meine Großmutter ist, wie meine Mutter, am Herd beschäftigt. Sie ist groß und weißhaarig und trotz ihrer fast achtzig Jahre noch immer eine eindrucksvolle Erscheinung. Sie hat kräftige, fast männliche Hände und war immer von grobknochiger Statur, ohne dass sie je schwer gewirkt oder Schwierigkeiten mit den Beinen gehabt hätte. Sie bewegt sich immer noch flink und leichtfüßig und hat weder mit den Augen noch Ohren Probleme.

»Ich gehe heute fort«, sage ich so schlicht wie möglich.

Sie stößt mit frischer Energie in die Glut und antwortet dann: »Ist auch besser so. Hier hat man sowieso nichts zu tun. Hier hat man noch nie etwas zu tun gehabt ...«

Von jeher spricht sie in dem gälischen Tonfall ihrer Jugend und in jener distanzierten Form der dritten Person, die sie meiner Ansicht nach längst hätte ablegen sollen.

»Komm mit, James«, sagt sie und führt mich in ihre Vorratskammer, wo sie mit erstaunlicher Wendigkeit auf einen Stuhl klettert und einen riesigen, gesprungenen, alten Zuckertopf vom oberen Schrankbrett holt. Er enthält staubige Postkarten, verblichene gelbe Lohnstreifen, die aussehen, als lösten sie sich bei der geringsten Berührung auf, und

zwei vergilbte, mit einem Schnürsenkel zusammengebunde-
ne Briefe. Die Orte auf den Lohnstreifen springen mich über
eine Kluft von Staub und Jahren hinweg an: Springhill,
Scranton, Wilkes-Barre, Yellowknife, Britannia Beach, But-
te, Virginia City, Escanaba, Sudbury, Whitehorse, Drumhel-
ler, Harlan, Ky., Elkins, W.Va., Fernie, B.C., Trinidad,
Colo. – Kohle und Gold, Kupfer und Blei, Gold und Eisen,
Nickel und Gold und Kohle. Im Osten und Westen, im Norden und Süden. Erinnerungen und Botschaften von Orten,
die weder ich noch mein Großvater, so jung und so alt wir
sind, je gesehen haben.

»An all diesen Orten hat dein Vater unter Tage gearbeitet«, sagt sie halb verärgert, »genau wie er hier unter Tage
war, bevor er wegging und dann wieder, als er zurückkam.
Dabei sind wir doch wirklich lange genug unter der Erde,
wenn wir tot sind, und sollten uns das nicht zum Schicksal
wählen, wenn wir noch leben.«

»Aber«, sagt sie nach einer Pause in nüchternem Ton,
»das war eben, was er konnte und wollte. Nur ich hätte mir
etwas anderes für ihn gewünscht, oder wenigstens wollte
ich nicht, dass er hier in den Gruben arbeitet.«

Sie bindet den Schnürsenkel auf und zeigt mir die beiden
Briefe. Der erste ist vom 12. März 1938 datiert und postlagernd an Kellogg, Idaho adressiert: »Ich werde langsam alt
und würde mich sehr freuen, wenn du zurückkommen würdest und meinen Arbeitsplatz in der Zeche übernehmen
könntest. Das Flöz reicht noch für Jahre und es ist schon
seit einiger Zeit niemand mehr umgekommen. Alles wird
besser. Das Wetter ist mild, uns allen geht es gut. Du musst
nicht schreiben. Komm einfach. Wir warten auf dich. Dein
dich liebender Vater.«

Der zweite Brief trägt das gleiche Datum und ist ebenfalls postlagernd an Kellogg, Idaho adressiert: »Hör nicht
auf ihn. Wenn du hierher zurückkehrst, kommst du nie wie-

der weg. Hier kann man einfach nicht leben. Es heißt, in ein paar Jahren ist das Flöz zu Ende. In Liebe, Mutter.«

Ich habe noch nie zuvor die Handschrift meines Großvaters gesehen und obwohl ich wusste, dass er lesen kann, hatte ich irgendwie geglaubt, er könne nicht schreiben. Vielleicht, überlege ich jetzt, liegt es daran, dass seine Hände immer kaputt und hässlich gewesen sind und ich ihnen, zumal mit zunehmendem Alter, eine so feinfühlige Aufgabe wie Schreiben kaum zugetraut hätte.

Die Briefe sind mit der gleichen breiten Feder geschrieben und mit einer so tiefschwarzen Tinte, wie ich sie noch nie gesehen habe, und irgendwie erscheinen sie mir jetzt wie ein merkwürdig altes, nicht zusammenpassendes Ehepaar; jeder eliminiert den Wunsch des anderen, während ein einziges abgenutztes und staubiges Band sie zusammenhält.

Ich gehe aus der Vorratskammer zum Fenster, wo mein Großvater sitzt. »Ich gehe heute fort«, rufe ich, über ihn gebeugt.

»O ja«, sagt er in einem neutralen Tonfall, sieht weiter zum Fenster hinaus und befingert den Rosenkranz. Er rührt sich nicht, und aus der Pfeife, die zwischen seinen kaputten, stark verfleckten Zähnen steckt, schlängelt sich der Rauch empor. In letzter Zeit hat er sich angewöhnt, auf fast alles »O ja« zu sagen, um seine Taubheit zu verbergen, und ich bin mir nicht sicher, ob er mich wirklich gehört hat oder lediglich die sichere Standardantwort liefert, die er auf alles gibt, was er nur teilweise oder gar nicht versteht. Ich glaube nicht, dass ich es noch einmal wiederholen kann, ohne dass mir die Stimme versagt, und so wende ich mich ab. An der Tür merke ich, dass er mir hinterhergeschlurft ist.

»Vergiss nicht wiederzukommen, James«, sagt er, »das ist die einzige Möglichkeit, um glücklich zu sein. Sobald du unterirdisches Wasser trinkst, wird es ein Teil von dir, wie das Blut, das ein Mann auf eine Frau überträgt. Es verändert sie für immer und ist ihr stets nah. Tief in ihrem Inneren wird immer ein Teil von ihm fließen. Nachts wacht man davon auf, und es lässt dich nie wieder los.«

Weil er weiß, wie feindselig meine Großmutter allem gegenübersteht, was er sagt, hat er versucht zu flüstern. Doch er ist so taub, dass er die eigene Stimme kaum noch hört, und deshalb hat er gebrüllt, wie Taube es eben tun. Seine Stimme scheint durch das Haus zu hallen und von den Wänden abzuprallen, um sich dann draußen in der sonnendurchfluteten Morgenluft zu verflüchtigen. Als ich ihm zum Abschied die Hand hinstrecke, zerquetscht er sie fast in der gekrümmten Kraft seiner Pranke. Ich spüre die schreckliche Intensität seiner seltsam unförmigen Finger, des schiefen, platt gedrückten und zu breiten Daumens, die Stränge der verhärteten, schwärzlichen Narben und die abnorm großen Knoten seiner verdrehten und verlagerten Knöchel. Einen entsetzlichen Augenblick lang habe ich das Gefühl, ich könnte vielleicht nie von hier wegkommen und er würde mich nie loslassen. Aber schließlich lockert sich sein Griff, und ich spüre, ich bin frei.

Auch Straßen mit Schlaglöchern können Gefühle der Einsamkeit wecken, wenn man sich vorstellt, sie lange nicht mehr oder vielleicht nie wieder zu sehen. Ich wähle meist Seitenstraßen, denn mein Rucksack fällt auf, und ich habe keine Lust auf weitere Gespräche oder stockende, vergebliche und leere Erklärungen. Am Randbezirk der Stadt hält ein Kohlentransporter an, mit dem ich fünfundzwanzig Meilen an der Meeresküste entlangfahre. Der Laster ist so laut und fährt so holprig, dass eine Unterhaltung mit dem Fahrer nicht möglich ist, und ich bin dankbar für das lärmende Schweigen, das uns umgibt.

Gegen Mittag, nach einer ganzen Reihe von kurzen Fahrten in den unterschiedlichsten Fahrzeugtypen, liegt die Meerenge von Canso hinter mir, ich bin weg von Cape Breton und endlich auf dem Weg. Erst jetzt, nachdem ich nicht mehr auf der Insel bin, fühle ich mich frei genug, um meine neue Identität anzunehmen; ich trage sie wie sorgfältig aufbewahrte neue Kleider, die man frisch aus der unberührten Verpackung nimmt. Sie gibt vor, dass ich aus Vancouver stamme, eine Stadt, die so weit entfernt ist, dass ich sie mir gerade noch vorstellen kann.

Am Anfang hatte ich ein bisschen Angst, dass ich vielleicht nicht von Cape Breton wegkomme, als könnte die Insel im letzten Moment gewaltige Tentakel ausstrecken oder riesige monströse Hände wie die meines Großvaters, die mich packen und zurückhalten. Jetzt, als ich endlich den Fuß auf das Festland setze, blicke ich zurück auf den mächtigen Berg, der Cape Breton von hier aus ist und der sich verschwommen aus dem Grün und dem schaumgekrönten Blau des Meeres schält.

Die erste Mitfahrgelegenheit auf dem Festland bieten mir drei Neger in einem verbeulten blauen Dodge-Kleinlaster an, auf dessen Seite eine Aufschrift verkündet: »Rayfield Clyke, Lincolnville, N.S., Kleintransporte«. Sie fahren die etwa achtzig Meilen nach New Glasgow und sagen, sie würden mich mitnehmen, wenn ich will. Schnell könnten sie nicht fahren, sagen sie, denn ihr Gefährt sei alt, und wenn ich lieber warte, fände ich vielleicht eine bessere Mitfahrgelegenheit. Andererseits, meint der Fahrer, wäre ich mit ihnen wenigstens unterwegs und käme früher oder später dort an. Ich könnte jederzeit aufs Dach der Fahrerkabine klopfen, wenn ich die Nase voll habe und aussteigen will. Sie würden mich gern vorn sitzen lassen, aber es ist verboten, mit vier Personen in der Fahrerkabine eines Nutzfahrzeugs zu sitzen, und sie möchten keinen Ärger mit der Polizei. Ich klettere hinten auf die Ladefläche und setze mich auf den abgefahrenen Ersatzreifen, während der Kleinlaster anfährt. Inzwischen steht die Sonne ziemlich hoch, und als ich den Rucksack von den Schultern nehme, spüre ich die zwei breiten Schweißbänder, die sich kreuzweise über meinen Rücken ziehen. Ich merke jetzt, dass ich sehr hungrig bin, denn ich habe seit gestern Abend nichts mehr gegessen.

In New Glasgow werde ich an einer kleinen Tankstelle abgesetzt, und meine schwarzen Wohltäter erklären mir den kürzesten Weg zu den westlichen Ausläufern der Stadt. Er führt durch voll gestopfte Seitenstraßen, in denen der Gestank nach fetten Hamburgern aus kleinen Grill-Imbissen mit überlauten Musikboxen quillt; Elvis Presley dringt zusammen mit ranzigen Dünsten von schlecht gekochtem Essen durch die halb geöffneten Türen. Ich würde gern eine Pause einlegen, aber irgendwie treibt es mich weiter, als strebte jedes Auto auf der einspurigen Straße einem magischen Ziel entgegen und wenn ich auch nur kurz halten würde, um einen Hamburger zu essen, könnte mir die einzige lohnende Mitfahrgelegenheit entgehen. Schweiß läuft mir über die Stirn und brennt mir in den Augen, und ich spüre die zwei breiten dunklen Schweißflecken auf dem Rücken und unter den Trägern.

Die Sonne steht an ihrem höchsten Punkt, als ein schwerer roter Wagen im Kies am Straßenrand hält und der Fahrer sich herüberbeugt, um die Tür auf der Beifahrerseite zu öffnen. Es ist ein sehr dicker, kräftiger Mann um die fünfzig, mit einem roten verschwitzten Gesicht und einer braunen Haarlocke, die ihm auf der feucht glänzenden Stirn klebt. Sein Mantel ist über den Rücksitz geworfen, und in seiner Hemdtasche steckt eins dieser Plastikfutterale, die mit Kugelschreibern und Bleistiften gespickt sind. Sein Hemdkragen steht offen, die gelockerte Krawatte sitzt schief; auch der Gürtel ist offen, ebenso wie der Knopf am Hosenbund. Seine Hose ist grau, und obwohl sie über den gewaltigen Oberschenkeln spannt, wirkt sie feucht und faltig. Durch das weiße Hemd zeichnet sich dunkler Schweiß unter den Achselhöhlen ab, und als er sich vorbeugt, werden auch auf dem Rücken große Flecken sichtbar. Seine Hände wirken sehr bleich und unverhältnismäßig klein.

Während wir auf der schimmernden Hauptstraße dem hypnotisierenden Mittelstreifen folgen, nimmt er ein schmutziges Taschentuch, das auf dem Sitz neben ihm gelegen hat, wischt sich die feuchten Handflächen und dann das glänzende schwarze Steuerrad.

»Mann, ist das heiß«, sagt er, »da springt ja das Steak aus der Pfanne.«

»Ja«, erwidere ich, »stimmt. Und wie.«

»Dreckiges kleines Kaff, das eben«, sagt er, »kannst 'ne Woche lang durchfahren, ohne was Interessantes zu finden.«

»Ja, nichts Besonderes.«

»Auf der Durchreise?«

»Ja, bin auf dem Rückweg nach Vancouver.«

»Da liegt noch ein schönes Stück Weg vor dir, Junge, ein reichlich großes Stück. Bin nie in Vancouver gewesen, war nie westlich von Toronto. Vor einiger Zeit, da wollte ich meine Firma überreden, mich nach Westen zu schicken, aber ich muss immer hier runter. Drei-, viermal pro Jahr. Immer beschissenes Wetter. Entweder knallheiß wie heute, und im Winter frierst du dir den Arsch ab.« Als er an einem Mädchen vorbeifährt, das unsicher am Straßenrand steht, drückt er wie besessen auf die Hupe.

Obwohl die Fenster offen sind, ist es sehr heiß, und das Rot des Wagens scheint das Gefühl von Hitze noch zu verstärken. Den ganzen Nachmittag biegt und windet sich vor uns die Straße wie eine schnelle, schimmernde Schlange, über deren Rücken sich ein schmutzig weißer Streifen zieht. Wir nehmen die Neigungen und Schleifen, als wären wir gefangene Passagiere in einer Achterbahn, legen unsere Körper in die Kurven und stemmen die Füße gegen die festen Bodenbretter. Sobald wir in unerwartete Täler rasen, hebt sich mein Magen, um sich dann ebenso wieder zu senken, wenn wir auftauchen und unsere kurvenreiche Fahrt fortsetzen. Insekten landen klatschend auf der Windschutzscheibe und werden zu gelben Klecksen. Die Reifen zischen auf dem überheizten Asphalt und scheinen geradezu Spuren zu hinterlassen. Ich spüre, wie die Kleider an mir kleben, an Beinen, Oberschenkeln und Rücken. Auf dem Hemd meines Fahrers werden die Schweißflecken größer und zahlreicher. Er stemmt Hals und Schultern gegen den Sitz, hievt seinen schweren Körper aus dem schweißfleckigen Sitzpolster und steckt die rechte Hand durch die offene Hose tief in den Schritt. »Bisschen frische Luft reinlassen«, sagt er, während er seine Genitalien sortiert, »diese Unterwäsche muss ein Indianer gemacht haben, so wie die immer an mir klebt.«

Den ganzen Nachmittag reden wir, während wir dahinrollen, oder vielmehr er redet und ich höre zu, was mich eigentlich nicht weiter stört. Mir ist noch nie jemand begegnet wie er. Er redet über seine Arbeit (soundso viel Gehalt, soundso viel Kommission, plus andere kleinere »Geschäfte«, die nebenbei laufen), über seinen Chef (ein dummes Arschloch, das froh sein kann, gute Leute auf der Straße zu haben), über seine Familie (eine Frau, einen Sohn und eine Tochter, von jedem ein Exemplar genügt ihm), über Sex (davon kann er nie genug kriegen und daran wird sich bis zu seinem Tod nichts ändern), über Toronto (wird von Tag zu Tag größer und ist längst nicht mehr das, was es mal war), über Steuern (werden immer höher und es lohnt sich nicht, sein Eigentum in Schuss zu halten, außerdem verschenkt die Bundesregierung zu viel Geld). So geht es ohne Unterbrechung. Ich habe noch nie jemanden so reden hören. Er wirkt so selbstsicher und allwissend. Es ist, als wüsste er, dass er alles weiß und über allem steht, und anscheinend muss er nie zögern, innehalten, nachlassen oder auch nur nachdenken; er ist wie eine Musikbox, die eine mysteriöse Quelle mit einem unerschöpflichen Vorrat von Fünf-, Zehn- und Fünfundzwanzig-Cent-Münzen speist.

Städte, Dörfer und Bahnhöfe ziehen vorbei. Schnell und heiß. Truro und Glenholme, Wentworth und Oxford. Meinem Gefährten zufolge fahren wir nur noch dreißig Meilen durch Nova Scotia, dann sind wir draußen. Wir befinden uns fast an der Grenze zu New Brunswick. Wieder fühle ich eine Art erschöpfter Erleichterung, als ich mich der nächsten Grenze nähere, über die ich entkommen und so vieles hinter mir lassen kann. Es ist das gleiche Gefühl, mit dem ich Cape Breton verließ, auch wenn es durch die beschwerliche Tagesreise inzwischen etwas gedämpft ist. Denn es war eine lange, heiße und anstrengende Fahrt.

Plötzlich schwenkt die Straße nach links und verläuft nicht mehr in Bögen und Kurven, sondern erstreckt sich vor uns in einem endlos langen ansteigenden Hügel, dessen Kuppe wir eine halbe Meile weiter sehen können. Am Anfang der Steigung tauchen vereinzelte Häuser auf, dann stehen immer mehr in lockerem Abstand entlang der Straße.

Mein Fahrer veranstaltet wieder ein ohrenbetäubendes Hupkonzert, als er ein Mädchen und seine Mutter sieht, die sich beim Wäscheaufhängen auf den Zehenspitzen strecken. Auf dem Boden zwischen ihnen steht ein Korb mit frisch gewaschenen Kleidern, und ihre Hände sind eifrig an der Wäscheleine beschäftigt. Beide haben sich Wäscheklammern zwischen die Zähne geklemmt, damit sie sich nicht ständig bücken und die Wäscheleine loslassen müssen.

»Wenn's nach mir ginge, hätten die was Besseres zwischen den Zähnen«, sagt er. »Hätte nichts dagegen, wenn die Jüngere mir ein bisschen an den Eiern knabbern würde.«

Er hat die beiden ziemlich eingehend studiert und ist dabei leicht von der Fahrbahn abgekommen, sodass der Kies am Straßenrand unter den Reifen prasselt, ehe er den Wagen wieder auf den stillen Asphalt lenkt.

Die Häuser stehen jetzt dichter und werden dunkler, in den Höfen drängen sich Kinder, Fahrräder und Hunde. Während wir auf etwas zusteuern, das aussieht wie eine große Kreuzung, beobachte ich dahinhuschende Frauen mit Kopftüchern, Jungen mit Papiertüten und Baseballhandschuhen, Männer, die in engen kleinen Gruppen dasitzen oder in der Hocke kauern. Andere Männer, die weder sitzen noch hocken, lehnen an Hauswänden, stützen sich auf Spazierstöcke und Krücken oder stehen unbeholfen auf künstlichen Gliedmaßen. Das sind die Alten und Verstümmelten. Alle haben hagere, blässliche Gesichter, wie Patienten, die erst vor kurzem an die Sonne durften, als es längst zu spät war und es ihnen nichts mehr nützte.

»Springhill ist das letzte Loch«, sagt der Mann neben mir, »es sei denn, du willst vögeln. Dann liegst du hier goldrichtig. Gab ein paar große Grubenunglücke hier, die Männer sind alle weggestorben. Und die Frauen sind gewöhnt, dass man's dauernd mit ihnen treibt. Ist immer so in Bergwerksstädten. Sieh dir doch die vielen Kinder an. Nova Scotia, diese kleine Provinz, hat landesweit die meisten unehelichen Kinder. Das kümmert die einen Dreck.«

Der Name Springhill und die Erkenntnis, dass ich in dieser kleinen Stadt angekommen bin, erschreckt mich mehr, als ich mir je hätte träumen lassen. Als hätte ich trotz Ortsschildern und der geographischen Lage und obwohl ich weiß, es ist »da«, nicht geglaubt, dass es wirklich »hier« ist.

Und ich erinnere mich an den November 1956: Vor unserem Haus parkten die alten Autos mit laufenden Motoren, schlammbespritzt vom Boden und verrostet durch die Feuchte des Meeres. Männer warteten auf die Abfahrt nach

Springhill, das eine Nachtfahrt entfernt lag und mir damals, ich war gerade vierzehn, unendlich fern schien, eher ein Name als ein Ort. Sie warteten auf den Proviant, den meine Mutter in Wachspapier und alte Zeitungen einpackte, auf die Thermoskannen mit Kaffee und Tee, warteten auf meinen Vater und den gleichen Rucksack, der mich heute an diesem heißen Tag begleitet. Nur war er damals mit der Bergmannskleidung gefüllt, die er für die erhoffte Rettungsaktion brauchte. Die ständig schwärzliche Unterwäsche, die dicken Wollsocken, die Stiefel mit den stahlverstärkten Spitzen, ein schwarzer, schweißverfleckter Gürtel, der an der Seite herunterhing, in dem die Lampe steckte, der Schraubenschlüssel, der ausgetrocknete und verstaubte Wassersack, Hose und Handschuhe und ein Helm, der vom herabstürzenden Gestein über die Jahre gesprungen und eingedellt war.

Die ganze Nacht hielt mein Großvater das kleine Radio an sein besseres Ohr, um Neuigkeiten von den verschütteten Männern und ihren Rettern zu hören. In der Schule führten die Lehrer in allen Klassen Sammlungen durch und schrieben in großen Buchstaben auf die Tafel »Bergwerk-Hilfsfonds Springhill, Springhill, N. S.«, das war die Adresse, an die wir das Geld schickten, und ich erinnere mich auch noch, wie ungern meine Schwestern ihre gesparten Münzen weggeben wollten, denn mit elf, zehn oder acht bedeuten einem hehre Gründe und möglicher Tod nicht sonderlich viel, und es ist schwer zu begreifen, dass Kinder, die man nie gekannt hat, ihre Väter nicht mehr sehen, weder wie sie durch die Tür kommen noch wie sie in schweren Särgen durch die Tür getragen werden, um sie ein allerletztes Mal zu sehen. Die verschütteten Väter anderer Leute sind sehr fremd und weit entfernt, während Lakritze und Filmmatineen sehr nah und real sind.

»Tja«, sagt die Stimme neben mir, »vor sechs Monaten

war ich hier und hatte diese kleine, rundliche Frau. Ich hab's ihr ordentlich besorgt, bin auf ihr rumgeritten wie sonst was, und auf einmal fängt sie an zu heulen und redet mich mit 'nem Namen an, den ich überhaupt nicht kenne. Muss ihr toter Mann gewesen sein oder so. Hat mir'n Mordsschrecken eingejagt. Wie'n verdammter Geist bin ich mir vorgekommen. Mir wär fast alles vergangen. Aber zum Glück war ich sowieso schon fast fertig.«

Wir sind jetzt in der Innenstadt. Es ist später Nachmittag, die Zeit, in der es langsam Abend wird. Die Sonne brennt nicht mehr so gnadenlos wie zuvor und fällt jetzt schräg auf die geschwärzten Häuser, von denen viele nur noch Gerippe sind, kahl, ausgebrannt und abweisend. Eine Negerfrau geht mit zwei hellhäutigen Jungen vor uns über die Straße. Sie trägt eine Tasche mit Lebensmitteln, die kleinen Jungen haben jeder eine offene Flasche Pepsi-Cola. Sie haben ihre Hände auf die Flaschenöffnung gelegt und schütteln kräftig, damit der Inhalt sprudelt.

»Hier in der Gegend heiraten viele Leute Schwarze«, sagt die Stimme. »Wahrscheinlich werden sie da unten so dunkel, dass sie bei Tageslicht keinen Unterschied mehr sehen. Wie heißt es so schön, im Dunkeln sind alle gleich. Vor einigen Jahren hatten sie hier eine Explosion, und ein paar Jungs saßen unten fest, keine Ahnung, wie lang. Haben das Essen von den toten Kumpeln und die Rinde von den Stützbalken gefuttert und gegenseitig ihre Pisse getrunken. Ein Typ aus Georgia wollte denen, die überlebt haben, eine Reise in den Süden spendieren, aber in der Gruppe war ein Schwarzer, und den wollte er nicht mitnehmen. Da hat der Rest abgelehnt. Ich will verdammt sein, wenn mir ein Ausflug nach Georgia durch die Lappen gehen würde, nur weil ein einziger Nigger in meiner Firma arbeitet. Wie gesagt, ich könnte dein Vater sein oder sogar dein Großvater und war noch nicht mal in Vancouver.«

Er spricht jetzt von 1958, ein Jahr, das mir viel deutlicher in Erinnerung ist als 1956, was vielleicht daran liegt, dass es ein Unterschied ist, ob man vierzehn oder sechzehn ist, wenn im Leben etwas passiert. Eine ganze Reihe von Fakten oder Beinahe-Fakten, von denen ich nicht wusste, dass sie in meinen Gedanken existieren, blitzen jetzt nacheinander vor mir auf: Die Explosion im Jahr 1958 erfolgte an einem Donnerstag, genau wie die 1956. Cumberland Nr. 2 war zum Zeitpunkt der Explosion das tiefste Kohlenbergwerk Nordamerikas. 1891 kamen im gleichen Bergwerk 125 Männer ums Leben. An jenem Abend im Jahr 1958 gingen 174 Männer zur Arbeit in den Berg, man befürchtete, dass die meisten tot waren. 18 Männer wurden lebendig geborgen, nachdem sie über eine Woche unter Tausenden Tonnen von Stein begraben waren. Früher beschäftigte Cumberland Nr. 2 bis zu 900 Männer, heute nicht einen einzigen.

Und wieder erinnere ich mich an die Autos, die mit laufendem Motor vor unserem Haus standen, an den eingepackten Proviant, an die Ausrüstung, an das eine Woche lange Warten: Die Schulsammlungen, mein Großvater mit seinem Radio, diesmal ergänzt durch die Wirklichkeit des Fernsehers im Haus eines Nachbarn. Die Stille unserer verstummten Leben, unsere lautlosen Schritte. Und die Rückkehr meines Vaters, das gequälte Grau seines Gesichts, und als die jüngeren Kinder im Bett lagen, die ruhigen, leisen Gespräche über austretendes Gas und Sauerstoffmangel und den wilden, unbezähmbaren Qualm und die Flammen der unterirdischen Feuer, genährt von den unverwüstlichen Schichten der dunklen glitzernden Kohle. Und über die gefundenen Leichenreste der zerquetschten und entstellten Männer, wenn sie unter den herabrollenden Gesteinsmassen gestorben waren oder durch die Explosion selbst zerfetzt wurden, verwandelt in Stücke ihrer selbst, die unwiederbringlich verloren waren; Hände und Füße und abgesprengte Köpfe und Fortpflanzungsorgane und durchtrennte Stränge von Eingeweiden, die sich um die verbogenen Rohre und Stangen wanden wie groteske Christbaumgirlanden; und Fleischklumpen, an denen noch Haare klebten. Männer, verwandelt in grässliche Einzelteile, die man nie wieder zusammenfügen konnte.

»Ich weiß nicht, was die Leute heute hier so treiben«, sagt die Stimme an meiner Seite. »Die sollten arbeiten wie der Rest von uns. Die Regierung versucht sie umzusiedeln, aber in einer Stadt wie Toronto wollen sie nicht bleiben. Immer wieder kommen sie zu ihren Friedhöfen zurück, wie Hunde zu einer läufigen Hündin. Die haben keinen Mumm in den Knochen.«

Das rote Auto hält jetzt vor dem wohl einzigen Drugstore in dieser kleinen Stadt. »Vielleicht sollten wir eine Pause einlegen«, sagt er. »Mir reicht's, ich brauche eine Abwechslung. Immer nur Arbeit und keinen Spaß. Ich geh mal kurz rein und versuch mein Glück. Wie sagt der kluge Mann? Vorbeugen ist besser als heilen.«

Als er die Tür schließt, sagt er: »Du kannst ja später nachkommen. Vielleicht fällt für dich auch was ab.«

Der Gedanke daran, wo ich mich befinde und was er vermutlich gleich tut, lastet jetzt auf mir, als wäre es der Druck der eingestürzten Grube, die mir eben noch durch den Kopf ging. Obwohl es noch heiß ist, kurble ich das Fenster hoch. Die Leute auf der Straße mustern mich beiläufig in diesem auffälligen roten Auto mit den Nummernschildern aus Ontario. Ich erkenne jetzt einen Ausdruck in ihren Gesichtern, den ich bei meinem Großvater und Hunderten von Leuten aus meiner Vergangenheit gesehen habe und auch bei mir, wenn ich mein Gesicht in Spiegeln und Fenstern von fremden Autos wie diesem reflektiert sah. Denn ich gehöre nicht zu ihrem Leben, sondern befinde mich hier nur in einer Art rotem gläsernem Schaukasten auf Rädern, der eine Zeit lang durch ihre geheimen, von Kummer heimgesuchten Straßen fährt und bald weiterrollen wird, um sie so zurückzulassen wie vor meiner Ankunft; ich gehöre zu einer Bewegung, die durch ihr Leben zieht, ohne sie wirklich zu berühren. Wie Treibgut auf einem weiteren uninteressanten Fluss, der durch ihre festen Ufer fließt und einem unsichtbaren, hinter einer Biegung liegenden Ort entgegenstrebt, an dem sie nie waren und zu dem sie nicht gehen können. Ihre Blicke haben mich erfasst und als unwichtig abgehakt. »Was weiß er schon von unseren Unglücksfällen und dem Schmerz und den Menschen in unseren Gräbern?«

Jetzt wird mir allmählich bewusst, wie schrecklich allzu große Vereinfachungen sind. Denn mir wird klar, dass ich mich ihrer nicht nur heute, an diesem langen heißen Tag schuldig gemacht habe, sondern fast schon mein ganzes junges Leben lang, und erst jetzt, da ich in doppeltem Sinn ihr Opfer bin, beginne ich dunkel zu begreifen. Irgendwie hatte ich geglaubt, »Weggehen« sei eine rein körperliche Sache und habe nur mit Bewegung und albernen Etiketten wie »Vancouver« zu tun, ein Name, der mir immer glatt über die Lippen ging; oder mit dem Überqueren von Wasserwegen und Grenzlinien. Weil mein Vater mir gesagt hatte, ich sei frei, hatte ich mir lächerlicherweise eingebildet, ich sei es wirklich. Einfach so. Mir wird jetzt klar, dass die älteren Menschen, die ich näher kenne, vielleicht komplizierter sind, als ich je dachte. Und dass es durchaus Unterschiede gibt zwischen meinem sentimentalen, romantischen Großvater und seiner Liebe zur Kohle und meiner strengen, praktisch veranlagten Großmutter und ihre Abneigung gegen alles, was mit Kohle zu tun hat; und zwischen meiner insgeheim starken, aber passiven Mutter und den hoch fliegenden Extremen der deftigen Gewaltausbrüche meines Vaters und der stillen Macht seiner Liebe. Alle vier sind anders. Aber trotzdem haben sie mir geduldig das einzige Leben geschenkt, das ich seit diesen achtzehn Jahren kenne. Ihr Leben fließt in meines, und meines fließt aus ihrem. Es ist anders, aber in gewisser Weise ähnlicher, als ich je geglaubt hätte. Vielleicht, überlege ich jetzt, ist es ja möglich, beides zu sein und doch nur das eine zu sehen. Denn der Mann, in dessen Auto ich sitze, sieht nur Ähnlichkeiten. Für ihn lassen sich die Menschen dieser schwer gebeutelten Stadt auf ein paar Floskeln und den Akt des Geschlechtsverkehrs reduzieren. Für ihn sind sie nichts weiter als ein Schwarm identischer Goldfische, die ein identisches, unbegreifliches Leben in ihrem gläsernen Gefängnis führen. Und die Leute auf der Straße sehen mich hinter meinem Fenster ganz ähnlich; und ich selbst habe andere in Autos mit fremden Nummernschildern ebenso betrachtet und bin zu dem gleichen Urteil gekommen. Und doch sind weder diese Leute noch der Mann in irgendeiner Weise unfreundlich, denn nicht zu verstehen heißt noch lange nicht, dass jemand grausam ist. Aber ehrlich sollte man wenigstens sein. Vielleicht habe ich mich zu sehr bemüht, anders zu sein, ohne mir darüber klar zu werden, was ich gegenwärtig bin. Ich weiß es nicht. Ich bin mir nicht sicher. Ich weiß nur genau, dass ich diesem Mann nicht in ein Haus folgen kann, das jenem, aus dem ich heute Morgen wegging, sehr ähnlich ist, und mich dann der Umarmung einer Frau hingebe, die gut meine Mutter sein könnte. Ich weiß hingegen nicht, wie meine Mutter sein wird, wenn sie jahrelang ohne den zuckenden Körper meines Vaters leben muss, ohne das Hämmern seines Herzens. Denn ich weiß nicht, wann er sterben wird. Und ich weiß auch nicht, in welcher Dunkelheit sie dann seinen Namen rufen wird und in wessen Beisein. Mir kommt es vor, als wüsste ich von allem sehr wenig, außer dass ich mich getäuscht und mir und anderen etwas vorgemacht habe. Vielleicht hat dieser

Mann Spuren auf einer Seele hinterlassen, von der ich gar nicht wusste, dass sie in mir steckt.

Es ist dunkel am Stadtrand von Springhill, als mich die Scheinwerfer eines Fahrzeugs in ihrem näher kommenden Strahl auffangen. Der Wagen hält am Straßenrand, ich steige hinten ein. Ich habe Probleme, die Tür hinter mir zu schließen, weil der Griff fehlt, deshalb ziehe ich an der Kurbel, mit der man das Fenster öffnet. Einen Moment lang befürchte ich, dass ich sie womöglich gleich in der Hand halte. Vorn sitzen zwei Männer, aber ich kann nur die Umrisse ihrer Hinterköpfe sehen und sonst wenig über sie sagen. Der Mann, der neben mir sitzt, ist ebenfalls kaum zu erkennen. Er ist groß und hager, aber nach dem, was ich von seinem Gesicht sehe, lässt sich schwer schätzen, ob er dreißig oder fünfzig ist. Auf dem Boden zu seinen Füßen liegen zwei Säcke mit Bergwerksausrüstung, und ich stelle meinen Rucksack dazu, denn woanders ist kein Platz.

»Woher kommst du?«, fragt er, als der Wagen anfährt. »Von Cape Breton«, antworte ich und nenne ihm den Namen meiner Stadt.

»Da kommen wir auch her«, sagt er, »allerdings von der anderen Seite der Insel. Wo du herkommst, sind die Gruben fast alle stillgelegt. Das sind die alten. Wo wir herkommen, sind sie auch bald am Ende. Und wohin willst du jetzt?«

»Ich weiß nicht«, entgegne ich. »Keine Ahnung.«

»Wir fahren nach Blind River«, sagt er. »Wenn es dort nicht klappt, gibt es in Colorado angeblich Uran, und sie wollen bald Schächte abteufen. Vielleicht versuchen wir es dort, aber unser Auto ist alt, wahrscheinlich schaffen wir es nicht nach Colorado. Du kannst gern mit uns kommen, wenn du willst. Wir nehmen dich eine Zeit lang mit.«

»Ich weiß nicht«, sage ich, »keine Ahnung. Ich werd's mir überlegen. Muss mich noch entscheiden.«

Der Wagen rollt in die Nacht. Die suchenden Scheinwerfer folgen dem lockenden weißen Streifen; er scheint zu schweben und uns mitzuziehen, vorwärts und aufwärts und in sich hinein, für immer in die endlose Weite der Dunkelheit.

»Ihr seid wohl schon ewig Bergleute?«, fragt die Stimme neben mir.

»Ja, seit 1873.«

»Mannomann«, sagt er nach einer kurzen Pause, »das macht dich kaputt und bricht dir das Herz.«

Gold und Grau

Um Mitternacht blickte er zu der neonbeleuchteten Coca-Cola-Uhr und stellte mit einem schalen Gefühl fest, dass er zu lange geblieben und jetzt vielleicht unwiederbringlich verloren war. Er senkte den Blick und sah schnell wieder hoch, in der verzweifelten Hoffnung, die Uhr beim zweiten Versuch vielleicht überraschen zu können und die Zeiger anderswo zu finden, auf neun oder zehn vielleicht, doch vergeblich. Da standen sie, kerzengerade, wie strenge tadelnde Finger, die allein durch ihre unbeugsame Tugend alles auf der Welt zu verdammen schienen, was nicht so aufrecht und standfest war wie sie.

Ihm wurde ganz übel und er spürte, wie sein rechter Arm bis zum Handgelenk und den Fingerspitzen taub wurde, wie damals, als er in einem Footballspiel an der Highschool zu Boden ging. Er bewegte die Schultern unter dem Hemd, um die Kälte abzuschütteln, fuhr sich mit der Zunge nervös über die Lippen und ließ den Blick um den Billardtisch wandern, über die Männer mit den Queues in den Händen und über das fleckige braunschwarze Holz, welches das Tischrechteck umrahmte. Auf der Kante lagen drei Vierteldollarmünzen und zeigten an, dass noch drei Herausforderer blieben. Und dann blickte er auf das weiche Samtgrün in der Mitte, das ihn, dachte er, in Bann hielt wie ein Traumland, und schließlich auf die schwarze Acht und die weiße Stoßkugel, die so aussahen, dachte er, als wüchsen Gut und Böse paradoxerweise auf dem Grün dieser Ebene. Er spielte sein erstes richtiges Spiel, aus dem eine ganze Serie geworden war, ein Marathon, der um acht begonnen hatte, als er mit den Büchern in der Hand an der Tür stehen geblieben war, und der immer weitergegangen war, während die Abendstunden mit der Schnelligkeit und Unwirklichkeit eines Traums dahinflogen. Die Art von Traum, die einen in einem feinen elastischen Netz festhält, auch wenn man insgeheim ahnt, dass man sich am Morgen an nichts mehr erinnern wird und nicht recht weiß, ob man Lust oder Schmerz empfindet, ob das Erwachen Sieg oder Niederlage bringt, ob man für immer gerettet oder doch für immer verdammt ist.

Eine Stimme sagte jetzt: »Junge, willst du die ganze Nacht warten? Ich hab keine Zeit.« Er schreckte hoch, aus dem Traum gerissen, aber noch darin gefangen, und sagte, mit dem Kopf in die Richtung weisend: »Seitentasche«, beugte sich mit dem Queue in der Hand über den Tisch, hob dabei das rechte Bein vom Boden und spürte, wie die Gürtelschnalle in seinen Bauch und das schwarzbraune Holz fest gegen seine Hoden drückte, und als er zustieß, fühlte er das glatt polierte Holz leicht durch die Finger gleiten, und dann sah er, wie die sanft touchierte schwarze Acht langsam und leise über das grüne Feld rollte, bis sie lautlos vor seinen Augen versank, und dann hörte er sie laut polternd irgendwo unten im Tischinneren rollen, wo sie sich in der dunklen Unterwelt klackend zu ihren Vorgängern gesellte. Und dann sah er die grüne Dollarnote vor seinen Augen auf den Tisch flattern, und gerade als er nach ihr griff, steckte der Nächste eine der Vierteldollarmünzen in den Schlitz und erlöste die Kugeln aus ihrer Höhle, um sie erneut im Dreieck aufzubauen. Inzwischen war es nach Mitternacht, und er wusste, jetzt war es zu spät.

Er war nicht mehr zu Hause gewesen, seit er am Morgen kurz vor acht mit den Büchern unter Arm im frühen Oktobersonnenschein aufgebrochen war. Jetzt lagen die Bücher gleich neben der Tür, am Ende der langen schmalen Bank, die an der Wand stand. Er hatte sie verschämt unter seiner Jacke versteckt, aber unter dem Ärmel konnte er das Algebrabuch erkennen und den roten Umschlag des Geometriebuchs, in das er mit Bleistift seine Noten – die meisten sehr gut – eingetragen hatte, und das Englisch-Lesebuch, aus dem er fast alle Gedichte auswendig kannte. In dieser Umgebung wirkten sie fehl am Platz und am liebsten hätte er sie etwas angemessener versteckt; um sie zu schützen und vielleicht auch, um sich vor den Fragen zu schützen, die sie aufwarfen, oder vor den Fragen, die die Männer über sie stellen könnten. Sein Blick huschte unruhig durch den langen, schmalen, schluchtartigen Raum, dessen hinteres Ende mit dem verschwommenen AUSGANG-Schild er wegen des Zigarettenqualms, der in wabernden Schichten in der verbrauchten, säuerlichen Luft hing, kaum erkennen konnte. Eine lange, unebene Theke nahm fast die ganze Länge des Raums ein, sie begann neben dem Billardtisch und erstreckte sich wie eine schienenlose Schmalspurbahn zu einem Musikpodium weit hinten, auf dem zwei singende Gitarristen und ein Schlagzeuger unter den ständig blinkenden bunten Lichtern schwitzten und die dicke Luft mit dem typisch vibrierenden Nashville-Sound beschallten. Auf der Theke selbst machten drei aufgedunsene, nicht mehr ganz junge Go-go-Girls plumpe, phantasielose Bewegungen, und ihren netzbestrumpften Füßen gelang es nicht immer, den tristen kleinen Lachen aus verschüttetem Bier auszuweichen. Entlang der Theke saßen die Männer, zu deren Unterhaltung sie tanzen sollten, und blickten pflichtbewusst und lustlos zu ihnen auf, nur einer mit schlohweißem Haar strich träge und in rhythmischen Bewegungen mit seiner schweren, schwieligen Hand am Hals einer Bierflasche auf und ab, als würde er langsam und nachdenklich masturbieren.

Über allem und jedem hing ein Geruch, der alles bedeckte und niederdrückte wie das Dach eines gigantischen unsichtbaren Zeltes, aus dem es kein Entkommen gibt. Es roch nach Arbeitskleidung, die durchgeschwitzt und wieder getrocknet war, nach verschüttetem Bier und den säuerlichen Lappen, mit denen es weggewischt wurde, nach dem feuchten, vermoderten Holz unter dem Bodenbelag und nach dem Gestank, der aus den ständig auf- und zuschwingenden Türen der Männertoilette drang: Gestank von abgestandenem Urin, starkem Desinfektionsmittel, Tabakkrümeln und durchweichten Zigarettenpapieren, die im Becken lagen, über dem ein unbeholfen beschriftetes Schild erklärte: Dies ist *kein* Aschenbecher. Bitte werfen Sie keine Zigarettenkippen in unsere Toilette, wir pinkeln auch nicht in Ihren Aschenbecher. KEINE ZIGARETTENKIPPEN IN DAS BECKEN WERFEN.

Und während all das auf seine Sinne einstürmte, hatte er das Gefühl, dass alles in seinem Leben falsch lief und es schon völlig zerstört war, obwohl er gerade erst achtzehn war. Und er wünschte sich sehnlichst nach Hause.

Er konnte die Situation dort jetzt förmlich vor sich sehen. Die fünf jüngeren Geschwister lagen im Bett und seine Schwester Mary, die sechzehn war, half seiner Mutter das Essen zubereiten, das sein Vater in der Brotbüchse mit in die Fleischverpackungsfabrik nahm. Sein jüngerer Bruder Donny, der dreizehn war, hoffte inständig, auch wenn er wusste, es war vergeblich, dass der Fernseher etwas länger anbleiben würde. Und sein Vater, der in Unterhemd, Socken und aufgeknöpftem Hosenbund vor dem Fernseher gesessen hatte und dessen Kopf mit dem ergrauten rötlichen Haar von einer Seite auf die andere fiel, da er öfter döste und einschlief, als er zugeben mochte, war jetzt aufgestanden und wollte die Tür für die Nacht verschließen. Und dann blieb er stehen und fragte schroff: »Wo ist Jesse?«, worauf ein schreckliches, unangenehmes Schweigen eintrat, gefolgt von: »Wohnt er jetzt vielleicht nicht mehr bei uns?« Und alle drehten und wandten sich, seine Mutter trocknete Gläser ab, die schon abgetrocknet waren, Mary und Donny wechselten flüchtig einen Blick, während der gedrungene Mann, nunmehr hellwach und an seiner Pfeife paffend, von einem Fenster zum nächsten lief, die Augen gegen das Glas abschirmte und Ausschau hielt, ob sein ältester Sohn unter den Straßenlaternen nach Hause kam. Er ging unablässig auf und ab, mit seinem langen, ausholenden Schritt, den er aus dem ländlichen Osten Kentuckys in die Stadt in Nord-Indiana mitgebracht hatte und den er sich nicht abgewöhnen konnte oder wollte. »Wo bleibt der Bursche?«, murmelte er, oder noch strenger: »Wo verdammt nochmal steckt der Junge, schließlich ist es schon nach Mitternacht!« Und auch seine Frau hielt Ausschau, ebenso angespannt, aber heimlich, damit ihr Mann nichts merkte und durch ihre Sorge nicht noch aufgebrachter wurde. Damit es nicht allzu schlimm wurde, hatte sie manchmal gelogen oder eines der jüngeren Kinder angestiftet zu sagen: »Jesse ist heute Abend bei den Caudells und lernt mit Earl. Er hat gesagt, es könnte spät werden.«

Dann trug sie allein die Last des Ausschauhaltens und Wartens, und alles war viel leichter, denn im Gegensatz zu ihrem Mann trug sie ihre Lasten still und man merkte ihr gar nicht an, dass sie sich Sorgen machte, außer man erwischte sie zufällig in einem unbedachten Moment und sah die leichte Anspannung um ihre hohen Wangenknochen, den verkrampften Zug um den Kiefer oder die fest zusammengepressten Lippen. Sie sagte also – oder ließ andere sagen –, »er lernt bei den Caudells«, denn es mochte nicht die beste Antwort sein, aber sie war immer noch besser als jede andere, die ihr einfiel. Sie wusste, dass ihr Mann, wie auch sie selbst, dem Wort »lernen« und allem, was damit verbunden war, einen großen, fast schon an Angst grenzenden Respekt entgegenbrachte. Denn beide waren des Lesens und Schreibens kaum mächtig und fanden schon das Unterschreiben der großartigen Zeugnisse, die ihnen von den Kindern triumphierend und nachdrücklich vorgelegt wurden, nicht ganz einfach. Und obgleich sie sich manchmal ärgerten und versuchten, »Bücherwissen« und Leute, die nur »gelehrt« waren, verächtlich abzutun, förderten sie beides, so gut sie konnten, weil sie darin ein Licht sahen, das ihre Dunkelheit nie erhellt hatte, waren sich aber gleichzeitig darüber im Klaren, dass ihnen, wenn sie die Flamme entfachten, alles entglitt, was sie im Leben besaßen. Sie fühlten sich dann, als würde eine Flutwelle sie von einem schieferbedeckten Berg in Kentucky in die Tiefe reißen, während sie verzweifelt nach Zweigen und Wurzeln griffen, bis ihre Finger wund waren und bluteten.

Vor zehn Jahren hatten sie tatsächlich an einem Berg in Kentucky gelebt, als Everett Caudell sie schließlich überzeugt hatte, in den Norden zu ziehen. Caudell und der Vater des Jungen waren Freunde gewesen, die ihre Jugend in der Abgeschiedenheit einer Welt verbracht hatten, in der man auf Eichhörnchenjagd ging und sich sonntags zum Kuchenessen traf; später hatten beide ihre Jugendfreundinnen geheiratet und sie in die qualvolle Existenz in den Kohlencamps mitgenommen, wo Arbeit und Leben bestenfalls unsicher, Armut und Angst hingegen schreckliche Gewissheit waren. Caudell war nach Norden gezogen und hatte sich den Job in der Fleischverpackungsfabrik gesucht, war einmal mit dem zerbeulten Halbtonner zurückgekehrt, um seine Familie mitsamt ihrer Habe zu holen und beim nächsten Mal den Freund aus seiner Jugend. Jenen Freund, der kurz zuvor fast ums Leben gekommen war, als die Decke der kleinen illegalen Kohlengrube eingebrochen war. Er war nur entkommen, weil er sah, wie die Ratten an ihm vorbei in Richtung Licht rannten, sein Werkzeug fallen ließ und ihnen folgte; er rannte hinter ihnen her und trat ihnen fast auf die schuppigen Schwänze, während ihm der Krach des einstürzenden Gesteins und das gewehrsalvenähnliche Bersten der Balken in den Ohren hallte.

Seine Frau und er waren seitdem noch religiöser geworden, weil sie irgendwie glaubten, dass Gott entweder die fliehenden Ratten als Zeichen gesandt oder dem Mann buchstäblich einen Schubs gegeben und den Unfall vielleicht sogar vorherbestimmt hatte, damit die Familie im Norden ein neues Leben begann. Ein Leben, das zehn Jahre später dazu führte, dass sie nach Mitternacht auf Schritte an der Tür horchten.

Bisher war er immer um halb zwölf zu Hause gewesen. Immer. Ausnahmslos. Aber heute war er hier, mit der Musik in den Ohren und dem Geruch in der Nase, mit dem Queue in der Hand und dem grünen Tisch unter dem trüben gelben Licht vor sich. Er sah die Vierteldollarmünzen der Herausforderer, hörte die Männer leise hinter sich Wetten abschließen, und er wusste irgendwie, dass er um jeden Preis und fast gegen seinen Willen bleiben würde, bleiben musste. Denn er hatte lange gebraucht, um diesen Abend zu erreichen, und würde ihn nicht mehr wiederholen können.

Vor zwei Jahren war er das erste Mal draußen vor der offenen Tür stehen geblieben, um das Treiben im Inneren zu beobachten. Es war ein heißer Mittsommerabend gewesen, die Hitze stieg in kleinen Wellen vom Gehsteig auf, und er kam gerade von seinem Job im Lebensmittelgeschäft zurück. Erst hatte ihn die Musik angezogen, Klänge von Eddy Arnold und Jim Reeves, die sein Vater ständig spielte und für die er und seine Schwester sich so schämten. Sie kannten nicht die schmerzhafte Einsamkeit, von der die Musik erzählte, und wenn sie in warmen Sommernächten aus den Fenstern ihres Hauses drang, brandmarkte sie ihre Eltern unauslöschlich als Hillbillies und sie als Kinder dieser Eltern ebenfalls. Sie hassten dieses Etikett und wollten es nicht tragen.

An jenem Abend hatte er fasziniert vom Gehsteig aus alles beobachtet, und nachdem man ihn mehrmals angerempelt hatte, stand er in der Tür und dann mit einem Fuß im Inneren, im Hinterkopf stets die warnenden Schilder: Minderjährige werden nicht bedient. Personen unter 21 ist der Zutritt untersagt. Dennoch trat er ein, auch wenn er die Tür immer gewissenhaft im Auge behielt, mit einer Miene, die ihm oft in den Gesichtern von nervösen höflichen Negern am Rande einer weißen Menge aufgefallen war.

Danach hatte er eine Woche lang fast jeden Abend auf dem Nachhauseweg Halt gemacht, stand draußen vor der Tür oder knapp im Inneren, gefangen von der Musik und dem Geruch, vor allem aber von den schweren Männern, die sich um den Billardtisch bewegten. Und dann, als er eines Abends den Mann beobachtete, der gerade den Queue hielt, sah er Everett Caudell in die Augen, und ihre Blicke trafen sich irgendwo dort im leeren Raum über dem Tisch und hielten einander stand, wie die bohrenden, suchenden Scheinwerfer zweier einsamer Frachtzüge in den Bergen, die mitten in der Nacht um eine Kurve biegen und in diesem einen Moment für immer miteinander verbunden sind. Er hatte sofort geahnt, wie es weitergehen würde. Everett Caudell würde nicht zu seinem Vater gehen und sagen: »Gestern Abend hab ich Jesse getroffen«, ebenso wenig wie er Earl Caudell, mit dem er in eine Klasse ging und im gleichen Backfield Football spielte, nicht sagen würde: »Neulich Abend hab ich deinen Vater beim Billardspielen in einer Bar gesehen.« Denn für manche Dinge gibt es keinen Altersunterschied, und das Wort »Generation‹ ist letztendlich bedeutungslos.

Und so hatte alles angefangen. Abends auf dem Heimweg vom Lebensmittelgeschäft kehrte er zehn oder zwanzig Minuten ein, stand gleich am Eingang an der Wand und sah den Spielern zu. Im Hinterkopf stets das Schild, das ihn daran erinnerte, dass er ein »Minderjähriger« und ihm als solchem der »Zutritt untersagt« war. Mit der Zeit aber merkte er, dass es niemanden wirklich interessierte, ebenso wenig wie das andere Schild, auf dem stand: WETTEN VERBOTEN. Er entfernte sich weiter vom Eingang weg und immer tiefer in den Raum, denn er spürte allmählich, dass die fremden, rauen Männer ihn offenbar mochten und ihm zuzwinkerten, wenn ihnen gute Stöße gelangen, und sich bei ihm beklagten, wenn sie verfehlten. Wenig später fiel ihm auf, dass die Tür schon um vier offen war, wenn er zur Arbeit ging, und auch um sieben, wenn er zurückkam. Oftmals, wenn sein Footballtraining ausfiel, rannte er fast von der Schule in die Bar, um dort ein paar kostbare Augenblicke zu verbringen, in der verzweifelten Hoffnung, dass der Tisch frei wäre und er die Vierteldollarmünze einwerfen könnte, die immer schweißnass war, weil er sie so fest hielt, wenn er fast rannte. Und dann sah er zu und horchte, wie die Kugeln in die Freiheit rollten, und übte allein die Stöße, die er am Abend vorher gesehen hatte. Er übte konzentriert und unnachgiebig bis vier, wenn die schweren Männer nach dem Ende ihrer Schicht langsam erschienen. Das alles hatte er getan, ohne dass er auch nur zu hoffen gewagt hätte, jemals eine richtige Partie zu spielen, und als er sich jetzt über den Tisch neigte, empfand er eine seltsame Seelenverwandtschaft mit den jungen Männern in den Geschichten von F. Scott Fitzgerald, die immer nur üben, aber nie spielen, bis in ihrem Leben ein bestimmter Augenblick kommt und sie für immer verändert.

Vier Männer hatten gespielt, als er eingetreten war und seinen Platz an der Wand unter den Schildern, die seine Anwesenheit verboten, eingenommen hatte. Zwei Paar Männer mittleren Alters, die den Tisch umkreisten, erst schnell mit den Augen, dann langsam mit dem Körper, während sie mit beschwörenden Flüchen auf die Kugeln einredeten und die winzigen Schweißperlen abwischten, die sich auf ihrer Stirn bildeten. Sie spielten nur um einen Dollar, was laut einem Schild ebenfalls verboten war, und als die Verlierer gezahlt hatten, sagte einer der Männer, er müsse nach Hause gehen, und war fast augenblicklich verschwunden. Daraufhin hatte sich sein Partner umgedreht und der Gestalt, die er so oft an der Wand hatte stehen sehen, den Billardstock angeboten und gesagt: »Wir beide.« Fast reflexartig hatte er zugegriffen, und er mochte sich vielleicht wie die jungen Männer bei Fitzgerald vorkommen, aber er fühlte sich auch, und vielleicht noch stärker, den vielen jungen Männern bei Conrad verbunden, die sich nicht vorstellen konnten, das zu tun, was schon getan ist. Er hatte eingewilligt, und damit nahm der Abend seinen Lauf.

Zuerst war er so mit dem Gedanken beschäftigt, er könne verlieren und müsse einen Dollar zahlen, den er vielleicht gar nicht besaß, dass er furchtbar schlecht spielte und sie nur durch die Stöße seines Partners gewannen, aber im zweiten und dritten Spiel wurde er stärker, spielte vorsichtig und überlegt, und wenn er auch nicht berauschend war, verlor er wenigstens nicht. Er staunte selbst, wie viel er in den einsamen Übungsspielen und beim stundenlangen Zusehen gelernt hatte. Und als ihre Gegner sich verabschiedeten und in die Nacht hinausgingen, spielte er gegen seinen Partner und schlug ihn nach einer endlos langen Zeit, oder jedenfalls kam es ihm so vor. Er steckte den Dollar ein und blieb länger und länger, sah aus dem Augenwinkel die herausfordernden Vierteldollarmünzen, die von gesichtslosen unbekannten Männern mit abgebrochenen Fingernägeln auf das braunschwarze Holz gelegt wurden, bis er eine Hand erkannte und er Everett Caudell ins Gesicht sah, aber nichts sagte, so wie sie auch bei ihrer ersten Begegnung hier, die inzwischen so lange zurückzuliegen schien, nichts gesagt hatten. Sie spielten also beide schweigsam, sehr vorsichtig und sehr langsam, bis nur noch die schwarze Acht blieb und der ältere Mann seinen Stoß ausführte, die Kugel aber nicht versenkte, dann seinen Dollar auf den Tisch legte und in die Nacht hinausging, worauf ihn ein neues unbekanntes Händepaar mit einem neuen unbekannten Gesicht ersetzte.

Während des Spiels gegen Caudell waren ihm viele verschiedene Dinge durch den Kopf gegangen. Zuerst war er verlegen gewesen und hatte befürchtet, Caudell würde versuchen, eine Unterhaltung in Gang zu setzen, und dann hatte er gedacht, dass es, falls er verlieren sollte, sehr passend wäre, wenn seine Niederlage auf das Konto des einzigen der hier anwesenden Männer ginge, den er wirklich kannte. Und dann hatte ihn bis zum Schluss der Gedanke gequält, Everett Caudell könnte das Spiel absichtlich verlieren, so wie ein liebevoller Vater beim Schach gegen seinen siebenjährigen Sohn verliert, und er hatte gehofft und beinahe gebetet, dass ihnen beiden ein solcher Verlust der männlichen Würde erspart bliebe in dieser seiner Nacht der Erkenntnis. Als er schließlich sicher war, dass Caudell sein Bestes gab, empfand er tiefe Dankbarkeit für die unausgesprochene Anerkennung, und als der besiegte Mann fortging, überwältigte ihn eine Mischung aus Einsamkeit und Trauer, Bedauern und Wut und wildem unbändigem Stolz, für die er sich fast schämte. So wie man fühlt, wenn man am Grab eines geliebten Menschen steht.

Und die Nacht raste weiter und er spielte noch immer wie im Traum, unbeeinflusst vom Bier, das seine Gegner mit fortschreitender Stunde langsam angriff, und unbeeinflusst von der Musik und dem Treiben, das immer wilder wurde, je weiter der Abend vorrückte. Einmal hob er den Kopf, als die vibrierenden Bassakkorde einer Duane-Eddy-Komposition erklangen, und blickte die Theke entlang, auf der eine der schwitzenden, nicht mehr ganz jungen Tänzerinnen ihre dicklichen, mit Netzstrümpfen bekleideten Beine spreizte und sich sehr, sehr langsam senkte, bis sie fast auf dem kahlen Kopf des Mannes hockte, der vorgebeugt am Tresen saß, ihn dort mit einem heißen, schweren Innenschenkel an jedem seiner Ohren festhielt und auf seiner kahlen Kopfhaut vor- und zurückrutschte. Da wurde ihm fast übel, und er schaute schnell weg, führte seinen Stoß zu hektisch aus und verfehlte.

Um halb zwei tippte ihm ein Mann auf die Schulter und sagte ihm, jemand wolle ihn sprechen, und als er sich umdrehte, entdeckte er seinen jüngeren Bruder Donny, der ihm von der Straße aus durch die immer noch offene Tür zuwinkte. Er entschuldigte sich, ging rasch hinaus und zog die massive Tür so kräftig hinter sich zu, dass sie knallte, als könnte er damit seinen Bruder vor der Frau auf der Theke und vielleicht auch sich selbst vor den Männern im Inneren schützen.

Donnys braune Augen waren weit aufgerissen, und er begann in schnellen kurzen unsicheren Sätzen zu sprechen: »Mensch, komm lieber mit heim. Sie laufen herum und gucken aus dem Fenster. Es ist schlimm, vor allem mit Dad. Er raucht wie verrückt. Und er hat den komischen Ausdruck im Gesicht. Sie wissen nicht, wo du bist.«

Zuerst hatte er Angst, aber dann versuchte er, locker zu reagieren. »Ach was, das ändert auch nichts mehr. Zu spät komme ich sowieso. Da kann ich ebenso gut die ganze Nacht wegbleiben, oder?«

»Aber Jesse, du weißt doch, was los ist, wenn du heimkommst.«

»Na und? Kann es morgen früh schlimmer werden?« Donnys Miene sagte eindeutig, dass es das konnte.

»Jesse, was soll ich ihnen denn sagen?«

»Sag ihnen, dass ich Billard spiele.«

»Sie wissen nicht, was Billard ist. Und wenn sie fragen, wo?«

»Dann sag es ihnen.«

»Jesse, du spinnst. Der Alte ist in fünf Minuten hier, wenn er weiß, wo du bist. Du kennst ihn doch. Man weiß nie, wozu er fähig ist.«

Ihm fiel jetzt die schreckliche Gewalttätigkeit ein, die in seinem Vater steckte; ein Etwas, das tief in seinem Innern rumorte wie ein unterirdischer Bergbach, dessen brausende Gischt in tiefen unsichtbaren Höhlen gegen dunkle Felsen spritzt und klatscht. Er hatte es nur einmal erlebt, als Kind, in Hazard oder Harlan, er wusste nicht mehr genau, wo, als der Mann, den sein Vater auf dem Parkplatz hinter dem Geschäft geschlagen hatte, wie eine groteske Flickenpuppe durch die Luft flog und eine ganze Weile gekrümmt und reglos dagelegen hatte, während das Blut in dünnen roten Rinnsalen an seinen abgebrochenen Zähnen vorbeifloss. Und seine Mutter hatte gebetet: »O Herr, lass diesen Mann nicht sterben, ich bitte dich.« Und sein Vater hatte den Kopf in den Armen vergraben und an der Mauer gelehnt, vielleicht ebenfalls betend, aber seine Fäuste blieben so fest geballt, dass die Knöchel weiß vorstanden, als versuchte er sich verzweifelt an etwas zu klammern, ohne genau zu wissen, was es war. Nach einer Weile begannen auch sie, die Kinder, zu weinen, weil sie spürten, da stimmte etwas nicht, und sie nicht wussten, was sie sonst tun sollten.

Hinter ihm wurde jetzt die Tür geöffnet, und als er sich umdrehte, sah er wieder die Tänzerinnen entlang der Theke, und der Mann in der Tür sagte: »Spielst du die Partie jetzt fertig? Ich hab nicht ewig Zeit«, und er zuckte ängstlich zusammen und sagte zu Donny: »Pass auf, ich muss los. Denk dir selber eine Geschichte aus. Sag ihnen, mir geht's gut. Ich komme später.« Als er sich dem Gebäude zuwandte, mied er den Blick seines Bruders, damit er nicht die Tränen sehen musste, die er spürte, aber nicht wahrhaben wollte.

Er ging also wieder hinein und dachte daran, dass Donny der beste kleine Bruder der Welt war. Daran, dass er nie das Vertrauen seines Bruders gebrochen hatte, dass er stundenlang die Schuhe des großen Bruders putzte oder brav den Baseballbällen nachrannte, die er in hohem Bogen schlug, und dass er, als der große Bruder angefangen hatte zu rauchen, wie ein unermüdlicher kleiner Roboter überall in der Stadt Flaschen sammelte, bis er genug für die teure Schachtel Zigaretten zusammenhatte. Manchmal hatte er das Gefühl, dass Donny, wenn er ihm sagen würde, er solle vom Rand eines Hochhauses springen, es ohne zu zögern tun würde, und bei dem Gedanken an diese schreckliche Macht zog sich ihm das Herz zusammen.

Um drei Uhr verließ er die Bar, die offiziell um zwei geschlossen hatte, und wusste nicht so recht, wohin er gehen sollte. Um nach Hause zu gehen, war es einerseits zu spät und andererseits zu früh. Er schlenderte die Straße entlang, bog dann in eine Gasse und blieb im Dunkeln stehen, lauschte den raschelnden Ratten und wartete auf die Morgendämmerung. Er fröstelte in der Kälte und überlegte, was er sagen würde, wenn jemand vorbeikam und sah, wie er mit den Schulbüchern unter dem Arm frierend hier in der Gasse stand. Beinahe ängstlich drückte er sich rücklings in den Schatten eines Hauses und schob die Hände in die Hosentaschen. Erst jetzt spürte er das Geld und fuhr wie elektrisiert hoch. Er hatte sehr konzentriert gespielt und die Dollarscheine, die in seine Tasche gewandert waren, völlig vergessen. Aber jetzt fühlte er sie in zwei wirren, zerknitterten Knäueln. Knäuel, die inzwischen feuchtkalt, vorhin aber noch warm und fast durchweicht vom Schweiß seiner Schenkel gewesen waren. In der Dunkelheit und ohne sie aus der Tasche zu holen, versuchte er sie zu zählen, befingerte jede vermeintlich neue Ecke, dann die nächste, zählte erst die Ecken einer Tasche und dann die der anderen, bis er schließlich verzweifelt aufgab, weil er nie zweimal das gleiche Ergebnis erzielte, und lief schnell wieder zur Straße zurück.

Er ging in einen durchgehend geöffneten Imbiss, setzte sich auf den vorletzten Hocker und legte seine Bücher auf den letzten, in der Hoffnung, dass ihn dort niemand bemerken würde und er wenigstens etwas zur Ruhe käme. Der Stoff seiner Hose spannte über den Oberschenkeln, und er konnte die vorstehenden Beulen in den Taschen genau spüren und sich vorstellen, wie sie aussahen, ohne dass er den Blick senken musste, doch das wollte er auch nicht, weil er befürchtete, seine schlimmsten Ängste würden sich bestätigen oder er würde damit die Aufmerksamkeit auf etwas lenken, das er lieber für sich behielt. Er empfand es wie das geheimnisvolle Kommen einer unpassenden jugendlichen Erektion, von der man weiß, sie ist da: ungebeten und unerwünscht und ungebührlich deplatziert.

Er bestellte Kaffee und zog dann langsam die zerknitterten Scheine aus der rechten Tasche. Vermutlich, dachte er, weil er Rechtshänder war. Einen nach dem anderen entfaltete er sie und strich sie glatt. Sie waren immer noch feucht und rochen leicht salzig. Insgesamt waren es neunzehn. Dann machte er das Gleiche mit dem Inhalt der linken Tasche. Zwölf. Er besaß einunddreißig Dollar.

In völlig veränderter Stimmung und mit den ordentlich gefalteten Scheinen in der Hemdbrusttasche verließ er den Imbiss. Er würde nach Hause gehen und sie ihnen schenken, überlegte er. Es wäre das erste lohnende Geschenk, das er jenen gab, von denen er immer genommen hatte. Und eine große Liebe erfüllte ihn für die seltsamen Menschen, die seine Eltern waren. Eltern, für die er nur schwer Verständnis aufbringen konnte, die immer noch anstrengende Touren nach Kentucky unternahmen und nicht zu stolz waren, offen ihre Rührung zu zeigen, wenn ihr verbeultes altes Auto die mächtige Brücke von Cincinnati nach Covington überquerte, und die nach ihrer Rückkehr den roten Bergschlamm nicht von ihrem Auto abwuschen, sondern es draußen im Hof stehen ließen und darauf warteten, dass der Regen es tat; Eltern, die ständig Hillbilly-Musik hörten.

Und er schämte sich jetzt für die vielen Male, als er sich für sie geschämt hatte. Er erinnerte sich an das schreckliche Erlebnis am Elternabend, als er in die vierte Klasse ging, im Jahr nach dem Umzug, und daran, wie er sie inständig angefleht hatte, ihn zu begleiten und die Wunder seiner Schule zu besichtigen, daran, wie sie selbst allmählich eine leichte Aufregung erfasst und sie sich in Vorfreude auf das Ereignis geputzt und geschrubbt hatten, bis ihre Haut ganz rot war. Doch schon mit dem Betreten des großen Gebäudes schien das bisschen natürliche Würde, das sie besaßen, augenblicklich von ihnen abzufallen, als hätte ihnen jemand magische Stopper unter die Schuhe montiert. Sie wirkten ratlos und verdutzt, wurden leicht panisch in dieser seltsamen fremden Welt der bebilderten Ziffern und handgroßen Buchstaben und Plakate, die einem offenbar erklärten, wie man alles macht, angefangen vom Zähneputzen über Vögelfüttern im Winter bis zum Überqueren von Straßen. Seine Mutter sagte: »Mächtig schön«, »Das ist aber mächtig schön«, »Es ist wirklich mächtig schön«, immer und immer wieder, als sei ihr Verstand in einer Rille hängen geblieben, und der Spruch seines Vaters, der seinen Hut in den grobschlächtigen Händen zerdrückte, lautete: »Das gefällt mir aber außerordentlich gut hier.« Er sagte es wahllos zu Lehrern, zu Eltern und sogar zum Hausmeister. In den Augen von Miss Downs, der Lehrerin in der vierten Klasse, hatte er die unausgesprochene Frage gesehen: »Wie kann ein so kluger kleiner Junge wie Jesse nur solche

Eltern haben?« Er erinnerte sich jetzt, dass er selbst überlegt hatte, wie das möglich war.

Um Viertel vor sechs ging er nach Hause, nachdem er in einer durchgehend geöffneten Tankstelle die einunddreißig Eindollarscheine in einen Zwanziger und einen Zehner gewechselt hatte. Alle waren auf: seine Mutter bereitete Frühstück zu, obwohl es dafür noch zu früh war; der Tisch war gedeckt und die Brotdose seines Vaters lag offen auf der Seite. Keiner sagte ein Wort, und er hatte das komische Gefühl, dass er taub geworden war. Er hätte nie geglaubt, wie ruhig das Haus sein konnte. Er schaute zu seiner Mutter, aber sie hielt den Blick fest auf den Herd gerichtet, und dann schaute er zu Donny, der aussah, als würde er jeden Moment in Tränen ausbrechen.

Was dann folgte, glich dem Anfang eines Theaterstücks, in dem sein Vater den ersten Satz hatte: »Und wo zum Teufel hast du gesteckt?« Ein Satz, der klar und gut einstudiert herauskam, als hätte er ihn immer wieder geübt, und er sagte ihn weder laut noch schneidend, wie er erwartet hatte. Aber er – er hatte nicht geübt, er hatte seinen Text nicht gut genug einstudiert, sondern er stolperte mitten auf die Bühne, und während er langsam in seine Rolle schlüpfte, sagte ihm eine innere Stimme: »Erzähl ihm die Wahrheit«, worauf seine ungeübte Stimme sagte: »Ich war Billard spielen.«

»Wir haben die ganze Nacht auf dich gewartet«, sagte seine Mutter beherrscht, wobei sie alle Wortendungen deutlich aussprach, »wir dachten, dir ist etwas passiert. Jemand hat dich zusammengeschlagen oder ausgeraubt.«

Ihre Besorgtheit machte ihn unerwartet glücklich und erfüllte ihn mit Liebe. »Nein, nein, mir ist nichts passiert«, sagte seine Stimme aufgeregt. »Verloren habe ich nichts. Aber gewonnen. Seht mal!« Und langsam zog er die einunddreißig Dollar aus der Tasche. Als jemand fragte: »Wie viel?«, musste er fast lachen und antwortete: »Einunddreißig Dollar.« Er holte den Rest des Geschenks aus der Tasche und legte es auf den Tisch.

Seine Mutter sagte: »Bevor du in diesem Haus auch nur einen Bissen frühstückst, gehst du und gibst es zurück.«

Das holte ihn schlagartig auf den Boden zurück und zerschmetterte ihn wie einen Angreifer beim Football, der durch eine Lücke in der Verteidigungslinie stoßen will und plötzlich feststellt, dass es dunkel um ihn wird, die Lücke sich geschlossen hat und die massigen Körper des Gegners ihm die Luft abdrücken.

Und dann wurde er wütend und schrie: »Zurückgeben? Wem denn?«

Und seine Mutter erwiderte, noch immer beherrscht: »Den Leuten, denen du es genommen hast. Gott war immer gut zu uns und mir scheint, Er würde nichts davon haben wollen.«

Da brach er in Tränen der Wut, des Kummers und der Verzweiflung aus und versuchte es ihnen zu erklären: »Aber ihr versteht nicht. Gott hat nichts damit zu tun. Das Geld ist nicht gestohlen. Es gehört mir. Ich hab's gewonnen. Zurückgeben kann ich es nicht. Ich kenne gar nicht ihre Namen.«

Sein Vater sagte: »Du hast deine Mutter gehört.« Also stürmte er aus dem Haus und blieb weinend an der Pforte stehen, bis Donny herauskam und er aufhören musste. Die Hand in seiner Tasche umklammerte die kleine Kugel der einunddreißig Dollar, drei Scheine, die vom Schweiß seiner schwitzenden Hände nass waren. Er blickte auf die schlafende Stadt, die bald erwachen würde, und wusste nicht, was er tun sollte.

Er lief einfach los, doch schon nach kurzer Zeit fing er an zu rennen. Im ersten schwachen Licht des frühen Morgens rannte er mehrere Straßen entlang und überquerte einige andere. Erst als er den Hof der Caudells erreichte, wurde er langsamer und versuchte ruhig zu gehen, als würde er nur spazieren gehen, obwohl er schwer atmete.

Everett Caudell saß allein in der Küche, bei einer Tasse Kaffee, und lauschte seinem kleinen Radio, das tapfer versuchte, die schnell schwindenden Signale aus Wheeling, West Virginia zu empfangen. Der Rest der Familie lag noch im Bett, er selbst war nur halb angezogen, in Socken, das derbe Hemd offen und der breite schwere Gürtel an der Hose noch nicht fest geschlossen.

»Wie geht's, Jesse?«, fragte er gelassen, als würde er an einem Sonntagnachmittag an der Tür stehen und einen Stock schnitzen. »Was ist los? Willst du Kaffee?«

Zuerst war er überrascht, weil er nicht gefragt wurde, weshalb er zu dieser frühen Stunde unterwegs war, doch die Überraschung war von kurzer Dauer und wurde schnell unter dem erdrückenden Grund für sein Kommen begraben. »Hier«, sagte er, zog die drei schlimmen, schweißgefleckten Scheine aus der Tasche und hielt sie dem Mann hin, »hier, nimm sie. Sie gehören dir – du hast gestern Abend verloren.«

»Reg dich ab, Kleiner«, sagte der kräftige Mann freundlich. »Setz dich erst mal hin. Was soll das? Was ist los?« Er fing an, seine Pfeife zu stopfen, als hätte er alle Zeit der Welt und die Welt würde nie enden. Und jetzt sprudelten die Worte aus ihm heraus, eines nach dem anderen, sie überschlugen und überstürzten sich, polterten und prallten aneinander, wie Kohle, wenn sie auf der Rutsche in den Keller rollt – eines der wenigen Bilder, an die er sich aus Kentucky erinnerte, das Prasseln und Rollen und Rutschen, in großen Brocken und in kleinen, wobei die großen in kleine zerbrachen, und am Ende sagte er: »Ich muss es irgendwem geben, und du sollst es haben, denn du hast verloren und ich gewonnen – und das war nicht recht.«

Der Mann nahm die drei schmutzigen Scheine – den

Zwanziger, den Zehner und den Einer – und steckte sie in die Brusttasche seines noch nicht zugeknöpften Hemdes. »Nun, mein Junge«, sagte er, »dein Vater ist ein anständiger Mann und deine Mutter eine anständige Frau. Geh jetzt zurück und erzähl ihnen, was du getan hast, und wenn sie zu mir kommen, werde ich ihnen sagen: ›Klar, er hat's mir gegeben, einen Zwanziger, einen Zehner und den Einer‹, und das hast du ja auch.«

Als er an der Tür war, hörte er seinen Namen unmittelbar hinter sich und drehte sich um. Caudell war ihm leise auf Strümpfen gefolgt und stand jetzt direkt vor ihm. Und dann, noch ehe er sich rühren konnte, steckte ihm der ältere Mann rasch und ruhig die drei Scheine in die Brusttasche. »Nimm schon«, sagte er, »jetzt ist alles in Ordnung. Niemand hat gelogen. Du hast es mir gegeben, und ich hab's genommen. Und dabei belassen wir die Sache. Geh jetzt nach Hause, denn ich höre, dass sich oben die Truppen rühren.«

Und er ging hinaus in den neuen Tag, und nach einer Weile pfiff er sogar leise vor sich hin. Er dachte daran, wie er nächste Woche eine erstklassige Geometriearbeit hinlegen würde und wie die Schutzpolster seiner Footballmontur am Nachmittag weich und vertraut auf seinen Schultern liegen würden. Er spürte schon jetzt die Rufe und das Händeklatschen auf dem sonnendurchtränkten Spielfeld, und als er anfing zu laufen, hörte er das goldene Laub unter seinen Schuhen.

Rückkehr

Es ist ein Sommerabend und ich bin zehn Jahre alt und sitze mit meinen Eltern in einem Zug, der uns zur Ostspitze von Nova Scotia bringt. »Jetzt muss es jeden Moment kommen, Alex«, sagt mein Vater aufgeregt, »schau aus dem Fenster, gleich kannst du es sehen.«

Er steht bereits im Gang, hat die linke Hand an der Gepäckablage und neigt sich über mich und meine Mutter, die auf dem Platz am Fenster sitzt. Er hat meine rechte Hand in seine Rechte genommen, und als ich aufblicke, sehe ich zuerst das Weiß seiner Hemdbrust, die sich über mir wölbt, und dann seine feinen Gesichtszüge, das Blau seiner Augen und sein welliges rötliches Haar. Mein Vater ist sehr groß und sieht sportlich aus. Er ist fünfundvierzig.

»Ach Angus, setz dich doch«, sagt meine Mutter in einer Mischung aus Geduld und Gereiztheit, »er sieht es schon noch früh genug. Wir sind fast da. Setz dich bitte; die Leute gucken schon.«

Meine linke Hand liegt neben der Rechten meiner Mutter auf der grünen Polsterung. Meine Mutter hat braune Augen und braunes Haar und ist drei Jahre jünger als mein Vater. Sie ist wunderschön, und ihr Bild erscheint oft in den Gesellschaftsseiten der Zeitungen in Montreal, der Stadt, in der wir wohnen.

»Da ist es«, ruft mein Vater triumphierend. »Pass auf, Alex, da ist Cape Breton!« Er nimmt die linke Hand von der Gepäckablage und zeigt über unsere Köpfe auf das Blau der Meerenge von Canso. Möwen schweben fast reglos über den winzigen Fischerbooten und dem Dunkelgrün der mit Fichten und Tannen bewachsenen Berge, die aus dem Wasser ragen und mit weißen Nebelfetzen verziert sind wie lose wehende Bänder an einem frisch geöffneten Geschenk.

Der Zug ruckelt und mein Vater verliert fast das Gleichgewicht und muss sich schnell wieder an der Gepäckablage festhalten. Er drückt meine rechte Hand so fest, dass es wehtut, und ich spüre, wie meine Finger in seinem Griff gefühllos werden. Ich möchte es ihm sagen, aber ich weiß nicht, wie ich das höflich tun soll, denn mir ist klar, dass er mir eigentlich keinen Schmerz zufügen will.

»Ja, da ist es«, sagt meine Mutter nicht sehr erfreut. »Jetzt kannst du dich wieder hinsetzen wie alle anderen auch.«

Das tut er, hält meine Hand aber weiter fest im Griff. »Hier«, sagt meine Mutter nicht unfreundlich und reicht ihm über meinen Kopf hinweg ein Papiertaschentuch. Er nimmt es ruhig, und das erinnert mich an die Platten mit Geigenmusik, die er daheim in Montreal hat. Meine Mutter mag sie nicht und sagt, sie klingen alle gleich, deshalb spielt er sie nur, wenn sie weg ist und wir allein sind. Dann ist es fast wie in der Kirche, ganz feierlich und ernst und traurig, und ich darf nicht sprechen, obwohl ich nicht weiß, was ich sonst tun soll; vor allem wenn mein Vater weint.

Jetzt macht der Zug sich bereit, auf einem Schiff über das Wasser zu fahren. Mein Vater lässt meine Hand los und sammelt unser Gepäck ein, weil wir auf der anderen Seite umsteigen müssen. Als das erledigt ist, gehen wir alle nach draußen auf das Deck der Fähre und betrachten die Meerenge, deren friedliche, ruhige Oberfläche wir durchpflügen und wild durcheinander wühlen, bis das Kielwasser weiß schäumt.

Mein Vater geht noch einmal in den Zug zurück und

kommt mit dem Käsebrot wieder, das ich nicht gegessen habe, und dann gehen wir zum Heck der Fähre, wo ein Konvoi kreischender Möwen hinter uns herfliegt, dem die Leute Futter zuwerfen. Die Möwen sind das Weißeste, was ich jemals gesehen habe, weißer als die Laken auf meinem Bett daheim oder als das rotäugige Kaninchen, das gestorben ist, oder der erste Schnee im Winter. Aber ich finde, gerade weil sie so schön sind, sollten sie eigentlich bessere Manieren zeigen und sich feiner benehmen. Da ist eine braun gesprenkelte, die sich ziemlich unbehaglich fühlt und links tief unten vom lauten Hauptschwarm fliegt. Als sie sich mitten ins Getümmel wagt, kreischen ihre Gefährten und picken nach ihr und jagen sie fort. Wir versuchen alle drei, unsere Brocken vom Käsebrot nur ihr zuzuwerfen oder ins Wasser direkt vor ihr. Sie ist so einsam und ganz allein.

Auf der anderen Seite des Wassers steigen wir um. Ein blonder junger Mann hängt an einer Hand aus einem langsam tuckernden Zug und trinkt aus einer Flasche, die er in der anderen hält. Ich finde das eine sehr gute Idee und bitte meinen Vater, mir eine Limo zu kaufen. Er sagt: »Später«, ist aber seltsam verlegen. Als wir über die Gleise zu unserem Zug gehen, fängt der blonde junge Mann an zu singen: »There once was an Indian maid.« Aber nicht die anständige Fassung, sondern die schmutzige, die ich und meine Freunde von den größeren Jungen in der sechsten Klasse gelernt haben. Mir ist noch nie in den Sinn gekommen, dass Erwachsene das Lied singen könnten. Meine Eltern gehen jetzt ganz schnell und zerren mich praktisch über die lästigen Gleise. Beide sind ganz rot im Gesicht und wir tun alle so, als würden wir die in der Ferne verklingende Stimme nicht hören.

Als wir in dem neuen Zug sitzen, sehe ich, dass meine Mutter sehr böse ist. »Zehn Jahre«, fährt sie meinen Vater

an, »zehn Jahre lang habe ich den Jungen in Montreal auf-
gezogen und er hat nie einen Erwachsenen Alkohol aus der
Flasche trinken sehen oder eine solche Ausdrucksweise gehört. Und wir sind noch keine fünf Minuten hier, und es ist
das Erste, was er sieht und hört.« Sie ist den Tränen nahe.

»Reg dich nicht auf, Mary«, sagt mein Vater beschwich-
tigend. »Er versteht das nicht. Ist doch nicht schlimm.«

»Es ist schlimm«, sagt meine Mutter aufbrausend. »Sogar sehr schlimm. Es ist schmutzig und unanständig, und
ich muss verrückt gewesen sein, mich auf diese Reise einzu-
lassen. Ich wünschte, wir würden morgen wieder zurückfahren.«

Der Zug setzt sich in Bewegung und bald rattern wir an
der Küste entlang. Fischer in kleinen Booten winken dem
Zug freundlich zu, und ich winke zurück. Dann kommen
die schwarzen Kerben der Kohlengruben, die auf dem Grün
der Hügel und dem Blau des Wassers wie Wunden wirken,
und ich frage mich, ob das die Bergwerke sind, in denen
meine Verwandten arbeiten.

Der Zug fährt viel langsamer als der vorige und scheint
alle fünf Minuten zu halten. Einige der Leute um uns herum sprechen eine Sprache, von der ich weiß, es ist Gälisch,
obwohl ich sie nicht verstehe, andere räkeln sich in ihren
Sitzen und wieder andere dösen vor sich hin, die Füße in
den Gang gestreckt. Am anderen Ende des Wagens rollen
zwei leere Flaschen ständig hin und her, sie klirren aneinander und an die stählernen Füße der Sitze. Der Zug quietscht
und schwankt.

Der Bahnhof ist klein und braun. Davor ist ein Bahnsteig
aus Holz, erhellt von Lichtern, die von zwei hohen Masten
herableuchten und von Schwärmen lebensmüder Falter und
Junikäfer bombardiert werden. Unter den Lichtern stehen
kleine Gruppen dunkel gekleideter Männer, die sich unterhalten und Tabak kauen, und ein paar zerlumpte Jungen in

meinem Alter lehnten an verbeulten Fahrrädern und warten auf Zeitungsbündel, die dumpf krachend auf dem Bahnsteig vor ihren Füßen landen.

Zwei große Männer lösen sich aus einer der Gruppen und kommen auf uns zu. Ich weiß, dass sie meine Onkel sind, obwohl ich nur den jüngeren schon mal gesehen habe. Er wohnte eine Zeit lang bei uns, als ich in die erste Klasse ging, und raufte immer mit mir auf dem Fußboden, und wenn niemand da war, spielte er die Platten mit der Geigenmusik. Eines Tages war er dann für immer verschwunden, und er lebte nur noch in den neutralen Bemerkungen meiner Mutter fort, wie etwa: »In dem Jahr, als dein Bruder hier war«, oder etwas schärfer: »In dem Jahr, als dein trinkender Bruder hier war.«

Die zwei Männer sind sehr höflich. Sie schütteln meinem Vater die Hand und sagen: »Hallo, Angie« und dann, nachdem sie ihre Mützen abgenommen haben: »Sehr erfreut« zu meiner Mutter. Dann heben sie mich nacheinander hoch. Der Jüngere fragt, ob ich mich noch an ihn erinnere, und ich sage: »Ja«, worauf er lacht und mich absetzt. Sie tragen unsere Koffer zum Taxi, und dann holpern wir alle über eine sehr unebene Straße einen Hügel hinauf, bis wir vor einem riesigen dunklen Haus halten und hineingehen.

In der Küche sitzen ziemlich viele Leute um einen riesigen, mit Kohle geschürten Herd herum, obwohl Sommer ist. Alle stehen auf, als wir eintreten, und geben die Hand, und die Frauen umarmen meine Mutter. Dann werde ich den Großeltern vorgestellt, die ich noch nie gesehen habe. Meine Großmutter ist sehr groß, ihr Haar ist fast so weiß wie die Möwen am Nachmittag, und ihre Augen sind wie das Meer, über das sie geflogen sind. Sie trägt eine Schürze mit blauem Karomuster über einem schwarzen langen Kleid und hebt mich mit kräftigen Händen hoch, damit ich sie küssen und ihr in die Augen sehen kann. Sie riecht nach Seife, Wasser und warmen Brötchen und fragt mich, wie es mir in Montreal gefällt. Da ich noch nie woanders gelebt habe, sage ich: »Ich glaube, ganz gut.«

Mein Großvater ist klein und stämmig, mit starken Armen und riesigen Händen. Er hat braune Augen, und sein einst rotes Haar ist inzwischen fast ganz weiß, bis auf die Augenbrauen und die Härchen in den Nasenlöchern. Sein weißer Schnurrbart, der mich an das Walrossbild in der Schule erinnert, ist an den Spitzen braun vom Tabak, den er gerade jetzt kaut und dessen Saft er in den Kohlenkasten neben seinem Stuhl spuckt. Er trägt ein blau kariertes Hemd und braune Hosen mit breiten Hosenträgern. Auch er hebt mich hoch, aber er küsst mich nicht, und er riecht nach Seife, Wasser, Tabak und Leder. Dann fragt er mich, ob im Zug Mädchen waren, die mir gefallen haben. Ich sage: »Nein«, worauf er lacht und mich auf den Boden lässt.

Inzwischen ist es später, die Unterhaltung ist verstummt, und die Leute sind nacheinander in die Nacht hinaus verschwunden, bis nur noch wir drei und meine Großeltern übrig sind. Nach einer Weile gehen meine Großmutter und meine Mutter nach oben, um abzusprechen, wo und wie wir schlafen. Mein Großvater gießt Rum und heißes Wasser mit Zucker in zwei Gläser, gibt eins meinem Vater und lässt mich dann, obwohl ich schon zehn bin, auf seinem Schoß sitzen und an seinem Glas nippen. Er ist ganz anders als Grandpa Gilbert in Montreal, der immer weiße Hemden und dunkle Anzüge mit Weste trägt, über der eine goldene Uhrenkette hängt.

»Du hast lange gebraucht, um nach Hause zu kommen«, sagt er zu meinem Vater. »Wenn du so oft durch diese Tür gekommen wärst, wie ich an dich gedacht habe, hätte ich die Angeln ziemlich oft auswechseln müssen.«

»Ich weiß, ich hab's versucht, ich wollte ja immer, aber in Montreal ist alles anders, verstehst du.«

»Ja, wahrscheinlich hast du Recht. Aber dass es so kommt, hätte ich eben nie gedacht. Es ist so weit weg und wir werden ziemlich schnell alt, und für den ältesten Sohn hegt ein Mann immer gewisse Gefühle. In mancher Hinsicht ist es vielleicht gut, dass wir nicht alle studieren. Ich könnte mir nie vorstellen, der Familie meiner Frau zu gehören.«

»Bitte fang nicht damit an«, sagt mein Vater leicht verärgert. »Ich gehöre niemandem und das weißt du. Ich bin Anwalt und arbeite mit einem Partner zusammen, der auch Anwalt und zufällig mein Schwiegervater ist. Das ist alles.«

»Ja, das ist alles«, sagt mein Großvater und lässt mich noch einen Schluck aus seinem Glas trinken. »Na schön, um das Thema zu wechseln, ist das euer Einziger nach elf Jahren Ehe?«

Mein Vater ist jetzt so rot im Gesicht wie am Nachmittag, als er den jungen Mann singen hörte. »Du wechselst keineswegs das Thema«, sagt er hitzig. »Ich weiß, worauf du hinauswillst. Ich weiß, was du meinst.«

»Ach ja?«, fragt mein Großvater ruhig. »Ich dachte nur, das ist in Montreal vielleicht auch anders.«

Die zwei Frauen kommen die Treppe herunter, gerade als ich wieder einen Schluck trinke. »Oh, Angus, was denkst du dir eigentlich?«, schreit meine Mutter und eilt besorgt auf mich zu.

»Mary, bitte!«, sagt mein Vater fast verzweifelt, »es ist alles in Ordnung.«

Mein Großvater steht blitzschnell auf, setzt mich auf den Stuhl, den er eben geräumt hat, trinkt das umstrittene Glas leer, wäscht es im Waschbecken aus und sagt: »Tja, höchste Zeit für die arbeitende Bevölkerung, ins Bett zu gehen. Gute Nacht allerseits.« Mit schweren Schritten geht er die Treppe hinauf, und wir hören seine Stiefel auf dem Boden poltern.

»Ich bring ihn ins Bett, Mary«, sagt mein Vater und nickt in meine Richtung. »Ich weiß, wo er schläft. Willst du nicht auch ins Bett? Du bist müde.«

»Ja, gut«, sagt meine Mutter leise. »Tut mir Leid. Ich wollte ihn nicht verletzen. Gute Nacht.« Sie küsst mich und auch meine Großmutter, dann entschwinden ihre Schritte leise nach oben.

»Entschuldige, Ma, sie hat es nicht so gemeint«, sagt mein Vater.

»Ich weiß. Hier ist alles sehr ungewohnt für sie. Und wir sind älter und stecken die Dinge nicht mehr so leicht weg. Er ist jetzt sechsundsiebzig, und die Grube setzt ihm schwer zu, und er wird das Gefühl nicht los, dass er härter denn je arbeiten muss, um sein Soll zu erfüllen. Er arbeitet abwechselnd mit den Jungen und er sagt, manchmal hat er den Eindruck, sie schleppen ihn nur mit, weil er ihr Vater ist. Das Gefühl hatte er bei dir und Alex nie, aber damals wart ihr natürlich alle noch jünger. Trotzdem dachte er irgendwie immer, ihr würdet beide eines Tages wieder zu ihm zurückkommen, weil die Jahre zwischen Highschool und College so gut liefen.«

»Aber Ma, das ist vorbei. Ich war damals zwanzig und Alex neunzehn, und er war noch Anfang fünfzig. Wir wollten beide aufs College, um etwas anderes zu werden. Und wir haben ihm das Geld zurückgezahlt, das er uns geliehen hat, und damals sah es so aus, als wollte er, dass wir studieren.«

»Damals wusste er ja nicht, was daraus wird. Und ich auch nicht. Als ihr ihm das Geld zurückgegeben habt, war es schon nicht mehr das, was ihm vorschwebte. Und was ist denn schon aus euch geworden? Ein Anwalt, den wir nie zu Gesicht bekommen, und ein Arzt, der sich mit siebenundzwanzig das Leben genommen hat. Alle beide haben wir euch verloren. Endgültiger verloren als Andrew, der zwei

Meilen tief im Meer unter Tonnen von Stein begraben liegt und nie eine Collegetür von außen gesehen hat.«

»Es wäre aber besser für ihn gewesen«, sagt mein Vater bitter, »und für alle anderen auch, statt sich ausbeuten zu lassen und unterm Meer herumzugraben oder Alkoholiker zu werden und dann nicht einmal mehr das zu können.«

»Ja, ich habe einen Alkoholiker-Sohn«, sagt meine Großmutter und richtet sich groß auf, »und mein Anwalt-Sohn in Montreal hat ihn aus seinem Haus geworfen.«

»Aber ich konnte nichts mit ihm anfangen, Ma, und dort ist alles anders. Man kann einfach nicht so leben und – und – ach verdammt, ich weiß nicht. Wenn ich allein gewesen wäre, hätte er ewig bleiben können.«

»Ich weiß«, sagt meine Großmutter jetzt versöhnlich und legt ihm eine Hand auf die Schulter, »es liegt nicht an dir. Aber anscheinend können wir nur für immer bleiben, wenn wir an einem Ort bleiben. So wie wir bis in die siebente Generation geblieben sind. Denn am Ende gibt es nichts anderes – es gibt nur das Bleiben. Ich habe drei Kinder bei der Geburt verloren, aber ich habe acht Söhne großgezogen. Einer ist Anwalt geworden und einer ein Arzt, der sich umgebracht hat. Einer ist in der Kohle unterm Meer umgekommen und einer ist Trinker. Vier arbeiten immer noch unter Tag wie ihr Vater, und diese vier sind alles, was mir geblieben ist. Diese vier sind es, die ihren Vater jetzt, wo er es braucht, unterstützen, und diese vier sind es, die den Trinker unterstützen, der zwei Tage lang nach Andrews Leichnam gegraben hat, und die mir auf meine alten Tage dreißig Enkel geschenkt haben.«

»Ich weiß, Ma«, sagt mein Vater, »das ist mir klar und ich weiß es zu schätzen, alles. Es ist nur, irgendwie können wir nicht mehr einfach als Clan zusammenleben. Wir dürfen nicht nur uns und unsere Familien sehen. Wir müssen im zwanzigsten Jahrhundert leben.«

»Im zwanzigsten Jahrhundert?«, sagt meine Großmutter und spreizt die Finger auf ihrer karierten Schürze. »Was soll ich mit dem zwanzigsten Jahrhundert, wenn meine Familie nicht bei mir sein kann?«

Es ist jetzt früher Morgen und ich erwache vom Gezänk der Spatzen vor meinem Fenster und den Fingern der Sonne auf dem Boden. Meine Eltern sind in meinem Zimmer und besprechen, was ich anziehen soll. »Die braucht er wirklich nicht«, sagt mein Vater geduldig. »Aber Angus, ich will nicht, dass er aussieht wie ein kleiner Wilder«, widerspricht meine Mutter und legt mir eine Hose und ein Hemd frisch gebügelt ans Fußende des Bettes.

Unten erfahre ich, dass mein Großvater schon zur Arbeit gegangen ist, und während ich feierlich frühstücke wie ein kleiner alter Mann, viel älter als ich, höre ich der Geigenmusik im Radio zu und beobachte, wie meine Großmutter die gebackenen Brote mit Butter bestreicht und wild entschlossen in den Kohlen stochert, bis das Feuer dicke Rauchwolken ausstößt, die sich an der vergilbten Farbe ihrer Decke ausbreiten.

Dann kommen die kleinen Jungen herein und stehen scheu an der Wand. Es sind sieben, alle zwischen sechs und zehn. »Das sind deine Cousins«, sagt meine Großmutter zu mir, und zu ihnen sagt sie: »Das ist Alex aus Montreal. Er ist bei uns zu Besuch und ihr müsst nett zu ihm sein, weil er zu uns gehört.«

Dann gehe ich mit meinen Cousins hinaus, weil das von uns erwartet wird, und wir fragen einander, in welche Klasse wir gehen, und ich sage, dass ich meine Lehrer nicht mag, und sie sagen fast alle, dass sie ihre mögen, was eine Möglichkeit ist, über die ich noch nie zuvor nachgedacht habe. Und dann reden wir über Eishockey, und ich versuche mich daran zu erinnern, wie oft ich im Forum in Montreal war und was ich von Richard halte.

Und dann gehen wir durch die Stadt, die schwarz und rauchig ist und in der es keine schönen Straßen oder blinkende Lichter wie in Montreal gibt, und als ich hinterhertrödle, stehen plötzlich zwei ältere Jungen vor mir und sagen: »Hey, wo hast'n die Mädchenkleider her?« Ich weiß nicht, was ich machen soll, bis meine Cousins zurückkommen und mich umzingeln wie Planwagen die Frauen und Kinder in Cowboyfilmen, wenn die Indianer angreifen.

»Das ist unser Cousin«, sagen die zwei ältesten gleichzeitig, und ich finde sie sehr nobel und mutig, denn wahrscheinlich schämen sie sich auch ein bisschen für mich, und ich frage mich, ob ich das Gleiche für sie tun würde. Bisher ist mir noch nie in den Sinn gekommen, dass ich vielleicht mein ganzes kurzes Leben lang einsam gewesen bin, und ich hätte gern eigene Brüder – vielleicht sogar Schwestern.

Meine Beinahe-Angreifer warten eine Weile und scharren mit den Füßen auf dem aschgrauen Gehweg, bevor sie zur Seite treten und uns weiterlassen wie eine kleine, durch die Berge ziehende Reiterkolonne.

Wir gehen weiter durch die Stadt bis hinunter ans Meer, wo die Fischer ihre Ausrüstung flicken und die kleinen Boote auftanken, in denen wir spielen dürfen. Dann lassen wir Steine auf dem Wasser titschen, und mit einem Stein schaffe ich sechsmal, und danach höre ich auf, weil ich weiß, ich habe Eindruck gemacht, und bezweifle, dass mir eine Zugabe gelingt.

Und dann steigen wir einen unglaublich hohen Hügel hinauf, der zum Meer hin abfällt, und ein Cousin sagt, wir gehen den Bullen besuchen, der ungefähr eine Meile entfernt wohnt. Wir sind jetzt mitten auf dem Land, und es wird heiß, und als ich meine Krawatte lösen will, geht der Kragenknopf ab und verschwindet für immer im Gras, durch das wir laufen.

Der Bulle lebt in einer riesigen Scheune und meine Cou-

sins fragen einen alten Mann, der aussieht wie mein Großvater, ob er heute irgendwelche Kühe erwartet. Er sagt, dass
er das nicht weiß und dass man solche Dinge nie voraussa-
gen kann. Wir dürfen den Bullen ansehen, wenn wir möchten, aber wir sollen ihn nicht reizen oder ihm zu nahe kommen. Der Bulle ist riesengroß und braun-weiß, mit einem
Ring in der Nase, und er scharrt am Boden in seiner Box
und macht leise Geräusche, während er den Kopf senkt und
von einer Seite zur andern schwenkt. Gerade als wir gehen
wollen, kommt der alte Mann mit einem langen Holzstock
herein und lässt ihn am Nasenring des Bullen einschnappen.
»Nun, wie's aussieht, habt ihr Bengel Glück«, sagt er, »seid
jetzt vorsichtig und geht aus dem Weg.« Ich renne meinen
Cousins auf den Hof nach, wo ein Mann steht, der gerade
angekommen ist; er hält eine nervöse Kuh am Halfter, und
wir setzen uns gespannt auf das obere Brett des Holzzauns
und sehen zu, wie der alte Mann den Bullen herausführt,
der jetzt stöhnt und tropft und aus dem Maul schäumt.
Noch nie habe ich so etwas gesehen, und ich beobachte ehr-
fürchtig diese Sache, die schön und schrecklich zugleich ist,
aber ich weiß schon jetzt, dass ich meiner Mutter, der ich
fast alles Wichtige erzählt habe, was in meinem Leben passiert ist, nichts davon werde erzählen können.

Als wir später gehen, schenkt uns die Frau des alten
Mannes ein paar Äpfel und sagt: »John, du solltest dich was
schämen; vor diesen Jungen. Es gibt Dinge, die müssen sein,
aber sie sind nichts für Kinder.« Der alte Mann nickt und
sieht auf seine Schuhe, aber dann blickt er unter seinen buschigen Augenbrauen ernst zu uns auf, sieht uns auf eine
ganz spezielle Art an, und ich weiß, das tut er nur, weil wir
Jungen sind, und dass der Blick, der die Frau ausschließt,
uns gleichzeitig in etwas einbezieht, das ich weiß und fühle,
aber nicht verstehen kann.

Dann gehen wir zurück in die Stadt, es ist später Nachmittag, und außer den Äpfeln haben wir nichts gegessen, und als wir den Hügel zum Haus meiner Großeltern hinaufgehen, kommt uns mein Vater mit der Zeitung unterm Arm entgegengelaufen.

Es stört ihn nicht, dass ich so lange weg war, und er scheint uns fast um unsere Einmütigkeit und unseren Schmutz zu beneiden, wie er da so steht, kerzengerade und einsam im Gefängnis seines Anzugs, und sich nach unserem Tag erkundigt. Wir antworten, wie Kinder das tun, dass wir »gespielt« haben – es ist die altbekannte unzulängliche Botschaft, die über die Kluft unseres Altersunterschieds ausgeschickt wird und ohne anzukommen oder empfangen zu werden in die Leere dazwischen fällt.

Er ist unterwegs zur Grube, sagt er, um die Männer zu treffen, wenn sie um vier von der Schicht kommen, und wenn ich möchte, nimmt er mich mit. Ich trenne mich also von meinen Kameraden-Cousins und gehe den Hügel wieder hinunter, an der Hand meines Vaters, was nicht oft vorkommt. Ich überlege, ob ich ihm von dem Bullen erzählen soll, aber stattdessen frage ich: »Warum kauen die Männer alle Tabak?«

»Oh«, sagt er, »weil es zu ihnen und ihrem Lebensstil gehört. Dafür rauchen sie nicht.«

»Aber warum rauchen sie nicht?«

»Weil sie so viel Zeit unter der Erde verbringen, und dort dürfen sie kein Streichholz oder Feuerzeug anzünden und auch keine offene Flamme herumtragen. Wegen des Gases. Eine Flamme könnte eine Explosion verursachen und alle umbringen.«

»Aber wenn sie nicht unten sind, könnten sie wie Grandpa Gilbert Zigaretten in einer silbernen Zigarettenspitze rauchen. Außerdem sagt Mama, dass Tabakkauen eine schmutzige Angewohnheit ist.«

»Ich weiß, aber die Männer hier sind ganz anders als

Grandpa Gilbert, und es gibt Dinge, die Mama nicht versteht. Man ändert nicht so leicht, was zu einem gehört.«

Inzwischen nähern wir uns dem Bergwerk, alles ist schwarz und rußig, und die schwer beladenen Lastwagen quälen sich an uns vorbei. »Hast du früher auch Tabak gekaut?«

»Ja, das ist Jahre her, lange bevor es dich gab.«

»Und war es schwer für dich, damit aufzuhören?«

»Ja, sehr, Alex«, sagt er ruhig. »Schwerer als du dir vorstellen kannst.«

Wir sind jetzt am Waschhaus und die Wagen donnern aus der Dunkelheit des Untergrunds herauf, und die Männer springen ab und lachen und schreien auf eine Art, die mich an Schulpausen erinnert. Sie sind vollkommen schwarz, mit Ausnahme der kleinen weißen Halbmonde unter den Augen und der Augen selbst. Mein Großvater kommt zwischen zwei meiner Onkel auf uns zu. Er ist nicht so groß wie sie und macht auch kleinere Schritte, deshalb gehen sie extra langsam, um mit ihm auf gleicher Höhe zu bleiben, so wie mein Vater es manchmal mit mir macht. Sogar sein Schnurrbart ist schwarz, oder jedenfalls ein sehr schmutziges Grau, bis auf die vom Tabak braun gefärbten Spitzen.

Im Gehen nehmen sie ihre Kopflampen ab und lösen die Batterien von den breiten Gürteln, die sich wahrscheinlich sehr gut zum Tragen von Halftern und Revolvern eignen würden. Sie kramen nach den kleinen Messingplaketten, auf die ihre Nummern gestanzt sind. Mein Vater sagt, wenn sie unter Tag ums Leben kommen sollten, würden diese Plaketten sagen, wer jeder einzelne Mann ist. Besonders tröstlich finde ich das allerdings nicht.

Vor einem Schalterfenster, das aussieht wie im Postamt, stellen sich die Männer in eine Reihe und geben ihre Lampen und die kleinen Plaketten einem alten Mann mit Brille.

Er hängt die Lampen an ein Gestell und die Plaketten an ein großes Brett hinter sich. Jede Plakette landet auf ihrem eigenen kleinen nummerierten Haken, und das zeigt, dass ihr Besitzer zurückgekommen ist. Mein Großvater ist 572.

Im angrenzenden Waschhaus ist es sehr heiß und dampfig, wie wenn man sehr lange im Bad ist und heißes Wasser einlaufen lässt. Da sind lange Reihen nummerierter Spindschränke mit Holzbänken davor. Auf dem Zementfußboden liegen Lattenroste, auf denen die Männer barfuß in die lauten Duschen am anderen Ende des Gebäudes gehen und wieder zurückkommen.

»Nun, war es heute schön, Alex?«, fragt mein Großvater, als wir vor seinem Schrank stehen bleiben. Und dann umfasst er unerwartet und noch bevor ich antworten kann meinen Kopf mit seinen großen Händen und dreht ihn auf meinen Schultern kräftig hin und her. Ich spüre, wie seine schwieligen Finger fest gegen meine Backen drücken und meine Ohren an den Kopf pressen, und ich spüre den überaus feinen Kohlenstaub, der jetzt bestimmt mein Gesicht bedeckt, denn ich kann ihn an seinen Daumen schmecken, die dicht an meinen Lippen sind. Der Staub ist nicht so grobkörnig, wie ich gedacht hatte, sondern eher Rauch als Sand und fast wie der Puder meiner Mutter. Und jetzt presst er mein Gesicht in seinen Bauch und hält mich dort eine ganze Weile fest, wobei meine Nase auf seine schwarze Gürtelschnalle gequetscht ist. Alles was ich sehe, höre, fühle, schmecke und rieche, ist schwarz; er hält mich umschlungen und in Schwärze getaucht, bis ich nicht mehr atmen kann.

Mein Vater sagt aus weiter Ferne: »Was machst du denn da? Lass ihn los! Sonst erstickt er noch.« Und dann lassen die großen Hände meine Ohren los, und die Stimme meines Vaters wird lauter, und er hört sich an wie meine Mutter.

Ich bin jetzt so schwarz, dass ich kaum wage, mich zu bewegen, und die beiden Männer stehen über mir und sehen sich in die Augen. »Schon gut«, sagt mein Großvater, dreht sich widerwillig seinem Schrank zu und fängt an, sein Hemd aufzuknöpfen.

»Jetzt bleibt wohl nur noch eins übrig«, sagt mein Vater ruhig, bückt sich langsam und lockert die Schnürsenkel meiner Schuhe. Bald stehe ich nackt auf den Holzlatten und mein Großvater desgleichen neben mir, und dann schiebt er mich den Holzpfad entlang vor sich her zu den Duschen, weg von dort, wo mein Vater sitzt. Einmal drehe ich mich um und sehe ihn ganz allein auf der Bank sitzen, auf die er die Zeitung gelegt hat, damit sein Anzug sauber bleibt.

An der Tür des großen Duschraums zögere ich, weil ich einen Moment lang Angst habe, aber dann spüre ich meinen Großvater stark und haarig hinter mir, und wir wagen uns ins strömende Wasser, zu den schäumenden, prustenden Körpern und den glitschigen gelben Seifenstücken. Zuerst finden wir keine Dusche, bis einer meiner Onkel uns ruft und ein eingeseifter Mann uns die Richtung weist. Wir sind schon nass, und die Schwärze im Gesicht meines Großvaters läuft in zwei grauen Bächen aus den Winkeln seines Schnurrbarts.

Zuerst tritt mein Onkel aus dem Hauptstrahl, aber dann stehen und drehen und waschen wir drei uns unter dem Strom, der auf uns herabstürzt. Die Seife ist sehr gelb und stark. Sie riecht wie auf der Herrentoilette im Eishockeystadion in Montreal, und mein Großvater sagt, ich soll sie nicht in die Augen kriegen. Bevor wir gehen, dreht er langsam das heiße Wasser ab und das kalte weiter auf. Er sagt, so werden wir uns nicht erkälten, wenn wir nach draußen gehen. Es wird immer kälter, aber er sagt mir, ich soll drunterbleiben solange ich kann, und als ich schließlich rausspringe, habe ich am ganzen Körper eine Gänsehaut und meine Zähne klappern. Wir gehen zwischen den duschenden Männern zurück, die jetzt weniger geworden sind.

Dann den Lattenpfad entlang, und ich betrachte die Spuren, die unsere nackten Füße hinterlassen.

Mein Vater sitzt immer noch allein auf der Bank, so wie wir ihn verlassen haben. Er lächelt und ist froh, dass wir wiederkommen. Mein Großvater holt zwei schwere Handtücher aus seinem Schrank, und als wir trocken sind, zieht er saubere Kleidung an, während ich nur das anziehe, was ich habe, bis auf die schmutzige Krawatte, die mein Vater in seine Tasche steckt. Dann gehen wir draußen in der Sonne den unendlich langen Hügel hinauf, und ich darf die Brotdose tragen, in der die Thermosflasche klappert. Wir gehen sehr langsam und sagen nicht viel. Mein Großvater bleibt ab und zu stehen und dreht sich um, in die Richtung, aus der wir gekommen sind. Es sieht wunderschön aus. Die Sonne senkt sich ins Meer, als ob sie müde wäre, und das Meer ist sehr blau und sehr groß – groß genug für mindestens hundert Sonnen. Es berührt den Sand, der eine schmale Grenze aus Gold bildet und das Blau vom Grün der Wiese trennt, die bis auf den Strand hinunterwogt. Und vor all dem ragt die Silhouette des Bergwerks auf, das aussieht wie ein Spielzeug aus einem Baukasten; jedes Mal läutet eine Glocke, wenn die kohlenbeladenen Loren aus der Tiefe ans Tageslicht fliegen und rumpelnd entladen werden und mit donnernder Kraft die Hänge hinuntersausen. Dann beginnen die geschwärzten Häuser und marschieren Reihe um Reihe den Berg herauf zu uns und noch weiter bis zu der Stelle, wohin wir gehen. Über uns fliegen die Möwen langsam und stetig landeinwärts, als seien sie sich ihrer Sache ganz sicher. Mein Großvater sagt, abends fliegen sie immer landeinwärts. Das tun sie schon solange er zurückdenken kann.

Und jetzt treten wir in den Hof und meine Mutter eilt zu mir, drückt mich an sich und sagt zu allen und keinem: »Wo war dieses Kind bloß den ganzen Tag? Er war seit heute

Morgen nicht da und hat nichts gegessen. Ich bin fast verrückt geworden vor Angst.« Sie vergräbt ihre Finger in meinem Haar, und meine Mutter tut mir sehr Leid, weil ich glaube, sie liebt mich wirklich sehr. »Ich war spielen«, sage ich.

Beim Abendessen bin ich so müde, dass ich kaum aufrecht am Tisch sitzen kann, und mein Vater bringt mich ins Bett, bevor es richtig dunkel ist. Einmal wache ich auf und höre meine Eltern leise an der Tür sprechen. »Ich bemühe mich sehr. Wirklich«, sagt meine Mutter. »Aber ja, das weiß ich doch«, entgegnet mein Vater sanft und sie entfernen sich über den Flur.

Und jetzt ist es morgens, zwei Wochen später, und der Zug, der uns zurückbringt, fährt schon bald ab. Unsere Koffer sind alle im Taxi, und das Abschiednehmen ist fast vorbei. Ich verabschiede mich als Letzter von meiner Großmutter, die neben dem Herd steht. Sie hebt mich hoch wie am ersten Abend und sagt: »Auf Wiedersehn, Alex, du bist das einzige Enkelkind, das ich nie richtig kennen lernen werde«, und sie drückt mir den zerknitterten Dollar in die Hand, den ich nie ausgeben werde.

Mein Großvater ist nicht da, obwohl er nicht arbeitet, und sie sagen, er sei schon zum Bahnhof vorausgelaufen. Wir holpern den Hügel hinunter, wo der Zug neben dem kleinen braunen Gebäude wartet, und da steht er auf dem Bahnsteig, unterhält sich mit ein paar anderen Männern und spuckt Tabak zur Seite.

Er kommt zu uns herüber und alle verabschieden sich sofort. Ich bin wieder der Letzte, und diesmal schüttelt er mir ganz förmlich die Hand. »Auf Wiedersehn, Alex«, sagt er, »es hat zehn Jahre gedauert, bis du mich besucht hast. In zehn Jahren kannst du mich nicht mehr besuchen, weil ich dann nicht mehr da bin.« Dann steige ich in den Zug, und das keine Sekunde zu früh, denn er beginnt schon zu rollen.

Alle winken, doch der Zug fährt weiter, weil er muss und sich nicht darum kümmert, ob jemand winkt. In sehr weiter Ferne sehe ich, wie mein Großvater sich umdreht und langsam den Hügel hinaufgeht. Und dann ist da nur noch das Quietschen und Schaukeln des Wagens und das blaue Meer mit seinen Möwen und die grünen Berge mit den Kerben der Kohlengruben, die tief in ihren Flanken eingebettet sind. Wir sagen nichts, sondern sitzen schweigend und allein da. Wir sind von weit her gekommen und haben noch einen langen Weg vor uns.

Im Herbst

»Wir müssen ihn verkaufen«, höre ich meine Mutter noch heute mit Bestimmtheit sagen. »Vor uns liegt ein langer Winter, und ich bin hier allein, habe nur die Kinder als Hilfe. Außerdem frisst er zu viel, und das Futter reicht auch so kaum fürs Vieh.«

Es ist der zweite Samstag im November, und die Sonne scheint für dieses Jahr schon verschwunden zu sein. Jeder Tag bricht trüber und finsterer an, und die grauen Wellen des Atlantik sind mürrisch und beinahe gelb an den Spitzen, wenn sie unerbittlich gegen die runden glatten Felsbrocken donnern, die überall herumliegen, als hätte ein Riese sie achtlos am Fuß der unverwüstlichen Klippen verstreut. Nachts, wenn wir in unseren Betten liegen, hören wir die Wellen hereinrollen und brechen, hereinrollen und brechen, so unermüdlich und regelmäßig, dass man zwischen den einzelnen Donnerschlägen rhythmisch zählen kann: Eins, zwei, drei, vier. Eins, zwei, drei, vier.

Man kann sich kaum vorstellen, dass dies dasselbe Meer ist, das im Sommer kristallblau schimmert, wenn nur die dünnen, von den Fischerbooten hinterlassenen Ölschlieren oder das blendende Weiß der auf den Wellen wippenden Möwen die azurene Ebenmäßigkeit stören. Jetzt ist es aufgewühlt und wütend, geradezu zerquält, schleudert schmutzig braune Schaumfetzen auf, Holzstücke von irgendeinem einsamen Frachter, die Mützen unbekannter Männer, Bojen aus zerrissenen Fischernetzen und die unvermeidlichen Flaschen ohne Botschaften. Und immer auch die Büschel von schwärzlichem fransigem Seetang, die es aus den eigenen Tiefen gewaltsam herausgerissen hat, als wäre dies die Zeit für Selbstverstümmelung – wie wenn man sich ein verstecktes, dunkles, unsichtbares Haar herauszieht.

Wir sind in der Küche unseres Hauses, und während meine Mutter spricht, stochert sie energisch im Holz und in den Kohlen im Herd. Rauch entweicht, qualmt hoch und verteilt sich flach an der Decke. Immer wenn sie spricht, macht sie etwas mit den Händen. Es ist, als könnte ihre innere Stimme nur durch körperliches Handeln freigesetzt werden. Sie ist groß und hat einen dunklen Teint, hohe Wangenknochen und braune Augen. Sie trägt ihr Haar, das sehr lang und tiefschwarz ist, straff nach hinten gekämmt und im Nacken zu einem Knoten eingerollt, den Korallenspangen zusammenhalten.

Mein Vater steht mit dem Rücken zu uns und sieht aus dem Fenster zu der Stelle, wo das Meer gegen die Klippen peitscht. Er hat die Hände auf dem Rücken verschränkt und drückt sie offenbar fest zusammen, denn sie sind fast weiß – besonders die linke. Die linke Hand meines Vaters ist größer als seine rechte, und sein linker Arm ist ungefähr sieben Zentimeter länger als normal. Das liegt daran, dass er den Stauerhaken in der linken Hand hält, wenn er am Hafen in Halifax arbeitet. Sein Teint ist heller als der meiner Mutter, und seine Augen sind grau, genau wie die vorherrschende Farbe seiner schütter werdenden Haare.

Wir haben schon immer auf der kleinen Farm zwischen dem Meer und der Bergwerksstadt gelebt. Im Sommer hat mein Vater sein Land bestellt, und im Winter war er früher eine Zeit lang in den Höhlen der Kohlengrube beschäftigt. Später, als er es unter Tage nicht mehr aushielt, verbrachte er die Zeit von November bis April als selbständiger Kohlenhändler, oder er arbeitete in seiner Waldparzelle, wo er

Bäume für den Deckenverbau der Schächte fällte. Doch das muss lange her gewesen sein, denn ich kann mich kaum an eine Zeit entsinnen, als in der Grube durchgehend gearbeitet wurde, oder an einen Winter, in dem mein Vater bei uns war, und ich bin immerhin fast vierzehn. Jetzt fährt er jeden Winter nach Halifax, aber der Abschied fällt ihm oft sehr schwer. Er steht dann so da wie jetzt, vor dem Fenster, ungefähr eine Woche oder noch länger, und dann ist er fort und wir sehen ihn erst wieder an Weihnachten oder manchmal am Wochenende, denn er ist über zweihundert Meilen weit weg und die Winterstürme machen das Reisen schwierig und unsicher. Vor zwei Jahren kam er einmal für ein Wochenende nach Hause, und dann brach ein so heftiger, schlimmer Schneesturm aus, dass er erst am Donnerstag zurückfahren konnte. Meine Mutter sagte, er sei dumm, so eine Fahrt zu machen, und dass er wegen nichts einen ganzen Wochenlohn verloren hätte – einen Wochenlohn, den sie und sechs Kinder gut brauchen könnten. Hinterher kam er erst wieder, als es fast Frühling war.

»Es würde nicht schaden, ihn noch einen Winter zu behalten«, sagt er jetzt, noch immer aus dem Fenster blickend. »Wir haben ihn durch so viele Jahre gebracht. Außerdem frisst er nicht mehr viel, weil seine Zähne schlecht sind.«

»Früher war er wenigstens nützlich«, sagt meine Mutter knapp und klappert mit den Herdringen. »Wenn du hier warst, hast du ihn im Wald gebraucht oder zum Kohlenausfahren – nicht dass uns das jemals reich gemacht hätte. Aber in den letzten Jahren war er nutzlos. Es wäre billiger, für den Sommer ein Pferd zu mieten oder vielleicht sogar einen Traktor anzuheuern. Wir brauchen kein Pferd mehr, auch kein junges, geschweige denn eins, das wahrscheinlich im März sterben wird, nachdem wir es den ganzen Winter durchgefüttert haben.« Sie legt die Herdringe wieder zurück – jeden an seinen richtigen Platz.

Sie reden über unser altes Pferd Scott, das schon bei uns ist, solange ich lebe. Mein Vater war zwei Winter lang unter Tage sein Kutscher gewesen, die beiden mochten sich, und im zweiten Frühling, als er die Grube für immer verließ, kaufte er der Gesellschaft das Pferd ab, damit sie zusammen herauskämen, an die Sonne und in frisches Gras. Und um dem Pferd die Blindheit zu ersparen, die es unvermeidlich ereilt hätte, wenn es in den Tiefen geblieben wäre; in der Dunkelheit, die es irgendwann zu sich geholt hätte.

Eine Zeit lang hatte Scott auch wie Kohle ausgesehen, als sein glattes Fell noch schwarz war und vor Kraft glänzte, bis auf einen einzigen weißen Stern mitten auf der Stirn; doch auch das ist lange her, und jetzt ist er ziemlich grau um die Augen, und wenn er geht, sind seine Beine am Anfang ganz steif.

»Er stirbt bestimmt nicht im März«, sagt mein Vater, »er schafft das schon. Im letzten Herbst hast du das Gleiche gesagt, und er kam gut durch den Winter. Als er wieder Gras unter sich spürte, war er wie ein Zweijähriger.«

Scott ist seit drei oder vier Jahren dämpfig. Ich glaube, Pferde werden dämpfig, wenn sie zu nahe am Meer in der Feuchtigkeit leben; es ist wie bei Leuten mit Asthma, man hustet, schwitzt und ringt nach Atem. Oder wenn sie zu viele Winter im Gefängnis einer engen Box stehen und trockenes, staubiges Heu fressen. Vielleicht kommt es auch vom Alter. Oder von allem zusammen. Ich weiß es nicht. Jemand erzählte meinem kleinen Bruder David, der zehn ist, es würde helfen, wenn man das Heu befeuchtet, und als Scott im letzten Winter im Januar anfing, schlimm zu husten, nahm David eine Schöpfkelle voll Wasser und besprenkelte damit das Heu, nachdem wir es in die Futterkrippe geworfen hatten. Hinterher sagte David, der Husten sei viel besser geworden, und ich musste ihm Recht geben.

»Er ist aber kein Zweijähriger mehr«, erwidert meine Mutter kurz angebunden und zieht ihren Mantel an, ehe sie hinausgeht, um die Hühner zu füttern. »Er ist alt und nutzlos, und wir sind kein Altersheim für ausgediente Pferde. Ich bin hier allein mit sechs Kindern und habe jede Menge zu tun.«

Vor langer Zeit, als mein Vater Kohlen transportierte und noch nicht verheiratet war, betrank er sich manchmal, vielleicht aus Einsamkeit, und einmal, im Februar, übernachtete er bei einem Alkoholschmuggler, nachdem er einen kurzen Tag und eine ganze Nacht lang getrunken und geredet hatte, ohne an die eisige Kälte draußen zu denken, bis er am nächsten Morgen in verzweifelter Katerstimmung zur Tür hinauswankte und sah, dass Pferd und Schlitten noch an der Stelle standen, wo er sie verlassen hatte und sie eigentlich nicht hingehörten. Auf dem Schlitten schimmerte die Kohle schwarz durch den feinen Pulverschnee, der auch bei größter Kälte zu fallen scheint und aussieht, als würde er sich wie Tau bilden und nicht wie Regen fallen, und das Pferd stand wie eine graue geisterhafte Gestalt in der Dunkelheit des frühen Morgens. Auf seinem schwarzen Fell lag weißer Reif, entstanden aus dem Schweiß von gestern, und von seiner Nase hingen winzige Eiszapfen.

Mein Vater konnte nicht fassen, dass Scott die ganze bitterkalte Nacht lang auf ihn gewartet hatte, nicht festgebunden und so unnötig, auf dem knirschenden Schnee von einem Fuß auf den anderen tretend, mit zuckenden Muskeln unter dem gefrorenen Geschirr. Vor dieser Nacht hatte noch nie ein Lebewesen auf ihn gewartet, und er vergrub sein Gesicht in der weiß bereiften Mähne und stand eine ganze Weile ruhig da, während sich auf seinen Wangen kleine Eisperlen bildeten.

Mein Vater hat uns diese Geschichte oft erzählt, auch wenn sie meine Mutter langweilt. Wenn er sie erzählt, setzt sich David meistens auf seinen Schoß und sagt, er hätte auch gewartet, ganz gleich, wie lang es gedauert hätte und wie kalt es gewesen wäre. Meine Mutter erwidert dann, sie hoffe doch, dass David ein bisschen mehr Verstand hätte.

»Jedenfalls habe ich MacRae angerufen und er will ihn heute holen«, sagt meine Mutter, während sie den Mantel anzieht und sich zum Hühnerfüttern fertig macht. »Ich wollte es hinter mich bringen, solange du noch hier bist. Wenn wir länger warten, bist du wieder fort, und wir haben ihn noch einen Winter am Hals. Nimm den Eimer, James«, sagt sie zu mir, »und hilf mir die Hühner füttern. Bei denen ist es wenigstens nicht umsonst.«

»Warte«, sagt er. »Warte, verdammt nochmal.« Er wendet sich schnell vom Fenster ab, und ich sehe, wie seine Hände sich zu Fäusten ballen und die Knöchel weiß und kalt werden. Meine Mutter zeigt auf die kleineren Kinder und schüttelt den Kopf. Er sitzt vorübergehend in der Klemme, denn sie hat ihm schon sehr oft gesagt, er soll vor den Kindern nicht fluchen, und während er zögert, packen wir die Eimer und entfliehen.

Auf dem Weg zum Hühnerstall schlagen die Meereswellen noch höher als vorher, und der Wind hat aufgefrischt, sodass wir die Futtereimer mit dem Körper abschirmen müssen, sonst wird der Inhalt herausgeweht und in alle Himmelsrichtungen verstreut. Es beginnt zu regnen, und der Wind peitscht die Tropfen so heftig, dass sie gegen die Seiten der Blecheimer trommeln und auf unseren Wangen wehtun und dann brennen.

Im Inneren des Hühnerstalls ist es warm und beißend, und wir sind sofort von Hühnern umringt. Eigentlich sind es gar keine Hühner, sondern ausgewachsene Masthähne, die meine Mutter den Sommer über großgezogen hat und jetzt bald auf dem Weihnachtsmarkt anbieten wird. Jedes Frühjahr kauft sie Eintagsküken, die wir mit hart gekochten, zerdrückten Eiern und Kükenfutter aufpäppeln. Später lassen wir sie draußen in den Hühnerauslauf, und im Herbst kommen sie dann zum Mästen in diesen Stall. Es sind Leichte Sussex, das ist eine Rasse, die meine Mutter bevorzugt, weil die Tiere robust sind und gut Fleisch ansetzen. Inzwischen sind sie ganz weiß, mit roten Kämmen und glitzernden schwarzgoldenen Augen, und den Ansatz ihrer weiß glänzenden Hälse ziert ein Ring aus knalligem Schwarz. Sie sehen aus, als hätte ihnen jemand weiße Flüssigkeit über den Kopf gegossen, die ihnen am Hals hinabgeflossen ist, um sich dann plötzlich und wie von Zauberhand an der Luft in Schwarz zu verwandeln. Gegensätzliche Farben, aber gleicher Glanz. Wie Klaviertasten.

Meine Mutter bewegt sich sicher und entschlossen unter ihnen, und die Hühner sind an sie gewöhnt und umzingeln sie, während sie die Tröge mit dem Futterbrei und dem warmen Wasser füllt, die wir mitgebracht haben. Manchmal mag ich sie und manchmal nicht. Das Schlimmste dabei ist eigentlich, dass es völlig egal ist. Kurz vor Weihnachten werden alle geschlachtet und küchenfertig gemacht, und im Frühjahr kommt dann der nächste Schwung, und immer sehen sie gleich aus, verhalten sich gleich und enden auf die gleiche Art und Weise. Es ist schwer, etwas wirklich zu mögen, das man später töten will, aber es ist ebenso schwer, Abneigung zu empfinden, und da es so viele sind und nicht nur eins, kommen sie mir fast wie die Blaubeeren oder Erdbeeren vor, die wir im Sommer pflücken. Man sieht sie als eine große Menge, die eine Zeit lang vor sich hin lebt, und dann werden sie gepflückt und gegessen, nur dass die Beeren ohnehin wachsen, aber für die Masthähne sind wir verantwortlich, denn wir ermutigen sie, möglichst viel zu fressen, und bemühen uns, dass sie es warm haben und sie gesund und kräftig bleiben, damit wir sie am Ende schlachten können. Mein Vater fühlt sich immer unwohl in ihrer

Nähe und geht ihnen möglichst aus dem Weg. Mein Freund Henry Van Dyken sagt, das liege daran, dass mein Vater Schotte ist und dass Schotten im Geflügelhalten und Blumenzüchten nie gut sind, weil sie beides für typische Frauenaufgaben halten, für die ein Mann sich schämt. Henrys Vater beherrscht beides hervorragend.

Während wir uns in der Enge des Hühnerhauses bewegen, knallt die Tür auf und David wird durch die Wucht von Wind und Regen fast hereingeweht. »Da ist ein Mann mit einem großen Laster, und hintendrauf steht ein alter Bulle«, sagt David, »er ist gerade ins Haus gegangen.«

Als wir in die Küche treten, steht MacRae am Tisch, direkt neben der Tür. Mein Vater wartet immer noch am Fenster, nur kehrt er ihm jetzt den Rücken zu. Es sieht nicht so aus, als hätten die beiden miteinander gesprochen.

MacRae, der Abdecker, ist ein Mann in den Fünfzigern. Er ist nicht sehr groß und stark untersetzt, mit einem roten Gesicht und einer Zigarre im Mundwinkel. Seine Augen sind klein und blutunterlaufen. Er trägt Wellington-Stiefel, in die er seine Hose gesteckt hat, einen breiten Gürtel im Western-Stil und eine braune Wildlederjacke über einem Flanellhemd, das am Hals offen steht und sein rötliches Brusthaar entblößt. In der Hand hält er eine schwere Viehpeitsche, mit der er seitlich gegen den Stiefel klopft. Von dem kurzen Weg durch den windgepeitschten Regen ist seine Kleidung durchnässt und verströmt jetzt in der Wärme der Küche einen feuchten, strengen Geruch, der sich unangenehm mit dem seiner Zigarre vermischt. Es ist ein Geruch, der vom Stoßen und Schieben der unzähligen verängstigten Tiere kommt, die er auf der Ladefläche seines Lastwagens transportiert hat, ein Geruch nach Mist und Angst und Schweiß.

»Wie ich höre, habt ihr einen alten Klepper«, sagt er jetzt, die Zigarre im Mund. »Mit etwas Glück kann ich ihn als Nerzfutter losschlagen. Zwanzig Dollar, das ist mein Preis.«

Mein Vater sagt nichts, aber seine Augen, grau wie das Meer hinter ihm, erinnern mich an damals, als der Baumstamm, den Scott rückte, an einem halb verborgenen Hindernis abprallte; die Beine meines Vaters wurden unter der anstürmenden Wucht begraben, mitgeschleift und gequetscht, bis der Stamm in einen aufragenden Baumstumpf krachte, ihn fast entwurzelte und Scott auf die Hinterbeine warf. Damals hatten sich im Grau seiner Augen Angst, Schmerz und ein nahezu stummes Staunen darüber widergespiegelt, dass ihn etwas so schmerzhaft gefangen halten konnte, das ihm eigentlich sehr vertraut war.

Jetzt sieht es fast aus, als hätten wir uns alle gegen ihn verschworen – seine Frau, die sechs Kinder und der Zigarre rauchende MacRae –, als hätten wir ihn in die Enge getrieben, während er mit dem Rücken zu dem vom Meer verschmierten Fenster steht, gegen das der Regen prasselt, und wir uns vor ihm aufgebaut haben. Aber dennoch sagt er nichts, obwohl ich glaube, dass sein Verstand blitzschnell alle möglichen Auswege überdenkt, um sie zu verwerfen, weil er die niederschmetternde Wahrheit kennt, die ihn am Ende stets erwartet: »Es hat keinen Sinn, die Sache noch länger aufzuschieben; der Lastwagen wartet schon, und eine bessere Gelegenheit wird sich nicht mehr bieten; du bist bald wieder fort; er wird schließlich nicht jünger; einen höheren Preis wird man uns nicht mehr bieten; vielleicht stirbt er in diesem Winter, dann kriegen wir gar nichts mehr; wir führen kein Altersheim für ausgediente Pferde; ich bin hier allein mit sechs Kindern und habe alle Hände voll zu tun; das Geld für sein Futter käme deinen Kindern zugute; deine Kinder sind dir doch wohl mehr wert als ein Pferd; es ist unfair fortzugehen, und wir sollen uns hier um ihn kümmern.«

Dann nickt er und geht vom Fenster in Richtung Tür. »Du willst doch nicht ...«, setzt David an, aber seine Mutter bringt ihn augenblicklich zum Schweigen. »Sei still«, sagt sie, »und geh die Hühner fertig füttern«, und dann, als könnte sie sich nicht beherrschen: »Bei denen ist es wenigstens nicht umsonst.« Noch ehe mein Vater stehen bleibt, weiß ich, dass sie die letzte Bemerkung bereut. Dass sie befürchtet, sie ist zu weit gegangen und hat jetzt vielleicht alles verloren, was sie bisher erreicht hatte. Es ist, als versuchte man, eine fast senkrechte, meerumspülte Klippe hochzuklettern. Man schiebt sich langsam aufwärts, greift mit blau angelaufenen Fingern von einem winzigen Spalt in den nächsten, und dann sieht man einen verlockenden Zweig, nach dem man einfach greifen muss, auch wenn man im selben Moment weiß, er kann in nichts verwurzelt sein, weil es dort weder Vegetation gibt noch Erde, um ihn zu halten, und der Zweig nur ein vom Meer hochgeschleudertes Stück Treibgut ist, und man sich innerlich auf die schmerzhafte, Beulen und Schrammen verursachende Rutschpartie gefasst macht, die unvermeidlich folgen muss. Doch meine Mutter hat diesmal Glück. Er bleibt nur stehen und sieht sie kurz an, dann reißt er die Tür auf und geht hinaus in den Wind. David rührt sich nicht.

»Ich glaube, er geht zur Scheune«, sagt meine Mutter jetzt erstaunlich sanft und gibt mir mit einem Blick zu verstehen, ihm zu folgen. Als MacRae und ich draußen sind, ist mein Vater schon halb bei der Scheune; er trägt weder Hut noch Mantel und geht seitwärts, lehnt und stemmt sich gegen den Wind, der ihm die Hose fest an die Beine presst.

Als MacRae und ich am Lastwagen vorbeigehen, muss ich unwillkürlich den Bullen ansehen. Er ist riesig und alt, ein Ayrshire, fast weiß, nur an den bulligen Schultern sowie am Hals und den Backen hat er eine fast kirschrote Zeichnung. Sein massiver Kopf wird nach unten zur Ladefläche gezogen, weil er ein verstärktes Kettenhalfter trägt und man einen Strick doppelt durch seinen Nasenring und einen Eisenbolzen gezogen hat, der am Boden festgeschraubt ist. Er hat versucht, seinen Rücken in den peitschenden Wind und Regen zu drehen, wodurch sein massiger, an die seitlichen Holzstreben des Lastwagens gedrückter Körper einen unnatürlichen Winkel zum grotesk befestigten Schädel bildet. Der Boden der Ladefläche ist von einer schmierig-glitschigen Mischung aus Regen und Exkrementen bedeckt, und sobald er sich bewegen will, kommen seine Füße ins Schlittern und drohen unter ihm wegzurutschen. Er zittert vor Anstrengung, die Muskeln in seinen Schultern zucken unaufhörlich, und seine Augen sind in den Höhlen nach oben gerollt. Der Regen vermischt sich mit seinem Schweiß und strömt ihm in grauen Rinnsalen an den Flanken hinab.

»Nicht schlecht, wenn man son Schwengel hat wie der Bursche da, was?«, brüllt MacRae in den Wind. »Jede Wette, der hat es den kleinen Färsen ordentlich besorgt, und das nicht zu knapp. Junge, Junge, mit soner Ausstattung, da rennen dir alle geilen kleinen Mädels nach und wollen, dass du sie ins Gebüsch ziehst. Wenn die Säfte anfangen zu fließen und die kleinen Dinger rausfinden, wofür das gut ist, dann sind sie am besten zu haben.« Er fährt sich mit der Zunge genussvoll über die Lippen und klatscht die Peitsche gegen das aufgeweichte Nass seiner Stiefel.

Im Innern der Scheune ist es still und geschützt vor dem Sturm. Scott steht in der ersten Box, dann folgt eine leere und dann die der Milchkühe. Mein Vater steht neben Scott und streichelt ihm die Nase, sagt aber nichts. Scott reibt den Kopf an der Brust meines Vaters auf und ab. Er ist trotz seines Alters noch stark, und sein kräftiger Hals hebt meinen Vater fast von den Füßen und schiebt ihn gegen die Wand.

»Tja, was du heute kannst besorgen, das verschiebe nicht

auf morgen«, sagt MacRae, öffnet den Reißverschluss an seinem Hosenschlitz und fängt an, in die schmale Rinne hinter den Boxen zu pinkeln.

In der Scheune ist es warm und eng und still, und der Geruch der Tiere und vom Heu ist fast süßlich. Nur das Prasseln von MacRaes Urin und der schwache Dampf, der von ihm aufsteigt, stören die ruhige Szenerie. »Ah, das tut gut«, sagt er, zieht den Reißverschluss wieder zu und geht, um die Hose zurechtzurücken, leicht in die Knie. Dann wendet er sich an uns und sagt: »Jetzt wollen wir mal sehen, was wir da haben.«

Er lehnt sich mit dem Rücken gegen Scotts Hinterbeine und hievt ihn quer durch die Box, ehe er sich neben ihn zu meinem Vater stellt. Die Begutachtung dauert nicht allzu lange, denn von einem Pferd, das bald an Nerze verfüttert wird, verspricht er sich wohl nicht viel. »Ein schönes Halfter haben Sie da«, sagt MacRae, »dafür leg ich einen Dollar drauf, Sie brauchen es sowieso nicht mehr.« Einen endlosen Moment lang sieht mein Vater ihn an, dann nickt er fast unmerklich. »Okay«, sagt MacRae, »einundzwanzig Dollar, Geschäft ist Geschäft.« Mein Vater nimmt das Geld – er sagt noch immer nichts –, öffnet die Stalltür und geht, ohne einen Blick zurückzuwerfen, durch den Regen in Richtung Haus. Und weil ich nicht weiß, was ich tun soll, gehe ich hinter ihm her.

Im Haus ist kaum etwas zu hören. Meine Mutter geht zum Herd, spült ihre Teekanne langsam aus und schiebt den Kessel herum. Wir hören, wie MacRae draußen den Motor startet, um ihn rückwärts an den kleinen Hügel neben die Scheune zu fahren, denn dort kann er seine Erwerbung besser verladen. Dann ist es wieder ruhig, bis auf das Pfeifen des Kessels, der inzwischen zu heiß geworden ist und den jemand auf dem Herd nach hinten schieben müsste; aber keiner macht es.

Und dann zieht uns alle ein seltsamer Bann zum Fenster, und ja, der Lastwagen steht wie vermutet rückwärts vor dem kleinen Hügel, und MacRae marschiert in die Scheune, die Peitsche noch immer in der Hand. Kurz darauf taucht er wieder auf und führt Scott hinter sich her.

Das Pferd stolpert fast, als es aus der Scheune tritt, gewinnt aber schnell wieder das Gleichgewicht. Dann erklimmen sie den kleinen Hügel, beide haben das Gesicht vom peitschenden Regen abgewandt. Scott steht ruhig da, während MacRae die hintere Klappe herunterlässt, bis sie eine kleine Rampe vom Hügel zum Lastwagen bildet, die MacRae mit dem Führstrick in der Hand hochgeht und dabei ungeduldig am Halfter zieht. Scott setzt einen Fuß auf die Rampe, und wir hören den dumpfen Aufschlag seines Hufs auf den nassen Brettern – oder vielleicht bilde ich es mir nur ein. Doch dann zögert er, zieht seinen Fuß zurück und bleibt stehen. MacRae zerrt am Führstrick, aber ohne Erfolg. Er zerrt erneut, kommt die kleine Rampe halb herunter, streckt die Hand aus, packt das Halfter und zieht. Wir sehen, wie er die Lippen bewegt, entweder er fleht oder er flucht, vielleicht auch beides. Er blickt jetzt unverwandt in den Regen, der ihm das Gesicht hinabläuft. Scott rührt sich nicht von der Stelle. MacRae kommt vom Laster herunter und führt Scott in einem weiten Bogen durch das nasse Gras. Er läuft immer schneller, macht ordentlich Tempo, bis Mann und Pferd beinahe rennen. Im Grau des trüben, schräg fallenden Regens sehen sie fast aus wie Gestalten in einem schrecklich unscharfen Schwarzweißfilm. Und dann rennt MacRae, ohne das Tempo zu ändern, die Rampe hoch und Scott, der fast trabt, folgt ihm, bis sein Huf auf die Klappe trifft. Im selben Moment bleibt er wie angewurzelt stehen. Die Leine strafft sich, und MacRae, durch den eigenen Schwung bereits auf die Ladefläche katapultiert, wird jäh zurückgerissen; er prallt von der Flanke des Bullen ab, verliert auf dem glitschigen Holz den Halt und fällt in den nassen Dreck am Boden der Ladefläche. Bevor wir uns überhaupt fragen können, ob er verletzt ist, steht er wieder auf den Füßen. Sein Gesicht ist bleich vor Wut, seine Kleidung vom Mist verschmiert, und braune Rinnsale laufen an ihm herunter. Er lässt die Peitsche, die er auch bei seinem Sturz nicht losgelassen hat, wutentbrannt zwischen Scotts Augen niedersausen. Und Scott, der noch immer starr vor der Wagenklappe steht, schüttelt wie benommen den Kopf und geht rückwärts ins nasse Gras, die Leine hinter sich herschleifend.

Alles ist so schnell passiert, dass wir am Fenster nicht recht wissen, was wir tun sollen, und irgendwie ist es uns peinlich, dass wir hier stehen. Es ist fast, als hätten wir uns und die anderen bei einer schändlichen Tat ertappt. Schließlich bricht David den Bann. »Jetzt geht er bestimmt nicht«, sagt er, und dann fast schreiend: »Er wird einfach nicht gehen – niemals. Toll. Das steht fest, nachdem er ihn geschlagen hat. Er wird nicht gehen, also muss er bleiben.« Er rennt zu meinem Vater und schlingt die Arme um seine Beine.

Mit einem Mal wird die Tür aufgerissen, und MacRae steht wütend da, die Peitsche noch immer in der Hand. Seine Kleidung ist vom Sturz durchnässt, und das braune Wasser tropft auf den Fußboden meiner Mutter. Sein Gesicht ist krebsrot, als er sagt: »Wenn der Scheißgaul nicht in den nächsten fünf Minuten auf dem Laster steht, ist das Geschäft gestorben, und dann könnt ihr verdammt lange jemanden suchen, der euch so viel Geld für den nutzlosen alten Schwanzlutscher zahlt.«

Es ist, als wären plötzlich alle schlimmen Dinge passiert, die man sich vorstellen kann. Nur ganz anders als erwartet. Ich glaube, ich fange zum ersten Mal an zu begreifen, wie schwer und vielleicht auch beängstigend es ist, erwachsen zu sein. Und ich habe jetzt nicht nur selbstsüchtig Angst um mich, sondern auch vor dem, was auf mich zukommt. Bis jetzt hatte ich nämlich immer geglaubt, wenn man so vor Frauen, Kindern oder auch bestimmten Männern spricht, würde sich die Erde auftun oder der Blitz würde einschlagen oder alle würden wenigstens aufschreien und sich entsetzt die Ohren zuhalten oder der Übeltäter würde, wenn er schon nicht zu Stein erstarrt, so doch von einem noblen, stattlichen Helden geschlagen werden. Aber nein, es kommt völlig anders. Das Gewitterwolkengrau in den Augen meines Vaters wird noch dunkler, und die Wangen meiner Mutter färben sich rot, mehr passiert nicht. Und ich stelle auch leicht erschüttert fest, dass sich trotz Scotts Weigerung, den Lastwagen zu betreten, eigentlich nichts geändert hat. Eigentlich. Dass alles auf schreckliche, schlichte Art gleich geblieben ist: Scott ist alt, wir sind arm, mein Vater muss bald wieder fort, und wir bleiben entweder mit oder ohne Scott zurück. Es ist wie mit dem Fluchen, das meine Mutter ihren Kindern jahrelang verboten hat, nur um dann eines Tages festzustellen, dass es in seiner schrecklichen Realität da ist, trotz allem, was sie immer wünschte und wollte. Und während ich darüber nachdenke, geht mein Vater an MacRae vorbei, der noch immer in der ständig wachsenden braunen Pfütze steht und aussieht wie ein riesiges Gewächs, das sich aus dem stinkenden Wasser speist, das er selbst mitgebracht hat.

David, der bei MacRaes Eintreten die Beine meines Vaters losgelassen hatte, will sich jetzt wieder auf ihn stürzen, aber ich fange ihn ab und höre mich wie aus weiter Ferne die Worte meiner Mutter sagen, in einem Tonfall, der fast dem ihren gleicht: »Wir füttern jetzt die Hühner fertig.« Ich packe ihn fest am Arm, und wir müssen uns an MacRae vorbeizwängen, dessen Gestalt die Tür versperrt und der noch keine Anstalten zum Gehen macht.

Draußen eilt mein Vater durch den prasselnden Regen zu Scott, der fast ein wenig verblüfft mit dem Rücken im Regen steht, sein Halfter baumelt vor ihm. Als er meinen Vater näher kommen sieht und ihn erkennt, spitzt er die Ohren und wiehert. Mein Vater, der erstaunlich dünn aussieht in den nassen Kleidern, die ihm am Körper kleben, nimmt den Strick in die Hand und geht weiter, gefolgt von dem riesigen willigen Pferd. Ihr Anblick erinnert fast ein wenig an einen kleinen Schleppdampfer, der einen gewaltigen Ozeanfrachter ins Dock zieht, nur dass jeder für sich und beide zusammen lebendig sind. Je näher sie der Lastwagenrampe kommen, umso mehr scheint mein Vater zu zweifeln und zu zaudern, und jetzt ist es sein Fuß, der beim Berühren der Holzbretter zurückzuschrecken scheint. Aber von Scotts Seite gibt es nicht das geringste Zögern, seine Hufe hallen fest und zuversichtlich auf dem festen nassen Holz, und er drückt seinen Kopf in den Rücken meines Vaters. Er kann es kaum erwarten, ihm zu folgen, ganz gleich wohin es geht.

Er folgte ihm, seit ich mich erinnern kann, und auch in den Zeiten davor sehe ich die beiden in meiner Phantasie. Folgte ihm wild entschlossen durch die Kohlengrube, in der Trockenheit der dunklen Schächte, wo seine Hufe auf den Steinen und Gleisen Funken sprühten; und in der Nässe, als beide bis zu den Knien im Wasser standen und eher fühlten als sahen, wie ihre Füße spritzend Grund fanden, und die Kohlenwagen mit so viel Schwung hinter ihnen herdonnerten, dass das Pferd, wäre es ins Stolpern geraten, von genau den Wagen, die es in Gang gesetzt hatte, überrollt worden wäre und man es zermalmt und blutig nach oben hätte transportieren müssen, als Kadaver für die in der Luft kreisenden Möwen. Und auch auf den Feldern in der Sommerhitze folgte Scott ihm, vor den holpernden Heuwagen gespannt, während der Schweiß zwischen seinen Beinen und unter dem Kummet zu Schaum gerieben wurde und sich weiß über sein schwarz glänzendes Fell zog. Er folgte ihm im Winter, über die halb gefrorenen Sümpfe, während die krachenden, pfeifenden Baumstämme hinter ihm schlingerten, und er schnaubte, als er durch das schimmernde kristallklare Eis brach, das ihm die Fesseln zerschnitt, sodass eine purpurne Spur von Blutstropfen auf dem Weiß des Schnees zurückblieb. Und wieder im Winter, mit Zentnern von Kohle auf dem Schlitten, folgte er ihm, sogar über die schneefreien Flächen, angetrieben vom bloßen Wind, und warf sich so ins Geschirr, dass sein Bauch fast den Boden berührte, er schnaubte und zog mit kräftigen Rucken nach rechts und dann nach links, bewegte den Schlitten nur vorwärts, indem er ihn seitwärts bewegte, denn das, hatte er gelernt, war die einzige Möglichkeit, ihn überhaupt von der Stelle zu bekommen.

Gerade als mein Vater den Strick festbindet, eilt MacRae an uns vorbei, knallt die hintere Wagenklappe zu und lässt den Eisenbolzen fallen, der sie verschließt. Mein Vater klettert seitlich herunter, während MacRae aufs Trittbrett und in die Fahrerkabine steigt. Der Motor röhrt, und der Laster schlingert vorwärts. Er hinterlässt zwei breite nasse Furchen im Gras, wie die Spuren zweier riesiger schleimiger Schnecken, und der Auspuffqualm hängt schwer in der Luft. Als er unten am Weg um die Ecke biegt, versucht Scott den Kopf zu wenden und zurückzublicken, aber es geht nicht, weil der Strick zu kurz angebunden wurde. Der strömende Regen fällt wie schräge Perlenvorhänge herab und macht es unmöglich, das zu sehen, was wir wissen, und dann ist da nur noch das leiser werdende Motorgeräusch, die Spuren auf dem nassen Gras und die Auspuffgase in der Luft.

Erst jetzt bemerke ich, dass David nicht mehr bei mir ist, aber gerade als ich mich frage, wo er sein könnte, kommt auch schon die Antwort, und ich renne auf das Gegacker im Hühnerhaus zu.

Im Inneren kann man kaum etwas sehen und kaum atmen und kaum glauben, dass ein so kleiner Junge in so kurzer Zeit eine solche Verwüstung anrichten kann. In der Luft wimmelt es von unzähligen, vom Boden aufgewirbelten Staubteilchen, und überall sind winzige, rot gefleckte Federn und Strohhalme, die schweben, strudeln und sinken. Die panischen Masthähne, viele von ihnen bereits blutig und verstümmelt, unternehmen kurze plumpe Flugversuche und stoßen oft mitten in der Luft zusammen. Ihre überfütterten Körper sind zu schwer für die schwachen, unbenutzten Flügel, und es gelingt ihnen kaum, vom Boden abzuheben und sich ein Stück durch die Luft zu quälen, ehe sie mit einem dumpfen Aufschlag verunglückt im Staub landen. Sie kreischen vor Entsetzen, und ihr Geschrei wirkt so unnatürlich wie ihre Flugversuche, als hätte man ihnen im falschen Stück die denkbar unpassendste Rolle zugeteilt. Viele von ihnen liegen bereits leblos und gekrümmt und staubig und blutend auf dem Boden, wie traurige, graue, zusammengeknüllte Zeitungen, die man zum Aufwischen von Blut benutzt hat. Der Glanz ihres Gefieders ist für immer erloschen.

Inmitten dieser Szene tobt David wie ein kleiner blutbesudelter Derwisch. Er schwingt die Axt in alle Richtungen, als hätte ihm jemand die Augen zugebunden und er würde etwas suchen. Staub hat sich auf seinem feuchten Gesicht niedergelassen, und die Tränen ziehen dünne Spuren durch das Grau, wie einsame kleine Flüsse, die eigentlich nichts zu bewässern haben. Eine einsame winzige Feder klebt ihm auf der Stirn, und er hustet und schluchzt zugleich.

Erst als mein Vater neben mir in der Tür auftaucht, scheint David zu merken, dass er nicht allein ist. Mit einem letzten erschöpften Hieb wirft er die Axt nach meinem Vater. »Schwanzlutscher«, sagt er, eine kleine traurige Parodie von MacRae, dann stürmt er an uns vorbei durch die Tür und stößt beinahe mit meiner Mutter zusammen, die jetzt von draußen aus dem Regen kommt. Da er nicht mehr viel Kraft gehabt hatte, um die Axt zu werfen, prallt sie wirkungslos von der Wand ab und landet am Stiefel meines Vaters: nass und blutverschmiert, an der Klinge kleben immer noch Federn und Fleischreste.

Mir tut es unendlich Leid um die Masthähne, die jetzt so sinnlos verstümmelt sind. Und mir tut es um meine Mutter Leid und um die viele Zeit und Arbeit, die sie für uns alle in die Tiere gesteckt hat. Aber ich weiß wirklich nicht, was ich tun soll, und auch nicht, was ich sagen soll.

Als wir das traurige kleine Hühnerhaus verlassen, bläst der Wind mit erneuter Heftigkeit vom Meer. Er droht einen fast von den Füßen zu heben und in die Luft zu wehen, und im Schritt wird man ganz taub und kalt, weil einem die Kleider vorn fest an den Körper gepresst werden, während sie von hinten energisch ziehen und reißen, wie aufgeblasene Ballons. Man muss den Kopf abwenden oder senken, sonst kann man nicht atmen, denn die Luft wird sofort wieder in die Lunge geweht, und die Kehle zieht sich krampfhaft zusammen. Der Regen ist jetzt ein schneidender Graupelschauer, der schnell zum ersten Winterschnee wird. Man kann nichts darin sehen, und das Meer, von dem er kommt, verliert sich in dem wirbelnden Weiß, auch wenn es in seiner unsichtbaren Nähe donnert und grollt, als wollte sich der tiefe Bass der Wellen mit dem kreischenden Tenor des Windes verbinden. Es ist so laut, dass man fast überhaupt nichts hört. Man ist fast unbeweglich und atemlos und blind und taub. Fast, aber nicht ganz. Denn wenn man sich umdreht und Körper und Kopf gegen den Wind stemmt, kann man sich bewegen und atmen und sehen und hören – alles ein bisschen. Man kommt nicht weit, aber man klammert sich an dem Wenigen fest, das man hat, und die Zehen rollen sich fast unwillkürlich in den Schuhen ein, als wollten sie sich in der Erde verkrallen.

Ich bleibe stehen, wende das Gesicht vom Wind ab und blicke auf den Weg zurück, den ich gekommen bin. Meine Eltern stehen da, der Wind hat sie hinter mir zusammengeweht. Auch sie bewegen sich nicht und versuchen nur, ihren Platz zu halten. Sie stehen seitlich zum Wind, ihre Köpfe lehnen aneinander, und ihre Schultern berühren sich, sie sehen aus wie die Balken eines Dachgiebels. Mein Vater schlingt die Arme um die Taille meiner Mutter, und sie wehrt ihn nicht ab, wie sie es sonst immer tut. Stattdessen greift sie nach oben und löst die Korallenkämme aus ihrem dichten Haar. Noch nie habe ich ihr Haar in voller Länge gesehen, und es schwebt jetzt fast parallel zur Erde, das glänzende Schwarz wird vom Wind gepeitscht und glitzert wie der Schnee, der sich darauf niederlässt und schmilzt. Es umhüllt den Kopf meines Vaters, und er vergräbt sein Gesicht in der dichten Dunkelheit und zieht meine Mutter näher zu sich. Ich glaube, sie werden dort sehr, sehr lange stehen, aneinander geschmiegt, im windgepeitschten Schnee, während ihnen das Eis an den Wangen gefriert. Vielleicht sollte man sie jetzt lieber allein lassen, deshalb drehe ich mich um, gehe einen Schritt und dann noch einen und arbeite mich stückweise vorwärts. Ich glaube, ich werde jetzt David suchen, damit er vielleicht versteht.

Grüner Stein

Jetzt, am frühen Abend, taucht die Sonne alles in Gold. Sie überflutet die stumpfen grauen Felsen, die sich sehnsuchtsvoll in Richtung Europa recken, sie berührt die verkümmerten Fichten und die am Boden liegenden Flechten, die filigranen, unempfindlichen Farne, das Moos mit seinem dichten Wurzelgeflecht und die winzigen zähen Kronsbeeren. Die grauen, schräg fallenden Regenböen sind vom Meer hereingeweht und dann mit der Plötzlichkeit überraschender Plünderer abgezogen. Alles vor und unter ihnen ist schnell, kurz und gründlich durchnässt worden, und die klaren Tropfen spiegeln die Infusion der Sonne in Myriaden von Regenbogenfarben. Weit hinter der Hafenmündung scheinen sich weitere winzige Regenböen zu bilden, sie bewegen sich rasch über die Wasserfläche, dort, wo das Land zu Ende ist und der blaue Ozean durch den Regen, die Entfernung und die Ermüdung der Augen im Grau verschwimmt. Noch weiter draußen, irgendwo hinter Cape Spear, liegen Dublin und die irische Küste; weit weg, aber dennoch das nächste Land und im Augenblick näher als Toronto oder Detroit, ganz zu schweigen von den noch weiter westlich gelegenen Städten Nordamerikas; durch die Nebel der Phantasie meint man Stadt und Küste jetzt beinahe verschwommen zu sehen.

Auch die elfenbeinweißen Möwen, die am Himmel kreischend ihre Kreise ziehen, blitzen in der reinen Sonne und der sauberen, frisch gewaschenen Luft. Manchmal gleiten sie schreiend und durcheinander plappernd auf die blau-grüne Wasseroberfläche zu; gelegentlich stehen sie fast auf ihren rosa Schwimmfüßen, als gingen sie auf Wasser, und schlagen pompös die Flügel an die Brust wie übertrainierte Muskelmänner, die erfolgreich ihre Bodybuildingkurse absolviert haben. Dann wieder sammeln sie sich in trägen Gruppen auf den Felsen über der Hafeneinfahrt und brabbeln leise vor sich hin oder blicken ebenfalls ruhig in Richtung auf das, was vermutlich Irland und die unendliche See ist.

Das Hafenbecken selbst ist sehr klein und leicht gewölbt, wie ein kleiner, friedlicher Mutterschoß, der das Leben nährt, das jetzt in ihm liegt, aber von außen stammt; das von außen durch die schmale, von Felsen eingeengte Rinne kam, die dem Meer Einlass und Rückzug gewährt. Dieses Meer tritt jetzt gerade wieder ein und zwängt sich sanft, aber bestimmt durch die enge Öffnung, überspült die Felswände und strömt langsam steigend in die innere Hafenbucht. Die Dorys heben sich an ihren Liegeplätzen, und an den Dalben schwappt die Flut immer höher und nähert sich den Hochwassermarken an Land – die strömende, mondbewegte Frühlingsflut.

Rings um den Hafen tüpfeln leuchtend bunte Häuser die nassen, glitzernden Felsen. Irgendwie ähneln sie trotzig optimistischen Hufnägeln: gelb, scharlachrot, grün und rosa; fröhlich und fest verankert im grauen gewachsenen Stein.

An der Hafeneinfahrt angeln kleine Jungen die schön gesprenkelten lachsfarbenen Meerforellen. Barfuß stehen sie auf den flutnassen Felsen und werfen mit einem Ruck des Handgelenks die glänzenden Leinen in schimmernden goldenen Bögen in die steigende Flut hinaus. Ihre Stimmen heben sich aufgeregt, wenn sie einander Mut, Rat oder Trost zurufen. Wenn die Forellen zu den Felsen gezogen werden, blitzen die dunklen Flecken an ihren Flanken auf, aber wenn sie im Meer umherstieben, verwandeln sie sich in pures Silber.

Das alles sehe ich jetzt, auf dem letzten Stück Straße meiner zweitausendfünfhundert Meilen langen Reise. Die Straße endet hier – sie endet hier fast buchstäblich keine sechs Meter von mir entfernt an der Tür einer inzwischen verlassenen Fischerhütte. Die Hütte ist grau und verwittert, hat zwei mit Brettern vernagelte Fenster, zerfallene, windgepeitschte Schindeln und ein schweres, verrostetes Vorhängeschloss, das fest an eine verzogene Tür gekettet ist. Vor der verzogenen Tür und dem nicht minder verzogenen Rahmen türmen sich Bojen, ein kleiner Haufen von brüchigem Tau, ein kaputtes Ruder und ein alter Anker, von dem der Rost abblättert.

Noch besteht die Möglichkeit, die verbleibenden sechs Meter in meinem kleinen gemieteten Volkswagen weiterzufahren und dann das Lenkrad einzuschlagen und umzudrehen. Dann würde ich wieder gen Westen blicken und könnte denselben Weg zurück nehmen, den ich gekommen bin. Ich könnte einfach wegfahren, ehe irgendetwas beginnt.

Stattdessen lasse ich das Straßenende und die Fischerhütte hinter mir und gehe langsam den Felspfad hinab, der sich schmal und verschlungen am Klippenrand entlang nach unten zum Meer windet. Geröll rutscht und schabt neben meinen Schuhen und darunter, und schon nach wenigen Metern ist das Leder narbig und verkratzt. Meine Zehen drücken fest gegen den strapazierten Schuh.

Während ich mich dem Wasserrand nähere, hüpfen vier kleine Jungen aufgeregt auf den glänzenden Felsen. Einer hat einen Fisch gehakt und versucht, den sich silbern drehenden Preis an Land zu holen. Die anderen drei haben vor Begeisterung die Ruten abgelegt, feuern ihn lautstark an und leisten beinahe körperlich moralische Unterstützung: »Lass ihn nicht los, John«, sagen sie. »Gib ihm keine

Schnur.« »Halt die Rute hoch.« »Roll die Schnur auf.« »Gut.« »Ist das ein Prachtkerl!«

Über dem klaren Wasser auf der anderen Hafenseite rufen sechs oder sieben weitere Jungen die gleichen ausgelassenen Botschaften. Der sich silbern drehende Fisch wird in Richtung Fels gezogen. In den Untiefen springt er im Bogen, dann bricht sein blitzender Körper durch die Wasseroberfläche und er geht auf der Schwanzflosse. Der kleine Angler hält seine Rute jetzt fast senkrecht. Die Spitze summt und vibriert hoch über seinem Kopf, während sich die Forelle zu seinen Füßen windet und wendet. Er hat beide Hände um die Rute gespannt, und durch das Rot der vom Wasser aufgerauten Kleinjungenhände zeichnen sich vor Anstrengung die Knöchel weiß ab. Er weiß nicht, ob er die Rute loslassen und die zappelnde Forelle packen soll oder ob er die Rute nur nach hinten hieven und den Fisch hinter sich heben soll. Plötzlich entscheidet er sich für Letzteres, doch gerade als er anheben will, rutschen seine nackten Füße auf der glatten Nässe des Felsens unter ihm weg und er schlittert ins Wasser. Die Forelle springt, dreht eine glitzernde Pirouette und reißt sich frei. Wie ein Blitz aus dunklem Grün streckt sie sich im wiedergewonnenen Wasser und ist weg. »Verdammt!«, sagt der kleine Angler und erhebt sich mühsam auf dem Fels. Er beißt sich auf die Unterlippe, um die Tränen, die ihm in die Augen schießen, zurückzuhalten. Aus einem winzigen Kratzer auf der Innenseite seines Handgelenks läuft ein kleines Blutrinnsal, und er ist nass bis zu den Knien. Ich hebe die Rute auf und gebe sie ihm wieder.

Plötzlich ertönt ein Schrei vom gegenüberliegenden Ufer. Wieder pfeift eine straffe Schnur durchs Wasser und versprüht feine Schauer aus schimmernden Tröpfchen. Das Geschrei und die ansteckende Aufregung verbreiten sich erneut. »Gib ihm keine Chance!« »Toll!« »Ganz ruhig!« »Weiter so!«

Auch mich hält die Szene gefangen und ich würde gern einen begeisterten Ratschlag zurufen, aber mir fällt nichts Passendes ein. In einem schwungvollen Bogen wird die zappelnde Forelle aus dem Wasser gezogen und landet hinter den Jungen im Moos und in den Flechten, die zu den vom Meer umspülten Felsen hinunterwachsen.

Auf unserer Hafenseite fangen die Jungen ein Gespräch an. »Wo wohnen Sie?«, fragen sie, und ist es weit entfernt und ist es größer als St. John's? Unsicher versuche ich ihnen die Beschaffenheit des nordamerikanischen Mittleren Westens zu erklären. Im Gegenzug frage ich sie, ob sie zur Schule gehen. »Ja«, antworten sie. Einige von ihnen besuchen die katholische Schule St. Bonaventure, andere die Twilling Memorial. Alle sind in der vierten oder fünften Klasse und alle behaupten, dass sie gern in die Schule gehen und ihre Lehrer mögen.

Hier fängt man viel, sagen sie, und sie kommen fast jeden Abend her. »Gestern hab ich einen Neunpfünder gefangen«, sagt John. Eifrig zeigen sie mir ihre schlichte Ausrüstung. Die Ruten sind alle verschieden, ebenso die Schnüre. Die Vorfächer an den Angelschnüren sind dünn und durchsichtig und haben groteske Drillingshaken an den Enden. Etwa dreißig Zentimeter vor den Haken ist jeweils ein silberner Spieker ins Vorfach geknotet. Einige Jungen sagen, das blitzende Eisen ziehe die Forellen an, andere behaupten, es diene nur als Gewicht oder Senker. Keine Schnur ist ohne Eisen.

»Hier«, sagt John, »probieren Sie mal. Aber machen Sie Ihre Schuhe nicht nass.« Während ich mit meinen glatten Schuhen auf den glitschigen Felsen stehe, versuche ich zwei ungeschickte Würfe. Beide Male schwenkt die Schnur zu hoch, und der Spieker fällt viel zu früh in die fließende, steigende Lebenskraft des Kanals.

»Nur ein Ruck im Handgelenk«, sagt er, »ganz wenig.

Sie werden es bald raushaben.« Sein Haar ist rot und gelockt, das Gesicht mit Sommersprossen übersät, und die Augen sind klar und blau. Ich probiere drei oder vier weitere Würfe, dann gebe ich die Rute in die Hände ihres Besitzers zurück.

Und jetzt ist es Zeit fürs Abendessen. Die Rufe der Frauen, die in den Türen der bunten Häuser stehen, schweben herab, und die kleinen Angler sammeln gehorsam Ausrüstung und Fang ein und machen sich bereit, den schmalen, aufwärts gewundenen Weg zu erklimmen. Die Sonne ist noch tiefer ins Meer gesunken, und der Abend ist ziemlich kühl geworden, wie ich verwundert und leicht fröstelnd feststelle. Trotz des mir erteilten Ratschlags und trotz meiner Vorsicht sind meine Füße in den Schuhen nass und kalt. Hier sollte man sich nur barfuß oder in Gummistiefeln aufhalten. Und ich sollte mich vielleicht gar nicht hier aufhalten.

Während wir uns gegen den steilen Fußweg stemmen, reden meine jungen Gefährten weiter in ihrem breiten irischen Akzent. Einer von ihnen hatte eine zahme Möwe zu Hause, sieben Jahre lang war sie bei ihm. Sein älterer Bruder hatte sie auf den Felsen gefunden und mitgebracht. Sein Großvater taufte sie Joey. »Weil sie so viel geredet hat«, erklärt John. Letzte Woche starb Joey, und sie hielten eine Trauerfeier ab, ungefähr eine Meile von der Küste, wo es genug Erde gab, um ein Grab auszuheben. Entlang der Küste findet sich fast nur solider Fels, und es gibt keine Erde für ein Grab. Bei den toten Menschen ist es genauso, sagen sie. Die ganze Woche haben sie am Fuß der Klippen nach einer neuen Möwe Ausschau gehalten, aber keine gefunden. Möwen darf man nicht töten, sagen die Jungen, die Regierung schützt sie, weil sie Aasfresser sind und den Hafen sauber halten.

Der Pfad ist schmal, wir gehen im Gänsemarsch. Als wir

die Hütte und meinen gemieteten Wagen erreichen, atme ich keuchend und bin arg aus der Puste. Für einen fünfunddreißigjährigen Mann bin ich ziemlich schlecht in Form. Saunabäder bringen eben nichts für die Kondition. Die Jungen gehen mühelos, sie lachen und reden an meiner Seite. Mit höflicher Begeisterung kommentieren sie meinen Wagen. Und wieder besteht die Möglichkeit, den Motor anzulassen und die Straße zurückzufahren, auf der ich gekommen bin. Schließlich bin ich bis jetzt keinem Erwachsenen begegnet, außer den Frauen, die ihre Söhne zum Essen riefen. Ich stehe unentschlossen da und spiele mit den Autoschlüsseln.

Der Mann und sein Hund erscheinen plötzlich und unerwartet. Wir haben so lässig und arglos vor dem kleinen Wagen gestanden, dass wir weder gesehen noch gehört haben, wie die beiden auf der steinigen Straße näher kamen. Der Hund ist klein, stämmig und schwarzweiß. Während er den Fels entlangtrottet und erwartungsvoll auf den Hafen blickt, flattert sein weißes zotteliges Fell an den kräftigen Beinen und Pfoten. Er beachtet mich gar nicht. Der Mann ist ebenfalls klein und stämmig, und auch er wirkt irgendwie schwarzweiß. Seine Gummistiefel sind schwarz, und seine dunkle derbe Hose aus Kammgarn wird von einem stark vernarbten, schwärzlichen Gürtel gehalten. Die Schnalle hat die Form eines Dorys, in dessen Bug ein Fischer steht. Über dem Gürtel trägt er einen dunkelblauen Wollpullover, und auf seinem Kopf sitzt ein Barett aus demselben Material. Das Haar darunter ist weiß, ebenso wie der Drei-oder-vier-Tage-Bart im Gesicht. Seine Augen sind blau und die Hände gedunsen, knotig und verwachsen. Vom Äußeren her lässt sich schwer ablesen, ob er sechzig, siebzig oder achtzig ist.

»Nun, heute ist ein angenehmer Abend«, sagt er und sieht erst John an und dann mich. »Das Barometer ist nicht gefallen, das schöne Wetter hält also vielleicht noch ein oder zwei Tage. Zum Angeln ist das gut.«

Er hebt ein knorriges graues Stück Treibholz vom Wegrand auf und schwenkt es in der rechten Hand langsam vor und zurück. In unbändiger Vorfreude tänzelt der Hund um ihn herum, die glitzernden Augen konzentriert auf den Stock gerichtet. Als er hafeneinwärts geworfen wird, bellt der Hund ausgelassen und verschwindet, stürzt sich in einer Lawine aus aufgewühltem Geröll die Böschung hinunter. Sekunden später taucht er wieder auf, nur der Kopf ist sichtbar, und schneidet einen stummen, aber schnell vorankommenden Keil durch die heitere Stille des Hafens. Die Jungen rennen zum Rand der Böschung und feuern ihn an – so wie sie vorhin sich angefeuert hatten. »Weiter draußen«, rufen sie, »nach rechts, nach rechts.« Da er fast völlig versunken ist, kann er den Stock, dem er hinterherschwimmt, nicht sehen. Die Jungen werfen Steine in die ungefähre Richtung, und er streckt sich aus dem Wasser, um zu sehen, wo sie landen, und ändert dann den Kurs.

»Wie ist es dir ergangen?«, fragt der alte Mann, greift nach einer Pfeife und einem Tabakbeutel, und dann, ohne die Antwort abzuwarten: »Vielleicht bleibst du ja zum Abendessen. Wir sind jetzt nur noch zu dritt.«

Langsam gehen wir die Straße entlang in die Richtung, aus der er gekommen ist. Bald gesellen sich die Jungen zu uns, begleitet von dem tropfenden Hund mit dem wiedergefundenen Stock. Er wartet darauf, dass der alte Mann ihn wieder nimmt, und bespritzt uns alle mit einem Sprühregen aus seinem zottigen Fell. Der Mann tätschelt und krault den feuchten Kopf und die tropfenden Ohren. Er behält den zurückgegebenen Stock und schlägt damit gegen seine Gummistiefel, während wir weiter die steinige Straße entlanggehen, über die ich einige Zeit zuvor meinen Volkswagen gelenkt habe.

Nach wenigen Metern erscheinen die Häuser zu unserer Linken. Aus Holz und mit flachem Dach, kleben sie an den Felsen und blicken hinunter in den Hafen. Bei Sturm werden ihre Fenster vom Meer bespritzt, aber jetzt behaupten sich ihre freundlichen bunten Farben in den Schatten der hereinbrechenden Dämmerung. Bei der dritten Gartenpforte biegen John, der Mann und der Hund ab. Ich folge ihnen. Die übrigen Jungen gehen weiter; sie winken und sagen: »Macht's gut.«

Durch die schmale, weiß gestrichene Pforte führt ein Weg aus glatten Steinen, die von vielen Füßen abgetreten wurden. Zu beiden Seiten liegt eine Reihe kleiner glatter Steine, ebenfalls säuberlich weiß gestrichen, die aussieht wie eine Prozession aus großen weißen Eiern oder winzigen ungebackenen Brotlaiben. Hinter diesen Steinen und wieder zu beiden Seiten befinden sich einige weggeworfene, gleichfalls weiß gestrichene Reifen, die als Blumenbeete dienen. In jeder weißen Umfriedung nicken bunte, niedrig wachsende Blumen, zähe Sorten von Stiefmütterchen oder vielleicht Ringelblumen. Der Weg führt zum viereckigen grünen Haus mit den weißen Umrahmungen und Fensterläden. Auf eine Seite der hölzernen Eingangsstufe hat man, zum Abstreifen der Füße, eine Schlittschuhkufe genagelt, und hinter der schwingenden Fliegengittertür befindet sich eine Veranda, die salzig nach Meer riecht. Einige Regenmäntel, Gummistiefel, Handschuhe und Hüte hängen von den eingeschlagenen Nägeln oder liegen am Fuß der Holzwände.

Hinter der Veranda ist die Küche, in der die Frau gerade arbeitet. Wir treten alle ein. Der Hund tapst über den Linoleumboden, seine Nägel klacken, und legt sich mit einem zufriedenen Seufzer unter den Holztisch. Er schläft fast auf der Stelle ein, sein Fell ist noch nass vom Schwimmen im Meer.

Die Küche ist klein. Sie hat einen eisernen Kochherd, einen an der Wand stehenden Tisch und drei oder vier selbst gezimmerte Holzstühle. Außerdem gibt es einen Holzschaukelstuhl mit einem Kissen. Die Kufen sind von den Jahren des Gebrauchs ganz dünn, und man kann sich kaum vorstellen, dass sie noch funktionieren. Neben dem Tisch steht ein Waschgestell mit zwei Wassereimern darauf. An der Seite hängt ein Waschbecken von einem eingeschlagenen Nagel und darüber ein altmodisches Medizinschränkchen mit Spiegeln. Dann ist da noch ein großer Küchenschrank, ein niedriges Sofa und ein Fenster, das aufs Meer blickt. An den Wänden hängen ein Barometer und zwei Bilder, eines zeigt ein vor vielen Jahren aufgenommenes, hübsches junges Paar. Es ist vergilbt und ziemlich unscharf; die Frau im langen Kleid hat ihr Haar zu Korkenzieherlocken frisiert, der Mann trägt einen Anzug aus Serge, der ihm etwas zu groß ist, und eine Tweedmütze, die keck über sein rechtes Auge gezogen ist. Um die Schulter hat er ein Akkordeon geschnallt, die Finger liegen gespreizt auf den Knöpfen und Tasten. Das andere Bild zeigt das Jesuskind. Darunter steht: »Gütiger Jesus, bitte für uns.«

Die Frau am Herd ist groß und hat feine Gesichtszüge. Ihr graues Haar ist energisch aus der Stirn gekämmt und am Nacken zu einem ordentlichen Knoten eingerollt, den eine große Nadel hält. Ihre Augen sind so grau wie die Sturmgischt des Meeres. Ihr Alter ist, wie das ihres Mannes, schwer einzuschätzen. Sie trägt ein blaues Blümchenkleid, eine schlichte blaue Schürze und braune Schuhe mit flachem Absatz. Als wir eintreten, wendet sie gerade Fisch in der Pfanne.

Im ersten Moment zeigt der Blick in ihren Augen nur mildes Staunen, als sie mich sieht. Dann erkennt sie mich, und er schlägt in offene Feindseligkeit um, die sich wiederum legt und in Selbstbeherrschung übergeht. Sie macht sich weiter am Herd zu schaffen, und der Rest von uns setzt sich auf die Stühle.

Während des anschließenden Essens sind wir reserviert und schüchtern, wie zurückgezogene Erwachsene es eben sind; wir suchen nach der einzigen ehrfurchtsvollen Würde, die wir besitzen, und schützen sie. John dagegen redet unbekümmert in einem fort. Er geht in die fünfte Klasse und kommt gut zurecht. Sie lernen gerade Prozentrechnen und die Geheimnisse der Dezimalzahlen; um eine Prozentzahl in eine Dezimalzahl umzuwandeln, muss man das Komma um zwei Stellen nach links versetzen und das Prozentzeichen weglassen. Und das ist immer so, immer. Sie lernen die verschiedenen Nutztierrassen: die vier wichtigsten beim Milchvieh sind Holstein, Ayrshire, Guernsey- und Jerseyrind. Er kann auch Mundharmonika und wird uns nach dem Essen etwas vorspielen. Außerdem gehören ihm zwölf Hummerkörbe. Ursprünglich waren sie kaputt, wurden bei Stürmen an die felsige Küste gespült. Ira, sagt er und nickt in Richtung des alten Mannes, half ihm, sie zu reparieren, sie nagelten neue Latten an und knüpften neue Eingangsnetze. Jetzt liegen sie bei den Felsen in der Nähe der Hafeneinfahrt. Im Durchschnitt fängt er ein Pfund pro Korb, und die »großen« Fischer sagen, dass er damit besser liege als manch einer von ihnen. Er spart sein Geld in einem kleinen Fässchen, das auch am Strand angespült wurde. Er würde sich gern einen Außenbordmotor für das kleine generalüberholte Skiff kaufen, das er derzeit benutzt, wenn er seine Körbe überprüft. Im Moment hat er nur Ruder.

»Unser John könnte mal ein guter Fischer werden«, sagt der alte Mann. »Er ist fast jeden Morgen um fünf auf, wenn ich das Feuer anmache. Dann ist er schon mit dem Hund am Strand unterwegs und kommt zurück, bevor der Tee fertig ist.«

»Als ich in Toronto war«, sagt John, »stand nie jemand

vor sieben auf. Ich hab mir selber Tee gemacht und gewartet. Das war total traurig. Aber Möwen gab es dort auch, sie flogen über den Hafen von Toronto. An zwei Sonntagen gingen wir hin, um sie anzusehen.«

Nach dem Essen stellen wir unsere Stühle vom Tisch zurück. Die Frau räumt das Geschirr ab, und der alte Mann schaltet das Radio ein. Erst hört er den Wetterbericht, dann dreht er auf Kurzwelle, wo er die Gespräche der auf dem Meer fahrenden Fischkutter empfangen kann. Es sind Gespräche über Fangmengen, Wind, Gezeiten und über die Frauen, die sie an den felsigen Küsten zurückgelassen haben. John erscheint mit seiner Mundharmonika und bleibt in respektvollem Abstand stehen. Der alte Mann sieht ihn, nickt und schaltet das Radio ab. Dann steht er auf, geht nach oben, seine Schritte hallen zu uns herunter. Als er zurückkehrt, trägt er ein altes ramponiertes Akkordeon. »Meine Finger sind so rheumatisch«, sagt er, »dass ich kaum noch spielen kann.«

Er setzt sich, steckt die Arme durch die Riemen und macht die quetschenden Akkordeonbewegungen. Seine Frau bindet sich die Schürze ab, stellt sich hinter ihn und legt ihm eine Hand auf die Schulter. Einen Augenblick lang nehmen sie das Wesen des einst jungen Paares auf dem Foto an. Sie beginnen zu singen:

Kommt all, ihr schönen feinen Damen
Von Männern sag ich euch dies Wort:
Sie sind wie Stern der Sommerfrühe
Die strahlen erst und sind dann fort.

Ich wollt', ich wär ein kleines Spätzchen
Und flög auf meinen Flügeln hin
Zu meinem Liebsten, und was er
Auch wollte, ich verwehrt' es ihm.

Doch ach, ich bin kein kleines Spätzchen,
Kein Flügel trägt mich in die Höh,
Und an die Erde voller Jammer
Bin ich gebunden, bis ich geh.

John sitzt auf einem der selbst gezimmerten Stühle und spielt Mundharmonika. Er bewegt sich dabei wie die Mundharmonikaspieler überall auf der Welt: Mit dem rechten Fuß klopft er den Takt, seine schmalen Schultern sind jetzt rund und über das von der hohlen Hand umschlossene Instrument gebeugt.

»Jetzt komm und sing mit uns, John«, sagt der alte Mann.

Gehorsam nimmt er die Mundharmonika von den Lippen und schüttelt die Feuchtigkeitstropfen auf dem Ärmel aus. Alle drei beginnen zu singen und überbrücken mühelos das halbe Jahrhundert, das sie voneinander trennt. Sie singen ihre Lieder von Verlust, unter dem jeder etwas anderes versteht. Und ich, der Fremde aus der mittleren Generation, bin hier gestrandet und klopfe mit meinem Lederschuh unsicher den Takt auf den Linoleumboden. Die Worte bestürmen mich und schwirren mir um den Kopf. Nebel kann man nicht anfassen wie Schnee, und trotzdem ist er schwerer und dichter. Feuchtigkeit nimmt eben viele Formen an.

Wie ich allein am Flusse weilte
Hinauf zum abendlichen Mondstrahl sah,
Sah ich am Ufer einen fremden Jüngling,
Der weinte und wehklagte da.

Um eine klagte, die jetzt liegt so einsam
Und die kein Sterblicher mehr retten kann:
Die dunklen Wasser, die so schweigend ziehen
Sie schäumen bis an Jennys Grab hinan.

O Jenny, o Liebste, kehr zu mir zurück
Lass mich nicht allein, von Gram verzehrt, hier:
Der Tod ist der Dolch, der für immer uns trennte,
Und weit ist der Golf zwischen dir und mir.

Nach dem Singen sitzen wir eine Weile ziemlich beklommen
da, die Stimmung lastet schwer auf unseren Schultern. Und
dann kommen plötzlich alle, mit Ausnahme von mir, in Bewegung. John steht auf und trägt seine abgegriffenen Schulbücher zum Küchentisch. Der Hund springt auf einen Stuhl
neben ihm und sieht zu, als führte er Aufsicht. Die Frau
nimmt dunkelblaues Garn, es hat den gleichen Farbton wie
der Pullover ihres Mannes, und beginnt zu stricken. Sie
macht wieder einen Pullover und arbeitet gerade am Ärmel.
Der alte Mann steht auf und winkt mir, ihm in das winzige
Wohnzimmer zu folgen. Die Polstermöbel sind alt und ab-
gewetzt. In der Mitte des Raums ist ein kleiner Holzofen. Er
steht auf einem viereckigen Eisenblech, das den Boden vor
herunterfallenden glühenden Kohlen schützt. Das Ofenrohr
ragt empor und verschwindet auf dem Weg ins obere Stock-
werk in der Wand. Hinter dem Ofen befindet sich ein alter
Kaminsims. Auf ihm liegen seltsame Treibholzfiguren vom
Strand und diverse exotisch geformte Flaschen in Blau,
Grün und Rot, die ebenfalls vom Strand kommen. Auch
hier stehen einige Bilder: eins mit dem Paar aus dem anderen Bild, eins zusammen mit den fünf Töchtern und eins von
den fünf Töchtern allein. In der weit zurückliegenden Zeit,
in der die Fotos aufgenommen wurden, scheinen alle Töchter ungefähr im Alter zwischen zehn und achtzehn zu sein.
Die Jüngste hat das roteste Haar von allen. So rot, dass es
aus dem blanken Schwarzweiß zu strahlen scheint. Die Bilder stecken in gewöhnlichen Holzrahmen.
   Der alte Mann holt einen zusammenklappbaren Karten-
tisch hinter dem uralten Polstersofa hervor und zieht die

verbogenen, wackligen Beine aus. Dann holt er noch ein verblichenes Damebrett hinter dem Sofa hervor und eine große altmodische Streichholzschachtel, in der hölzerne Damesteine klappern. Der Rücken des Bretts ist fast durchgebrochen und wird von mehreren Schichten Klebeband verstärkt. Die Damesteine sind von einem Besenstiel abgesägte Holzscheiben, etwa einen halben Zentimeter hoch. Die eine Hälfte ist in einem sehr hellen Blau bemalt, die andere Hälfte in einem ebenso auffälligen Rot. »Die hat John gemacht«, sagt der alte Mann, »sie sind nicht alle gleich hoch, aber gut genug. Er hat sich große Mühe gegeben.«

Wir fangen an Dame zu spielen. Er nimmt die blauen, ich die roten. Im Haus ist es ruhig, nur das Klickklack der Stricknadeln dringt durch die stillen Räume. Von Zeit zu Zeit zündet der alte Mann seine Pfeife an, nachdem er die alte Asche mit einem abgeflachten Nagel herausgepult und mit dem gleichen Nagel frischen Tabak nachgestopft hat. Der blaue Rauch kräuselt sich träge und willkürlich in Richtung der niedrigen Deckenbalken. Das Spiel verläuft ernst, ebenso wie die nächste und übernächste Runde. Keiner von uns verliert ständig.

»Es wird Zeit, dass einige jetzt ins Bett gehen«, sagt die alte Frau nach einer Weile. Sie legt ihr Strickzeug zusammen und steht von ihrem Stuhl auf. In der Küche stapelt John seine Schulbücher ordentlich auf eine Tischecke in Erwartung des nächsten Morgens. Er verschwindet kurz nach draußen und kommt dann wieder. Nachdem er sehr förmlich gute Nacht gesagt hat, geht er nach oben ins Bett. Wenig später folgt ihm die Frau auf dem gleichen Weg nach oben.

Umwölkt von Rauch setzen wir unser Damespiel fort und nehmen die gedämpften Schritte über unseren Köpfen nur am Rande wahr.

Eigentlich überrascht es mich nicht, als der alte Mann

aufsteht und nach draußen geht, ebenso wenig, wie es mich überrascht, als er bei seiner Rückkehr einen braunen vermeintlichen Essigkrug mitbringt. Er stochert in der verlöschenden Küchenglut und schiebt, auf der Suche nach der wärmsten Stelle, den Kessel auf dem sich abkühlenden Herd herum. Dann holt er zwei Gläser aus dem Schrank, einen Zuckertopf und zwei Löffel. Das Wasser beginnt zu kochen.

Noch ehe ich den Rum probiere, weiß ich, dass er stark und hochprozentig ist. Er kommt bei Nacht und Nebel von den französischen Inseln St. Pierre und Miquelon. Abgefüllt in Benzinkanisterattrappen, wird er in langsam tuckernden Fischkuttern herübergebracht. Erst vermischt er Zucker mit Rum und sieht zu, wie beides sich vereint und auflöst. Dann gibt er, um das Platzen des Glases zu verhindern, in jedes Glas einen Löffel und gießt das kochende Wasser dazu. Ein satter Duft steigt empor, dessen Schwere im Dampf hängt. Er hält die Gläser oben fest, damit er sich nicht die Finger verbrennt, und bringt sie an den Tisch.

Eine Zeit lang sagen wir nichts, sitzen nur auf den Stühlen, während uns die gesüßte, heiße Fülle warm durch den Magen zieht und von dort nach oben ins Gehirn steigt. Draußen beginnt der Wind zu heulen und klappert schwach an den weißen Fensterläden. Der alte Mann steht auf und bringt nochmal dasselbe. Wir sitzen warm im Dunkel, ruhig und vor dem Wind geschützt. Eine Uhr schlägt gleichmäßig zehn Schläge.

Manchmal ist es mit oder ohne Alkohol schwer, Worte zu finden; ist es schwer, den normalen Akt des Sprechens zu erreichen. Wir sitzen still da, lauschen weiter dem Heulen des Windes und wissen nicht, wo und wie wir anfangen sollen. Wieder werden die Gläser aufgefüllt.

»Als sie in Toronto geheiratet hat«, sagt er schließlich, »dachten wir uns, dass John vielleicht bei ihr und ihrem

Mann sein sollte. Dass er dort in der Stadt vielleicht mehr Möglichkeiten hätte. Aber wir haben es immer verschoben, deshalb ging er erst vor zwei Jahren. Er fuhr mit einer Frau unten aus der Bucht, die ihre Tochter besuchen wollte. Aber dann war es so, dass er uns schrecklich gefehlt hat. Viel mehr, als wir je gedacht hätten. Sogar dem Hund. Wir gingen nur noch im Zimmer hin und her, schauten aus dem Fenster und wanderten auf den Felsen am Strand entlang. Als hätten wir keinen Platz zum Ankern, hätten uns im Nebel oder bei einem Schneesturm auf den Eisschollen verirrt. Bis ins Herz waren wir krank. Sogar die Großmutter, die vorher vielleicht insgeheim dachte, dass er ihr auf ihre alten Tage nur Ärger bringen würde. Wir selber hatten ja nie Söhne, nur Töchter.«

Er macht jetzt eine Pause, steht auf, geht die Treppe hoch und kommt mit einem Umschlag zurück. Dann zieht er ein Bild daraus hervor, das zwei junge Menschen zeigt, die selbstbewusst vor einem Halbtonner-Pick-up stehen, an dessen Seite eine hölzerne Ausziehleiter befestigt ist. Sie sehen aus wie Mitte zwanzig. Auf der Tür des Pick-ups steht die Aufschrift: »Jim Farrell, Toronto: Maler- und Dacharbeiten, Aluminiumverkleidungen, Tel. 535-3484«.

»Das war im letzten Brief«, sagt er. »Dieser Farrell war eigentlich ein recht netter Kerl, er stammte aus Heartsick Bay.

Jedenfalls fanden sie mit John genauso wenig Frieden wie wir ohne ihn. Wie gesagt, er war zu lange hier, bevor er wegging, und das konnten wir nicht vergessen, wie es eben so ist. Sie schickten uns eine Nachricht, dass er mit einer Frau, die sie durch einen Club in Neufundland kennen gelernt hatten, nach St. John's fliegt. Ich sollte hinfahren und ihn dort abholen. Aber am Abend vor dem Flug war alles anders. Alle Zeichen standen schlecht: Die Großmutter warf den Lampenschirm um, und er zerbrach in tausend Scherben – das Zeichen des Todes; die Fensterjalousie fiel herunter und schepperte auf dem Boden und blieb dann still liegen. Und der Hund rannte herum, als ob er verrückt wäre, er heulte und jaulte schlimmer als die Seehunde draußen auf dem Eis, warf sich gegen die Wände und sprang auf den Tisch und gegen das Fenster, wo die Jalousie herunterfiel, bis wir ihn nach draußen lassen mussten. Aber das war auch nicht besser, denn er rannte los und stürzte sich ins Meer, dann kam er zurück und heulte draußen vor demselben Fenster, sprang gegen die Mauer und bespritzte sie mit dem Wasser aus seinem Fell. Und dann rannte er wieder zum Meer. Alle Nachbarn hörten ihn und sagten, ich solle daheim bleiben und keinesfalls nach St. John's fahren. Wir hatten alle schreckliche Angst und wussten nicht, was wir tun sollten. Und am nächsten Morgen fällt mir als Erstes mein Messer aus der Hand.

Aber ich hatte trotzdem das Gefühl, ich muss gehen. Den ganzen Tag war es neblig und alle dachten, das Flugzeug würde nicht kommen oder könnte nicht landen. Und ich sagte mir insgeheim, dieser Nebel bringt bestimmt Unglück und Tod, aber dann kam das Flugzeug doch, fast wie ein Geisterschiff erschien es mit seinen vielen leuchtenden Lichtern aus dem Nebel. Ich dachte mir, vielleicht ist er ja nicht dabei, aber dann kam er durch den Nebel, erst mit der Frau, und dann sieht er mich und fängt an zu rennen, immer näher, bis ich ihn in den Armen spüre und uns beiden die Tränen runterlaufen. Schon mächtig komisch, wie einen manche Sachen treffen. In der gleichen Nacht sind sie verunglückt.«

Er zieht einen zerrissenen Zeitungsausschnitt aus dem Umschlag, in dem das Bild war:

Jennifer Farrel, wohnhaft in der Roncesvalles Avenue, kam heute am frühen Morgen bei einem Unfall ums Leben. Sie war auf der Stelle tot, und ihr Mann James starb später in der Notaufnahme des St. Joseph's Hospital. Der Unfall ereignete sich gegen zwei Uhr nachts, als der Kleinlaster, in dem das Paar unterwegs war, auf der Queen St. W. von der Fahrbahn abkam und gegen einen Strommast fuhr. Man geht davon aus, dass die durch den schweren Nebel verursachte schlechte Sicht für den Unfall verantwortlich war. Die Farrells stammen ursprünglich aus Neufundland.

Wieder füllt er die Gläser nach. »Wir sind ganz allein«, sagt er. »Unsere Töchter sind alle weit weg verheiratet, in Montreal, Toronto oder in den Staaten. Nicht einfach für sie, hierher zu kommen, auch nicht zu Besuch. Sie kommen nur alle drei Jahre oder so für eine Woche. Wir haben also bloß noch ihn.«

Und jetzt dreht sich mir der Kopf, als ich aufstehe, um mir selbst nachzuschenken. Diesmal warte ich nicht auf das nächste, höflich angebotene Glas. Vielleicht fühle ich mich ein wenig zu wohl bei diesem Mann und nehme sein Glas, den Rum, das Haus und seine aufrichtige Liebe zu selbstverständlich in Anspruch. Wie schon einmal zuvor. Und trotzdem fehlen mir wieder die Worte.

Draußen beim Pinkeln stehen wir mit dem Rücken dem tosenden Sturm zugewandt, um uns nicht die windgepeitschten Hosen zu besudeln. Wir werden geradezu vorwärts getrieben, federn auf die Zehen und wieder zurück auf die Ballen, so blasen die Böen. Doch trotz allem strahlen die Sterne hell am Himmel. Es wird tatsächlich ein schöner Tag zum Angeln, und der Wind wird sich irgendwann legen. Das Salz hängt schwer in der Luft, und das Wasser dröhnt gegen die zerklüfteten Felsen. Ich nehme einen Stein und werfe ihn gegen den Wind ins Meer.

Als wir die Treppe hochgehen, umklammern wir unsicher das Holzgeländer und sagen gute Nacht.

Im Zimmer hat sich nur wenig verändert. Das Fenster

scheppert im Wind, und die unfertigen Balken ächzen und knarren. Das Zimmer ist voller Geräusche. Wie ein törichter Lockwood trete ich ans Fenster, obwohl ich keine Stimme höre. Da ist keine Catherine wie bei Emily Brontë, die weinend Einlass begehrt. Ich schaffe es, mich auszuziehen, und stehe, wenn nötig, wacklig auf einem Bein, dann lege ich die Hose über den Holzstuhl. Das Bett ist sauber und gibt keinen Laut von sich. Es ist aus schlichtem Holz, die Matratze ist mit Heu oder Seetang gestopft. Ich befühle alles mit der Hand und schlage die schweren Patchworkdecken zurück. Aber ich lege mich noch nicht hinein. Stattdessen gehe ich wieder zur Tür, die keinen Knauf hat, sondern nur eine klug erdachte Klinke, die aus einem verbogenen Nagel geformt wurde. Ich öffne die Tür und trete in den Flur. Alles ist dunkel, und dort, wo kein Fenster ist, scheint das Haus noch stärker zu knarren. Mit ausgestreckter Hand taste ich mich an der Wand entlang und finde mühelos die Tür. Sie ist mit einer Klinke der gleichen Art verschlossen und nicht schwer zu öffnen. Aber niemand wartet auf der anderen Seite. Ich stehe da und neige mein Ohr, um den gleichmäßigen Atem meines einzigen, schlafenden Sohnes zu hören. Er ruft mich ebenso wenig wie die nichtvorhandene Stimme draußen im Wind. Aus Angst, ich könnte ihn wecken und seine Träume stören, zögert meine Hand auf der Klinke. Und wenn ich es täte, was würde ich dann sagen? Trotzdem würde ich ihn gern dieses eine Mal im Schlaf sehen, möchte ich das Zimmer mit dem ruhigen Bett und dem Holzstuhl, der aus einem versunkenen Fischkutter stammt, noch einmal sehen. Auf dem Stuhl, in der geschlossenen Dunkelheit des Zimmers, steht kein gekochtes Ei, kein Salzstreuer und auch kein Glas Wasser.

Einmal aber herrschte in den kleinen Fischerdörfern der Glaube, dass ein Mädchen, wenn es seinen echten und wahren Liebsten sehen wollte, ein Ei kochen, die eine Schalenhälfte auslöffeln und Salz hineinfüllen müsse. Dann sollte sie ein Glas Wasser neben sich stellen, das Ei mit ins Bett nehmen und essen. In der Nacht würde dann ihr künftiger Mann oder eine Vision von ihm erscheinen und ihr das Glas anbieten. Aber sie durfte es nur einmal tun.

Es ist die Art von Glauben, die kluge junge Studenten vor elf Jahren für ihre Doktorarbeiten und für die Archive Nordamerikas sammelten und auch, so hofften sie, für ihren eigenen Ruhm. So wie sie auch die beinah elisabethanisch klingenden Lieder und Balladen sammelten, die mit Schiffen aus der Grafschaft Kerry und aus Devon und Cornwall herübergekommen waren. Alle handelten von der wilden, weiten See und dem blitzenden Silberdolch und dem verlorenen, treulosen Geliebten. Echos aus den schönen, einsamen Bergen und Tälern von West Virginia und den Steinkreisen von Tennessee.

Auf der anderen Flurseite schläft das alte Paar. Das Schnarchen des Mannes rasselt wie die Fenster, nur dass er beim Atmen hin und wieder gepresst nach Luft schnappt. In drei oder vier kurzen Stunden wird er wach sein und nach unten gehen, um sein Feuer zu entfachen. Ich drehe um und gehe leise wieder in mein Zimmer.

Im Bett spüre ich die warme Süße des Rums schwer und konzentriert in mir. Die Dunkelheit drückt mich nieder, aber sie bringt dennoch keinen Schlaf. Es gibt keine Stimmen und keine Schatten, die wirklich sind. Es gibt nur die Wände in meiner Erinnerung, auf die meine Phantasie unruhige Schatten wirft.

Wenn ich meinen Weg doch nur deutlicher sehen könnte. Ich, der ich nie das Geheimnis des Nebels verstanden habe. Vielleicht würde ich ihn gern in ein Glas einfangen wie die schönen Schmetterlinge der Kindheit, die immer sterben, trotz der Luftlöcher, die man mit Nägeln in die Deckel ihrer Gefängnisse stach – und nur noch die Spuren ihres Lebens und ihres Todes hinterließen; oder vielleicht wie das unwissende Kind, das die grauen feuchten Kondome aus den Straßen der Liebenden sammelt, um sie gleich darauf abgenommen und gesagt zu bekommen, es solle sich die Hände waschen. Ach, ich habe vieles gesammelt, das ich nicht verstanden habe.

Und vielleicht sollte ich jetzt gehen und sagen, du Sohn meiner preisgekrönten Lenden, komm weg von den einsamen Möwen und den silbernen Forellen, denn ich bringe dich ins Land der Eiskrem, wo du schlafen kannst bis zehn vor neun. Ich werde dir den Fahrstuhl zur Wohnung im sechzehnten Stock zeigen und dir die Sprechanlage erklären und dich mit den umzäunten Höfen bekannt machen, in denen nachts lautlos der Dobermann-Pinscher wacht. Oder soll ich dir das Geld anbieten, das die Frucht meines Sammelns und meines höchst erfolgreichen Lebens ist? Oder soll ich warten, bis ich dir in einer bekannten oder unbekannten Bitterkeit begegne, wie Yeats' Cuchulain am windgepeitschten Meer oder wie Sohrab und Rustum am ewig fließenden Fluss?

Wieder sammle ich Träume. Denn ich weiß nicht genug über den Nebel an der Queen St. West in Toronto und den zermalmenden Unfall des Pick-ups, über verlorene und unangebrachte Liebe.

Am nächsten Morgen bin ich früh wach, und der Mann zündet das Feuer mit Splittern aus Treibholz an. Draußen dämmert das Licht und der Wind hat sich gelegt. John stürmt die Treppe herunter. Er macht kaum Halt, um sich kurz zu waschen und seine Jacke überzuziehen, dann ist er, begleitet vom Hund, fort. Der alte Mann raucht seine Pfeife und wartet, dass das Wasser kocht. Als es so weit ist, gießt er etwas in eine Teekanne, dann reicht er mir den Kessel. Ich nehme ihn mit zum Waschtisch und fülle Wasser in das kleine Blechbecken, das für meine Rasur bereitsteht. Aus dem Spiegelschränkchen blickt mich mein Gesicht an. Die Frau kommt leise die Treppe herunter.

»Ich glaube, ich werde heute zurückfahren«, sage ich, während ich mein Gesicht und die Menschen im Raum hinter mir im Spiegel sehe. Ich versuche, das »ich« zu betonen. »Eigentlich hatte ich ja nur vor, diese Reise noch einmal zu machen. Ich nehme an, dass ich den Wagen in St. John's lassen und direkt zurückfliegen kann.« Die Frau geht langsam um den Tisch und verteilt die runden weißen Teller. Der Mann stopft still seine Pfeife.

Die Tür geht auf und John kommt mit dem Hund zurück. Sie sind am Strand entlanggegangen, um zu sehen, was während der Nacht passiert ist. »Nun, John«, sagt der alte Mann, »was hast du gefunden?«

Er öffnet die Hand und zeigt einen glatten runden Stein von dunkelstem Grün, durchzogen von Äderchen aus dunkelstem Schwarz. Die unermüdliche Rastlosigkeit der See hat den Stein geglättet und poliert, der raue Sand ihn blank geputzt und geschliffen. Alle seine Mängel sind entfernt worden, und sein leuchtender Schimmer ist von fast absoluter Vollkommenheit.

»Ein wunderschöner Stein«, sage ich.

»Ja«, erwidert er, »ich sammle sie gern.« Plötzlich hebt er den Kopf, sieht mir in die Augen und hält mir den Stein hin. »Da«, sagt er, »möchten Sie ihn haben?«

Noch während ich die Hand ausstrecke, drehe ich mich zu dem alten Paar um. Sie sehen beide zum Fenster hinaus aufs Meer.

»Oh, das ist lieb«, sage ich. »Besten Dank. Ja, ich möchte ihn haben. Danke. Vielen Dank. Ich nehme den Stein aus seiner ausgestreckten Hand und stecke ihn in meine Tasche.

Wir frühstücken fast schweigend. Als wir fertig sind, geht der Junge noch einmal mit dem Hund nach draußen. Ich mache mich zum Aufbruch bereit.

»Nun, ich muss los«, sage ich zögernd an der Tür. »Es wird eine Weile dauern, bis ich in St. John's ankomme.« Ich halte dem Mann meine Hand hin. Er nimmt sie in seine kräftigen Finger und schüttelt sie fest.

»Danke«, sagt die Frau. »Ich weiß nicht, ob du verstehst, was ich meine, aber ich danke dir.«

»Ich glaube schon«, sage ich, stehe da und spiele mit den Schlüsseln. »Ich würde gern irgendwie helfen oder Kontakt halten, aber ...«

»Aber wir haben kein Telefon«, sagt er, »und wir können beide kaum schreiben. Vielleicht ist das der Grund, weshalb wir es dir nie erzählt haben. Aber John wird mal ein sehr geschickter Schreiber.«

»Wiedersehen«, sagen wir noch einmal, »Wiedersehen, alles Gute.«

Die Sonne scheint jetzt hell, und die kleinen Boote tuckern im Hafen umher. Ich steige in den nicht verschlossenen Wagen und starte den Motor. Der Kies dreht sich unter den Reifen. Ich fahre am Haus vorbei, und winke dem Mann und der Frau zu, die im Hof stehen.

Auf einer fernen Klippe schreien die Kinder. Ihre Stimmen hallen fröhlich durch die sonnengetränkte Luft und die Hunde laufen und tänzeln in aufgeregten Kreisen um sie herum. Sie tragen etwas, das aussieht wie eine verkrüppelte Möwe. Vielleicht pflegen sie sie wieder gesund. Ich drücke auf die Hupe. »Wiedersehen«, rufen sie und winken, »Wiedersehen, bis bald.«

Der Flughafenterminal wirkt seltsam vertraut. Obgleich ein Symbol der Unbeständigkeit, ist er doch von funkelnder Dauer. Seine Resopaloberflächen wurden gemacht, um zu bleiben. Am Schalter erklärt ein Mann mittleren Alters in gespielter Gereiztheit dem Mädchen, dass er nach Newark möchte und *nicht* nach New York.

Die wenigen Passagiere sind bald abgefertigt, und wir erheben uns durch den sonnendurchwirkten Nebel und über ihn hinaus. Das Essen wird in Stanniol und in Plastik serviert. Wir speisen über den Wolken und sehen die Flügelspitzen.

Der Mann neben mir ist ein Vertreter für Schwermaschinen und hat versucht, mit den Bauunternehmen, die die Ressourcen von Labrador erschließen, einen Verkauf zu tätigen. Eine Woche ist er unterwegs gewesen, jetzt kehrt er zu Frau und Kindern zurück.

Später am Tag landen wir in der Mitte des Kontinents. Wegen der wechselnden Zeitzonen wirkt die Entfernung, die wir zurückgelegt haben, gespensterhaft unwirklich. Kleine Hitzewellen flimmern auf der Landebahn. Der Vertreter für Schwermaschinen ist hier am Ziel, für mich hingegen ist es der Ort, an dem ich umsteigen muss, um noch weiter ins Herz des Landes zu fliegen. Wir fahren zusammen die Rolltreppe hinunter, angetan mit unseren Sonnenbrillen, gehen über den aufgeheizten Zement und durch die elektronischen Türen des Terminals. Die Frau des Vertreters wartet mit zwei kleinen Kindern, die ihn zuerst sehen. Sie rasen ihm mit ausgestreckten Armen entgegen. »Daddy, Daddy«, rufen sie. »Was hast du mir mitgebracht? Hast du mir was mitgebracht?«

Die Straße nach Rankin's Point

Ich erzähle jetzt von einem Julimorgen Anfang der siebziger Jahre, die Sonne ist gerade aufgegangen und in der Nacht hat es stark geregnet. Mein Wagen gleitet durch das stille Dorf, das noch im Schlaf liegt, abgesehen von den wenigen Häusern, aus denen vor einigen Stunden Fischer zu ihren Netzen und Langleinen aufgebrochen sind. Aus diesen Häusern schlängeln sich träge Rauchschwaden, bevor sie unter dem beharrlichen, kaum merklichen Südwestwind schräg verwehen. Zu meiner Rechten liegt der glatte, blaue St.-Lawrence-Golf, hier und da mit weißen Fischerbooten gesprenkelt, die eifrig ihrer stillen Arbeit nachgehen. Es ist ein schlechtes Hummerjahr gewesen, weil das Meer so lange vereist war und dann verfrüht die Stürme kamen, die einen Großteil der wertvollen Geräte zerstörten. Viele Fischer fuhren in der letzten Woche der Hummersaison gar nicht mehr zu ihren Fallen, sondern blieben lieber betrunken und mutlos am Strand zurück oder im feuchten Schutz ihrer kleinen Hütten.

Da die Hummersaison jetzt seit dem ersten Juli zu Ende ist, kann sie zum Glück vergessen werden, zusammen mit den vagen Hoffnungen und leisen Gewissensbissen, die ihre letzten Tage prägten. Heute fangen die im Golf liegenden Boote verschiedene »Grundfische«, einige wenige auch Lachs. Sie bekommen für ein Pfund Seehecht sechs Cent, für Kabeljau zwölf, und einen Schellfisch hat hier lange niemand mehr gesehen. In den Städten der Provinz Ontario wird frischer Kabeljau für 1,65 Dollar das Pfund verkauft, und der Stockfisch, mit dem die meisten von uns aufgewachsen sind und den wir so von Herzen verabscheuten, gilt inzwischen fast als Delikatesse und kostet 2,15 Dollar pro Pfund. »Stell dir das nur vor«, sagt meine Großmutter, »wer hätte das gedacht?« Auf der anderen Seite der Cabot Strait, in Neufundland, liegen die Preise drei bis vier Cent niedriger, und es heißt, dass die Fischer vielleicht bald streiken. Das alles geht mir jetzt durch den Kopf, ohne dass es mich wirklich beschäftigt. Wie eine undeutliche Melodie im Radio, die man leise im Hintergrund hört.

Am Dorfrand biegt die schmale Asphaltstraße nach links ab, vom Meer weg, und beginnt ihren Weg landeinwärts und damit nach draußen, aus der Provinz hinaus. Folgt man der Straße unbeirrt, führt sie einen zu fast jedem Ort in Nordamerika und vielleicht auch in Mittel- und Südamerika. Sie bleibt schmal, schlicht und »langsam«, denn auf den nächsten fünfzig Meilen fordert sie von ihren Fahrern große Vorsicht. Dann stößt sie auf den Trans-Canada-Highway und gemeinsam geht es, vom nationalen Wahrzeichen des Ahornblatts begleitet, über den Canso-Damm und fort von Cape Breton Island, hinaus in die Welt. Wenn das Wasser dieses Seitenarms in den großen Fluss mündet, vermischen und vermengen sich der Verkehr und die Reisenden zu einem tosenden Strom. Sie werden zu Autos mit Campinganhängern, auf deren Seitenwänden die Namen der Besitzer prangen, zu schwerfälligen, hochgewölbten Reisemobilen und zu überladenen Kombis mit ewig hechelnden Hunden im Heckfenster. Sie werden zu Luxuserzeugnissen aus Detroit, die mit überdimensionierten Motoren und allen Extras ausgestattet sind und mit achtzig Meilen von Tankstelle zu Tankstelle rasen, als könnten sie allein durch ihre Geschwindigkeit der galoppierenden Wertminderung entkommen, die sie selbst jetzt einzuholen und zu verschlingen droht. Sie werden zu krabbelnden Volkswagen auf den Kriechspuren an langen Steigungen, zu schuftenden Lastern mit in den Kabinen eingeschlossenen, T-Shirt tragenden Fahrern, die die Güter des Kontinents transportieren, und zu ein- und ausscherenden, schnittigen Motorradfahrern, in deren Helmen sich die schräg fallende Sonne spiegelt.

Abends werden all diese Reisenden weit weg sein, Kilometerstände vergleichen, Kühlwasser nachfüllen und Landkarten studieren. Sie werden um Lagerfeuer sitzen und in Motels schwitzen. Einige werden im sicheren Hafen ihres Zuhauses sein, während andere bis tief in die dunkle Nacht dem suchenden Strahl ihrer insektenbespritzten Scheinwerfer folgen. Einige wenige werden in schrecklich verbeulten Wracks enden und später in unbekannten Krankenhäusern wirre Worte stöhnen oder unter den stillen Tüchern des Todes, während Polizisten Handschuhfächer durchsuchen und Kennzeichen überprüfen, um die nächsten Verwandten zu benachrichtigen. Es ist eine große, schnelle, brutale Straße, die an diesem Julitag in die Welt führt, und es gibt keinen heiligen Christophorus mehr, der den Reisenden als Schutzpatron dient.

Ich aber, mit meinen sechsundzwanzig Jahren, fahre heute nicht in die weite Welt. Und die Straße, der ich folge, mündet nicht in eine andere, die den Reisenden zu den großen Abenteuern in die wilde Fremde bringt. Stattdessen schwenkt sie am Dorfende scharf nach rechts, lässt den Asphalt hinter sich und beginnt fast sofort entlang der Felsklippen, die hoch über dem Meer hängen, anzusteigen. Acht Meilen schlängelt und windet sie sich, bevor sie ziemlich abrupt und endgültig im Hof meiner Großmutter endet. Dort fällt die Klippe fast senkrecht zum Meer ab und es sieht aus, als würde die Straße auf sie zuführen wie auf eine Mauer. An den Fuß der Felswand schmiegt sich ganz am Ende der Straße der kleine Hof meiner Großmutter, ihre Gebäude und ihr Zuhause. Oberhalb dieses letzten kleinen Außenpostens der Zivilisation befindet sich Rankin's Point, ein Felsvorsprung, der weit ins Meer hinausragt. Da man nicht um ihn herumfahren kann, kann man auch den dahinter liegenden Küstenverlauf nicht mehr sehen. Er bildet in jeder Beziehung einen Abschluss, und mein Wagen beginnt jetzt den langen Aufstieg auf diesem letzten Stück Weg.

Die ersten zwei Meilen sind noch auf beiden Seiten von Häusern gesäumt, aber bald bleiben solche Spuren menschlicher Besiedlung zurück, und während die Straße immer steiler, steiniger und schmaler wird, ergießt sich die Schönheit des Sommers in ihrer ungebändigten Wildheit über sie, sodass sie sich fast darin verliert. Die ausladenden Äste der Silberbirken, Ahornbäume und Pappeln klatschen auf die Motorhaube und die Windschutzscheibe, behindern die Sicht und beinahe auch das Befahren der Straße. Von der linken Böschung neigen sich die Erlen über den Weg, ihre klebrigen Knospen verschmieren die Wagentüren und hinterlassen Flecken, die noch lange alle ärgern werden, die ihr Auto waschen. Die Wildblumen sprießen und wuchern in ihrer kurzlebigen, Schwindel erregenden, duftenden Fülle. Wenn der Wagen die zähen, aber zarten rot-weißen Rosen streift, schütten und streuen sie ihre feinen, wohlriechenden Blütenblätter auf die Haube, während ihre Dornen den polierten Lack an der Seite zerkratzen. *Alles hat seinen Preis*, scheinen sie zu sagen. Im süßen, rot-weißen Klee wimmelt es von Bienen. Die gelben Butterblumen zittern, und die weißen und goldgrünen Margeriten nicken und schwanken. Die stachligen Eselsdisteln blühen lavendelfarben, und der Windenknöterich und die wild wuchernden Himbeerbüsche bilden geknüpfte Teppiche aus tiefdunklem Grün. Während sich die Straße durch die vielen Haarnadelkurven biegt und windet, stürzen eiskalte kleine Bäche herab und waschen sie leicht aus, denn das Wasser fließt über das zerfurchte Straßenbett statt unten durch die kaputten, verstopften und unbenutzten hölzernen Abflussrinnen. An solchen Stellen schmiegen sich am Rand des Wassers Glockenblumen an die weich bemoosten Steine, und blauviolette Schwertlilien wachsen hinunter zum Nass. Die sanften, großäugigen Kaninchen hoppeln vertrauensvoll neben der Straße, auf der so wenig Verkehr ist, dass sie ihnen weder Angst macht noch gefährlich werden kann. Die Straße ist jetzt nur noch ein nichtiger Eindringling, den die Wildnis zurückerobern wird.

Vor dem letzten Zwei-Meilen-Anstieg kommt eine fast rechtwinklige Kurve, und wieder stürzt der Bach als Wasserfall auf die ausgewaschene Straße und die verstopfte, unbenutzte Abflussrinne. Die Fahrbahn ist jetzt blanker Fels, und an nassen Tagen ist die Steigung mit dem Wagen nicht zu bewältigen. Dann drehen die Reifen durch, das Heck schlittert nach rechts und hängt über der tosenden Brandung, die weit unten, in hundertzwanzig Metern Tiefe, dröhnend gegen die glatten, abgerundeten Felsen schlägt. Vor drei Jahren endete ein Eifersuchtsdrama damit, dass unten im Dorf ein Auto gestohlen und dann über die steil aufragende Klippe gestoßen wurde. Wochenlang versuchten Polizei, Versicherungsgesellschaften und verschiedene kostspielige Bergungsdienste, das Wrack zu erreichen, aber vergeblich. Keine Stahltrosse, kein ausgefahrener Kran und auch nicht die riesigen Kranwagen, die fest auf ihren hinteren Doppelrädern aufgebockt wurden, ebenso wenig wie die Männer, die mit ihren behandschuhten Händen die Richtung wiesen oder in Seilen an der Felswand hingen, konnten etwas tun, um die zerbeulten Metallreste zu heben, die tief unten verstreut lagen. Schließlich gelang es ein paar Männern in einem kleinen Fischerdory, dicht genug an den

Fuß der Klippe heranzufahren, um im hüfthohen Wasser an Land zu waten und zu retten, was vom Motor übrig geblieben war. Wenn man sich jetzt über den gefährlichen Abgrund beugt, sieht man immer noch Teile des Autowracks auf dem nassen Boden an der Klippe liegen. Hier das verzogene Fahrgestell, dort die abgelöste Karosserie und einige Meter entfernt das Steuerrad, die Kofferraumhaube und eine zerdrückte, krumme Tür. Die Kormorane und Möwen staksen vorsichtig zwischen den zerstörten Wrackteilen herum, als hofften sie, jeder Tag könne etwas bringen, das ihnen bisher entgangen war. Neugierig picken sie an den schimmernden silbernen Drehknöpfen und Wahltasten des einst teuren Radios.

Wir nannten die scharfe, rechtwinklige Biegung mit ihrem steilen Anstieg immer »die kleine Kurve des Kummers«, denn an dieser Stelle starb vor vielen Jahren mein Großvater, als er an einem Februarabend nach Hause ging oder schwankte und zwei Meilen vor seinem Ziel stürzte. Er hatte bereits die sechs Meilen vom Dorf hinter sich, als er auf dem von Eis bedeckten Fels den Halt verlor, rücklings hinschlug und dabei die Rumflasche zerbrach, die er sicher in seiner Gesäßtasche trug. Und während ich jetzt mein eigenes krankes, todgeweihtes Blut spüre, muss ich an seines denken, an das helle Rot, das den fahlweißen Schnee befleckte, während die munteren Kaninchen unter dem bleichen, klaren Mond herumsprangen und Pirouetten drehten. Es war eine helle und ruhige Nacht ohne einen Hauch von Wind, wie meine Großmutter uns oft erzählte. Die ganze Nacht lang blickte sie über die totenbleichen Felder und hielt nach der heimkehrenden Gestalt ihres Mannes Ausschau. Als der Tag heraufzog, waren ihre Augen so überreizt, dass einzelne Fichten am Rand der Lichtung seine Figur und Größe annahmen und sich scheinbar dem Haus näherten. Erst schien sich ein Baum, dann ein weiterer zu bewegen und menschliche Gestalt anzunehmen. Einmal war sie sich so sicher, dass sie zur Tür ging und sie öffnete, nur um wieder über die weiße, leere Stille des schweigenden Winterschnees zu blicken.

Am Morgen schickte sie ihren ältesten Sohn los, der damals zehn war, um die vereiste Klippe abzusuchen, und als er bleich und atemlos zurückkehrte, ahnte sie schon die Nachricht, die er mitbrachte. Kurz nachdem er aufgebrochen war, erzählte sie oft, hörte sie nämlich im rechten Ohr das Todesläuten oder den Klang der Totenglocke. Es kam vom zugefrorenen St.-Lawrence-Golf, schwebte auf der Stille, und nein, mit dem Heulen der weißen, auf dem Eis treibenden Robben war es nicht zu verwechseln. Und dann, wie als Antwort auf diese Glocke, hörte sie die drei schwarz-weißen Border Collies, die ihren Sohn begleitet hatten. Ihr Heulen trieb an der Küste entlang zurück, der älteste Hund begann, dann kam der zweite und dann der dritte. Sie konnte das Jaulen der einzelnen Hunde unterscheiden und verstand die Botschaft, die in ihren angstvollen Stimmen lag. Im selben Moment begriff sie, dass für sie und ihre Kinder das Leben nie wieder so sein würde wie früher. Sie war sechsundzwanzig und erwartete ihr siebentes Kind.

Später spannte sie mit den ältesten Kindern das beste ihrer braun geapfelten Pferde vor den Holzschlitten, und sie machten sich auf den Weg, um den Mann und Vater zum letzten Mal abzuholen. Die Kinder weinten, und die Tränen froren an ihren roten Wangen fest. Das Pferd schnaubte und zitterte, lange bevor es die starre, baumstammgleiche Gestalt erreichte, und dann fing es an zu steigen und sich nach vorn zu werfen. Schließlich machte es einen Satz zur Seite, zerbrach die Streben des kostbaren Schlittens und vergrößerte damit den ständig wachsenden Berg der Zerstörung. Sie mussten den Schlitten stehen lassen, das Pferd nach

Hause führen und denselben Weg wieder zurückgehen, ausgerüstet mit dem Rodelschlitten der Kinder und mehreren Stricken, um die traurige Fracht darauf festzubinden.

Die Hunde lagen unruhig neben dem steifen Leichnam, schwarz im stummen Schnee. Manchmal winselten sie leise und leckten die gefrorenen, aufgeschlagenen Augen oder die grotesk geöffneten, blauvioletten Lippen mit der vorgestreckten Zunge, oder sie stupsten mit der Schnauze gegen einen daliegenden, eingeknickten Arm. Dann ließen sie sich wieder in den Schnee plumpsen, bedeckten ihre Nasen mit den Pfoten und verfolgten alles aus ihren dunkelbraunen Augen. Auch sie spürten, dass sich ihr Leben verändert hatte, und wussten nicht, was sie tun sollten.

Irgendwie schafften meine Großmutter und ihre Kinder die letzten zwei Meilen, obwohl auch sie auf den vereisten Steinen ausrutschten und mehrmals stürzten, wenn der gespannte Strick riss. Da der Schlitten so klein war, fand nur der Oberkörper meines Großvaters darauf Platz, die Beine und Füße hingen herunter und schleiften auf der holprigen, steinigen Straße. Zweimal fiel der Leichnam fast vom Schlitten, und als sie das Haus erreichten, waren die Absätze der Gummistiefel bis auf das gefrorene Fleisch durchgewetzt. Der Flaschenboden, der meinen Großvater das Leben gekostet hatte, enthielt wie durch ein Wunder immer noch einen Schluck dunklen süßen Rums, und auch der Flaschenhals mit dem fest sitzenden Korken war noch intakt. Zwischen dem unversehrten Hals und dem unversehrten Boden war das Glas zerbrochen und gesplittert und steckte tief in der gefrorenen Hüfte und im Oberschenkel.

Jetzt, inmitten der trunkenen Wildheit der sommerlichen Pracht, scheint diese winterliche Todesszene seltsam deplatziert. Wie eine unwirkliche Folge alter Schwarzweißbilder, die vor langer Zeit aufgenommen wurden. Von Menschen, die man nie richtig kennen lernen und nie ganz begreifen kann.

Die Sonne geht über den Bergen auf und wärmt die frisch gewaschene Erde. Regentropfen glitzern und funkeln, und die Nebel- und Dunstschleier, die hoch über den Fahrwegen hängen, lichten sich und verschwinden in Richtung Himmel. Die Rotschulter- und Reisstärlinge hüpfen zwitschernd auf den Spitzen der federnden Weiden. Orangefarbene Schmetterlinge gleiten schwerelos in der leichten Brise, und die keckernden Eich- und Backenhörnchen flitzen an den umgestürzten Baumstämmen entlang wie geschäftige Hausbesitzer bei der morgendlichen Inspektion. Die Erde ist lebendig, erfrischt und neugeboren.

Es dauert nicht lang, dann sind die Steine oberhalb der »Kurve des Kummers« trocken, und mein Auto quält sich im niedrigsten Gang langsam und widerstrebend den steilen Weg bergan; einmal schwenkt es aus und hängt fast über dem Felsvorsprung, dann findet es wieder festen Halt auf der steinigen und fast vertrauten Straße.

Auf den nächsten zwei Meilen schlängelt sich die Straße weiter an der hohen Felsklippe entlang aufwärts. An manchen Stellen ist der Rand durch Erosion abgebröckelt und ins Meer gestürzt. Wenn zwei Fahrzeuge sich begegnen würden, kämen sie an diesen schmalen Stellen niemals aneinander vorbei, aber ein solches Ereignis ist auch höchst unwahrscheinlich.

Links sehe ich gelegentlich Reste von alten Steinzäunen und auch kleine, gerodete Landparzellen, ein Zeichen, dass hier einst Häuser standen. Die grauen Granitsteine ihrer Fundamente sind noch gut zu erkennen, inzwischen sind sie mit samtgrünem Moos überwachsen. Manchmal steht in phallischer Präsenz ein Kamin mitten im Schutt des rings um ihn eingestürzten Hauses. Nur die Kraft des Steins hat die Verwüstung von Jahren und Jahreszeiten überdauert.

Eine Meile vom Haus meiner Großmutter entfernt tau
chen ihre Schafe auf; sie weiden oder liegen am Straßenrand, manchmal auch mitten auf der Straße. Es sind weiß-
köpfige Cheviotschafe, die sie bereits hält, solange ich
denken kann, und sie haben fast etwas Zeitloses. Sie haben
intelligente Gesichter, sind unabhängig und drängen sich
nicht zusammen wie die üblicheren Oxford- und Suffolk-
schafe. Als sich der Wagen nähert, hüpfen die jungen Lämmer schnell aus dem Weg und blöken über die Schultern ihren geduldigen, wachsamen Mutterschafen zu. Die Böcke
mit ihren massigen Schultern und den schweren, schwingenden Hodensäcken, die fast auf dem Boden schleifen,
weichen erst in letzter Sekunde und auch dann nur widerstrebend. Ihre unruhigen Augen scheinen zu sagen, dass sie
lieber den Kopf senken und angreifen als den steinigen Pfad
freigeben würden, den sie offenbar als ihren Besitz betrachten.

Jahrzehntelang war meine Großmutter auf die Reinras-
sigkeit und das Wohlergehen dieser Schafe bedacht. Sie hatte immer Angst, das Einkreuzen von fremden Böcken könnte ihren Bestand verschlechtern. Und sie war in Sorge, dass
junge, frühjahrswilde und blutdurstige Hunde ihre Schafe
über die Klippen in einen meernassen Tod treiben könnten.
Jetzt braucht sie sich nicht mehr zu sorgen. Die Herden und
Hunde aus den zerfallenen Häusern sind alle verschwunden, und nur das Geblöke der Schafe hallt noch über diese
hohen geläuterten Hügel.

Am Ende der Straße, vor der Einfahrt zu ihrem Hof, halte ich an, um die Stangen des alten Tors zurückzuschieben.
Als ich mich bücke, tropft Blut aus meiner Nase und ergießt sich rot über meine Schuhe. Ich spüre einen leichten
Schwindel im Kopf, der fast an eine Ohnmacht grenzt. Ich
richte mich auf, suche mit den Händen festen Halt an den
Torpfosten und halte das Gesicht in die Sonne, um den di-

cken Blutstrom zu stillen. Ich spüre, wie es mir süßlich durch den Rachen und in den dunklen Kanal der Kehle rinnt. Um mich nicht noch einmal bücken zu müssen, hake ich den rechten Fuß unter die untere Stange und schiebe sie zurück, dann bleibe ich stehen und warte, bis die Blutung aufhört. Ich betupfe Nase und Lippen mit den Papiertüchern, die ich jetzt statt der üblichen Taschentücher immer bei mir trage.

Ich nehme den Gang heraus, und der Wagen rollt mühelos den kurzen Hang hinunter in den Hof, ich muss nicht einmal den Motor starten. Ich schließe das Tor, neugierig beäugt von mehreren Tieren, die nicht im Geringsten beunruhigt sind. Fast alle Tiere meiner Großmutter stammen von einem Bestand ab, der hier seit ewigen Zeiten lebt, und im Laufe der Jahre haben alle sehr individuelle Farbtöne und Merkmale angenommen, die nur ihnen eigen sind. Mir kommt es vor, als hätte ich sie schon immer gekannt, aus Erzählungen und aus den verblichenen Fotoalben meiner Erinnerung. Die drei fetten, runden braunen Pferde glänzen in ihrem kurzen Sommerfell, und wenn die Sonne in einem bestimmten Winkel darauf scheint, bekommt es fast einen kastanienroten Schimmer. Auf der Stirn haben sie identische weiße Sterne, und ihre breite Brust ziert ein einziger weißer Fleck in Form einer großen Münze. Sie hießen immer Star oder Tena. Selbst die schwersten Lasten zogen sie mit stolz erhobenen Köpfen, und sie bewegten sich immer in vollkommenem Gleichtakt; ihr rhythmischer Hufschlag folgte einer Choreographie, die durch die strenge Inzucht über Generationen hinweg entstand. Im Schnee waren sie immer trittsicher, und auf Hügeln kamen sie lange nicht außer Atem. In Schneestürmen, wenn niemand etwas erkennen konnte, überquerten sie das Treibeis und jagten mit Wagenladungen voller Tang in wildem Galopp über die gischtbespritzten Felsen. Jahrelang fraßen sie nur das Heu, das von den Hügeln dieser Farm stammte, und lehnten alles andere ab, als könnten sie darin ihren eigenen Urin, Dung und Schweiß riechen. Als wären sie Teil eines großen ökologischen Plans, in dem sie zu Heu werden und das Heu wiederum zu Pferden – sonnenstarken, selbstbewussten Pferden mit einem weinroten Schimmer im Fell.

Jetzt stehen sie träge und entspannt im Hof herum, schwenken die zu langen Schweife und schleudern den Schopf aus den Augen. Seit Jahren haben sie weder Zaumzeug, Geschirr noch Hufeisen gespürt, und das Jüngste, das inzwischen fast zehn ist, kennt dergleichen gar nicht. Und da es für ein Pferd mittlerweile ziemlich alt ist, wird sich daran wohl nichts mehr ändern.

Sie sind Haustiere geworden, die darauf warten, dass meine Großmutter die Tür öffnet und ihnen Apfelstücke oder altes trockenes Brot anbietet. Aber ihre Kraft kann man immer noch sehen: In den ruhigen, dunklen Augen und an den geballten Muskeln, die sich über die Schultern ziehen. Sie ähneln den Augen und Muskeln von bestimmten Tieren im Zoo; Augen und Muskeln, die sagen: *Ja, wir sind hier und wir sind lebendig und wir fressen unser Futter, aber wir sind weder für ein solches Leben gezüchtet worden, noch war es unser Ursprung, und in uns steckt viel mehr. Sieh uns genau an, dann wirst du es erkennen.*

Die Kühe mit ihrer Streifenzeichnung und den einwärts gebogenen Hörnern weiden eifrig bei den Grashügeln. Da meine Großmutter sie nicht mehr hütet wie früher und auch ihre rahmhaltige Milch nicht mehr für Butter und Käse verwendet, wirken sie ebenfalls irgendwie nutzlos und überflüssig. Ihre viel zu großen Kälber folgen ihnen, saugen noch und stoßen mit den Köpfen an die geschwollenen, aufgetriebenen Euter. Bei einigen sind die Euter verklebt und verhärtet, weil sie entzündet sind. Es ist so gut wie unmöglich, sie jetzt noch zu retten; aus diesen Eutern wird nie wieder warme Milch strömen und den Eimer fast zum Überlaufen bringen. Eine schwarze Henne mit goldenen Flecken um den Hals gackert ihren Küken zu. Sie sind zu klein für diese Jahreszeit und werden den Herbst wohl nicht überleben.

Betritt man die Veranda, die zum Haus meiner Großmutter führt, muss man einen Schritt nach unten machen, denn das Steinfundament ist im Lauf der Jahre abgesackt. Das über hundert Jahre alte Haus hat sich tief in den Boden gegraben, deshalb müssen alle Türen nach innen geöffnet werden. Die Veranda ist voll gestopft mit Werkzeugen, Kleidern und Gegenständen aus der Vergangenheit. Links steht eine von Hand zu bedienende Milchzentrifuge, rechts an der Wand hängt eine Sense, daneben ein Drahtspanner und ein Fleischwolf. Von den tief in die Holzbalken geschlagenen Haken hängen Geschirrteile und Stricke und Dosen mit Zaunkrampen, Nägel, Hämmer, Jutesäcke und Angelruten. In einer Ecke liegen und hängen unförmige Regenjacken, Hüte, Handschuhe, ausgetretene Schuhe und Stiefel.

Meine Großmutter sitzt in der Küche am Tisch und trinkt ihren Frühstückstee. Sie hat meine Ankunft weder gehört noch gesehen und starrt aus dem Fenster aufs Meer, wo die Möwen in der funkelnden Sonne ihre Kreise ziehen. Als ich eintrete, heben die drei schwarzweißen Border Collies den Blick, rühren sich aber nicht von der Stelle. Sie liegen auf dem Boden herum wie hingeworfene, vertraute Teppiche, einer unter dem Tisch, einer an der Holzkiste beim Ofen und der dritte neben dem Stuhl meiner Großmutter. Im Gegensatz zu meiner Großmutter haben sie meine Ankunft seit längerem bemerkt. Sie haben den Motor erkannt, der am Klippenrand entlangdröhnte, haben gehört, wie die Torstangen zurückgeschoben und die Tür geöffnet wurde, dann den Schritt auf der Schwelle. Das alles haben sie wahrgenommen, ohne darin einen Grund zu sehen, aufzustehen oder Alarm zu schlagen. Ich trete jetzt ein, um meine Anwesenheit vollständig bekannt zu geben und meinen Platz in der Zeit einzunehmen.

Meine Großmutter ist erschrocken, als sie sich, die Teetasse in der Hand, vom Fenster abwendet und mich sieht, aber sie ist auch verlegen, weil ich so lautlos und unangekündigt bei ihr hereingekommen bin. Sie gibt es zwar nicht zu, aber sie hat Angst, ihre Geisteskräfte könnten sie verlassen, und sie fürchtet die Stille der Tauben und die Dunkelheit der Blinden. Bis jetzt ist sie von beidem verschont geblieben, aber es gibt Momente in ihrem Gesicht, so wie jetzt, die zeigen, dass solche Gedanken vorhanden sind.

»Da bist du ja, Calum«, sagt sie. »Ich habe dich erwartet.«

Das wusste ich, denn schließlich hatte ich vor zu kommen. Seit drei Uhr früh lag ich unten im Dorf im Haus meiner Eltern wach, lauschte dem Regen auf dem Dach und überlegte, wie glitschig die Steine auf der Straße wohl sein könnten. Ich überlegte sogar, ob ich die Acht-Meilen-Strecke zu Fuß gehen sollte, in der nahezu unergründlichen ländlichen Dunkelheit, wenn die Regenwolken den Mond und die Sterne verdunkeln und man nur das Wasser hört: links das Klatschen der großen Regentropfen auf die Erde und in die plätschernden, unsichtbaren Bäche, rechts das Schlagen und Seufzen der See. Ich wusste, ich würde nie wieder diesen Weg gehen und bis auf die Haut nass werden, ebenso wenig wie mein Großvater, den ich nie gesehen habe und der inzwischen siebzig Jahre tot ist, die biblische Lebensspanne.

»Ich bin so früh gekommen, wie ich konnte«, sage ich. »Sobald ich dachte, die Klippe sei trocken genug, um mit dem Auto hochzufahren.«

»Ach ja«, sagt sie. »Möchtest du Tee? Das Wasser hat gerade gekocht.«

»Ja, gern, ich hole ihn mir selbst«, sage ich, gehe durch die vertraute Küche und nehme die alte viereckige Teekanne; sie wurde an Land gespült und stammt von einem Schiff, das mit der wertvollen Fracht aus Ceylon an Bord vor langer Zeit Schiffbruch erlitt. Ich nehme den Tee in die Hand, streue ihn in die Kanne und gieße Wasser aus dem dampfenden Kessel hinein.

»Bis die anderen kommen, dauert es noch eine Weile«, sagt sie, »wahrscheinlich erst am Nachmittag.«

Sie macht es sich auf dem Stuhl an der Stirnseite des Tisches bequem.

»Nimm dir ein paar Kekse aus der Dose. Ich hab sie heute früh gebacken. Gib den Hunden auch welche.«

Gehorsam gehe ich zu einer zweiten Dose und nehme vier Kekse heraus. Sie sind noch warm. Einen bestreiche ich für mich mit Butter und werfe jedem der liegenden, wachsamen Hunde einen zu. Sie fangen sie noch in der Luft, dann schnellen ihre langen rosafarbenen Zungen vor, um womöglich auf den Boden gefallene Krümel aufzuschlecken. Der Boden bleibt so sauber wie zuvor, als wäre das Ganze nie geschehen. Wie Schritte im Wasser, überlege ich. Keine Spur bleibt zurück.

Ich setze mich meiner Großmutter gegenüber und sehe mit ihr hinaus auf die azurblaue See. Die Sonne steht jetzt höher, die Nebelschwaden sind völlig verdunstet. An so einem Tag hätten wir früher Prince Edward Island sehen können. »On a clear day you can see Prince Edward Island«, sangen wir oft. Nicht »forever«, wie in dem Lied, sondern einfach »Prince Edward Island«. Doch das scheint jetzt nicht mehr wichtig.

»Heute ist der erste Tag vom Rest deines Lebens«, kommt mir in den Sinn. Es ist die Parole auf vielen vermeintlich modernen Plakaten, Schreibtischen, Grußkarten, Lesezeichen, Plattenhüllen, Autoaufklebern und Graffiti. Ich hebe die Tasse an die Lippen, halbwegs hoffend, der heiße Tee möge mich verbrennen und gewaltsam ins Leben zurückholen.

»Warum trinkst du deinen Tee so heiß?«, fragt meine Großmutter. »Du verbrennst dich noch. Man könnte meinen, du hast noch nie Tee getrunken.«

»Schon in Ordnung«, sage ich. »Ich wollte nur etwas probieren.«

Wir sitzen eine ganze Weile da, nippen ruhig an unserem Tee und schauen aus dem Fenster. Wir sagen weder, was uns durch den Kopf geht, noch erkundigen wir uns nach dem anderen. Wir ruhen uns aus und wirken ganz normal; fast wie Sportler sparen wir unsere Energie für das Spiel auf, das in einigen Stunden auf uns zukommt. Aus dem Flieder unten am Haus summen die Bienen und taumeln trunken gegen das Fenster. Die Rauchschwalben mit ihren zart gegabelten Schwänzen lassen ihre orangefarbenen Brustfedern aufblitzen und jagen im Gleitflug unsichtbare Insekten. Die Hunde liegen still da und bewegen nur die Augen, auch sie sparen ihre Kraft auf. Wir sind schläfrig und warten in der Sommerhitze.

Ich besuche meine Großmutter heute fast wie ein Doppelagent aus einem Spionagefilm. Irgendwie hatte ich gehofft, ich könnte hier einen Weg finden, um den Tod zu begreifen und mit ihm ins Reine zu kommen; doch tief in meinem Inneren spüre ich, dass ich nur das Feuer des Lebens finden werde und dass ich, mit meinen sechsundzwanzig Jahren, in den Augen der anderen in der Blüte meiner Jahre stehe.

Meine Großmutter steht auf und holt ihre Geige, die an einem Haken neben der Schlafzimmertür hängt. Es ist eine sehr alte Geige, die aus dem Schottland ihrer Vorfahren stammt, aus den zerfallenen Fundamenten, die jetzt die Ufer von Lochaber säumen und heimsuchen. Sie spielt zwei gälische Melodien – Gun Bhris Mo Chridh' On Dh ,Fhalbh Thu (My heart is Broken Since Thy Departure) und Cha Till Mi Tuille (Never More Shall I Return oder MacCrimmon's Lament). Ihre Hände sind steif geworden, und die einsamen Klagelieder schwanken und zögern wie die zitternden Finger auf den vier straffen Saiten. Sie ist sehr gerührt von der alten Musik, in ihren Augen stehen Tränen.

Heute Abend und auch am Nachmittag werden zwei ihrer Enkel und ein Urenkel sich drehen und die Musik ihrer Zeit spielen, die Musik der frühen 70er Jahre. Sie sind an anderen Orten an jener anderen Straße, die in die weite Welt führt. Einer ist in Las Vegas und zwei sind in der Yonge Street, der Vergnügungsmeile von Toronto. Sie drehen sich stampfend unter Kaleidoskoplichtern und treten geschickt über die Kabel, die ihre Instrumente mit den teuren Verstärkern verbinden. Die langen Haare fliegen ihnen wirbelnd auf die Schultern, und ihre Stiefelabsätze klopfen den rasenden Rhythmus. Hier, in der Stille von Rankin's Point, am Ende einer anderen Straße, behält der Körper, aus dem sie kamen und dem sie ihr Leben verdanken, nur mit Mühe die Herrschaft über die letzten vibrierenden Noten von »Never More Shall I Return«.

»Das ist das Klagelied der MacCrimmons«, sagt meine Großmutter, als sie fertig ist. »Dein Großvater war mit ihnen verwandt. Sie waren die größten Musiker in den schottischen Highlands. Auf der Isle of Skye hat man ihnen zu Ehren einen Steinturm errichtet. Deine Onkel haben ihn während des Kriegs gesehen.«

»Ja, ich weiß«, sage ich. »Du hast es mir schon erzählt.«

»Die MacCrimmons hatten angeblich zwei Fähigkeiten«, fährt sie fort. »Die Begabung zur Musik und die Fähigkeit, den eigenen Tod vorherzusehen. Diese Fähigkeiten sollen sich auf ihre gesamte Nachkommenschaft übertragen. Es sind keine gewöhnlichen Fähigkeiten.«

Hoch oben an den Dachbalken der Scheune, die draußen steht, hat mein Großvater in tiefschwarzer Tinte folgenden Satz geschrieben: »Wir sind die Kinder unserer eigenen Verzweiflung, kommen von Skye und Rum, Barra und Tiree.« Niemand weiß, warum oder wann er das schrieb, und selbst das »wie« ist ein großes Rätsel. Ist er damals, in einer Zeit, als es weder Kugelschreiber noch Füllfederhalter gab, so hoch hinaufgestiegen, in der einen Hand eine Tintenflasche, in der anderen eine angespitzte Schreibfeder? Und welche Bedeutung haben die Inseln der Vorfahren, die sie vor langer Zeit verlassen haben und die niemand je gesehen hat? Über die jetzt die Winde des Atlantik hinwegfegen und die treibender Schaum berührt. Was bedeutet es für uns alle, dass er so und nicht anders starb? Und wenn er nicht gestorben wäre, wäre es dann anders verlaufen, das Leben unserer Großmutter und das ihrer Kinder und selbst meines, wie ich es kenne und noch fühle, während ich heute hier sitze?

Ich kenne meinen Großvater nur durch nachgeschaffene Bilder von seinem Leben und Tod. Bilder vom gefrorenen Schnee und dem heißen Blut, das darauf verkrustet ist; Blut, heiß und süß vom Rum, das sich auf dem Winterschnee sofort verwandelt hat wie süßer, kochender Ahornsaft.

Ich möchte wissen und verstehen, wie meine Großmutter jetzt den Tod in seiner unendlichen Vielfalt wahrnimmt. Denn selbst die Beständigkeit des Todes und die Unglücksfälle, die ihn verursachen, haben sich in den vielen Abschnitten ihres Lebens verändert. Drei ihrer Brüder starben als junge Männer, auf die unbeabsichtigte Art, die sich aus ihrem Leben ergab – einem Leben, in dem körperliche Arbeit die tragende Rolle spielte, ebenso wie bei dem Tod, der ihm ein Ende setzte. Einer starb als junger Mann in der Sommersonne, als die Pferde scheuten und er in die Messer einer Mähmaschine fiel. Ein zweiter starb bei einem Sturm auf See, als sein Schiff bei der Fahrt durch die Meerenge nach Neufundland sank. Ein dritter erfror auf den mondgleichen Eisfeldern der ersten Märztage, als die Männer in einem plötzlichen, verheerenden Schneesturm von ihrem Robbenfänger getrennt wurden.

Einsam und fern erscheinen jetzt diese Lebensläufe und Todesfälle im früheren Leben meiner Großmutter. Und ganz anders als das Leben und der Tod der drei Söhne, die sie überlebt hat. Männer, die den schreienden Möwen und steilen Klippen von Rankin's Point den Rücken gekehrt hatten, um den Weg in die größere Welt zu gehen und sich dort Karrieren und Existenzen aufzubauen, wie sie auf dieser kleinen, vom Meer umspülten Farm nie möglich gewesen wären. Karrieren, die so modern und von Überfluss geprägt waren wie der Tod, der sie beendete. Immobilienmakler, Vizepräsidenten von Lebensmittelketten und Einkäufer für Herrenmodengeschäfte sterben selten im Alltag des Arbeitslebens, das sie gewählt haben. Bleistift und Telefon ersetzen die zerrissenen, schleifenden Zügel, den Marlspieker und den Robbenknüppel; und die eingestellten Thermostate und die systematische Hintergrundmusik erzeugen eine geregelte städtische Ordnung, die weit entfernt ist von der Ungewissheit der Elemente und der Unberechenbarkeit plötzlich verängstigter Tiere.

Keiner dieser Männer starb bei der Arbeit oder an ihren unmittelbaren Folgen, doch ihre Tode erscheinen noch bizarrer und im griechischen Sinne tragischer und paradoxer als die der vorhergehenden Generation. Einer erstickte in einem teuren Restaurant in Montreal an einem Stück Fleisch. Ein zweiter starb am Strand von Pompano an einer Überdosis Sonne, die er dort gesucht hatte. Und der dritte starb morgens um fünf beim Joggen in den Straßen von Mississauga. Aber vielleicht ist ein Tod durch Überfluss letztendlich nicht anders als ein Ende, das durch körperliche Arbeit verursacht wird, und dass ich nicht weiß, welchen Tod ich beängstigender finden soll, liegt vielleicht daran, dass ich zwischen den beiden nicht wählen kann.

Vor dem Fenster hüpfen Amseln und Stare vertraut um die Kühe herum. Sie rufen ihre heiseren Bemerkungen und setzen sich gelegentlich mutig auf den Rücken der Kühe. Ein einsamer Weißschwanzbussard gleitet lautlos durch die Luft, manchmal schwebt er über dem Land, dann wieder jenseits der Klippe in Richtung Meer. Wenn er über das Sommergras fliegt, gleitet sein Schatten unter ihm mit, aber im tiefen, blauen Wasser spiegelt er sich nicht. So als wäre der Spiegel womöglich zu tief. Er fliegt nicht weit aufs Meer hinaus, sondern kreist und steigt und kehrt über dem Land zurück; in der schweigenden Anmut und streng beherrschten Schönheit seiner ausgebreiteten Schwingen trägt er beredt die Botschaft seines begnadeten Lebens.

Im Haus ist alles still, bis auf das Ticken der weißen Westclox auf dem Regal über dem Tisch. Die Hunde dösen mit halb geschlossenen Augen vor sich hin. Wir hängen unseren eigenen Gedanken nach und bleiben lange Zeit ruhig und unbewegt sitzen, wie auf einem Foto.

»Jetzt muss ich mich wohl fertig machen. Sie werden bald da sein«, sagt meine Großmutter, erhebt sich von ihrem Platz am Tischende und scheint den Bann zu brechen.

Ich sehe oder spüre, wie sie im Schlafzimmer, das von der Küche abgeht, ihr langes weißes Haar kämmt. Sie neigt sich zur Seite und kämmt es vom Körper weg, ihre linke Hand streicht durch die irisierende Glätte vor und hinter dem Kamm, den sie mit der Rechten führt.

Als sie wieder erscheint, befestigt sie eine Brosche aus ineinander geschlungenen Disteln am Kragen ihres frisch gebügelten Kleides. Ich erkenne Brosche und Kleid als frühere Geschenke von mir. Einen Augenblick lang sehe ich mich wieder in Toronto, im vorweihnachtlichen Gedränge der Käufer, rempelnd und drängelnd, in überfüllte Aufzüge ein- und aussteigend und auf den summenden, schrägen Rolltreppen zwischen den einzelnen Etagen.

Ich weiß, dass in ihren Truhen und einzelnen Schmuckschatullen Haufen von Kleidern und Berge von Broschen liegen, die ebenso gut und schön sind; aber sie hat ihre Wahl ganz bewusst getroffen. Den wenigsten unter ihren Gästen, überlege ich, wird auffallen, was sie trägt, und das ist natürlich auch nicht nötig. Erneut sticht mir der Fehler an der Brosche ins Auge, denn Disteln wachsen nicht verschlungen. Vielleicht war ich zum Zeitpunkt des Broschenkaufs mehr auf Symbolik bedacht, als ich es je für möglich gehalten hätte.

Sie geht wieder ins Schlafzimmer, taucht dann mit einer Schere auf und zieht ihren Stuhl dicht an meinen heran. Wortlos fange ich an, ihr die Fingernägel zu schneiden. Sie sind lang und vergilbt, und jeden umrandet eine dünne Schmutzschicht.

Während ich meiner Großmutter die unsauberen Fingernägel schneide, wird mir bewusst, dass ich jetzt an der stummen, geheimen Kommunikation teilhabe, die Beziehungen von starken zu schwachen Menschen meist eigen ist. Es sind die Stärke und das Wissen, mit denen meine Großmutter in ihrem früheren Leben ihre Kinder und in vielen Fällen auch die Enkelkinder so resolut im Griff hatte. Die Stärke und das Wissen, mit denen sie sich Zugang zu ihren intimsten und geheimen Unzulänglichkeiten verschaffte, denn das ist die Grundlage, die es der älteren Generation ermöglicht, die jüngere zu beherrschen. Die lebendige Erinnerung an dreckige Windeln, Bettnässen, erste Sprech- und Gehversuche; an die Geburt und den Tod des

Weihnachtsmanns, an die zahllosen kindlichen Hoffnungen und Ängste einer verlorenen Zeit; an die einsamen, von panischer Angst und Schreien begleiteten Albträume der Kindheit; an nächtliche Samenergüsse und echte oder eingebildete heimliche Sünden. Die Stärke und das Wissen, die darin liegen, dass man Leben schenkt und erhält, und vielleicht sogar Liebe. Wenn ich an meine Großmutter dachte, dann immer eher im Hinblick auf Stärke denn auf Liebe. Vielleicht, überlege ich jetzt, liegt es daran, dass Ersteres immer viel sichtbarer war.

Ich muss an meinen Vater denken. Er geht jetzt auf die siebzig zu und bereitet sich unten im Dorf darauf vor, uns hier zu treffen. Nervös bürstet er sein schneeweißes Haar und tupft sich Talkumpuder ins Gesicht, immer noch leicht in Angst vor dem mütterlichen Scharfblick; auch er fühlt sich den komplizierten Banden verpflichtet, die aus Stärke und Wissen entstehen. Auch wenn er sich natürlich nicht erinnern kann, seinen Vater je gesehen zu haben.

Plötzlich ergreift meine Großmutter mit beiden Händen meine rechte Hand und drückt sie fest. Die Schere fällt klirrend zu Boden, und durch den Druck ihrer Hände spüre ich, wie die Intensität ihres Lebens nach außen drängt. »Ach, Calum«, sagt sie, »was willst du denn mit dem Rest deines Lebens anfangen?«

Ich bin mir nicht sicher, was mich mehr schockiert: die Plötzlichkeit der Frage oder – angesichts der Umstände – die ihr innewohnende Ungeheuerlichkeit. Der Arzt sagte, ich solle versuchen, »den Rest meines Lebens« so normal wie möglich zu verbringen. Mir bleiben, sagte er, »vielleicht ein paar Monate«, in denen ich weiterhin normal leben und auftreten könne. Ich muss an die Sommerküken vor dem Haus meiner Großmutter denken, die den Herbst nicht überleben werden, weil sie zu spät im Jahr geboren sind.

»Bleib doch bei mir, Calum«, fährt sie fort, »dann sage

ich es ihnen, wenn sie kommen. Such dir ein nettes Mädchen und heirate. Du bist sechsundzwanzig, da wird es Zeit, an solche Dinge zu denken. Du warst immer gern hier, und das Land und die Tiere sind so gut wie eh und je. Wir hätten hier alle zusammen ein gutes Auskommen. In meinem Testament habe ich dir alles vermacht.«

Vor dem Fenster sehe ich den Haufen rissiger Feldsteine, die meine Großmutter früher mit ihren kräftigen, abgearbeiteten Fingern gesammelt hat. Ich sehe die zerfallenden Zäune und die Nebengebäude, die ein paar neue Schindeln und einen Anstrich bitter nötig hätten. Und die Scheune, die die einzige Botschaft meines Großvaters enthält. Das ist das »alles«, was mir, wie ich jetzt erfahre, im Testament meiner Großmutter vermacht wird. Und doch hat mir noch nie jemand »alles« geschenkt, und es stimmt, mir hat es hier inmitten der Einsamkeit, der Abgeschiedenheit und der schreienden Möwen immer gefallen. In den Jahren meiner Abwesenheit, als ich übermäßig verstädterte Schüler an den Highschools von Burlington und Don Mills unterrichtete, in Klassenzimmern, die mir immer überheizt schienen, habe ich oft an die Farm gedacht. Ich glaube, jetzt bin ich fast wie der kranke, vergiftete Lachs zurückgekehrt, um für kurze Zeit in den klaren Wassern meines früheren Stroms zu schwimmen. Der zurückgekehrte Lachs kennt auch kein Heilmittel gegen das Erlöschen seines Lebens.

Ich spüre die schwarze Benommenheit, die in meinem Kopf herumwirbelt, und packe den Stuhlsitz, um Halt zu finden.

»Was ist los mit dir?«, fragt meine Großmutter. »Du siehst aus, als würdest du gleich umkippen. Willst du einen Schluck Wasser?«

»Nein«, erwidere ich. »Es geht gleich wieder. Ist schon in Ordnung.«

Die Hunde heben wie auf Kommando die Köpfe und

spitzen die Ohren, dann stehen sie aus ihrer ruhenden Stellung auf und tapsen zur Tür. Sie haben gehört, wie sich die noch Meilen entfernten Autos an den Klippen entlangquälen. Weder meine Großmutter noch ich hören etwas, aber wir wissen, dass wir sehen, wie die Geräusche bei feineren Ohren als unseren ankommen. Es ist fast, als würden wir das Geräusch mit den Augen hören. Manchmal, wenn man jemanden beim Telefonieren beobachtet, erkennt man die Art der empfangenen Botschaft, auch wenn die Ohren nur die tonlose Stille hören.

»Sie kommen«, sagt meine Großmutter und fasst sich ein letztes Mal prüfend ins Haar.

Die noch weit entfernte Prozession besteht aus Mitgliedern ihrer Familie, die sich auf einen Feldzug begeben, der sich am besten mit: »Was machen wir mit Großmutter?« überschreiben lässt. Es ist ein Feldzug, der seit etwa fünfzehn Jahren mit unterschiedlich starkem Optimismus durchgeführt wird, und er ist immer im Sommer anberaumt worden, wenn die maximalen Streitkräfte verfügbar sind. Im Sommer kehren viele der Kinder, Enkel, Urenkel und selbst Ururenkel meiner Großmutter von den verstreuten Orten an den Straßen der großen Welt zurück. Sie tun sich mit den Verwandten zusammen, die hier in der Region wohnen, und sie entwerfen und planen Strategien, von denen sie hoffen, sie dienten ihrem Ziel. Aber meine Großmutter ist jedes Jahr fest geblieben und hat sich trotz aller Einwände, Tränen, Bitten und gar Drohungen geweigert, dieses ihr Zuhause zu räumen. Ich sehe ihr an, wie sie jetzt ruhig ihre inneren Kräfte sammelt und die Stärke ihrer Kampflinie vorbereitet, als würde sie ihre Ausrüstung überprüfen. Bilder aus alten Cecil-B.-DeMille-Spektakeln kommen mir in den Sinn, Ausstattungsfilme, in denen die Angreifer von den ersehnten Höhen zurückgeschlagen werden, indem man Felsbrocken auf sie hinabrollt oder lodernde Feuerkugeln; manchmal werden ihre Sturmleitern zurückgestoßen, sodass sie schreiend und mit ausgestreckten Gliedmaßen in die Tiefe stürzen. Aber unser Mitgefühl gehört dennoch nicht ihnen, sondern den anderen, die belagert werden.

Die diesjährige Strategie schließt das Altersheim unten im Dorf ein; es ist die vorgesehene Alternative zum gescheiterten Plan des vergangenen Jahres, der da lautete: »Bei uns wohnen«; er wurde unterbreitet von verschiedenen Parteien, deren Begeisterung und Widerwille große Differenzen zeigte. Die Vorteile des Altersheims sind »Privatsphäre«, »Zusammensein mit Leuten ihres Alters«, »sich nicht ums Essen kümmern müssen« und der Erhalt dessen, was dunkel als »Pflege« beschrieben wird. Es gibt noch verschiedene andere »Vorteile«, die in die gleiche Richtung gehen. Undsoweiterundsofort.

Meine Großmutter war bereits mehrmals in dem Altersheim, um Leute zu besuchen, mit denen sie befreundet ist, und sie hasst es ebenso, wie die Freunde es hassen, die sie besucht. Sie umklammern ihre Finger mit dünnhäutigen Händen und unterhalten sich mit ihr flüsternd auf Gälisch, das vom Personal kaum noch jemand versteht. Sie erzählen ihr von echten und eingebildeten Gräueltaten: Kaum gehen die Besucher, klaut das Personal die Papiertaschentücher und Pralinen, man mischt Gift unter das Essen, sie werden lange Zeit an Sessel und Rollstühle geschnallt, müssen in den eigenen Exkrementen und im Urin sitzen, bis ihnen der Kopf auf die Schulter kippt. Was hat es zu bedeuten, dass alte Frauen in Altersheimen echte oder eingebildete Gräueltaten erleiden? Und sind die eingebildeten weniger schrecklich, weil sie nicht wirklich sind?

Vielleicht können wir uns ja alle vorstellen, wie wir irgendwann in der Zukunft an irgendeinem Ort namens Haus Sonnenland oder Villa Sonnenschein leben und nicht in der Lage sind, die Bettschüssel zu benutzen; oder wie wir zuhören, während sich die Schwesterhelferinnen Kaugummi kauend über ihre Freunde (ebenfalls echt oder eingebildet) unterhalten: »Hat er wirklich nicht?« »Also doch?« »Das darf doch nicht wahr sein!« Wie unsere Körper mit Schläuchen abgespritzt werden, von Leuten, die viel zu viel über Körper wissen und darüber, was sie können und was nicht, und wie sie schließlich enden. Diese Vorstellung bedrückt mich jetzt. Sie ist ironischerweise weit weg und gleichzeitig auch sehr nah.

Und wieder beschäftigen mich meine eigene Falschheit und Feigheit. Denn ich wurde heute vorgeschickt, auch wenn ich aus freiem Entschluss gekommen bin. Ich wurde geschickt, um das Thema bei meiner Großmutter einzuleiten. »Vielleicht geht sie, wenn Calum sie fragt«, hieß es. »Wenn jemand sie überreden kann, dann Calum.« Aber Calum hat den ganzen Vormittag nur hier herumgesessen. Er hat nichts eingeleitet, weil er an die diesjährige Strategie ebenso wenig glaubt wie an die des vergangenen Jahres. Und tief in seinem Inneren hofft er sogar, dass die Strategie fehlschlägt.

Jetzt, während die Wagen langsam vor dem Gattertor erscheinen, komme ich mir vor wie eine erfolglose Vorhut, die ausgeschickt wurde, um das Gelände für die nachrückende Kriegspartei zu erkunden. Oder wie ein umgekehrter Johannes der Täufer, der ausgeschickt wurde, um aussichtslosen Propheten den Weg zu bereiten. Oder wie ein gepeinigter und verwirrter Judas, der seiner Schlinge schon zu nahe ist. Aber ich muss sie wenigstens nicht auf die Wange küssen.

Kaum sind die Wagen in den Hof gerollt, steigen die unterschiedlichsten Leute aus. Ich stehe an der Tür, ein unsicheres, einköpfiges Begrüßungskomitee, während meine Großmutter wie immer bei solchen Gelegenheiten im Haus sitzen bleibt. Sie erinnern fast an einen Schwarm leuchtend bunter Sommervögel, diese schwatzenden und lachenden Mitglieder meiner Familie in ihren karierten Hosen (mit und ohne Aufschlag), geblümten Oberteilen und Sporthemden. Freizeit- und Schlaghosen, Jeans, Sandalen und verschiedene Stile, die typisch sind für die unterschiedlichen Welten, die sie bewohnen, und für das Alter, das sie durchleben. Irgendwie finde ich nicht, dass sie aussehen wie Leute, die die Fähigkeit besitzen, den eigenen Tod vorherzusehen.

Sie kommen herein, klopfen mir lächelnd auf die Schulter, und manche sehen mir in die Augen, in der Hoffnung, dort eine Botschaft zu finden. Im Haus gibt es nicht genug Stühle, und man arrangiert sich, so gut es geht, die Kinder setzen sich auf den Boden und schlingen die Arme um die Beine. Bald werden sie nach draußen rennen und spielen und sich vor den Tieren fürchten, die vielen von ihnen so fremd sind, aber vorläufig müssen sie still sitzen, denn das ist »höflich«.

Nach einiger Zeit fängt man an zu fotografieren. »Das wird ein Bild mit drei Generationen«, sagen sie. »Und jetzt eins von dir und Mary und dem Baby. Vier Generationen.« Pflichtgetreu hält meine Großmutter ihr jüngstes Ururenkelkind auf dem Schoß, während ihr Sohn und ihre Tochter sich zu beiden Seiten postieren. Die Fotografierten wirken wie erstarrt, wenn sie in die Kameralinse blicken.

Im Sommer nach dem letzten Highschooljahr arbeiteten mein erster Cousin und ich mit meinem Onkel auf einem Schiff, das Salzfisch in Fässern zu den Westindischen Inseln transportierte und riesige Fässer dunklen illegalen Rums mit zurückbrachte. Bei unserer Rückkehr ankerten wir in den stillen Sommernächten vor dem Dorf, während die kleinen hiesigen Fischerboote, ohne Licht und mit gedrosseltem Motor, hin- und herfuhren und die Fässer an Land brachten, wo Männer in dunklen Kleinlastern warteten.

Einmal, in Jamaika, wurden mein Cousin und ich auf der Straße von einem Jungen in unserem Alter angehalten, der uns eine Karte zeigte und aufforderte, ihm zu folgen. Er brachte uns zu einem Bordell, so anders als alles, was wir bisher gesehen hatten, dass wir richtig Angst bekamen. Als wir ihn schließlich überzeugten, dass wir keinen »Spaß« wollten, führte er uns in den »Bilderraum«, der nicht weniger spektakulär war. Schöne Mädchen in allen Hautfarben und unterschiedlichster Herkunft wurden in erotischen Posen fotografiert, zusammen mit ängstlichen jungen Männern in ungefähr unserem Alter. Die Mädchen zogen die jungen Männer aus, schlangen ihnen das Haar um die Geschlechtsteile und streiften mit den Lippen ihre Penisse. Ein lebhafter kleiner dunkelhäutiger Mann raste von einem posierenden Pärchen zum nächsten, schob dabei eine sperrige Kamera vor sich her, erteilte lautstark Anweisungen und fragte die jungen Männer nach ihren Vornamen. Er verschwand regelmäßig hinter einem Vorhang und erschien dann wieder mit den Bildern. Auf jedem Bild stand vorn in der gleichen Handschrift die fast identische Widmung: »Für John, meine große Liebe, Zelda.« »Für Jim, meine große Liebe, Tanja.« »Für George, meine große Liebe, Goldie.«

»Küstenwache, Mon!«, sagte unser Bekannter. Später erfuhren wir, dass die verschreckten, unerfahren wirkenden jungen Männer zu einer Gruppe Seekadetten von einem Schiff aus Florida gehörten. Sie bewahrten die Fotos in ihren Brieftaschen auf, zeigten sie heimlich ihren künftigen Freunden und sagten dabei etwas wie: »Das ist sie, meine Freundin zu Hause«, und warteten auf die beeindruckte Reaktion.

Ich glaube, dass die Fotos, die heute aufgenommen werden, ebenso gekünstelt sind. Die Familiengruppierungen, in denen jeder gnadenlos zum Lächeln ermuntert wird, verraten nicht immer die verzweifelten Hoffnungen und Ängste, die hinter den Augen zucken, und sie legen nicht die dunkle Wahrheit bloß.

Wenn ich aus dem Fenster blicke, sehe ich die dunkelbraunen Pferde und die Kühe meiner Großmutter neben den Fahrzeugen grasen, die den Hof nahezu ausfüllen. Ein paar Autos sind nach Pferden benannt: Mustang, Pinto, Maverick. Bald wird man ein paar Kinder losschicken, damit die echten Tiere ihre metallenen Namensvettern nicht beschädigen oder verkratzen.

Während der Nachmittag verstreicht, lebt die Unterhaltung auf und ebbt wieder ab. Rumflakons werden aus den Taschen geholt und Drinks eingeschenkt. Jemand nimmt die Geige vom Haken, und mein Vater, meine Onkel und Tanten spielen die komplizierten Jigs und Reels mit leichter Eleganz. Alle halten den Bogen an der gleichen Stelle und in der gleichen Art und neigen das Handgelenk in einem identischen Winkel. Diese Spielweise ist älter als unsere Erinnerung und erzeugt das, was wir »unseren Sound« nennen. Einige ziehen ihre Mundharmonika aus der Handtasche oder Jacke, und die Jüngeren holen die Gitarren herein. Andere lassen Löffel zwischen den Fingern oder auf den Oberschenkeln rasseln. Meine Großmutter tanzt mit jedem ihrer Söhne, dann mit den anderen Männern. Sie dreht sich schnell und mühelos in meinen Armen. Im Altersheim gibt es niemanden, der so lange gelebt hat wie sie.

Die Stimmung steigt und wird überschwänglich, während die Frage wie ein leise sirrendes Insekt in den Winkeln unserer Gedanken schwebt. Niemand wagt zu fragen, aber alle haben Angst zu gehen. Manchmal sieht mich jemand erwartungsvoll an, runzelt die Stirn, sucht nach einem Zeichen. Meine Großmutter tanzt weiter und dreht sich mit unbeschwerter Eleganz. Sie steht diesen Tag durch. *Wenn ich nur noch ein Weilchen durchhalte*, scheinen ihre Augen zu sagen, *dann gewinne ich das Spiel. Mich werden sie nicht schlagen.* Ich stelle mir vor, wie sie mit sechsundzwanzig, schwanger und umgeben von weinenden Kindern, den gefrorenen Leichnam ihres Mannes auf einem Kinderschlitten nach Hause zieht. Damals hat sie vielleicht das Gleiche gesagt. Ich kann nicht ermessen, wie oft sie sich diese Sätze in den siebzig Jahren dazwischen wohl eingeredet hat.

Mir sind die Gründe nur zu gut bekannt, die gegen ihr Hierbleiben sprechen: Hier lebt sie einsam und isoliert. Das Haus ist alt, lässt sich nur mit Öfen heizen und mit düsteren Kerosinlampen beleuchten. Es gibt kein Telefon. Im Winter müssen ihr Verwandte, falls sie durchkommen, die wenigen Lebensmittel auf Schneemobilen heraufbringen, und dann wissen sie nie, was sie möglicherweise erwartet. Die Tiere sind lästig und teuer, außerdem könnte sie stolpern und stürzen, wenn sie sich im Winter im Stall zwischen ihnen bewegt.

Aber ich kenne auch, wie fast alle hier, die anderen Seiten ihres Lebens. Ich kenne ihre Abneigung gegen Institutionen und ihren Spott über die »Bequemlichkeit«, die man gemeinhin mit ihnen verbindet. Nach dem Tod ihres Mannes sagten ihr die Behörden aus Halifax, sie könne auf der Farm nicht überleben und es wäre »besser für alle Beteiligten«, wenn sie umziehen und einige ihrer Kinder zur Adoption freigeben oder gar in ein Waisenhaus stecken würde. Das wäre »leichter«, hieß es. Wir alle, die hier in diesem überfüllten Raum am Anfang der 70er Jahre versammelt sind, mit unserem Rum und unserer Musik, sind in gewisser Weise das Ergebnis ihres Widerstands gegen solche Vorschläge. Siebzig Jahre später. »Ich hätte nie zugelassen, dass man mir meine Kinder wegnimmt, damit sie in der Gegend verstreut werden wie die Samen einer abgestorbenen Distel«, sagte sie oft. »Das hätte ich nie übers Herz gebracht. Manchmal ist alles sehr schwer, aber das macht nichts. Kein

Mensch hat jemals behauptet, dass das Leben leicht ist. Trotzdem muss man es leben.« Aus diesem Grund bin ich, wenigstens zum Teil, heute gekommen, denn ich hoffe, eine ähnliche Kraft zu finden, um den Rest meines Leben zu leben und meinem Tod zu begegnen.

Die Musik verstummt, und die Sonne zieht westwärts. Die kleineren Kinder flüstern ihren Eltern ins Ohr, dass sie hungrig sind und gern gehen möchten. Die Spannung steigt und knistert. Wir warten auf den Blitz, der uns Erlösung bringt; wir blicken auf den Stein, der in der Schwebe ist, und warten, dass er fällt.

Plötzlich sagt meine Großmutter unerwartet: »Ich hoffe, keiner von euch macht sich Sorgen um mich. Calum hat nämlich gesagt, dass er hier bei mir bleiben wird, und jetzt ist alles in Ordnung.«

Einem Augenblick ungläubigen Schweigens folgt ein großer Schwall der Erleichterung. Als hätte man den Stöpsel einer Badewanne oder das Ventil eines Reifens gezogen und den bisher kontrollierten und gut verschlossenen Inhalt freigesetzt. Blicke werden gewechselt, und ich werde verdutzt und voller Staunen beäugt. Die Lösung scheint so ideal, dass sie fast nicht zu glauben ist. Eigentlich viel zu schön, um wahr zu sein. Meine Eltern werfen mir einen verwunderten Blick zu, in den sich Erleichterung mischt. Meine unerwartete Rückkehr aus Ontario war ihnen nicht ganz geheuer, zumal ich nie eine mögliche Rückkehr in Erwägung zog. »Vielleicht will er hier an der Highschool unterrichten«, habe ich sie zueinander sagen hören. »Vielleicht ist er müde und braucht eine Pause.« Ich habe weder ihnen noch sonstwem erzählt, dass ich zurückgekommen bin, weil ich bald sterbe und nicht weiß, wo ich es sonst tun soll.

Jetzt sieht es aus, als wären ihre Fragen fürs Erste beantwortet, und sie freuen sich, dass ich in den vergangenen Tagen offenbar doch einen Plan verfolgt habe. Sie nicken und

lächeln, sind aber immer noch verwundert. Meine Großmutter grinst, als hätte sie eben ihren größten Trumpf aus-
gespielt, und wirft einen kurzen, siegessicheren Blick in die
Runde. Mir fehlt der Mut, um die Lüge zu zerstören, von
der sie sich sehnlichst wünscht, dass sie wahr wäre.

Fast augenblicklich setzt hektische Aufbruchstimmung
ein und alle wollen gehen. Es ist, als hätten sie Angst, das
unerwartete, magische Geschenk könnte plötzlich verschwinden, wenn sie zu lange in seinem Dunstkreis verhar-
ren. »Also dann, auf Wiedersehen«, sagen sie. »Bis später.«
»Mach's gut.« »Auf bald.«

Wagentüren schlagen zu, Motoren werden gestartet, Reifen drehen sich. Die Torstangen werden geöffnet und dann
von meinem Vater, der zuletzt geht, wieder zurückgeschoben. Während ich mit meiner Großmutter an der Tür stehen bleibe, winkt er uns zu. Er ist das mittlere Glied unserer
drei Generationen. Dann steigt auch er ins Auto neben meine Mutter und fährt weg. Wir sind wieder allein.

Meine Großmutter geht zurück in die Küche und deckt
geschäftig den Abendbrottisch. Sie holt die Teller vom Regal, die Messer und Gabeln aus den Schubladen. Jetzt kommen auch die Hunde herein, die fast den ganzen Nachmittag draußen waren, und lassen sich auf den Boden sinken,
um ihre Rolle als ruhige Wachposten zu übernehmen. Die
Sonne senkt sich langsam in Richtung Meer.

»Es hat keinen Sinn, Grandma«, sage ich schließlich. »Es
geht nicht.«

»Was?«, sagt sie, ohne sich umzudrehen, und greift nach
den Tassen und Untertassen.

»Was du ihnen gesagt hast. Dass ich hier bleibe. Es geht
nicht.« Einen Augenblick lang zögere ich noch, aber jetzt
muss ich wohl fortfahren. »Es geht nicht«, sage ich, »denn
ich werde sterben.«

Sie dreht sich um, sieht mich scharf an und in ihrem Gesicht flackert Angst auf, die sie schnell verbannt. »Ja, ich weiß«, lacht sie. »Das tun wir alle. Irgendwann.«

»Nicht irgendwann«, entgegne ich. »Schon sehr bald. In ein paar Monaten. Den nächsten Frühling werde ich nicht mehr erleben. Ich kann weder dir hier helfen noch mir selbst. Das haben die Ärzte gesagt.«

»Red keinen Unsinn«, sagt sie. »Du bist erst sechsundzwanzig. Dein Leben fängt gerade erst an.«

Sie bedenkt die Albernheit meiner Ideen und meine Verdrehung der Realität mit einem Blick von fast nachsichtiger Toleranz. Wie eine liebevolle Mutter, deren phantasievolles Kind erzählt, dass es oben im Schlafzimmer eine Giraffe und einen Elefanten gesehen hat. *Ich mag dich wirklich sehr gern*, sagt ihr Blick, *auch wenn du gar nicht weißt, wovon du redest.*

Einen Augenblick lang wünschte ich, es wäre so. Ich möchte so dumm sein, wie sie glaubt; möchte in eine Zeit zurück, als sich blaue Flecken durch Küsse wegzaubern ließen; möchte, dass sie Recht hat und ich zum Glück Unrecht.

»Nein«, sage ich. »Es ist wahr. Wirklich.«

»Was soll das heißen?«, fragt sie, und jetzt schwingt allmählich echte Angst in ihrer Stimme mit. Ich frage mich, ob sie ebenso groß ist wie meine.

Wir sitzen uns am Tisch gegenüber und sehen uns über die Fläche hinweg an, über die ungeheure Entfernung, so scheint es, die durch unseren Altersunterschied entsteht. Wir versuchen mehrmals ein Gespräch in Gang zu bringen, aber es will uns nicht recht gelingen.

Plötzlich lehnt sich meine Großmutter über den Tisch und packt meine Hand. »O Calum, Calum«, sagt sie. »Was sollen wir bloß tun? Was sollen wir bloß tun? Was wird wohl aus uns?«

Ihre Geste ist fast eine Kopie von der am frühen Nachmittag. Als ich ihre Hände sehe, fällt mir auf, dass ich ihr die Fingernägel nicht fertig geschnitten habe. Ich weiß nicht, was ich sagen soll. Sie hält meine Hand so verzweifelt, als könnte ich sie aus dem dunklen Sumpf eines Traums ziehen. Ich versuche, den Druck mit meinen Händen zu erwidern, denn auch ich hatte irgendwie gehofft, jemand könnte mich retten. Plötzlich brechen wir beide in Tränen aus. Wir weinen um den jeweils anderen und um uns selbst. Wir, die beide gehofft hatten, im anderen Kraft zu finden, sitzen nun hier und bieten ein Bild weinender Schwäche. Die Hunde spitzen die Ohren und winseln leise. Sie wandern zwischen uns hin und her, legen uns vertrauensvoll den Kopf in den Schoß und schauen uns in die Augen.

In der Dunkelheit unserer Angst ist es manchmal schwer, Traum und Wirklichkeit zu unterscheiden. Manchmal erwachen wir tief in der Nacht aus einem Traum, und er ist so viel schöner als die Welt, die uns umgibt, dass wir uns in seinen tröstlichen Frieden zurückwünschen. Manchmal ist es genau umgekehrt, und wir würden uns am liebsten zwicken oder unsere Knöchel gegen den eisernen Bettrahmen pressen. Und manchmal kennt der Albtraum keine Grenzen.

Während ich jetzt im Haus meiner Eltern steif im Bett liege, tauchen die vielen Bilder und Gefühle des vergangenen Tages auf und wirbeln durch die Dunkelheit innen und außen. Die Hoffnungen und Ängste meiner Vergangenheit und Gegenwart prallen aufeinander und verflechten sich. Wenn wir das Ende unserer Gegenwart vor uns sehen, wird die Vergangenheit manchmal umso bedeutsamer, denn sie ist alles, was wir haben oder zu kennen meinen. Ich merke, wie ich jetzt in die Vergangenheit zurückfalle, und hoffe, dass ich immer mehr davon habe, da mir immer weniger Zukunft bleibt. Meine sechsundzwanzig Jahre reichen nicht, und am liebsten würde ich immer weiter zurückgehen, durch frühere Generationen, damit ich mehr von dem haben kann, was jetzt so wenig scheint. Ich möchte zurückgehen, durch Aberglauben und Kräuterheilkunde, durch fatalistisches Kriegsgeschrei und schwermütiges Geigenspiel und durch die Zeit, als man Krebs mit Spinnweben kurierte. Durch das Wissen vom Dasein und seinem Ende, wie man es mit Hilfe des zweiten Gesichts und der Geistervisionen, des ahnungsvollen Hundes und der Seevögelrufe versteht. Ich möchte zurückgehen zu dem Priester mit den magischen Händen. Zu dem, der durch seinen Glauben heilt, wenn nur mein Glauben größer wäre. Zurück zu irgendetwas, aber nicht nach dem objektiven Urteilsspruch der stummen, kalten Wissenschaft sterben.

Ich sehe, wie der alte und gleichzeitig junge MacCrimmon ruhig seine eigene Todesmusik komponiert, bevor er die dunklen Ufer der nebelumwobenen Insel Skye für immer verlässt. Ich höre jetzt die Musik, sie klingt fast wie eine Glocke, auch noch, als ich ihn lautlos durch die Dunkelheit fallen sehe. Wie seltsam, überlege ich, überhaupt auf die Idee zu kommen, dass eine Geige wie eine Glocke klingen kann.

Ich stehe aus dem Bett auf, ziehe mich an und schleiche vorsichtig durch das schlafende Haus. Draußen ist es sehr ruhig. In dieser Region gibt es keine Industrie, deshalb herrscht nachts tiefe Stille. Die Musik scheint vom Meer zu kommen, aus dem ruhigen Golf, und nein, sie ist mit nichts anderem zu verwechseln. Es ist kein Vogel, kein Radio, kein rangierender Zug und kein vorbeifahrendes Auto. Sie kommt auch nicht von irgendeiner Party. Diese Musik kommt ganz von selbst und ist in ihrer fremden Art seltsam vertraut.

Und dann, fast als Antwort auf die Glocke, höre ich das Heulen der drei schwarzweißen Border Collies. Es schwebt durch die Stille der Nacht, treibt an der einsamen Küste entlang, die sich von Rankin's Point hierher zieht. Erst der älteste Hunde, dann der zweite, dann der dritte. Ich kann das Geheul der einzelnen Tiere unterscheiden, und ich verstehe die Botschaft ihrer verängstigten Stimmen. Ich kann meine Großmutter nicht mehr retten, das weiß ich, ebenso wenig, wie ich sie heute Nachmittag retten konnte.

Mein Wagen folgt den suchenden Scheinwerfern bergauf und bergab durch die dunklen Haarnadelkurven der Straße nach Rankin's Point. Manche Kehren sind so scharf, dass man den Lichtschein leicht überholt. Manchmal leuchten die Lichter geradeaus in die Dunkelheit des grünen Blattwerks, gerade wenn die Straße unerwartet nach rechts oder links abknickt und zumindest vorübergehend unsichtbar wird. Ich folge ihr mühelos, als würde ich durch einen Traum geführt.

An der »kleinen Kurve des Kummers« erfassen meine Scheinwerfer die Augen der wartenden Hunde. Sie liegen an verschiedenen Stellen mitten auf der Straße, und ihre Augen glimmen in der Dunkelheit wie angestrahlte Punkte eines Dreiecks. Mit ihrem Rot und ihrem Leuchten dienen sie als Markierungen und Warnung; ein wenig, finde ich, wie die Bojen im Hafen oder die Lichter am Rand einer Landebahn.

Sie freuen sich, als sie mich aus dem Auto steigen sehen. *Er wird wissen, was zu tun ist*, scheinen sie zu sagen. Diese Hunde sind seit Jahrhunderten dafür gezüchtet worden, zu führen und Leben zu schützen. Sie bewachen nicht Schrottplätze, Gebrauchtwagenhandlungen oder geschlossene Supermärkte, nicht Stahl und Stein, sondern Leben, das so gefährdet und ungewiss ist wie ihr eigenes. Ganz gleich, ob sie stumm losrannten, um die Schafe vor der bröckelnden Klippe zu retten oder ob sie sich neben das Lamm mit dem gebrochenen Bein kauerten, sie haben immer eng mit ihren menschlichen Herren zusammengearbeitet oder auf sie gewartet, wenn es Probleme gab, die ihre Kräfte überstiegen. Jetzt sind sie froh, dass ich da bin, und kommen mir entgegen.

Meine Großmutter liegt mitten auf der Straße, an der Stelle, wo der kleine Bach vor dem letzten steilen Anstieg die Fahrbahn überspült. Ich knie mich neben sie und nehme ihre Hände. Sie fühlen sich noch warm an, und ihre Fingernägel sind immer noch nicht geschnitten. Das ist jetzt nicht mehr nötig. An ihrem Körper sind keine Verletzungen sichtbar, und ihre Augen sind offen und starren in die Dunkelheit des Himmels. Die Brosche mit den verschlungenen Disteln ist immer noch am Kragen ihres Kleides befestigt. So sieht unser Ende aus.

Ich stehe auf und steige die steile Straße bergan, bis ich am Rand der Klippe stehe, die ins Meer hinausstößt. Ich wende den Kopf nach links und blicke an der Küste entlang, um das Haus und die Nebengebäude von Rankin's Point zu sehen, aber in der Dunkelheit kann ich nichts erkennen. Zum ersten Mal in den Jahrhunderten seit der Emigration aus Schottland gibt es am Ende dieser dunklen Straße kein menschliches Leben mehr. Ich wende mich wieder dem offenen Meer zu und gebe mir große Mühe, etwas zu sehen, aber es hat keinen Sinn. Meine Großmutter kann Prince Edward Island jetzt nicht mehr sehen, und sie wird die Insel auch nie wieder sehen können. Ich blicke in die Dunkelheit zu meinen Füßen, doch auch dort gähnt nur schwarze Leere, obwohl ich höre, wie das Wasser tief unten leise an die Felsen schwappt.

Die Musik, die meine Großmutter an dem lange zurückliegenden Morgen dieses Tages spielte, geht mir langsam durch den Kopf. Ich kann nicht sagen, ob sie von außen kommt oder von innen, und das ist wohl auch nicht wichtig. Die Dunkelheit wallt in Schwindel erregenden Wirbeln in mir auf und scheint sich nach der anderen Dunkelheit zu sehnen, die außen ist. Ich taste nach dem Halt bietenden Torpfosten oder dem festen Stuhlsitz, aber die Hand fasst ins Leere. Und dann ist es wie mit der Musik: die innere und die äußere Dunkelheit greifen nacheinander. Sie streben aufeinander zu, fließen zusammen und sind nicht mehr zu unterscheiden, sind eins wie die Vollkommenheit. Nahtlos und ohne Ton finden sie zusammen und vereinen alles.

Abschied vom Sommer

Es ist jetzt Ende August, und man kann dem Wetter nicht mehr länger trauen. Den ganzen Sommer über ist es sengend heiß gewesen. So heiß, dass die Gärten eingegangen sind und das Heu nicht gewachsen ist und die Quellen in feuchtem Matsch versickern. Die ins Meer fließenden Bäche sind zu Rinnsalen verkümmert, und die Forellen, die dort oder in den Seen im Inland leben, sind träge und schnappen schwerfällig nach Luft. Manchmal treiben sie tot im zu warmen Wasser, die Körper mit fetten grauen Parasiten bedeckt. Sie sind ganz anders als die springenden, temperamentvollen Frühlingsforellen, die in dem schnellen, klaren, kalten Wasser streiten und umherstieben, so voll quirligen Lebens, dass es den Anschein hat, kein Parasit könne sich je in ihrem Fleisch einnisten.

Für die Fische, die Brunnen und das Wachstum der Natur ist die Hitze schlecht gewesen, aber wer an den Stränden in der Sommersonne liegen wollte, für den war das Wetter ideal. Ständig bekommen wir zu hören, Nova Scotia habe ein Rekordjahr zu verzeichnen, was die Zahl der Touristen betrifft. Mehr Autofahrer denn je haben die Grenze bei Amherst passiert. Und noch mehr Fahrzeuge sind an den Fährablegern in Yarmouth gelandet. Motels und Campingplätze waren belegt. Auf den Straßen wimmelt es von Reisebussen, Wohnmobilen und Autos mit den unvermeidlichen Hummerkörben auf den Dächern. Der Tourismus boomt wie nie zuvor.

Hier, auf diesem Strand an der Westküste von Cape Breton, gibt es keine Touristen. Nur uns. Fast den ganzen Sommer sind wir hier gewesen, selbst überrascht von der Ausdauer und Beharrlichkeit der Hitze. Haben darauf gewartet, dass sie nachlässt und den Bann womöglich bricht. Ende Juli sagten wir uns: »Wenn der Auguststurm kommt, wird er alles zerschlagen.« Der Auguststurm ist das traditionelle Unwetter, das jeden August kommt, der Vorläufer der Hurrikane, die von der Karibik her aufziehen und in den Herbstmonaten peitschend über die Küste hinwegfegen. Meistens läutet der Sturm mit seinen heulenden Winden und brechenden braunen Wellen das inoffizielle Ende des Sommers ein, und er kommt manchmal schon sehr früh im August. In diesem Jahr allerdings lässt er auf sich warten, dabei dauert der Monat nur noch ein paar Tage. Trotzdem wissen wir, das Wetter kann nicht mehr lange halten, denn in einer Woche werden die Touristen fort sein, die Schulen fangen wieder an und das Leben wird wieder anders. Dann müssen wir uns irgendwie aufraffen und die Entscheidungen treffen, die wir bis jetzt verdrängt haben. Wahrscheinlich sind wir die beste Bergbaukolonne der Welt und sollten schon am siebenten Juli in Südafrika sein.

Aber noch sind wir nicht aufgebrochen, und die Telegramme von Renco Development in Toronto sind unbeantwortet liegen geblieben, die Anrufe wurden nicht erwidert. Wir warten auf den Wetterumschwung, der es uns unmöglich macht, noch länger am Strand zu liegen, und dann werden wir zum letzten Mal den steilen, gewundenen Pfad gehen, der im Zickzack die Felswand von Cameron's Point erklimmt. Oben angelangt, werden wir alle schwer schnaufen, und dann dem schmalen Weg folgen, der sich entlang der Klippe in Richtung Norden windet, bis zu der kleinen Wiese, auf der unsere Autos parken, die Motorhauben in Richtung Meer blickend und die Vorderreifen haarscharf am Rand des Abgrunds. Der Anstieg dauert ungefähr zwanzig Minuten, aber wir sind trotz unseres müßigen Sommers alle gut in Form.

Der goldgelbe Strand, auf dem wir liegen, erstreckt sich über fast achthundert Meter in einem halbmondförmigen Bogen und endet auf beiden Seiten an hohen Felsklippen. Die nördliche Klippe ist nach der Familie benannt, der früher das Land gehörte, und heißt Cameron's Point; die südliche hingegen hat keinen Namen. Die beiden Klippen schützen den Strand, halten den Wind von Norden und Süden auf und bewahren seine Ruhe.

An der Südklippe endet ein kleiner Bachlauf und fällt fast fünfzig Meter senkrecht ins Meer. Nach dem Schwimmen oder wenn wir zu lange im Sand liegen, stellen wir uns manchmal unter seinen Strahl, als sei er eine Dusche, und spüren, wie uns das frische Wasser auf Kopf, Hals und Schultern fällt und über den Körper bis zu den im Meer stehenden Füßen fließt.

Wir alle haben unsere nackten Körper schon unzählige, ungezählte Male unter dem Wasserstrahl der Duschköpfe in den Bergwerken dieser Welt gedreht. Es sind Körper, die, wenn sie vom Schlamm und Schmutz und dem Gestank der vom Sprengstoff versengten Haare befreit sind, so weiß sind wie Milch oder Elfenbein. Oder vielleicht wie Leprakranke. Jedenfalls zu weiß, um richtig gesund zu sein; denn wenn wir arbeiten, sind wir oft zwölf Stunden in der Schachtsohle oder in den Ausrichtungsstrecken und kommen nicht oft an die Sonne. Den ganzen Sommer über konnten wir sehen, wie unser Körper Farbe annahm und unser Haar ausbleichte und immer heller wurde. Nur die Narben, die alle von uns haben, reagieren nicht auf die heilende Kraft der Sonne. Sie treten jetzt noch deutlicher hervor, die langen rosafarbenen Striemen auf den Innenseiten unserer Unterarme und die gezackten schartigen Linien auf unseren muskulösen Waden.

Bei vielen von uns hängt eine Schulter tiefer, weil wir von herabfallendem Gestein getroffen wurden oder von dem riesigen Greifer, der in der Enge der Schachtsohle über uns schwingt. Außerdem können wir unsere Arme nicht über den Kopf heben, und die leichten Arthritisanfälle in unseren Rücken und Schultern werden noch verstärkt durch das kalte Wasser, das bei der Arbeit ständig auf uns tropft. Die wenigsten von uns besitzen noch alle Finger, und einige haben durch fallende Werkzeuge, explodierte Zündkapseln, versprengtes Gestein oder umgestürzte Balken ein Auge oder Ohr verloren. Am meisten aber fürchten wir Verletzungen an den Füßen. Der Verlust von Zehen oder ein Schaden an den kompliziert gebauten Fersen und Knöcheln heißt, dass wir unsere aufrecht stehenden Körper in den knochenharten Zwölf-Stunden-Schichten nicht tragen können. Und ein verletzter Fuß bedeutet, dass der andere das doppelte Gewicht aushalten muss, was nur kurz möglich ist, ehe schlechte Durchblutung einsetzt, das Bein einschläft und ebenfalls untauglich wird. Wir sind alle starke Männer, und bei einer Körpergröße von eins achtzig und fast neunzig Kilo Gewicht haben unsere Füße auch ohne zusätzliche Belastung schon jede Menge zu tragen.

Wir registrieren immer sehr genau, wo der Schmerz in unseren Körpern kneift und zwickt. Selbst spätnächts, wenn wir schlafen, durchfährt er uns manchmal unerwartet wie ein elektrischer Stromstoß, treibt uns die Tränen in die Augen und führt dazu, dass wir die Fäuste ballen, bis unsere Knöchel weiß werden und die Fingernägel sich in die Handflächen bohren. Dann wechseln wir verzweifelt die Stellung oder betäuben uns mit dem Alkohol, der in Wassergläsern neben uns steht.

Während wir jetzt so am Strand liegen und die äußeren Narben auf unseren Körpern sehen, fällt uns wieder ein, wie sie zustande kamen. In bekleidetem Zustand sieht man nicht so deutlich, welchen Preis wir für das zahlen, was wir tun.

Neben uns auf dem Strand liegen weiße, mit Alkohol gefüllte Plastikflaschen. Es ist reinster schwarz gebrannter Schnaps, hergestellt von unseren Verwandten weit hinten in den Hügeln, und man kann ihn nirgends kaufen. Auch wir bekommen ihn nur geschenkt oder als Gegenleistung für lange zurückliegende Gefälligkeiten: für das Heimbringen von Toten, für kleine, nicht zurückgezahlte Darlehen oder freundliche Gesten gegenüber inzwischen verstorbenen Großmüttern. Er ist klar wie Wasser, und wenn man ein Streichholz an einen Teelöffel voll hält, brennt die Flüssigkeit mit der niedrigen blauen Flamme einer Votivkerze ab, bis sie völlig verdampft ist und der Löffel heiß und trocken zurückbleibt. Wenn wir hier fertig sind, füllen wir die Reste in Wodkaflaschen und nehmen sie mit auf die lange Fahrt nach Toronto. Sobald wir uns entscheiden aufzubrechen, fahren wir schnell und zügig durch, denn wir haben alle große Autos: Cadillacs mit eingedellten Kühlern und Lincolns und Oldsmobiles. Wir werden oft wegen Geschwindigkeitsübertretung angehalten, auf der Strecke außerhalb von Mount Thom, beim Passieren des Wentworth Valley, auf der schmalen Straße nach Fredericton oder auf der schnellen, geraden Straße, die nach Rivière-du-Loup führt, und manchmal sogar auf dem Highway 401. Wenn wir sagen, dass wir in wenigen Stunden nach Afrika fliegen müssen, werden wir selten mit einer Geldstrafe belegt, und manchmal dürfen wir das Bußgeld gleich zahlen. Wir haben keine Lust auf die Scherereien und zähen Verhandlungen, die es nach sich zieht, wenn man illegal gebrannten Schnaps über die Provinzgrenzen mitnimmt. Das Bußgeld für geöffneten handelsüblichen Alkohol liegt fast überall unter fünfzehn Dollar, und die durchsichtigen Wodkaflaschen zeigen und bewahren ihr Geheimnis zugleich.

Aber noch sind wir nicht bereit zu gehen; wir liegen in der Sonne und gießen die klare weiße Flüssigkeit in Styroporbecher, trinken sie dann in langen, brennenden Schlucken und spülen manchmal mit einem Mundvoll Pepsi, Limonade oder Tonic nach. Kein Mensch stört uns hier, weil die Bucht so unzugänglich ist. Wir sehen jede Gestalt, die sich uns aus einer Entfernung von über einer Meile nähert, als Schatten auf der einsamen Klippe und dem steinigen, tückischen Fußweg, der den einzigen Zugang zu unserem Strand bildet. Keiner der Polizisten, die diese Region überwachen, stammt aus der näheren Umgebung, und wahrscheinlich wissen sie gar nicht, dass es diesen Strand überhaupt gibt. Außerdem existiert von Amts wegen keine öffentliche Straße, die zu der Klippe führt, auf der unsere Autos jetzt stehen. Nur vage Pfade und Schafsspuren ziehen sich durch das verdorrte Gras und rings um die Erlengruppen und Heidelbeerbüsche, um die aufragenden Steine und morschen Baumstümpfe. Die elastischen jungen Fichten scharren an den Auspufftöpfen und Ölpfannen unserer Autos und zerkratzen die Türen. Noch Hunderte von Meilen weiter, wenn wir in Quebec oder Ontario am Straßenrand halten, werden wir kleine Zweige von genau diesen Fichten finden, eingeklemmt im Kühlergrill oder in den Scheinwerfern. Dann entfernen wir sie und nehmen sie mit nach Afrika, als Erinnerungsstücke, Talismane oder Symbole unserer Identität. So wie unsere Vorfahren aus dem schottischen Hochland, die über Jahrhunderte hinweg provisorische Abzeichen aus Heidekraut oder Blaubeeren flochten, um sie auf die Schlachtfelder dieser Welt mitzunehmen. Vielleicht suchten sie die Vertrautheit der Heimat und wollten sich ihrer selbst vergewissern, weil sie dem Tod immer so nah waren. Wir liegen jetzt in der glühenden Sommerhitze, in der die Zeit stillzustehen scheint.

Draußen auf dem flachen glatten Meer sehen wir die Fischer bei der Arbeit. Sie verdienen nicht mehr viel Geld, und nur noch wenige nehmen die Fischerei ernst. Sie sagen, die großen Fabrikschiffe aus Russland, Spanien und Portugal hätten die Meere überfischt. Und es stimmt, in den stillen, warmen Nächten sieht man die Lichter dieser schwimmenden Fabriken hell vor der Küste leuchten. Sie erinnern an merkwürdige, bewegliche, leuchtende Städte, und wenn sie weit draußen sind, scheinen sich ihre lodernden Lichter mit denen der Sterne zu vermischen. Die Fischer vor uns auf dem Meer sind meist ältere Männer und größere Jungen. Großväter mit Enkeln, die ihre uralten Rituale ausüben. Bevor sie mittags um eins oder zwei nach Hause fahren, steuern sie die kleinen Boote in unsere ruhige Bucht, bis der Bug fast den Sand berührt. Dann werfen sie uns schimmernde blauschwarze Makrelen zu, silberne Heringe und braunweiß gestreiften Kabeljau, plaudern eine Weile mit uns und erzählen uns alles, was wir ihrer Meinung nach wissen sollten. Im Gegenzug werfen wir ihnen die weißlichen Plastikflaschen zu, damit sie einen Schluck des reinen klaren Inhalts trinken. Manchmal verfehlen die älteren Männer das zugeworfene Gut, und die weißen zylindrischen Flaschen landen im Meer, wo sie wie Markierungsbojen oder wie die Plastikente eines Kindes in der Badewanne hin und her schaukeln, bis jemand sie mit einem Fischhaken ins Boot angelt oder sie an Land zurückgespült werden. Später braten wir den Fisch über kleinen knisternden Lagerfeuern aus Treibholz. Auch dies kann, wie wir wissen, nicht mehr lange weitergehen.

Auf den ruhigen Friedhöfen im Inland sind die Toten begraben. Hinter den kleinen weißen Holzkirchen und unter den Grabsteinen aus glänzendem schwarzem Granit liegen sie zur letzten Ruhe. Bevor wir aufbrechen, werden wir sie besuchen, um für sie zu beten und uns zu verabschieden. Vielleicht bekommen wir dann Angst, wenn wir die Daten unserer Brüder, Onkel und Cousins lesen, wenn wir uns an ihre Jugend und ihr Lachen erinnern oder an den Ort und die Art ihres Todes.

Der Tod in den Schächten und Strecken ist immer gewalttätig, und oft ist der Körper so zerquetscht oder verstümmelt, dass man ihn nicht mehr ordentlich zusammenfügen kann, um den Toten im Sarg zu zeigen. Die meisten von uns haben schon irgendwann einmal die grausigen Überreste solcher Männer begleitet und sie, in Plastiksäcken verpackt, in Zügen, Flugzeugen und Autos nach Hause gebracht, um sie dann beim örtlichen Leichenbestatter abzuliefern. An den zwei oder drei Tagen der Totenwache oder bei der einsamen Nachtwache am Sarg, abgehalten in Wohnzimmern und altmodischen Salons, erinnern nur Gedanken und Jugendfotografien an die physische Wirklichkeit, die so verunstaltet und entstellt in dem grauen, versiegelten Sarg liegt. Das ansprechendste Foto wird auf den Sargdeckel gestellt, um uns an das zu erinnern, was einst war. Daran muss ich jetzt denken, an die vielen jugendlichen Todesfälle, die ich miterlebt habe, und an die langen Heimreisen in anderen Jahreszeiten und anderen Jahren. An das Ausheben von Gräbern in bitterer Februarkälte, an das Wegschaufeln der Schneewehen von der kahlen Erde, dann das Knirschen der Spitzhacke im gefrorenen Grund, die sprühenden Funken von Stahl auf Stein und das Kratzen von Schaufeln auf Erde und Fels.

Vor ungefähr zwanzig Jahren, als ich zum ersten Mal in den Uranbergwerken in Elliot Lake und dem nur kurzlebigen Bancroft in Ontario war, hatten wir Probleme, unsere Toten auf den letzten Meilen zu ihren hohen weißen Häusern zu transportieren. Im Winter mussten wir Pferde und Schlitten verwenden, um sie die letzten Hügel hinaufzufahren. Wir standen bis zur Brust im Schnee und entfernten oft Fensterverschalungen, damit wir den Sarg zum letzten Mal hinein- und dann wieder herausreichen konnten. Und manchmal, im frühen Frühling, wenn der nachlassende Frost und der schmelzende Winterschnee die Bäche in rote tosende Flüsse verwandelte und aus den Schotterstraßen, die in die Berge führten, glitschige und unpassierbare Wege machte, mussten wir ebenfalls auf Pferde zurückgreifen. In diesen Jahreszeiten brachen die unterirdischen Quellen unter den Straßen manchmal in winzige Geysire aus, die ihr Wasser nach oben spritzten und die Fahrbahn in ihrer Umgebung in blubbernde Sümpfe verwandelte, in denen die Fahrzeuge bis zu den Radkappen und Achsen versanken.

Im November ist der Regen an den Gräbern eisig und kalt. Er fällt uns in den Nacken und spritzt den roten Schlamm auf unsere glänzenden Schuhe und die Hosenbeine unserer teuren Anzüge. Der Dudelsackpfeifer spielt »Flowers of the Forest«, nachdem der Fiddler vorher seine Klagelieder von der hohen Chorempore gespielt hat. Bei der Musik richten sich uns jedes Mal die Nackenhaare auf, denn sie holt unseren rasenden Schmerz hervor und wühlt in den dunklen Tiefen unserer großen Trauer. Manchmal rufen die Angehörigen gälische Abschiedsworte am Grab und werfen sich in den Schlamm oder auf den Sarg, wenn er an den Riemen in die gähnende Erde gesenkt wird.

Vor fünfzehn Jahren, als in Springdale, Neufundland, die Balken nachgaben, kam mein jüngerer Bruder ums Leben; er lag zerquetscht und geschunden inmitten des stetig tropfenden Wassers auf einem Bett aus Steingeröll. Wir konnten ihn nicht rechtzeitig aus dem Schacht holen, und die ganze Zeit quollen ihm die Augen aus dem Kopf und seine Körperflüssigkeiten flossen lautlos auf den glitzernden Stein. Aber schon als wir ihm zu helfen versuchten, merkten wir, dass unsere Mühe vergeblich war und er nicht durchhalten würde, auch nicht oben, über der Erde. Er würde nicht lange genug durchhalten, um ihn auf irgendeine Weise medizinisch zu retten. Und noch während der Druck seiner einst starken Hand auf der meinen nachließ und sein Atem anfing zu rasseln, sahen wir, die Zeugen und Überlebenden seines Todes, den weltlichen Weg, der vor uns lag: Der Bericht an die örtlichen Behörden, die Erklärungen gegenüber der Firma, der Polizei, dem amtlichen Leichenbeschauer und dann die schwierigen, auf Sammelanschlüssen und mit schlechter Verbindung geführten Telefonate oder, wenn diese nicht funktionierten, die rationelleren und unpersönlicheren gelben Telegramme. Die Dunkelheit des mitternächtlichen Anrufs scheint mit der Zeit irgendwie zu verblassen oder sich zu verändern und neu erschaffen zu werden, wie die Balladen und Geschichten aus der einsamen fernen Vergangenheit. Bei jeder neuen Wiedergabe wird der Inhalt ein wenig verändert, so wie sich auch die Erzähler der Geschichten verändern und anders, älter, bitterer oder ruhiger werden. Es kann passieren, dass man Beschreibungen von Telefongesprächen hört, die man selbst vor zehn oder fünfzehn Jahren geführt hat, und man kaum etwas wiedererkennt, außer dem unbestreitbaren Körnchen Wahrheit, das im Mittelpunkt der enthaltenen Neuigkeiten stand. Das gelbe Telegramm hingegen mit seiner ungeschminkten Botschaft ist direkter und dauerhafter, und es wird niemals weggeworfen. Es wird aufbewahrt in Vasen und in Bibeln und in Schubladen unter weißen Hemden, und manchmal fällt es, Jahre später, einem anderen in die Hände, in kleinen Sandelholzkästchen, die Babylocken des Toten enthalten, oder es steckt in den winzigen Schuhen, in denen er laufen lernte. Eine schlichte Todesanzeige der offiziellen Art.

Mein Bruder starb am einundzwanzigsten Oktober in Springdale, Neufundland, und als wir seinen Leichnam nach Hause brachten, war der Herbst schon weit fortgeschritten. Auf den hohen bewaldeten Hügeln leuchteten

Bergeschen, Zitterpappeln und scharlachrote Ahornbäume in lodernden Farben unter den schwächer werdenden Strahlen der Herbstsonne. An anderen Tagen fiel Regen, der hin und wieder zu Schneeregen oder kleinen harten Hagelkörnern wurde. Manchmal schien morgens die Sonne, um am Nachmittag den Launen eines jähen Niederschlags zu weichen. Und manchmal zog eine Wolkendecke bei Sonnenschein über das Land, versperrte kurz die Sicht auf die Sonne und warf Schatten, als flöge ein Riesenvogel über den Himmel. Wenn wir unter einer solchen dahingleitenden Wolke standen und ihren kurzen Regenguss abbekamen, sahen wir nur eine Meile entfernt die Sonne scheinen. Obwohl die Wärme greifbar nahe war, spürten wir nur die Kälte des eisigen Regens. Aber als wir das Grab meines Bruders aushoben, schien keine Sonne. Nur ein unbarmherziger Regen fiel auf uns herab. Er verwandelte den bröckelnden Lehm in schlüpfrigen Schlamm, der so glitschig und glänzend war wie der auf einer Töpferscheibe, nur meist viel schwieriger zu handhaben. Als wir einen guten Meter tief gegraben hatten, gaben die Erdwände ringsherum nach und begannen zu rutschen und zu bröckeln, sodass die Erde auf unsere Gummistiefel fiel und gegen unsere durchnässten Hosenbeine drückte, die ganz klamm an unseren blau geäderten Beinen klebten. Je tiefer wir gruben, umso heftiger regnete es, die Tropfen fielen uns von den Augenbrauen und Nasen, und eisige Bäche liefen uns den Nacken hinab über den Rücken und die Beine und in unsere schlammigen quatschenden Stiefel. Als wir die erforderliche Tiefe fast erreicht hatten, stürzte plötzlich eine Wand, von der sich ständig kleine Brocken gelöst hatten, ganz ein und fiel mit einem mächtigen Rutsch auf uns herab. Wir gruben an unserer traditionellen Familiengrabstelle, und als die Wand nachgab, glitt die Kiste, die den Sarg meines Vaters enthielt, mit herunter. Er war damals seit fünf Jahren tot, in Kirkland

Lake war er bei einer Explosion zerfetzt worden, und man hatte den Sarg vor der Beerdigung versiegelt. Der Erdrutsch jagte uns einen entsetzlichen und irrationalen Schreck ein und wir stemmten uns mit dem Rücken gegen die zersplitterte, auseinander fallende Kiste, voller Angst, sie könnte umkippen, auf uns fallen und irgendwelche verwesenden sterblichen Überreste aus jenem vergangenen Teil unseres Lebens über uns ergießen. Gebeine mit wenig Fleisch, aber womöglich grüne, sich zersetzende Knochen oder silberne, verfilzte Haarsträhnen.

Wir hatten den Sarg festgehalten, mit dem Rücken stützten wir ihn im strömenden Regen, bis jemand Kanthölzer brachte, um die neue Grabseite abzustützen und dem verwesten Toten die letzte Ruhe zu bewahren. Ich hatte große Angst, als ich damals den alten Toten im bebenden Schlamm hielt, damit wir in dem gleichen engen Raum aus rutschender Erde und knackendem Holz Platz für den neuen schaffen konnten. Bei der Beerdigung am nächsten Tag regnete es immer noch, und als ich das künftige Grab meines Bruders sah, mit den wackligen Balken und der Erde, die damit abgestützt werden sollte, kam es mir vor wie eine Variante dessen, was ihn umgebracht hatte.

Während ich so in der gefährlichen Hitze dieses stillen, sengenden Sommers liege, wünsche ich mir, dass solche Gedanken und Visionen vom Tod sich lichten mögen wie die Nebel vom Meer am Beginn eines neuen Tages und dass ich trocken und gewissermaßen entleert auf diesem glühenden, feinen Sand zurückbliebe.

In Afrika wird es auch heiß sein, obwohl die Regenzeit bevorsteht, und auf dem Buschland wird die Hitze flirren, und die fremden, feingliedrigen Tiere werden darüber hinwegziehen, auf Wegen, die älter sind als das Gedächtnis. Die Nomaden werden ihren blökenden, ständig nach Gras und Feuchtigkeit suchenden Ziegenherden folgen, und die

Frauen werden Tonkrüge mit Wasser auf dem Kopf tragen oder Körbe mit Kleidern, um sie gegen die Steine zu klatschen, sobald man auf Wasser stößt.

In meinem eigenen weißen Haus wäscht meine Frau die ständig abnehmende Wäsche inmitten einer zunehmend verwirrenden Batterie von Geräten. In ihrer Küche, im Waschraum und im ganzen Haus wimmelt es von glänzendem Porzellan und Email und einer geordneten Reinlichkeit, die ich inzwischen nicht mehr verstehe. An mir und meiner Arbeit gibt es wenig, das sauber und ordentlich ist, und ich gerate immer wieder leicht ins Staunen, wenn ich den Lohn aus der Gewalttätigkeit und dem Schmutz meiner Arbeit in diesen perfektionistischen Glanz umgesetzt sehe. Oder die Leichtigkeit der weiß-gelben Vorhänge, die sauber und frisch im Wind wehen. Wir dagegen verbringen den Großteil unseres Arbeitslebens in groben primitiven Baracken, die am Eingang des Bergwerks hochgezogen werden. Unsere Betten sind aus Holzbohlen gebaut, die wir manchmal selbst grob zusammennageln, und wir schlafen zu zweit oder zu viert in einem Zimmer oder, in der Erschließungsphase eines Bergwerks, manchmal auch in riesigen »Schafsbockställen«, wo man zwanzig, dreißig oder gar vierzig Männer in einem großen, rechteckigen Raum ohne Trennwände zusammenpfercht. Solche Räume gleichen Krankenstationen, nur fehlt ihnen die Privatsphäre von trennenden Vorhängen, und sie sind immer, bei Tag und bei Nacht, mit den Geräuschen von Männern erfüllt, die schnarchen und husten oder in Dosen neben ihren Betten spucken; erfüllt von dem unzusammenhängenden Ächzen und Murmeln unruhiger Schläfer und den dumpfen Schlägen von Männern, die im Halbschlaf stöhnend ihre passiven Kissen lieben. In Afrika werden wir halb nackt unter behelfsmäßigen Moskitonetzen schlafen und gelegentlich den Regen auf den Wellblechdächern hören. In Yukon, wo es im Winter fast rund um die Uhr dunkel ist, haben wir in Schlafsäcken geschlafen, mit Decken beschwert und umgeben von verschiedenen Heizgeräten, aber als wir aufwachten, sahen wir unseren Atem dennoch als Dunst im kalten Strahl der Taschenlampe.

Es ist schwer, meiner Frau solche Dinge zu erklären, und im Lauf der Jahre haben wir uns immer weiter auseinander gelebt. Bei unseren seltenen Wiedersehen begegnen wir uns fast wie schüchterne Fremde, und die meiste Zeit kommunizieren wir über weite Entfernungen in Form von fruchtlosen, nichts sagenden Briefen oder von Schecks, die das, was wir früher für Liebe hielten, durch Geld ersetzen. Manchmal kommen die Schecks nicht einmal von mir, denn in den afrikanischen Entwicklungsländern ist die politische Situation oft unsicher, und nordamerikanisches Geld wird dann plötzlich und geradezu willkürlich »eingefroren« oder »verstaatlicht«, sodass man es weder abheben noch überweisen kann. In solchen unruhigen Zeiten und Ländern erhalten Bergbaukolonnen wie wir wenig oder gar kein Geld, nur Lohnstreifen, die unseren Verdienst ausweisen, der in den großen Banken von New York, Toronto oder London hinterlegt und unseren Familien als monatlicher Scheck zugestellt wird.

Ich möchte zurückgewinnen, was früher zwischen mir und meiner Frau war, ob echt oder eingebildet. Die langen Nächte, in denen wir uns leidenschaftlich liebten und die so kurz schienen, die Entstehung und die Geburt unserer sieben Kinder. Und doch war ich bei der Geburt von keinem meiner Kinder zu Hause, nur bei ihrer Zeugung. Ich war nicht da, als zwei von ihnen kurz nach der Geburt starben, und ich bin nicht da gewesen, um mich zusammen mit den anderen fünf an den vielen Leistungen während ihrer Kindheit und Jugend zu freuen. Ich habe nur an wenigen Elternabenden oder Eishockeyfesten für Väter und Söhne teilgenommen, und kaputte Dreiräder oder Puppen mit verbogenen Beinen wurden von anderen Händen repariert, nicht von mir.

Meine Frau scheint jetzt ständig in einer Welt von Avocadoschälern, häuslicher Sauberkeit und stellvertretenden Erfahrungen zu leben, die ihr die endlosen Seifenopern bieten, mit denen sie ihre Fernsehnachmittage füllt. Vielleicht geht sie in diesem Leben genauso auf wie ich in der Welt der Schächte, wo ich mich immer weiter nach unten und nach außen grabe, durch unbekannte Tiefen und Entfernungen, und dabei immer einsamer und eigenwilliger werde und unzugänglich für jede Kommunikation. Aber das überrascht uns nicht und keiner macht dem anderen einen Vorwurf, denn auch sie stammt aus einer Bergarbeiterfamilie und wuchs größtenteils mit dem Geld auf, das ein abwesender Vater nach Hause schickte. Vielleicht werden wir einfach nur wie die vorherige Generation.

Aber es gibt auch heute noch Augenblicke, in denen mir der Sommer unserer Hochzeit fast körperlich gegenwärtig ist oder unsere Flitterwochen und wie sie die Texte der populären Lieder in meine damals noch aufmerksamen Ohren sang. Den ganzen Winter über hatte ich in einer Kolonne in Uranium City gearbeitet und so lange ohne richtigen Radioempfang gelebt, dass ich keine Ahnung von der Musik der damaligen Hitparade hatte. Mich befiel immer eine leichte Panik, wenn ich ganze Tanzsäle voller Menschen laut Lieder singen hörte, die in meiner Abwesenheit aufgekommen und bekannt geworden waren und die ich nie gehört hatte. Als wäre ich auf einer Reise im Land der Toten gewesen.

Inzwischen hätte es wenig Sinn, mir bekannte Textzeilen ins Ohr zu flüstern, denn das unerbittliche Dröhnen der Bohrhämmer in die festen Steinwände hat mich im Lauf der Jahre teilweise taub gemacht. Ich verstehe nicht mehr viel von dem, was meine Frau und meine Kinder zu mir sagen, und mit den Männern in meiner Umgebung verständige ich mich durch Nicken und Gesten und das Ablesen vertrauter Lippen. Und was die Musik angeht, so haben die meisten von uns die Hitparaden längst hinter sich gelassen und sind wieder bei den gälischen Liedern gelandet, die wir noch aus der Kindheit kennen. Dies sind die Lieder, die wir jetzt auf diesem heißen Strand summen und die wir später, wenn wir gehen, mit auf die Reise nehmen.

Vielleicht sind wir zu den gälischen Liedern zurückgekehrt, weil sie so beständig und gleich bleibend sind und aus ihnen das Vertraute zu uns spricht. Als Jugendlicher und junger Mann war mir gar nicht bewusst, dass ich Gälisch verstehen oder sprechen konnte, und ich pflegte eine recht ungenierte Verachtung für jene, die es taten. Erst in der Einsamkeit der Gruben begann es in mir hochzusprudeln, und ich war selbst ziemlich überrascht, dass es überhaupt vorhanden war. Als wäre es durch einen merkwürdigen osmotischen Prozess in mein Unterbewusstsein gedrungen, während ich ahnungslos aufwuchs. Ich wuchs auf, ohne die Umgangssprache, von der ich umgeben war, wirklich wahrzunehmen. In den Bergwerken oder hier am Strand sprechen wir jetzt fast nur noch Gälisch, obwohl es zu Hause in unseren Familien niemand mehr spricht. Inzwischen gibt es in der Umgebung eine Wiederbelebung des Keltischen, weitgehend gefördert durch staatliche Zuschüsse, und in den Schulen bringt man den jüngeren Kindern in ein paar kurzen Stunden pro Monat einzelne gälische Wörter bei. Diese Wiederbelebung unterscheidet sich sehr von der unseren und sie ist für uns, wie so vieles andere, ziemlich unerheblich und größtenteils an uns vorbeigegangen. Einmal allerdings sangen wir unsere gälischen Lieder bei verschiedenen keltischen Konzerten, die ein wichtiger Teil der Sommerkultur geworden sind, und dabei wurden wir von den klugen jungen Lehrern, die solche Veranstaltungen leiten, als MacKinnon's Miner's Chorus angekündigt; doch auch das war so einsam und unerheblich wie bedeutungslos. Wir kamen uns vor wie unsere eigenen Parodien, als wir da in Reihen standen, angetan mit unserer Bergmannskluft, oder als man uns bat, uns zu rasieren und Anzüge zu tragen, und wir mit Rum versorgt wurden, während wir auf unseren Auftritt warteten, nur um dann unsere Lieder zu singen, vor Batterien von Kassettenrekordern und Menschen, die sie nicht verstanden. Die ganze Veranstaltung lief dem eigentlichen Sinn der Lieder völlig zuwider: Sie war aufgesetzt, künstlich, wenig spontan und entbehrte jeder Kommunikation.

Ich habe gehört und gesehen, wie die Zulus tanzen, bis die Erde bebte. Ich habe gesehen, wie große, stolze Männer springen und sich mit ihren Körpern wirbelnd über festgetrocknete flache Erde bewegen. Und ich habe ihre Gesten verfolgt, ihren Rufen gelauscht, ihnen in die Augen gesehen und dabei gehofft, ich könnte vielleicht die Bedeutung ihrer Kunst verstehen. Ich habe gehofft, in alldem eine Botschaft zu finden, die nur einfachen Menschen zugänglich ist. Und obwohl ich glaube, ihre Freude, Verzweiflung und Verachtung flüchtig erkannt zu haben, tanzen sie letzten Endes wohl hauptsächlich für sich selbst. Ihr Tanz spricht eine Sprache, deren wahre Bedeutung sich mir für immer verschließt. Ich werde nie die ganze Bandbreite der Feinheiten und Nuancen erfassen, die in einer kleinen knappen Kopfbewegung liegt oder im Zucken eines bestimmten Muskels.

Ich würde gern genauer verstehen, was sie zu sagen haben, in der vagen Hoffnung, dass es vielleicht dem entspräche, was sich in unserem eigenen Gesang ausdrückt. Dass es eine Botschaft gäbe, die wir teilen. Aber ich kann mich nie tief genug in ihre Erfahrungswelt versetzen, kann nie zu den inneren Rätseln durchdringen, die sich hinter dem Blick ihrer Augen verbergen. Vielleicht, denke ich mir manchmal, erwarte ich ja zu viel. Trotzdem hätte ich damals, als wir bei diesen Konzerten sangen, gern über die Kassettenrekorder und die unbeteiligten Gesichter hinweg etwas Wesentlicheres und Bleibenderes berührt. Aber letzten Endes sah es so aus, dass auch wir nur für uns sangen. Dass wir Lieder in einer altertümlichen Sprache sangen und dabei selbst immer altertümlicher wurden, während wir feststellten, dass das beifällige Kopfnicken und die zugerufenen Reaktionen aus den Reihen unserer eigenen Freunde und Verwandten kamen. In vielen Fällen den gleichen Menschen, von denen wir die Lieder ursprünglich gelernt hatten. Lieder, die größtenteils persönlich und regional begrenzt sind und in der Übersetzung leicht ihre ganze Bedeutung verlieren. Und doch heißt es in der Einleitung zu dem Literaturtext, den meine älteste Tochter von der Universität mit nach Hause bringt, dass »die persönliche Erfahrung, so sie gekonnt artikuliert wird, eine Anziehungskraft ausüben kann, die über die Grenzen von Zeit und Landschaft hinweg universal ist«. Ich habe diese Bemerkung mehrmals gelesen und versucht, ihre Bedeutung auf mich zu beziehen.

Als Junge sagte mir mein Vater, man könne das Wesen alles Erotischen erst begreifen, wenn man diesbezüglich eine positive Erfahrung gesammelt hätte, und es habe wenig Sinn, das Ganze verstehen zu wollen, indem man einschlägige Literatur lese oder entsprechende Bilder betrachte oder den wirklichen oder eingebildeten Erlebnissen älterer Männer zuhöre. Als könne einem auf dem Weg, den man gehen muss, um Verständnis zu erlangen, das geschriebene oder gesprochene Wort oder ein pornographisches Bild nur ein kleines Stück weiterhelfen. In den frühen Tagen solchen sehnsüchtigen, forschenden Lesens wurde der Geschlechtsakt sehr oft mit dem Fliegen verglichen. Damals ein erschreckender Vergleich für unschuldige junge Männer, die noch nie in einem Flugzeug gesessen hatten. Wenn unser ermüdender Flug nach Afrika allerdings so verläuft, wie unsere anderen Flüge an weit entfernte Orte, werden wir ihm wohl nichts Erotisches abgewinnen können.

In unseren Familien reden wir kaum über den bevorstehenden Flug oder über den Ort, an dem wir landen. Wir schicken lediglich die fast schon obligatorischen Postkarten mit Bemerkungen über das Wetter auf fernen Kontinenten und Meeren. »Alles läuft wie erwartet«, wird darauf stehen, oder: »Es geht gut.« Postkarten, deren aufregendstes Merkmal die exotischen Briefmarken sind, heiß begehrt bei den jüngeren Kindern, zum Herumzeigen und Erzählen.

Ich habe es längst aufgegeben, den Geschlechtsakt beschreiben zu wollen oder ihn mir beschreiben zu lassen. Vielleicht genügt es, wenn man weiß, dass er mit dem Fliegen nichts zu tun hat, obwohl ich ja nicht weiß, wie er wirklich ist. Man hat es mir nie erklärt und ich wiederum kann es auch nicht erklären. Aber ich würde denen, die ich liebe, gern meine Arbeit zeigen und einige meiner verschütteten Gefühle erklären, wenn sie mir nur zuhören wollten.

Ich möchte meiner Frau und meinen Kindern etwas von der Art erzählen, in der ich die Jahre auf dem Weg zu meinem unvermeidlichen Tod verbringe. Ich würde gern erklären, wie es ist, ein Gladiator zu sein, der ständig gegen die Passivität des Wassers kämpft, das unentwegt auf schwarzen Stein tropft. Und wie es ist, wenn man sein Leben lang in der Enge eines begrenzten Raums arbeitet. Ich möchte irgendwie erklären, wie mir zumute war, als ich meinen Vater in Kirkland Lake verlor oder meinen jüngeren Bruder in Springdale, Neufundland. Ich möchte erzählen, wie sehr mich meine Arbeit manchmal ängstigt. Und wie ich nachts wach liege und mir meines eigenen Verfalls bewusst bin und sehe, wie die Zahl der Männer um mich herum abnimmt. Wir wissen alle, dass wir nicht mehr lange durchhalten und unser Platz in der Schachtsohle wahrscheinlich nicht mehr durch Männer von unserem eigenen Fleisch und Blut ersetzt wird. Denn diese Art des Ersetztwerdens gehört, wie unser Gälisch, der Vergangenheit an und hat sich weitgehend überholt.

Unsere Söhne werden auf Universitäten gehen, um Zahnmedizin zu studieren oder Jura und um schnell reich zu werden, bevor sie dreißig sind. Männer, die über eins achtzig groß sind und die mit ihren dicken, unbeholfenen Fingern in dem begrenzten Raum herumfummeln, den anderer Leute Münder bieten. Oder Männer, die hinter Schreibtischen sitzen und Unterlagen sortieren, in denen es um Scheidung, Diebstahl, Körperverletzung oder das Auslöschen von Leben geht. Die wohlhabend werden, weil es Schmerz und Kummer und das Elend menschlichen Versagens gibt. Sie werden nicht viel mit körperlicher Bewegung zu tun haben, und wenn doch, dann nur beim Joggen, beim Golf oder beim Handballspielen mit netten Kollegen. Aus purer Lust am Schwitzen werden sie Mitglieder in teuren Fitnessclubs, und sie sterben nicht unter herabstürzenden Gesteinsmassen oder in kaltem Wasser oder Tausende von Meilen entfernt von ihren Familien. Und dass sie nicht so sterben, liegt zum Teil auch daran, dass wir ihnen davon abgeraten und sie ermutigt haben, andere Lebenswege zu suchen, die, so hoffen wir, zu einem sanfteren Tod führen. Aber gerade weil sie unserem Rat zu folgen scheinen und nicht unserem Leben, werden wir in der uns bestimmten Zukunft eine zunehmende quälende Isolation empfinden und ein spöttisches Gefühl sprachloser Trauer. Vielleicht geht es allen Eltern so, die den Jungen einen Rat geben und dann merken, er wird befolgt. Und die außerdem feststellen, dass jene, die solche Ratschläge befolgen, sich weit von denen entfernen müssen, die sie erteilen, und in ferne, einsame Welten ziehen, die den Zurückgebliebenen für immer verschlossen sind. Aber vielleicht finden auch jene, die fortgehen, nur eine andere Art von rätselhafter Einsamkeit in den Regionen, durch die sie reisen. Vielleicht fühlt der Zahnarzt eine stumme Angst, wenn er seinen Stuhl dreht, und der Anwalt, der in einer Welt von Wörtern lebt, findet wenig Bezug zwischen Berufsjargon und dem, was er unter einem echten Gespräch versteht. In seinem tiefsten Inneren singt vielleicht auch er so etwas Ähnliches wie gälische Lieder, singt er in einer alten archaischen Sprache geheime Worte, die niemanden erreichen. Und vielleicht reisen beide, Anwalt und Zahnarzt, in ein Afrika, das so ist wie unsres: tief und dunkel und fern. Aber was ich nie wissen werde, kann ich mir nur vage vorstellen.

Ich habe mir immer gewünscht, meine Kinder könnten mich bei der Arbeit sehen. Dass sie zusammen mit mir im tropfenden Förderkorb in den Schacht hinunterfahren oder durch die langen unheimlichen Stollen gehen, die in Wänden aus starrendem Stein enden. Und dass sie sehen, wie gewandt wir in der Ausübung unserer Arbeit sind. Dass sie die Genauigkeit unserer Bohrlöcher bewundern, die Berechnung unserer Winkel oder das Bemessen des Sprengstoffs, und dass sie verstehen, dass alles, was wir durch Auge, Ohr und Tastsinn wissen, wertvoller ist als die Informationen, die von den klügsten Bergbauingenieuren mit ihren vielen raffinierten Geräten gespeichert werden.

Ich möchte ihnen zeigen, wie professionell wir sind und dass in unserer Arbeit, trotz der Kälte und des Wassers, trotz der Dunkelheit und Gefahr, vielleicht doch eine gewisse beredte Schönheit liegt. Nicht die Schönheit der Stille, die man im glänzenden Kristall oder in den polierten Holzfußböden findet, auf die meine Frau so viel Sorgfalt verwendet, sondern eher die Schönheit der Bewegung an der Grenze zur Gewalttätigkeit, die schon von Natur aus nie lange hält. Vielleicht ähneln wir großen Profisportlern, die sich an den

Tagen oder Abenden ihrer vielen Spiele wild entschlossen einsetzen. Männer, die so gewaltig und ausdauernd sind wie wir; die im Vorantreiben ihrer Körper auf das ersehnte Ziel hin und in ihren Beziehungen und Abhängigkeiten von- und zueinander reibungslos und überzeugend agieren, aber vor den Mikrofonen von Reportern oft wie benommen schweigen. Nur können wir unseren Kindern nicht einmal im Fernsehen zeigen, was wir tun. Wir haben ihnen nichts zu bieten als das benommene Schweigen selbst. Können uns weder zeigen noch erklären.

Ich habe mir immer gewünscht, mehr als bloßes Mittelmaß zu sein, und bei der Erfüllung dieses Wunsches wollte ich immer die Kraft meines Körpers einsetzen. Vielleicht habe ich es deshalb nur ein Jahr an der Universität ausgehalten. Ein Jahr, das ich hauptsächlich mit Sport und dem gelegentlichen Lesen englischer Literatur zubrachte. Ich konnte mich körperlich nie genug verausgaben und fühlte mich immer so beschränkt und eingeengt. Schlafräume waren mir zu niedrig, Toilettenkabinen zu eng, Hörsäle zu heiß und selbst bei den Sitzreihen in diesen Hörsälen hatte ich Probleme, hinein- und wieder herauszukriechen. Eingeengt fühlte ich mich auch durch Klingelzeichen und Summer, Sperrstunden und Stichtage, die mir nie viel bedeutet haben. Ich wollte entfliehen, meine Kraft für eine fordernde Arbeit einsetzen, die mir das Gefühl vermittelte, dass ich wirklich ausbrach. Und bei den Schlammschlachten auf dem Footballfeld oder bei den krachenden Zusammenstößen innerhalb des getäfelten, eingeschlossenen Eishockeyrings fand ich nicht genug Befreiung. Außerdem zog mich wahrscheinlich auch die sichtbare Ausstrahlung der Männer an, die den Gruben folgten. Ich war beeindruckt, wenn sie im Sommer mit ihren schnellen Autos und in teuren Kleidern hierher zurückkehrten. Und die Tatsache, dass ich aus einer Bergarbeiterfamilie stamme, die sich seit Generationen der dunklen Erde hingibt, spielt gewiss auch eine Rolle.

Ich war mir schon damals über die reine Ironie meiner Wahl im Klaren. Darüber, wie widersprüchlich es schien, dass jemand, der sich ständig eingeengt fühlt, seine Arbeitstage ausgerechnet im beengtesten aller Räume verbringen will. Aber der Unterschied liegt wohl darin, dass wir bei der Arbeit nie stillstehen. Wir sind nie nur eingesperrt wie der Häftling in der passiven Dunkelheit seines einsamen Gefängnisses. Denn wir erweitern ständig die Grenzen unseres scheinbaren Kerkers. Wir bewegen uns immer nach unten oder nach innen oder vorwärts, und manchmal, in überbrochenen Schächten, auch von unten nach oben. Wir sind große und starke Männer, die vermutlich einen der härtesten Berufe ausüben, und als Gegner haben wir uns massive Wände und Steinstöße gewählt. Es ist, als hätte uns das Gestein der Erdkugel dazu herausgefordert, sein Gewicht zu bewegen und die Schätze zu heben, und wir haben die Herausforderung angenommen und reagiert: mit Bohrer und Stahl und Sprengstoff und Kraft und unserer ganzen Erfindungsgabe. In der Kälte und Feuchtigkeit widmen wir uns dem Abbau von Wänden und Barrieren. Wir haben uns selbst dazu verurteilt, in eingefriedeten Räumen zu arbeiten, damit wir die Schwindel erregende Freude des Durchbruchs spüren. Wir hoffen immer auf den Durchbruch, auch wenn wir wissen, ausbrechen können wir nie.

Bohrend und hämmernd sind wir zu den Bodenschätzen der Welt vorgedrungen, und wenn wir sie fanden, haben wir sie zurückgelassen und sind weitergezogen. Haben es anderen überlassen, auszubauen oder auszubeuten und Platz zu schaffen für die oft stabilen Städte, die unmittelbar nach uns kommen: mit Abwasserkanälen und Feuerhydranten und den sauberen Reihenhäusern der Unternehmen; den überorganisierten Sportvereinen und ewig hoffnungsfrohen Schulen; den kleinen, noch im Aufbau begriffenen Handelskammern. Wir sind durch die Welt gezogen und haben Bodenschätze gehoben, weitgehend unberührt von politischen Unsicherheiten und Umbrüchen, selten zu Schaden gekommen bei mitternächtlichen Anschlägen, überraschenden Staatsstreichen und schnellen Meuchelmorden. Wir waren 1960 unter Duvalier in Haiti, waren vor Allende in Chile, und im Kongo, ehe er Zaire angeschlossen wurde. Wir waren in Bolivien und Guatemala, in Mexiko und in einem Jamaika, das die Touristen nie sehen. In jedem Teil der Welt trachtet man nach dem vorhandenen oder erhofften Schatz, der eingeschlossen in den steinernen Gewölben liegt, und die Männer, die solche Beute finden, werden bereitwillig empfangen und großzügig bezahlt, sei es als Angestellte von Diktatoren, angehenden Demokratien oder von Kapitalisten, die ihre Aktien und ihren Reichtum vermehren. Die Leute von Renco Development an der Bay Street werden auf uns warten. Sie werden unseren Sommer am Strand in Kauf nehmen, ebenso wie unsere ausbleibende Reaktion auf ihre scheinbar dringenden Nachrichten. Sie werden es in Kauf nehmen, wenn wir betrunken in Toronto ankommen, unsere Bürgschaft zahlen und uns Privatdarlehen geben. Und wenn wir dann gehen, zahlen sie uns Tausende von Dollar für unsere Arbeit, in der optimistischen Hoffnung, dass sie im Gegenzug Millionen scheffeln. Sie werden auf uns warten, denn sie wissen durch die vielen über die Jahre hinweg geschlossenen Verträge, wir sind die beste Garantie, dass sie bekommen, was sie suchen.

In Kanada gibt es noch zwei Kolonnen, die ebenso gut, wenn nicht noch besser sind als wir. Sie arbeiten in Rouyn-Noranda; und so wie unsere Kolonne unter MacKinnon bekannt ist, kennt man ihre unter den Namen Lafrenière und Picard. Wir haben schon mehrmals neben ihnen gearbeitet,

214

mit ihnen konkurriert und in den hallenähnlichen Bierkneipen von Malarctic und Temiskaming mit ihnen gestritten. Und manchmal haben wir einander das Leben gerettet. Sie gehen nicht für Renco Development nach Afrika, denn ihre Sprache setzt ihnen Schranken. Und weil sie kein Englisch sprechen, gehen sie nicht über die Grenzen von Quebec oder den Norden oder Nordosten von Ontario hinaus. Früher gab es noch die O'Learys, eine Gruppe von irischen Neufundländern. Aber viele von ihnen starben bei einem Grubeneinsturz in Indien, und die meisten der Überlebenden arbeiten jetzt mit ihren Verwandten im Stahlhochbau in New York. Manchmal sehen wir sie jetzt in den Bars von Brooklyn oder im Sommer bei den Fähranlegern in North Sydney, bevor sie nach Port-aux-Basques übersetzen. Im Stahlbau, sagen sie, werde das Lebensrisiko ebenfalls hoch bezahlt, denn der lange Sturz von den hohen, schwankenden Wolkenkratzern kann jedem Mann nur einmal widerfahren. Wie es scheint, haben sie die Möglichkeit, dass etwas auf sie fällt, dagegen eingetauscht, dass sie selbst fallen. Und dass sie nach jahrelangem Ausweichen und der Angst vor herabstürzenden Objekten jetzt selbst solche Objekte geworden sind. Ihr Verlust schwächt auch uns, weil wir wissen, wie gut sie bei der Arbeit waren, aber wir wissen auch, dass die verstümmelten sterblichen Hüllen ihrer Toten in versiegelten Behältern aus Indien ausgeflogen wurden und nun an Sommertagen wie diesen unter wippenden Wildblumen ruhen, die in kleinen Fischerdörfern auf den Gräbern wachsen.

Ich sage mir immer wieder, dass ich nicht zu oft an Tod und Verlust denken darf. Wenn ich überleben will, muss ich mit meinen Gedanken ebenso sorgfältig und überlegt umgehen wie mit meinen Werkzeugen tief unter der Erde: Ich darf nicht nachlässig werden oder mich gehen lassen, sonst kommt es mich am Ende teuer zu stehen.

Draußen auf dem Meer wird es jetzt allmählich rauer, und der Südwestwind weht die ziemlich kleinen Wellen in größere Ausgaben ihrer selbst. Sie beginnen, sich am Strand zu brechen, mit weißen Schaumkronen auf den Kämmen, und das Wasser, aus dem sie bestehen, ist jetzt nicht mehr blau, sondern eher ein dunkles, trübes Grau. Auf dem vor kurzem noch glatten Meer sind jetzt keine Boote mehr zu sehen, weder in der Nähe noch am fernen Horizont. Die Sonne scheint jetzt nicht mehr mit der Heftigkeit des früheren Tages, und der Himmel hat sich inzwischen bewölkt. Der Abend zieht herauf. Sand wird vom Wind aufgepeitscht und fliegt uns ins Gesicht und brennt uns auf den Körpern wie tausend Stiche oder wie viele glühende Nadelspitzen. Wir zucken zusammen, schütteln uns und greifen nach unseren schützenden Hemden. Dann geben wir unsere liegenden Positionen auf und kommen unruhig auf die Füße, hustend und spuckend und leicht verunsichert wie nervöse Tiere in Erwartung eines Sturms. Mit unseren Zehen zeichnen wir ungeduldig Muster und Linien in den Sand. Wir sehen uns an, ziehen die Augenbrauen hoch wie buschige Fragezeichen. Ob es das ist, worauf wir gewartet haben? Ist das womöglich das Ende und der Anfang?

Ich spüre die Blicke der Männer auf mir ruhen. Sie erwarten von mir, dass ich die Signale interpretiere, sie warten auf mein Zeichen. Ich zögere kurz, lasse den Blick über den Strand schweifen, und sehe, wie das Wasser den Strand berührt. Und dann nicke ich langsam. Es folgt ein beinahe kollektives Seufzen, das eher zu spüren ist als zu hören. Beinahe wie schwacher Wind in weit entfernten Bäumen. Und dann kommen sie plötzlich in Bewegung. Hastig sammeln sie ihre Kleider und Habseligkeiten ein, schütteln den Sand aus, legen zusammen und packen. Sie beeilen sich und nehmen entschlossen Abschied vom Sommer, der sich ebenfalls zu verabschieden scheint. Die Bergmänner der MacKinnons sind jetzt fertig und ziehen los. Wir verlassen den Strand in der Sommersonne, und vielleicht werden ihn einige von uns nicht mehr sehen. Denn einige kehren womöglich nicht mehr lebendig aus dem Afrika zurück, in das wir aufbrechen.

Wir machen uns auf den Weg. Erst am Strand entlang in Richtung der nördlichen Klippe von Cameron's Point, und dann gehen wir auf dem steilen gewundenen Pfad, der im Zickzack die Felswand erklimmt. Auf halbem Weg bleibe ich stehen und drehe mich zu den Männern um, die im Gänsemarsch hinter mir gehen. Irgendwie ähneln wir Bergsteigern, auch wenn uns keine greifbaren Seile aneinander binden. Sie bleiben stehen und drehen sich ebenfalls um, werfen einen Blick zurück auf den Strand, den wir eben verlassen haben. Die Wellen sind jetzt höher, sie brechen sich und wogen und rollen weiter herein. Die Umrisse unserer Körper im Sand sind verwischt, und unsere eben noch vorhandenen Fußstapfen bereits fortgespült. Keine Spur beweist, dass es uns je gab. Es ist, als hätten wir nie dort gelegen, als wären wir nie dort gegangen und hätten nie die Gedanken gehabt, die wir gedacht haben. Wir hinterlassen keine Kunst und kein Zeichen. Das Meer hat seine Tafel aus Sand sauber gespült.

Und dann beginnt es zu regnen. Nicht stark, sondern beinahe zögerlich. Es ist, als wäre es so lange heiß und trocken gewesen, dass der Akt des Regnens in Vergessenheit geraten ist und jetzt langsam und fast unter Schmerzen wieder gelernt werden muss.

Wir erreichen den Gipfel der Klippe und gehen den schmalen Pfad entlang zu unseren Autos. Sie sind staubig und das Blech ist noch heiß von der Sonne. Wir beugen uns über die Motorhauben und heben die Scheibenwischer vom Glas. Wegen der Hitze und dem langen Nichtgebrauch ist das Gummi der Wischblätter fast in die Scheiben geschmolzen, und als wir sie aufheben, bleiben dünne Gummifetzen zurück. Diese Blätter müssen wohl ersetzt werden.

Die einzelnen Regentropfen fallen gleichmäßig auf Windschutzscheibe und Dach, auf Motorhaube und Kofferraum. Sie ziehen kleine Rinnsale durch die Schmutzschichten und tröpfeln dann auf die ausgedorrte, wartende Erde.

Und jetzt ist es zwei Tage später. Es hat weitergeregnet und währenddessen haben wir unsere Abschiedsrituale vorbereitet und abgeschlossen. Wir waren bei der Bank und haben alle Daten auf unseren Versicherungspolicen überprüft. Wir haben unsere Arbeitskleidung gepackt, in der wir, wenn wir sie auf fernen Kontinenten tragen, noch größer wirken als sonst. Als wären wir Schauspieler in einem griechischen Drama oder Mastodonten aus einem früheren Zeitalter. Schon bald ersetzt oder gar ausgestorben.

Wir haben ohne Kopfbedeckung an den Gräbern gestanden und im Schlamm vor den schwarzen Granitsteinen gekniet. Und wir haben heimlich und in winzigen Gruppen verlegen die kleinen weißen Kirchen besucht, die wir vielleicht nicht mehr wiedersehen. Mit zunehmendem Alter sind wir irgendwie religiöser geworden, auf eine merkwürdige Art, die fast an Aberglauben grenzt. Wir werden abgegriffene Rosenkränze und verblichene Amulette mitnehmen, werden uns uralte Medaillen und zierliche, vom vielen Tragen zerbrechlich gewordene Kreuze um den vernarbten Hals und um die kräftigen Handgelenke schlingen, als wären wir uns nicht der Ironie bewusst, die sie womöglich ausstrahlen. Auch dies ist wohl ein Ausdruck für unsere Sehnsucht nach der Vergangenheit, weit entfernt von der rationalen Einstellung zur Religion, wie wir sie hin und wieder bei unseren Kindern vorfinden.

Natürlich haben wir uns auch von unseren Kindern und Frauen verabschiedet, ich habe sie geküsst und ihnen in die Augen gesehen, habe nach außen hin und innerlich um all das geweint, was ich nicht gesagt oder getan habe, und wegen meiner fehlgeschlagenen Versuche, mich mitzuteilen. Ich habe es nicht geschafft, würden die Jungen wohl sagen, »das auszusprechen, was Sache ist«, und jetzt komme ich vielleicht nie dazu.

Um vier sind wir startbereit. Unsere Autos stehen mit laufendem Motor da, und wenn wir schnell und zügig fahren, sind wir morgen Nachmittag in Toronto. Wir werden die ganze Nacht durchfahren, bis auf ein paar kurze Pausen an den glitzernden Raststätten, und wir werden dafür sorgen, dass am Steuer eines jeden unserer schnellen Autos ein nüchterner, wacher Mann sitzt. Der Rest von uns wird sich größtenteils mit schwarz gebranntem Schnaps betäuben, jeder aus eigenen komplizierten und verschiedenen Gründen: vielleicht, um Gedanken und Zunge zu lösen oder aber um sie zu dämpfen und niederzuhalten; vielleicht, um sich wie der Patient zu fühlen, der ein Anästhetikum nimmt, um dem Schmerz einer Operation zu entgehen. In einem dunklen Nachtkonvoi werden wir durch die Landschaft und über die Grenzen von vier Provinzen rasen.

Bei der Abfahrt fühle ich mich wie eine Gestalt in einer mittelalterlichen Ballade, die offiziell Abschied genommen hat und jetzt aufbricht, um sich schicksalsergeben der Zukunft zu stellen. Das Gefühl ist mir eher unangenehm und ich möchte erneut den Gedanken an Tod und Sich-gehen-Lassen von mir abschütteln.

Während wir immer schneller werden, rast die Landschaft der Meeresküste an uns vorbei. Ich sitze im ersten Wagen, auf dem Beifahrersitz neben dem Fenster. Im Seitenspiegel sehe ich die anderen Autos hinter uns aufgereiht. Wir passieren die dunklen Höhlen der verlassenen Kohlengruben unserer früheren Generationen und fahren schnell westwärts in den sich neigenden Tag. Auf der Rückbank reichen die Männer die Flasche herum und versuchen, es sich mit ihren langen Beinen in dem beengten Raum bequem zu machen. Nach einer Weile fangen sie an auf Gälisch zu singen, fast unbewusst singen sie die alten Worte, die zugleich so abgenutzt und so vertraut klingen. Sie behandeln sie fast wie ein vertrautes Werkzeug. Ich weiß, dass sie in den anderen Autos ebenfalls singen, und fange selbst an, die Worte stumm vor mich hin zu sprechen. Auf Gälisch gibt es kein Wort für »Wiedersehen«, nur für »Lebwohl«.

Vor über einem Vierteljahrhundert, in meinem einzigen Jahr an der Universität, entdeckte ich einen anonymen Liedtext aus dem fünfzehnten Jahrhundert. Als ich gestern Abend meine Sachen packte, fiel er mir wieder in die Hände, diesmal im Lesebuch meiner ältesten Tochter. Es war ein völlig anderes Buch als das, was ich so oberflächlich benutzt hatte, es war so anders, wie meine Tochter und ich es vielleicht sind. Doch der Liedtext war genau der gleiche. Er hatte sich nicht geändert. Während wir jetzt so dahinrasen und die gälischen Chöre ringsum erklingen, fällt er mir wieder ein. Die Zeilen sind mir nicht unbedingt willkommen oder erwünscht, und eigentlich hatte ich sie fast schon vergessen. Aber jetzt drängen sie sich auf, ohne Rücksicht auf mein Wollen und Wünschen – es ist, als sehe man aus dem Augenwinkel einen alten Bekannten, den man wirklich nicht treffen will. Die Worte kommen wieder, ungebeten und unerwartet und unvollständig erinnert. Die emporsteigenden, anschwellenden gälischen Stimmen scheinen sie zu tragen, ähnlich der weißen Gischt auf der Brandung einer hohen, brechenden Welle. Anders, aber doch ähnlich, und ähnlich, aber doch anders, stehen beide fest in ihrer Zeit:

Zum Tod muss ich, ein zäher Held,
Der Ruhm erstritten auf dem Feld;
Kein Kampf lehrt über Tod den Sieg –
Fürwahr: mit ihm in Streit ich lieg.

Zum Tod muss ich, ein König doch;
Was hilft mir Ruhm und Weltglück noch?
Tod ist des Menschen letzter Weg –
Zum Staub, zum Lehme ich mich leg.

Alles hat seine Zeit

Ich erzähle jetzt von einer Zeit, als ich elf war und mit meiner Familie auf unserer kleinen Farm an der Westküste von Cape Breton lebte. Meine Familie war schon eine Ewigkeit dort ansässig und ich allem Anschein nach auch. Vieles von damals kommt mir heute wie das sprichwörtliche Gestern vor. Aber wenn ich von jenem Weihnachten 1977 spreche, bin ich nicht sicher, wie stark die Stimme von früher aus mir spricht oder die des Mannes, zu dem ich inzwischen geworden bin. Und ich weiß auch nicht, wie viel Freiheiten ich mir womöglich mit dem Jungen herausnehme, der ich in meiner Vorstellung damals war. Denn Weihnachten ist ein Fest der Vergangenheit und der Gegenwart, und die beiden werden oft ungenau miteinander vermischt. Wird man damit konfrontiert, kommt man oft nicht umhin, sich zu erinnern.

Es scheint, als würden wir nun schon ewig warten. Am schlimmsten ist es seit Halloween, als der erste Schnee fiel und wir wie eingemummte Pantomimen die dunklen Landstraßen entlangzogen. Die großen Flocken waren weich und noch frisch und fast großzügig, und die Erde, auf die sie fielen, noch warm und nicht gefroren. Lautlos landeten sie in den Pfützen und im Meer, wo sie im Augenblick des Auftreffens verschwanden. Und sie verschwanden auch, wenn sie unsere erhitzten roten Hälse und Hände berührten oder die Gesichter der Kinder, die keine Masken trugen. Mit unseren Kissenbezügen zogen wir von Haus zu Haus, klopften an Türen und wurden im Licht, das aus den Küchen fiel, zu Silhouetten (weiße Kissenbezüge, dargereicht von weißlichen Gestalten). Der Schnee fiel zwischen uns und die Türen und verwandelte sich dort in glitzernde goldgelbe Strahlen. Wenn wir uns zum Gehen wandten, fielen die Flocken auf unsere Fußabdrücke, und während der Abend dahinzog, verwischten sie sämtliche Spuren unserer Bewegungen. Am nächsten Morgen war alles weich und still, und wir hatten November.

Mein Bruder Kenneth, der zweieinhalb ist, kann sich nicht richtig an letztes Weihnachten entsinnen. In seiner Erinnerung ist Halloween der große besondere Abend, an dem wir im märchenhaften Dunkel und im fallenden Schnee lange aufbleiben durften. »Als was verkleidest du dich an Weihnachten?«, fragt er. »Ich geh wahrscheinlich als Schneemann.« Über diese Bemerkung lachen wir alle und erklären ihm, dass der Weihnachtsmann ihn schon finden wird, wenn er brav ist, und dass er sich gar nicht verkleiden muss. Dann wenden wir uns den zugeteilten Aufgaben zu und warten darauf, dass es endlich so weit ist.

Ich selbst bin ein bisschen verunsichert, was den Weihnachtsmann betrifft, aber ich will auf jeden Fall an ihm festhalten. Natürlich glaubt man in meinem Alter nicht mehr *wirklich* an ihn, aber ich setze meine Hoffnungen trotzdem wild entschlossen auf alles, was er in Aussicht stellt; ich nehme an, es ist wie bei einem Ertrinkenden auf hoher See, der in der Dunkelheit den Lichtern eines vorbeifahrenden Schiffes zuwinkt. Denn ohne den Weihnachtsmann – oder ohne das rettende Schiff – wäre unser zerbrechliches Leben wohl um vieles verzweifelter.

Meine Mutter ist gegenüber meinem hartnäckigen Festhalten am Weihnachtsmann ziemlich nachsichtig gewesen. Vielleicht, weil sie diese Haltung schon kennt. Einmal hörte ich zufällig, wie sie mit einer unserer Nachbarinnen über meine Schwester Anne sprach. »Ich dachte schon, Anne würde ewig an ihn glauben«, sagte sie. »Ich musste es ihr geradezu ausreden.« Irgendwie habe ich mir immer gewünscht, ich hätte sie das nie sagen hören, denn ich suche den Schutz und die Bestätigung dieser kindlichen Unschuld, auch wenn ich weiß, ich kann ihr nicht trauen.

Kenneth dagegen glaubt mit reiner Leidenschaft, ebenso wie Bruce und Barry, die sechsjährigen Zwillinge. Nach mir kommen noch Anne und Mary, die dreizehn und fünfzehn sind und die Kindheit mit erschreckender Geschwindigkeit hinter sich lassen. Meine Mutter hat uns erzählt, mit siebzehn sei sie schon verheiratet gewesen, und das ist nur zwei Jahre älter, als Mary jetzt ist. Auch das ist eine merkwürdige Vorstellung, aber vielleicht ist die Kindheit für manche kürzer als für andere. Wenn wir abends mit der Arbeit fertig sind und das Geschirr vom Abendessen weggeräumt ist und wir eigentlich Hausaufgaben machen sollen, geht mir das manchmal durch den Kopf. Dann schiele ich zu meiner Mutter, die immer strickt oder flickt, und zu meinem Vater, der meistens am Ofen sitzt und mit dem Taschentuch vor dem Mund leise hustet. Seit über zwei Jahren geht es ihm nicht gut, und sobald er sich nur ein bisschen schneller bewegt, bekommt er Schwierigkeiten beim Atmen. Er bringt für meine kühnen Hoffnungen am meisten Verständnis auf und sagt, wir sollten an den schönen Dingen in unserem Leben festhalten, solange wir können. Wenn ich ihn mir so aus den Augenwinkeln ansehe, habe ich nicht den Eindruck, dass ihm noch viele schöne Dinge bleiben. Für uns ist er mit seinen zweiundvierzig Jahren alt.

Doch trotz der vielen Zweifel, die wir in den unterschiedlichen Altersstufen hegen, ist Weihnachten eine schöne und wunderbare Zeit, und die zunehmende Kälte, die jetzt, nach der ersten Dezemberhälfte, über uns hereingebrochen ist, schraubt unsere Erwartungen noch höher. Das Meer ist glatt und ruhig und in den ausgehöhlten kleinen Buchten entlang der Küste zu eisigem Schlamm geworden. Der Bach, der an unserem Haus vorbeifließt, ist fast ganz zugefroren, und nur noch in der eisfreien Mitte sieht man einen schmalen Kanal reißenden Wassers. Wenn wir das Vieh zum Tränken hinauslassen, hacken wir mit der Axt am Bachrand Löcher, damit die Tiere trinken können, ohne das Eis betreten zu müssen.

Die Schafe wandern ständig aus ihrem Schuppen hinaus und wieder hinein, sie trippeln unruhig mit den Füßen oder kauern in dicht gedrängten Gruppen aneinander. Eine Verschwörung aus Wolle gegen die Kälte. Die Hühner hocken hoch oben auf ihren Stangen, mit rundherum aufgeplustertem Gefieder, und finden es kaum der Mühe wert, sich wegen ein paar einzelnen Getreidekörnern auf den Boden herabzubegeben. Das Schwein, dem nicht mehr viel Zeit bleibt, bis es geschlachtet wird, quiekt seinen Verdruss in die Kälte und wirft seinen Trog mit dem Rüssel in die eisige Luft. Und das schöne junge Pferd scharrt mit den Hufen auf den Holzbrettern im Stall und knabbert an den Holzstäben des Futtertrogs.

Rings um die Küchentür haben wir eine Schutzbarrikade aus Fichtenzweigen befestigt und unser Haus zusätzlich mit einem Wall aus Ästen und Seegrasbüscheln umgeben. Trotzdem ist der Wassereimer, den wir immer auf der Veranda stehen lassen, am nächsten Morgen mit einer Eisschicht bedeckt, die mit dem Hammer zerschlagen werden muss. Die Wäsche, die meine Mutter an der Leine aufhängt, friert fast sofort und schwankt und knarrt an den Wäscheklammern; die steifbeinigen schabenden Hosen und die Hemden und Pullover mit den ausgestreckten, unnachgiebigen Armen sehen aus wie aufgehängte Teile von entkleideten Robotern. Morgens rennen wir aus unseren eisigen Schlafzimmern nach unten in die Küche und ziehen uns am warmen Ofen an.

225

Am liebsten würden wir unsere Kälte einen halben Kontinent weiterschicken, zu den Großen Seen in Ontario, damit mein ältester Bruder Neil etwas früher zu Weihnachten nach Hause kommt. Er ist neunzehn und arbeitet auf den »Seeschiffen«, jenen langen flachen Transportern für Getreide und Eisenerz, deren Saison nach dem 10. Dezember täglich enden kann, je nach den Eisverhältnissen. Wir wünschten, es wäre kalt, eiskalt auf den Großen Seen von Ontario, damit er so bald wie möglich bei uns zu Hause ist. Seine Pakete sind schon eingetroffen. Sie kommen aus verschiedenen Orten: Cobourg, Toronto, St. Catherines, Welland, Windsor, Sarnia, Sault Ste. Marie. Alles Orte, in denen wir, mit Ausnahme meines Vaters, noch nie gewesen sind. Wir suchen sie aufgeregt auf der Landkarte und fahren die Linien eifrig mit den Fingern nach. Die Pakete tragen den Aufdruck der Canada Steamship Lines und sind mit komplizierten Seemannsknoten zugebunden. Meine Mutter sagt, sie enthalten seine »Kleider« und wir dürften sie nicht öffnen.

Wir haben nicht die geringste Ahnung, wann oder wie er kommt. Wenn die Seen früh zufrieren, kommt er vielleicht mit dem Zug, denn das ist billiger. Wenn die Seen bis zum 20. Dezember eisfrei bleiben, wird er fliegen müssen, denn seine Zeit ist dann kostbarer als das Geld. Die letzten sechzig oder achtzig Meilen vom Bahnhof oder vom Flughafen wird er per Anhalter fahren. Uns jedenfalls bleibt nichts anderes übrig, als im Radio aufmerksam die Berichte über ferne Eisformationen zu verfolgen. Sein Kommen scheint von vielen Faktoren abzuhängen, die dort draußen weit entfernt von uns liegen und sich unserer Kontrolle entziehen.

Die Tage vergehen in quälender Langsamkeit, bis endlich am 23. Dezember ein fremdes Auto in unserem Hof hält. Meine Mutter legt die Hand auf die Lippen und flüstert: »Gott sei Dank.« Mein Vater erhebt sich schwankend von seinem Stuhl und sieht zum Fenster hinaus. Ihr ersehnter Sohn und unser geliebter älterer Bruder ist endlich da. Er ist wirklich da, mit seinem rötlichen Haar und seinem rötlichen Bart. Wir hören sein herzliches Lachen und wir sehen ihn: glücklich und stark und voller Selbstvertrauen für uns alle.

Bei ihm sind noch drei junge Männer, die fast genauso aussehen wie er. Auch sie kommen von den Schiffen und wollen nach Neufundland zu ihren Familien. Sie müssen noch hundert Meilen fahren, ehe sie die Fähre in North Sydney erreichen. Ihr Auto sieht ziemlich alt aus. Sie haben es in Thorold für zweihundert Dollar gekauft, weil es für eine Flugbuchung zu spät war, und seitdem sind sie ohne Pause durchgefahren. Im Norden von New Brunswick fielen die Scheibenwischer aus, doch anstatt anzuhalten, banden sie ein Stück Schnur an die Wischerarme und führten sie durch die vorderen Fensteröffnungen ins Wageninnere. Seitdem zog einer von ihnen, ob bei Schnee oder Regen, die Schnur hin und her, damit die Wischerblätter funktionierten. Diese Geschichte geht ihnen erschöpft, aber aufgeregt von den Lippen, und wir saugen sie begierig auf. Mein Vater schenkt ihnen Rum ein, und meine Mutter holt ihre Pasteten und das Früchtebrot, die sie sorgfältig gehortet hat. Wir lehnen an Möbelstücken oder sehen uns alles aus dem sicheren Abstand der Türen an. Wir würden unseren Bruder so gern umarmen, sind aber zu schüchtern, weil Fremde dabei sind. In der Wärme der Küche nicken die jungen Männer allmählich ein und dösen vor sich hin, die Köpfe fallen ihnen plötzlich auf die Brust. Manchmal stoßen sie einander mit den Füßen an, um sich wach zu halten. Sie wollen nicht bei uns bleiben und sich ausruhen, denn sie sind von so weit gekommen, morgen ist Heiligabend und zwischen ihnen und ihren Familien liegen noch Berge und Wasser. Kaum sind sie fort, fallen wir über meinen Bruder her und bestürmen ihn mit Worten. Er lacht und schreit, hebt uns über den Kopf und schwenkt uns in seinen muskulösen Armen. Doch bei aller Freude scheint er überrascht vom Zustand meines Vaters, den er seit März nicht gesehen hat. Mein Vater lächelt ihn nur an, meine Mutter beißt sich auf die Lippe.

Jetzt, da er hier ist, herrscht wuselnde Aktivität ohne Ende, denn wir haben alle wichtigen Dinge für die Zeit aufgehoben, in der er bei uns ist. Eifrig zeige ich ihm die Tanne auf dem Hügel, die ich seit Monaten im Auge habe, und staune, wie mühelos er sie fällt und den Hügel herunterträgt. Danach schmücken wir sie und überschlagen uns geradezu vor Begeisterung.

Er verspricht, am Weihnachtsabend mit uns in die Kirche zu fahren, im Schlitten hinter dem schönen Pferd, vor dem wir alle ein bisschen Angst hatten, bevor er kam. Und an Heiligabend beschlägt er nachmittags das Pferd. Er hebt jeden Huf hoch und raspelt ihn glatt, dann hämmert er die kirschroten Eisen auf dem Amboss in die richtige Form. Später lässt er die Eisen zischend in den dampfenden Wassereimer fallen. Mein Vater sitzt neben ihm auf einem umgedrehten Eimer und sagt ihm, was er tun soll. Wir widersprechen meinem Vater manchmal, aber mein Bruder befolgt alles, was er sagt.

Am Abend machen wir uns auf die Reise, eingepackt in Heu und bauschige Mäntel und mit erhitzten Steinen zu unseren Füßen. Unsere Eltern bleiben mit Kenneth zu Hause, aber der Rest von uns fährt mit. Bevor wir aufbrechen, geben wir den Kühen, den Schafen und auch dem Schwein so viel zu fressen, wie sie können, damit sie am Weihnachtsabend zufrieden sind. Unsere Eltern winken uns von der Tür aus zu. Wir fahren vier Meilen auf der Bergstraße. Es ist ein Holzfällerweg, auf dem uns weder Autos noch andere Fahrzeuge begegnen. Am Anfang ist das Pferd ganz wild vor Aufregung und weil es keinen Auslauf hatte, deshalb muss mein Bruder vorn auf dem Schlitten stehen und sich mit den Zügeln in der Hand zurücklehnen. Später fällt es in Trab und noch später, als der Berg vor uns aufragt, geht es im Schritt. Wir singen sämtliche Weihnachtslieder, die wir kennen, und halten Ausschau nach Kaninchen und Füchsen, die über freie Stellen im Schnee huschen, und lauschen dem Rauschen der Rebhuhnflügel. Uns ist gar nicht kalt.

An der Kirche angelangt, binden wir das Pferd in einem Gehölz fest, damit es geschützt ist und sich nicht vor den vielen Autos fürchten muss. Wir legen ihm eine Decke über den Rücken und geben ihm Hafer. An der Kirchentür schütteln die Nachbarn meinem Bruder die Hand. »Hallo, Neil«, sagen sie. »Wie geht's deinem Vater?«

»Oh«, erwidert er. »Es geht.«

Bei Nacht ist die Kirche wunderschön, mit den geschmückten Zweigen und schimmernden Kerzen und den hallenden, freudigen Klängen, die von der Chorempore kommen. Während der ganzen Messe sind wir wie verzaubert.

Obwohl die Steine abgekühlt sind, fühlen wir uns auf dem Heimweg glücklich und warm. Wir hören zu, wie das lederne Geschirr knarzt und die Kufen auf dem Schnee zischen, und denken langsam an mögliche Geschenke. Ungefähr eine Meile vor unserem Haus wittert das Pferd sein Ziel, fällt in Trab und dann in einen kühnen Galopp. Mein Bruder lässt es laufen, und wir fliegen durch die winterliche Landschaft, als wären wir einer Weihnachtskarte entsprungene Gestalten. Der Schnee, den das Pferd mit den Hufen aufwirbelt, weht um unsere Köpfe wie sehr weiße Sterne.

Nachdem wir das Pferd in den Stall gebracht haben, reden wir mit unseren Eltern und essen, was unsere Mutter für den Abend vorbereitet hat. Und dann bin ich schläfrig, und es wird Zeit, dass die jüngeren Kinder ins Bett gehen.

Aber heute Abend sagt mein Vater zu mir: »Wir möchten, dass du noch eine Weile mit uns aufbleibst«, also bleibe ich schweigend bei den älteren Mitgliedern meiner Familie.

Als oben alles still ist, holt Neil die Kartons herein, die seine »Kleider« enthalten, und beginnt sie zu öffnen. Rasch entwirrt er die komplizierten Knoten, die Schlingen lösen sich unter seinen flinken Fingern. Die Pakete sind voller Geschenke, hübsch eingepackt und mit Namensschildern versehen. »Vom Weihnachtsmann«, steht auf denen für meine kleineren Brüder, aber für mich sind keine mehr darunter, und werden es wohl, da bin ich sicher, auch nie wieder sein. Ich bin nicht so sehr überrascht, mich jetzt auf der erwachsenen Seite des Lebens wiederzufinden, sondern verspüre eher den schmerzlichen Verlust. Es ist, als wäre ich plötzlich in ein anderes Zimmer gezogen und hörte eine Tür für immer hinter mir ins Schloss fallen. Meine eigene kleine Wunde tut mir weh.

Und dann betrachte ich die Menschen vor mir. Ich sehe meine Eltern zusammen vor dem Christbaum. Meine Mutter hat meinem Vater die Hand auf die Schulter gelegt, und er hält sein allgegenwärtiges Taschentuch. Ich sehe meine Schwestern an, die vor mir diese Schwelle überschritten haben und sich nun jeden Tag ein Stück weiter von dem Leben entfernen, das sie als Mädchen führten. Ich sehe meinen wunderbaren älteren Bruder an, der an diesem Weihnachten aus der Ferne eines halben Kontinents zu uns gekommen ist, mit allem, was er besitzt und darstellt. Alle sind eingefangen im Bild ihrer gegenseitigen Liebe.

»Jeder Mann zieht weiter«, sagt mein Vater ruhig, und ich glaube, er spricht vom Weihnachtsmann, »aber deswegen muss man nicht traurig sein. Er lässt schöne Dinge zurück.«

Zweiter Frühling

Im Sommer nach der siebenten Klasse war ich völlig besessen von dem Wunsch, Jungzüchter zu werden. Sicher, die Idee war nicht umwerfend neu, denn da ich auf einer Farm lebte, war ich immer von zahllosen Tieren umgeben. Kein Tag verging, an dem ich nicht mit ihnen in Berührung kam, und ihre ständige Anwesenheit beeinflusste den Ablauf meines Lebens und das der übrigen Familienmitglieder auf eine sehr reale und greifbare Weise. Ihre Nähe und die Art ihrer Nähe änderte sich nur in den jeweiligen Jahreszeiten.

Im Winter, wenn wir weniger Tiere hatten, drängten sie sich in den gemeinsamen Ställen eng zusammen, stampften mit den Hufen auf die mistverklebten Bodenbretter, warfen ungeduldig die Köpfe und gaben die Laute ihrer jeweiligen Art von sich. Ging man nachts in die stille Scheune, schlug einem beim Öffnen der knarrenden Tür eine Welle wohliger Wärme entgegen, und in der weichen Dunkelheit hob und senkte sich ihr Atem in unterschiedlichen Rhythmen. Wurde die Taschenlampe angeknipst oder die mitgebrachte Laterne hochgehalten, leuchteten die glänzenden Augen der geweckten Tiere aus den Boxen und über die Futtertröge hinweg, und plötzlich schienen verschiedene Geräusche auf das scheinende Licht zu antworten: das Knarren der hölzernen Fressgitter, an denen die unruhigen Rinder die Hälse rieben, das murmelnde Grunzen der halb schlafenden Schweine, das wiehernde Schnauben der Pferde, das Rasseln geschüttelter Kettenhalfter.

Im März wurde die Situation noch beengter, weil die weiblichen Tiere durch das Gewicht der ungeborenen Jungen zunehmend unbeholfener und unbeweglicher wurden. Wenn sie sich in ihrer ganzen Schwere hinlegten, konnte man im Bauch unter der straffen Haut die leichten, welligen Bewegungen sehen. Die Verheißung der Zukunft lag warm und schwer in ihren vollen, dunklen Leibern.

Im Winter waren die Hunde und Katzen im Haus, sie lagen wie Teppiche unter den Küchensofas und Esstischen oder streckten sich der Länge nach hinter den mit Holz geschürten Öfen. Abends im Bett lag mein Hund Laddie über meinen Füßen, eine warme, lebendige Hülle, deren Herzschlag ich durch den Stoff der Bettdecke spürte. Seine feuchte, kalte Schnauze bedeckte er mit den Pfoten.

Ende März ging es bei den Tieren mit den Geburten los, und diese Zeit zog sich manchmal bis weit in den Juni. Erst kamen die Lämmer, dann ein paar Kälber, später die Ferkel und zum Schluss die wackligen Fohlen mit ihren langen staksigen Beinen. Außerdem gab es Küken, Kätzchen und Hundewelpen mit anfangs geschlossenen Augen. Im Lauf der Wochen verdoppelte oder verdreifachte sich fast die Zahl der Tiere, und die Neuankömmlinge und ihr schnelles Wachstum waren meist von wuselnder Aktivität begleitet. Neue Buchten und Einzäunungen mussten gebaut werden, und inmitten lautstarken Protestgeschreis wurden Tiere getrennt, Jungtiere abgesetzt und gebrannt, Zähne wurden gezogen und Messer blitzten, weil Hoden und Schwänze abgeschnitten und Ohren eingekerbt werden mussten. Danach wurden die Tiere, ihrer Art entsprechend, auf größere Höfe und Felder verteilt oder auf die berghohen Weiden, die das blauweiße Meer umspülte.

Am ersten Juli, was uns immer unglaublich früh vorkam, begann die Heuernte, die das Überleben im Winter sicherstellte. Während die Tiere in den Sommermonaten ein glattes, glänzendes Fell bekamen und fett und stolz wurden, wurden wir, ihre menschlichen Halter, hager, sonnenverbrannt und gereizt; wir standen oft vor Sonnenaufgang auf und arbeiteten nicht selten bis nach Einbruch der Dunkelheit. Nur die Arbeitspferde schienen wie wir zu schuften und abzunehmen. Die Druckstellen vom Kummet und die offenen Stellen, die durch das Scheuern der Zugstränge verursacht wurden, entsprachen den Blasen und Schwielen auf unseren Händen. Manchmal schmierten wir uns abends mit verdünnter Pferdesalbe ein, um die Verstauchungen und blauen Flecken zu lindern, die wir uns tagsüber geholt hatten.

In jenem Sommer wurden die Tiere kräftig und eigenständig. Nur die Milchkühe mussten zweimal am Tag zum Melken in den Stall gebracht werden, und selbst sie schienen eine Unabhängigkeit an den Tag zu legen, die an Arroganz grenzte. Die anderen fraßen sich ungebunden und frei durch die langen Tage ihrer Sommerferien. Oben auf den Heuwagen sahen wir, wie sie, vor allem an den heißesten Tagen, auf den sandigen Stränden herumlagen, die ihre Weiden vom Meer trennten, oder sich gefährlich nah am Rand der steil zum Meer abfallenden Felsklippe bewegten. Am Wasser war es immer kühler und es wehte stets ein leichter Wind, dort wurden sie also nicht von den Fliegen belästigt, die für die Tiere im Inland eine Plage waren. Wir hingegen verbrachten an den Werktagen im Sommer wenig Zeit am Strand oder im türkisblauen Meer.

Während der Sommer dahinzog und die Jungtiere unabhängiger wurden, sehnten sich die ausgewachsenen Tiere wieder nach sexueller Betätigung. Sie zeigten ihren Trieb auf unterschiedliche Weise, wieder je nach Art und Geschlecht, und das machten sie so lange, bis sie befriedigt wurden. Wir, die als Menschen von ihnen ebenso abhängig waren wie sie von uns, manipulierten jedoch oft und notwendigerweise ihre Bedürfnisse und Begierden. Wir banden die lüsternen und leicht reizbaren Böcke an tief in die Erde geschlagenen Eisenpflöcken fest, oder wir isolierten sie in Gehegen mit ausschließlich männlichen Tieren, wo sie ihre Frustrationen oft auslebten, indem sie mit ihren dickknochigen Schädeln aufeinander losgingen. Wir hielten sie bis spät in den Herbst hinein von den Mutterschafen fern, weil wir wussten, dass Frühbedeckungen zur Geburt von Herbstlämmern führten, die nur wenig Chancen hatten, in der bitterkalten Jahreszeit ihrer Geburt zu überleben. Die jüngsten Kühe hielten wir von den schweren Bullen fern, weil wir wussten, dass sie bei den ersten Deckversuchen oft verletzt wurden und manchmal bleibende Schäden davontrugen, und weil wir außerdem wussten, dass sie das Decken zwar oft überlebten, ihnen in der Trächtigkeit aber große Schwierigkeiten bevorstanden und sie beim Kalben oft starben. Ein Jahr mehr machte da für sie wie für uns einen großen Unterschied. Ebenso hielten wir Hennen, die gern nisteten und einen starken Mutterinstinkt zeigten, davon ab, im Herbst Küken auszubrüten, weil sie im kalten, verregneten November und in den folgenden, noch raueren Monaten nicht überlebensfähig sein würden. Wie fürsorgliche Eltern wachten wir über das Leben dieser Tiere und hofften, dass unsere Kontrollversuche zu dem führten, was für alle das »Beste« war. Es ist nur zu eurem Besten, dachten wir dann, und zu unserem auch, obwohl wir es so nie aussprachen.

Im Herbst dezimierten wir den Tierbestand, den wir an den langen heißen Sommertagen hochgefüttert hatten. So wie sich die Zahl der Tiere im Frühjahr verdoppelt oder verdreifacht hatte, wurde sie jetzt im Herbst reduziert, und das auf unterschiedliche Weise. Viehkäufer kamen, und manchmal gingen sie zu den Weiden, um ihre künftigen Opfer zu begutachten, boten Preise, nannten Möglichkeiten, gingen weg und kamen wieder. Alle männlichen Schafe verschwanden, ebenso die meisten weiblichen, bis auf ein paar wenige, die extra ausgewählt wurden, um für die nächsten Lämmer zu sorgen. Wenn sie die Farm verließen, waren sie stark und störrisch, ganz anders als ihr früheres wackelbeiniges Schaf-Ich. Rempelnd und dicht aneinander gedrängt wurden sie die Rampen der wartenden Lastwagen hinaufgeführt, und manchmal versuchten sie, über die mit Latten versehenen Seiten ihrer neuen Einfriedung zu springen. Wir hörten ihr empörtes Blöken, während die Lastwagen sie für immer aus der einzigen Umgebung ihres ersten und letzten Sommers wegbrachten. In ihren Stimmen lag wütende Erregung mit einer Spur von sehr konkreter Angst. Später, wenn die Schecks kamen, für die wir sie eingetauscht hatten, begann für uns eine Phase der Regeneration und hoffnungsfrohen, wenn auch kurzen Zuversicht.

Manchmal, und das hing von unterschiedlichen Faktoren ab, war es lohnender, die Tiere zu schlachten und am Ort zu verkaufen, als auf die einfachere, wenn auch bürokratischere Methode zurückzugreifen und sie per Lastwagen oder Bahn zu weiter entfernten Schlachthöfen transportieren zu lassen. Im Spätherbst wurde immer geschlachtet, um einen Fleischvorrat für uns und unsere Verwandten in der Stadt anzulegen, aber in manchen Jahren eben mehr als sonst. Es war immer eine melancholische Zeit, vor allem, wenn viele Tiere geschlachtet wurden. Am Abend vorher legten wir die rituelle Todeskleidung zurecht, die noch blutbespritzt war und den typischen Geruch trug, der sich nie ganz herauswaschen ließ. Wir saßen in der Küche auf Stühlen, schärften die verschiedenen Messer und testeten die Schärfe der Klingen an unseren schwieligen Daumenballen. Wir achteten auf das Wetter und schlachteten fast immer nach den Mondphasen. Aus der Scheune hörten wir den klagenden Protest der nichts ahnenden, zum Tod verdammten Tiere. Im Gegensatz zu Todeskandidaten im Gefängnis erhielten sie vor ihrer Hinrichtung weder Futter noch Wasser. Damit sollten das massige Gewicht und die Körperflüssigkeiten für den folgenden Tag vermindert werden, sodass ihr Körper, der schon bald tot wäre, nicht so schwer wog und leichter zu handhaben.

Am Schlachttag selbst standen wir früh auf, damit wir rechtzeitig anfangen konnten. Im Spätherbst sind die Tage kurz, und da wir normalerweise bei Tageslicht arbeiteten, musste einiges vorbereitet werden. Das Tier wurde in der Scheune zur Tenne geführt und unter der Kettenrolle postiert, die bald zum Hochziehen des Rumpfes benutzt werden würde. Große Tiere wurden erschossen. Manchmal zeichneten wir mit Kreide Linien auf den arglosen Kopf, die vom Ohr quer über die Stirn verliefen. Der Schnittpunkt diente dem Schützen gewöhnlich als Ziel. Bei kleineren Tieren genügte meist ein Schlag zwischen die Augen, den ein starker Mann mit einem Vorschlaghammer oder der stumpfen Seite einer Axt ausführte. Noch während die Vorderbeine des Opfers zusammensackten und sein Blick glasig wurde, wurde den wartenden Händen, die mittlerweile den Vorschlaghammer oder die Axt beiseite geworfen hatten, mit dem Griff voran das Messer zum Durchtrennen der Kehle gereicht – so wie eine Krankenschwester dem Arzt das Skalpell reicht. Bei guter Ausführung dauerte es zehn bis zwölf Sekunden, um Leben in Tod umzuwandeln. Am schwierigsten war immer das Töten von Schweinen, denn ihre Schädel waren nach hinten abgeschrägt und deswegen nicht so leicht zu treffen wie die flache Stirn anderer Tiere. Während das Blut aus der aufgeschlitzten Kehle schoss, fingen wir es in Schüsseln auf, um es später für Blutwurst zu benutzen – auf Gälisch *maragan*. Einer hielt die Schüssel unter den Hals des zusammengesackten Tieres, während ein anderer den zuckenden, teilweise abgetrennten Kopf hochhielt und stabilisierte, damit das Blut in die Schüssel gepumpt wurde und nicht auf dem Bretterboden der Scheune verloren ging. Später machten wir an den Hinterbeinen einen Einschnitt zwischen dem Muskel und den großen Sehnen und steckten waagrecht einen Stock hindurch. An diesem Stock befestigten wir die inzwischen herabgelassene Kettenrolle und zogen das Tier an den weit gespreizten Beinen hoch, während wir es häuteten und ausnahmen. Manchmal zuckte das Fleisch noch lange, nachdem der Tod eingetreten war und selbst noch nach dem Wegschneiden der Schwarte. Der Inhalt des Körpers ergoss sich gewöhnlich in eine große Waschwanne, und wir sortierten ihn in seiner dampfenden Wärme mit blutigen, glitschigen Händen aus. Das Herz, die Leber, den Magen und die durchwachsenen Speckstücke hoben wir auf jeden Fall auf, manchmal auch noch andere Teile. Und wenn wir Zeit hatten, zeigte und erklärte uns unser Vater die Funktionen der rätselhaften und bisher unsichtbaren inneren Organe. »Das ist die Blase, das die Milz und das der Dickdarm. Hier seht ihr die Luftröhre. Da ist die Lunge. Und diesen Weg nimmt der Samen von den Hoden zur Penisspitze.« Interessiert hörten wir zu und beobachteten alles, wie Teilnehmer an einer offiziellen Autopsie oder wie aufmerksame Medizinstudenten vor einem stillen Leichnam.

Oft kam es dabei zu Überraschungen. Manchmal entdeckten wir Schindelstifte, Zaunkrampen oder verbogene Drahtstücke im Magen eingebettet, und einmal fanden wir den Hals einer Bierflasche, der vollständig von einem seltsamen, fast durchsichtigen Knorpelklumpen umhüllt war. Er schimmerte wie eine riesige, obszöne Perle. Dann fiel uns ein, dass diese Kuh vor über einem Jahr tagelang herumgestanden hatte, unfähig zu fressen oder Milch zu geben, und eine Zeit lang kaum gehen konnte. Damals wussten wir natürlich nicht, dass die scharfkantige, bernsteinfarbene

Scherbe, die sie unbekümmert beim Weiden mitgefressen hatte, ihr die Magenwand zerschnitt, und wir wussten auch nicht, wann der Knorpel um das Glas wuchs und es isolierte, sodass sich die Kuh wieder bewegen und normal funktionieren konnte. Bei einer anderen Gelegenheit fanden wir ein ungeborenes Kalb im Bauch einer jungen Kuh, von der wir dachten, sie sei unfruchtbar. Wir hatten es mit verschiedenen Anpaarungen und anderen Möglichkeiten probiert, aber sie war nie trächtig geworden. In ihrem vierten Lebensjahr wurde ihre Unfruchtbarkeit ein Luxus, den wir uns nicht leisten konnten. »Wir können sie nicht noch einen Winter einfach so durchfüttern«, lautete das Urteil. »Wir werden sie auffüttern und schlachten müssen.« Als wir den Kalbembryo im Bauch der geschlachteten Mutter fanden, bewegte er sich noch für eine kurze geborgte Zeit. Die zarten Gliedmaßen waren bereits ausgebildet und fest ineinander gefaltet, während die riesigen Augen zu leuchten schienen. Die feinen, zerbrechlichen Ohren lagen ganz flach an, wie Spuren von Farnsprossen, die man tief in der dunklen Erde findet. Niemand wusste, wer das Kalb gezeugt hatte, obwohl wir den Zeitpunkt grob schätzen konnten. Was wir gewollt hatten, war erreicht worden, obwohl es ironischerweise zu spät war, um einem der beiden das Leben zu retten.

Solche Verkaufs- und Schlachtszenen widerholten sich, bis ein grobes Gleichgewicht zwischen Viehbestand und Heuvorrat erreicht war. In trockenen Zeiten, wenn die Heuernte nicht so gut ausfiel, musste die Zahl der Tiere entsprechend dezimiert werden. In Jahren mit üppigen Erträgen ließen wir Tiere überwintern, die die strengen Auswahlkriterien der mageren Jahre nicht überlebt hätten. Die Entscheidung, welche Tiere bleiben und welche »gehen« mussten, war immer ein heikler, wohl durchdachter Prozess. Wir gingen die Stärken und Schwächen jedes einzelnen Tieres durch wie kluge, rücksichtsvolle Trainer von Sportteams, die die Liste ihrer umsorgten Schützlinge aufstellen. Das Alter war immer ein Faktor, ebenso der Allgemeinzustand; Fruchtbarkeit war, wie gesagt, ebenfalls wichtig und manchmal sogar das, was man als »Persönlichkeit« bezeichnen könnte. Tiere, die besonders bösartig oder nervös waren, oder solche, die sich schlechte Manieren angewöhnt hatten und etwa über Zäune sprangen oder den sommerlichen Gemüsegarten plünderten, wurden aufmerksam unter die Lupe genommen, wenn die Frist nahte. Wiesen diese schwierigen Tiere besonders positive Eigenschaften auf, ließ man ihnen, wie immer, mehr durchgehen und schenkte ihnen ein weiteres Jahr. Mutterschafen, die »schwere« Lämmer zur Welt brachten oder ständig Zwillinge bekamen, verzieh man andere Schwächen, und Kühe, die zu den führenden Milchlieferanten gehörten, wurden meist zähneknirschend verhätschelt, ungeachtet ihrer sonst vorhandenen Fehler. Sie galten oft als die »Stars« in nicht übermäßig starken Herden und wurden entsprechend mit Futter versorgt.

In dieser Umgebung also entstand mein Wunsch, Jungzüchter zu werden, und in dieser Atmosphäre schlummerte er eine Weile vor sich hin – wacklig und unsicher, aber auf einem gewissen Realismus gründend, ähnlich wie die Tiere und Menschen, die seine Grundlage bildeten.

Die Idee selbst stammte jedoch von einem Neuankömmling in unserer Mitte. In der siebenten Klasse kam im späten Winter und zu Beginn des Frühjahrs ein neuer, dynamischer Mann vom Landwirtschaftsamt in unsere Schule mit den zwei Klassenzimmern. Er war jung, sportlich und strotzte vor Energie. Er stand ein Jahr vor dem Abschluss seines Examens und hatte sein Studium für ein Jahr unterbrochen, um praktische Feldforschung zu betreiben; und wir sollten ein Teil seines Feldes sein. Seine Begeisterung war beinahe ansteckend. Wir hatten schon immer Besuch von Mitarbeitern des Landwirtschaftsamtes gehabt, aber die meisten waren ältere Männer, die den Eindruck erweckten, dass sie lieber anderswo wären. Einer trug immer eine Wildlederjacke und eine graue Hose, die von Zigarettenasche und anderen dubiosen Dingen verfleckt war. Er saß vor der Klasse am Pult und wollte wissen, ob es Fragen gebe. Da es selten welche gab, stellte er selbst eine: »Nun, worüber wollen wir uns denn unterhalten?« Dann blickte er, genau wie wir, sehr sehnsüchtig aus dem Fenster und hoffte, wenn schon nicht auf ein Diskussionsthema, so doch auf gegenseitige Erlösung. Ein anderer zeigte meistens Dias von »verbreiteten nordamerikanischen Unkräutern.« Offenbar kam er etwas später im Jahr, im Mai oder Juni, und immer nachmittags. Auf jedem Dia stand der Name des abgebildeten Unkrauts, und er las ihn uns laut vor, eine Gewohnheit, die wir nach einiger Zeit die Unkrautparade nannten. »Gemeines Kreuzkraut«, sagte er, oder: »Eselsdistel«, oder: »Weinbergslauch«, oder: »Stumpfblättriger Ampfer.« Dabei sah er immer wieder heimlich auf seine Uhr und trank mit Whisky versetzten Kaffee aus einer Thermoskanne. An den dösigen heißen Nachmittagen, wenn ein Unkraut dem anderen folgte und die Namen zusehends schleppender zu uns drangen und die Dämpfe des whiskygeschwängerten Kaffees um uns aufstiegen, konnten wir uns kaum noch wach halten. Doch all das änderte sich mit unserem neuen Feldforscher.

Zuerst meinte er, wir sollten zusätzlich zu unseren jetzigen Gemüsegartenclubs eine Jungzüchtergruppe gründen. Er habe sich ein wenig eingelesen und wir bräuchten zu diesem Zweck nur ein paar Kuhkälber, die von einem reinrassigen Vater abstammten. Da diese Kälber im folgenden Frühjahr zur Welt kämen, müsse man allmählich anfangen, über das Decken nachzudenken. Als Mutter käme jede gute Kuh infrage, und ihre guten Eigenschaften würden mit

Glück auf die Tochter übertragen werden. Wir benötigten ein Dokument vom Halter des reinrassigen Vaters, auf dem das Deckdatum und der voraussichtliche Kalbetermin vermerkt wurden. Wir sollten unser Vieh zu Hause durchgehen und mit unseren Eltern sprechen. Da wir an Milchvieh interessiert waren, sollten wir als Mutter keine Fleischkuh wählen. Außerdem sollten wir nach Möglichkeit nicht verschiedene Rassen miteinander kreuzen. Eine Kuh mit ausgeprägten Merkmalen der Schwarzbunten sollten wir beispielsweise nicht mit einem Ayrshire-Bullen kreuzen, weil sich sonst die Rasseneigenschaften nicht deutlich zeigen würden. Seine Recherche hatte ergeben, dass Ayrshire in unserer Gegend die vorherrschende Rasse war, und es im Abstand von zehn Meilen zwei Ayrshire-Bullen gab, die vom Landwirtschaftsministerium subventioniert wurden. Das Potenzial dieser Bullen, sagte er, sei nicht »voll ausgeschöpft«. Wir schrieben alles in unsere Notizblöcke, um später darauf zurückzugreifen.

Auf dem Heimweg ging ich sämtliche Kühe durch, die wir besaßen, und dachte darüber nach, was wir über diese Tiere und ihre Vorfahren wussten und wann sie in diesem Frühjahr kalben würden. Ich dachte schon ein Jahr voraus, als ich meine Kandidatin als Mutter des Jahres suchte. Im Geist legte ich mich auf eine große, durchweg freundliche Kuh fest, die Morag hieß. Sie war vorwiegend weiß, mit kirschroter Zeichnung im Fell und langen, elegant geschwungenen Ayrshire-Hörnern. Sie besaß beinahe alle erwähnten guten Eigenschaften und sollte ihr jetziges »normales« Kalb ziemlich am Anfang des Frühjahrs zur Welt bringen. Nach der Geburt ihrer früheren Kälber hatte sie immer schnell und leicht aufgenommen; ich konnte mein Glück kaum fassen.

Mein Vater reparierte gerade Geschirr in der Küche, als ich nach Hause kam. Ich merkte, dass er nicht sonderlich gut gelaunt war, aber ich war so begeistert, dass ich ihm alles über den neuen Mitarbeiter des Landwirtschaftsamtes und unsere mögliche Jungzüchtergruppe erzählte und mich dabei vor Aufregung fast überschlug.

»Oh«, sagte er, irgendwie leicht entnervt, »das kenne ich alles. Diese Leute vom Landwirtschaftsamt sind alle gleich. Sie reden und reden, sonst tun sie nichts. Mitten in der Heuernte kommen sie in ihren schicken Autos angefahren und erwarten, dass man alles fallen lässt, um sich mit ihnen zu unterhalten. Dabei erzählen sie einem ohnehin nur Binsenweisheiten: ›Wer früh pflanzt, kann früh ernten.‹ ›Ihr müsst einen Fruchtwechsel einhalten.‹ ›Man muss Kalk benutzen.‹ ›Viel Regen bringt gute Erträge.‹ ›Für den Thanksgiving-Markt werden immer Truthähne gebraucht.‹ Als ob das nicht jeder wüsste! Die reden nur Unsinn.«

»Schon«, sagte ich, und nahm mir vor, nicht aufzugeben, »aber es wäre ja nur eine Kuh. Ich dachte an Morag, wenn sie ihr Kalb hat. Die MacDougalls halten einen reinrassigen Bullen, der dem Landwirtschaftsverband gehört. Sie wohnen nur fünf Meilen entfernt. Dort könnten wir Morag im Sommer decken lassen.«

»Ohne mich«, erwiderte mein Vater. »Ich ziehe keine Kuh mehr am Strick zu einem dieser Bullen. Vor ungefähr fünfzehn Jahren hatte ich selber so ein subventioniertes Tier. Brachte mehr Ärger als Gewinn. Nahm zu viel Platz in der Scheune weg. Ständig musste ich Futter und Wasser zu ihm schleppen, weil er zu gefährlich war, um ihn nach draußen zu lassen. Aber wenn er nicht genug Bewegung bekam, konnte er nicht vernünftig decken. Und die Leute kamen immer zu den ungünstigsten Zeiten mit ihren Kühen. Sonntag früh um sieben. Immer, wenn eine Hochzeit oder eine Beerdigung war. Kaum ging man aus dem Haus, kam garantiert jemand mit seiner Kuh und man musste wieder zurück, sich umziehen und den Bullen für sie führen. Das ging so weit, dass er nur mich in seine Nähe ließ und ich nicht mehr aus dem Haus konnte. Die Leute kamen mit ihren Kühen und beschwerten sich, wenn ich weg war. Obwohl sie dazu natürlich kein Recht hatten.«

Langsam sammelte er das Geschirr vom Fußboden auf und bereitete sich auf die abendliche Stallarbeit vor. Ich überlegte, ob ich vielleicht darauf hinweisen sollte, dass unsere besten Milchkühe immerhin Nachfahren von jenem längst dahingeschiedenen Bullen seien, aber mir schien, für diese Art von Logik war nicht der richtige Zeitpunkt. Nachdem er in die Scheune gegangen war, sagte meine Mutter: »Heute ist nicht sein bester Tag, aber du hast sicher bemerkt, dass er nicht nein gesagt hat. Frag ihn nochmal konkret danach und biete ihm an, dass du alles selbst machst. Er wird langsam müde. Du weißt, wenn er dir sein Wort gibt, hält er es auch.«

Sie hatte Recht. Mein Vater mochte seine Launen haben, aber er besaß ein Gedächtnis, das ihn nichts vergessen ließ, und er stand immer zu seinem Wort. Rückblickend betrachtet gab es in unserem Leben nicht viele Dinge, die uns Sicherheit boten: Wir lebten in einer Umgebung mit wechselhaftem Wetter, unbeständigen Jahreszeiten, aggressiven Insekten und mittelmäßigem Boden; aber jener Charaktereigenschaften konnten wir uns sicher sein, und wir klammerten uns an sie wie ein schlechter Schwimmer an seinen rettenden Baumstamm.

In der Scheune wurde es dunkel. Mein Vater bewegte sich mit müder Vertrautheit zwischen den Tieren, schmiegte sich an sie und schob sie mit den Schultern beiseite, um sich zu ihren Futtertrögen vorzuarbeiten. Er unterhielt sich in einer verkürzten Geheimsprache mit ihnen, zog den Mist mit der Gabel unter ihnen weg, befestigte ihre Kettenhalfter und verteilte das Futter, damit es in ihrer Reichweite war.

»In Ordnung«, sagte er, ehe ich mein Anliegen vorbringen konnte. »Ich habe nicht gesagt, dass du nicht darfst, sondern nur, dass ich nicht will. Wenn du für die Gebühr aufkommst, kannst du die Kuh haben.«

Dagegen war nichts einzuwenden.

Die Gebühr war vermutlich mit ein Grund, weshalb wir den subventionierten Bullen nicht behielten. Ein weiterer war, dass er in einer Phase, als Lastwagen und künstliche Befruchtung noch nicht sehr verbreitet waren, wertvolle Zeit verschlang. »Er«, der Bulle, war zu weit entfernt, die Mühe lohnte sich nicht mehr. Die Sache war, wie gesagt, teuer und es herrschte die Meinung vor, dass es ein bisschen zu viel verlangt sei, für den schlichten Akt des Deckens Geld zu zahlen – als sei es irgendwie unnatürlich, eine gewisse Perversion oder Tierprostitution, mit der wir nichts zu tun haben wollten; als herrsche die unausgesprochene Vorstellung, dass niemand »dafür« zahlen sollte. Außerdem hatte man die schlaue und pragmatische Beobachtung gemacht, dass die meisten Rinder nach mehreren Jahren dieser Selektionszucht ja bereits »gutes«, wenn auch nicht unbedingt königliches Blut führten und deswegen weitere übertrieben vornehme Anpaarungen womöglich Zeitverschwendung waren. Vermutlich war es eine Reaktion auf diese weit verbreiteten Vorstellungen, dass der Vertreter des Landwirtschaftsamtes die Idee von den Jungzüchtern überhaupt angeregt hatte.

Den ersten Schritt hatte ich jedenfalls erreicht. Noch ehe Morag ihr derzeitiges Kalb zur Welt gebracht hatte, sah ich sie bereits wieder trächtig. Ich meldete mich bei dem Vertreter des Landwirtschaftsamtes und erzählte meinen Mitschülern, dass ich mitmachen würde. Bisher war weder der Schnee geschmolzen, noch waren die Wildenten nach Norden geflogen, noch die ersten Frühlingslämmer und Kätzchen geboren, aber ich lebte nicht nur in diesem Frühling, sondern auch schon im nächsten.

Nach der Geburt von Morags »normalem« Kalb folgte die lange Zeit des Wartens. Wenn sie das magische Kalb zu Beginn des nächsten Frühjahrs zur Welt bringen sollte, musste sie Mitte des Sommers trächtig werden. Von der Empfängnis bis zur Geburt dauerte es neun Monate – »wie bei den Menschen«, sagten wir immer. »Rinder sind die einzigen Tiere, die genauso lang austragen.«

Während das Frühjahr vorüberging und der frühe Sommer näher kam, nahm die Hektik in unserem Leben erneut zu. Das Schuljahr neigte sich dem Ende entgegen und in den letzten Wochen besuchten wir den Unterricht nur noch unregelmäßig. Wir wurden zu Hause gebraucht, und alles, was wir während des Schuljahres gelernt hatten, war bereits wieder Vergangenheit. Wir bereiteten uns fieberhaft auf die bevorstehende Heuernte vor: Maschinen wurden repariert, Ersatzteile bestellt und Ausbesserungsarbeiten an der Scheune vorgenommen, dazu kam eine Unzahl von anderen Aktivitäten wie Gartenarbeit, Einkochen und das Käsemachen. Vor uns lag der kurze, atemlose Sommer, und wir durften keine Zeit verlieren.

Unterdessen wurde das Fell der wohlgenährten Tiere glatt und glänzend, und während wir uns daranmachten, ihr Futter für den Winter einzufahren, waren sie die meiste Zeit von uns fern. In den ersten Juliwochen fingen wir richtig mit dem Heuen an. Wir schnitten die Wiesen, auf denen das Gras am weitesten war, ließen es trocknen, rechten es zusammen und luden es schließlich auf die Wagen; dann brachten wir es in die Scheune und luden es ab, fuhren wieder zurück und begannen von vorn. Immer bedroht von gebrochenem Geschirr und nicht funktionierenden Maschinen, und immer in Angst vor dem Schreckgespenst Regen.

Am Abend des vierzehnten Juli fielen mir die typischen Anzeichen bei Morag auf, als ich die Milchkühe von ihrer Weide am Meer zurücktrieb. Sie war paarungsbereit, und das verursachte nicht nur in ihr Unruhe und Spannung, sondern auch unter dem übrigen Vieh. Ich bemerkte es erst spätabends, und so konnte ich an diesem Tag nichts mehr unternehmen. Am Abend hörten wir im Radio, dass wir am nächsten Tag mit schweren Regenfällen rechnen mussten.

»Verdammt nochmal«, sagte mein Vater, »und wir haben noch das ganze Heu draußen.«

Wir hatten erst kürzlich eine neue Wiese gemäht, das Gras war also größtenteils noch nicht getrocknet. Am nächsten Morgen standen wir um fünf Uhr früh auf und machten uns fieberhaft an die Arbeit, im ständigen Wettkampf gegen das Wetter. Beim morgendlichen Melken war Morags Zustand unübersehbar, obwohl mein Vater nichts bemerkte. Er hielt sich kaum bei den Kühen auf, sondern spannte eilig die Pferde ein und rief Tieren und Menschen gleichermaßen Anweisungen zu. Am Himmel brauten sich bereits Wolken zusammen, auch wenn es so aussah, als seien sie noch weit genug weg, denn sie hingen über dem Meer und waren nur in der Ferne sichtbar.

»Beeil dich«, sagte er, als er in die Scheune kam, wo ich die Kühe melkte. »Es gibt Regen. Wir haben nicht den ganzen Tag Zeit.«

»Ich glaube, wir sollten Morag heute in der Scheune lassen«, stammelte ich schnell, aus Angst, er könnte weg sein, ehe ich das Thema angeschnitten hatte.

»Und wieso?«, fragte er und wirkte so besorgt und unruhig, dass ich merkte, er hatte meinen Worten kaum Beachtung geschenkt.

»Sie ist so weit«, sagte ich. »Gestern Abend fing es an.«

Einen Augenblick lang trübte sich sein Blick und er schien nicht zu begreifen, aber dann, als er die Bedeutung meiner Worte verstand, leuchteten seine Augen auf und füllten sich fast mit Panik. Es war, als fühlte er sich durch sein Versprechen, an das er sich jetzt erinnerte, in die Enge getrieben. Und das an einem Tag, an dem er schrecklich viel zu tun hatte.

»Aber dafür ist heute keine Zeit«, stieß er undeutlich hervor. »Wir haben Wichtigeres zu tun, als uns um diese eine Kuh zu kümmern.«

»Gut«, sagte ich. »Wir lassen sie einfach im Stall und sehen, was kommt. Ich wollte ja nicht sofort mit ihr losgehen.«

»In Ordnung«, erwiderte er, als wäre ein leichtsinnig gegebenes Versprechen von ihm genommen worden. »Bring die anderen Kühe hinunter zum Strand. Wir müssen los.«

Was kam, war ein Vormittag voll hektischer Geschäftigkeit. Zuerst rechten wir das trockenste Heu zusammen und folgten dann mit den ächzenden Wagen. Die Sonne schien sporadisch, aber die Luft war so feucht, dass das Gras kaum trocknete. Manchmal verdeckten Wolken die Sonne, und einmal sahen wir tatsächlich, dass es draußen über dem Meer regnete, obwohl es an Land noch trocken blieb. Den ganzen Vormittag, während wir schufteten und sich neue Blasen auf den bereits vorhandenen Schwielen an unseren Händen bildeten, hörten wir Morag, die in der Scheune ihre Leidenschaft herausbrüllte. Als wir mit den beladenen Wagen zurückkamen, hörten wir sie herumtoben, völlig frustriert von ihrer Gefangenschaft und dem unerfüllten Begehren.

Ich hätte ihr gern einen Eimer Wasser gebracht, um ihren Durst zu stillen, obwohl ich wusste, es war nicht das, was sie eigentlich wollte – doch nicht einmal dafür blieb mir die Zeit. Ein- oder zweimal meinte ich, aus scheinbar sehr weiter Ferne eine Antwort auf ihr Rufen zu hören, aber ich konnte mich auch täuschen. In der Scheune war sie wenigstens sicher, dachte ich. Sicher, was meine Interessen betraf, auch wenn ihre unbefriedigt blieben. Unsere Arbeit wurde noch hektischer, und der Himmel ringsherum zog sich zu.

Als das Gewitter schließlich losbrach, kündigte es sich zunächst mit zwei Donnerschlägen und einem gezackten, quer über den Himmel verlaufenden Blitz an, und dann schien der Regen herabzustürzen, als würde ihn jemand aus den tief hängenden, schweren Wolken pressen. Alles und jeder wurde augenblicklich klatschnass, und um wenigstens die halb vollen Wagen mit dem nicht getrockneten Heu zu retten, mussten wir die Pferde anfeuern und die Zügel über ihre ohnehin schon dampfenden Rücken schwingen. Sie fielen in einen wilden Galopp und zogen die schwankenden Wagen hinter sich her, bis sie in die ruhige, würdige Sicherheit der Scheune einbogen. Nach fünf Minuten mussten wir einsehen, dass die Heuernte für heute beendet war und wir irgendwann wieder mit dem anfangen müssten, was jetzt gründlich durchnässt war. Dann jedoch wäre das Heu nur noch minderwertig.

Den ganzen Nachmittag goss es in Strömen; das Wasser lief in Bächen an den Fenstern und Hauswänden hinab und ergoss sich auf die Wege, wo es beharrliche kleine Gräben durch die aufgeweichte Erde zog. Außer Wasser schien sich nichts zu bewegen. Das Meer war ruhig, und auch wir waren nach der ganzen verzweifelten Hektik ruhig. Selbst Morags Leidenschaft schien sich zu legen, als hätte der mildernde Regen sie abgekühlt und besänftigt. Ich konnte es erst spätabends wagen, zum Strand zu gehen und die Kühe nach Hause zu holen, und am nächsten Morgen war Morag völlig ausgehungert, sonst aber äußerlich wie immer. Meine Hoffnung auf ein Kalb, das nächstes Jahr Mitte April zur Welt kommen würde, war unwiederbringlich zerstört.

Zwei Tage lang war es bewölkt mit gelegentlichen Regenschauern, und das gemähte, nasse Heu wurde allmählich schwarz. Am dritten Tag klarte es nachmittags auf und am vierten Tag schien die Sonne, und wir fuhren mit dem fort, was wir vor dem Gewitter abgebrochen hatten. Wir arbeiteten an einer anderen Wiese weiter, denn ein Teil der alten Ernte war kaputt und zum Großteil verdorben. Ich richtete mein Augenmerk auf die Zeit in etwa drei Wochen und redete mir ein, ein Kalb, das Mitte Mai zur Welt kommen würde, sei letztendlich auch nicht schlecht.

Im August war ich bereit, denn ich hatte mir im Geist das frühere Datum notiert. Wir waren noch immer mit der Heuernte beschäftigt, obwohl die meisten Wiesen inzwischen gemäht waren. Wir waren alle dünner und reizbarer und litten unter verschiedenen lästigen Verletzungen, die von der Arbeit während der vergangenen Tage und Wochen zeugten: ein Daumennagel, den ein berstender Strick abgerissen hatte, ein Hexenschuss, der beim Heben einer zu schweren Heugabel entstanden war, ein geschwollener Kiefer, der durch das unbeabsichtigte Aufwühlen eines Wespennestes im tiefen Gras hervorgerufen wurde, oder ein blauschwarzer tellergroßer Fleck am Oberschenkel, der von einem von Fliegen gereizten, ausschlagenden Pferd stammte.

Es war morgens, als ich im August die ersten Anzeichen bei Morag entdeckte, und es versprach ein klarer, heißer Tag zu werden. Wir hatten die Heuernte fast hinter uns, und es war nicht mehr so hektisch wie am Anfang des Monats. Ich erzählte meinem Vater von Morag, und er sagte, ich solle sie tagsüber in der Scheune lassen. Wenn wir, sagte er, ein ordentliches Tagespensum hinlegen würden, könnte ich mich am Abend auf den fünf Meilen langen Weg machen. Den ganzen Tag war ich während der Arbeit auf meine künftige Mission fixiert. Ich hatte sogar ein bisschen Angst, als die Stunde näher rückte und ich an die Biegungen und Windungen der Straße dachte, die ich gehen musste, und mir wurde klar, wie unsicher mein Vorhaben verlaufen könnte. Aus der Scheune hörte ich Morag stöhnen und brüllen, als wollte sie mit ihrer Stimme die Titelmusik zu unserem Tagewerk liefern. Aus weiter Ferne schien die Antwort zu kommen.

Am Abend, nachdem die anderen Milchkühe im Stall versorgt waren, legte ich Morag ein Halfter um den Kopf, schlang zusätzlich einen Strick um ihre geschwungenen Hörner und machte mich zum Aufbruch bereit.

»Du solltest den Strick nicht zu fest um die Hand wickeln«, sagte mein Vater, »denn Morag könnte dir die Schulter auskugeln, wenn sie scheut.« Er war auf dem Weg, um die letzte Heufuhre des Abends abzuladen.

»Gut«, sagte ich, und legte mir den Strick doppelt in die Hand.

Mein Weg führte über eine schmale Schotterstraße, die den unregelmäßigen Einkerbungen des Meeres folgte. Es war der Pfad gewesen, den die ersten Siedler 1770 benutzt hatten, als sie entlang der Küste zu ihren neuen Ländereien unterwegs waren. Inzwischen war es fast ein Geheimweg, der wegen seiner gefährlichen Enge nur selten von Fahrzeugen benutzt wurde, sondern eher von Leuten mit Aufträgen wie dem meinen, Leuten, die zu Fuß gingen oder auf Pferden ritten; manchmal von Liebespärchen, manchmal von Trunkenbolden oder anderem dubiosen Volk, das nicht unbedingt gesehen werden wollte. Gelegentlich führte die Straße direkt am Abgrund entlang, und an manchen Stellen war der Rand abgebröckelt und sechzig Meter tief ins Meer gefallen.

Am Anfang ging Morag sehr schnell, und ich musste rennen, um an ihrer Seite zu bleiben. Ich spürte die Kraft ihres Kopfes und ihrer Schultern wie eine Strömung durch den Strick zurückfließen und dachte beklommen, dass ich sie, wenn sie einen Satz machen würde, bestimmt nicht beherrschen könnte. Entgegen der Warnung, die man mir mit auf den Weg gegeben hatte, schlang ich mir den Strick um die

Hand und redete mir ein, dass sie, wenn sie mich mitschleifen musste, zumindest nicht ausreißen konnte. Wir legten die erste Meile sehr schnell zurück und schnauften beide schwer. Sie wird sicher bald müde, dachte ich, und dann könnte ich sie leichter lenken.

Nach der ersten Meile begann die Straße steil anzusteigen, und unter unseren Füßen lösten sich kleine Steine, aber Morag schien dennoch nicht sonderlich zu erschlaffen.

Einerseits ist das nicht schlecht, dachte ich mir. Dann kommen wir wenigstens schnell dort an.

Vor einiger Zeit hatte ich mir vorgestellt, wie sie stur mitten auf der Straße stand, während ich sie vergeblich weiterzudrängen versuchte. Dem war offensichtlich nicht so – jedenfalls nicht auf den ersten zwei Meilen. Nach der Steigung führte die Straße etwa neunzig Meter über eine Art Hochlandplateau und verlief dann durch mehrere Haarnadelkurven. Plötzlich und unerwartet fiel sie ab, stieg wieder an und schlängelte sich auf eine Weise dahin, dass man unmöglich sehen konnte, was vor einem lag. Mitten in der zweiten Biegung sahen wir ihn dann, oder besser, zuerst hörten wir ihn. Aus seiner Kehle drang ein leises Grollen, das er ständig wiederholte, während er den Hügel herunter auf uns zukam.

Der Hügel erhob sich an dieser Stelle vom Klippenrand des Meeres, das zu unserer Rechten lag, und stieg dann steil an, ehe er in einem weiteren Plateau verflachte. Auf diesem Plateau sah ich jetzt eine Rinderherde in der Ferne; von dort kam er und steuerte schnell auf uns zu. Er wog vielleicht eine Tonne, denn er hatte immense Schultern und einen gewaltigen Rumpf. Er war überwiegend weiß, nur Kopf und Hals zeigten eine graue Streifenzeichnung, die manchmal fast ins Blaue ging. Er hielt den Kopf gesenkt, während er brüllend auf uns zuraste, und an seinem Unterkiefer hingen Speichelfäden wie Perlenvorhänge. Seine dicken, gelblichen

Hörner wanden sich in einer Abwärtsspirale auswärts wie bei Bergschafen. An seinem Aussehen und seinen Bewegungen ließ sich seine Rasse-Abstammung nicht erkennen, und ein Tier wie ihn fand man auch nicht im Verzeichnis der gängigen Rinderrassen.

Er näherte sich jetzt rasch, kam den Hügel herunter auf uns zu, und das Gefälle des Hügels schien ihm zusätzlichen Schwung zu verleihen. Er ging sehr schnell und entschlossen, mit diesem leisen Grollen in der Kehle, aber er rannte nicht. Er rannte ganz und gar nicht wie in den Witzen, wenn Bullen hinter Kühen her sind. Aber das hier, das wusste ich, war kein Witz. Am Fuß des Hügels befand sich neben der Straße ein Holzzaun, der eine Abtrennung bildete, aber ich sah, dass die Latten und Pfosten verrottet waren und eher ein Phantom von einem Zaun darstellten als einen richtigen. Ich nahm an, dass er bei seiner Größe und seinem Tempo und dem Gefälle des Hügels einfach darüber springen würde, aber nein, er spazierte einfach hindurch, als existiere der Zaun gar nicht. Der ganze Zaunabschnitt teilte sich bei seinem Durchmarsch wie eine Furche vor der Pflugschar oder das Wasser vor einem Schiff. Die Splitter der morschen, zerbrochenen Latten schienen an seinen Flanken zu kleben, aber sie hielten ihn nicht auf. Er steuerte weiter auf uns zu, schnell und gemächlich zugleich, als wäre er sich seiner Sache sehr sicher und hätte alles unter Kontrolle.

In der verklärenden Rückschau sehe ich mich manchmal als einen jener »galanten Beschützer« in den Schauerromanen, bei dem Versuch, seine zitternde weibliche Figur vor dem lüsternen, geifernden Mann zu beschützen, der bei der Erfüllung seiner Gelüste unwiderruflichen Schmerz verursachen wird. Oder anders: wie der »besorgte Vater«, der fast alles tun würde, um seine verletzliche Tochter vor dem Mann zu bewahren, von dem er weiß, es ist nicht der richtige für sie. Ein Verteidiger gegen den, »der nur eines im Sinn hat«.

Aber die Realität an jenem Abend auf der staubigen Straße war, dass Morag mit einem kräftigen Schwenk den Kopf in seine Richtung drehte. Ihre ausladenden Hörner schienen förmlich durch die Luft zu zischen, und sie hob mich, zusammen mit dem fest um meine Hand geschlungenen Strick, einfach von den Füßen. Als wäre ich ein leichtes, lächerliches Ärgernis, das sie nicht länger hinnehmen mochte. Sie schwenkte meinen Körper fast in seinen hoch aufragenden Kopf, und ich konnte, wie unter einem Mikroskop, die dunkle, konzentrierte Flüssigkeit seiner Augen sehen, die maserigen gelben Ringe am Ansatz der Hörner, die graublauen Lefzen und die aus dem Maul hängenden, perlenschnurähnlichen Speichelfäden. Ich roch die süße, schwere Hitze seines grasgeschwängerten Atems, als sich ihre Mäuler berührten, und ich dachte kurz, wenn einer der behornten Köpfe in die falsche Richtung schwingen würde, müsste ich wohl mein Leben lassen. Dann schnellte er brüllend hinter sie, bäumte sich massiv auf, und seine schweren Schultern erhoben sich vor der Abendsonne, die inzwischen in das wartende Meer sank. In diesem Augenblick sah es so aus, als käme Morag ihrem Wunsch nahe, während mir meiner versagt blieb.

»Hast du das gewollt?«, kam eine Stimme aus der Nähe.

»Nein«, erwiderte ich, oder vielleicht schluchzte ich auch; das »nein« war jedenfalls heraus, ehe ich merkte, woher die Stimme kam.

»Mein Gott«, sagte er und glitt in einem Rutsch vom Pferd herunter.

Auch er kam uns plötzlich und unerwartet hinter einer schmalen Kurve entgegen. Den beiden Rumflaschen nach zu urteilen, die aus seinem verschossenen blauen Overall herausragten, kam er offenbar gerade aus dem Dorf, und er erweckte nicht den Eindruck, als hätte es eilig gehabt, denn das riesige schwarze Pferd, das sofort anfing, am Straßenrand zu weiden, zeigte keine Schweißspuren. Der Mann war alt, Ende siebzig, ein Cousin meines Großvaters, und somit auch meiner. Er war erschreckend groß und stark und hatte die Sorte unbekümmertes Leben geführt, das große, starke Männer in solchen Ortschaften manchmal führen – vielleicht weil es oft niemanden gibt, der sie daran hindert, nahezu alles zu tun, was ihnen gefällt. Er sollte später sterben, nachts und in mysteriöser Dunkelheit, als er vor der Tür eines Alkoholschmugglers von einem wackligen Balkon aus dem zweiten Stock stürzte oder gestoßen wurde. Man fand ihn mit gebrochenem Genick, sein Geld war verschwunden, und jemand hatte seinem Pferd und dessen Gefährten die Zügel durchgeschnitten, während sie eingespannt vor der Karre mit den Stahlreifen standen und, wie in so vielen Nächten, warteten. Hinterher waren sie verstört und in wildem Galopp durch die Nacht nach Hause gejagt, die Funken sprühten unter ihren Hufeisen, während sie den Wagen schwankend hinter sich herzogen, sodass er in den engsten Kurven abhob und für Sekunden über dem Abgrund und dem schwarzen Meer schwebte. Die Leute, die entlang der Straße wohnten, waren durch den Lärm der rennenden Pferde aufgewacht und hatten sie an ihrem verlässlichen Hufschlag erkannt, so wie ihre Nachfahren heute die jeweiligen Motorgeräusche unterschiedlicher Autos erkennen. Sie kannten das Geräusch von früher und ahnten nicht, dass die schwarzen Pferde diesmal ohne Fahrer und menschliche Führung durch die Nacht jagten.

Als die Pferde zu Hause ankamen, waren sie mit Schaum bedeckt, die Muskeln in ihren Schultern und Flanken zitterten und zuckten, und der Blick ihrer Augen war glasig und wild. Da eilten die Hausbewohner heraus und verfolgten mit Laternen und Taschenlampen den Weg des Wagens zurück, in dem Glauben, ihn im Straßengraben zu finden oder in der Tiefe, auf den vom Meer umspülten Felsen oder gar ausgestreckt mitten auf der Straße. Aber sie fanden ihn die ganze Nacht nicht, und am nächsten Morgen überbrachte ihnen jemand die offizielle, endgültige Nachricht. Erst dann bemerkten sie, dass jemand die Zügel durchgeschnitten hatte, und sie fragten sich, weshalb ihnen das nicht früher aufgefallen war.

Doch ich greife vor. Denn als ich ihm begegnete, auf der schmalen Straße, zusammen mit dem Bullen, wussten wir nicht, was die Zukunft für jeden von uns bereithielt. Unsere Gegenwart war viel zu real.

In meiner heutigen Erinnerung bewegte er sich in einem irrsinigen Tempo, obwohl er sich nicht zu beeilen schien und dieser falsche Eindruck vermutlich auf seinen langen Beinen beruhte, die mit einem einzigen Schritt beträchtlich an Boden gewannen. Ohne stehen zu bleiben, bückte er sich und hob mit der rechten Hand einen großen Stein am Straßenrand auf. Der Stein schien so groß wie eine Bowlingkugel, aber er hielt ihn leicht und mühelos in seiner riesigen Pranke. Als er sich dem steigenden, stoßenden Bullen näherte, streckte er die linke Hand vor, bis er eines der Bergschafhörner zu fassen bekam, dann zog er den Stein in einer zügigen schwungvollen Bewegung durch und stieß ihn zwischen die konzentrierten, weit auseinander stehenden Augen des Bullen. Der dumpfe Aufprall von Stein auf Schädel erinnerte an das Geräusch an den Schlachttagen, und der Bulle torkelte seitwärts und sank in die Knie. Seine Augen, nunmehr bar jeglicher Leidenschaft, rollten glasig in den Höhlen nach oben, und zwei dünne, von erbrochenem Gras grün gefärbte Speichelbäche tropften aus seinen Nüstern zurück ins offene Maul. Sein Penis, von dem immer noch Flüssigkeit tropfte, wurde schlaff und verschwand wieder im Hautsack unter dem Bauch. Für heute war das Decken oder das versuchte Decken vorbei.

»Hat er ihn drin gehabt?«, fragte er und wischte sich die

Hand am Overall ab, dann griff er nach einer der Rumflaschen.

»Ich weiß nicht«, erwiderte ich. »Ich konnte es nicht sehen.«

»Wenn er ihn drin hatte«, sagte er, »weiß man nie, ob's auch geklappt hat. Was suchst du eigentlich hier, abgesehen davon, dass du dich umbringen lassen willst?«

Ich schilderte ihm kurz und unzusammenhängend den Zweck meiner Mission.

»Nun«, sagte er, »dann kannst du ebenso gut weitergehen. Wenn du willst, begleite ich dich ein Stück. Komm, steig auf.«

Mit dem gleichen Arm, den er für den Stein verwendet hatte, hob er mich mühelos auf den Pferderücken und reichte mir die Zügel. Dann nahm er Morags Strick in die Hand, und sie begann automatisch mit ihm im Gleichschritt zu gehen, während ich ihnen auf dem Pferd folgte. Als ich mich einmal nach dem Bullen umdrehte, lag er immer noch halb auf den Knien am Straßenrand, wo er niedergestreckt worden war. Sein Kopf schien nach einer Seite zu hängen.

Nachdem wir die restlichen Haarnadelkurven bewältigt und etwa eine Meile hinter uns hatten, blieb er stehen und hielt mir Morags Strick hin. Ich saß ab und tauschte die Zügel gegen den dargebotenen Strick.

»Jetzt müsstest du eigentlich zurechtkommen«, sagte er. »Zurück solltest du vielleicht die andere Straße nehmen.«

Nach einem großen Schluck aus der Rumflasche stieg er auf das schwarze Pferd und lenkte es in die Richtung seines eigentlichen Heimwegs.

Morag und ich setzten unseren Weg jetzt ruhiger und langsamer fort als am Anfang. Als wir die Einfahrt zum Hof der MacDougalls betraten, war die Sonne fast untergegangen und ich sah, dass sie sich beeilten, die letzte Heufuhre in die Scheune zu bringen, bevor es dunkel wurde. Mr. Mac-

Dougall, der oben auf dem Heuwagen stand und die von den Gabeln hochgeschleuderten Heuladungen verteilte, war nicht sehr begeistert, als er uns sah.

»Herrgott, noch so eine verdammte Kuh«, sagte er und stieß die Gabel tief vor sich ins Heu. Mir fielen sofort die früheren Bemerkungen meines Vaters ein.

Aber er stieg dennoch vom Wagen herunter, und einer seiner Söhne nahm seinen Platz ein. Auf dem Weg zur Scheune erzählte ich ihm, was passiert war.

»Hat er ihn drin gehabt?«, fragte er.

»Ich weiß nicht«, erwiderte ich, »ich konnte es nicht sehen.«

»Wahrscheinlich nicht«, sagte er, »wenn es so schnell ging, wie du sagst. Vielleicht kam er nicht an sie ran. Manchmal dauert es eine Weile, bis sie so weit sind. Wir werden abwarten müssen.«

Ich stand in dem staubigen Hof, hielt Morags Strick fest und wartete, bis der kirschrotbunte Bulle mit all den richtigen Eigenschaften brüllend auftauchte; er wurde an einem langen Holzstock geführt, der in seinem Nasenring festgehakt war. Der Deckakt verlief ziemlich unspektakulär, doch anscheinend gründlich.

»Also, der war garantiert drin«, sagte MacDougall anerkennend. »Keine Frage. Die Sache müsste laufen.«

Nachdem der Bulle wieder in der Scheune war, zahlte ich MacDougall die Gebühr, und er ging ins Haus und kam mit einem Notizblock zurück, von dem er eine Seite abriss. Darauf vermerkte er das Datum, Morags Besitzer und die Bestätigung, dass der Deckakt stattgefunden hatte. Er blinzelte in der schattigen Dämmerung; seine schweren, klobigen Hände waren nicht daran gewöhnt, den gelben Bleistiftstummel zu halten. Ein unangenehmer Geruch nach Bullenschweiß und -samen umfing seine Hände und den ganzen Mann.

Auf dem Rückweg gingen wir eine etwas befahrenere Straße, und ich hatte Angst, dass wir in der wachsenden Dunkelheit von einem Auto oder Lastwagen angefahren werden könnten, doch es war wenig Verkehr, und wir marschierten ohne Pause zügig durch. Obwohl die Strecke länger war, kam mir der Rückweg kürzer vor als der Hinweg, wie das bei Rückwegen oft der Fall ist. Es war stockdunkel, als wir in unserem Hof ankamen. Mein Vater war in der Scheune und schien auf uns zu warten.

»Wie bist du zurechtgekommen?«, fragte er.

Wieder erzählte ich meine Geschichte.

»Meinst du, er hat ihn drin gehabt?«, fragte er.

»Keine Ahnung«, sagte ich.

Ich war so erschöpft, dass ich kaum noch stehen konnte. Meine Vater nahm mir Morags Strick ab und führte sie in die Scheune. Ich ging ins Haus und legte mich ohne Abendessen ins Bett. Der Striemen von Morags Strick brannte immer noch und zog sich rot um meine Hand und den Arm.

In den folgenden Wochen ließ ich die Ereignisse jenes Tages in meinen geheimsten Gedanken immer wieder Revue passieren. Ich hoffte halb, dass Morag nicht aufgenommen hatte, damit wir vielleicht noch einmal von vorn anfangen könnten, aber ich wusste auch, dass wertvolle Zeit verloren war, falls sie nicht trächtig wurde, und dass aus einer Septemberpaarung bestenfalls ein Sommerkalb hervorgehen würde anstatt einer kräftigen Frühlingsgeburt; außerdem war es dann womöglich zu spät, um die Jungzüchtergruppe zu organisieren. Als die entscheidenden Septembertage kamen, beobachtete ich Morag ängstlich, aber sie zeigte keine Anzeichen. Sie graste zufrieden, lag in der Sonne am Meer und trottete ruhig nach Hause, um sich melken zu lassen. Sie wirkte rundum entspannt.

Im September ging es ernsthaft mit einer neuen Runde von Arbeiten weiter: Das Getreide musste eingefahren werden und wir bereiteten die Kartoffelernte vor. Außerdem fing die Schule wieder an, ich war jetzt in der achten Klasse. Es gab verschiedene Herbstmärkte und -ausstellungen, und unser Mitarbeiter des Landwirtschaftsamtes war überall dabei. Die erste Wagenladung mit Schafen wurde weggekarrt, blökend in der Herbstsonne, und die Strünke und Ranken im Gemüsegarten färbten sich rostbraun und dann noch dunkler.

Im Oktober, als das Schlachten und Verkaufen begann, war Morag immer noch ruhig und gelassen, und an Halloween, als der erste Schnee fiel, bezog sie mit den anderen Tieren ihr Winterquartier in den engen Ställen.

Den ganzen Winter über beobachtete ich sie besorgt und nervös, fast so, als wäre ich der junge, werdende Vater. Als sie schwerer wurde, verlegte ich sie in eine extra Bucht, damit sie mehr Platz hatte, und manchmal legte ich meine Arme um ihren gewölbten Umfang, in der Hoffnung, dass ich vielleicht Leben spürte. Als ich das Kalb zum ersten Mal fühlte, lag die schlimmste Winterkälte bereits hinter uns und es begann der wechselhafte winderfüllte Monat März. Das Kalb nahm jetzt noch konkretere Formen an, und in meiner Vorstellung ließ ich die Mutter unterschiedliche elegante Posen und Positionen ausführen.

Der Frühling zog in diesem Jahr zeitig ein, und obwohl es nachts kalt blieb, schien uns die Sonne tagsüber warm auf den Rücken, wenn wir Zäune reparierten, Abflussrinnen ersetzten und die üblichen Winterschäden in Ordnung brachten. Am ersten Mai war das Vieh tagsüber auf der Weide und fraß eifrig die ersten mutigen Grashalme. Die älteren, ausgewachsenen Tiere suchten während der ersten Woche in der Nacht noch die Wärme des Stalls, während die jüngeren recht bereitwillig die Wärme zugunsten der Abenteuer in der Freiheit aufgaben. Ich war hin- und hergerissen, ob Morag draußen kalben sollte, wo weniger Infektionsgefahr herrschte, sie aber in der Kälte Schaden nehmen konnte, oder ob sie im Stall bleiben sollte, wo es wärmer war, aber auch beengter und nicht so hygienisch. Inzwischen war sie so schwer, dass sie beim Hinlegen eher zu fallen schien, und beim Aufstehen hatte sie große Probleme.

Als ich am späten Nachmittag des zehnten Mai die Kühe unten am Strand holen wollte, konnte ich Morag nicht in der Herde entdecken und wusste sofort, ihre Zeit war gekommen, unabhängig von jeder Entscheidung, die ich getroffen haben könnte. Eine halbe Stunde lang suchte ich sie, wobei ich sicher war, sie würde nicht am Meer kalben, auf dem noch immer die Eisschollen des Winters trieben und von dem ein kalter Wind wehte, also ging ich kreuz und quer durch die bewaldeten Mulden und die landeinwärts liegenden geschützten Fichtenhaine. Schließlich fand ich ihre tief in der nassen Frühlingserde eingegrabenen Spuren. Sie waren fast wieder mit Wasser gefüllt, ein Zeichen dafür, dass sie bereits vor einiger Zeit vorbeigekommen war. Ich folgte den Spuren über einen schmalen Bach, der aus einem Sumpf rann, ging dann um den Sumpf herum einen steilen Hang hinauf und gelangte schließlich an den Rand eines größeren Tannen- und Fichtenhains.

Die Bäume standen dicht gedrängt zusammen. Während ich die Zweige beiseite schob und weiter den schweren Spuren im braunen Nadelboden folgte, stieß ich plötzlich auf eine kleine Lichtung, die fast aussah wie ein Zimmer. Die Ränder wurden von wilden Brombeeren gesäumt, die noch keine Knospen trugen, und ein paar ältere massive Bäume, durch Winterstürme entwurzelt und umgestürzt, lagen jetzt wie schwere Barrieren entlang der Waldgrenze. Um herauszukommen, musste man durch den Eingang gehen, den wir benutzt hatten. Morag lag auf der Seite. Ihre Scheide war erweitert und geschwollen, und sie sonderte bereits Schleim ab. Als ich die Lichtung betrat, kämpfte sie sich mühsam auf die Füße, schwenkte die Hörner in meine Richtung, und einen Augenblick lang befürchtete ich, sie könnte auf mich losgehen, obwohl das ungeborene Kalb schon zu sehen war. Doch dann wurde sie ruhiger, und nachdem sie ein paar vorbereitende Runden gedreht hatte, plumpste sie wieder schwerfällig auf die Seite.

Wie fast alle Geburten, ging auch diese erstaunlich schnell, als sie erst einmal begonnen hatte. Nach den vielen Monaten des Wartens schien sie sich in Windeseile zu vollziehen.

Das Kalb hatte muskulöse, kräftige Schultern und eine breite Brust. Es war überwiegend weiß, nur Kopf und Hals zeigten eine graue Streifenzeichnung, die manchmal fast ins Blaue ging. An seinem Aussehen ließ sich seine Rasse-Abstammung nicht erkennen, und ein Tier wie dieses fand man nicht im Verzeichnis der gängigen Rinderrassen. Morag erhob sich, leckte ihrem Kalb den Schleim von den Nüstern und stupste es mit der Nase. Sofort versuchte es, sich mühsam auf die Füße zu erheben, eingehüllt in die schimmernden Vorhänge der Plazenta, die durchsichtig an seinem frisch geborenen Körper hing.

Es taumelte und fiel hin, taumelte und fiel hin, doch dann schien es die Kontrolle über seine wackligen Beine zu gewinnen und seine Mutter schubste es mit der Nase sanft, aber bestimmt zu seiner ersten Trinkmahlzeit. Sie schienen beide sehr erfreut, einander zu sehen, und die Enttäuschung, die ich empfand, wurde sicher nicht von ihnen geteilt.

Mein Wunsch, Jungzüchter zu werden, endete dort in dem winzigen Waldzimmer am zehnten Mai, als die achte Klasse noch nicht vorbei war.

In jenem Sommer musste ich, glaube ich, nicht so hart arbeiten. Vielleicht lag es daran, dass das Wetter besser war. Oder dass ich älter war. Oder dass meine Eltern mehr arbeiteten, als mir bewusst war. Vielleicht lag es an allem zusammen. Jedenfalls hatte ich mehr freie Zeit, und deshalb stürzte ich mich in diesem Sommer mit leidenschaftlicher Begeisterung aufs Baseballspielen.

Wir spielten manchmal abends und an Sonntagnachmittagen und legten dabei beträchtliche Entfernungen zurück. Mit dem Schläger kam ich ganz gut zurecht, aber am liebsten spielte ich auf den Außenpositionen. Mein Stammplatz war am dritten Base, und der Shortstop und ich teilten uns Spielfeld und Aufgaben auf.

Mit genussvoller Spannung wartete ich auf Abpraller, Roller und flache Geschosse. Ich hoffte immer, dass jeder Ball in meine Richtung geschlagen würde, und soweit ich weiß, habe ich keinen durchgelassen. Ich lief und sprang und duckte mich und hechtete und rotierte und schlug Haken, und bei jeder Aktion hoffte ich, dass ich den nächsten Ball auch wieder bekäme. In meinem kleinen Teil der Welt hatte ich alles unter Kontrolle.

Winterhund

Ich schreibe dies im Dezember. In der Zeit kurz vor Weihnachten und drei Tage nach dem ersten Schneefall in der Region des südwestlichen Ontario. Der Schnee fiel still über Nacht oder am frühen Morgen. Als wir kurz vor Mitternacht ins Bett gingen, lag noch keiner. Dann hörten wir die Kinder aus ihren Zimmern auf der anderen Flurseite Weihnachtslieder singen. Es war frühmorgens und noch sehr dunkel. Ich drehte mich um und sah auf die Uhr. Halb fünf. Eins der Kinder war wohl aufgewacht und hatte aus dem Fenster gesehen, dabei den Schnee entdeckt und dann schnell die anderen geweckt. Die Vorfreude auf Weihnachten lässt sie ohnehin schon halb durchdrehen, und der unerwartete Schnee ist eine zusätzliche wunderbare Überraschung. Für diese Gegend war kein Schnee vorhergesagt, nicht einmal gestern.

»Was macht ihr denn?«, rufe ich, obwohl es unüberhörbar ist.

»Weihnachtslieder singen«, rufen sie ebenso unüberhörbar zurück, »es hat geschneit.«

»Seid nicht so laut«, sage ich, »sonst weckt ihr die Kleine.«

»Haben wir schon«, sagen sie. »Sie hört uns beim Singen zu. Es gefällt ihr. Dürfen wir raus und einen Schneemann bauen?«

Ich wälze mich aus dem Bett und gehe zum Fenster. Gedämpftes Schweigen umhüllt die verschneiten Nachbarhäu-

263

ser, in keinem brennt bisher Licht. Es hat aufgehört zu schneien, und die weiße Stille des Schnees reflektiert die Schatten der Nacht.

»Zum Schneemannbauen taugt der Schnee nicht«, sage ich. »Er ist zu trocken.«

»Wie kann Schnee trocken sein?«, fragt eine junge Stimme. Und dann eine ältere: »Dürfen wir trotzdem raus und die ersten Spuren legen?«

Mein Schweigen wird als Zustimmung verstanden, und dann huschen sie unter lautem Gekicher die Treppe hinunter, schalten das Licht ein und wühlen drängelnd nach Mänteln und Stiefeln.

»Was um alles in der Welt ist hier los?«, fragt meine Frau aus dem Bett. »Was machen sie denn?«

»Sie wollen nach draußen und die ersten Spuren im Schnee legen«, erwidere ich. »Heute Nacht hat es ziemlich stark geschneit.«

»Wie spät ist es?«

»Kurz nach halb fünf.«

»Oh.«

Auch wir waren in den vergangenen Wochen aufgeregt und unruhig. Der ungewisse Gesundheitszustand eines geliebten Menschen, der an der weit entfernten Ostküste Kanadas lebt, hat uns Sorgen gemacht. Wir haben schon überlegt, ob wir die fünfzehnhundert Meilen dorthin fahren, den Plan dann aber wieder verworfen. Zu weit, zu unsicher, zu teuer, unbeständiges Wetter, die Schwierigkeiten beim Transportieren der Weihnachtsgeschenke.

Und jetzt schlafen wir schlecht und wälzen uns in ungebetenen Träumen. Wenn das Telefon abends nach zehn klingelt, zucken wir zusammen und werden dann durch die Stimmen in der Ferne beruhigt.

»Vorläufig ist alles in Ordnung«, sagen sie. »Es hat sich nichts geändert.«

Manchmal rufen wir selbst an, sogar im Krankenhaus von Halifax, und sind dann überrascht von den Stimmen, die uns antworten.

»Ich bin erst heute Nachmittag aus Neufundland gekommen und will versuchen, eine Woche zu bleiben. Heute scheint es ihm besser zu gehen. Er schläft gerade.«

Manchmal kommen die Anrufe noch weiter aus dem Westen, aus Edmonton, Calgary oder Vancouver. Jeder hofft auf eine objektive Auskunft in dieser völlig subjektiven Situation. So lebt jeder über die Zeitzonen verstreut in ständiger Unsicherheit, von Britisch-Kolumbien bis nach Neufundland.

Auch in unserer Stadt werden Möglichkeiten überdacht und erwogen.

Wenn er heute Nacht stirbt, brechen wir sofort auf. Könnt ihr kommen?

Dann müssen wir wohl fahren, denn so schnell bekommen wir keine Flugreservierung mehr.

Ich bin mir nicht sicher, ob mein Auto durchhält. Die Berge bei Cabano machen mir immer Angst.

Wenn es uns nach Rivière-du-Loup verschlagen hätte, wären wir noch schlimmer dran als hier. Dann könnte niemand kommen und uns abholen, weil es zu weit vom Schuss wäre.

Mein Auto ist zwar in Ordnung, aber ich weiß nicht, ob ich die ganze Strecke fahren kann. Meine Augen sind nicht mehr die besten, vor allem nachts bei Schneetreiben.

Vielleicht gibt es ja kein Schneetreiben.

Auf dieser Strecke ist immer Schneetreiben.

Wir nehmen mein Auto, wenn du dich ans Steuer setzt. Wir müssen durchfahren.

John rief an und sagte, wenn wir wollen, gibt er uns sein Auto, oder er fährt selber – entweder mit seinem Auto oder einem anderen.

Er trinkt mir zu viel, vor allem wenn man die lange Stre-
cke bedenkt und die Jahreszeit.
Er trinkt, weil er sich Sorgen macht. So ist er nun mal.
Andere trinken auch nicht.
Andere machen sich auch keine Sorgen, und er ver-
spricht, keinen Tropfen zu trinken, bis er dort ankommt.
Das wissen wir alle.

Aber bisher ist nichts passiert. Alles scheint wie immer.

Draußen auf der weißen Schneefläche erscheinen jetzt die
lautlos lachenden Kinder. Eingepackt in ihre Kleider bewegen sie sich wie Pantomimenspieler auf einer strahlend weißen Bühne. Sie tanzen und gestikulieren stumm, flattern
glücklich mit den Armen wie schwere, erdgebundene Vögel. Die älteren Geschwister haben die jüngeren ermahnt,
an die schlafenden Nachbarn zu denken, deswegen toben
sie nur pantomimisch herum und heben manchmal die
Hände an den Mund, um ihr fröhliches Lachen zu ersticken. Sie tanzen und hüpfen im Mondschein, bewerfen sich
gegenseitig mit Schnee, zeichnen verschiedene Umrisse und
Initialen oder ziehen Linien, die sich durch das vor kurzem
noch unberührte Weiß schlängeln. Alles ganz stumm, ohne
dass die benachbarte Welt etwas weiß oder sieht oder hört.
Selbst mir, ihrem Vater, der hier an seinem dunklen Fenster
steht, kommen sie unwirklich vor. Es ist fast, als wären sie
aus der Märchenwelt herausgetanzt: Glückliche Elfen, die
durch die stillen Stunden dieser weiß gewordenen Dunkelheit toben, spielen und springen, um gleich darauf mit dem
heranbrechenden Tageslicht zu verschwinden und nur die
Spuren ihrer unbeschwerten Spiele hinterlassen. Ich bin fast
versucht, in den soeben verlassenen Betten nachzusehen,
um mir zu bestätigen, was ich eigentlich weiß.

Und dann sehe ich ihn aus den Augenwinkeln. Den hell-
braunen Collie-ähnlichen Hund. Er taucht auf wie aus den
Kulissen einer Bühne oder wie eine eben entdeckte Gestalt

in der unteren Ecke eines Wintergemäldes. Er sitzt ruhig da, beobachtet die verspielte Szene vor seinen Augen, und dann, als folge er einer stummen Einladung, springt er in ihre Mitte. Die Kinder jagen ihn wie wild im Kreis herum, und wenn er Haken schlägt und blitzschnell zwischen ihren Beinen und ausgestreckten Armen entwischt, fallen sie hin und schlagen Purzelbäume. Er schnappt sich einen Fäustling, der sich von einer Hand gelöst hat, schleudert ihn glücklich in die Luft und fängt ihn dann wieder zwischen den Zähnen, ehe er zu Boden fällt und Sekunden bevor sich die Kinder auf die leere, erwartete Landestelle stürzen. Er rast an den Rand des Schauplatzes, legt sich hin und beobachtet sie, hält dabei den Handschuh verführerisch zwischen den Zähnen, und wenn sie dann auf ihn zustürmen, springt er wieder vorwärts, wirft den Handschuh vor sich her und fängt ihn und lässt sie im Zickzackkurs hinter sich wie ein Footballspieler, der den heiß begehrten Ball nach Hause bringt. Nachdem er alle ausgetrickst und abgehängt hat, blickt er über die Schulter zurück, und wieder wirft er den Handschuh wie ein begeisterter Spieler in so etwas wie einen imaginären Torraum. Dann packt er ihn ein weiteres Mal und springt in einem weiten Bogen um seine Verfolger, kommt ihnen Stück für Stück näher, bis sie ihn mit ihren ausgestreckten Händen an Schultern, Rücken und Beinen berühren können, aber er entkommt ihnen immer wieder. Er wird berührt, aber nie gefangen, das gehört zum Spiel. Dann ist er verschwunden. So schnell, wie er kam. Mit zusammengekniffenen Augen blicke ich in die Richtung der angrenzenden Straße, zu dem Hof, in dem ich ihn schon oft gesehen habe, allerdings immer eingefriedet von einem Kettengeflecht. Ich sehe seine Silhouette aufblitzen, sie zeichnet sich vielleicht gegen den Schnee, gegen das Licht der Straßenlaternen oder des Mondes ab. Sie biegt sich aufwärts, scheint einen Augenblick hoch über dem Zaun zu schweben und kommt dann auf der anderen Seite wieder herunter. In einem Schauer aus Schnee landet er auf den Schultern, kommt mit einer halbe Rolle wieder auf die Füße und verschwindet im Schatten des Hauses seines Besitzers.

»Was beobachtest du da?«, fragt meine Frau.

»Der hellbraune Collie-ähnliche Hund aus der anderen Straße hat eben mit den Kindern im Schnee gespielt.«

»Aber er ist doch immer in dem eingezäunten Hof.«

»Offenbar nicht immer. Er ist gerade über den Zaun zurückgesprungen. Die Besitzer und wir alle glauben, er sei eingezäunt, aber er weiß, dass er rauskann. Wahrscheinlich reißt er jede Nacht aus und führt ein aufregendes Leben. Hoffentlich sehen sie nicht seine Spuren, sonst legen sie ihn noch an die Kette.«

»Was machen die Kinder jetzt?«

»Sie wirken müde vom vielen Toben mit dem Hund. Wahrscheinlich kommen sie bald wieder herein. Ich glaube, ich gehe nach unten, mache mir einen Kaffee und warte auf sie.«

»Gut.«

Ich werfe noch einen Blick zu dem eingezäunten Hof, aber der Hund ist nirgends zu sehen.

Mit zwölf sah ich zum ersten Mal einen solchen Hund. Er kam als zwei Monate alter Welpe in einer Kiste am Bahnhof an, der ungefähr acht Meilen von uns entfernt lag. Irgendwer hatte vermutlich angerufen oder bei uns vorbeigeschaut, um auszurichten, dass unser Hund am Bahnhof war.

Nach Cape Breton hatte es ihn verschlagen, nachdem mein Vater einen Brief mit einem Scheck nach Morrisburg, Ontario, geschickt hatte. Wir hatten die Anzeigen für »Rinder-Hütehunde« im *Family Herald* gelesen, dem damaligen Wochenblatt für Farmer, weil wir einen guten jungen Arbeitshund brauchten.

Seine Kiste war sauber und ordentlich, sie enthielt noch einen Vorrat an Hundekuchen, und in einer Ecke stand eine Dose für Wasser. Die für den Gepäckwagen Verantwortlichen hatten sich auf der Fahrt nach Osten gut um ihn gekümmert, und er schien bester Laune zu sein. Er hatte eine weiße Halskrause, eine weiße Brust, die vier ziemlich großen Pfoten waren ebenfalls weiß, und dann hatte er noch einen kleinen weißen Fleck auf der Stirn. Der Rest war ein flauschiges Goldbraun, nur seine Augenbrauen, die Ohrenspitzen und das Schwanzende waren dunkler, fast schon schwarz. Als er seine volle Größe erreicht hatte, färbten sich die schwärzlichen Schattierungen richtig schwarz, und obwohl er das typische langhaarige, dichte Colliefell hatte, war es an mehreren Stellen eher grau als braun. Außerdem war er größer als die meisten Collies und an der Brust breiter gebaut. Wie es aussah, hatte er einen Deutschen Schäferhund in der Ahnenreihe.

Es war Winter, als er zu uns kam, und wir hielten ihn im Haus, in einer mit einem alten Mantel ausgekleideten Kiste hinter dem Ofen. Unsere anderen Hunde schliefen meistens in den Ställen oder draußen im Schutz von Holzhaufen, unter Veranden oder eingerollt auf der Böschung des Hauses. Um ihn kümmerten wir uns irgendwie mehr, denn es war Winter, und er war kleiner und fast so etwas wie Besuch. Außerdem erwarteten wir mehr von ihm, vielleicht weil wir Geld für ihn bezahlt und uns eine Zeit lang mit seiner Anschaffung beschäftigt hatten – wie bei einem »geplanten« Kind. Einige skeptische Nachbarn und Verwandte, die die Vorstellung, dass man für einen Hund Geld bezahlte, ziemlich exotisch und leichtfertig fanden, fragten uns des Öfteren: »Ist das euer Hund aus Ontario?« »Meint ihr, euer Hund aus Ontario taugt etwas?«

Wie sich herausstellte, taugte er gar nichts, und keiner wusste, warum. Vielleicht lag es an diesem Schuss Blut vom

Deutschen Schäferhund. Jedenfalls wurde er nie ein richtiger Hütehund. Obwohl wir genauso mit ihm arbeiteten und ihn abrichteten wie früher die anderen Hunde, löste er immer nur Panik aus, statt Ordnung zu schaffen, und machte alles schlimmer statt besser. Er wurde ein »Kopfhund«, das heißt, er arbeitete nicht hinter der Herde, sondern setzte sich an ihre Spitze und erschwerte den Tieren jede vorwärts gerichtete Bewegung, was dazu führte, dass sie sich verwirrt immer wieder im Kreis drehten. Ging er dann ausnahmsweise einmal hinter ihnen, war er »grob«, das heißt, anstatt da zu sein, den Tieren zu folgen, sie zu zwicken und ihnen Anstoß zu geben, biss er sie und sorgte dafür, dass sie panisch flüchteten, was natürlich auch eine ziemliche Unart war. Im Sommer stürmten die Milchkühe manchmal völlig kopflos in den Stall, wenn sie unter einer seiner fehlgeleiteten Verfolgungsjagden zu leiden hatten. Dann schüttelten sie vor Angst die ausladenden Hörner, und ihre breiten, schwitzenden Flanken hoben und senkten sich, während die wertvolle Milch in Bächen an ihren Beinen und Schwänzen hinablief und sich mit dem Blut aus den Bisswunden vermischte.

Allmählich verzweifelten wir alle, auch wenn sein golden-graues Fell immer schöner wurde und er nach übereinstimmender Meinung ein wunderschöner Hund war.

Außerdem war er unglaublich stark, deshalb spannte ich ihn in den Wintermonaten oft vor einen Schlitten, den er leichtfüßig und bereitwillig auf fast jeder Oberfläche zog. Wenn ich ihn einschirrte, legte ich ihm noch ein Halsband um und befestigte eine leichte Leine daran, damit ich wenigstens etwas Kontrolle über ihn hatte, aber ich musste sie nur selten verwenden. Er zog einfach alles: Weihnachtsbäume, Mehlsäcke oder Wild, das weit hinten im Wald geschossen worden war; und wenn wir die Winterfallen überprüften und die Beute einsammelten, schleppte er Jutesäcke mit Rebhühnern und Kaninchen nach Hause. Uns zog er natürlich auch, vor allem auf den flachen windgepeitschten Landstrecken am Meer entlang. Der Schnee lag dort nie sehr tief, und das Wasser, das aus einer Reihe von Süßwasserquellen und -tümpeln quoll, schuf eine Glasur aus Eis und frisch verkrustetem Schnee, über die die Schlittenkufen hinwegzischten, ohne auch nur ein einziges Mal durchzubrechen. Anfangs ging er einen gemächlichen Hundegalopp, dann wurde er schneller, bis sowohl er wie der Schlitten den Untergrund nur noch in unregelmäßigen Abständen berührten. Dann streckte er sich richtig, seine Ohren lagen flach am Kopf an, und die Muskeln in seinen Schultern spannten und entspannten sich im Rhythmus seines Tempos. Wir hielten uns hinten auf dem Schlitten beharrlich an den hölzernen Streben fest, während uns die Eis- und Schneeklümpchen ins Gesicht flogen, die seine Zehen lösten. Wir drehten den Kopf zur Seite und schlossen die Augen, und der Wind tat so weh, dass wir nicht mehr zwischen Frieren und Brennen unterscheiden konnten. Das hielt er bis in den späten Nachmittag durch, als es Zeit wurde, nach Hause zu fahren und mit der Arbeit anzufangen.

An jenem sonnigen Wintersonntag, der mir jetzt besonders in Erinnerung ist, wollte ich nach meinen Fallen sehen. Andere Kinder waren an jenem Nachmittag nicht da, und die Erwachsenen erwarteten Verwandtenbesuch. Ich spannte den Hund vor den Schlitten, öffnete kurz die Haustür und rief hinein, dass ich nach meinen Fallen sehen wollte. Wir fuhren den Hügel hinter dem Haus in Richtung Wald hinauf, als wir uns umdrehten und einen Blick über das Meer warfen. Das »dicke Eis«, wie wir die Hauptmasse des Treibeises nannten, hatte sich bis zum Festland geschoben und erstreckte sich bis zum Horizont. Gestern war es nicht »da« gewesen, obwohl wir es in den vergangenen Wochen immer vor der Küste hatten treiben sehen, manchmal ganz nah, manchmal weit entfernt, je nach Wind und Gezeiten. Die Ankunft des dicken Eises markierte den offiziellen Beginn der kältesten Winterphase. Es bestand hauptsächlich aus Treibeis, das aus der Arktis und von Labrador kam, ein Teil davon war auch Süßwassereis aus dem Mündungsgebiet des St. Lorenz. Es kam mit den sinkenden Temperaturen angetrieben, brachte seine eigene mysteriöse Kälte mit und erstreckte sich auf Hunderten von Meilen in Kratern und Mulden, mal in grotesken Gebilden, mal in stolzen architektonischen Formen. Es war blau, weiß, ab und zu auch grau und dann wieder ein blendendes Smaragdgrün.

Der Hund und ich änderten die Richtung zum Meer hin, um festzustellen, was uns das Eis wohl bieten konnte. Wir hatten von jeher am Meer gelebt und es immer als Fundgrube für Neues und Außergewöhnliches gesehen. Und im Lauf der Jahre hatten wir, wie alle Küstenbewohner, so manches entdeckt, wenn auch nie die Goldkisten der Piraten, die es angeblich im Überfluss gab, oder die Ursachen der rätselhaften Lichter, von denen die älteren Leute bei uns immer noch erzählten und behaupteten, sie könnten sie sehen. Aber kleine Rumfässer wurden angeschwemmt, hin und wieder aufgeblähte Pferde, verschiedene Fischereiutensilien, wertvolles Holz und Möbel aus gesunkenen Schiffen. Meine Zimmertür etwa war die Kombüsentür aus einem Schiff namens *Judith Franklin*, das während des frühen Winters, in dem mein Urgroßvater sein Haus baute, Schiffbruch erlitt. Mein Großvater erzählte uns, dass sie die Schreie gehört und die Lichter gesehen hatten, als das Schiff auf die Felsen zufuhr, und dass sie in der Dunkelheit hinuntergerannt waren und den Leuten Stricke zugeworfen hatten, während sie sich selbst auf dem Festland an Bäumen festbanden. Alle wurden gerettet, auch die Frauen, die ihre Kinder umklammerten. Am nächsten Tag gingen die Erbauer des neuen Hauses zum Strand und retteten aus dem

Wrack des bezwungenen Schiffs, was sie konnten. Es wurde eine Art symbolische Hochzeit von Altem mit Neuem: Türen und Bretter, Treppen, Luken, Holztruhen und -koffer und diverse Glasfigurinen und Laternen, die wie durch ein Wunder nicht zerbrochen waren.

Manchmal kamen auch Leute. Tote wie Lebendige. Leichen von Männern, die über Bord gespült worden und als vermisst gemeldet waren; Leichen von Männern, die noch im Schutz ihres zerschellten Schiffsbugs kauerten. Und manchmal, im späten Winter, marschierten junge Robbenfänger, die ihre Schiffe verlassen hatten, über das Eis und klopften an unsere Tür. Meistens waren sie sehr jung – manchmal fast noch Kinder – und hatten sich für Jobs gemeldet, die sie nicht länger ausüben konnten oder wollten. Oft waren sie verwirrt und wussten nicht, wo sie sich befanden, nur dass sie Land gesehen und beschlossen hatten, es anzusteuern. Nicht selten hatten sie Erfrierungen und kaum Geld, sodass sie nicht wussten, wie sie nach Halifax kommen sollten. Der Hund und ich näherten uns langsam dem zugefrorenen Meer.

Manchmal war es nicht leicht, auf das Eis zu kommen, weil es dort, wo Schollen und Land zusammentrafen, nicht selten offenes Wasser oder Unregelmäßigkeiten gab, verursacht durch die Einkerbungen der Küste oder den Verlauf der Gezeiten und Strömungen. Aber wir hatten an diesem Tag keinerlei Probleme. Wir kamen schnell und mühelos auf das Eis und waren begeistert von unserem neuen Abenteuer. Auf der ersten Meile sahen wir nichts als die weite weiße Fläche. Wir gelangten an eine freie Stelle, an der das Eis so glatt und unbewegt war wie in einer überdachten Eishockeyarena, und ich kniete auf dem Schlitten, während der Hund gemächlich dahingaloppierte. Allmählich veränderte sich das Eis und wurde zu einem unebenen Gelände aus Pressrücken und übereinander gehäuften Eisblöcken, die ein Weiterfahren unmöglich machten; und dann, beim Umrunden eines Eishügels, sah ich einen wunderschönen Seehund. Erst dachte ich, er würde noch leben, und der Hund auch, denn er blieb so unvermittelt stehen, dass ihm der Schlitten fast in die Beine fuhr. Sein Nackenfell sträubte sich, und er gab das gefährliche Knurren von sich, das er sich damals gerade angewöhnte. Doch der Seehund war tot, auch wenn er in einer eisigen Vollkommenheit vor uns lag, die kaum zu fassen war. Eine dünne Pulverschicht bedeckte sein dunkles Fell, und die Schnurrhaare umgab eine feine Schicht aus Raureif. Die weit aufgerissenen Augen starrten geradeaus in Richtung Land. Selbst jetzt, in der Erinnerung, kommt er mir wirklicher vor als die Wirklichkeit – als hätte ihn ein Eisbildhauer in etwas verwandelt, das faszinierender ist als das Leben selbst. Wie ein ausgestellter Seehund im Museum, dessen Gestalt so echt wirkt, dass man den Blick nicht mehr abwenden kann. Sofort wollte ich den Seehund mit nach Hause nehmen.

Er war in einem soliden Eissockel festgefroren, und so sah ich mich nach etwas um, das ich als Brecheisen benutzen konnte. Ich spannte den Hund aus und hängte Schlitten und Geschirr an die Kuppe des Eishügels, um unseren Standort zu markieren, dann begann ich zu suchen. Ein Stück weiter fand ich eine fast vier Meter lange Stange. Man ist immer wieder überrascht, solche Gegenstände auf dem Eis zu finden, aber es gibt sie, so unglaublich es klingt, genauso wie man auch im Sommer eine im Meer treibende Stange finden kann. Unvorhersehbar, aber möglich. Ich nahm die Stange mit zurück und machte mich an die Arbeit. Der Hund ging auf seine eigene Entdeckungsreise.

Obwohl der Seehund fest angefroren war, schien mir die Aufgabe nicht unlösbar. Ich stieß das Stangenende erst von einer Seite unter den Rumpf, dann von der anderen, und arbeitete mich von vorne nach hinten, bis sich das Tier langsam lockerte. Ich weiß noch, dass ich dachte, wie warm es sei, weil ich von der Anstrengung stark schwitzte. Als der Hund zurückkam, wirkte er unruhig, und es begann leicht zu schneien, aber ich war fast fertig. Er schnüffelte gelangweilt an dem Seehund und winselte leise, was bei ihm nicht oft vorkam. Eine Viertelstunde später konnte ich meine Trophäe endlich auf den Schlitten rollen, ich schirrte den Hund wieder ein, und wir brachen auf. Nach ungefähr zweihundert Metern rutschte der Seehund vom Schlitten. Wir kehrten um, und es gelang mir, den Seehund wieder aufzuladen. Diesmal nahm ich die an dem Hundehalsband befestigte Leine und band die Robbe am Schlitten fest, denn ich dachte mir, der Hund würde den Weg auch so nach Hause finden und musste nicht geführt werden. Ich spürte kaum meine Finger, als ich die schwierigen Knoten band, und der Hund winselte wieder und hob den Kopf. Als ich das Kommando gab, stürmte er vorwärts, und ich klammerte mich hinten auf dem Schlitten an den Seehund. Inzwischen schneite es stärker, und die Flocken wehten mir ins Gesicht, aber wir kamen zügig voran, und als wir zu der Stelle mit dem spiegelglatten Eis gelangten, glitten wir darüber hinweg wie ein Segelschlitten; das Profil des gefrorenen Seehunds zierte vorne den Schlitten wie diese Figuren am Bug von Wikingerschiffen. Ganz am Ende der glatten Strecke brachen wir durch. Von meiner Position am Schlittenende aus spürte ich den Hund fallen, ehe ich ihn sah, und nur Sekunden, bevor Schlitten und Seehund ihm in das schwarze Wasser folgten, rollte ich mich nach hinten ab. Er ging sofort unter, angetrieben von seinem eigenen Schwung, tauchte aber gleich wieder mit dem Kopf auf und versuchte verzweifelt, sich mit den Pfoten am spitzen Eisrand des Lochs festzukrallen; als jedoch das Gewicht des Schlittens samt seiner Last zum Tragen kam, ging er wieder unter, und diesmal blieb er verschwunden.

Wir waren über eine »Naht« gefahren, so viel wusste ich, und das Stück mit dem glatten Eis hatte sich trügerischerweise kurz mit dem raueren Eis an der Küste verbunden und brach jetzt langsam wieder ab. Als ich die breiter werdende Linie vor mir sah, sprang ich auf die andere Seite, und im selben Moment tauchte wie durch ein Wunder wieder sein Kopf auf. Ich legte mich auf den Bauch, packte mit beiden Händen sein Halsband und wusste dann in meiner Panik nicht, was ich tun sollte. Ich spürte, wie ich ihm und der Dunkelheit des Wassers entgegenglitt, und war mir des Gewichts bewusst, das mich vorwärts und nach unten zog. Ich war mir auch seiner messerscharfen Krallen bewusst, die wie wild vor meinem Gesicht herumfuchtelten und mich das Augenlicht kosten konnten. Und ich war mir auch bewusst, dass seine Augen aus den Höhlen hervortraten und er vielleicht dachte, ich wollte ihn erwürgen, und dann in seiner Verzweiflung einen Satz machen und mir mit seinen Zähnen das Gesicht zerfleischen könnte. Das alles schoss mir durch den Kopf, aber ich tat nichts dagegen; irgendwie schien es einfacher, abzuwarten und sich in die Dunkelheit des sanft plätschernden Wassers ziehen zu lassen, denn trotz der heftigen Bewegung schien es tatsächlich nur zu plätschern. Dann war er plötzlich frei, krabbelte über meine Schultern und schleppte den Schlitten hinterher. Auch der Seehund tauchte wieder auf, vielleicht gab der gefrorene Körper ihm Auftrieb oder die Beschaffenheit seines Fells. Er sah immer noch echter aus als im lebenden Zustand, seine Schnauze und der Kopf ragten aus dem offenen Wasser, und er schien uns neugierig zu mustern, ehe er für immer unter dem Eis verschwand. Die lockeren, schlecht gebundenen Knoten hatten offenbar nicht gehalten, als sich der Schlitten in einer fast vertikalen Position befand, sodass wir letzten Endes durch die Ungeschicktheit meiner tauben Finger gerettet wurden. Wir waren noch einmal davongekommen.

Eine Zeit lang lag er hechelnd und würgend da, hustete das eisige Salzwasser aus, und dann fing sein Fell fast unverzüglich an zu frieren. Erst jetzt merkte ich, wie sehr ich selbst fror und dass meine Kleider in der kurzen Zeit, seit ich auf dem Eis lag, festgeklebt waren. Der warme Schweiß von vorhin war jetzt kalter Raureif auf meinem Körper, und ich stellte mir vor, wie er meine Umrisse in frostigem Weiß zeichnete. Ich kletterte wieder auf den Schlitten und duckte mich tief, während der Hund nach Hause jagte. Sein Fell fror jetzt schnell, und die einzelnen eisumhüllten Haare schlugen beim Laufen zusammen wie rhythmische, auf seine Körperbewegung abgestimmte Kastagnetten. Der Schnee wehte uns heftig ins Gesicht und es schien zu dämmern, obwohl ich überzeugt war, dass es auf dem inzwischen nicht mehr sichtbaren Festland noch hell war. Jetzt nahm ich die vielen offensichtlichen Dinge wahr, die ich vorher hätte beachten sollen: Wenn uns der Schnee ins Gesicht blies, dann kam der Wind vom Land, und wenn er vom Land kam, trieb er das Packeis wieder zurück aufs Meer. Vermutlich war das ein Grund, weshalb sich die Naht geöffnet hatte. Das Eis war erst eine Nacht »drinnen« gewesen und hatte keine Chance gehabt, sich zu »setzen«. Und mir fielen noch andere Dinge auf: Es war später Nachmittag, die Zeit, in der die Flut zurückging. Niemand wusste, wo wir waren. Ich hatte gesagt, wir würden nach den Fallen sehen, und dort waren wir nun wirklich nicht. Außerdem fiel mir jetzt ein, dass ich selbst auf diese Fehlinformation keine Antwort erhalten und man mich vielleicht gar nicht gehört hatte. Und wenn an Land die gleiche Schneedrift herrschte, waren unsere Spuren inzwischen längst verweht.

Wir kamen zu einem rauen Eisabschnitt: Riesige Blöcke lagen auf der Seite, andere türmten sich übereinander, als hätte sie jemand komisch gestapelt. Auf dem Schlitten fahren war nicht mehr möglich, aber als ich abstieg, hob ich ihn hoch und hielt ihn fest, damit ich den Hund nicht verlor. Die normalerweise an seinem Halsband befestigte Leine war mit dem toten Seehund versunken. Meine Knie waren steif, und ohne den Windschutzeffekt des Hundes wehte mir der Schnee voll ins Gesicht, besonders in die Augen. Er behinderte nicht nur die Sicht wie bei einem fernen Schneegestöber, sondern drang mir direkt in die Augen, was dazu führte, dass sie tränten und fast zufroren. Ich spürte das Eis auf den Wimpern und konnte geradezu sehen, wie sie sich langsam senkten und immer schwerer wurden. Ich konnte mich nicht entsinnen, dass ich vorhin über diese Art von Eis gegangen war, aber das überraschte mich nicht sehr. Ich presste die Sohlen meiner tauben Füße fest auf den Untergrund, um festzustellen, ob das Eis aufs Meer hinaustrieb, konnte es aber einfach nicht sagen, weil mir jeder feste Anhaltspunkt fehlte. Es war fast ein Gefühl wie auf einem Laufband am Flughafen oder auf einer Rolltreppe: Obwohl man stillsteht, spürt man Bewegung, aber sobald man die Augen schließt und nichts mehr sieht, ist diese Wahrnehmung nicht mehr eindeutig.

Der Hund fing an zu winseln und mich zu umkreisen, wobei er mir die Beine mit den Zugsträngen des Geschirrs zusammenband, während ich weiterhin den Schlitten umklammerte. Am Ende beschloss ich, ihn laufen zu lassen, da ich ihn einfach nicht mehr festhalten konnte und mir nichts anderes übrig blieb. Ich löste die Zugstränge vom Schlitten, legte sie so gut wie möglich zusammen und steckte sie unter das Rückenpolster seines Geschirrs, damit sie nicht nachschleiften und an einem Hindernis hängen blieben. Meine Handschuhe behielt ich dabei an, da ich Angst hatte, ich könnte sie hinterher nicht mehr überstreifen. Der Hund verschwand sofort im Schnee.

Der Schlitten war ein Geschenk meines Onkels gewesen,

deswegen wollte ich ihn nicht aufgeben und trug ihn mit beiden Händen vor mir her wie einen nutzlosen Schild gegen den Wind und Schnee. Ich senkte den Kopf so tief wie möglich und wendete ihn vom Wind ab, damit er mich an der Seite traf und nicht mitten im Gesicht. Gelegentlich drehte ich mich um und ging ein paar Schritte rückwärts. Ich wusste zwar, dass es nicht unbedingt das Klügste war, aber manchmal schien es mir die einzige Möglichkeit, um Luft zu bekommen. Und dann spürte ich plötzlich Wasser um meine Füße schwappen.

Manchmal, wenn die Gezeiten und Strömungen besonders stark waren und das Eis anfing auseinander zu brechen, stieg das Wasser darunter auf und breitete sich über dem Eis aus. Manchmal konnte man das feste Eis deutlich unter dem Wasser sehen, aber bisweilen bildete sich eine Art treibender Matsch, der sich mit dem Schnee und noch nicht fest gewordenen Eisbrei vermischte. Was sich unter dieser dicken, dichten, schlammigen Masse befand, war nicht zu erkennen. Erfahrene Männer nahmen oft eine dünne Stange mit aufs Eis und prüften damit die Festigkeit des Untergrunds, der vor ihnen lag oder auch nicht, doch zu dieser Sorte gehörte ich offensichtlich nicht, obwohl ich kurz an die Stange dachte, mit der ich die Robbe befreit hatte, und fast nach ihr greifen wollte. Trotzdem blieb mir nichts weiter übrig, als weiterzugehen.

Als ich durchbrach, empfand ich zunächst Erleichterung und Entspannung, denn im ersten Moment fühlte ich mich im Wasser viel wärmer als draußen auf der Oberfläche. Es war eine äußerst gefährliche und trügerische Empfindung, denn ich wusste, meine Kleider wurden von Sekunde zu Sekunde schwerer. Ich klammerte mich an den Schlitten, als wäre er ein Floß, und robbte damit vorwärts, in der Hoffnung, er möge irgendwann auf etwas Festes treffen, ehe meine Arme so schwer und müde wurden, dass ich sie nicht mehr heben konnte. In diesem Moment rief ich zum ersten Mal durch das Schneetreiben um Hilfe.

Er kam fast auf der Stelle, obwohl ich sah, dass er Angst hatte und der schwappende Schlamm ihm bis zu den Knien reichte. Aber er schien auf festem Grund zu stehen, denn er schwamm nicht. Ich platschte auf ihn zu und warf, kurz bevor ich ihn erreichte, den Schlitten nach vorne und stützte mich auf den Rand dessen, was ich für seinen sicheren Halt hielt, aber er gab einfach nach, als würden meine Hände eine eisige matschige Masse umschließen. Er kam auf mich zu, obwohl ich immer noch nicht wusste, ob das, was ihn hielt, mir in irgendeiner Weise nützen würde. Schließlich packte ich den Brustgurt seines Geschirrs. Langsam ging er rückwärts, und wie gesagt, er war unglaublich stark. Das Geschirr rutschte ihm vorne allmählich über die Schultern, aber er zog weiter, und ich hielt mich weiter fest, bis ich meine Ellbogen auf so etwas wie solidem Eis spürte und es mir gelang, sie am Rand aufzustemmen und mich, tropfend und durchnässt, wie ein weiterer Seehund aus dem schwarzen Wasser und auf das weiße, schlammige Eis zu ziehen. Meine Kleider begannen sofort zu frieren. Als ich meine Ellbogen und Knie beugte, knackten sie wie bei einem Roboter in einem Science-Fiction-Film, und dann sah ich mich von durchsichtigem Eis umhüllt, als hätte mich jemand mit Schellack überzogen oder mit Klarlack gestrichen.

Ähnlich wie vorhin, als ich das eiskalte Meer als warm empfunden hatte, empfand ich jetzt meine gefrorene Kleidung als Schutz vor dem schneidenden Wind, obwohl ich wusste, es war eine trügerische Empfindung, und mir nicht viel Zeit blieb. Der Hund kämpfte gegen den Wind und ich ging hinter ihm her. Diesmal blieb er in Sichtweite und drehte sich sogar manchmal um, um auf mich zu warten. Er wirkte vorsichtig, aber sicher. Allmählich verschwand der Eisschlamm, und obwohl wir noch im Wasser gingen, war das Eis darunter hart und klar. Das Gewicht meiner gefrorenen Kleidung zog bleischwer an mir, und ich spürte komischerweise, dass ich unter meiner eisigen Rüstung schwitzte. Ich war sehr müde, was, wie ich wusste, wieder eine gefährliche Empfindung war. Und dann sah ich Land. Es war ganz nah und kam sehr überraschend. Als begegnete man während eines Wintersturms einem liegen gebliebenen Auto auf der Straße. Es war nur wenige Meter entfernt, und obwohl das Eis jetzt die Küste nicht mehr berührte, schwammen noch ein paar Schollen im Stück dazwischen. Der Hund sprang von einer zur nächsten, und ich hüpfte, immer noch den Schlitten haltend, hinter ihm her und verfehlte nur die letzte Scholle, die dicht vor der Felsküste schwamm. Das Wasser reichte mir nur bis zur Taille, und es gelang mir, Grund zu finden und laut spritzend an Land zu waten. Wir waren wieder einmal davongekommen, und ich sollte nie erfahren, ob er die Küste schon erreicht hatte und zurückgekommen war oder ob er meinen Hilferuf trotz des Windes gehört hatte.

Wir fingen an, nach Hause zu rennen, und die Landschaft wurde heller, stellenweise brach die Abendsonne durch. Der Wind wehte immer noch, aber es schneite nicht mehr. Als ich mich jedoch umdrehte, waren weder Eis noch Ozean in den wirbelnden Böen zu sehen. Es war, als würde man ein weit entferntes Land auf einem verschneiten Fernsehbild betrachten.

Jetzt, da ich mir den Luxus leisten konnte, wollte ich alles daransetzen, dass mich niemand für ungehorsam hielt oder für töricht. Die Autos unserer Besucher standen noch im Hof, deshalb nahm ich an, dass der Großteil der Familie noch im Wohnzimmer saß, und ich schlich um das Haus, betrat es durch die Küche und nahm den Hund mit mir. Es gelang mir, unbemerkt nach oben zu kommen und mich umzuziehen, und als ich wieder unten war, mischte ich mich unter die Gesellschaft und versuchte so normal wie möglich zu erscheinen. Meine Familie war mit dem Besuch beschäftigt, und an mich wurden nur ein paar allgemeine Bemerkungen gerichtet. Der Hund, der sein Fell nicht wechseln konnte, lag unter dem Tisch, den Kopf auf den Pfoten, und auch er blieb weitgehend unbeachtet. Später, als das Eis von seinem Fell schmolz, bildete sich eine Pfütze um ihn, die ich unauffällig wegwischte. Noch später sagte jemand: »Wo dieser Hund nur gewesen ist, sein Fell ist tropfnass.« Ich erzählte nie jemandem etwas von dem Erlebnis jenes Nachmittags und dass er mir das Leben gerettet hatte.

Als ich zwei Winter später bei einem Nachbarn am Küchentisch saß und aus dem Fenster blickte, sah ich, wie der Hund angeschossen wurde. Er war meinem Vater und mir gefolgt, hatte sich recht majestätisch auf einem Hügel neben dem Haus niedergelassen und damit wohl eine ideale Zielscheibe abgegeben. Allerdings hatte er sich im genau richtigen oder falschen Augenblick bewegt, denn anstatt ihn zu töten, zerfetzte ihm die Wucht der Kugel die Schulter. Er sprang in die Luft und schnappte mit den Zähnen nach der Wunde, versuchte die Ursache des Schmerzes, den er nicht sehen konnte, wegzubeißen. Und dann machte er sich auf den Heimweg, schwankend, aber noch kräftig genug auf den drei verbliebenen Beinen. Er dachte zweifellos, wie wir alle es wohl tun würden, wenn er nach Hause käme, könnte er gerettet werden, aber es gelang ihm nicht, konnte ihm gar nicht gelingen, wie wir an dem vielen Blut im Schnee sahen und dem wackeligen Muster seiner dreibeinigen Spuren. Aber er war, wie gesagt, enorm stark und schaffte immerhin eine drei viertel Meile. Als er starb, lag das von ihm gesuchte Haus vermutlich in seinem Blickfeld, denn wir konnten es ziemlich deutlich sehen, als wir seinen Leichnam am Straßenrand fanden. Seine Augen waren offen, die Zunge zwischen die Zähne geklemmt und das wenige Blut, das noch im Körper floss, tropfte rot-schwarz auf den Winterschnee. Diesmal war er nicht mehr davongekommen.

Hinterher erfuhr ich, dass mein Vater den Nachbarn gebeten hatte, den Hund zu erschießen, und wir ihn gewissermaßen in einen Hinterhalt gelockt hatten. Vielleicht dachte mein Vater, der Nachbar sei jünger, hätte ein besseres Gewehr oder wäre ein besserer Schütze. Vielleicht wollte mein Vater auch einfach nichts damit zu tun haben. Jedenfalls hatte er nicht geplant, dass die Sache so unsauber endete.

Der Hund war immer stärker geworden und hatte seine Schutzaufgaben zunehmend ernster genommen, so sehr, dass die Leute sich nicht mehr in unseren Hof trauten. Außerdem hatte er zwei der Nachbarskinder gebissen, was dazu führte, dass sie auf dem Weg zur Schule und zurück nur noch ängstlich an unserem Haus vorbeischlichen. Und vielleicht hatte man in der Umgebung auch den Eindruck, dass er sexuell aktiver war, als es sich gehörte: dass er auf seinen nächtlichen Streifzügen weiter ging als andere Hunde und er kleinere Rivalen beim Umwerben der Weibchen verjagte und verletzte. Vielleicht befürchtete man auch, dass seine Dominanz und seine unerwünschten Eigenschaften nichts Gutes für künftige Generationen verhießen.

Diese Erinnerung wurde durch den Anblick des goldbraunen Hundes ausgelöst, der im stillen Schnee mit meinen aufgeregten Kindern gespielt hat. Kaum waren sie im Haus und hatten ihren heißen Kakao getrunken, kam Wind auf, und als ich zur Arbeit ging, war nichts mehr zu sehen von den Spielen am frühen Morgen und den Hundespuren, die zum Zaun führten. Der »eingefriedete« Hund sah mich teilnahmslos an, während ich den Schnee von der verdeckten Windschutzscheibe fegte. Was weiß der schon?, schien er zu sagen.

Das anhaltende Schneetreiben und die glatten Straßen

kommen noch zu den Problemen, die wir ohnehin schon haben. Müssten wir heute Nacht aufbrechen, dann wäre es eine lange, harte Fahrt durch Wind und Schnee, die über Ontario, Quebec, New Brunswick und die Granitfelsen der Küste von Nova Scotia hinwegfegen. Sollten wir dem Ruf des Todes folgen, könnte es uns durchaus selbst treffen. Doch solche Überlegungen kann ich letztendlich nur anstellen, weil ich noch am Leben bin. Hätte mich der goldbraune Hund damals nicht gerettet, dann hätte ich jetzt weder diese drückenden Sorgen noch spielende Kinder im Schnee und natürlich auch nicht diese Erinnerungen. Ihm ist es zu verdanken, dass ich so weit gekommen bin.

Es ist bedauerlich, dass ich ihn nicht ebenfalls retten konnte. Mein Mitgefühl war ihm keine Hilfe, als ich am Straßenrand vor seinem blutenden Körper stand. Es war zu spät und lag nicht in meiner Macht, und selbst wenn ich gewusst hätte, was in der Zukunft liegt, wäre es nicht leicht gewesen.

Er war nur kurz bei uns, aber er lebt weiter fort: In meiner Erinnerung und in meinem Leben, und auch körperlich lebt er fort. Er ist dort in diesem Wintersturm. In den goldgrauen Hunden mit den schwarzen Ohren- und Schwanzspitzen, die in den Ställen schlafen, im Schutz von Holzhaufen, unter Veranden oder eingerollt neben den Häusern, die aufs Meer blicken.

Die Suche nach Vollkommenheit

Um die Mitte jenes Aprils fühlte er sich wie jemand, der wieder einen Winter überlebt hatte. Er war achtundsiebzig, und es ist vermutlich besser, sein genaues Alter jetzt anzugeben und nicht auf Umschreibungen wie »alt« oder »kraftvoll« oder »rüstig für sein Alter« zurückzugreifen. Er war achtundsiebzig und ein großer, schlanker Mann mit dunklem Haar und braunen Augen und immer noch im Besitz der eigenen Zähne. Er wurde oft als »ordentlich« beschrieben, denn er erschien immer frisch rasiert und seine Kleidung war sauber und in gutem Zustand. Er trug Hosenträger statt Gürtel, weil er fand, dass sie die Hosen »ausgerichtet« hielten und nicht schlampig auf der Taille hängen ließen, sodass man zu viel von seinem Hemd sah. Und wenn er ausging, trug er stets Schuhe aus Leder. Bei kaltem oder matschigem Wetter zog er, um sein Schuhwerk zu schonen, Über- oder Gummischuhe an oder, wie er sie nannte, »Überstiefel« – die Sorte aus Gummi, bei der der Reißverschluss vorne sitzt. Man sah ihn nie mit den üblichen Gummistiefeln in der Öffentlichkeit, obwohl er natürlich ein Paar besaß, das er ordentlich auf einem sauberen Stück Karton in einer Ecke der Veranda aufbewahrte.

Er lebte allein unterhalb des Berggipfels in einem Haus, das er selbst gebaut hatte, als er viel jünger war. Auf derselben Lichtung hatte früher noch ein Haus gestanden, und man konnte die Kellermulde und ein paar der moosbedeckten Steine, die das ursprüngliche Fundament gebildet hatten, noch erkennen. Dieses ehemalige Haus war von seinem Urgroßvater kurz nach der Ankunft von der Insel Skye erbaut worden, und es wurde immer noch »das erste Haus« oder manchmal »das alte Haus« genannt, obwohl es nicht mehr existierte. Niemand wusste so recht, warum sein Urgroßvater das Haus so hoch oben auf dem Berg gebaut hatte, vor allem wenn man bedachte, dass man ihm ein großes Stück Land zugewiesen hatte, auf dem es weitaus zugänglichere Stellen gab, um ein Haus zu errichten. Einige glaubten, dass er auf dem Berggipfel mit dem Bäumefällen beginnen und sich dann talwärts vorarbeiten wollte, weil er Holzfäller war. Andere glaubten, dass er wegen der Gewalttätigkeiten, die er in Schottland zurückgelassen hatte, in der neuen Welt unerreichbar sein und die Möglichkeit haben wollte, potenzielle Feinde zu sehen, bevor sie ihn sahen. Wieder andere glaubten, dass er einfach nur allein sein wollte, während eine weitere Gruppe behauptete, er habe wegen der Aussicht dort gebaut. All diese Erklärungen wurden im Lauf der Generationen und mit zunehmendem Abstand zu dem Mann von Skye durcheinander geworfen und vermischt. Die Aussichtstheorie erwies sich dabei als die vielleicht langlebigste, denn auch als der Mann von Skye und das Haus verschwunden waren, gab es die Aussicht noch. Und sie war wahrhaft spektakulär. Man konnte meilenweit die Talsohle entlang und über die Kuppen der kleineren Berge blicken, und wenn man sich nach Westen drehte, sah man das Meer. Im Sommer konnte man dort die verschiedenen Fischerboote sehen und im Winter die Robbenfänger, außerdem die Umrisse von Prince Edward Island und die flachen Formen der Magdalen Islands und etwas weiter im Osten die purpurne Küste von Neufundland.

Von der befestigten Straße oder »Hauptstraße«, die dem Talverlauf folgte, waren es mit dem Auto fünf Meilen bis zu seinem Haus, obwohl es nicht wirklich so weit war, wenn man zu Fuß ging und einige Abkürzungen nahm: Trampelpfade und Stegbrücken über verschiedene Sturzbäche und Wasserläufe, die sich den Berg hinab ergossen. Früher hatte auf diesen Pfaden reger Verkehr geherrscht, man ging zu Fuß oder ritt zu Pferd, aber als sich die Leute im Lauf der Jahre immer mehr Autos zulegten, wurden die Pfade seltener benutzt und wucherten zu, und die im Frühjahr vom Hochwasser fortgeschwemmten Brücken wurden nur noch selten oder ungenügend instand gesetzt.

Der gewundene Straßenabschnitt, der zu seinem Haus führte und in seinem Hof endete, war, zusammen mit ein paar anderen Abschnitten, viele Jahre lang ein Streitpunkt gewesen. Die meisten Bewohner der höher gelegenen Bergregionen waren mit ihm verwandt und lebten alle auf dem Grund und Boden, den man dem Mann von Skye zugewiesen hatte. Ein Teil der Straße war »öffentlich« und fiel somit in den Zuständigkeitsbereich des Straßenbauamts. Andere Abschnitte hingegen, und dazu gehörte auch der seine, waren »privat« und wurden deshalb nicht von der Regierung instand gehalten, sondern ausschließlich von den Menschen, die dort wohnten. Da er eine Meile oberhalb des »vorletzten« oder – je nachdem wie man zählte – des »zweiten« Hauses lebte, kam bei ihm nie eine Planierraupe, ein Schotter-Lkw oder im Winter ein Schneepflug vorbei. Man ging allgemein davon aus, dass die Behörde insgeheim froh darüber war, weder Personal noch Fahrzeuge den Berg hinaufschicken zu müssen, über die engen Serpentinen und Haarnadelkurven, die an den tückischen, tief eingeschnittenen Rinnen entlangführten, in denen Wracks von verunglückten oder herrenlosen Autos lagen. Die Behörde nahm es aber auch mit den etwas tiefer gelegenen Straßenabschnitten nicht so genau, und es waren ständig irgendwelche Petitionen im Umlauf, in denen »bessere Leistungen für die Steuergelder« gefordert wurden. Sobald jedoch das Gerücht aufkam, dass ein »privater« Straßenabschnitt in einen »öffentlichen« umgewandelt werden sollte, tauchten sofort Gegenpetitionen auf, die die Runde machten und Wendungen enthielten wie »das Land unserer Vorfahren muss ›unser‹ bleiben«. Drei Meilen bergab (oder zwei Meilen bergauf) gab es allerdings eine schöne breite Wendemöglichkeit für den Schulbus, und bis zu diesem Punkt wurde die Straße so gut instand gehalten wie jede andere vergleichbare auch.

Es machte ihm nichts aus, allein auf dem Berg zu leben, weil er, wie er sagte, einen großartigen Fernsehempfang hätte, was natürlich stimmte, auch wenn das als Begründung ziemlich neu war. Als er das Haus in den zwei Jahren vor 1927 baute und er vom Fieber seiner bevorstehenden Hochzeit erfüllt war, gab es noch kein Fernsehen. Selbst damals fragten sich die Leute, warum er »auf den Berg« ziehen wollte, während so viele von dort ins Tal zogen, aber er schenkte ihnen wenig Beachtung, arbeitete zusammen mit seinem Zwillingsbruder entschlossen an der Vollendung des Hauses und holte nur Hilfe, wenn es unbedingt notwendig war: zum Aufstellen des Dachstuhls und zum Einpassen der Giebel.

Er und seine Frau waren gleich alt gewesen, und sie hatten sich, als sie noch jung waren, gleichsam nacheinander verzehrt. Beide hatten vorher keinen anderen Freund und keine andere Freundin gehabt, aber trotzdem sagte er ihr, dass sie erst heiraten würden, wenn das Haus fertig sei. Er wollte das Haus, damit sie nach der Hochzeit »miteinander allein« sein konnten und nicht, wie es damals oft Sitte war, eine Zeit lang zu den Schwiegereltern oder zu Verwandten ziehen mussten. Deshalb hatte er mit eiserner Entschlossenheit darauf hingearbeitet und sich auf den Zeitpunkt gefreut, wenn er »sein Leben« beenden und »ihr gemeinsames Leben« beginnen könnte.

Sein Zwillingsbruder und er hatten das Haus »so wie früher« gebaut, was hieß, sie entwarfen selbst die Baupläne, fällten die Bäume mit eigener Hand, transportierten die Stämme mit ihren Pferden und richteten sich ein eigenes Säge- und Hobelwerk ein. Das hieß außerdem, Holzstifte im Dachstuhl zu verwenden und keine Metallnägel, damit sich das Haus im Bergwind bewegen konnte wie ein Schiff: Es sollte sich bewegen, aber nicht kentern, sollte sich bewegen und doch wieder in seine alte Lage zurückkehren.

Im Sommer vor der Hochzeit hatte seine künftige Frau ebenso schwer gearbeitet wie er. Sie hatte Bauholz getragen und den Hammer geschwungen, und als ihr Vater andeutete, sie verrichte zu viel Männerarbeit, erwiderte sie: »Ich mache, was ich will. Es ist ja schließlich für uns.«

Während sie ihr Haus bauten, sangen sie oft gemeinsam, und die Sprache ihrer Lieder war Gälisch. Manchmal sang einer die Strophen und der andere den Refrain, dann wieder sangen sie Strophen und Refrain eines ganzen Liedes gemeinsam. Manche der Lieder hatten fünfzehn bis zwanzig Strophen, und es dauerte lange, bis man sie gesungen hatte. An klaren, windstillen Tagen hörten alle, die am Berg und selbst unten im Tal wohnten, das Klopfen ihrer Hämmer und die jugendliche Kraft ihrer Stimmen.

Sie heirateten an einem Samstag Ende September, und ihre erste Tochter kam genau neun Monate danach zur Welt, eine Tatsache, die von kurzem und vorübergehendem Interesse war. Und die zweite Tochter wurde knapp elf Monate nach der ersten geboren. Damals arbeitete er während der Wintermonate in einem ungefähr fünfzehn Meilen entfernten Holzfällercamp; er fällte Bäume für die Papiermühlen und verdiente 1,75 Dollar pro Klafter plus 40 Dollar im Monat für sein Pferdegespann. Er stand um halb sechs auf, arbeitete abends bis nach sieben und schlief auf einem Bett mit einer aus Zweigen geflochtenen Matratze.

Manchmal kam er an den Wochenenden nach Hause, und wenn er mit seinem Gespann vom Tal abbog und den Berg heraufkam, konnte sie an klaren Winterabenden den unverkennbaren Klang der Pferdeglocken hören. Trotz des steilen Anstiegs liefen die Pferde dann schneller, weil sie wussten, dass sie nach Hause kamen, und an den flacheren Strecken fielen sie sogar in Trab und ließen die Glocken entsprechend schneller klingeln. Manchmal sprang er vom Holzschlitten und lief neben oder vor den Pferden her, damit er warm blieb, aber auch, um das Gefühl zu haben, schneller nach Hause zu kommen.

Sobald sie die Glocken hörte, nahm sie die Lampe, trug sie von einem Fenster zum nächsten, ging dann wieder zurück und wiederholte den Vorgang von neuem. Der Effekt war der eines fast regelmäßig blinkenden Lichts, wie bei einem Leuchtturm oder als würde jemand einen Lichtschalter in regelmäßigen Abständen aus- und einschalten. Er konnte das Licht dann mal im einen, mal im anderen Fenster sehen, die Signale kamen in regelmäßigen Abständen zu ihm wie das »Blitzen« seiner rossigen Stuten; und obgleich er erschöpft war, erfüllte ihn Begehren und es drängte ihn noch schneller bergauf.

Nachdem er die Pferde in den Stall gebracht und gefüttert hatte, ging er ins Haus, und sie begrüßten sich mitten in der Küche, fielen sich in die Arme und hielten sich umschlungen, während Schnee und Frost noch schwer in seinen Sachen hingen und knackten, wenn er sich bewegte, oder dampften, wenn er dicht an den Herd trat. Die Lampe wurde jetzt ruhig auf den Küchentisch gestellt und sie waren allein. Nur die monogamen Adler, die ein Stück weiter oben in der Hemlocktanne horsteten, schienen über ihnen zu sein.

Sie waren fünf Jahre mit einer Intensität verheiratet, die eigentlich nicht von Dauer sein konnte, und sie gingen immer stärker ineinander auf und schlossen fast alle anderen Menschen aus, um mit sich allein zu sein.

Als ihre Wehen im Februar 1931 vorzeitig einsetzten, war er nicht zu Hause, denn das Kind sollte erst in sechs Wochen zur Welt kommen und sie hatten beschlossen, dass er noch etwas länger im Camp bleiben und das zusätzliche Geld verdienen solle, das sie für das vierte Kind brauchten.

In der Umgebung hatte es schwere Schneestürme und heftige Wintergewitter gegeben und danach war es bitterkalt geworden, alles im Zeitraum von anderthalb Tagen. Es war unmöglich gewesen, vom Berg hinunterzukommen und ihn im Camp zu benachrichtigen, aber am zweiten Tag gelang es seinem Zwillingsbruder, sich zu Fuß durchzuschlagen und ihm mitzuteilen, was alle auf dem Berg bereits wussten: Er hatte seine Frau verloren und auch das Kind, das sein erstgeborener Sohn geworden wäre. Als man seinen Zwillingsbruder ins Camp kommen sah, reichte ihm der Schnee bis über den Kopf. Sein Bruder war bleich und schweißnass vom Ankämpfen gegen die Verwehungen, und er zitterte und musste sich fast schon im Hof übergeben, ehe er die Botschaft überbringen konnte.

Er brach unverzüglich auf und ließ seinen Bruder zurück, damit er sich ausruhen konnte, während er der Spur folgte, die dieser auf dem Weg ins Camp gelegt hatte. Er konnte es nicht fassen, mochte nicht glauben, dass sie ohne ihn gegangen war, mochte nicht glauben, dass trotz der Nähe, die sie verband, er der Letzte war, der von ihrem Tod erfuhr, und dass sie trotz der Hoffnung, »miteinander allein zu sein«, von anderen umringt gestorben war, letztendlich aber ohne ihn und schrecklich allein. Er mochte nicht glauben, dass in der Nähe, die sie von Anbeginn verband, eine Trennung am Ende enthalten war. Er hatte sich einzureden versucht, alles sei vielleicht ein Irrtum, aber der Anblick seines bleichen, zitternden Bruders, der sich im festgetretenen Schnee des Holzfällercamps übergab, machte diese Hoffnungen zunichte.

Während der Vorbereitungen zum Begräbnis und bei der Beerdigung selbst fühlte er sich völlig leer. Die Schwestern seiner Frau kümmerten sich um seine drei kleinen Töchter, die zwar hin und wieder nach ihrer Mutter riefen, denen jedoch die großzügige Aufmerksamkeit, mit der sie überhäuft wurden, allem Anschein nach recht gut zu gefallen schien. Am Nachmittag nach der Beerdigung verschlimmerte sich die Lungenentzündung, an der sein Bruder nach dem Botengang zum Camp erkrankt war, und er besuchte ihn, saß an seinem Bett und hielt ihm die Hand; diesmal konnte er wenigstens da sein, auch wenn er die missbilligenden Blicke seiner Schwägerin Cora spürte, einer Frau, die er noch nie gemocht hatte. Ihre Blicke sagten ihm: ›Wäre er nicht deinetwegen gegangen, dann wäre das nie passiert.‹ Er saß da, während der Atem seines Bruders immer flacher wurde, trotz der Umschläge und Salben und selbst der Verabreichungen des Arztes, der es endlich auf den Berg geschafft hatte und das Stadium der Lungenentzündung für »erstaunlich fortgeschritten« erklärte.

Das Gefühl der Leere blieb auch nach dem Tod des Bruders bestehen. Er kam sich vor wie jemand, der seine ganze Familie bei einem mitternächtlichen Brand oder auf einem sinkenden Schiff verliert. Unvermittelt und ohne Überlebende. Er hatte Schuldgefühle wegen seiner Frau und wegen der vaterlosen Kinder seines Bruders und wegen seiner eigenen Töchter, die ihre Mutter nun niemals kennen lernen würden. Und er fühlte sich entsetzlich allein.

Eine Zeit lang blieben seine Töchter bei ihm, und er versuchte, das zu tun, was ihre Mutter getan hatte. Dann aber legten ihm die Schwestern seiner Frau immer häufiger nahe, dass die Mädchen bei ihnen besser aufgehoben wären. Zuerst lehnte er diese Idee ab, denn weder er noch seine Frau hatten ihre Schwestern besonders hoch geschätzt und sie immer für etwas vulgär gehalten. Allmählich aber war nicht mehr von der Hand zu weisen, dass sich, wenn er jemals wieder in den Wald zurückkehren und seinen Lebensunterhalt verdienen wollte, jemand um die drei Kinder kümmern musste, die alle nicht einmal vier Jahre alt waren. In den verbleibenden Wintermonaten bis ins Frühjahr war er hin- und hergerissen und empfand manchmal Dankbarkeit für die vermutlich gut gemeinte Freundlichkeit seiner Schwiegerleute und dann wieder ärgerte er sich über bestimmte mitgehörte Bemerkungen wie: »Es gehört sich nicht, dass drei kleine Mädchen da oben auf dem Berg mit einem Mann allein sind, dazu noch mit einem jungen Mann!« Als wäre er als potenzieller Kinderschänder interessanter denn als schlichter Vater. Allmählich verbrachten seine Töchter immer häufiger einen Abend oder ein Wochenende bei den Tanten, danach ganze Wochen, und irgendwann, wie kleine Kinder eben so sind, weinten sie nicht mehr, wenn er fortging, klammerten sich nicht mehr an seine Beine und saßen nicht mehr am Fenster, um seine Ankunft zu erwarten. Und dann fingen sie an, ihn »Archibald« zu nennen wie die anderen Verwandten, bei denen sie lebten. Letztendlich schien er also weder Ehemann noch Bruder, geschweige denn Vater zu sein, sondern nur noch »Archibald«. Damals war er siebenundzwanzig.

Man hatte ihn schon immer Archibald genannt, manchmal auch gälisch »Gilleasbuig«. Vielleicht sprach ihn niemand mit »Arch« oder dem vertrauteren und gängigeren »Archie« an, weil ihn etwas umgab, das als gewisse Förmlichkeit empfunden wurde. Er sehe nicht aus »wie ein Archie« und benehme sich auch nicht so, wie sie sagten. Und während die Jahre vergingen, kamen Briefe an, die schlicht an »Archibald« adressiert und mit diversen Anschriften ver-

sehen waren, die einen Umkreis von etwa vierzig Meilen ab-
deckten. In den späteren Jahren kamen viele der Briefe von
den Volkskundlern, die ihn in den 6oer Jahren »entdeckt«
hatten und für die er eine Reihe von Tonbändern und
Schallplatten aufgenommen hatte. Inzwischen galt er als
»Letzter der echten alten Gälisch-Sänger«. Man hatte ihn
gewissenhaft in die Archive in Sydney, Halifax und Ottawa
aufgenommen, und sein Bild war in einer Reihe von gelehrten und weniger gelehrten Zeitschriften erschienen: Einmal
lag der Arm eines Volkskundlers um seine Schultern, dann
hielt er eines seiner Pferde, oder er stand neben seinem glänzenden Kleinlaster, auf dessen Stoßstange ein Aufkleber verkündete: »Suas Leis A'Ghaidlig«. Manchmal hatten die Bei-
träge Überschriften wie »Sänger aus Cape Breton – eine
Rarität« oder »Festverwurzelt auf dem Berggipfel« oder
»Mnemotechnische Hilfsmittel in der gälischen Tradition«,
wobei letzteren Typus im Allgemeinen eine Unmenge von
Fußnoten begleiteten.

Er hatte eigentlich nichts gegen die Volkskundler und
sprach ihnen die Wörter sogar immer wieder deutlich vor
und erklärte, dass »bh« wie»v« ausgesprochen wird (so wie
das »ph« in »Philosoph« wie »f« ausgesprochen wird, sagte er immer), er ließ sich über die früheren Bedeutungen aus
und versah seinerseits Wörter und Wendungen regionalen
Ursprungs mit Fußnoten. Er erledigte alles sorgfältig und
ernsthaft, so wie er auch seine Sägen feilte und schärfte oder
einen Holzhaufen aufbaute.

Und in jenem April der achtziger Jahre fühlte er sich, wie
ich schon sagte, wie ein achtundsiebzigjähriger Mann, der
wieder einen Winter überlebt hatte. Mit den meisten Dingen war er ins Reine gekommen, wenn auch nie ganz mit
dem Tod seiner Frau; doch selbst mit diesem Verlust hatte
er während der letzten Jahrzehnte zu leben gelernt, obwohl
ihn die sexuellen Anzüglichkeiten, die er seiner mönchi-

schen Lebensweise wegen zu Ohren bekam, immer noch störten.

Knapp ein Jahr nach der »Woche der Sterbefälle« stattete ihm Cora, die Frau seines Zwillingsbruders, einen Besuch ab. Schon beim Eintreten roch ihr Atem nach Rum, und sie stellte die Flasche mitten auf den Küchentisch.

»Ich habe nachgedacht«, sagte sie. »Es wird Zeit, dass wir zwei uns zusammentun.«

»Mmmm«, sagte er, darum bemüht, die denkbar unverbindlichste Bemerkung von sich zu geben, die ihm einfiel.

»Warte«, sagte sie, ging zum Geschirrschrank, holte zwei seiner glänzenden Gläser heraus und schenkte in jedes Rum ein. »Hier«, sagte sie, schob ihm ein Glas quer über den Tisch zu und setzte sich ihm gegenüber. »Hier, trink einen Schluck. Das schmiert deinen Kolben«, und einen Moment später: »Wobei das, nach allem, was ich *gehört* habe, gar nicht notwendig ist.«

Er war sprachlos und stellte sich vor, wie sie nachts neben seinem Zwillingsbruder lag und mit ihm über seine körperliche Beschaffenheit redete.

Was gehört?, fragte er sich. Und *wo*?

»Ja«, sagte sie. »Ist doch sinnlos, dass du hier oben auf dem Berg allein bist und ich ein Stück weiter unten auch allein bin. Was man nicht benützt, rostet irgendwann ein.«

Er spürte Panik in sich aufsteigen, als er sah, wie sie sich ihm anbot, einsam und betrunken, wie sie war, ganz anders, als er seine Frau in Erinnerung hatte. Er fragte sich, ob sie schon vergessen hatte, wie wenig sie einander mochten, oder zumindest geglaubt hatten, sich zu mögen. Und er fragte sich auch, ob sie glaubte, er und sein toter Bruder seien einfach austauschbar. Als müssten ihre Körper, weil sie Zwillinge waren, gleichsam identisch sein, ungeachtet ihrer unterschiedlichen Denkweisen.

»Ich wette, er ist schon eingerostet«, sagte sie und neigte

ihren Oberkörper über den Tisch, sodass er den schweren Alkoholdunst in ihrem Atem riechen konnte und gleichzeitig ihre Finger auf seinem Bein spürte.

»Mmmm«, sagte er, erhob sich rasch und ging hinüber zum Fenster. Ihre unverblümte Sexualität brachte ihn aus der Fassung, wie es vielleicht einem schüchternen verheirateten Mann mittleren Alters ergehen mag, wenn ihn jemand fern von zu Hause in ein Bordell mitnimmt, und zwar nicht, weil ihm die Sache fremd wäre, sondern vielmehr die Form und die Vorgehensweise.

Draußen flogen die Adler den Berg hinauf, und zum Bau ihres Heims trugen sie Zweige, von denen einige fast schon Äste waren.

»Mmmm«, sagte er und sah zum Fenster hinaus auf die gewundene, ins Tal führende Straße.

»Tja«, sagte sie, stand auf und leerte ihr Glas in einem Zug. »Hier scheint nicht viel los zu sein. Ich wollte auch nur guten Tag sagen.«

»Ja«, erwiderte er. »Danke, das ist nett.«

Sie torkelte zur Tür, und er überlegte, ob er sie ihr aufhalten sollte oder ob das zu überstürzt wäre.

Aber sie öffnete die Tür selbst.

»Also«, sagte sie und ging in den Hof hinaus, »du weißt, wo du mich findest.«

»Ja«, sagte er, und ihr scheidender Rücken gab ihm wieder Selbstvertrauen. »Ich weiß, wo du bist.«

Jetzt, an diesem Aprilmorgen ein halbes Jahrhundert später, sah er aus dem Fenster auf die vorbeifliegenden Adler. Sie waren unterwegs ins Tal, um zu jagen, und verließen ihren Horst mit den vier kostbaren Eiern nur ganz kurz. Dann hörte er das Motorgeräusch eines Pick-up. Er erkannte ihn, bevor er in den Hof rollte, so wie seine Frau früher den besonderen Klang der Pferdeglocken erkannt hatte. Der Wagen war schlammig und verspritzt, aber nicht nur von der jetzigen Frühjahrstour auf den Berg, sondern von einer vielleicht noch aus dem letzten Herbst zurückgebliebenen Schmutzschicht. Er gehörte seiner verheirateten Enkelin, die auf den Namen Sarah getauft war, es aber vorzog, Sal genannt zu werden. Sie lenkte den Wagen in den Hof und stieg, fast noch ehe er stand, wenige Zentimeter vor der Haustür aus. Sie trug ihr Haar zum Pferdeschwanz gebunden, obwohl sie eigentlich zu alt dafür war, und hatte ihre knapp sitzenden Jeans in Gummistiefel ihres Mannes gesteckt. Er war immer wieder leicht überrascht von ihrer Fähigkeit, Kaugummi zu kauen und gleichzeitig zu rauchen, und das fiel ihm jetzt ein, als sie zur Tür hereinkam und die Zigarette, auf der ihr Lippenstift einen roten Ring hinterließ, aus dem Mund nahm und in den Hof schnippte. Sie trug ein hautenges T-Shirt mit dem Aufdruck »I'm Busted« quer über der Brust.

»Hallo, Archibald«, sagte sie und setzte sich auf den ersten Stuhl am Fenster.

»Hallo«, sagte er.

»Was gibt's Neues?«

»Ach, nichts Besonders«, erwiderte er, und dann nach einer Pause: »Willst du einen Tee?«

»Gern«, sagte sie. »Ohne Milch. Ich muss auf meine Linie achten.«

»Mmmm«, sagte er.

Er betrachtete sie aus der Distanz der Jahre, die sie trennten, und versuchte, in ihr irgendwelche hervorstechenden Züge seiner Frau oder gar von sich zu erkennen. Mit ihren dunklen Augen und dem lebhaften Mund war sie auf ihre Art schön, allerdings kleiner als er und seine Frau.

»Hatte zwei Anrufe für dich«, sagte sie.

»Oh«, sagte er, wie immer ein wenig schuldbewusst, dass er kein Telefon besaß und Nachrichten für ihn bei Nachbarn hinterlassen werden mussten, die weiter bergab wohnten.

»Einer kommt von einem Mann, der deine Stute kaufen will. Du willst sie doch noch verkaufen, oder?«

»Ja, ich denke schon.«

»Bei dem anderen ging es um gälisches Singen. Wir sollen diesen Sommer in Halifax auftreten. Sie veranstalten ein Festival, »Schotten in aller Welt«. Es werden alle möglichen Leute kommen, sogar Mitglieder der königlichen Familie. Wir sollen eine Woche bleiben. Die Gage steht noch nicht fest, aber sie wird schon stimmen, außerdem zahlen sie unsere Unterbringung und die Reisekosten.«

»Oh«, sagte er, allmählich interessiert und vorsichtig zugleich. »Wen meinst du mit wir?«

»Uns natürlich. Du weißt schon, die Familie. Sie wollen zwanzig Leute. Erst wird dort ein paar Tage geprobt, dann kommen ein paar Konzerte und wir werden im Fernsehen übertragen. Ich freu mich schon wahnsinnig. Ich muss jede Menge Einkäufe in Halifax erledigen, außerdem ist das eine Gelegenheit, morgens endlich mal auszuschlafen, ohne dass Tom mich stört. Wir müssen erst gegen Mittag im Theater oder Studio oder wo auch immer auftauchen.« Sie zündete sich die nächste Zigarette an.

»Und welche Lieder sollen wir singen?«, fragte er.

»Ach, ist doch egal!«, sagte sie. »Die Reise ist das Entscheidende. Ein paar von den alten Liedern. In zwei oder drei Wochen kommen sie zu einer Hörprobe. Dann können wir Fear A' Bhata oder so was singen«, sagte sie, und begann, nachdem sie die Zigarette auf der Untertasse ausgedrückt und ihren Kaugummi daneben auf den Tisch gelegt hatte, mit einer klaren, kraftvollen Stimme zu singen:

Fhir a' bhata, na ho ro eile,
Fhir a' bhata, na ho ro eile,
Fhir a' bhata, na ho ro eile,
Mho shoraidh slan leat 's gach ait' an teid thu

Is tric mi 'sealltainn o 'n chnoc s 's airde
Dh'fheuch am faic mi fear a' bhata,
An tig thu 'n diugh, no 'n tig thu 'maireach;
'S mur tig thu idir, gur truagh a tha mi.

Erst als sie sang, erinnerte sie ihn vage an seine Frau, und wieder fühlte er die Hoffnung in sich aufsteigen, dass sie vielleicht das gleiche hohe Niveau erreichen könnte.

»Du singst es zu schnell«, sagte er vorsichtig, als sie fertig war. »Aber es klingt gut. Du singst es wie die Lieder, die man früher beim Tuchwalken gesungen hat. Aber eigentlich ist es ein Klagelied für einen geliebten Menschen, den man verloren hat.«

Langsam sang er es jetzt vor und betonte deutlich jede Silbe.

Eine Weile schien sie interessiert zu sein und hörte aufmerksam zu, ehe sie ihr Kaugummi wieder in den Mund steckte, sich eine weitere Zigarette anzündete und das noch brennende Streichholz in den Herd warf.

»Weißt du, was die Worte bedeuten?«, fragte er, als er fertig war.

»Nein«, sagte sie. »Das weiß wahrscheinlich auch sonst keiner. Ich singe nur Töne. Schließlich kenne ich die Stücke, seit ich zwei bin. Ich weiß, wie sie gehen. Ich bin ja nicht taub.«

»Wen haben sie sonst noch gefragt?«, sagte er, zum Teil aus Interesse, aber auch, um das Thema zu wechseln und eine Konfrontation zu vermeiden.

»Weiß ich nicht. Sie meinten, dass sie sich wieder melden. Fürs Erste wollten sie nur wissen, ob wir interessiert sind. Der Mann mit der Stute kommt später vorbei. Ich muss jetzt los.«

Und im selben Moment war sie auch schon fast aus der Tür, wendete den Pick-up, dass ein Schauer aus Kieselsteinen gegen die Hauswand flog und die kleineren Steinchen an die Fensterscheibe spritzten. Ein dreckverschmierter Aufkleber auf der Stoßstange verkündete: »If you're horny, honk your horn.«

Wie so oft musste er an Cora denken, die jetzt seit ungefähr fünfzehn Jahren tot war und die ein Jahr nach dem Besuch bei ihm mit jenem unverhüllten Angebot einen anderen Mann geheiratet hatte. Es machte ihn betroffen, dass seine Enkeltochter der Frau seines Bruders offenbar viel ähnlicher war als seiner eigenen Frau.

Der Mann, der die Stute kaufen wollte, war völlig anders als alle Pferdekäufer, die ihm jemals begegnet waren. Er kam in einem extravaganten Auto, trug einen Anzug und hatte einen Akzent, der sich schwer einordnen ließ. Er wurde von Carver begleitet, einem gewalttätigen jungen Mann in den Dreißigern, der von der anderen Seite des Bergs kam und anscheinend als Führer fungierte. Carvers nicht unattraktives Gesicht war von mehreren hervortretenden grauen Narben verunstaltet, und infolge einer Schlägerei, bei der ihm jemand eine Kette ins Gesicht geschlagen hatte, war seine Oberlippe wulstig verdickt, und außerdem hatte ihn der Vorfall noch die sichtbarsten Zähne gekostet. Er trug seine Brieftasche an einer am Gürtel festgehakten Kette und streifte seine schweren Holzfällerstiefel auf dem Karton in Archibalds Veranda ab, bevor er in die Küche trat. Er stand am Fenster und drehte sich eine Zigarette, während der Pferdekäufer mit Archibald sprach.

»Wie alt ist die Stute?«

»Fünf«, sagte Archibald.

»Hat sie schon mal gefohlt?«

»Ja, sicher«, sagte Archibald, von der Frage leicht verwirrt. Normalerweise wollten die Käufer wissen, ob ein Pferd einzeln oder im Gespann arbeiten konnte, oder sie wollten etwas über seine Veranlagung, die Beine oder die

Brust wissen. Oder ob es zur Arbeit im Schnee tauge oder ob es genug fresse, um ein hartes Arbeitspensum durchzuhalten.

»Glauben Sie, dass sie nochmal ein Fohlen haben könnte?«, fragte er.

»Ja, warum denn nicht?«, entgegnete er, fast schon verärgert. »Wenn sie einen Hengst hätte.«

»Kein Problem«, sagte der Mann.

»Aber«, sagte Archibald, den es aus alter Gewohnheit zur Ehrlichkeit drängte, »sie hat noch nie gearbeitet. In letzter Zeit bin ich nicht mehr oft im Wald gewesen und früher habe ich immer die alte Stute genommen, die Mutter, bis sie starb. Ich wollte sie einarbeiten, bin aber nie dazu gekommen. Sie ist eigentlich eher ein Haustier. Aber sie wird bestimmt arbeiten. Diese Pferde haben immer gut gearbeitet. Das liegt am Stammbaum. Ich habe sie mein Leben lang gehalten.« Er verstummte, peinlich berührt, dass er sich für seine Pferde und sich selbst rechtfertigen musste.

»Gut«, sagte der Mann. »Kein Problem. Sie hat also schon mal gefohlt?«

»Hören Sie«, sagte Carver von seinem Platz am Fenster und drückte seine Zigarettenglut zwischen seinem schwieligen Daumen und Zeigefinger aus. »Das hat er doch eben erklärt. Ich sagte doch, der Mann lügt nicht.«

»Gut«, erwiderte der Mann und holte sein Scheckheft heraus.

»Wollen Sie die Stute nicht erst sehen?«, fragte Archibald.

»Nein, schon gut«, sagte der Mann. »Ich glaube Ihnen.«

»Er will neunhundert Dollar«, sagte Carver. »Die Stute ist noch jung.«

»In Ordnung«, sagte der Mann zu Archibalds Erstaunen. Er hatte mit siebenhundert Dollar oder noch weniger gerechnet, da sie noch nie gearbeitet hatte.

»Und Sie holen sie später mit Ihrem Wagen ab«, sagte der Mann zu Carver.

»Mach ich«, sagte Carver, und die beiden gingen. Der Mann fuhr seltsam vorsichtig, als wäre er noch nie auf einer ungeteerten Straße gefahren und hätte Angst, dass der Wald ihn womöglich verschluckt.

Als sie weg waren, ging Archibald zur Scheune, um mit der Stute zu reden. Er führte sie zum Tränken an den Bach und dann zur Haustür, wo sie wartete, während er hineinging und nach Brotresten suchte, die er ihr als Belohnung zum Abschied schenken wollte. Sie war jung und stark und prächtig, und er war irgendwie enttäuscht, dass der Käufer sie nicht einmal gesehen hatte, um ihre hervorragenden Eigenschaften schätzen zu können.

Kurz nach Mittag fuhr Carver mit seinem Wagen in den Hof. »Willst du ein Bier?«, fragte er Archibald mit einer Kopfbewegung in Richtung des offenen Kartons auf dem Beifahrersitz.

»Nein, lieber nicht«, sagte Archibald. »Wir sollten die Sache schnell hinter uns bringen.«

»Also dann«, sagte Carver. »Willst du sie auf den Wagen führen?«

»Nein, nicht nötig«, erwiderte Archibald. »Sie geht mit jedem.«

»Tja«, sagte Carver. »Vielleicht gar keine schlechte Einstellung.«

Sie gingen in die Scheune. Entgegen seiner vorhergehenden Bemerkung ging Archibald selbst zur Stute, band sie los und führte sie hinaus in die Nachmittagssonne, die auf dem glatten geapfelten Fell glänzte. Carver fuhr rückwärts gegen einen kleinen Hang und ließ die Heckklappe herunter. Dann reichte ihm Archibald den Strick und sah zu, wie die Stute ihm willig auf die Ladefläche folgte.

»Von den vielen schönen Pferden, die du hier oben hattest, war das wohl das letzte, wie?«, fragte Carver, nachdem er den Strick festgebunden hatte und von der Ladefläche gesprungen war.

»Ja«, sagte Archibald, »das letzte.«

»Ich schätze, du hast 'ne Menge Holz mit den Pferden geschleppt. Hab's von einigen gehört, älteren Männern, die mit dir in den Camps gearbeitet haben.«

»O ja«, sagte Archibald.

»Manche haben erzählt, du und dein Bruder, ihr konntet mit einer Zugsäge sieben Klafter Industrieholz am Tag fällen, transportieren und aufsetzen.«

»O ja«, sagte er. »An manchen Tagen haben wir das geschafft. Damals waren die Tage wohl länger«, setzte er lächelnd hinzu.

»Mein Gott, wir können froh sein, wenn wir mit der Kettensäge sieben Klafter schaffen, es sei denn, wir arbeiten in einem wirklich guten Bestand«, sagte Carver, zog seine Hose hoch und drehte sich langsam eine Zigarette. »Das Holz auf deinem Land ist so gut wie früher, sagen sie.«

»Ja«, entgegnete er, »es ist ganz gut.«

»›Dieser Archibald‹, sagen sie immer, ›kein Mensch weiß, wo er die ganzen Stämme herholt und wie er sie mit den Pferden aus dem Wald schleppt, ohne irgendwas dabei kaputtzumachen. Und das Jahr für Jahr. Geht mit dem Berg um, als wär's ein Garten.‹«

»Mmmm«, sagte er.

»Nicht so wie heute, hm? Wir sägen einfach alles um. Fahren mit schweren Maschinen rein, mit Schleppern und Ladekränen, machen alles an einem Tag und pfeifen auf morgen.«

»Ja«, sagte Archibald. »Ist mir schon aufgefallen.«

»Du willst wohl nicht verkaufen, oder?«, fragte Carver.

»Nein«, sagte er. »Noch nicht.«

»Ich dachte nur ... wo du schon die Stute abgegeben hast. Keine Arbeit für die Stute, keine Arbeit für dich.«

»Oh, sie wird schon irgendwo arbeiten«, sagte er. »Was mich anbelangt, bin ich mir nicht so sicher.«

»Ach was, die arbeitet nicht«, sagte Carver. »Die wollen sie für Antibabypillen.«

»Was? Wofür?«, fragte Archibald.

»Dieser Typ sagt, ob's stimmt, weiß ich nicht, dass es in der Nähe von Montreal eine Farm gibt, die zu einem Labor oder so gehört. Jedenfalls halten sie dort lauter Stuten, die sie ständig decken lassen, und ihren Urin verwenden sie zur Herstellung von Antibabypillen.«

Archibald fand diese Vorstellung so grotesk, dass er nicht wusste, wie er reagieren sollte. Forschend sah er in Carvers narbenbedecktes, aber offenes Gesicht, suchte nach einem Hinweis, irgendeinem Anhaltspunkt, konnte aber nichts finden.

»Ja«, sagte Carver. »Die Stuten müssen ständig schwanger sein, damit die Frauen es gar nicht erst werden.«

»Und was passiert mit den Fohlen?«, sagte Archibald, weil er fand, dass er zur Abwechslung auch mal eine Frage stellen sollte.

»Keine Ahnung«, entgegnete Carver. »Hat er nicht gesagt. Wahrscheinlich werfen sie sie einfach weg. Ich muss jetzt los«, sagte er und schwang sich in die Fahrerkabine seines Pick-up, »und sie den Berg runterbringen. Ich glaube, er hat schon fast einen Güterwagen oder einen Lastzug voll Stuten. In zwei Tagen steht sie irgendwo in der Nähe von Montreal, dann besorgen sie ihr einen Hengst und damit Schluss.«

Der Pick-up heulte auf und entfernte sich vom Hang neben der Scheune. Archibald, der dichter in der Fahrbahn stand, als ihm klar war, musste aus dem Weg gehen. Im Vorbeifahren drehte Carver das Fenster auf und rief: »Heh, Archibald, singst du eigentlich noch?«

»Nicht sehr oft«, sagte er.

»Muss irgendwann mal mit dir drüber reden«, rief er ihm über den Motorlärm hinweg zu, und dann rollte er mit dem Pick-up und der prächtigen Stute aus dem Hof und machte sich auf die kurvenreiche Fahrt bergabwärts.

Archibald wusste lange Zeit nicht, was er tun sollte. Er fühlte sich von Kräften verraten, die er nicht kontrollieren konnte. Er sah seine Stute unter dem Gewicht einer ganzen Reihe wechselnder Hengste vor sich, doch die schlimmste Vorstellung war die der toten Fohlen, die Carver zufolge einfach »weggeworfen« wurden. Er stellte sie sich vor wie die vielen toten ungewollten Tiere, die er gesehen hatte und denen man mit Axthieben die Schädel zertrümmert hatte, um sie dann auf die Misthaufen hinter den Scheunen zu werfen. Er bezweifelte, dass es eine solche Farm in der Nähe von Montreal gab, und er zweifelte an dem – oder versuchte es wenigstens, wenn auch ohne rechten Erfolg –, was Carver ihm erzählt hatte. Aber ihm fehlte die Möglichkeit, die Sache zu beweisen oder zu widerlegen, deshalb überwogen die Bilder. Er dachte an seine Frau, wie so oft, wenn er einen Verlust zu beklagen hatte. Und dann an den bleichen, reglosen Körper seines ruhigen, nicht atmenden Sohnes, an die fein verästelten blauen Adern, die sich wie Straßen und Flüsse auf einer Landkarte über seinen zarten zerbrechlichen Schädel zogen. Beide waren von ihm gegangen, Frau und Sohn, genommen im Schnee des Winters. Und ihm war, als müsste er gleich in Tränen ausbrechen.

Er hörte das Rauschen der Adlerschwingen und blickte auf. Sie flogen den Berg hoch und schienen im Fliegen zu schwanken. Wie müde Pendler, die versuchen, nach Hause zu kommen. Er hatte den langen Winter über beobachtet, wie sie auf der Suche nach Nahrung und offenem Wasser immer weiter fliegen mussten. Er hatte die Stumpfheit ihres Gefieders bemerkt und den verlöschenden Glanz in ihren wilden braunen Augen. Er war sich nicht sicher, ob es womöglich an seinen Augen lag oder an der Perspektive, aber ihm schien, dass die Schwungfedern des Weibchens beinahe die kahlen Zweige der Bäume berührten, so als wäre es unsicher und würde gleich abstürzen. Im selben Moment kehrte der männliche Adler, der vorausgeflogen war, um und flog zurück, er glitt mit ausgebreiteten Schwingen auf dem Wind und versuchte, die wenige Energie, die ihm noch verblieben war, zu bewahren. Er flog so dicht an Archibald vorbei, dass dieser die verzweifelte Angst in den wilden, trotzigen Augen sah oder zumindest zu sehen glaubte. Der Adler war so erfüllt von seiner Mission, dass er Archibald kaum beachtete und dicht neben seiner Gefährtin kreiste, bis sich ihre Flügelspitzen fast berührten. Seine Nähe schien ihr Kraft zu verleihen, denn sie warf ihre Schwingen gleichsam nach vorne wie ein verzweifelter Schwimmer auf der letzten Bahn, und sie setzten ihren Flug bergauf gemeinsam fort. In der Feuchtigkeit des späten Frühlings fürchtete Archibald, wie vielleicht auch die Adler, um die Zukunft ihrer Jungen.

Er hatte die Adler in anderen Jahreszeiten und unter anderen Umständen gesehen. Er hatte gesehen, wie das Männchen mit seinen kräftigen Krallen einen Ast packte und sich im Überschwang seiner Macht und Stärke zum Himmel emporschwang; hatte gesehen, wie er den Ast entzweibrach (so wie ein starker Mann Feuerholz über sein Knie brechen mochte) und die beiden Stücke fallen ließ, bevor er ihnen im Sturzflug hinterherjagte und sich noch in der Luft eines wieder schnappte; wie er Kreise drehte und Saltos flog und den Ast vor sich her warf und immer wieder unter ihm hindurchtauchte, bis er ihn schließlich, als er des Spiels müde wurde, zur Erde fallen ließ.

Und er hatte sie bei ihren Balzspielen in der Luft beobachtet, hatte gesehen, wie ihre Schatten am Himmel hoch über dem Berg Scheinangriffe und Ausweichmanöver flogen. Hatte gesehen, wie sie zusammentrafen und mit festverschränkten Krallen ein Rad ums andere schlagend in Richtung Boden stürzten, Hunderte von Metern, wie es schien, bis sie sich wie tollkühne Fallschirmspringer in letzter Sekunde voneinander trennten, ihren Schwung abfingen und parallel zur Erde segelten, bevor sie erneut ihren Aufstieg begannen.

Die Volkskundler waren immer sehr beeindruckt von den Weißkopfadlern.

»Seit wann sind sie hier?«, wollten ein paar aus der ersten Gruppe wissen.

»Wahrscheinlich schon ewig«, hatte er ihnen geantwortet.

Nachdem sie Recherchen angestellt hatten, kamen sie wieder und sagten: »Ja, Cape Breton ist das größte Brutgebiet an der nordamerikanischen Ostküste nördlich von Florida. Und das größte östlich der Rocky Mountains. Komisch, dass kaum jemand weiß, dass sie hier sind.«

»Oh, manch einer weiß es schon«, sagte Archibald lächelnd.

»Das liegt nur daran, dass die Forstindustrie hier weder Pestizide noch Herbizide einsetzt«, sagten die Volkskundler. »Wenn sie damit anfangen, sind die Adler fort. In New Brunswick und Maine sieht man kaum noch einen Adlerhorst.«

»Mmmm«, sagte er.

In den nächsten Tagen versuchten sie, sich auf das »Singen« in Halifax vorzubereiten. Sie hatten mehrere Proben, die meist bei Sal stattfanden, weil sie mit dem Produzenten gesprochen hatte und als Kontaktperson galt, aber auch, weil sie das größte Interesse daran hatte, nach Halifax zu fahren. Es gelang ihnen, eine ganze Reihe von Leuten unterschiedlichen Talents zusammenzubringen, wobei nicht alle Sals Begeisterung teilten. Eine oder zwei der Proben fanden bei Archibald statt. Die Teilnehmerzahl der Gruppe schwankte. Manchmal erweiterte sie sich auf dreißig Sänger, darunter auch angeheiratete Verwandtschaft und deren Freunde oder Leute, die an diesen Abenden einfach nichts Besseres zu tun hatten. Archibald versuchte bei den Proben die Kontrolle zu behalten und die Lieder auf »seine Art« zu interpretieren, was eine deutliche Aussprache der Wörter und das Singen der genauen Anzahl der Strophen in der richtigen Reihenfolge bedeutete. Manchmal schweifte die Aufmerksamkeit der Jüngeren ab, und die Abende uferten ziemlich früh und ziemlich schnell aus, wenn die Leute separate kleine Grüppchen bildeten und plauderten oder Witze erzählten oder – wie Archibald fand – etwas zu viel tranken. Als die Frühjahrsarbeit zunehmend drängte und viele der Männer die Waldarbeit liegen ließen, um zu fischen oder das Land zu bestellen, hörte man bei den Proben immer weniger Männerstimmen. Manchmal rissen die Männer Witze darüber und über die künftige Zusammensetzung der Gruppe.

»Glaubst du wirklich, dass du ganz allein mit den vielen Frauen in Halifax fertig wirst, Archibald?«, fragte manchmal jemand, ohne die Frage wirklich an ihn zu richten.

»Aber klar doch«, meldete sich dann eine andere Stimme. Er ist doch ausgeruht! Er hat ihn fünfzig Jahre lang nicht benützt – jedenfalls, soweit wir informiert sind.«

Bei einer Probe verkündete Sal dann ziemlich aufgeregt, sie hätte mit dem Produzenten in Halifax gesprochen. Er hätte ihr erzählt, sagte sie, dass zwei weitere Gruppen aus der Umgebung Kontakt mit ihm aufgenommen hatten, die er sich ebenfalls anhören wollte. In ungefähr zehn Tagen wollte er kommen.

Allen verschlug es die Sprache.

»Welche anderen Gruppen?«, fragte Archibald.

»Eine Gruppe«, sagte Sal und legte um der dramatischen Wirkung willen eine kurze Pause ein, »wird von Carver geleitet.«

»Carver?«, riefen alle ungläubig und wie aus einem Mund. Und dann inmitten lauten Hohngelächters: »Carver kann doch nicht singen. Außerdem spricht er kaum ein Wort Gälisch. Wie will er eine Gruppe zusammenbringen?«

»Da bin ich überfragt«, sagte Sal, »sofern es nicht die Typen sind, mit denen er ständig zusammensteckt.«

»Und wer noch?«, fragte Archibald.

»Die MacKenzies!«, sagte sie.

Niemand lachte bei der Erwähnung des Namens. Die MacKenzies waren eine der ältesten und am besten singenden Familien. Sie lebten gut zwanzig Meilen entfernt in einem kleinen, abgelegenen Tal, aber Archibald war aufgefallen, dass im Verlauf der letzten fünfzehn Jahre immer mehr ihrer Häuser abgeschlossen und mit Brettern vernagelt wurden und einige der älteren Gebäude schief standen und unter der Wucht des Windes sogar umstürzten.

»Die MacKenzies haben nicht mehr genug Leute«, sagte jemand.

»Stimmt«, fügte eine andere Stimme hinzu. »Ihre besten Sänger sind nach Toronto gezogen.«

»Es gibt da zwei sehr gute junge Männer«, sagte Archibald. Er erinnerte sich an ein Konzert vor einigen Jahren, als er gesehen hatte, wie die beiden groß und mit geraden Schultern ein paar Schritte hinter dem Mikrofon standen, er hatte gesehen, wie sie klar und mühelos sangen, ohne jemals zu schwanken oder sich zu verhaspeln oder einen falschen Ton zu treffen.

»Die zwei sind nach Calgary gezogen«, sagte ein Dritter. »Schon vor mehr als einem Jahr.«

»Nach dem Anruf aus Halifax hab ich mit ein paar Leuten aus der Ecke geredet«, sagte Sal. »Sie meinten, dass die

Großmutter der MacKenzies die beiden bitten will, zurückzukommen. Angeblich will sie versuchen, alle ihre Sänger dazu zu bringen, nach Hause zu kommen.«

Archibald war unwillkürlich ergriffen, es rührte ihn, dass Mrs. MacKenzie sich solche Mühe gab. Als er sich im Zimmer umsah, wurde ihm klar, dass nur sehr wenige der Anwesenden wussten, dass Mrs. MacKenzie mit ihm verwandt war und folglich auch mit ihnen. Er kannte sie zwar nicht besonders gut und hatte ihr sein Leben lang nur zugenickt und selten ein Wort mit ihr gewechselt, jetzt aber fühlte er sich ihr sehr nahe. Er kannte nicht einmal den genauen Grad ihrer Verwandtschaft (obwohl er ihn später noch herausfinden würde) und erinnerte sich lediglich an die Geschichte der jungen Frau aus einer früheren Generation seiner Familie, die einen jungen Mann aus dem Tal der MacKenzies geheiratet hatte, der der »falschen Religion« angehörte. Die Verbindung hatte damals große Verbitterung ausgelöst, und die Familien hatten sich geweigert, miteinander zu sprechen, bis schließlich alle, die wussten, welches die »richtige Religion« war, nicht mehr lebten. Die junge Frau, die fortgezogen war, hatte ihre Eltern nie besucht oder Besuch von ihnen bekommen. Archibald fand das traurig, und er fühlte sich der ihm nahezu unbekannten Mrs. MacKenzie fast näher verbunden als den Mitgliedern von seinem eigenen Fleisch und Blut, die jetzt so aufgeregt und zänkisch wirkten.

»Das wird ihr nie gelingen«, sagte eine letzte Stimme. »Sie müssen alle arbeiten und haben Verpflichtungen. Sie können nicht alles stehen und liegen lassen und eine Woche hierher oder nach Halifax kommen, um vier oder fünf Lieder zu singen.«

Diese Stimme sollte Recht behalten, obwohl Archibald in den folgenden zehn Tagen vor dem Besuch des Produzenten oft an Mrs. MacKenzie dachte und sich vorstellte,

wie sie telefonierte und wie ihre Boten in ganz Toronto aus-
schwärmten und die Gaststätten in Vororten absuchten,
um die Frage auszurichten, deren Antwort sie bereits kannten, die sie aber dennoch aus Pflichtgefühl stellten. Letztendlich kamen vier der MacKenzies nach Hause: zwei junge Männer, die seit einem Arbeitsunfall krankgeschrieben
waren, und eine Tochter mittleren Alters samt Ehemann,
denen es gelungen war, ihren Urlaub um eine Woche vor-
zuverlegen. Die *wirklich* guten jungen Männer konnten
nicht kommen.

Der Produzent tauchte auf und brachte zwei Assistenten
mit Klemmbrettern mit. Er war ein nervöser Mann Anfang
dreißig, hatte einen dunklen Lockenschopf, trug eine Brille
mit dicken Gläsern und ein kastanienbraunes T-Shirt, auf
dem vorne der Aufdruck prangte: »If you 've got it, flaunt
it«. Beim Sprechen zupfte er nervös an seinem rechten Ohr-
läppchen.

Archibalds Gruppe war die letzte von den dreien, die er
sich anhören wollte. »Die besten hebt er sich bis zum
Schluss auf«, lachte Sal nicht sehr überzeugend.

Der Produzent kam abends vorbei und erklärte kurz die
Situation. Falls die Wahl auf sie fiele, wären sie sechs Tage
in Halifax. An den ersten zwei Tagen sollten sie sich mit
der Umgebung vertraut machen und proben, und an den
nächsten vier Tagen gäbe es jeden Abend ein Konzert. Aus
ganz Nova Scotia kämen verschiedene Künstler. Sie würden sowohl im Fernsehen als auch im Radio übertragen,
und einige Mitglieder der königlichen Familie wären an-
wesend.

Dann sagte er: »Hören Sie, da ich Ihre Sprache absolut
nicht verstehe, achten wir hauptsächlich auf den Effekt. Wir
möchten Sie bitten, drei Lieder vorzubereiten. Vielleicht
müssen wir uns dann sogar auf zwei beschränken. Wir werden sehen, wie es läuft.«

Sie setzten sich um den Tisch, als wollten sie »Tuch walken«, wie ihre Ahnen es früher getan hatten, und begannen zu singen. Archibald saß an der Stirnseite und sang laut und klar vor, während die übrigen Stimmen im Chor einfielen. Der Produzent und seine Assistenten machten sich Notizen.

»Gut, das reicht«, sagte er nach etwa anderthalb Stunden.

Zu einem der Assistenten sagte er: »Wir nehmen das dritte.«

»Wie heißt das Lied?«, fragte er Archibald.

»*Mo Chridhe Trom*«, erwiderte Archibald. »Das bedeutet ›Mein Herz ist schwer.‹«

»Gut«, sagte der Produzent. »Das hören wir uns jetzt nochmal an.«

Sie begannen zu singen. Bei der zwölften Strophe fühlte sich Archibald von der Musik auf eine Art überwältigt, die er schon fast vergessen hatte. Seine Stimme schwebte mit einer so klaren und präzisen Kraft über den anderen, dass sie unsicher wurden und verstummten.

'S ann air cul nam beanntan ard,
Tha aite comhnuidh mo ghraidh,
Fear dha 'm bheil an chridhe blath,
Do 'n tug mi 'n gradh a leon mi.

'S ann air cul a' bhalla chloich,
'S math an aithnichinn lorg do chos,
Och 'us och, mar tha mi 'n nochd
Gur bochd nach d'fhuair mi coir ort.

Tha mo chridhe dhut cho buan,
Ris a' chreag tha 'n grunnd a' chuain,
No comh-ionnan ris an stuaidh
A bhuaileas orr' an comhnuidh.

Er sang das Lied allein zu Ende. Danach trat ein Schweigen ein, das fast peinlich wurde.

»Gut«, sagte der Produzent nach einer Pause. »Probieren wir noch ein Stück, Nummer sechs. Es ist das Lied, das völlig anders klingt als die anderen. Wie heißt es noch gleich?«

»*Oran Gillean Alasdair Mhoir*«, sagte Archibald und versuchte, seine Fassung wiederzugewinnen. »Lied an die Söhne von Alasdair. Manche kennen es unter dem schlichten Titel ›Die ertrunkenen Männer‹.«

»Gut«, sagte der Produzent. »Fangen wir an.« Nach der Hälfte aber sagte er: »Schnitt! Gut, das reicht.«

»Es ist noch nicht fertig«, entgegnete Archibald. »Das Lied erzählt eine Geschichte.«

»Das reicht«, sagte der Produzent.

»Man kann solche Lieder nicht einfach abbrechen«, sagte Archibald, »sonst ergeben sie keinen Sinn.«

»Hören Sie, für mich ergeben sie sowieso keinen Sinn«, gab der Produzent zurück. »Ich sagte doch schon, dass ich die Sprache nicht verstehe. Wir versuchen nur, die Publikumswirksamkeit einzuschätzen.«

Archibald merkte, dass er wütender wurde, als vielleicht ratsam war, und er spürte die Blicke und Gesten seiner Familie. »Vorsichtig«, wollten sie ihm sagen, »verärgere ihn nicht, sonst fällt unsere Reise ins Wasser.«

»Mmmm«, sagte er, erhob sich von seinem Stuhl und ging zum Fenster. Aus der Dämmerung war Dunkelheit geworden und die Sterne schienen den Berg zu berühren. Obwohl er sich in einem Raum voller Menschen befand, fühlte er sich schrecklich allein. In Gedanken sang er die Strophen von *Mo Chridhe Trom*, die ihn eben noch tief berührt hatten.

Über hohen Bergen liegt
Die Heimstatt meiner Liebe,
Deren Herz stets warm erstrahlte
Und die ich allzu sehr liebte.

Hinter dieser Wand aus Stein
konnt ich deinen Schritt erkennen,
aber wie traurig bin ich heut Nacht,
weil wir nicht zusammen sind.

Aber du, meine Liebe, wirst bleiben,
wie der Fels im tiefen Meer,
so lange wie die Wogen,
die ewig dagegenbranden.

»Gut, machen wir Schluss für heute«, sagte der Produzent.
»Ich danke Ihnen allen herzlich. Wir melden uns.«

Am nächsten Morgen gegen neun kam der Produzent in
Archibalds Hof gefahren. Seine Assistenten waren bei ihm,
alles war gepackt und fertig für Halifax. Sie warteten im
Auto, während der Produzent in Archibalds Küche trat. Er
hüstelte unbehaglich und schaute sich um, als wollte er sich
vergewissern, dass sie allein waren. Er erinnerte Archibald
an einen nervösen Vater, der im Begriff steht, sein Kind auf-
zuklären.

»Wie waren die anderen Gruppen?«, fragte Archibald in
einem, so hoffte er, möglichst unverbindlichen Ton.

»Der junge Carver und seine Gruppe«, sagte der Produzent, »haben eine ungeheure Energie. Und viele Männerstimmen.«

»Mmmm«, sagte Archibald. »Was haben sie denn gesungen?«

»An die Titel der Lieder kann ich mich nicht erinnern,
aber ich habe sie aufgeschrieben. Wir haben sie eingepackt.

Aber das ist auch nicht so wichtig. Allerdings kennt Carvers Gruppe nicht so viele Lieder wie Ihre Leute«, schloss er.

»Nein«, sagte Archibald und versuchte, seinen Sarkasmus zu unterdrücken. »Das kann ich mir denken.«

»Aber auch das ist nicht weiter wichtig, da wir ja nur zwei oder drei Stücke brauchen.«

»Mmmm.«

»Das eigentliche Problem mit seiner Gruppe ist das Aussehen.«

»Das Aussehen?«, fragte Archibald. »Ich dachte, es kommt auf den Gesang an.«

»Nein, nicht unbedingt«, sagte der Produzent. »Wissen Sie, bei diesen Konzerten kommt es auf den visuellen Transfer an. Die Gruppe soll an vier Abenden auftreten, und die verschiedenen Fernsehsender sind alle dabei. Mit anderen Worten, das Ganze ist keine regionale Veranstaltung, sondern eine Riesenshow. Die Auftritte werden landesweit und international ausgestrahlt, vermutlich auch nach Schottland und Australien und wer weiß wohin sonst noch. Wir wollen Leute, die ansprechend aussehen und einen guten Eindruck von der Region und der gesamten Provinz vermitteln.«

Archibald schwieg.

»Verstehen Sie, wir brauchen jemanden, auf den sich die Kamera bei den Nahaufnahmen konzentrieren kann, und da muss das Aussehen stimmen. Wir wollen keine Nahaufnahmen von Leuten, die sich ihre Gesichter in Schlägereien haben verhunzen lassen. Deshalb sind Sie optimal. Für Ihr Alter sehen Sie fabelhaft aus, falls ich das so sagen darf. Sie sind groß, haben eine gute Haltung und noch alle Zähne, das ist sowohl für Ihr Aussehen als auch für Ihren Gesang von Vorteil. Sie haben einfach Ausstrahlung. Der Rest Ihrer Gruppe singt zwar recht gut, besonders die Frauen, aber ohne Sie ist die Gruppe, falls ich das so sagen darf, nichts Außergewöhnliches. Und dann«, setzte er gleichsam als Nachtrag hinzu, »wäre da noch Ihr Ruf. Unter Volkskundlern und ähnlichen Leuten kennt man sie. Sie sind glaubwürdig. Ein sehr wichtiger Punkt.«

Archibald sah, dass Sals Pick-up in den Hof fuhr, und ihm war klar, dass sie den Wagen des Produzenten den Berg hatte herauffahren sehen.

»Hallo«, sagte sie. »Wie geht's?«

»Ich denke, mit Ihrem Auftritt ist so weit alles geklärt, aber die Entscheidung liegt bei Ihrem Großvater«, sagte der Produzent.

»Und was ist mit den MacKenzies?«, fragte Archibald.

»Schrott! Völlig unbrauchbar! Eine alte Frau, die einen Kassettenrekorder laufen lässt, und sechs oder sieben Leute singen dazu. Reine Zeitvergeudung. Wir wollten Sänger aus Fleisch und Blut, keine alte verkratzte Kassette.«

»Mmmm«, sagte Archibald.

»Jedenfalls sind Sie dabei. Wir hätten allerdings gern ein paar Änderungen.«

»Änderungen?«

»Ja, die Stücke müssen vor allem gekürzt werden. Das habe ich ja gestern Abend schon versucht zu erklären. Sie stehen jeden Abend nur drei bis vier Minuten auf der Bühne, und wir möchten pro Auftritt zwei Lieder unterbringen. Dafür sind sie zu lang. Das zweite Problem ist, dass sie zu larmoyant sind. Gütiger Himmel, schon die Titel! ›Mein Herz ist schwer!‹ ›Die ertrunkenen Männer!‹ Denken Sie mal nach!«

»Aber so sind diese Lieder nun mal«, gab Archibald zu bedenken. »Man muss sie hören, wie sie ursprünglich gedacht waren.«

»Ich muss jetzt los«, sagte Sal. »Muss mich um Babysitter und solche Sachen kümmern. Bis dann!«

Wie üblich fuhr sie unter einem Hagel aus Kieselsteinen davon.

»Hören Sie«, sagte der Produzent, »ich muss eine Riesenshow auf die Beine stellen. Vielleicht könnten Sie ja ein paar Lieder von der anderen Gruppe übernehmen.«

»Von der anderen Gruppe?«

»Ja«, sagte er, »von Carver. Denken Sie einfach drüber nach. In einer Woche rufe ich Sie an, dann können wir die Sache unter Dach und Fach bringen und alle übrigen Einzelheiten klären.« Und damit war er verschwunden.

In den nächsten Tagen dachte Archibald tatsächlich darüber nach. Er machte sich mehr Gedanken, als er jemals für möglich gehalten hätte. Er kam zu dem Schluss, dass es unmöglich war, die Lieder zu kürzen und zu verändern, und er fragte sich, weshalb er offenbar der Einzige seiner Gruppe war, der solche Bedenken hegte. Die meisten wirkten desinteressiert, wenn er ihnen seine Einwände erklären wollte, wohingegen sie an Einkaufslisten oder am Sammeln der Telefonnummern von lange nicht mehr gesehenen Verwandten und Freunden in Halifax durchaus interessiert schienen.

Eines Abends, als Carver auf dem Weg zum Bingospielen Sal traf, sagte er ihr ziemlich direkt, dass er mit seiner Gruppe nach Halifax fahren werde.

»Niemals«, sagte sie. »Wir fahren.«

»Erst mal abwarten«, sagte Carver. »Hör mal, wir brauchen diesen Auftrag unbedingt. Wir müssen uns einen Bootsmotor zulegen und wir wollen uns ein Auto kaufen. Ihr habt keine Chance, nicht die geringste! Archibald nimmt die Sache zu ernst, und ihr seid alle auf ihn angewiesen. Wir dagegen sind anpassungsfähig.«

»Als ob wir uns nicht anpassen könnten!«, sagte Sal lachend, als sie bei der letzten Probe vor dem erwarteten Anruf von der Begegnung mit Carver erzählte. Die Probe lief nach Archibalds Ansicht nicht gut, doch das schien niemandem sonst aufzufallen.

Als Archibald am nächsten Tag im Gemischtwarenladen unten im Tal einkaufte, lief ihm Carver über den Weg, und er konnte nicht widerstehen, ihn zu fragen: »Was habt ihr diesem Produzenten eigentlich vorgesungen?«

»*Brochan Lom*«, sagte Carver achselzuckend.

»*Brochan Lom*?«, rief Archibald ungläubig. »Aber das ist doch gar kein Lied, sondern nur eine Folge von aneinander gereihten sinnlosen Silben!«

»Na und?«, gab Carver zurück. »Er wusste das nicht. Kein Mensch weiß das!«

»Aber wir treten vor der königlichen Familie auf«, sagte Archibald und war selbst überrascht, immer noch Anwandlungen von Königstreue in sich zu entdecken.

»Hör zu«, sagte Carver und wischte sich mit dem Handrücken über den Mund. »Wann hat die königliche Familie jemals etwas für mich getan?«

»Natürlich gibt es Leute, die das wissen«, beharrte Archibald mit müder Entschlossenheit. »Unter den Zuhörern gibt es Leute, die das wissen, andere Sänger wissen es, und die Volkskundler auch.«

»Ja, mag sein«, sagte Carver achselzuckend, »aber was mich anbetrifft, ich kenne eben keine Volkskundler.«

Er starrte Archibald einige Sekunden lang unverwandt an, dann steckte er seinen Tabak ein und verließ den Laden.

Den ganzen Nachmittag fühlte sich Archibald bedrückt. Er nahm dunkel wahr, dass seine Angehörigen Babysitter organisierten und Koffer ausliehen und unaufhörlich redeten, letztendlich aber wenig sagten. Einerseits ging ihm seine Unterhaltung mit Carver durch den Kopf, dann wieder kam ihm seltsamerweise Mrs. MacKenzie in den Sinn. Er dachte voller Mitgefühl an sie, die wahrscheinlich die Beste von allen war und sich am meisten bemüht hatte, den Mann aus Halifax zu beeindrucken. Immer wieder ging ihm das Bild durch den Kopf, wie sie im dämmrigen Tal der Mac-Kenzies die auf Band aufgezeichneten Stimmen ihrer früheren Familie einem Mann vorspielte, der die Sprache nicht verstand. Er stellte sich vor, wie sie jetzt ruhig dasaß, das Strickzeug im Schoß, und den körperlosen Stimmen ihrer Angehörigen zuhörte.

In dieser Nacht hatte Archibald einen Traum. In den endlos langen Jahren seit dem Tod seiner Frau hatte er oft von ihr geträumt und diese Träume vermutlich sogar heraufbeschworen, indem er in der ersten Zeit abends ihr Grab besuchte und manchmal dort saß und ihr von ihren gemeinsamen Hoffnungen und Wünschen erzählte. Und in den Nächten nach solchen »Gesprächen« kam sie mitunter zu ihm und sie unterhielten sich und berührten einander und sangen manchmal. In dieser Nacht aber sang sie allein. Ihr Gesang war von einer solchen Klarheit und Schönheit, dass ihm ein Schauer durch den Körper lief und ihm gleichzeitig die Tränen in die Augen traten. Jeder einzelne Ton war vollkommen, so vollkommen und klar wie ein Wassertropfen, der an einem zarten Blatt hängt, oder wie die Umrisse eines am Himmelsgewölbe gleitenden Adlers. Sie sang für ihn, bis um vier Uhr morgens die ersten Lichstrahlen langsam über die Berggipfel schienen. Und dann war sie verschwunden.

Als Archibald aufwachte, fühlte er sich auf eine Art entspannt und erfrischt wie selten, seit er vor vielen Jahren mit seiner Frau geschlafen hatte. Sein Entschluss stand fest, er hatte genug darüber nachgedacht.

Gegen neun Uhr fuhr Sal mit dem Pick-up in den Hof. »Dieser Produzent ist am Telefon«, sagte sie. »Ich hab gesagt, dass ich seine Nachricht ausrichte, aber er will mit dir reden.«

»Gut«, sagte Archibald.

In Sals Küche baumelte der Hörer an der schwarzen Spiralschnur.

»Ja, hier ist Archibald«, sagte er, den Hörer fest umklammernd. »Nein, ich glaube nicht, dass ich sie auf drei Minuten kürzen oder irgendwie beschleunigen kann. Nein, ganz bestimmt nicht. Ja, ich habe darüber nachgedacht. Ja, ich habe mich mit meinen Angehörigen, die mitsingen, in Verbindung gesetzt. Nein, von Carver weiß ich nichts. Sie müssen selbst mit ihm reden. Wiedersehen.«

Er spürte die Enttäuschung und den Unmut, die sich im ganzen Haus ausbreiteten wie Tinte auf Löschpapier. Im Zimmer nebenan hörte er eine jugendliche Stimme sagen: »Dabei hätte er nur die Strophen von ein paar blöden alten Liedern kürzen müssen. Wenigstens uns zuliebe hätte er das machen können, der alte Trottel.«

»Tut mir Leid«, sagte er zu Sal, »aber ich konnte einfach nicht.«

»Soll ich dich nach Hause fahren?«, fragte sie.

»Nein«, sagte er. »Lass nur, ich kann zu Fuß gehen.«

Er stieg mit einer Energie und Zielstrebigkeit den Berg hinauf, die ihn an früher erinnerten, als er ein junger Mann war. Er hatte das Gefühl, »richtig« gehandelt zu haben, genau wie vor vielen Jahren, als er seiner künftigen Braut den Hof machte und sie beschlossen, ihr Haus in der Nähe des Berggipfels zu bauen, auch wenn andere von dort wegzogen. Und er fühlte sich wie damals, in der Zeit der wilden Leidenschaftlichkeit ihres kurzen gemeinsamen Lebens. Am liebsten wäre er gerannt.

In den nächsten Tagen war Archibald mit sich im Reinen. Eines Tages kam Sal vorbei und erzählte, dass Carver sich einen Vollbart wachsen ließ.

»Sie haben ihm gesagt, der Schnauzer würde seine Lippe kaschieren und mit Vollbart wären seine Narben im Fernsehen nicht zu sehen«, sagte sie naserümpfend. »Make-up wirkt eben Wunder.«

Und dann, an einem regnerischen Abend, nachdem er sich die internationalen, nationalen und regionalen Nachrichten angesehen hatte, warf Archibald einen Blick aus dem Fenster. Er sah die Scheinwerfer der Autos, die unten im Tal der nassen Fahrbahn der Hauptstraße folgten. Menschen, die größeren Zielen entgegenstrebten und gar nicht wussten, dass er existierte. Und dann fiel ihm ein bestimmtes Paar Scheinwerfer auf. Sie fuhren schnell und zügig die Talsohle entlang, und obwohl sie noch sehr weit entfernt waren, näherten sie sich allem Anschein nach mit einer bestimmten Absicht. Sie sahen einfach anders aus als die anderen Scheinwerfer, und in einem jener Augenblicke, wenn Wissen sich mit Intuition vermischt, sagte Archibald laut zu sich selbst: »Dieses Auto kommt hierher. Es kommt meinetwegen.«

Zuerst war er beunruhigt. Ihm war bewusst, dass seine Entscheidung nicht nur bei einigen Angehörigen der Familie Wut und Enttäuschung ausgelöst hatte, sondern auch bei verschiedenen angeheirateten Verwandten und Bekannten, die zu einem ausgedehnten und komplizierten Netz von Verbindungen gehörten, das er kaum nachvollziehen konnte. Er wusste auch, dass viele der Männer wegen des Regens in den letzten Tagen nicht oft im Wald gearbeitet und ihre Zeit vielleicht in den Kneipen verbracht und etwas zu oft über ihn und seine Entscheidung diskutiert hatten. Er sah zu, wie der Wagen von der geteerten Straße abbog und sich im Regen schlängelnd und windend den steilen Berg hochplagte.

Obwohl er kein gewalttätiger Mensch war, machte er sich keinerlei Illusionen darüber, wo und wie er lebte. »Diesem Archibald«, sagten die Leute, »kann man nichts vormachen.« Daran dachte er jetzt, als er den Abstand zum

Herd abschätzte, wo ein gewaltiger Schürhaken hing, den er kurz nach seiner Hochzeit von einem Schmied in einem der Holzfällercamps hatte anfertigen lassen. Der Haken war aus massivem Stahl und das viele Stochern in der Glut hatte sein Ende mit den Jahren zu einer glänzenden Spitze geschliffen. Als er ihn probeweise schwang, lag er ihm schwer in der Hand wie ein uraltes Schwert. Mühelos hob er den Holztisch hoch und stellte ihn, in der Hoffnung, dass es nicht weiter auffiel, schräg in die Mitte der Küche, mit der Längsseite zur Tür.

»Wenn sie hereinkommen«, sagte er sich, »stehe ich hinter dem Tisch und kann mit fünf Schritten das Schüreisen erreichen.« Er ging probehalber die fünf Schritte, um ganz sicher zu sein. Dann griff er sich mit der linken Hand zwischen die Beine, um seinen Schritt zurechtzurücken, und zog seine Hosenträger gerade, bis sie völlig parallel saßen. Und dann stellte er sich seitlich ans Fenster und beobachtete den näher kommenden Wagen.

Bei den Regenfällen der letzten Tage waren mehrere Straßenabschnitte überspült worden, und an einigen Stellen liefen Sturzbäche und kleine Wasserläufe quer über die Fahrbahn. Manchmal schwemmte der Regen auch Sand und Erde herab, und auf diesen überfluteten Abschnitten bestand der Trick darin, keinesfalls zu beschleunigen, weil man fürchtete, man könnte im fließenden Wasser und Schlamm stecken bleiben. Vielmehr musste man auf den relativ festen Steigungen, wo die Reifen Halt fanden, Gas geben und auf den so gewonnenen Schwung vertrauen, um die Wasserläufe zu durchqueren.

Archibald beobachtete das immer näher kommende Fahrzeug genau. Manchmal verlor er die Lichter wegen seines Blickwinkels oder wegen der Bäume aus den Augen, aber immer nur kurz. Während es sich den Berg heraufschlängelte und die Silhouetten der nassen Zweige gegen die

Scheinwerfer klatschten, begann Archibald, sich in Gedanken den Verlauf des dunklen, nassen Fahrwegs vorzustellen. Und er begann, die Reflexe des Fahrers zu verfolgen, der den Wagen schwungvoll aus den tief eingeschnittenen Rinnen herausholte und dann dicht zur Bergseite zog. Er begann den Fahrer beinahe zu bewundern. Wer immer das sein mag, dachte er, ist ziemlich betrunken, fährt aber unglaublich gut.

Der Wagen kam ohne erkennbares Abbremsen um die Ecke in den Hof gebogen, und die Scheinwerfer strahlten auf das Haus und in die Fenster. Archibald postierte sich hinter seinen Tisch, und dort wartete er aufrecht, gefasst und ruhig. Das Echo der knallenden Wagentür war noch nicht verklungen, als die Küchentür aus den Angeln zu fliegen schien, und Carver stand schwankend da, blinzelte im hellen Licht, während ihm der Regen in den Rücken peitschte und von seinem gewachsenen Bart tropfte.

»Ja«, rief er über die Schulter, »er ist da, bringt sie rein.«

Archibald hielt den Blick konzentriert auf Carver gerichtet, glitt aber gleichzeitig zu seinem Schürhaken und wartete.

Sie kamen in die Veranda, es waren fünf, und schleppten Kartons.

»Stellt sie dort hin«, sagte Carver und zeigte auf eine Stelle gleich an der Tür. »Und macht möglichst den Boden nicht schmutzig.«

Im selben Augenblick wusste Archibald, dass er sich keine Sorgen machen musste, und kam hinter seinem Tisch vor.

»Mach die Kartons auf«, sagte Carver zu einem der Männer. Die Kartons waren voller Ein-Liter-Flaschen mit Alkohol. Es war, als wollte jemand eine Hochzeit ausrichten.

»Das ist für dich«, sagte Carver. »Wir haben sie gerade

vor zwei Stunden beim Schwarzbrenner gekauft. Sind den ganzen Tag unterwegs gewesen. In Glace Bay und New Waterford und auf dem Parkplatz vor der Kneipe in Bras D'Or hatten wir eine Schlägerei, und dabei hat es ein paar von uns ziemlich erwischt. Aber alles nicht der Rede wert.«

Archibald sah die Männer an, die eingerahmt in der Tür zur Veranda standen. Ihr Zustand ließ keinen Zweifel daran, wie sie ihren Tag verbracht hatten, Carver hätte es ihm gar nicht sagen müssen. Einer von ihnen, ein großer junger Mann, federte auf seine Hacken zurück und schlief buchstäblich fast im Stehen ein. An Carvers Schläfe klaffte eine frische Schnittwunde, die weder sein Schnauzer noch sein Vollbart kaschieren konnte. Archibald betrachtete die vielen Flaschen und war gerührt von der absoluten Unangemessenheit des Geschenks. Ausgerechnet ihm, dem enthaltsamsten Mann auf dem Berg, brachten sie solche Mengen Schnaps. Irgendwie rührte ihn das noch mehr. Und er war sich bewusst, welchen Preis sie in vieler Hinsicht dafür gezahlt hatten.

Aber er beneidete sie auch um ihre Kameradschaft und Wildheit, um das, was der Produzent ihre ungeheure Energie genannt hatte. Und er stellte sich vor, dass es Männer wie sie waren, die damals, in jener verworrenen und stürmischen Vergangenheit, kühn und mutig alles gegeben hatten. Männer, die mit ihren Zweihandschwertern und in einer unverständlichen Sprache Kampfrufe ausstoßend aufgebrochen waren, um sich für die damaligen königlichen Familien auf den Bühnen der Schlachtfelder zu schlagen. Aber mit Sicherheit wusste er es nicht. Er lächelte sie an und nickte kurz zum Zeichen des Dankes. Er wusste nicht so recht, was er sagen sollte.

»Hör zu, Archibald«, sagte Carver mit jener Bestimmtheit, die sein ganzes Tun kennzeichnete. »Hör zu«, sagte er. »Wir wissen Bescheid. Wir wissen genau Bescheid.«

Vögel bringen die Sonne hervor

Es lebte einmal eine Familie mit einem Namen aus den Highlands am Meer. Und der Mann hatte eine Hündin, die er über alles liebte. Sie war groß und grau, eine Art Jagdhund, wie man sie nur früher kannte. Wenn sie ihn ansprang, um sein Gesicht abzulecken, was sie gerne machte, stießen ihre Pfoten mit solcher Wucht gegen seine Schultern, dass sie ihn fast zu Boden warf, und er musste zwei, drei Schritte zurücktreten, um das Gleichgewicht nicht zu verlieren. Dabei war er mit seinen über eins achtzig und seinen knapp hundertfünfundsechzig Pfund wirklich kein kleiner Mann.

Als Welpe war die Hündin in einer kleinen handgemachten Kiste vor dem Tor der Familie ausgesetzt worden; niemand wusste, woher sie kam oder dass sie so groß werden würde. Noch als kleiner Welpe wurde sie einmal vom Stahlreif eines Pferdekarrens überrollt, auf dem Seetang vom Strand transportiert wurde, der als Dünger diente. Es war im Oktober, es hatte seit Wochen geregnet und der Boden war ganz weich. Als das Wagenrad über sie rollte, presste es ihren Körper in die nasse Erde und brach ihr mehrere Rippen; der Abdruck des kleinen zerdrückten Körpers war in der Erde zu sehen, als der Mann das jaulende und klagende Tier an die Brust hob. Er strich mit den Fingern über ihre gebrochenen Knochen, ohne auf das Blut und den Urin zu achten, die ihm aufs Hemd liefen, und versuchte ihre vorquellenden Augen, die zappelnden Vorderpfoten und die verzweifelt leckende Zunge zu beschwichtigen.

Die etwas praktischer Veranlagten der Familie, die nicht zum ersten Mal einen überfahrenen Hund sahen, schlugen vor, ihr mit seinen starken Händen das Genick zu brechen oder sie an den Hinterläufen zu packen und ihren Kopf gegen einen Felsen zu schmettern, um sie von ihrem Elend zu erlösen. Aber das tat er nicht.

Stattdessen machte er eine kleine Kiste zurecht und polsterte sie mit Zotteln aus einem Schaffell und einem alten zerschlissenen Hemd. Er legte sie in die Kiste, stellte sie hinter den Ofen und wärmte dann in einem kleinen Topf etwas Milch, in die er Zucker gab. Und ohne auf die winzigen nadelspitzen Zähne zu achten, hielt er ihr kleines zitterndes Maul mit seiner linken Hand auf, während er ihr mit der rechten löffelweise die gesüßte Milch einflößte. Den restlichen Herbst bis in den Winter hinein lag sie meist in der Kiste und beobachtete alles mit großen braunen Augen.

Obwohl einige aus der Familie über sie, den Geruch aus der Kiste und die vergeudete Zeit klagten, gewöhnten sich alle langsam an sie; und als die Wochen verstrichen, war es offensichtlich, dass ihre Rippen irgendwie zusammenwuchsen und sie mit der Unverwüstlichkeit der Jungen gesund wurde. Es war auch offensichtlich, dass sie gewaltig groß werden würde, denn erst wurde eine Kiste, dann eine zweite zu klein, und mit der Zeit hing das graue Fell zottelig von ihren riesigen Vorderpfoten. Im Frühjahr war sie fast immer draußen und folgte dem Mann überallhin; und als sie in den darauf folgenden Monaten wieder ins Haus kam, war sie so riesig, dass sie nicht länger auf ihren gewohnten Platz hinter dem Ofen passte und sich neben ihn legen musste. Sie bekam nie einen Namen und wurde nur *cù mòr glas* genannt – gälisch für großer grauer Hund.

Als sie zum ersten Mal läufig wurde, war sie kolossal groß geworden, und obwohl ihr Verhalten und ihr Geruch viele hechelnde und höchst erregte Rüden anlockte, war keiner groß genug, um sie zu besteigen, und die rasende Enttäuschung der Rüden und ihr unerfülltes Verlangen wurden dem Mann zu viel. Er ging los, so heißt es, dorthin, wo er einen großen Hund kannte, einen Rüden, nicht ganz so groß wie sie, aber doch sehr groß, und den brachte er mit nach Hause. Als der rechte Zeitpunkt kam, führte er *cù mòr glas* und den großen Rüden zum Meer hinunter an eine Stelle, an der sich eine Höhlung im Felsen befand, die nur bei Ebbe erschien. Mit ein paar leeren Säcken sorgte er dafür, dass der Rüde sicher Fuß fassen konnte, dann brachte er *cù mòr glas* in die Höhlung im Felsen, kniete sich neben sie und stützte sie mit dem linken Arm unter der Kehle, während er dem Rüden in die richtige Stellung half und seinen geschwollenen Penis führte. Der Mann war es gewöhnt, bei der Paarung von Tieren Hand anzulegen, er wusste, wie man Böcke, Bullen und Hengste beim Sprung führt, und kannte den dumpfen, schweren Geruch vom Tiersperma auf seinen großen und sanften Händen.

Der nächste Winter war besonders kalt. Auf dem Meer bildete sich Eis und nicht selten brachten Wintergewitter und Schneestürme die Inseln vor der Küste zum Verschwinden. Die Menschen saßen die meiste Zeit an den Öfen, flickten ihre Kleidung, ihre Netze und ihr Zuggeschirr und warteten auf das Ende der kalten Jahreszeit. *Cù mòr glas* wurde schwerer und noch größer, bis sie beim Ofen und unter dem Tisch kaum noch Platz fand. Und dann eines Morgens, als es schien, das Frühjahr würde anbrechen, war sie verschwunden.

Der Mann und sogar die Familie, der *cù mòr glas* mittlerweile viel stärker am Herzen lag, als sie zugeben mochte, warteten auf sie, aber sie kam nicht. Und als die helle Aufgeregtheit des Frühjahrs vorrückte, waren sie mit dem Eggen der Felder, der Ausrüstung für den Fischfang und all dem anderen beschäftigt, was dringend ihre Aufmerksamkeit verlangte. Dann folgten Sommer, Herbst und Winter; und ein weiteres Frühjahr zog ins Land, in dem das zwölfte Kind des Mannes und seiner Frau geboren wurde. Und dann kam der nächste Sommer.

In jenem Sommer warf der Mann eines Tages mit zweien seiner jugendlichen Söhne die Heringsnetze etwa zwei Meilen vor der Küste aus, als vom Land her Wind aufkam und das Wasser rau wurde. Sie befürchteten, nicht mehr sicher an Land zurückzukommen, und fuhren deshalb hinter eine der vor der Küste liegenden Inseln, weil sie wussten, dort wären sie geschützt und könnten das Ende des Unwetters abwarten. Als sich der Bootsbug dem Kieselstrand näherte, hörten sie ein Geräusch über sich, und als sie aufblickten, sahen sie die Silhouette von *cù mòr glas* auf der Hügelkuppe, die den höchsten Punkt der kleinen Insel bildete.

»*M'eudal cù mòr glas*«, rief der Mann überglücklich – *m'eudal* bedeutet so viel wie mein Schatz oder Liebling; und noch während er rief, sprang er über die Bootsseite in das hüfttiefe Wasser, suchte auf dem strömenden Kies Halt und watete ungeduldig und unbeholfen dem Ufer und ihr entgegen. Zur gleichen Zeit raste *cù mòr glas* in einem Hagel aus Kieselsteinen, die sie mit ihren Pfoten lostrat, zu ihm herunter; und gerade als er aus dem Wasser stieg, begrüßte sie ihn wie immer: Sie stellte sich auf die Hinterläufe, legte ihm ihre riesigen Pfoten auf die Schultern und streckte gierig die Zunge heraus.

Als er sein Gleichgewicht auf der abschüssigen Fläche und den vom Wasser umspülten Kieselsteinen unter seinen Füßen zu halten versuchte, trafen ihn ihr Gewicht und ihr Tempo mit voller Wucht, dass er rückwärts taumelte, den Halt verlor und unter ihrer Kraft stürzte. Im selben Augenblick, heißt es, erschienen über der Hügelkuppe sechs weitere riesige graue Hunde, die zum Kiesstrand herunterjagten. Sie hatten den Mann noch nie gesehen; und als sie ihn jetzt ausgestreckt unter ihrer Mutter liegen sahen, missdeuteten sie, wie so oft im Krieg, die Absicht ihres Anführers.

Wie verrückt fielen sie über den Mann her, zerfetzten ihm das Gesicht, zerrten ihm den Unterkiefer weg und rissen ihm die Gurgel aus, außer sich vor Blutrünstigkeit, Pflichtgefühl oder vielleicht auch Hunger. *Cù mòr glas* wandte sich in ihrer eigenen Wildheit gegen sie, biss und knurrte, wie es schien, halb von Sinnen durch den Irrtum ihrer Kinder; blutverschmiert und jaulend trieb sie sie vor sich her und wieder über die Hügelkuppe, wo sie aus der Sicht verschwanden, aber ihr Heulen noch in der Ferne zu hören war. Das Ganze hatte kaum mehr als eine Minute gedauert.

Die Söhne des Mannes, die immer noch im Boot waren und alles mitangesehen hatten, rannten schluchzend durch das Salzwasser zu der Stelle, an der ihr zerbissener und verstümmelter Vater lag; aber sie konnten nicht viel mehr tun als ein paar kurze Augenblicke lang seine warmen blutverschmierten Hände zu halten. Obwohl seine Augen noch ganz kurz »lebten«, konnte er nicht mit ihnen sprechen, weil Gesicht und Hals zerfetzt waren, und sie konnten nichts tun, außer festzuhalten und gehalten zu werden, bis auch das entglitt und seine Augen glasig wurden und sie nicht mehr spürten, ob seine Hände die ihren hielten. Da das Unwetter schlimmer wurde und sie nicht heimkonnten, mussten sie die Nacht zusammengekauert neben der Leiche ihres Vaters verbringen. Sie hatten Angst, den Leichnam zu dem schaukelnden Boot zu tragen, denn er war sehr schwer, und sie hatten Angst, sie könnten selbst das Wenige noch verlieren, das übrig geblieben war, und sie hatten Angst, dass, während sie hier aneinander gekauert auf den Felsen saßen, die Hunde zurückkommen könnten. Aber sie kamen nicht, kein Ton war von ihnen zu hören, nicht der geringste Laut, nur das Seufzen des Windes und das Schlagen des Wassers auf die Felsen.

Am Morgen überlegten sie hin und her, ob sie seine Leiche mitnehmen oder dort lassen und in Begleitung von älteren und klügeren Männern wiederkommen sollten. Aber sie mochten den Leichnam nicht unbewacht zurücklassen und spürten, dass sie in der Zeit, die sie brauchen würden, um ihn mit Steinen zu bedecken und zu schützen, besser versuchten, an ihr heimatliches Ufer zu gelangen. Eine Weile diskutierten sie, ob einer im Boot fahren und der andere auf der Insel bleiben sollte, aber beide hatten Angst, allein zu bleiben, und am Ende zogen und trugen sie ihn, ließen ihn fast zu dem schaukelnden Boot treiben. Sie legten ihn mit dem Gesicht nach unten, deckten ihn mit herumliegenden Kleidern zu und fuhren über die noch immer unruhige See. Die am Ufer Wartenden vermissten die große Gestalt des Mannes im Boot; einige wateten ins Wasser, andere ruderten in Skiffen hinaus und versuchten, die unter Tränen über die wogenden Wellen gerufene Nachricht zu verstehen.

Cù mòr glas und ihre sechs jungen Hunde wurden nie wieder gesichtet oder vielleicht sollte ich sagen, sie wurden nie wieder *so* gesehen. Nach einigen Wochen fuhr eine Gruppe von Männern in ihren Booten vorsichtig um die Insel, aber sie entdeckten keine Spur. Sie machten sich ein zweites und ein drittes Mal auf den Weg, fanden aber nichts. Ein Jahr später setzten sie, mutiger geworden, ihre Boote auf den Strand und gingen vorsichtig über die Insel, spähten in kleine Meereshöhlen und in die Mulden im Wurzelwerk windzerfetzter Bäume, denn sie dachten, wenn sie schon die Hunde nicht fänden, dann vielleicht ihre weiß gewordenen Knochen; aber wieder fanden sie nichts.

Cù mòr glas aber wurde angeblich über Jahre hinweg hier und da gesehen. In einer Gegend wurde sie auf einem Hügel erblickt, in einer anderen als Silhouette auf einem Bergkamm, oder sie sprang am frühen Morgen oder dunklen Abend durch Täler und Schluchten. Immer im Bereich des halb Wahrgenommenen. Eine Zeit lang wurde sie fast eine Art Ungeheuer von Loch Ness oder der Sasquatch in Taschenformat. Sie wurde gesehen, aber nicht gehalten. Gesehen, wenn keine Kamera zur Hand war. Gesehen, aber nicht gefasst.

Das Rätsel ihres Verschwindens verwob sich mit dem Rätsel ihrer Herkunft. Es gab vermehrte Spekulationen über die handgemachte Kiste, in der man sie gefunden hatte, und viele Theorien, ob eine oder mehrere Personen sie ausgesetzt haben könnten. Man suchte nach der Kiste, konnte sie aber nicht finden. Es wurde überlegt, ob sie Teil eines *buidseachd* – eines bösen Zaubers – sein könnte, den ein mysteriöser Feind über den Mann verhängt hatte. Aber viel weiter kam keiner. Immer wieder erzählte man von seiner Fürsorge und keinem blieb die Ironie der Geschichte verborgen.

Wirklich bekannt war offenbar nur, dass sie das Wintereis überquert hatte, um ihre Jungen auf die Welt zu bringen, und nicht mehr zurückkommen konnte. Niemand erinnerte sich daran, dass er sie je hatte schwimmen sehen; und in den ersten Monaten hätte sie ihre Welpen ohnehin nicht mitnehmen können.

Der große und sanfte Mann, der den schweren Geruch vom Tiersperma auf seiner Hand kannte, war mein Ururururgroßvater, und man könnte behaupten, dass er starb, weil er sich zu gut auf Tierzucht verstand, oder dass ihm deren Erfüllung und Wohl zu nahe ging. Für sein Kind, das im Frühjahr zur Welt kam und mein Ururgroßvater wurde, hatte er nie existiert, umso mehr aber in der Erinnerung seiner Söhne, die ihn unter der zwiespältigen Kraft der großen grauen Hündin hatten fallen sehen. Den jüngeren Sohn aus dem Boot verfolgte und quälte die Furchtbarkeit dessen, was er gesehen hatte. Nachts wachte er auf und schrie, er habe *cù mòr glas a'bhàis* – den großen grauen Todeshund –

gesehen, und seine Schreie erfüllten das Haus, die Ohren und die Köpfe der Bewohner und riefen ihnen immer wieder die Folgen des Verlustes in Erinnerung. Eines Morgens, nach einer Nacht, in der er *cù mòr glas a'bhàis* so lebendig vor sich gesehen hatte, dass seine Laken schweißdurchtränkt waren, ging er zu der hohen Felsklippe, die auf die Insel blickte, schnitt sich mit einem Fischmesser die Kehle durch und stürzte ins Meer.

Der andere Bruder wurde immerhin vierzig, aber eines Abends, so geht die Geschichte, war er in einem Pub in Glasgow, vielleicht auf der Suche nach Antworten, schon ziemlich betrunken vom Whiskey, der sein Betäubungsmittel geworden war. Im Halbdunkel sah er einen großen grauhaarigen Mann allein an der Wand sitzen und murmelte ihm etwas zu. Manche behaupten, er habe *cù mòr glas a'bhàis* gesehen oder den Namen ausgesprochen. Und der Mann, dessen Ohren vielleicht ebenfalls vom Alkohol angegriffen waren, hörte die Worte und meinte, er sei als Hund oder Hurensohn oder etwas in der Richtung beschimpft worden. Sie erhoben sich, gingen aufeinander los und taumelten nach draußen in den mit Kopfstein gepflasterten Durchgang hinter dem Pub, wo – was ziemlich unwahrscheinlich ist – angeblich sechs weitere große grauhaarige Männer warteten, die den Bruder auf den Pflastersteinen zu Tode prügelten und seinen blutverschmierten Kopf ein ums andere Mal auf den Stein schmetterten, bevor sie verschwanden und ihn mit dem Gesicht zum Himmel sterben ließen. *Cù mòr glas a'bhàis* sei wiedergekehrt, sagte seine Familie, die versuchte, sich die Geschichte zusammenzureimen.

Und so trat *cù mòr glas a'bhàis* in unser Leben und es ist offenkundig, dass alles vor langer, langer Zeit geschah. Aber auch in den folgenden Generationen sah es aus, als hätte sich das Schreckgespenst festgesetzt und sei *unser* geworden – nicht etwa in der Art eines unwillkommenen

Fluchs aus einer dunklen Familiengeschichte, sondern eher in der Form einer Erbanlage. Generation für Generation wurde bei Todesfällen die graue Hündin gesichtet – von Frauen, die im Kindbett sterben sollten; von Soldaten, die in einen der vielen Kriege zogen und nicht zurückkehrten; von denen, die sich in Fehden oder gefährliche Liebschaften verstrickten; von denen, die geheimnisvollen mitternächtlichen Botschaften Gehör schenkten; von denen, die von der Straße abkamen, weil sie der wirklichen oder eingebildeten grauen Hündin ausweichen wollten und in zermalmten Blechhaufen endeten. Und von einem Profisportler, der außer seinem ritualisierten Sportleraberglauben eine zusätzliche Angst oder Überzeugung in sich trug. Viele Nachkommen des Mannes verhielten sich wie vorsichtige Bluter, die fürchteten, dass tief im Inneren unerwünschte Veranlagungen schlummerten. Andere lachten zwar, verhielten sich aber wie Angehörige von Familien, die im Laufe der Generationen immer wieder an Krebs oder an Altersdiabetes erkranken. Mit dem Gefühl derjenigen, die anderen gegenüber vielleicht wenig preisgeben, sich insgeheim aber womöglich oft sagen: »Mich hat es nicht getroffen«, auch wenn sie immer ein vorsichtiges »Noch nicht« anhängen.

An all das muss ich jetzt denken, während der Oktoberregen auf Toronto fällt und die freundlichen, weiß gekleideten Krankenschwestern im Zimmer meines Vaters mit festem Schritt ein- und ausgehen. Still ruht er inmitten des Weiß, Kopf und Schultern leicht angehoben, sodass er die typische Krankenhausstellung einnimmt, in der man weder richtig liegt noch aufrecht sitzt. Sein Haar liegt weiß auf dem Kissen und sein Atem geht leise und manchmal unregelmäßig, obwohl man sich nie ganz sicher sein kann.

Meine fünf grauhaarigen Brüder und ich sitzen abwechselnd an seinem Bett, wir halten seine schweren Hände in den unseren und fühlen ihre Reaktion, in der zwiespältigen

Hoffnung, er möge mit uns sprechen, auch wenn wir wissen, dass es ihn ermüden könnte. Sind seine Augen offen, versuchen wir, sein und unser Leben darin zu erkennen. Er ist so lange bei uns gewesen, bis in unsere zweite Lebenshälfte. Im Gegensatz zu den Jungen in jenem Boot vor langer Zeit mussten wir nicht mitansehen, wie er von uns gerissen wurde. Und im Gegensatz zu deren jüngstem Bruder, der seinerseits unser Ururgroßvater wurde, wuchsen wir nicht in einer Welt auf, in der uns kein Vater berührte. Wir hatten Glück, dass dieser große und sanfte Mann so lange in unserem Leben geblieben ist.

Niemand in diesem Krankenhaus hat *cù mòr glas a'bhàis* erwähnt. Aber wie meine Mutter schon vor zehn Jahren sagte, bevor sie so leise in den Tod glitt wie ein erwachsenes Kind in den frühen Morgenstunden das Haus seiner Eltern verlässt oder betritt: »Es ist schwer zu leugnen, was man sicher weiß.«

Sogar die größten Skeptiker wie mein ältester Bruder, der mit dem Auto aus Montreal hierher gekommen ist, verraten sich durch ihre nervösen Vorkehrungen. »Ich habe die Greyhound-Busbahnhöfe in Montreal und in Toronto gemieden«, sagte er lächelnd bei seiner Ankunft. Dann setzte er hinzu: »Für alle Fälle ...«

Ihm war nicht klar, wie schlecht es um unseren Vater stand, und seither hat er kaum noch gelächelt. Ich sehe, wie er den Diamantring an seinem Finger dreht und hofft, nicht den gälischen Ausdruck hören zu müssen, den er nur allzu gut kennt. Er genieße nicht den Luxus derer, die – wie er einmal sagte – in Montreal leben und so tun können, als verstünden sie die »andere« Sprache nicht. Man kann nicht leugnen, was man sicher weiß.

Während wir hier sitzen und abwechselnd die Hände des Mannes halten, der uns das Leben schenkte, fürchten wir um ihn und um uns selbst. Wir fürchten das, was er sehen könnte, und wir fürchten die Worte, die aus dem Gesehenen folgen. Uns ist klar, sie könnten mit dem verwechselt werden, was die Ärzte »Lebenswillen« nennen, und uns ist klar, dass so manche Überzeugung dem entspricht, was andere als »Unsinn« abtun. Uns ist klar, dass manche Menschen glauben, die Erde sei flach und dass Vögel die Sonne hervorbringen.

Hier, in unserer eigenen Sterblichkeit verstrickt, möchten wir, dass weder wir noch andere sehen, was das Hinscheiden aus dem Leben ankündigt. Wir wollen nicht – wie jene anderen Söhne – mitanhören, dass unser Vater seinen eigenen Tod herbeiruft.

Am liebsten würden wir die Augen schließen und uns die Ohren verstopfen, auch wenn wir wissen, wie vergeblich das ist. Doch wir sind offen und bis in die Wurzeln unserer grauen Nackenhaare voller Angst, ob und wann wir das Scharren der Pfoten hören und das Kratzen an der Tür.

Vision

Wann ich die Geschichte zum ersten Mal gehört habe, weiß ich nicht mehr, aber ich weiß noch, wann ich sie zum ersten Mal gehört und in Erinnerung behalten habe. Das heißt, wann sie mich zum ersten Mal gepackt hat und in gewisser Weise zu meiner Geschichte wurde. Wann sie sich in mir festgesetzt hat, so fest, dass ich wusste, sie würde mich nie mehr verlassen, sondern für immer bleiben. So ähnlich, als würde man sich aus Versehen mit einem Messer in die Hand schneiden und beim Versuch, das Blut zu stillen, begreifen, dass die Wunde nie ganz verschwinden und die Hand nie mehr ganz dieselbe sein wird wie früher. Man kann sich das Narbengewebe vorstellen, das sich bilden wird und in Farbe und Textur von der angrenzenden Haut abweicht. Man sieht es schon vor sich, noch während man versucht, das Blut zu stillen und die Wundränder zusammenzudrücken. Es ist, als versuchte man, die Ufer eines kleinen, neu entdeckten Flusses zusammenzudrücken, damit er wieder unterirdisch fließt. So ähnlich ist das, obwohl man weiß, dass die Narbe immer auf der Oberfläche bleiben, die Erinnerung dagegen tief im Inneren ruhen wird.

Wie dem auch sei, an jenem Tag waren wir anderthalb Meilen von der Küste entfernt, es war der letzte Tag der Hummersaison und wir befanden uns auf der Heimfahrt. Wir konnten schon die Laster der Käufer aus New Brunswick sehen, die auf dem Kai auf uns warteten, und weil die Sonne schien, blitzte das Chrom der Leisten und

Stoßstangen im Licht, und die Dächer der Laster glänzten. Es war der letzte Tag im Juni, ein früher Nachmittag, und ich war siebzehn.

Mein Vater hatte gute Laune, weil die Fangsaison vorbei und einigermaßen gut für uns gelaufen war, und außerdem war der größte Teil der Ausrüstung unversehrt geblieben. Beeilen mussten wir uns jetzt nicht mehr.

Obwohl wir leichten Rückenwind hatten, war das Meer fast unbewegt, und wir drosselten den Motor, weil es wirklich keinen Grund gab, auf dieser allerletzten Fahrt mit Volldampf in den Hafen zurückzukehren. Ich sicherte die am Heck gestapelten Hummerkörbe, die wir kurz zuvor vom Meeresgrund heraufgeholt hatten. Auf manchen glänzten noch Salzwassertropfen, und an den Latten hingen Algen. In den Kisten neben meinen Füßen bewegten sich leise raschelnd die gesprenkelten, blau-grünen Hummer, und wenn sie mit jenem nass-trockenen Geräusch übereinander krochen, das entsteht, wenn Panzer und Krallen auf Krallen und Panzer treffen, knackten sie mit den Schwänzen. Ihre Scheren waren mit Gummibändern zusammengebunden, damit sie einander nicht verstümmelten und dadurch an Wert verloren.

»Pack ein paar für uns in einen Sack«, sagte mein Vater, und drehte dabei den Kopf über die rechte Schulter. Er stand vor mir, dem Land zugewandt, und pinkelte über Bord. Sein Urin fiel ins Meer und wurde von der Dünung des gemächlich fahrenden Bootes verschluckt.

»Stell den Sack nach hinten«, sagte er, »hinter den Eimer für die Köder, und leg das Ölzeug darüber. Sie wollen bestimmt alles, was wir haben, und was sie nicht sehen, macht sie nicht heiß. Und pack ein paar gute mit dazu, nicht bloß die für Konserven.«

Ich nahm einen Sack und holte einige Hummer aus der Kiste, wobei ich sie hinten am Panzer oder am Schwanzende anfasste und darauf achtete, dass meine Finger nicht zwischen ihre Scheren gerieten. Denn trotz der zusammengebundenen Scheren war die Angelegenheit nicht ganz ungefährlich.

»Wie viele denn?«, fragte ich.

»Oh«, sagte er, drehte sich lächelnd zu mir um und fuhr sich mit der Hand über den Schritt, um zu prüfen, ob der Hosenschlitz zu war, »so viele, wie du willst. Entscheide selbst.«

Wir nahmen selten Hummer mit nach Hause, denn sie waren teuer, und wir brauchten das Geld, das sie einbrachten. Und die Käufer waren so versessen auf Hummer, dass es an Hysterie grenzte. Vielleicht beobachteten sie mich jetzt schon vom Kai aus mit Ferngläsern, um herauszufinden, ob wir ihnen welche vorenthielten. Mein Vater stand entspannt vor mir und schirmte mein Tun mit seinem Körper ab. Das Boot blieb auf Kurs, und der Kiel durchschnitt das blaugrüne Wasser und verwandelte es kurz in weiße Gischt.

Früher, vor langer Zeit, hatte man die Hummer nicht besonders geschätzt. Vermutlich hatten die Absatzmärkte gefehlt oder sie waren zu weit entfernt. Damals aß man alles vom Hummer, was einem schmeckte, und düngte sogar die Felder damit. Und bei den Menschen, die ihn aßen, galt er keineswegs als Delikatesse. Laut einem authentischen Bericht aus jener Zeit erkannte man die Kinder der Armen daran, dass ihre Schulbrote mit Hummer belegt waren. Die Reicheren konnten sich Salami leisten.

Nach der Einrichtung des New-England-Marktes änderte sich das. Entlang der Küste errichtete man Konservenfabriken, und das zu einer Zeit, als es weder schnelle Beförderung auf dem Landweg noch Kühltechnik gab. Vom Mai bis in den Juli füllten Mädchen mit weißen Hauben und Kitteln das Hummerfleisch in glänzende Konserven, die anschließend mit Dampf versiegelt wurden. Und die Männer brachten die Fänge auf ihren Kuttern zu den schwanken-den, auf Pfählen gebauten Anlegern, die weit ins Meer vor-stießen.

Die Mutter meines Vaters war eines dieser Mädchen, und ihre Aufgabe bestand darin, die schwarze Vene aus dem Schwanzfleisch des Hummers zu entfernen, bevor der Schwanz in der Konserve aufgerollt wurde. Zu Hause aßen sie die Vene immer zusammen mit dem Rest des Fleisches, aber die Verantwortlichen in der Fabrik hielten sie für un-appetitlich. Der Vater meines Vaters war einer der jungen Männer auf den Fischerbooten; er trug die Mütze keck auf dem Kopf, hatte immer einen witzigen Spruch auf den Lip-pen und sang den Mädchen, die über ihm auf dem Anleger standen, kurze gälische Lieder vor. Natürlich ist das alles lange her, und ich versuche nur, die Szene wieder lebendig werden zu lassen.

Am Tag, als sich mir die Geschichte einprägte, war das Meer fast unbewegt. Ich packte die Hummer in den Sack, um ihn dann am Heck hinter dem Ködereimer und unter unserem Ölzeug zu verbergen. Vorher beugten wir uns noch über die Reling, schöpften Wasser mit dem Eimer und gos-sen es über den Sack, damit die Hummer darin keinen Scha-den nahmen. Der nasse Sack knackte und bewegte sich, wie Hummer sich bewegen und knacken, und er erinnerte mich vage an einen Sack mit jungen Katzen, die ersäuft werden sollen. Man sah zwar die Bewegungen, nicht aber die ein-zelnen Tiere.

Nachdem er sich das letzte Mal über Bord gebeugt hatte, richtete sich mein Vater auf und reichte mir vorsichtig den tropfenden Eimer. Er hielt sich mit der linken Hand an der Reling fest, setzte sich dann auf die Ducht und wandte den Kopf nach Norden. Ich tränkte den Hummersack noch ein-mal und verstaute ihn hinter dem Ködereimer. Der Eimer enthielt noch ein paar Köder, und da wir sie nicht mehr brauchten, kippte ich sie ins Meer. Die blaugrauen Makrelenstückchen kreiselten und drehten sich, ehe ich sie im Wasser aus den Augen verlor. Vorgestern hatten wir die Makrelen aus genau diesem Meer gefischt. Wir benutzten immer Netze, weil die Frühjahrsmakrelen blind waren und einen Köder am Haken nicht sehen konnten. Im Herbst aber, wenn sie zurückkehrten, waren die Schuppen von ihren Augen gefallen, und dann schnappten sie nach allem, was man ihnen vorwarf. Selbst nach zerstoßenen und gesalzenen Stückchen anderer Makrelen. Makrelen sind Fische, die immer gegen den Wind anschwimmen. Wenn der Wind vom Land kommt, schwimmen sie zur Küste und vielleicht in die wartenden Netze. Weht der Wind aber aus der entgegengesetzten Richtung, dann schwimmen sie ins Meer hinaus, und das in manchen Jahren so weit, dass wir keine einzige mehr fangen.

Ich stellte den leeren Ködereimer vor den Sack mit den Hummern und legte eine Kiste umgedreht und etwas schräg darüber, damit die Bewegungen der Tiere nicht zu sehen waren. Außerdem warf ich noch unser Ölzeug darauf.

Vor uns lag der meilenlange Sandstrand, der sich nördlich des Kais erstreckte, auf dem die Laster warteten, und von jenem Fluss durchschnitten wurde, der die Grenze zwischen unseren Fanggründen und denen unserer Nachbarn, den MacAllesters, bildete. Traditionsgemäß hatten wir immer rechts und sie links des Flusses gefischt, und die Mündung blieb offenbar jahrelang unverändert. Doch während der letzten Jahre hatte sie sich durch Stürme, Gezeiten und angespülten Sand verschoben und taugte nicht mehr als Landmarke. Das lag vor allem an den verheerenden Winterstürmen, und in manchem Frühling strömte der Fluss fast eine Meile nördlich oder südlich der alten Mündung ins Meer. Weil die Grenze nicht mehr feststand, war es zu Spannungen zwischen den MacAllesters und uns gekommen, und gegenseitige Beschuldigungen waren die Regel. Wenn es von Vorteil für uns war, benutzten wir den Fluss weiterhin als Landmarke, und wenn nicht, orientierten wir uns an einem früheren und imaginären Fluss, den wir nicht mehr sehen konnten.

Der Kutter der MacAllesters fuhr gerade vor uns in den Hafen ein, und ich winkte Kenneth MacAllester, der wegen des Streits zwischen unseren Familien ein etwas unsicherer Freund geworden war. Wir waren gleich alt, und im Gegensatz zu den beiden anderen Männern an Bord winkte er zurück.

Früher, so ungefähr in der sechsten Klasse, als Kenneth MacAllester und ich noch dicke Freunde waren, erzählte er mir im Frühling auf dem Heimweg von der Schule eine Geschichte. Seine Großmutter, erzählte er, stammte von einem Schotten ab, der *Da Shealladh* besessen hatte – das zweite Gesicht – und wenn er durch das Loch in einem magischen, weißen Stein schaute, konnte er Ereignisse der näheren und ferneren Zukunft sehen. Fast alle seine Visionen bewahrheiteten sich. Er hieß entweder Munro oder MacKenzie, und sein Vorname war Kenneth, und das Auge, das er an den Stein gelegt hatte, um in die Zukunft zu sehen, war *cam* oder im normalen Sinne blind. Er war der Günstling des mächtigen Mannes, für den er arbeitete, aber zwischen ihm und der Frau des Mannes herrschten Eifersucht und Abneigung. Einmal, als der mächtige Mann in Paris war, wurde auf seinem Anwesen ein großes Fest gegeben. Einer Version zufolge ließ »der Prophet« dabei recht unweise Bemerkungen über die Vaterschaft einiger der anwesenden Kinder fallen. Einer anderen Version zufolge fragte ihn die Frau des Mannes spöttisch, ob er ihren Mann in Paris »sehen« könne, was er ablehnte. Doch sie bestand darauf, und er legte sein Auge an den Stein und berichtete ihr, dass sich ihr Gatte etwas zu gut mit den Damen in Paris amüsiere und kaum einen Gedanken an sie verschwende. In ihrem Zorn und ihrer Beschämung befahl sie, ihn in einem Teerfass zu verbrennen, in das man von außen lange Nägel getrieben hatte. Laut einer Version wurde er sofort hingerichtet, laut einer anderen fand die Hinrichtung erst einige Tage später statt. Und laut dieser zweiten Version kehrte der Mann gerade nach Hause zurück, als er die Neuigkeit hörte und schwarzen Rauch aufsteigen sah. Er trieb sein Pferd zu größter Schnelligkeit an und ritt auf die Stelle zu, wo er den Rauch aufsteigen sah, und rief, die Verbrennung zu stoppen und seinen Freund zu retten, aber sein Pferd starb unter ihm, und obwohl er den restlichen Weg rannte, kam er für eine Rettung zu spät.

Bevor »der Prophet« starb, schleuderte er seinen weißen Stein weit in den See und weissagte der Dame, dass ihre Familie aussterben würde. Mit einem taubstummen Vater, der seine vier Söhne überlebte, würde sie aussterben, weissagte er, und danach würde ihr Besitz in fremde Hände übergehen. Generationen später kam es tatsächlich so, und der taubstumme Vater, ein guter, braver Mann, musste angesichts der ihm nur allzu gut bekannten Weissagung ohnmächtig zusehen, wie seine vier geliebten Söhne einer nach dem anderen starben. Wieder gab es keine Rettung.

Damals fand ich die Geschichte großartig, und Kenneth las einen weißen Stein vom Straßenrand auf und hielt ihn vor sein Auge, um zu sehen, ob auch er »weissagen« konnte.

»Ich glaube, ich will gar nicht, dass es klappt«, sagte er lachend. »Blind möchte ich nicht sein.« Und er warf den Stein fort. Damals wollte er zur Luftwaffe und zur Sonne fliegen und über die Berggipfel und das Meer blicken.

Als wir bei ihm zu Hause ankamen, sprachen wir immer noch über die Geschichte, und seine Mutter sagte, über solche Dinge sollten wir nicht lachen. Sie suchte ein Gedicht von Sir Walter Scott heraus und las es uns vor. Wir hörten nicht richtig zu, aber ich erinnere mich an jene Verse, in denen es um den Vater und seine vier todgeweihten Söhne ging:

Deine Söhne, sie waren dir Liebe und Licht,
Auch fehlte der Freunde Bewunderung nicht.
Doch Worte sind nutzlos, so groß ist dein Leid.
Der Jugend Verheißung starb vor ihrer Zeit!

Jetzt fuhr, wie gesagt, das Boot der MacAllesters vor uns in den Hafen ein, beladen mit dem letzten Fang und den Körben, die sich hoch an Heck und Setzbord türmten. Wir hatten keine große Lust, auf dem Kai mit den MacAllesters reden zu müssen, außerdem fuhren uns noch andere Kutter voraus. Sie würden ihren Fang zuerst entladen und ihre Körbe auf dem Kai stapeln, und es würde eine Weile dauern, ehe wir einen Platz zum Anlegen fänden. Mein Vater stellte den Motor aus. Wir hatten es nicht eilig.

»Siehst du Canna dort drüben?«, fragte er und zeigte nach Norden, wohin er die ganze Zeit gestarrt hatte. »Siehst du die Landspitze von Canna?«

»Ja«, sagte ich, »ich sehe sie. Da ist sie.«

Die Landspitze von Canna zu sehen war nichts Besonderes. Außer bei dichtem Nebel, bei Regen oder Schnee konnte man sie immer sehen. Sie war zwanzig Seemeilen entfernt, und an trüberen Tagen ragte sie flach und blau wie die Stiefelspitze eines Riesen ins Meer. Aber an sonnigen Tagen wie heute glitzerte sie in blassem Grün. Man konnte die Lichtungen erkennen, auf denen die alten Farmen errichtet worden waren, und dicht darüber den dunkelgrünen Rand der Tannen- und Kiefernwälder. Da und dort hoben sich die weißen Häuser und manchmal sogar die grauen, verwitterten Scheunen ab. Die Landspitze war nach der Hebrideninsel Canna, »der grünen Insel«, benannt worden, von der ein Großteil der ursprünglichen Siedler stammte. Dort hatte auch meine Großmutter, die vor langer Zeit als eines der Mädchen mit den weißen Schürzen in der Hummerfabrik gearbeitet hatte, das Licht der Welt erblickt.

»Ungefähr zu dieser Jahreszeit«, sagte mein Vater, »brachen dein Onkel Angus und ich allein auf, um unsere Großmutter auf der Landspitze von Canna zu besuchen. Wir waren damals elf und hatten unsere Eltern seit Wochen bedrängt, uns fahren zu lassen. Sie wollten uns keine eindeutige Antwort geben und sagten immer nur: ›Wir werden sehen‹ oder: ›Erst mal abwarten‹. Wir wollten beim letzten Fang der Saison mit dem Kutter fahren. Wir wollten gemeinsam mit den Hummereinkäufern auf dem Kutter fahren und beim Anleger von Canna abgesetzt werden, und dann wollten wir zu Fuß zum Haus unserer Großmutter laufen. Wir hatten sie noch nie allein besucht. Wir hatten schon gar keine richtige Erinnerung mehr an ihren Hof, denn für den Weg über Land brauchte man den Einspänner, und es war eine lange Strecke. Zuerst musste man ins Landesinnere bis zur Hauptstraße fahren, auf der man zwanzig Meilen blieb, bevor man wieder Richtung Küste abbog. Der Landweg war ungefähr doppelt so lang wie der Seeweg, und normalerweise fuhren unsere Eltern einmal im Jahr. Meist allein, weil der Einspänner zu klein für uns alle war. Wir hatten Angst, dass wir nie hinkämen, wenn wir nicht mit dem Kutter fahren durften. Aber unsere Eltern sagten nur: ›Erst mal abwarten.‹«

Ich konnte kaum glauben, dass Canna so weit entfernt war, wie mein Vater erzählte. Mit dem Auto brauchte man eine gute Dreiviertelstunde, wobei das letzte Stück Straße in den nassen Frühlings- und Herbstmonaten häufig verschlammt und gefährlich und im Winter oft von Schnee blockiert war. Doch wenn man wirklich dorthin wollte, schaffte man es auch, und deshalb kamen mir die alten Briefe von Canna, die ich auf dem Dachboden entdeckt hatte, komisch und antiquiert vor. Kaum zu glauben, dass sich Menschen, die zwanzig Meilen auseinander wohnten, Briefe schrieben und nur einmal im Jahr besuchten. Aber damals war die Entfernung ein großes Problem, und Telefone gab es noch nicht.

Mein Vater und sein Bruder Angus waren Zwillinge, und da man sie nach ihren Großvätern genannt hatte, hießen sie Angus und Alex. Es war üblich, dass Eltern ihrem ersten Kind den Namen eines eigenen Elternteils gaben, und manchmal hatte man den Eindruck, als hießen sämtliche Männer Angus oder Alex. In den Anfangsjahren des letzten Jahrhunderts nannten sich die syrischen und libyschen Händler, die mit schweren Lasten auf dem Rücken zu Fuß auf den matschigen Landstraßen unterwegs waren, manchmal auch Angus oder Alex, weil dies in den Ohren ihrer potenziellen Kunden vertrauter klang. Genau wie die Gälisch sprechenden Kunden, die sie zu Hause aufsuchten, konnten sie kaum Englisch, und so war alles von Nutzen, was die Verständigung erleichterte. Manchmal breiteten sie ihre Stoffballen und glänzenden Nadeln vor staunenden Kunden aus, die sich nichts von alledem leisten konnten, und manchmal ließen sie, wenn sie merkten, wie die Sache stand, ihre Ware einfach da. Später, wenn das Geld dann einmal nicht mehr so knapp war, sagten die Leute: »Legt das, was wir Angus und Alex schulden, in den Zuckertopf, dann können wir sie bezahlen, wenn sie das nächste Mal kommen.«

Manchmal nahmen die Händler Briefe von einer Ortschaft zur nächsten mit, von einer der entlang der ganzen Küste verstreuten Angus-und-Alex-Familien zur anderen.

Obwohl sich die Namen so ähnlich waren, wussten sie die verschiedenen Familien auseinander zu halten, und sie lieferten Briefe ab, die sie nicht lesen konnten.

Mein Vater und sein Bruder bedrängten weiterhin ihre Eltern, und die Eltern sagten weiterhin: »Erst mal abwarten«, und dann besuchten sie eines Tages die Mutter ihres Vaters, die ganz in der Nähe wohnte. Als sie mit dem Essen fertig waren, das sie ihnen zu Mittag gekocht hatte, erbot sie sich, ihnen aus den Teeblättern auf den Tassenböden die Zukunft zu »lesen«. »Ihr werdet auf eine Reise gehen«, sagte sie und starrte dabei in die Tassen, die sie in ihren Händen hin und her drehte. »Ihr werdet ein Wasser überqueren. Und Proviant mitnehmen. Ihr werdet einer geheimnisvollen Frau mit dunklem Haar begegnen. Sie wird euch sehr nahe stehen. Und ...«, sagte sie und drehte die Tassen, um die Muster der Blätter besser erkennen zu können, »und ... oh ... oh ... oh.«

»Was denn?«, fragten sie. »Was ist?«

»Oh, genug für heute«, sagte sie. »Geht lieber nach Hause, bevor man sich Sorgen um euch macht.«

Sie rannten nach Hause und stürmten in die Küche ihrer Eltern. »Wir fahren nach Canna«, sagten sie. »Das hat uns Grandma erzählt. Sie hat es in den Teeblättern gesehen. Sie hat es in unseren Tassen gelesen. Wir werden Proviant mitnehmen. Wir werden ein Wasser überqueren. Sie hat gesagt, dass wir fahren.«

Am Morgen ihres Aufbruchs trugen sie ihre besten Sachen und standen, den Proviant fest in der Hand, auf dem Anleger, lange bevor der Kutter erwartet wurde. Als das Boot schließlich ablegte, schien noch die Sonne, aber als sie an der Küste entlangfuhren, bewölkte sich der Himmel, und dann begann es zu regnen. Im Regen kam ihnen die Fahrt lang vor, und die Männer schickten sie in die Kajüte, damit sie im Trockenen waren und ihr Mittagbrot essen konnten.

Den ersten Abschnitt der Reise hatte ihnen der Regen gründlich verdorben.

Als das Boot den Anleger auf der Landspitze von Canna erreichte, goss es in Strömen. Es war beinahe unmöglich, die Gestalten auf dem Anleger in ihrem schweren Ölzeug zu erkennen oder voneinander zu unterscheiden. Die Hummereinkäufer hatten es eilig, genau wie die durchnässten Männer, von denen sie ungeduldig im Regen erwartet wurden.

»Kennt ihr den Weg?«, fragten die Männer auf dem Kutter ihre jungen Passagiere.

»Ja«, sagten sie, obwohl sie nicht sicher waren, weil die Landmarken, an die sie sich zu erinnern glaubten, im Regen verschwammen.

»Hier«, sagten die Männer auf dem Kutter und reichten ihnen zwei Ölmäntel aus der Kajüte. »Zieht das an, dann bleibt ihr trocken. Ihr könnt sie uns irgendwann zurückgeben.«

Sie stiegen die Eisenleiter zum Anleger hoch, und die Männer, die sehr beschäftigt waren, streckten ihnen die Hände entgegen und zogen die beiden hinauf.

Die Männer waren sehr beschäftigt, und wegen des Regens fragte keiner die Jungen, wohin sie wollten, und sie selbst waren zu schüchtern und zu stolz, um nach dem Weg zu fragen. Also krempelten sie die Ärmel der Ölmäntel über den Handgelenken hoch und folgten der matschigen Straße, die hinter dem Anleger begann. Sie versuchten immer noch, ihre Sonntagssachen sauber zu halten, achteten genau auf den Weg, setzten ihre guten Schuhe auf einigermaßen trockene Stellen und umgingen die Pfützen und kleinen Bäche, die Kieselsteine mit sich schwemmten. Das Ölzeug war so lang, dass die Säume über die matschige Straße schleiften, und manchmal rafften sie es, wie ältere Damen den Saum ihrer Röcke raffen, wenn sie über eine Pfütze oder ein

347

anderes Hindernis auf der Straße steigen. Wenn sie das Ölzeug rafften, kamen die matschigen Säume an die guten
Hosen, also ließen sie sie wieder fallen. Ihre Schuhe waren
dann fast unsichtbar, und beim Gehen konnten sie hören
und spüren, wie sie die Mantelenden hinter sich herschleif-
ten. Unter den langen Mänteln waren sie nass und sie fühlten sich elend, und wer ihre kleinen Gestalten in den unförmigen Gewändern auf der Straße gesehen hätte, hätte sie
nicht voneinander unterscheiden können.

Nach einer halben Meile wurden sie von einem alten
Mann im Einspänner überholt, der ihnen anbot, sie mitzunehmen. Er trug ebenfalls einen Ölmantel und hatte die
Mütze fast bis zur Nase hinabgezogen. Als er anhielt, um
sie einsteigen zu lassen, und sie sich neben ihn setzten,
dampfte sein Pferd. Er sprach sie auf Gälisch an, fragte
nach ihren Namen und wollte wissen, woher sie kamen und
wohin sie wollten.

»Zu unserer Großmutter«, antworteten sie.

»Eurer Großmutter?«, fragte er.

»Ja«, sagten sie. »Zu unserer Großmutter.«

»Oh«, sagte er. »Zu eurer Großmutter. Seid ihr sicher?«

»Natürlich«, erwiderten sie und wurden ein wenig ärgerlich. Denn sie waren unsicherer, als sie zugeben mochten,
und wollten es nicht zeigen.

»Oh«, sagte er, »na, schön. Mögt ihr Pfefferminzbonbons?« Und er griff tief in eine Tasche unter seinem Ölmantel und holte eine braune Papiertüte mit Pfefferminzbonbons hervor. Doch als er ihnen die Tüte reichte, weichte sie
im Regen auf und wurde dabei immer dunkler.

»Oh«, sagte er, »behaltet sie einfach alle. Ich habe noch
genug für den Laden. Sie sind gerade mit dem Boot gekommen.« Er zeigte auf eine Reihe von Blechdosen, die hinten
im Einspänner standen.

»Übernachtet ihr bei eurer Großmutter?«, fragte er.

»Ja«, sagten sie.

»Oh«, erwiderte er, zog die Zügel an und lenkte das Pferd auf den Zufahrtsweg zu einem Hof.

Er fuhr sie bis zur Haustür und half ihnen vom Einspänner, während sein Pferd ungeduldig mit den Hufen im Matsch stampfte und den Kopf im Regen hin und her warf.

»Soll ich mit hineingehen?«, fragte er.

»Nein«, sagten sie und warteten ungeduldig darauf, dass er endlich verschwand.

»Na, gut«, sagte er und flüsterte seinem unruhigen Pferd etwas zu, das den Zufahrtsweg zurückzutrotten begann. Hinter ihm warfen die Räder des Einspänners zischende Fontänen aus Schlamm und Wasser auf.

Sie zögerten kurz auf der Schwelle des Hauses, weil sie warten wollten, bis der Mann außer Sicht war, und weil sie sich lächerlich vorkamen, wie sie so im Regen standen. Doch auf halbem Weg hielt der Mann an und sah sich nach ihnen um. Und dann erhob er sich vom Sitz, rief ihnen etwas zu und winkte ihnen, als wollte er sagen, sie sollen hineingehen. Und weil ihnen die Situation peinlich war und sie nicht zugeben mochten, dass er sie zum falschen Haus gebracht hatte, öffneten sie die Tür und traten ein.

Sie fanden sich in einem Raum wieder, der eine Mischung aus Veranda und Eingangsflur darstellte und in dem ein wirres Durcheinander von Haushaltsgegenständen und Geräten für die Feldarbeit herrschte. Bratpfannen und Einmachgläser, Nachttöpfe und alte Milchkannen, Harken und Hacken und Heurechen, Drahtstücke und Kettenteile. Das Licht war spärlich, und im Halbdunkel sprang plötzlich etwas auf, schnellte gegen ihre Beine und dann in einen Haufen Kannen und Gläser, die mit ohrenbetäubendem Krachen umstürzten. Es war ein halb ausgewachsenes Lamm, und als es auf die Haustür zusprang, ließ es ein paar Köttel fallen und blökte. Im selben Moment und als Reaktion auf den Krach, ging die Tür auf, und das Lamm sprang mit einem Satz ins Haus.

In der Tür stand eine große alte Frau, die trotz des Sommers in mehrere Kleiderschichten gehüllt war und eine Brille mit Drahtgestell trug. Sie wurde von zwei schwarzen Hunden flankiert. Die Hunde sahen aus wie Border-Collies, obwohl sie keine weißen Flecken hatten. Ihr Knurren war leise, kam aber tief aus der Kehle, und auf ihren Rücken sträubte sich das Fell, und sie zogen die Lefzen hoch und enthüllten ihre schimmernden Zähne. Sie standen sprungbereit da, und im Dämmerlicht schienen ihre Augen zu glühen. Die Frau legte jedem Hund eine Hand auf den Kopf, schwieg aber. Alle drei blickten starr geradeaus. Die Jungen wären am liebsten davongerannt, hatten aber Angst, dass die Hunde über sie herfallen würden, wenn sie sich rührten, und blieben deshalb so still wie möglich stehen. Zu hören war nur das zornige Knurren der Hunde. »*Cò a th'ann?*«, fragte die Frau auf Gälisch. »Wer ist da?«

Die Jungen wussten nicht, was sie erwidern sollten, denn alle Antworten, die es gab, kamen ihnen zu kompliziert vor. Beunruhigt traten sie von einem Fuß auf den anderen, woraufhin beide Hunde einen Schritt auf sie zugingen; es wirkte wie eine einstudierte Choreographie. »*Cò a th'ann?*«, wiederholte die Frau. »Wer ist da?«

»Wir kommen aus Kintail«, sagten sie schließlich. »Wir heißen Alex und Angus. Wir suchen das Haus unserer Großmutter. Wir sind mit dem Kutter gekommen.«

»Oh«, sagte sie. »Wie alt seid ihr?«

»Elf«, erwiderten sie. »Alle beide. Wir sind Zwillinge.«

»Oh«, sagte sie. »Alle beide. Ich habe Verwandte in Kintail. Kommt herein.«

Sie hatten immer noch Angst, und die leise knurrenden Hunde, deren weiche, gefährliche Lefzen über den weißen Zähnen zuckten, blieben sprungbereit.

»Na gut«, sagten sie. »Wir kommen herein, aber nur für eine Minute. Wir können nicht lange bleiben.«

Erst da sprach sie ihre Hunde an. »Legt euch unter den Tisch und seid still«, sagte sie. Sofort entspannten sich die Hunde und verschwanden hinter ihr im Haus.

»Habt ihr gewusst, dass diese Hunde Zwillinge sind?«, fragte sie.

»Nein«, erwiderten sie. »Haben wir nicht.«

»Tja«, sagte sie. »Aber so ist es.«

Im Haus setzten sie sich auf die erstbesten Stühle, die sie finden konnten, und rückten sie so dicht wie möglich an die Tür. Der Raum, in dem sie sich befanden, war eine primitive Küche, und der Fußboden war, ähnlich wie die Veranda, von allen möglichen Dingen übersät, außer dass die Dinge kleiner waren – Messer und Gabeln und Löffel und die Bruchstücke kaputter Tassen und Untertassen. Die Küche und der nächste Raum – möglicherweise Wohn- oder Esszimmer – wurden von einer halb fertigen Wand getrennt. Die Ständer der Wand waren fest verankert, und jemand hatte eine Holzverkleidung auf beide Seiten genagelt, die aber nur halb bis zur Decke reichte. Ob die Wand nicht fertig geworden war oder Stück für Stück abgebaut wurde, war schwer zu sagen. Im Raum zwischen den Wänden der Verkleidung wimmelte es von Katzen. Sie zogen sich mit den Tatzen hoch, sahen die Besucher neugierig an und ließen sich wieder fallen. Man konnte Katzenjunge schnurren hören. Auch überall sonst gab es Katzen. Sie hockten auf dem Tisch und leckten die Teller ab, sie saßen auf den Stuhllehnen und gingen in einer Höhle unter dem alten Sofa ein und aus. Manchmal sprangen sie über die halb fertige Wand und verschwanden im Nebenzimmer. Manchmal fauchten sie einander an und schlugen mit den Tatzen. In einer Ecke war ein großer, getigerter Kater damit beschäftigt, ein kleines graues Weibchen zu begatten, das flach unter ihm lag. Andere Kater, die tief aus der Kehle schnurrten, umringten das Paar. Ab und zu hielt der getigerte Kater inne, um sie anzufauchen und auf Abstand zu halten. Die Schnauze des Weibchens war auf den Fußboden gedrückt, und die Ohren hatte sie flach an den Kopf gelegt. Manchmal verbiss sich der Kater im Fell auf ihrem Nacken.

Die beiden schwarzen Hunde lagen unter dem Tisch und beachteten die Katzen gar nicht. Das Lamm stand wachsam hinter dem Herd. Alles im Haus starrte vor Schmutz – verschüttete Milch und Katzenhaare und dreckiges, zerbrochenes Geschirr. Die alte Frau hatte Gummistiefel für Männer an, und offenbar trug sie Unterröcke, Röcke und Kleider, alles übereinander, und außerdem noch mehrere Pullover. Sämtliche Kleidungsstücke waren dreckig und von Essensresten und Tee- und Fettflecken übersät. Ihre Hände waren braun, die Fingernägel lang, und unter jedem saß ein halber Zentimeter schwarzen Drecks. Als sie ihre Brille zurechtrücken wollte, fiel den Jungen auf, dass auch die Brillengläser verschmiert und schmutzig waren. Erst in diesem Moment begriffen sie, dass die Frau blind und ihre Brille eigentlich überflüssig war. Das ließ ihre Angst und Unsicherheit noch weiter wachsen.

»Wer von euch ist Alex?«, fragte die Frau, und er hob eine Hand, als wollte er eine Frage in der Schule beantworten, ehe ihm einfiel, dass sie ihn nicht sehen konnte.

»Das bin ich«, antwortete er schließlich, und sie drehte den Kopf in seine Richtung.

»Mit dem Namen assoziiere ich so einiges«, sagte sie, und es überraschte die Jungen, dass sie ein Wort wie »assoziieren« benutzte.

Wegen des Regens wurde es an diesem Tag früher dunkel, und durch die dreckigen Fenster sahen sie das Licht schwächer werden. Sie fragten sich kurz, warum die Frau keine Lampe entzündete, bis ihnen dämmerte, dass es keine gab, weil es für sie keinen Unterschied machte.

»Ich mache euch etwas zu essen«, sagte sie. »Bleibt, wo ihr seid.«

Sie ging zur halb fertigen Wand und riss das oberste Brett mit ihren kräftigen braunen Händen ab, lehnte es an die Wand und trat mit einem Gummistiefel dagegen. Das Brett zerbarst, und sie trat noch einmal zu und tastete dann auf dem Fußboden nach den Holzsplittern. Sie sammelte sie auf und ging zum Herd, und nachdem sie die Platten abgenommen hatte, legte sie die Splitter ins Feuer. Dann stellte sie den Kessel über die knisternde Flamme.

Sie suchte in den Schränken nach Essen, wobei sie die Katzen wegfegte, die immer wieder ihre Hände umstrichen. In einer Dose fand sie zwei Kekse und legte sie auf Teller, die sie wieder in den Schrank stellte, damit die Katzen nicht herankamen. Sie steckte die Hand in eine Teedose und holte eine Hand voll Tee heraus, den sie in die Teekanne gab, und dann goss sie das heiße Wasser auf. In einem dreckigen Krug fand sie noch Milch, tastete nach den Tassen und füllte etwas davon hinein.

Dann nahm sie die Kanne und schenkte Tee ein. Sie wandte den Jungen den Rücken zu, aber sie sahen, wie sie einen ihrer langen braunen Finger mitsamt dem dreckigen Nagel kurz in jede Tasse tauchte. Die Jungen begriffen, dass sie nur so herausfinden konnte, wie voll die Tassen waren, aber bei dem Anblick drehte sich ihnen der Magen um, und sie hatten das Gefühl, sich übergeben zu müssen.

Sie brachte jedem von ihnen eine Tasse Tee, holte die Kekse aus dem Schrank und reichte ihnen die Teller. Sie saßen da, das Essen auf dem Schoß, und die Frau schaute in ihre Richtung. Obwohl sie wussten, dass sie sie nicht sehen konnte, hatten sie das Gefühl, beobachtet zu werden. Sie starrten den Tee und die Kekse mit den Katzenhaaren an und wussten nicht, was sie tun sollten. Nach einer Weile begannen sie, Schlürflaute nachzuahmen.

»Tja, wir müssen wieder los«, sagten sie. Sie bückten sich vorsichtig, stellten die noch vollen Teetassen unter die Stühle und steckten die Kekse in ihre Taschen.

»Kennt ihr den Weg?«, fragte sie.

»Ja«, sagten sie entschieden.

»Findet ihr den Weg im Dunkeln?«

»Ja«, sagten sie genauso entschieden.

»Sehen wir uns wieder?«, sagte sie und hob ihre Stimme zur Frage.

»Ja«, erwiderten sie.

»Manche sind treuer als andere«, sagte sie. »Denkt daran.«

Sie verschwanden hastig auf dem Zufahrtsweg und waren überrascht, dass es draußen nicht so dunkel war, wie sie im Haus der blinden Frau geglaubt hatten. Sobald sie die Hauptstraße erreichten, folgten sie ihr in der Richtung, die vom Anleger fort führte, und nach kurzer Zeit war ihnen, als könnten sie die Gebäude des Hofes ihrer Großeltern sehen.

Als sie in den Weg einbogen, der zu den Gebäuden führte, regnete es immer noch, und inzwischen war es tatsächlich ziemlich dunkel. Der Zufahrtsweg endete vor dem Scheunentor, und das Haus lag ein Stück weiter. Das Tor stand offen, und sie gingen hinein, um kurz zu verschnaufen. In der Scheune war es sehr still, denn im Sommer waren alle Tiere auf der Weide. Im ersten Stall zögerten sie kurz, und dann vernahmen sie in der angrenzenden Tenne ein rhythmisches Geräusch. Sie öffneten die kleine Verbindungstür, traten hindurch und warteten, bis sich ihre Augen an das Dämmerlicht gewöhnt hatten. Dann bemerkten sie in der hintersten Ecke eine Lampe, die an einem Nagel hing und deren Flamme ganz klein gestellt war. Und dahinter erblickten sie die Gestalt eines Mannes. Er war groß und trug Gummistiefel und einen Overall und hatte eine Tweedmütze tief ins Gesicht gezogen. Er blickte auf die Südwand der Scheune, stand aber so zu ihnen, dass sie ihn im Profil sehen konnten. Er federte rhythmisch von den Hacken auf die Fußballen, stieß die Hüften stöhnend vor und zurück und führte ein Selbstgespräch auf Gälisch. Allerdings schien er nicht mit sich selbst, sondern mit einer unsichtbaren Frau zu sprechen. Vorne war sein Overall offen, und er hielt sein Glied in der rechten Hand, die er im Rhythmus seines hin und her federnden Körpers bewegte.

Sie wussten nicht, was sie tun sollten. Sie erkannten den Mann nicht und hatten furchtbare Angst, dass er sich umwenden und sie sehen könnte, und sie hatten ebenfalls Angst, sich durch ein Geräusch zu verraten, wenn sie den Rückzug antraten. Zu Hause schliefen sie oben, und ihre Eltern schliefen unten in einem eigenen Zimmer (»um ein Auge auf das Feuer zu haben«, hieß es immer). Und obwohl sie allmählich neugierig auf Sex wurden, wussten sie kaum etwas darüber. Sie hatten Tiere bei der Paarung beobachtet, wie vorhin die Katzen, aber einen sexuell erregten Erwachsenen hatten sie noch nie gesehen, obwohl sie einige der Wörter kannten, die er sich und seiner eingebildeten Partnerin vorstöhnte. Plötzlich, als der graue Spermastrahl gegen die Südwand der Scheune spritzte, knickte er stöhnend in den Knien ein und ließ sich auf das trockene, staubige Heu zu seinen Füßen fallen. Er stützte sich mit dem linken Arm an die Wand und lehnte die Stirn dagegen. Leise verließen sie die Tenne durch die kleine Tür und gingen aus der Scheune und liefen schnell, aber auf Zehenspitzen, durch den Regen zum Haus.

Als sie auf die Veranda traten und die Fliegengittertür krachend hinter ihnen zufiel, hörten sie in der Küche jemanden fluchen. Die Stimme klang harsch und wütend, und dann flog die Tür auf und sie standen ihrer Großmutter gegenüber. Erst erkannte sie die beiden nicht in den langen Jacken, und ihre Miene blieb misstrauisch und zornig, aber dann veränderte sich ihr Gesichtsausdruck, und sie eilte auf sie zu und umarmte sie.

»Angus und Alex«, sagte sie. »Was für eine Überraschung!« Und über ihre Schultern blickend, fragte sie: »Seid ihr allein? Seid ihr ganz allein gekommen?« Und dann: »Warum habt ihr nicht gesagt, dass ihr kommt? Wir hätten euch doch abgeholt.«

Ihnen war nie in den Sinn gekommen, dass ihre Ankunft eine solche Überraschung sein könnte. Sie hatten so eifrig an die Reise gedacht, dass sie trotz der vielen Ereignisse an diesem Tag geglaubt hatten, jeder wüsste von ihrer Ankunft.

»Aber kommt herein, kommt schon«, sagte sie, »und zieht die nassen Sachen aus. Wie seid ihr doch gleich gekommen? Und seid ihr erst jetzt eingetroffen?«

Sie erzählten ihr, dass sie mit dem Kutter gekommen seien, und von ihrem Fußmarsch und der Kutschfahrt mit dem Mann, der ihnen die Pfefferminzbonbons geschenkt hatte, und von ihrem Besuch bei der blinden Frau, aber die Sache mit dem Mann in der Scheune verschwiegen sie. Während sie in der Küche hantierte, die Mäntel aufhängte und das Teewasser aufsetzte, hörte sie aufmerksam zu. Sie bat um eine Beschreibung des Mannes mit den Pfefferminzbonbons, und sie sagten ihr, dass ihm ein Laden gehöre, und dann fragte sie, wie es der blinden Frau gehe. Sie erzählten ihr vom Tee, den sie ihnen gekocht und den sie nicht angerührt hatten, und sie sagte: »Armes Ding!«

Und dann knallte die Vordertür wieder, auf der Veranda waren schwere Schritte zu hören, und ein trat der Mann, den sie in der Scheune gesehen hatten.

»Deine Enkelkinder sind gekommen, um dich zu besuchen«, sagte sie mit eisigem Unterton. »Sie sind mit dem Kutter von Kintail gekommen.«

Blinzelnd und schwankend stand er im Licht und versuchte, den Blick auf sie zu konzentrieren. Da begriffen sie, dass er sehr betrunken war und nicht recht verstand. Seine Augen waren rot gerändert und blutunterlaufen, und sein weißer, von schwarzen Haaren durchsetzter Stoppelbart zeigte, dass er sich seit Tagen nicht rasiert hatte. Er schwankte hin und her, musterte sie eingehend und versuchte zu erkennen, wer sie waren. Sie konnten es sich nicht verkneifen, die Vorderseite seines Overalls nach Spermaflecken abzusuchen, aber er war draußen gewesen, und seine Kleidung war von oben bis unten von Regentropfen übersät.

»Oh«, sagte er, als wäre ihm ein Schleier von den Augen gefallen. »Oh«, sagte er. »Ich liebe euch. Ich liebe euch.« Und er kam auf sie zu und umarmte sie und küsste sie auf die Wange. Sie konnten seinen säuerlichen Atem riechen und spürten, wie sein Stoppelbart über ihre Gesichter kratzte.

»Nun ja«, sagte er und drehte sich auf den Hacken um, »ich gehe nach oben, um mich ein bisschen auszuruhen. Ich war in der Scheune, und ihr werdet es vielleicht nicht glauben, aber ich hatte alle Hände voll zu tun. Ich komme später wieder runter.« Und dann schüttelte er die Stiefel von den Füßen, stützte sich mit einer Hand auf einem Küchenstuhl ab und schwankte die Treppe hinauf.

Die Besucher waren wie vor den Kopf gestoßen, weil sie ihren Großvater nicht erkannt hatten. Wenn er zu ihnen zu Besuch kam, was vielleicht einmal im Jahr geschah, machte er in seinem blauen Sergeanzug, mit der goldenen Uhrkette, die sich quer über die Weste zog, und seinen prall mit Pfefferminzbonbons gefüllten Taschen immer eine gute und eindrucksvolle Figur. Und wenn sie mit ihren Eltern nach Canna kamen, war er immer freundlich und klar im Kopf und gut gekleidet.

Sobald seine Schritte verklungen waren, nahm ihre Großmutter, während sie am Herd arbeitete und den Tisch zu decken begann, das Gespräch wieder auf, stellte Fragen und erkundigte sich nach ihren Eltern und der Schule.

Später kam er wieder herunter und sie saßen alle um den Tisch. Er hatte sich umgezogen und sein Gesicht war von blutigen Schnitten bedeckt, weil er versucht hatte, sich zu rasieren. Die Stimmung beim Essen war gedrückt, denn er stieß sein Wasserglas um und das Essen fiel ihm auf den Schoß. Die Besucher waren ebenso erschöpft wie er, und nur ihre Großmutter schien alles im Griff zu haben. Gleich nach dem Essen ging er wieder nach oben und sagte: »Morgen kommt ein besserer Tag«, und ihre Großmutter schlug ihnen vor, ebenfalls bald zu Bett zu gehen.

»Wir sind alle müde«, sagte sie. »Morgen ist er wieder auf dem Posten. Er hat versucht, sich zu Ehren eurer Ankunft zu rasieren. Ich werde ein Wörtchen mit ihm reden. Wir freuen uns, dass ihr gekommen seid.«

Sie schliefen gemeinsam in einem Bett unter einem Berg von Decken und in einem Zimmer, das neben dem ihrer Großeltern lag. Vor dem Einschlafen hörten sie noch, wie die beiden auf Gälisch miteinander sprachen, und das Nächste, woran sie sich erinnerten, war, dass sie morgens erwachten. Ihre Großeltern standen neben ihrem Bett, und durch das Fenster schien die Sonne. Ihre Großeltern hielten je ein Tablett mit Porridge und Zucker und Milch und Tee und Butter. Beide waren förmlich gekleidet und glichen den Großeltern, die sie eigentlich kannten. Der betrunkene, stöhnende Mann in der Scheune kam ihnen vor wie ein Traum, den sie lieber nicht geträumt hätten.

Als sie aufstanden, um sich anzuziehen, entdeckten sie, dass sie immer noch Keksstückchen der blinden Frau in den

Taschen hatten, und als sie nach draußen gingen, warfen sie sie hinter die Scheune.

Sie blieben eine Woche auf Canna, und die ganze Zeit schien die Sonne, und die Tage waren strahlend. Ihr Großvater nahm sie im Einspänner mit, und sie besuchten Frauen zu Hause oder standen manchmal mit Männern in Scheunen. An einem Tag fuhren sie zum Laden und konnten den Mann hinter der Theke zunächst nicht mit jenem in Einklang bringen, der sie mitgenommen und ihnen die Pfefferminzbonbons geschenkt hatte. Er wirkte ebenso überrascht, als er sie erkannte, und sagte zu ihrem Großvater: »Tut mir Leid, wenn ich einen Fehler gemacht habe.«

In der Woche auf Canna fielen ihnen kleine Unterschiede im Alltag auf. Man legte den Pferden kein Halfter an, sondern schlang ihnen nur einen losen Strick um den Hals. Die Gärten wurden nicht in Reihen, sondern in Beeten angelegt, und es gab eine Erdbeersorte, deren Frucht weit von der Wurzel entfernt wuchs. Wenn man Wasser aus dem Brunnen schöpfte, wurde der erste Eimer weggekippt, und das Wasser selbst schmeckte etwas anders. Vor dem Zubettgehen deckte man noch den Frühstückstisch. Man machte einen Diener oder Knicks vor dem Neumond, und in der Kirche von St. Columba saßen die Frauen auf der einen Seite des Gangs und die Männer auf der anderen.

Die Kirche von St. Columba habe die Kapelle auf der Insel Canna zum Vorbild, erzählte ihr Großvater. Der heilige Kolumban oder Colum Cille sei ein brillanter, leidenschaftlicher Missionar in Irland gewesen, und er habe *Da Shealladh* besessen, das zweite Gesicht, und einen Stein benutzt, um seine Visionen zu »sehen«. Außerdem habe er das Schöne geliebt und sei sehr willensstark gewesen. Einmal, fuhr ihr Großvater fort, hatte er ohne Erlaubnis ein religiöses Manuskript kopiert, war aber fest davon überzeugt, dass es rechtmäßig ihm gehörte. Der Hochkönig von Irland, den man anrief, um ein Urteil in dieser Sache zu fällen, sprach sich gegen Colum Cille aus und sagte: »Jeder Kuh ihr Kalb und jedem Buch seine Kopie.« Später ließ der Hochkönig von Irland auch noch einen jungen Mann hinrichten, der bei Colum Cille Schutz gesucht hatte. Colum Cille, aufgebracht über das, was in seinen Augen Ungerechtigkeit und falsches Urteil war, sagte dem König, dass er mit seinen Verwandten und Clansmännern gegen ihn in die Schlacht ziehen wolle. Am Vorabend der Schlacht, als sie beteten und fasteten, erschien Colum Cille der Erzengel Michael. Der Engel sagte ihm, Gott werde seine Gebete erhören und ihn die Schlacht gewinnen lassen, dass Er aber ärgerlich über eine so weltliche Bitte sei und Colum Cille hernach für immer ins Exil gehen müsse. Weder das Land noch seine Menschen dürfe er wiedersehen, und auch dürfe er, außer bei seiner Abreise, in Irland nie mehr Speise oder Trank zu sich nehmen. Das Heer von Colum Cille gewann die Schlacht, die dreitausend Männer das Leben kostete, und vielleicht hätte er Hochkönig von Irland werden können, aber er gehorchte seiner Vision. Manche sagten, er sei auch als Buße für die dreitausend Leben gegangen, die ihn sein Sieg gekostet hatte. In einem kleinen Boot fuhr er gemeinsam mit wenigen Gefolgsleuten, die zumeist Verwandte von ihm waren, über das Meer zu den kleinen Inseln Schottlands und verbrachte seine bleibenden vierunddreißig Lebensjahre damit, Klöster und Kapellen zu errichten und überall dem Volk zu predigen. Er arbeitete als Missionar, prophezeite und veränderte jenen Winkel der Welt für immer. Beim Verlassen Irlands sagte er:

Ein graues Auge
Blickt zurück auf Irland,
Und es wird seine Männer und Frauen
Niemals wiedersehen.

Früh und spät geht meine Klage
Über die Reise, die ich antrete.
Dies soll mein geheimer Beiname sein:
»Irland den Rücken zugewandt.«

»Ist er je zurückgekehrt?«, fragten sie.

»Ein einziges Mal«, sagte ihr Großvater. »Die irischen
Dichter sollten verbannt werden, da kam er von Schottland
über das Meer, um für sie zu sprechen. Doch als er kam,
trug er eine Binde vor den Augen, damit er das Land und
seine Bewohner nicht sehen konnte.«

»Hast du ihn gekannt?«, fragten sie. »Hast du ihn jemals
gesehen?«

»Das ist sehr lange her«, sagte er lachend. »Mehr als
dreizehnhundert Jahre. Aber manchmal habe ich schon das
Gefühl, als würde ich ihn kennen, und dann bilde ich mir
ein, ihn vor mir zu sehen. Diese Kirche ist, wie gesagt, nach
der Kapelle benannt, die er auf Canna erbaut hat. Die Kapelle gibt es auch längst nicht mehr, und alle Menschen sind
fort, und der Brunnen neben der Kapelle wurde mit Steinen
aufgefüllt, und die keltischen Kreuze auf den Friedhöfen
wurden zertrümmert und beim Straßenbau verwendet.
Aber manchmal bilde ich mir ein, sie noch zu sehen«, sagte
er und blickte dabei aufs Meer, als könnte er dahinter die
»grünen Inseln« und ihre Menschen erblicken. »Dann sehe
ich wieder ihre Sitten: wie sie an Michaelis ihre Pferde rei-
ten und ihre Toten in Richtung Sonne tragen. Wie sie um
Bräute werben und heiraten. Auf Canna haben fast alle geheiratet, bevor sie zwanzig Jahre waren. Sie hielten es für
ein Unglück, wenn ein Mann oder eine Frau allein blieben,
und deshalb gab es kaum Ledige unter ihnen. Vielleicht hatten sie auch keine Lust zu warten«, fügte er lächelnd hinzu,
»und darum ist die Bevölkerung der Insel so rasch gewachsen. Aber wie dem auch sei, jetzt sind alle fort.«

»Du meinst, alle sind tot?«, fragten sie.

»Nun ja, ein paar von ihnen schon«, sagte er. »Aber eigentlich meine ich, dass sie ausgewandert und über die ganze Welt verstreut sind. Und manche sind hier. Darum heißt dieser Ort Canna, und darum tragen wir bestimmte Dinge in uns. Manchmal gibt es etwas in uns, von dem wir nichts wissen oder das wir nicht ganz verstehen, und manchmal ist es schwierig, das auszulöschen, was man nicht sehen kann. Wie schön, dass ihr mal etwas länger hier seid.«

Gegen Ende der Woche erfuhren sie, dass ein Boot der Regierung die Leuchttürme entlang der Küste kontrollierte. Auf dem Weg nach Süden würde es an der Landspitze von Canna und auch in Kintail anlegen. Es war eine sehr gute Möglichkeit, nach Hause zurückzukehren, und so beschloss man, dass sie sie nutzen sollten. Am Abend vor ihrer Abfahrt servierten ihnen ihre Großeltern ein fürstliches Mahl mit weißer Tischdecke und Kerzen.

Als sie sich am nächsten Morgen zum Aufbruch bereitmachten, begann es zu regnen. Ihre Großmutter gab ihnen ein paar Päckchen für ihre Mutter und einen Brief mit, außerdem packte sie ihnen einige Hummerbrote als Proviant ein. Beim Abschied umarmte und küsste sie sie und sagte: »Danke, dass ihr gekommen seid. Es war gut, dass ihr hier wart, uns beiden geht es jetzt viel besser.« Sie sah ihren Mann an, und er nickte.

In strömendem Regen stiegen sie draußen in den Einspänner ihres Großvaters und verstauten die Päckchen sorgsam unter der Sitzbank. Auf der Fahrt zum Anleger kamen sie an dem Weg vorbei, der zum Haus der blinden Frau führte. Sie stand mit ihren zwei schwarzen Hunden am Straßenrand. Sie trug die Männergummistiefel und ein großes Kopftuch und einen schweren Regenmantel. Als sie den Einspänner näher kommen hörte, rief sie: »*Cò a th'ann? Cò a th'ann?* Wer ist da? Wer ist da?«

Doch ihr Großvater schwieg.

»Wer ist da?«, rief sie. »Wer ist da? Wer ist da?«

Regen fiel auf ihre verschmierten Brillengläser und rann über ihr Gesicht und ihren Mantel und die kräftigen, aus den Ärmeln ragenden Hände mit den schmutzigen Fingernägeln.

»Sagt nichts«, flüsterte ihr Großvater. »Sie soll nicht wissen, dass ihr hier seid.«

Das Pferd kam näher, und sie hörte nicht auf zu rufen, aber keiner von ihnen sagte etwas. Ihre Stimme erhob sich im Regen über den regelmäßigen Hufschlag des Pferdes, und während sie so taten, als hörten sie nichts, wurde ihre innere Spannung immer größer.

»*Cò a th'ann?*«, rief sie. »Wer ist da? Wer ist da?«

»*Se mi-fhìn*«, erwiderte er ruhig. »Ich bin es.«

Sie fing an, ihn auf Gälisch zu verfluchen, was ihm sehr peinlich war.

»Versteht ihr, was sie sagt?«, fragte er sie.

Sie waren unsicher. »Teilweise«, erwiderten sie.

»Hier«, sagte er, »haltet das Pferd«, und er reichte ihnen die Zügel. Beim Aussteigen zog er die Peitsche aus der Halterung, und auch das verunsicherte sie, bis sie begriffen, dass er sie zum Schutz gegen die Hunde mitnahm, die knurrend auf ihn zukamen, aber wegen der Peitsche Abstand hielten. Er begann, auf Gälisch mit der blinden Frau zu reden, und beide entfernten sich vom Einspänner und gingen auf dem Zufahrtsweg auf ihr Haus zu, bis sie außer Hörweite waren. Die Hunde legten sich auf die nasse Straße und sahen und hörten aufmerksam zu.

Die Jungen verstanden nicht, was gesagt wurde, und hörten nur das Auf und Ab der beiden Stimmen im Regen. Als er zurückkam, wirkte ihr Großvater aufgewühlt; er nahm ihnen die Zügel ab und sprach sofort zum Pferd.

»Gott hilf mir«, sagte er leise und wie zu sich selbst, »aber ich konnte einfach nicht an ihr vorbeifahren.«

Wasser lief ihm über sein Gesicht, und einen Augenblick lang glaubten sie, dass er weinte. Aber genau wie eine Woche zuvor, als sie auf seinem Overall nach Sperma gesucht hatten, konnten sie es wegen des Regens nicht genau sagen.

Als sie davonfuhren, stand die blinde Frau auf dem Zufahrtsweg und sah ihnen nach. Es war eine jener Situationen, in denen man unwillkürlich winkt, doch als sie die Hände hoben, fiel ihnen ein, dass sie blind und Winken sinnlos war. Sie stand da, als schaute sie ihnen lange nach, und dann – vielleicht, weil sie die Geräusche von Pferd und Einspänner nicht mehr hören konnte – wandte sie sich um und ging mit den beiden Hunden zu ihrem Haus zurück.

»Kennst du sie gut?«, fragten sie.

»Oh«, sagte ihr Großvater, als hätte ihn die Frage von einem anderem Ort und aus einer anderen Zeit zurückgeholt, »ja, ich kenne sie recht gut und schon sehr, sehr lange.«

Ihr Großvater wartete gemeinsam mit ihnen auf dem Anleger auf das Regierungsboot, aber es hatte Verspätung. Als es schließlich eintraf, meinten die Männer, dass sie nicht lange bräuchten, um den Leuchtturm zu kontrollieren, und sagten ihnen, sie sollten schon an Bord gehen und warten. Da verabschiedeten sie sich, und ihr Großvater lenkte sein nasses und ungeduldiges Pferd zurück nach Hause.

Obwohl es schnell gehen sollte, mussten sie lange warten, und als das Boot den Schutz des Anlegers verließ und in See stach, war es bereits Nachmittag. Es regnete immer noch, und ein Wind war aufgekommen, und die See war aufgewühlt. Da der Wind vom Land wehte, kehrten sie der Landspitze von Canna und dem Regen und Wind den Rücken zu. Als sie weit genug auf See waren, um einen guten Blick zu haben, sagte einer der Männer: »Sieht aus, als würde es dort drüben brennen.« Und als sie sich umdrehten, sahen sie dicke, schwarze Rauchwolken, die im Regen seltsam unpassend wirkten. Der Rauch stieg in der Ferne auf und wurde vom Wind davongetragen, aber es war schwierig, seinen Ursprung auszumachen, zumal es in Strömen goss. Und vielleicht auch deshalb, weil man die Dinge auf See anders sah als an Land. Die Regierungsleute kannten niemanden auf Canna, und da sie hinter ihrem Zeitplan zurückhinkten und bereits weit draußen auf See waren, dachten sie nicht an Umkehr. Außerdem machte ihnen der auffrischende Wind leichte Sorgen, und sie wollten so weit wie möglich kommen, bevor sich das Wetter weiter verschlechterte.

Das Boot erreichte den Anleger von Kintail, als der Nachmittag langsam in den Abend überging. Auf den letzten Meilen war der Seegang stärker gewesen, und die Passagiere an Bord des schwankenden Bootes waren grün im Gesicht und seekrank geworden, hatten sich über die Reling gebeugt und ihre Hummerbrote erbrochen. Canna wirkte sehr weit fort, und die strahlende Woche schien in der Realität des windgeschüttelten Boots und heftigen Regens unterzugehen. Als das Boot angelegt hatte, rannten sie so schnell sie konnten nach Hause. Ihre Mutter kochte ihnen eine heiße Suppe und gab ihnen trockene Kleider, und sie gingen früher zu Bett als sonst.

Am nächsten Tag schliefen sie lange, und als sie aufwachten und nach unten gingen, regnete und stürmte es immer noch. Und dann klopften Angus und Alex, die syrischen Händler, an die Tür. Sie stellten ihre schweren, nassen Ledersäcke auf den Küchenfußboden und erzählten der Mutter der Jungen, dass es auf Canna einen Todesfall gegeben habe. Die Leute auf Canna würden noch Nachricht schicken, sie aber hätten es früher am Tag von einem anderen Händler erfahren, der aus Richtung Canna gekommen sei und sie gebeten habe, die Neuigkeit weiterzugeben. Die Händler und die Eltern der Jungen unterhielten sich eine

Weile, und dann wurde den Jungen gesagt, sie sollten »nach draußen gehen und spielen«, obwohl es immer noch regnete. Sie gingen in die Scheune.

Die Eltern der Jungen machten sich unverzüglich reisefertig. Für eine Bootsfahrt war das Meer inzwischen zu rau, außerdem hatten sie ihr Boot nach dem Ende der Hummersaison an Land geholt. Sie spannten das Pferd vor die Kutsche, und später am Nachmittag brachen sie auf. Fünf Tage blieben sie fort, und als sie zurückkehrten, wirkten sie müde und erschöpft.

Durch Gesprächsfetzen, die sie aufschnappten, erfuhren die Jungen, dass das Haus der blinden Frau abgebrannt war, mit ihr darin.

Später – sie wussten nicht mehr genau, wann – bekamen sie weitere Einzelheiten und Informationen mit. Man vermutete, dass ihre Kleidung am Herd Feuer gefangen hatte. Die Tiere waren gemeinsam mit ihr verbrannt. Die meisten Knochen wurden hinter der Tür gefunden, vor der sich alle gedrängt hatten, aber der Frau war es nicht gelungen, ihnen und, wie es schien, sich selbst die Tür zu öffnen.

Im Laufe der Wochen vermischten sich die Einzelheiten mit ihren eigenen Erlebnissen. Die Jungen stellten sich vor, wie sie mit ihren kräftigen Händen die Holzverkleidung abriss und ins Feuer warf, als wollte sie ihr eigenes Haus gleichsam von innen verbrennen, bis sie selbst darin verbrannte. Und sie konnten sehen, wie die Flammen an ihren zahllosen Kleidungsschichten emporzüngelten und den Dreck verzehrten, den sie selbst nicht hatte sehen können. Wie die Flammen an ihrem Bauch emporschlugen und über die Schultern bis zum Haar zuckten, und wie die orangenen Flammen ihr Gesicht umflackerten und sich in den blicklosen Brillengläsern spiegelten.

Und auch die Tiere stellten sie sich vor. Wie die wilden, treuen Zwillingshunde mit brennendem Fell die Tür anknurrten, und wie die frechen Katzen in einer Ecke fauchend weiter kopulierten und sich nicht stören ließen, getrieben von ihrer inneren Hitze, während die Hitze des brennenden Hauses sie umgab, und wie das Lamm blökte, dessen Wolle in Flammen stand. Und wie die miauenden, unsichtbaren Katzenjungen im Zwischenraum der Wand starben, die Augen noch immer geschlossen.

Und manchmal stellten sie sich auch die blinde Frau vor, wie sie in ihrem Haus oder auf der Veranda oder neben der Straße im Regen stand. *Cò a th'ann?*, hörten sie sie dann in ihrer Vorstellung und im Traum rufen. *Cò a th'ann? Cò a th'ann?* Wer ist da? Wer ist da? Und eines Nachts träumten sie, dass sie sich antworten hörten. *Se mi-fhìn*, hörten sie sich selbst wie aus einem Mund sagen. Ich bin es.

Mein Vater und sein Bruder verbrachten nie wieder eine Woche auf den grünen Hügeln von Canna. Vielleicht verging die Zeit einfach zu schnell, oder die Umstände änderten sich, oder es gab Gründe dafür, die sie selbst nicht ganz verstanden.

Und dann hielt ein Priester sechs Jahre später eine flammende Sonntagspredigt, in der er die jungen Männer aufrief, sich freiwillig für den Ersten Weltkrieg zu melden. Die Idee begeisterte sie, und sie sagten ihren Eltern, dass sie nach Halifax fahren wollten, um sich als Freiwillige zu melden, obwohl sie eigentlich noch zu jung waren. Ihre Eltern waren bestürzt und eilten zum Priester, um ihn davon zu überzeugen, dass er einen Fehler gemacht hatte. Daraufhin kam der Priester, ein Freund der Eltern, zu ihnen nach Hause und sagte den Brüdern, es habe sich lediglich um eine allgemeine Predigt zum Tage gehandelt. »Ich habe nicht euch damit gemeint«, fügte er hinzu, aber seine erste Predigt war erfolgreicher als diese zweite.

Am folgenden Tag nahm sie jemand zum nächsten Bahnhof mit, und sie fuhren nach Halifax. Sie waren nie zuvor

Zug gefahren, und als sie ankamen, kam ihnen Halifax groß und einschüchternd vor. Mit ihrem Alter nahm man es bei der Musterungsbehörde nicht sehr genau, aber die medizinische Untersuchung war strenger. Sie waren zwar jung und kräftig, aber die Routinetests befremdeten sie und sie verkrampften sich. Sie konnten nicht auf Anordnung in eine Flasche urinieren, und man bat sie zu warten und es dann noch einmal zu probieren. Doch dazusitzen und sich zu wünschen, endlich urinieren zu können, nutzte nicht viel. Sie tranken Unmengen von Wasser und warteten ab und versuchten es wieder, aber es ging nicht. Beim letzten Versuch, als sie breitbeinig und mit offenen Hosen in einer winzigen Kabine standen, besprachen sie ihr Problem auf Gälisch. Zu ihrer Überraschung antwortete ihnen jemand aus der Kabine nebenan auf Gälisch.

Es war die Stimme eines jungen Mannes von Canna, der sich ebenfalls freiwillig melden wollte, aber nicht ihr Problem hatte. »Können wir etwas von dir ›leihen‹?«, fragten sie und schauten auf seine volle Urinflasche.

»Klar«, sagte er, »ihr braucht es mir nicht mal zurückzugeben.« Und er schüttete etwas von seinem Urin in ihre beiden Flaschen. Alle drei »bestanden« den Test. Und als sie später in der Gasse hinter der Musterungsbehörde im Dampf ihres eigenen Urins standen, begannen sie eine Unterhaltung mit dem jungen Mann von Canna.

»Kennst du Alex?«, fragten sie und nannten den offiziellen Nachnamen ihres Großvaters.

Er wirkte kurz verwirrt, dann hellte sich seine Miene auf. »Oh«, sagte er, »*Mac an Amharuis*, klar, den kennt jeder. Er ist mit meinem Großvater befreundet.«

Und dann begannen sie, vielleicht, weil sie weit fort von zu Hause und einsamer und ängstlicher waren, als sie zugeben mochten, eine Unterhaltung auf Gälisch. Ihr erstes Thema war *Mac an Amharuis*, und der junge Mann erzählte ihnen alles, was er wusste. Offenbar wunderte er sich selbst, dass er so viel wusste und so aufmerksame Zuhörer hatte.

Mac an Amharuis heißt übersetzt »Sohn der Ungewissheit« und bedeutet, dass er ein uneheliches Kind war oder seinen Vater nicht kannte. Als junger Mann galt er als hoch begabt und klug, zugleich aber als unstet, und er hatte keine Lust, sich den anderen jungen Männern von Canna anzuschließen und Fischer zu werden. Stattdessen sparte er und kaufte sich einen prächtigen Hengst, dessen Dienste er überall in der Gegend anbot. Er ritt den Hengst immer nur mit einem losen Strick um den Hals.

Außerdem hielt man ihn für gut aussehend und sagte ihm eine »starke Natur« oder »zu viel Natur« nach, was hieß, dass sein Sexualtrieb sehr ausgeprägt war. »Manche meinen«, erzählte der junge Mann, »dass er fast genauso viel Samen in der Welt verstreut hat wie sein Hengst, und wer weiß, wer alles von ihm abstammt. Wenn wir das nur wüssten, was?«, fügte er lachend hinzu.

Dann ließ er sich mit einer Frau von Canna ein. Einige hielten sie für »seltsam«, weil sie gelegentlich tobte und unberechenbar war, und manchmal schrie sie ihn sogar in aller Öffentlichkeit an. Ab und zu brachte er Bücher und schwarz gebrannten Schnaps von einer Tour mit seinem Hengst mit. Dann saßen sie manchmal friedlich beisammen und lasen und redeten, und dann wieder brüllten sie sich an, verfluchten einander und wurden handgreiflich.

Irgendwann überkam ihn *Da Shealladh*, das zweite Gesicht. Er wollte es gar nicht, und manche behaupteten, es habe ihn überkommen, weil er zu viel gelesen hatte, oder vielleicht war es auch ein Erbe seines unbekannten Vaters. Einmal »sah« er für den Abend einen Sturm voraus, aber der Tag war so ruhig gewesen, dass ihm niemand glaubte. Und als der Sturm dann am Abend losbrach, konnten die Boote nicht in den Hafen zurückkehren, und alle Männer ertranken. Ein anderes Mal, als er mit seinem Hengst unterwegs war, »sah« er, wie das Haus seiner Mutter niederbrannte, und bei seiner Rückkehr stellte er fest, dass es genau in der von ihm gesehenen Nacht geschehen und seine Mutter in den Flammen umgekommen war.

Seine Fähigkeit wurde ihm zur Last, aber er konnte die Gesichte weder verhindern noch etwas gegen die Ereignisse tun. Eines Tages, nachdem er und die Frau zu viel getrunken hatten, gingen sie zu einem weithin bekannten Priester. Er möchte, dass die Gesichte aufhörten, sagte er zu dem Priester, aber offenbar liege es nicht in seiner Macht. Er und die Frau saßen nebeneinander auf zwei Stühlen. Der Priester ging die Bibel holen, beugte sich darüber und betete, und dann kam er zurück und blätterte sie vor ihren Augen durch. Die Gesichte würden aufhören, sagte er, aber sie müssten voneinander lassen, denn ihre Beziehung sorge im Ort für einen Skandal. Die Frau wurde wütend und ging auf den Priester los und versuchte, ihm die Augen mit ihren langen Fingernägeln auszukratzen. Sie warf *Mac an Amharuis* Verrat vor und sagte, er sei bereit, ihre leidenschaftliche Beziehung zu beenden, damit er seine Gesichte loswerde. Sie spuckte ihn an und verfluchte ihn und stürmte zur Tür hinaus. *Mac an Amharuis* wollte ihr folgen, aber der Priester hielt ihn mit beiden Armen fest und rang ihn nieder. Er war schon zu betrunken und kam nicht gegen den Priester an.

Sie zeigten sich nicht mehr gemeinsam in der Öffentlichkeit, und *Mac an Amharuis* zog nicht mehr mit seinem Hengst umher, sondern kaufte sich ein Boot. Er ging jetzt zu der jüngeren Schwester der Frau, die geduldig und gütig war. Die Frau verließ ihre Eltern und zog in ein älteres, näher an der Küste gelegenes Haus. Einige glaubten, dass sie ausgezogen war, weil sie es nicht ertrug, dass *Mac an Amharuis* ihre Schwester besuchte, andere hingegen glaubten, dass es eine abgekartete Sache war, weil er sie danach unbemerkt nachts besuchen konnte.

Zwei Monate später waren *Mac an Amharuis* und die Schwester der Frau verheiratet. Bei der Hochzeit verfluchte die Frau den Priester, bis er sie warnte, sie solle sich vorsehen, und ihr die Tür wies. Sie verfluchte auch ihre Schwester und sagte: »Du wirst ihm niemals geben können, was ich ihm gegeben habe.« Und beim Hinausgehen sagte sie zu *Mac an Amharuis* entweder: »Ich werde dir nie vergeben!« oder: »Ich werde dich nie vergessen!« Ihre Stimme bebte, aber sie hatte der Hochzeitsgesellschaft den Rücken zugewandt, und man wusste nicht genau, ob es ein Fluch oder ein Verzweiflungsschrei war.

Lange Zeit hielt sich die Frau von allen Menschen fern, und man sah sie nur von weitem im Haus und in der verfallenen Scheune herumlaufen und die wenigen Tiere versorgen, die ihr Vater ihr überlassen hatte, und wenn der Herbst zum Winter wurde, zog sie so viel an, dass sie kaum noch zu erkennen war. Nachts hielten die Leute Ausschau nach einem Licht in ihrem Fenster, und manchmal sahen sie eines, manchmal nicht.

Und dann kam ihr Vater eines Tages zu *Mac an Amharuis* und seiner jüngeren Tochter und sagte, er habe drei Nächte lang kein Licht gesehen und mache sich Sorgen. Zu dritt gingen sie zum Haus, es war kalt. Als sie die Hände auf den Herd legten, spürten sie keine Wärme, und die Fensterscheiben waren überfroren. Alle Zimmer waren leer.

Sie gingen zur Scheune, und dort lag sie zusammengekrümmt auf dem Boden. Ihr Oberkörper war immer noch in Schichten von Kleidern gehüllt, aber unten war sie nackt. Sie war bewusstlos oder vor Kälte in eine Art Koma gefallen, ihre Augen waren entzündet und eiterten. Sie hatte Zwillinge geboren, zwei Mädchen, und eines war tot, aber das andere lebte noch und lag, von der Kleidung geschützt, auf ihrer Brust. Ihr Vater und *Mac an Amharuis* und ihre Schwester trugen die beiden ins Haus, entfachten ein Feuer im Herd und schickten nach dem nächsten Arzt, der einige Meilen entfernt wohnte. Später holten sie auch das tote Baby herein und legten es in eine Hummerkiste, weil sie nichts anderes fanden. Als der Arzt kam, konnte er die Geburtszeit des Babys nicht genau bestimmen, aber er sagte, das Kind werde überleben. Er sagte außerdem, dass die Mutter viel Blut verloren habe und sich die Augen bei der Geburt mit ihren langen Fingernägeln vermutlich zerkratzt hatte, und dann hätten sich die Augen entzündet, wahrscheinlich durch den Dreck in der Scheune. Ob sie überlebe, könne er nicht sagen, und wenn sie überlebe, bestehe die Gefahr, dass sie erblinde.

Solange die Frau bewusstlos war, kümmerten sich *Mac an Amharuis* und seine Frau um das Baby, das gut gedieh. Mit der Zeit erholte sich auch die Frau, und als sie das Baby zum ersten Mal schreien hörte, streckte sie instinktiv den Arm danach aus, konnte es im Dunkeln aber nicht finden. Als sie die Menschen um sich herum allmählich an den Stimmen erkannte, verfluchte sie sie und warf ihnen vor, miteinander zu schlafen, wenn sie sie nicht sehen konnte. Je mehr sie zu Kräften kam, umso mehr ärgerte sie sich über die anderen Menschen im Haus, und schließlich wollte sie, dass sie verschwanden. Sie stand auf und lief mit ausgestreckten Händen im Haus umher, manchmal am Tag und manchmal nachts, denn für sie machte es ja keinen Unterschied. Und einmal sahen sie, wie sie ein Messer in der Hand hielt. Da entsprachen sie ihrem Wunsch, vielleicht auch aus Angst, und verschwanden. Und weil es offenbar keine andere Möglichkeit gab, nahmen sie das Baby mit.

Sie brachten ihr weiterhin Essen und stellten es auf die Veranda vor die Tür. Manchmal verfluchte sie die beiden, dann wieder war sie ruhiger. Eines Tages, als sie mit *Mac an*

Amharuis sprach, legte sie ihm die Hand mit den langen Fingernägeln auf das Gesicht. Mit den Fingerspitzen und der Handfläche fuhr sie ihm über Haar und Nase, über Lippen und Kinn und dann über die Hemdknöpfe und über den Gürtel bis zum Schritt. Und dort schloss sie ihre Hand für einen Augenblick und hielt, was sie früher gehalten hatte, nun aber nie mehr sehen würde.

Mac an Amharuis und seine Frau bekamen keine Kinder. Die meisten glaubten, dass sie deswegen sehr traurig war und sich schuldig fühlte, denn wie die Leute sagten: »An ihm liegt es ganz bestimmt nicht.« Und obwohl er es niemandem gestand, belastete ihn die Kinderlosigkeit wohl auch, denn er verfiel in regelmäßigen Abständen der Trunksucht. Meistens halfen und unterstützten die beiden Eheleute einander, und niemand wusste, worüber sie sprachen, wenn sie allein waren und abends zusammen im Bett lagen.

Das ist meine Version der Geschichte, die der junge Mann von Canna meinem Vater und seinem Bruder zu einer Zeit erzählte, als sie noch jung waren und kurz davor standen, in den Krieg zu ziehen. Alles, was der junge Mann wusste, sprudelte aus ihm heraus, als hätte es nur auf diesen Moment gewartet, und er enthüllte seinen aufmerksamen Zuhörern mehr, als er ahnte. Die Geschichte wurde auf Gälisch erzählt, und wie die Leute sagen: »Auf Englisch ist es nicht dasselbe«, obwohl die Bilder stimmen.

Bei Kriegsende war der offenherzige junge Mann von Canna tot, und der Bruder meines Vaters hatte ein Bein verloren.

Mein Vater kehrte nach Kintail zurück, zu jenem Leben, dem er den Rücken gekehrt hatte – dem Boot, den Netzen und Hummerkörbe. Alles folgte dem Lauf der Jahreszeiten. Er heiratete vor dem Zweiten Weltkrieg, und als man ihn noch einmal aufforderte, in den Krieg zu ziehen, schloss er sich den anderen Hochländern von Cape Breton an und ließ seine Frau zurück, von deren Schwangerschaft er vielleicht nichts ahnte.

Am Strand in der Normandie wurden sie in drei Meter tiefem Wasser abgeladen, während ihnen Bomben und Granaten um die Ohren pfiffen. Sie ließen sich bäuchlings in den Matsch fallen und hinterließen kurz ihren Gesichtsabdruck in der Erde, ehe sie sich einige Meter weiter vorkämpften. Auf Befehl erhoben sie sich wie eine Welle, die ein Stück höher am Strand aufschlagen will. Und dann passierte alles gleichzeitig. Vor meinem Vater stiegen eine orangene Flammenwand und eine schwarze Qualmwolke auf. Die Wand stieg vor ihm auf, und im selben Augenblick fühlte er den Griff einer kräftigen Hand auf der Schulter. Der Griff war so fest, dass sich die Finger schmerzhaft in sein Fleisch bohrten, und als er seine brennenden Augen abwandte, verfiel er in seine Muttersprache: »*Cò a th'ann?*«, sagte er. »*Cò a th'ann?* Wer ist da?« Und kurz bevor er blind wurde, erkannte er auf seiner Schulter die langen, braunen Finger mit den spitzen, vor Schmutz starrenden Nägeln wieder. »*'Se mi-fhìn*«, sagte sie ruhig. »Ich bin es.«

Alle Soldaten, die sich vor meinem Vater befanden, wurden getötet, und dort, wo er stand, gähnte ein Krater, doch das wurde ihm nur erzählt, denn er selbst konnte es nicht mehr sehen.

Später wurde ihm berichtet, dass sein Großvater, jener Mann, den viele als *Mac an Amharuis* gekannt hatten, am Tag seiner Erblindung gestorben war. *Mac an Amharuis* war über hundert Jahre alt, als er starb, und er hatte den grauen Star gehabt. Die Menschen um sich herum erkannte er weder durch Hören noch durch Sehen, und er redete oft von der Jugend und vom Sex und dem prächtigen, jungen Hengst mit dem losen Strick um den Hals. Außerdem erzählte er oft von Canna, der grünen Insel, die er nie erblickt hatte, und von den Leuten, die dort an Michaelis ihre Pferde ritten und ihre Toten in Richtung Sonne trugen. Und vom willensstarken heiligen Kolumban, der zur Askese entschlossen war und Irland und der Landschaft seiner frühen Liebe den Rücken zuwandte. Und von Flammenwänden und schwarzem Qualm.

Als ich mit dieser Geschichte begann, wollte ich sie so erzählen, wie mein Vater sie mir erzählt hat, als er den Blick vor langer Zeit am letzten Tag der Hummersaison auf die grünen Hügel von Canna richtete. Aber jetzt wird mir bewusst, dass nicht alles in meiner Version von ihm stammt. Den Abschnitt etwa, in dem er seinen Großvater in der Scheune sieht, und einen großen Teil der Geschichte des jungen Mannes von Canna kenne ich von seinem Zwillingsbruder, der bei fast allem mit dabei war. Vielleicht lag es an seinem verlorenen Bein, dass der Bruder meines Vaters einer jener Veteranen des Ersten Weltkriegs wurde, die viel Zeit in der Legion Hall verbrachten. Wenn ich mich mit ihm unterhielt, war er offener als mein Vater, der bei solchen Themen eine gewisse Scham an den Tag legte. Vielleicht hat mein Vater, indem er bestimmte Abschnitte der Geschichte ausließ, auch nur seine Eltern nachgeahmt, die ihm nicht die ganze Wahrheit auf einmal offenbaren wollten.

Aber vielleicht hat sich mir die Geschichte auch wegen der anderen Ereignisse an jenem Tag eingeprägt. Nachdem mein Vater die Geschichte beendet hatte, warfen wir den Motor an und fuhren zum Anleger. Als wir dort ankamen, waren die MacAllesters schon fort und mit ihnen viele andere Männer. Wir schafften die Hummer auf den Anleger, und ich sah zu, wie sie gewogen wurden.

Wir sollten nie erfahren, ob die Käufer die hinter der Kiste versteckten Hummer entdeckten, jedenfalls sagten sie nichts. Wir entluden die Körbe auf dem Anleger und stiegen dann die Eisenleiter hinauf, wechselten ein paar belanglose Worte mit den Käufern und bekamen unser Geld. Unsere Hummer hinter der Kiste wollten wir später holen.

Es waren noch andere Fischer da, die wie mein Vater gut gelaunt und froh waren, dass die Fangsaison zu Ende war und sie ihr letztes Geld erhalten hatten. Irgendwer bot an, uns im Laster zur Legion Hall mitzunehmen, und wir stiegen ein.

Die Legion Hall war voller Männer, die meisten von ihnen Fischer, und es wurde geprahlt und ging ziemlich lautstark zu. Am anderen Ende des Saals sah ich Kenneth Mac-Allester und einige seiner Verwandten. Eigentlich waren wir beide noch nicht volljährig, aber das kümmerte niemanden. Wenn man alt genug aussah, wurden keine Fragen gestellt. Der Bruder meines Vaters und ein paar unserer Verwandten saßen mitten im Saal an einem Tisch. Sie winkten uns, und ich ging zu ihnen. Mein Vater, der ab und zu meinen Gürtel berührte, um mich nicht zu verlieren, folgte mir. Die meisten Männer zogen die Beine ein, damit mein Vater nicht darüber stolperte. Die Krücke meines Onkels, die ihm das verlorene Bein ersetzte, stand an einem Stuhl, und als wir näher kamen, lehnte er sie an den Tisch, damit mein Vater Platz nehmen konnte. Wir setzten uns, und mein Onkel gab mir Geld, um an der Theke ein paar Bier zu kaufen. Auf dem Rückweg kam ich an einem weiteren Tisch der MacAllesters vorbei. Ich wusste zwar, dass sie Verwandte unserer Nachbarn waren, kannte sie aber nicht besonders gut. Als ich an ihnen vorbeiging, sagte einer von ihnen etwas zu mir, aber ich verstand es nicht und zog es vor, einfach weiterzugehen. Je weiter der Nachmittag fortschritt, umso lauter wurden die Männer, und auf dem Zementboden gingen Flaschen und Gläser in Scherben. Und dann regnete es plötzlich Tropfen auf uns.

»Was ist das denn?«, fragte mein Vater.

Zwei der MacAllesters von dem Tisch, an dem ich vorbeigekommen war, warfen ihren am anderen Ende des Saals sitzenden Verwandten Literflaschen mit Bier zu. Sie schleuderten die offenen Flaschen, die sich im Flug um sich selbst drehten, wie Quarterbacks aus ihren breiten Händen, und ich sah, wie Kenneth sich reckte und sie auffing wie ein Fänger. Die meisten Flaschen blieben aufrecht, aber da sie sich drehten, spritzte Schaum heraus und regnete auf die Männer, über deren Köpfe sie hinwegflogen.

»Diese Schweinehunde«, sagte mein Onkel.

Die beiden Männer kamen an unseren Tisch. Sie waren um die dreißig, kräftig und sehr muskulös.

»Wen hast du gemeint?«, fragte einer von ihnen.

»Egal«, sagte mein Onkel. »Geht und setzt euch.«

»Ich hab dich was gefragt«, sagte der Mann. Und dann drehte er sich zu mir und fügte hinzu: »Dich hab ich vorhin auch was gefragt. Was ist los mit euch? Seid ihr alle taub? Ich dachte immer, bei euch gäb's nur Blinde.«

Ein Schweigen trat ein, das auf die Nachbartische übergriff. Die Gespräche verebbten, und die Männer ließen ihre Gläser und Flaschen los.

»Ich hab dich gefragt, wie alt du bist«, sagte der Mann, wobei er mich immer noch ansah. »Bist du der Ältere oder der Jüngere?«

»Gibt nur ihn«, sagte der andere Mann. »Seit dem Krieg ist sein Vater so blind, dass er nicht mal mehr die Möse seiner Frau findet, um ihr noch eins zu machen.«

Ich weiß noch, wie mein Onkel seine Krücke am unteren Ende packte und im Sitzen wie einen Baseballschläger schwang. Und ich weiß noch, wie er sein verbliebenes Bein beim Ausholen auf den Boden setzte. Und ich weiß noch, wie die Krücke auf Nase und Mund des Mannes krachte und sein Blut auf uns spritzte und Tische und Stühle umgestoßen wurden und zerbrochenes Glas klirrte. Und ich weiß auch noch, wie zwei unserer MacAllester-Nachbarn erstaunlich schnell bei unserem Tisch waren. Jeder von ihnen ergriff eine Seite des Stuhls, auf dem mein Vater saß. Und sie trugen ihn so vorsichtig fort, als wäre er ein rohes Ei oder ein Gegenstand religiöser Anbetung, und die beiden Männer, die sich gegenseitig mit den Fäusten ins Gesicht droschen, machten den Weg frei, als sie ihn kommen sahen. Die MacAllesters stellten meinen Vater behutsam an der gegenüberliegenden Wand ab, wo sie ihn in Sicherheit glaubten, und sie gingen gleichzeitig in die Knie, als sie den Stuhl auf den Boden setzten. Und dann legte ihm jeder von ihnen beruhigend eine Hand auf die Schulter, als wäre er ein verängstigtes Kind. Und dann schnappte sich einer der beiden Männer einen Stuhl und zog ihn meinem Cousin über den Schädel, weil er seinen Bruder an der Gurgel gepackt hielt.

Jemand packte mich und wirbelte mich herum, aber sein Blick verriet mir, dass er es auf jemanden am anderen Ende des Saals abgesehen hatte und ich ihm nur im Weg stand. Und dann sah ich, dass Kenneth, wie ich schon halb erwartet hatte, auf mich zukam. Es war wie bei den Prügeleien nach den Hockeyspielen, wenn die Torhüter aufeinander losgehen, weil sie das meiste gemeinsam haben.

Ich sah, wie er genau auf mich zusteuerte, und weil ich ihn gut kannte, schätzte ich, dass er mich nach drei weiteren Schritten anspringen würde, und dann würde uns die Wucht seines Sprungs umreißen, und ich läge unter ihm auf dem Boden, mit dem Kopf auf dem Zement. Vermutlich dauerte alles nur den Bruchteil einer Sekunde – dass er sprang und ich mich bückte und nach vorne und zur Seite auswich, entweder um ihm entgegen oder ihm aus dem Weg zu gehen, und als er mit ausgestreckten Armen durch die Luft flog, den Körper parallel zum Boden, streifte meine Schulter seine Hüfte. Er krachte auf den Tisch, stieß ihn um und knallte auf den Zement.

Einen Moment lang lag er reglos und mit dem Gesicht

nach unten da, und ich dachte schon, er wäre bewusstlos, aber dann sah ich die Blutlache, die sich unter seinem Gesicht ausbreitete und die verschiedenfarbigen Glasscherben rötete.

»Alles in Ordnung?«, fragte ich und legte ihm eine Hand auf die Schulter.

»Ja, ja«, sagte er. »Ist bloß mein Auge.«

Er setzte sich auf, beide Hände auf das Gesicht gepresst, und zwischen den Fingern quoll das Blut hervor. Neben mir sah ich ein Paar Gummistiefel, und dann hörte ich die Stimme eines Mannes. »Aufhören«, schrie er in den lärmenden Saal. »Um Himmels willen, hört auf, jemand ist verletzt.«

Rückblickend klingt das komisch, denn alle Männer waren blutig geschlagen, und jeder war irgendwie verletzt, wenn auch nicht genauso schwer. Aber angesichts der Lage sagte der Mann genau das Richtige, denn alle hörten auf, öffneten die Fäuste und lösten die Hand von der Gurgel ihres Gegners.

In der Eile, zum Arzt und ins Krankenhaus zu kommen, traten alle Pläne in den Hintergrund. Niemand dachte an die Hummer, die wir für das Fest zum Ende der Fangsaison versteckt hatten, und als wir sie Tage später fanden, waren wir fast überrascht. Sie waren tot und mussten ins Meer geworfen werden, wo sie vielleicht den Frühlingsmakrelen mit den Schuppen auf den Augen als Futter dienten.

An jenem Abend hielten die MacAllesters mit zwei Autos vor unserem Haus. Kenneth habe sein Auge verloren, sagten sie, und Mr MacAllester, der ungefähr so alt war wie mein Vater, fing an zu weinen. Die beiden jungen Männer, die das Bier geworfen hatten, standen mit ihren Mützen in der Hand da, und ihre Knöchel waren immer noch blutig und wund. Beide entschuldigten sich bei meinem Vater. »Wir wussten nicht, dass die Sache so aus dem Ruder laufen würde«, sagte einer von ihnen. Mein Onkel kam aus dem Nebenzimmer und sagte, dass er die Krücke wohl besser nicht geschwungen hätte.

Mr MacAllester sagte, dass wir, wenn mein Vater einverstanden sei, nicht mehr den unberechenbaren Fluss als Grenze unserer Fanggründe ansehen, sondern uns an den Klippen zu beiden Seiten des Strandes orientieren sollten. Im einen Jahr solle die eine Familie vor dem Strand fischen, im nächsten Jahr die andere. Mein Vater erklärte sich einverstanden. »Ich kann die Grenze sowieso nicht sehen«, sagte er lächelnd. Im Nachhinein wirkte alles so einfach.

Das hier sollte eine Geschichte über eine Geschichte sein, aber wie viele Geschichten hat sie zu anderen geführt und sich auf andere gestützt, und vielleicht steht eine Geschichte nie ganz allein für sich. Diese hier begann als die Geschichte zweier Kinder, die vor langer Zeit ihre Großeltern besuchten, sie aber aus bestimmten Gründen nicht erkannten, als sie sie sahen. Genau wie ihre Großeltern sie nicht erkannten. Und es ist eine Geschichte, die von einem Mann erzählt wurde, der von jenen Menschen abstammt, die darin vorkommen. Dem Sohn eines Vaters, der seinen Sohn nie sah, sondern ihn nur durch die Stimme kannte oder wenn er mit den Fingern über sein Gesicht fuhr.

Während ich dies schreibe, kommt meine kleine Tochter aus dem Kindergarten. Sie ist in dem Alter, in dem Kinder einem jeden Tag ein Rätsel aufgeben, das man aber nicht erraten soll. Das heutige Rätsel lautet: »Was hat Augen und kann nicht sehen?« Bedenkt man die Geschichte, dann ist das eine sehr kluge Frage. »Ich weiß es nicht«, sage ich und merke, dass meine Antwort aufrichtig ist.

»Eine Kartoffel«, ruft sie begeistert und beeindruckt von ihrer eigenen Klugheit und der Dummheit ihres Vaters und wirft sich in meine Arme.

Sie ist die Ururenkelin der blinden Frau, die in den Flammen umkam, und des Mannes, der *Mac an Amharuis* genannt wurde. Und trotz des Unterschieds in Alter und Verstand sind wir beide Kinder der Ungewissheit.

Die meisten Hauptpersonen dieser Geschichte sind, wie der *Mac an Amharuis* genannte Mann sagte, im wahrsten Sinne des Wortes »fort«. Übrig ist nur noch Kenneth MacAllester, der in Toronto als Hausmeister bei einer Seifenfirma arbeitet. Wegen des Unfalls, den er an jenem lange zurückliegenden Nachmittag hatte, konnte er nicht zur Luftwaffe und zur Sonne fliegen und über die Berggipfel und das Meer blicken. Er hat jetzt ein künstliches Auge und wie er sagt, »fällt der Unterschied kaum jemandem auf«.

Als Jungen haben wir versucht, die glitschigen Frühlingsmakrelen mit bloßen Händen zu fangen und unser Spiegelbild in ihren blinden Augen zu sehen. Und wenn die nassen Taue der Hummerkörbe aus dem Meer auftauchten, visierten wir einen der Stränge an und versuchten, ihn mit den Augen ein Stück weit zu verfolgen. Das war schwierig, denn die vielen Stränge des Taus waren ineinander verwickelt und miteinander verwoben. Gerechte Urteile zu fällen oder etwas als Ganzes zu sehen und zu begreifen ist schwierig. Damals war es schwierig, die Stränge des Taus zu sehen und zu durchschauen, wie sie ineinander verwickelt waren. Und die ineinander verwickelten Stränge der Liebe zu sehen und zu durchschauen, wie sie miteinander verwoben sind, wird für alle Zeiten schwierig bleiben.

Die Insel

Auf der Insel regnete es den ganzen Tag, und sie wartete. Manchmal traf der schräg fallende Regen mit hellem Klang auf das Fenster, war also fast schon Hagel, und dann sah man auf der Scheibe winzige Kügelchen, die sich auflösten und lautlos am Glas hinunterrollten, wobei jeder Tropfen eine feine Spur hinterließ. Dann wieder fiel der Regen senkrecht und ohne das Fenster zu berühren, aber er blieb da wie ein dünner Perlenvorhang vor der Tür.

Sie nahm den Schürhaken und drehte die halb verkohlten Scheite im Herdfeuer, damit sie gleichmäßiger abbrannten. Einige Scheite waren Teile alter Zaunpfähle oder Treibholz, das man vom Strand geholt und anschließend in passende Stücke für den Herd zersägt hatte. Manchmal steckten noch krumme, alte Nägel im Holz. Wenn das Feuer richtig heiß war, glühten sie kirschrot und ließen an die Werkstatt eines Hufschmieds denken oder vielleicht an den Tag, an dem sie geschmiedet wurden. Sie glühten in der starken Hitze, während das Holz ringsherum vom Feuer verzehrt wurde, und am nächsten Morgen wurden sie, schwarz und krumm, aber im Grau der Schütte immer noch sichtbar, gemeinsam mit der Asche weggekippt. An Tagen, wenn das Feuer nicht so gut brannte, weil das Holz feucht war oder der Herd schlechter zog, blieben die Nägel rostbraun, und das feuchte Holz knisterte und zischte, bevor es sie zögernd aus den Särgen entließ, in denen sie gefangen saßen. Heute war ein solcher Tag.

Sie ging zum Fenster und schaute wieder hinaus. Die drei schwarzweißen Hunde unter dem Tisch folgten ihr mit den Augen, rührten sich aber nicht. Im Laufe des Tages waren sie mehrmals draußen gewesen, und ihr nasses Fell verströmte den Geruch feuchter, zum Trocknen aufgehängter Wollwäsche. Wenn sie hereinkamen, schüttelten sie sich kräftig neben dem Herd, und die auf das heiße Metall sprühenden Wassertropfen sorgten für zusätzliches Knistern und Zischen.

Durch das Fenster und die Perlenschnüre des Regens meinte sie, die grauen Umrisse von *tir mòr* zu erkennen, dem mehr als zwei Meilen entfernten Festland. Wegen ihres nachlassenden Augenlichts, zumal bei solchem Wetter, war sie jedoch nicht sicher, ob sie es auch wirklich sah. Aber sie hatte es bei jedem Wetter über Jahrzehnte hinweg gesehen, dass ihr das Bild klar vor Augen stand, und ob sie es jetzt tatsächlich sah oder sich nur daran erinnerte, war irgendwie nicht wichtig.

Das Festland war auch nur eine große Insel, obwohl die meisten Menschen es nicht so empfanden. Manche meinten, es sei größer als die Provinz der Prince-Edward-Insel, größer gar als manches europäische Land, und es gebe dort geteerte Straßen und Autos und inzwischen auch Einkaufszentren und eine stattliche Bevölkerung.

An so regnerischen oder nebligen Abenden wie diesem war das Festland fast völlig verdeckt und man konnte es sich nur mit Mühe vorstellen, doch an sonnigen Tagen war es deutlich sichtbar, mit seinen weißen Häusern, den roten oder grauen Scheunen, den Feldern und Rasenflächen, die die Häuser umgaben, und dahinter die von dunkelgrünen Fichten bestandenen Berge. Nachts schienen die einzelnen Häuser und Ortschaften von den Lichtern wie vergrößert. Fixierte man bei Tag einen bestimmten Punkt, dann konnte es passieren, dass man nur ein Haus und eventuell noch eine

Scheune sah, nachts hingegen leuchteten womöglich mehrere Lichter in den Fenstern eines Hauses, und vielleicht brannte auch in der Scheune eine Lampe, und an den Strommasten im Hof, auf dem Zufahrtsweg oder entlang der Straße leuchteten weitere Lichtquellen. Zudem gab es noch die sich bewegenden Lichter der Autoscheinwerfer. Nachts wirkte alles viel beeindruckender, vielleicht wegen der Dinge, die man nicht sah, was dazu führte, dass der Anblick bei Tag enttäuschte.

Sie war vor so langer Zeit auf der Insel geboren worden, dass sich niemand mehr daran erinnerte. Ihre Geburt war ein Ereignis, an das keiner mehr dachte, und es gab auch keine Urkunde, die den genauen Tag angegeben hätte. Sie war einen Monat zu früh auf die Welt gekommen, zu Beginn der Frühjahrsschmelze, als es unmöglich war, von der Insel aufs Festland zu gelangen.

Früher hatte ihre Mutter vor jeder Geburt versucht, auf das Festland zu kommen, manchmal schon einen guten Monat vor der erwarteten Niederkunft, denn auf Wetter und Wasser konnte man sich nur im Sommer verlassen. Alle anderen Jahreszeiten waren unberechenbar. Auch damals hatte sie auf das Festland gewollt, aber das winterliche Eis auf der Meerenge begann früher zu schmelzen als sonst. Es hätte das Gewicht eines Pferdeschlittens, ja selbst das eines Fußgängers nicht mehr getragen, und überall sah man offene Kanäle, die sich wie reißende Flüsse durch die weißgraue Landschaft aus angetautem Eis zogen. Für eine Überquerung zu Fuß war es also zu spät, und für eine Überfahrt mit dem Boot zu früh, denn es gab noch nicht genug offenes Wasser. Und dann kam sie auch noch einen Monat früher zur Welt als erwartet. Dies alles erfuhr sie natürlich erst viel später. Außerdem erfuhr sie, dass ihre Eltern zu Beginn des Winters nichts von der Schwangerschaft geahnt hatten. Ihr Vater war damals sechzig, ihre Mutter fast fünfzig, und sie waren schon Großeltern. Seit fünf Jahren hatten sie keine eigenen Kinder mehr gehabt und deshalb geglaubt, sie könnten keine mehr bekommen, und die üblichen Anzeichen gab es nicht mehr oder jedenfalls machten sie sich erst wieder im Winter bemerkbar. Ihre Geburt kam also, wie ihr Vater sagte, in mehrerer Hinsicht »unerwartet«.

Seit Menschengedenken war sie das erste Kind, das auf der Insel das Licht der Welt erblickte.

Zur Taufe wurde sie später auf das Festland gebracht. Und noch später, als der Pfarrer die Taufscheine in die Hauptstadt der Provinz schickte, legte er ihren zu denen der Kinder vom Festland. Zudem hatte der Pfarrer, vielleicht um die Sache zu vereinfachen, bei ihr denselben Geburtsort eingetragen wie bei den anderen Kindern und ihren Geschwistern. Oder aber, falls dies nicht der Fall war, hatte er ihren wahren Geburtsort schlichtweg vergessen. Außerdem trug er ein falsches Geburtsdatum ein, und man nahm an, dass er die Eltern nicht gefragt oder ihre Angaben vergessen hatte und dass sie, als er die Taufscheine abschicken wollte, bereits zur Insel zurückgekehrt waren und nicht mehr gefragt werden konnten. Also hatte er einfach ein Geburtsdatum gewählt, das ein paar Tage vor der Taufe lag. Und auch ihr zweiter Vorname stimmte nicht. Ihre Eltern hatten sie Agnes genannt, er aber hatte rätselhafterweise Angus eingetragen. Vielleicht hatte er den Namen ebenfalls vergessen oder er war einfach zu beschäftigt, zumal er damals schon sehr alt war, wie seine zittrige, krakelige Handschrift zeigte. Außerdem hieß er selbst mit zweitem Vornamen Angus. All dies erfuhr sie erst Jahre später, als sie in Erwartung ihrer Heirat den Taufschein anforderte. Alle fragten sich erstaunt, wie ein einziges Dokument so viele Fehler enthalten konnte, aber zu diesem Zeitpunkt war der alte Pfarrer längst tot.

Sie mochte die einzige Geburt auf der Insel gewesen

sein, Todesfälle hingegen gab es dort mehrere. Den ihres Großvaters etwa, der an einem Novembertag »einem Stechen in der Seite« erlag, nachdem er sein Boot an Land geholt hatte, um es winterfest zu machen – in der Annahme, es erst wieder im Frühjahr zu brauchen. Er war erst vierzig Jahre alt, als es passierte, er starb zwei Wochen nach seinem Geburtstag. Seine Witwe und die Kinder wussten nicht, was sie tun sollten, denn es gab keine vernünftige Funkverbindung und sie waren nicht stark genug, um das Boot, das er gerade an Land geholt hatte, wieder ins Wasser zu schaffen. Zwei Tage lang warteten sie und hofften, die mürrischen grauen Wellen würden sich beruhigen; sie bahrten den Leichnam auf dem Küchentisch auf und bedeckten ihn mit weißen Laken, und aus Angst, die Wärme könnte die Verwesung beschleunigen, heizten sie möglichst sparsam.

Am dritten Tag ließen sie ein kleines Skiff zu Wasser und versuchten, zum Festland zu rudern. Da sie nicht wussten, ob ihre Kraft dafür reichen würde, sammelten sie auf einer der Inselmarschen große Mengen getrockneter Rohrkolben und Schilfgras, legten sie in eine Blechwanne und tränkten sie in dem Öl, das sie für die Lampe im Leuchtturm benutzten. Die Wanne stellten sie an den Bug des Skiffs, und als sie sich aus dem Schatten der Insel lösten, zündeten sie den Inhalt der Wanne an, in der Hoffnung, er möge Signal und Zeichen sein. Auf dem Festland sah jemand die grauschwarze Rauchfahne, die lodernden Flammen darunter und schließlich das ungleichmäßig schlingernde Skiff, von den verzweifelten Händen der Frau und ihrer Kinder gerudert. Auch auf dem Festland hatte man die meisten Boote bereits an Land geholt und winterfest gemacht, eines aber ließ man zu Wasser, und die Männer fuhren dem scheinbar brennenden Skiff entgegen, warfen ihm eine Leine zu und schleppten es zum Anleger, nachdem sie zunächst die Frau und ihre

Kinder an Bord genommen, sie getröstet und sich ihre Geschichte angehört hatten. Später fuhren die Männer zur Insel und holten den Leichnam aufs Festland, sodass der Mann, obwohl er auf der Insel gestorben war, dort nicht beerdigt wurde. Und noch später an jenem Abend fuhr jemand hinüber und entzündete die Lampe im Leuchtturm, damit sie nächtlichen Seereisenden ihre Warnung zublitzen konnte. Bei aller Trauer befürchtete sowohl die Frau wie auch ihre Familie, sie könnte ihre Arbeit verlieren, wenn die Regierung vom Tod des Leuchtturmwärters erfuhr. Und da sie bereits die Vorräte für den Winter gekauft hatten und es zu spät war, um anderswo hinzuziehen, beschlossen sie, den Tod bis zum Frühling geheim zu halten, und kehrten nach dem Begräbnis gemeinsam mit dem Bruder der Frau zur Insel zurück.

Der Tod hatte die Familie ursprünglich auf die Insel gezogen oder vielmehr: Man wollte helfen, die Zahl der Toten zu verringern. Man hatte den Leuchtturm im letzten Jahrhundert erbaut, weil die Insel bei Dunkelheit oder schlechtem Wetter eine Gefahr für die Schiffe darstellte. Man glaubte, das Licht würde Schiffsreisende vor der gefährlichen Insel warnen oder, umgekehrt, einen Hoffnungsschimmer für jene darstellen, die schon Schiffbruch erlitten hatten und verzweifelt die felsige Küste zu erreichen versuchten. Vor dem Bau des Leuchtturms hatte es mehrere Schiffbrüche gegeben, die sich vielleicht oder vielleicht auch nicht hätten vermeiden lassen, wenn es das Licht gegeben hätte. Fest stand jedenfalls, dass sich einige Überlebende auf die Insel retten konnten und dort an Kälte und Hunger starben, weil niemand von ihrer Anwesenheit wusste. Ihre Skelette wurden im Frühling zufällig von Fischern entdeckt, dicht zusammengedrängt, wie sie gestorben waren, unter Bäumen oder Felsvorsprüngen. Manche hatten noch die Reste ihrer Arme umeinander geschlungen. Manchen flatterten die Kleider noch lose um die Knochen, obwohl das Fleisch zwischen Stoff und Knochen längst vermodert war.

Als die Familie auf die Insel zog, bestand ihr Auftrag darin, sich um das Licht zu kümmern und denen zu helfen, die sich an Land retten konnten. Die Regierung ließ für sie Häuser bauen, die besser waren als die ihrer Verwandten auf dem Festland, und unterstützte sie anfangs beim Kauf von Vorräten und Vieh. Viele fanden, dass sie ein gutes Auskommen hatten, eine Anstellung bei der Regierung. Und was die Einsamkeit betraf, so redeten sie sich ein, dass sie sich daran gewöhnen würden. Sie sagten sich, dass sie eigentlich längst daran gewöhnt waren, da sie aus dem hohen Norden Schottlands stammten, wo die Menschen seit Generationen an das Meer und den Wind, an das Eis und die Felsausläufer gewöhnt waren. Gewöhnt an die langen Nächte, in denen niemand sprach, und an das isolierte Leben auf Inseln. Daran gewöhnt, dass die Männer fortgingen, um für die Hudson's Bay Company und die North West Company zu arbeiten, und erst nach Jahren wieder heimkehrten. Daran gewöhnt, dass ihre Männer zu den Prärien von Montana oder Wyoming aufbrachen, die so öde und weit wie das Meer waren, um dort als Schafhirten zu arbeiten. Daran, Monate zu verbringen, die sich manchmal zu Jahren dehnten, und nur mit Hunden oder sich selbst oder einem eingebildeten Gegenüber zu reden, das geisterhafte Züge annahm. Daran gewöhnt zu erschrecken, wenn man plötzlich im Lager oder im Laden oder beim Handelsposten erschien und eine Antwort auf die eigenen Worte vernahm. Daran, dass man als Schafhirte begehrt war, weil alle Welt glaubte und weil man ihnen eingeredet hatte, dass ihnen die Isolation nichts ausmache. »Natürlich habe ich mit Geistern geredet«, sagte ein Mann angeblich bei seiner Rückkehr. »Was würdest du denn tun, wenn du sonst niemanden hättest?«

Anfangs, als es noch keine vernünftige Funkverbindung gab, entfachten sie im Notfall, wenn sie auf der Insel festsaßen, Feuer am Ufer und hofften, auf dem Festland würde man diese Signale bemerken. Sie hofften, dass sie, die auf die Insel gekommen waren, um Menschenleben zu retten, selbst gerettet würden. Wie es hieß, wussten sie wochenlang nichts vom Ausbruch des Ersten Weltkriegs und erfuhren erst während eines Besuches bei Verwandten auf dem Festland davon. Sie kamen auf das Festland und betraten eine Welt, die nie mehr dieselbe sein würde.

Im Lauf der Jahre verbanden sich ihr Familienname und ihre Identität mit der Insel. Und obwohl die Insel auf zivilen und militärischen Seekarten einen offiziellen Namen trug, kannte man sie nur noch als die MacPhedrans-Insel und ihre Bewohner nicht mehr als die MacPhedrans, sondern als die Leute »von der Insel«. Man nannte sie »Insel-John«, »Insel-James«, »Mary von der Insel«, »Theresa von der Insel«. Als hätten sie der Insel ihren Familiennamen gegeben und im Gegenzug deren anonyme Benennung erhalten.

Dies alles war bei ihrer Geburt schon Geschichte, und sie konnte nichts davon beeinflussen. Sie suchte sich nicht aus, dass sie auf der Insel zur Welt kam (auch wenn die Dokumente dem widersprachen), und sie suchte sich auch nicht die ziemlich überraschten Menschen aus, die ihre Eltern wurden, obwohl sie bereits Großeltern waren. Denn als sie geboren wurde, war ihre Familiengeschichte schon eng mit der Geschichte der Insel verbunden. Und als man ihr später von dem Mann erzählte, der einem Stechen in der Seite erlegen war, kam ihr alles weit weg vor, im Gegensatz zu ihrem Vater, der eines der Kinder in dem Skiff gewesen war und auf Geheiß seiner Mutter mit seinen kleinen, eiskalten Händen verzweifelt gerudert hatte. Den von der Regierung gebauten Kai, der besser als alle Kais auf dem Festland war, gab es schon in ihren frühesten Erinnerungen. Man hatte ihn gebaut, um den Leuchtturm versorgen zu können, aber seine Vorzüge lockten auch Fischer vom Festland an. Vor allem im Mai und im Juni, den Monaten der Hummersaison, kamen Männer und richteten sich in den am Ufer erbauten Baracken und Hütten ein. Um vier Uhr früh verließen sie ihre Hütten und kehrten zeitig am Nachmittag zurück, um ihren Fang den Käufern anzubieten, die in großen Booten von weit her kamen. Samstags fuhren sie zurück auf das Festland, und sonntags kamen sie wieder, am späten Nachmittag oder frühen Abend, der wöchentliche Vorrat an Brot und Proviant lag in Jutesäcken verstaut im Laderaum ihrer Boote. Manchmal lagen auch einjährige Kälber in den Booten, mit gefesselten Beinen und vor Angst aufgerissenen Augen. Sie weideten im Sommer auf der Insel, und in den kalten, grauen Herbstmonaten wurden die halb verwilderten Tiere wieder abgeholt. Auf dieselbe Art brachte man später im Sommer die kräftigen Schafböcke, um in rein männlicher Gesellschaft ein paar asketische und frustrierende Monate auf der Insel zu verbringen, ehe man sie zur herbstlichen Paarungsorgie wieder auf das Festland holte.

Im Sommer, als er auf die Insel kam, war sie siebzehn. Er kam vor den Schafböcken und dem Jungvieh und den Booten der Hummerkäufer. Er kam Ende April, als noch weiße Eisschollen auf dem Meer trieben und die Hunde noch zum Kai rannten, um die kommenden Boote anzubellen und die Männer anzuknurren, die ihnen entstiegen. In der Zeit bevor solche Boote und Männer zu vertrauten Anblicken und Geräuschen und Gerüchen wurden. Doch als sein Boot am Kai anlegte, tobten die Hunde nicht wie sonst, und was immer er sagte, beruhigte sie und ließ sie verstummen. Sie sah alles vom Küchenfenster aus. Sie trocknete gerade Geschirr für ihre Mutter ab und wand sich das feuchte Geschirrtuch um die Hand, als wäre es ein Verband, dann wickelte sie es rasch wieder ab. Als er sich bückte, um die Schlinge des Ankertaus auf den Kai zu werfen, fiel ihm die Mütze vom Kopf, und sie sah sein rotes Haar. In der Aprilsonne glitzerte und blitzte es, als stecke die Kraft des Frühlings darin. Wie die meisten ihrer Angehörigen hatte sie dunkle Haare, und dunkle Augen hatte sie auch.

Sie erfuhr, dass er gekommen war, um in dieser Saison mit einem der Männer vom Festland zu fischen. Die Frau des Mannes war seine Tante, und er stammte aus der Gegend hinter den Bergen, gut fünfundzwanzig Meilen weit entfernt, damals eine große Entfernung. Er war etwas früher gekommen, um alles für die Saison vorzubereiten. Um die Schäden auszubessern, die im Winter an der Hütte entstanden waren, um die Hummerkörbe zu reparieren und ein paar neue zu bauen. Dies alles erzählte er ihnen am Abend, als er zum Leuchtturm hochkam, um Öl für seine Lampe zu holen. Er brachte auch ein paar Neuigkeiten vom Festland mit, obwohl sie eigentlich kaum gemeinsame Bekannte hatten. Er sprach Gälisch und Englisch, wenn auch mit anderem Akzent. Er war etwa zwanzig Jahre alt, und seine Augen waren sehr blau.

Sie sahen sich häufig an. Sie waren die Jüngsten im Raum.

In der ersten hektischen Phase der Hummersaison sprachen sie nicht miteinander, sahen sich aber fast jeden Tag. Oft waren die Männer schon um drei Uhr morgens wach und kochten im flackernden Schein der Lampen ihren Tee, und wenn sie sich im Halbdunkel bewegten, fielen ihre Schatten groß und unheimlich auf die Wände der Hütten. Abends schliefen sie manchmal schon um acht Uhr ein. Gelegentlich saßen sie noch auf dem Stuhl, und ihre Köpfe fielen auf die Brust oder in den Nacken, und ihre Münder klappten auf. Sie ging ihrer Mutter zur Hand, half ihr im Garten und pflanzte Kartoffeln. Abends ging sie manchmal unten bei den Hütten spazieren, aber nicht sehr oft. Ihre Eltern hatten es ihr zwar nicht ausdrücklich verboten, aber sie fühlte sich unwohl, wenn sie so dicht an so vielen Männern vorbeiging. Manchmal nickten sie ihr zu oder lächelten, denn alle kannten ihren Namen und wussten, wer sie war, da einige von ihnen entfernt mit ihr verwandt waren. Aber manchmal fühlte sie sich beklommen, auch wenn sie nur Fetzen der Bemerkungen und Kommentare aufschnappte, die sie einander zuwarfen, während sie in den Türen standen oder auf selbst gezimmerten Stühlen oder umgedrehten Hummerkästen saßen. Die Bemerkungen zielten hauptsächlich auf die Männer selbst ab, sie wollten sich damit ihre Schlagfertigkeit und Männlichkeit beweisen. Als wären sie Schuljungen und nicht, wie in den meisten Fällen, über die besten Jahre hinaus. Manchmal erinnerten sie die Männer an die Schafböcke im Spätsommer, die verspielt und gutmütig waren und meist zufrieden auf dem *achadh nan caoraich* grasten, auf dem Feld der Schafe, die jedoch hin und wieder, wenn jemand in ihr Territorium eindrang, unvermittelt durchdrehten und ihre aufgestaute Wut aneinander ausließen. Dann stiegen sie und rannten gegeneinander an, bis ihre Schädel wie auseinander berstende Eisberge im Frühling krachten und ihr zurückgehaltener Samen sich in spritzenden Fontänen entlud, ehe sie wie betäubt und wackelig auf den Beinen dastanden.

Sie und ihre Mutter waren die einzigen Frauen auf der Insel.

Eines Abends ging sie zur anderen Seite der Insel, zu dem Ufer, das nicht zum Festland blickte, sondern aufs offene Meer. Dort gab es eine kleine Bucht, sie hieß *bagh na long bhriseadh*, Bucht des Schiffbruchs, weil man dort vor langer Zeit, noch vor dem Bau des Leuchtturms, Wracktrümmer gefunden hatte. Sie saß auf *creig a bhoird*, dem Felsentisch, der wegen seiner Form so genannt wurde, und schaute auf das scheinbar endlose Meer. Und dann stand er neben ihr. Er war lautlos gekommen, und der Hund, den sie mitgenommen hatte, zeigte ihr sein Kommen nicht an.

»Oh«, sagte sie, als ihr seine unerwartete Nähe bewusst wurde, und sie stand rasch auf.

»Kommst du oft hierher?«, fragte er.

»Nein«, erwiderte sie. »Das heißt – ja. Manchmal.«

Das Meer dehnte sich glatt und weit vor ihnen aus.

»Bist du hier geboren?«, fragte er.

»Ja«, erwiderte sie. »Das kann man so sagen.«

»Und du bleibst die ganze Zeit hier? Auch im Winter?«

»Ja«, sagte sie. »Meistens schon.«

Wenn es um die Insel ging, war sie ebenso abweisend wie der Rest ihrer Familie. Sie wussten, dass man sie häufig für etwas exzentrisch hielt, weil sie auf der Insel lebten. Und sie erwarteten immer, dass man sie auf die Einsamkeit ansprach.

»Manche Menschen sind einsam, ganz gleich, wo sie leben«, sagte er, als würde er ihre Gedanken lesen.

»Oh«, sagte sie. So etwas hatte sie noch nie jemanden sagen hören.

»Würdest du gern anderswo leben?«, fragte er.

»Ich weiß nicht«, erwiderte sie. »Vielleicht.«

»Ich muss jetzt gehen«, sagte er. »Bis später. Ich komme wieder.«

Und dann war er weg. So plötzlich, wie er gekommen war. Er schien zwischen Felsentisch und Ufer verschwunden zu sein. Sie wartete kurz, setzte sich wieder auf den Felsen, um sich zu beruhigen, und ging schließlich hinauf zum Leuchtturm. Später, als sie durch das Küchenfenster auf die Hütten blickte, sah sie, wie er Latten an einen kaputten Hummerkorb nagelte und die Ködereimer für den nächsten Morgen fertig machte. Er hatte die Mütze in den Nacken geschoben, und in der Abendsonne glänzte sein Haar golden. Einmal blickte er auf, und ihre Hand legte sich fest um das Tuch, das sie hielt. Ihre Mutter fragte, ob sie einen Tee haben möchte.

Erst in der nächsten Woche ging sie wieder bei den Hütten spazieren. Er saß auf einer Hummerkiste und verspleißte Taue. Im Vorbeigehen meinte sie ihn sagen zu hören: *Áite na cruinneachadh*. Sie ging schneller, weil sie merkte, wie ihr das Blut zu Kopf stieg, und weil sie hoffte oder sich vielleicht nur einbildete, er hätte tatsächlich »der Treffpunkt« gesagt. Sofort machte sie sich auf den Weg dorthin, sie ging zur Bucht des Schiffbruchs und zum Felsentisch und wartete. Ihr Gesicht war dem Meer zugewandt, und sie blieb so sitzen, damit sie nicht sehen musste, dass er *nicht* kam, sofern dies der Fall sein sollte. So kam es ihr richtig vor. Der Hund saß zu ihren Füßen, und keiner von beiden rührte sich, als er schließlich neben ihnen stand.

»Ich hab dir gesagt, dass ich wiederkomme«, sagte er.

»Oh«, sagte sie. »O ja. Das hast du.«

In den folgenden Wochen gingen sie öfter zum Treffpunkt. Erst standen sie da und schauten auf die endlose Weite der See, und später setzten sie sich. Sie unterhielten sich länger, und manchmal lachten sie, und im Nachhinein wusste sie nicht mehr, wann er sie gefragt hatte, ob sie ihn heiraten wolle. Sie wusste nur noch, dass sie in Tränen ausgebrochen war, als sie »O ja« gesagt hatte, und dass sie auf dem Felsentisch, in dem noch die Wärme der sinkenden Sonne steckte, ihre Hände ineinander geschoben hatten. »O ja«, hatte sie gesagt. »O ja. Ich will.«

Nach der Hummersaison wollte er in einem Sägewerk arbeiten. Und im Herbst oder Anfang Winter, wenn es schneite und der Boden gefroren war, wollte er in den Winterwäldern von Maine arbeiten. Im nächsten Frühling wollte er dann mit demselben Mann wieder zum Fischen auf die Insel kommen, und im Sommer konnten sie heiraten. Und danach würden sie, sagte er, »irgendwo anders leben.«

»O ja«, sagte sie. »O ja, das machen wir.«

Im Spätherbst, in einer Nacht nach einem Tag, an dem der Wind kalten Regen über die Insel gepeitscht hatte, wurde sie vom Hund geweckt, der an den schweren Decken auf ihrem Bett zerrte. Sie richtete sich auf, und weil sie zitterte, zog sie sich die Decken über die Schultern und versuchte, ihre Augen an die Dunkelheit im Zimmer zu gewöhnen. Der schräg fallende Regen traf mit hellem Klang auf das Fenster, war also fast schon Hagel, und selbst im Dunkeln konnte sie kurz die fast weißen Körnchen sehen, ehe sie an der Scheibe schmolzen. Die Augen des Hundes schienen im Dunkeln zu glühen, und als sie die Hand ausstreckte, fühlte sie seine kalte, feuchte Nase. Sie roch sein feuchtes Fell, und als sie ihm über Kopf und Nacken strich, hatte sie Wasser an der Hand. Da stand sie auf, zog an, was sie im dunklen Zimmer finden konnte, und folgte dem Hund, der mit klackernden Krallen durch den Flur lief, vorbei an der geschlossenen Tür, hinter der ihre Eltern schnarchten. Manchmal schnarchten sie regelmäßig, dann wieder trat eine plötzliche Unterbrechung ein. Sie ging die Treppe hinunter, durch die Küche und durch die kleinen Pfützen, die durch den schräg, zur offenen Haustür hereinfallenden Regen entstanden. Draußen war es windig und nass, aber nicht richtig stürmisch, und sie folgte dem Hund auf dem dunklen Pfad. In einem einzigen weißen Augenblick sah sie den Schemen des Bootes, das am Kai auf den Wellen tanzte, und an der Ecke der Hütten seine aufrechte, tropfnasse Gestalt.

Die Tür der Hütte gab dem vertrauten Druck seiner Schulter knarrend nach. Innen roch es leicht muffig, obwohl der Wind durch ein paar unversiegelte Ritzen drang. Ihre Augen gewöhnten sich an das Dunkel, und sie konnten die wenigen zurückgelassenen Möbel erkennen. Die primitive Matratze hatte man weggepackt, um sie vor Mäusen und der Feuchtigkeit des Meeres zu schützen. Sie hatten es so eilig, dass sie einander umschlangen, sich auf den Fußboden legten und einander aus der hinderlichen Kleidung halfen. Seine nasse Kleidung war schwer, aber sein Körper kam ihr leicht vor.

»Oh«, sagte sie und grub ihre Finger in seinen feuchten Nacken, »wenn wir verheiratet sind, können wir das immer tun.«

Auf dem Höhepunkt wurde ihr Atem zu einem gemeinsamen Keuchen und schließlich fast zu einem Schrei.

Daran dachte sie, als sie später an der Schlafzimmertür ihrer Eltern vorbeikam. Sie dachte daran, wie ihr Atem mit dem seinen verschmolzen war und wie anders das unregelmäßige Schnarchen hinter der Tür ihrer Eltern klang. Sie konnte sich nicht vorstellen, dass die beiden jemals jung gewesen waren.

Das Wunder wiederholte sich am nächsten Morgen, als sie ihrem Vater zusah, wie er, noch im Unterhemd, das Feuer entfachte und später das dicke Glas der Leuchtturmlampe polieren ging. Dann sah sie ihrer Mutter zu, die abwusch und später nach den Stricknadeln und dem stets bereit liegenden Wollknäuel griff.

Sie verließ das Haus und spazierte hinunter zu den Hütten. Die Tür war fest zugezogen und ließ sich nur schwer öffnen. Innen wirkte alles ganz anders, vermutlich, dachte sie, weil heller Tag war. Sie suchte die grauen Dielen nach den Umrissen ihrer Körper oder einem feuchten Fleck ab, fand aber nichts. Sie ging wieder hinaus und zum Kai, zu der Stelle, wo das dunkle Boot gelegen hatte, aber auch dort fand sie nichts. Er hatte das Boot des Mannes »geborgt«, mit dem er fischen ging, und vor der Dämmerung zurückbringen müssen.

Es fing an zu stürmen und wurde kälter. Der hagelartige

Regen war stechend kaltem Schnee gewichen, und die Erde begann zu überfrieren. Sie berührte ihren Körper, um sich zu vergewissern, dass es kein Traum gewesen war.

Zu Beginn des Winters lebte sie nur mit der Aussicht auf die Heirat. Sie forderte ihren Taufschein an, ohne einen Grund dafür anzugeben, und half ihrer Mutter beim Stricken. Je länger der Winter dauerte, desto öfter schaute sie auf den Kalender.

Als das Eis im Frühling zu schmelzen und aufzubrechen begann, sah sie immer häufiger aus dem Fenster. Sie hatte das Gefühl, als wäre der Frühling längst überfällig, aber ihr Vater meinte, alles sei wie immer. Am einen Tag war die Meerenge offen, am nächsten war sie wieder zugefroren. Ständig drehte sich der Wind. Sie konnten sehen – oder bildeten es sich jedenfalls ein –, wie Männer auf dem Festland herumliefen und die Ausrüstung für die Saison vorbereiteten. Wegen des Eises wagten sie es noch nicht, die Boote zu Wasser zu lassen. Alle wirkten sehr klein und weit entfernt.

Als schließlich die ersten Boote kamen, rannten die Hunde bellend und knurrend zum Kai, und auch ihr Vater ging hinunter, rief die Hunde zurück und begrüßte die Männer und sagte, sie bräuchten keine Angst zu haben. Sie schaute aus dem Fenster, sah ihn aber weder auf den Booten noch auf dem Kai und auch nicht zwischen den vertrauten Hütten. Und auch den Mann vom Festland, mit dem er gefischt hatte, sah sie nicht, ebenso wenig wie sein Boot.

Als ihr Vater zurückkam, steckte er voll Neuigkeiten und brachte frische Vorräte, ein Bündel Zeitungen und einen Sack Post mit.

Aufgrund der vielen Neuigkeiten dauerte es eine Weile, ehe er den Namen des Fischers vom Festland erwähnte und, wie als Nachsatz, hinzufügte: »Der junge Mann, der letztes Jahr mit ihm gefischt hat, ist diesen Winter im Wald ums

Leben gekommen. Ist in Maine auf einer Holzrutsche umgekommen. Er sucht jetzt einen neuen Helfer.«

Beim Sprechen blätterte ihr Vater, der schon seine Brille
aufgesetzt hatte, in einem Katalog für Schiffsbedarf. Den
Katalog senkend, sah er sie beide über die Brille hinweg an.
»Ihr wisst schon«, sagte er gleichmütig, »der junge Kerl mit
den roten Haaren.«

»Oh, der arme Junge«, sagte ihre Mutter. »Gott sei seiner Seele gnädig.«

»Oh«, war alles, was sie hervorbrachte. Ihre Hände legten sich so fest um die metallenen Stricknadeln, dass sich
eine der Spitzen in ihren Handballen bohrte.

»Deine Hand blutet ja«, sagte ihre Mutter. »Was ist denn
los? Du musst besser aufpassen, sonst wird das Strickzeug
blutig, und alles ist ruiniert. Was ist denn los?«, fragte sie
wieder. »Du musst besser aufpassen.«

»Nichts«, erwiderte sie, erhob sich rasch und ging zur
Tür. »Gar nichts. Ja, ich muss besser aufpassen.«

Sie ging nach draußen und blickte hinunter zu den Hütten, wo sich die frisch eingetroffenen Männer auf die neue
Frühjahrssaison vorbereiteten. Ihre Stimmen schienen auf
dem Windstrom zu treiben. Manchmal hörte sie einzelne
Wörter, dann wieder klangen sie fremd und verloren. Das
Mädchen konnte das Ausmaß und die Plötzlichkeit der Veränderung einfach nicht fassen. Konnte nicht glauben, auf
welchem Weg sie die Neuigkeit erfahren hatte und was sie
bedeutete. Konnte nicht glauben, dass eine Neuigkeit, die
so folgenschwere Konsequenzen hatte, auf eine so ober-
flächliche Art und Weise eintreffen konnte und ihren
Nächsten so wenig bedeutete.

Sie betrachtete ihre blutige Hand. »Warum hat er mir
nicht geschrieben?«, fragte sie sich und überlegte kurz, ins
Haus zu gehen und den Postsack zu durchsuchen. Aber
dann kam ihr der Gedanke, dass alles zwischen ihnen ge-

sagt war und dass es im Augenblick seines Todes zu spät war, um zu schreiben. Sie wusste nicht einmal, ob er überhaupt lesen und schreiben konnte. Sie hatte ihn nie danach gefragt. Damals hatte es keine Rolle gespielt. Das Blut auf ihrer Handfläche und zwischen den Fingern wurde langsam dunkel und trocken. Und mit einem Mal schien der letzte Winter, obwohl er gerade erst vorbei war, sehr lange zurückzuliegen. Sie presste ihre Hand auf den Bauch und wandte ihr Gesicht von Festland und Meer ab.

Als nicht mehr zu übersehen war, dass sie ein Kind erwartete, wunderten sich alle darüber. Sie selbst war ziemlich überrascht, dass niemand sie zusammen gesehen hatte. Sicher, sie war immer »über« die Insel gegangen, während er »rundherum« gelaufen war und es aussah, als käme er plötzlich und unerwartet aus dem Meer zu ihrem Treffpunkt, dem Felsentisch. Doch die Insel war klein und bot, besonders während der Fangsaison, kaum eine Möglichkeit, ungestört zu sein. Vielleicht, dachte sie, waren sie in mancher Hinsicht erfolgreicher gewesen als geplant. Es sah fast so aus, als wäre er für alle unsichtbar gewesen, nur nicht für sie. Dieser Gedanke verfestigte sich in ihr, und sie versuchte immer wieder, ihre letzte, nächtliche Begegnung zu durchleben. Aber das einzige Bild, das sie vor Augen hatte, war seine Silhouette im Leuchtturmlicht. Der Rest bestand aus Berührungen im Dunkeln. Sie erinnerte sich an die Leichtigkeit seines Körpers in den dunklen, nassen Kleidern, aber es war eher eine Erinnerung an Gefühle und nicht an Bilder. Nackt hatte sie ihn nie gesehen. Hatte nie mit ihm in einem Bett geschlafen. Sie besaß kein Foto, das ihrem Erlebnis eine gewisse Wirklichkeit verlieh. Es war, als wäre er, indem er aus ihrer Zukunft verschwunden war, auch aus ihrer Vergangenheit gewichen. Fast wie ein Geist, und im weiteren Verlauf ihrer Schwangerschaft gefiel ihr diese seltsame Vorstellung immer besser.

»Nein«, erwiderte sie immer wieder auf die drängenden Fragen der Eltern. »Ich weiß es nicht. Ich kann es nicht sagen. Nein, ich kann euch nicht sagen, wie er aussah.«

Sie schwankte nur zweimal. Zuerst eine Woche vor der Geburt, als der ungefähre Zeitpunkt der Empfängnis offenbar wurde. Sie war mit ihren Eltern auf dem Festland, und die Hitze des späten August lag in flimmernden Schichten über dem klaren, tiefen Wasser. Hinter der Meerenge ragte der Umriss der Insel auf, grau und blau und grün, und obwohl sie sich immer gewünscht hatte, von dort wegzugehen, wäre sie nun am liebsten wieder dorthin zurückgekehrt. Sie waren bei ihrer Tante, und dort sollte sie bis nach der Geburt des Kindes bleiben. Sie und ihre Tante hatten sich nie gemocht, und es gefiel ihr nicht, in dieser Situation von ihr abhängig zu sein. Bevor ihre Eltern sich wieder zur Insel aufmachten, kamen sie mit der Tante in ihr Zimmer, und die Tante wandte sich ihrem Vater zu und sagte: »Nun mach schon. Sag ihr, was sich die Leute erzählen.«

Sie erschrak, als sie die gequälte Verlegenheit in seinem Gesicht sah, während er die Mütze in den Händen drehte und aus dem Fenster in Richtung der Insel blickte.

»Es liegt einfach daran, wie wir leben«, sagte er. »Einige behaupten, es hätte keinen anderen Mann gegeben.«

Sie erinnerte sich an das unregelmäßige Schnarchen, das oft aus dem Zimmer ihrer Eltern drang, und wie wenig sie sich vorstellen konnte, dass die beiden einmal jung waren.

»Oh«, sagte sie. »Das tut mir Leid.«

»Mehr fällt dir dazu nicht ein?«, fragte ihre Tante.

Sie schwankte kurz. »Nein«, sagte sie. »Mehr nicht. Mehr fällt mir nicht dazu ein.«

Nach der Geburt ihrer Tochter mit den pechschwarzen Haaren stattete ihr der Pfarrer einen Besuch ab. Er war ein alter Mann, wenn auch vermutlich nicht so alt wie jener

Geistliche, der vor nunmehr sehr langer Zeit, wie ihr schien, die Angaben auf ihrem Taufschein verwechselt hatte.

Damals lag es in der Macht eines Pfarrers, einem Kind die Taufe zu verweigern, wenn er nicht die Identität beider Eltern kannte. In Fällen wie ihrem konnte man die Namen vertraulich behandeln.

»Nun«, sagte er, »kannst du mir sagen, wer der Vater ist?«

»Nein«, erwiderte sie. »Das kann ich nicht.«

Er sah sie an, als hörte er dergleichen nicht zum ersten Mal. Und als wäre es ein Teil seiner Arbeit, der ihm nicht besonders gefiel. Er sah ihre Tochter an und dann wieder sie. »Wir wollen doch nicht, dass Unschuldige nur wegen der Verstocktheit anderer in die Hölle kommen«, sagte er.

Sie erschrak und sah ängstlich zum Fenster.

»Ich möchte nur eines wissen«, sagte er ruhig. »Ist es dein Vater?«

Sie dachte kurz an ihre eigene, unerwartete Geburt und daran, wie ihr Vater auch diesmal gestaunt hatte, obwohl die Situation eine völlig andere war.

»Nein«, sagte sie mit fester Stimme. »Er ist es nicht.«

Der Pfarrer wirkte zutiefst erleichtert. »Gut«, sagte er. »So etwas hätte ich ihm auch nie zugetraut. Ich werde dafür sorgen, dass die Gerüchte aufhören.«

Er ging zur Tür, als würde ihm diese eine Antwort genügen, doch dann blieb er stehen, eine Hand auf dem Türknauf. »Und ich möchte noch etwas wissen«, sagte er. »Kenne ich ihn? Ist er von hier?«

»Nein«, sagte sie, denn seine Hand auf dem Türknauf gab ihr Selbstvertrauen. »Er ist wirklich nicht von hier.«

Sie blieb bis weit in den Herbst auf dem Festland. Immer wieder wurde ihre Tochter krank, und jedes Mal, wenn die Rückfahrt geplant war, kam eine neue Krankheit dazwischen. Ihre Eltern schienen plötzlich alt zu werden, aber das lag vielleicht nur daran, dass sie sie inzwischen mit anderen Augen sah. Sicher, sie hatte sie schon immer als alt empfunden und oft gedacht, dass sie Großeltern anstelle von Eltern hatte. Aber jetzt hatten sie offenbar zum ersten Mal beinahe Angst vor der Insel und dem kommenden Winter. Seit ihrem ersten Ehejahr war dort immer ein Kind in ihrer Nähe gewesen. Als ihr Vater schließlich von der Leiter stürzte, die zur Leuchtturmlampe führte, hatte sie fast den Eindruck, als hätten alle mit dem Sturz und dem gebrochenen Arm gerechnet.

Seit ihr Großvater an einem »Stechen in der Seite« gestorben war, hatte die Regierung die Familie weitgehend in Ruhe gelassen. Es war, als wäre es den Beamten peinlich gewesen, dass die Witwe den Tod ihres Mannes nicht melden mochte, aus Angst, sie könnte zusätzlich zu ihrem Mann auch noch den einzigen Verdienst der Familie verlieren. Allem Anschein nach hatten die Beamten begriffen, dass es immer »irgendeinen MacPhedran« auf der Insel geben würde und man sich weitere Fragen ersparen konnte. Die Schecks kamen immer an, und immer leuchtete das Licht.

Doch der Unfall ihres Vaters warf ein ernstes Problem auf. Er konnte weder zur Lampe hinaufklettern noch das Boot über die Meerenge steuern, und er war auch nicht mehr imstande, sich um das Haus, die Gebäude und die Tiere zu kümmern. Wie es aussah, war es am besten, wenn die ganze Familie den Winter auf dem Festland verbrachte.

Ihr Bruder kam widerwillig aus Halifax zurück und kümmerte sich bis spät in den Herbst um das Licht. Er war allein stehend, ein Quartalssäufer, der bei Baukolonnen arbeitete und zu schweren Depressionen neigte. Er fühlte sich nicht wohl auf der Insel, obwohl er das Leben dort gut kannte und alle ihn für einen »erstklassigen Mann« auf dem Boot hielten. Als sein Vater zu Beginn des Winters auf das Festland fahren wollte, sagte er: »Ich will hier nicht bleiben. Hier will ich ganz bestimmt nicht bleiben.«

»Oh«, sagte sein Vater, »du wirst dich schon daran gewöhnen.« Ein Satz, den sie immer zueinander gesagt hatten.

Aber er schien sich nicht daran zu gewöhnen. Während der Schneestürme im Februar überquerte einer der Hunde das Eis und fand auf dem Festland eine vertraute Tür. Drei Tage lang konnte man wegen der Kälte und des starken Schneetreibens draußen weder gehen noch etwas erkennen. Niemand konnte sich im Wind aufrecht halten oder, wie man gemeinhin sagte, »die Hand vor Augen sehen«. Sobald der Sturm nachließ, machten sich vier Männer auf den Weg durch die weite weiße Eislandschaft. Sie spürten, wie die unbedeckten Teile ihres Gesichts vor Kälte erstarrten, ihr feuchter Atem gefror auf den Augenbrauen, und ihre Lider wurden vom Eis nach unten gezogen. Als sie sich dem Kai der Insel näherten, sahen sie, dass er fast vollständig unter riesigen Eisschollen begraben war. Einige Schollen waren so weit auf das Ufer gedrückt worden, dass sie fast die Türen der Hütten berührten. Aus dem Schornstein des Hauses stieg kein Rauch auf. Anfangs kamen die Hunde herunter und umkreisten knurrend die Männer, aber der Hund, der das Eis zum Festland überquert hatte, war mit zurückgekehrt und beruhigte die übrigen. Die Haustür stand offen, und der Ofen war kalt. Das Wasser in der Teekanne war gefroren und hatte das Gefäß kaum wahrnehmbar in zwei Hälften gesprengt. Alle Zimmer waren leer, und die Rufe der Männer blieben unbeantwortet. Draußen standen die Scheunentüren offen und wurden vom Wind hin und her geworfen. Sämtliche Tiere waren tot, sie lagen noch angebunden und erfroren in ihren Boxen. Bei einigen hatten die Hunde das gefrorene Fleisch angenagt.

Sein Mantel, die Mütze und die Winterhandschuhe fehlten, mehr nicht. Auf der Veranda hingen ein geladenes Gewehr und eine Schrotflinte. Die Männer machten Feuer im Herd und kochten sich eine Mahlzeit aus den Wintervorräten. Später gingen sie wieder nach draußen. Zwei liefen quer über die Insel und zwei umrundeten sie, aber sie stießen nur auf ihre eigenen Spuren. In der Hoffnung, irgendein Zeichen oder Signal zu erhalten, sahen sie die Hunde an. Sie redeten sogar mit ihnen und stellten ihnen Fragen – keine Reaktion. Er war verschwunden, genau wie seine Spuren unter dem Winterschnee.

Die Männer blieben über Nacht und kehrten am nächsten Tag zum Festland zurück. Sie berichteten, was sie gefunden und nicht gefunden hatten. Die Sonne schien, und obwohl es nur die schwache Februarsonne war, strahlte sie schon stärker als eine Woche zuvor. Sie schmolz das Eis auf den Fensterscheiben, und jemand bemerkte, dass die Tage nun länger würden und der schlimmste Winter überstanden war.

Unter den gegebenen Umständen beschloss die Familie, auf die Insel zurückzukehren, das Baby aber bei der Tante zu lassen.

»Ein Grund mehr, um jetzt zurückzugehen«, sagte ihr Vater und sah durch das schmelzende Eis an den Fenstern. Sein gebrochener Arm war geheilt, auch wenn er wusste, dass er nie wieder wie früher sein würde.

Später fragte sie sich oft, wieso sie auf die Insel zurückging, obwohl sie die Entscheidung damals nicht wirklich bewusst fällte. Ihre Eltern mochten die Insel zwar ihrem Sohn anvertrauen, aber sie waren nicht bereit, sie einem Fremden zu überlassen. Sie hatten festgestellt, dass das Leben auf dem Festland längst nicht so reizvoll war, wie es manchmal von der Insel aus schien. Zudem plagten sie diffuse Schuldgefühle wegen ihres verschollenen Sohnes und ihrer halsstarrigen Tochter, und wenngleich diese Schuldgefühle auch auf der Insel vorhanden wären, gab es dort niemanden, der sie darauf ansprach und bloßstellte. Sie selbst, das Kind aus den späten Jahren dieser Ehe, war plötzlich bereit, sich ebenfalls als alt zu betrachten und, da ihre Zukunft keinen anderen Weg zu bieten schien, sich mit der Vergangenheit zu identifizieren.

Sie kehrte mit einer beinahe bitteren Freude zurück. Sie war froh, ihre zänkische Tante und die Festland-Familie los zu sein, auch wenn es sie bedrückte, dass sie ihre kränkliche Tochter in deren Obhut zurücklassen musste. Trotzdem hatten sie Recht, wenn sie sagten, die Insel sei im Winter nicht der richtige Ort für ein krankes Kind, und außerdem glaubte sie, dass ihre Eltern ohne sie nicht zurechtkämen.

»Wer kümmert sich dann um das Licht?«, fragte ihr Vater schlicht. Die Eltern sahen in der Jugend ihrer Tochter die unmittelbare Rettung für sich und sie betrachteten sie eher als ihr Kind und nicht als Mutter eines eigenen Kindes.

Es schien lange her zu sein, seit der rothaarige Mann sie gefragt hatte, ob sie ihn heiraten und gemeinsam mit ihm in die magische Region eines »irgendwo anders« ziehen möchte. Durch ihre hartnäckige Weigerung, seinen Namen preiszugeben, hatte sie ihn so weit in die letzten Winkel ihrer Gedanken verbannt, dass er noch geisterhafter wirkte als früher. Manchmal dachte sie an seinen Körper im Dunkeln, an seinen Schatten am Meer. Das Geheimnis seines Alters faszinierte sie, denn sofern er eines hatte, war es stehen geblieben und er war einer Art Zeitlosigkeit anheim gefallen, ganz anders als ihr Vater, dessen Zustand sich vor ihren Augen zunehmend verschlechterte.

In der Kälte des Februar kehrten sie mit einiger Erleichterung zurück, für die jeder eigene Gründe hegte. Da sie jung war, erledigte sie die meisten Arbeiten; sie trug die derben, formlosen Kleider ihres Vaters und hielt mühelos die Gewohnheiten und Abläufe ein, die sie seit ihrer Kindheit kannte. Ihre Eltern saßen immer öfter vor dem Ofen, unterhielten sich auf Gälisch und spielten manchmal Karten oder starrten einfach ins Feuer oder aus den frostbedeckten Fenstern.

Als der März mit seinen heulenden Schneestürmen hereinbrach, wurde deutlich, dass die launische Februarsonne ihr Versprechen nicht gehalten hatte; es war wie bei ihrem Vater, der zwar einen starken Willen besaß, dessen alternder Körper ihn jedoch Stück für Stück im Stich ließ. Er war fast achtzig, und täglich schien eine andere Körperfunktion zu versagen. So als wäre sein Körper plötzlich müde geworden und würde immer mehr vergessen.

Eines Tages, als der Sturm kurzzeitig abflaute, kamen ein paar Verwandte mit einem Pferdeschlitten über das Eis. Sie waren entsetzt über seinen Zustand und Anblick, über die »plötzliche« Veränderung, die sich in den wenigen Wochen seiner Abwesenheit vollzogen hatte, eine Veränderung, die Frau und Tochter nur schrittweise miterlebt hatten. Sie bestanden darauf, ihn mitzunehmen, solange das Wetter noch gut und das Eis fest war. Zögernd stimmte er zu, aber nur unter der Bedingung, dass seine Frau ihn begleitete.

Nach den vielen Jahren statischer Isolation war er sich der Fragwürdigkeit der plötzlichen Bewegung sehr bewusst.

»So ist das Leben manchmal«, sagte er zu seiner Tochter, als er kurz vor der Abfahrt dick vermummt im Schlitten saß. »Bis zu einem bestimmten Punkt geht es immer weiter, und dann kommt ein Jahr, in dem sich alles ändert.«

Eine Windbö fuhr plötzlich zwischen sie und peitschte ihnen feine, scharfe Schneekristalle ins Gesicht. Und im selben Moment wusste sie, dass sie ihn nie mehr wiedersehen würde. Sie wollte ihm noch etwas sagen, wollte sich bei ihm bedanken oder ihm, in diesem letzten gemeinsamen Augenblick, endlich ein Geständnis ablegen. Das Geheimnis ihrer eigenen Einsamkeit drückte schwer auf ihre Schultern, und sie berührte seinen vermummten Körper und sein in Schals gehülltes Gesicht, von dem nur noch die Augen zu sehen waren, und in den Augen stand Wasser, das zu Eis wurde.

»Es war«, sagte sie, »der rothaarige Mann.«

»O ja«, erwiderte er, aber sie wusste nicht, ob er sie wirklich verstanden hatte. Und dann fuhr der Schlitten an, und die Kufen quietschten über den Schnee.

Auf den Tod ihres Vaters war sie vorbereitet, doch mit dem Verlust ihrer Mutter, die zehn Tage später starb, hatte sie nicht gerechnet. Für diesen Tod gab es keine physische Erklärung, und er ließ an Tiere denken, die ohne ihren Partner verenden oder die nicht willens oder unfähig sind, sich einer neuen Umgebung anzupassen. So wie wilde Vögel in der Gefangenschaft sterben oder Vögel, die man aus dem Käfig entlässt, am Schock ihrer unerwarteten Freiheit oder dem Fehlen der vertrauten Grenzen zugrunde gehen.

Wegen der Frühjahrsschmelze konnte sie an keinem der Begräbnisse teilnehmen; an den jeweiligen Tagen schaute sie über die hohen, grauen Wellen und die grotesk geformten Eisberge. Vom Ufer der Insel aus sah sie die lange Beerdigungsprozession, die auf der matschigen Straße den von Pferden gezogenen Särgen zum Friedhof neben der Kirche folgte. Sie drehte ihr Gesicht in den Wind und stieg zum Leuchtturm hinauf.

Im Frühling und im Sommer kümmerte sie sich weiter um den Leuchtturm, aber sie hatte kaum Kontakt mit den Fischern vom Festland und ging nie zu den Hütten. Sie gewöhnte sich an, die Bestellungen für den von der Regierung gelieferten Proviant mit »A. MacPhedran« zu unterzeichnen, weil ihre Initialen mit denen ihres Vaters übereinstimmten. Nach einer Weile waren auch die Schecks an »A. MacPhedran« gerichtet, und sie hatte nie Probleme beim Einlösen. Niemand erschien, um den Leuchtturmwärter zu kontrollieren, und ob A. MacPhedran Mann oder Frau war, schien so unwichtig zu sein, dass es fast schon verdächtig war. Immerhin, sagte sie sich leicht ironisch, stand in ihrer offiziellen Geburtsurkunde der Name Angus.

Bei Herbstbeginn beschloss sie, auch im Winter auf der Insel zu bleiben. Einige ihrer Verwandten begrüßten die Entscheidung, weil sie wollten, dass »irgendein MacPhedran« auf der Insel blieb, und als Argumentation führten sie auch ihre Jugend an und die Tatsache, dass sie »daran gewöhnt« war. Sie wollten »die Tradition erhalten«, solange sie sie nur nicht selbst erhalten mussten. Andere missbilligten die Entscheidung, und ihnen gegenüber hegte sie insgeheim den tiefsten Groll. Ihre Tante und die Familie ihrer Tante hatten ihre Tochter lieb gewonnen, hatten sich, wie sie sagten, »an sie gewöhnt« und betrachteten sie inzwischen als ihr eigenes Kind. Wenn sie zu Besuch kam, schlug ihr eine ängstliche Feindseligkeit entgegen, als befürchte man, sie würde sich das Kind schnappen und damit verschwinden, sobald sie mit ihm allein wäre.

Die meisten Verwandten unterstützten sie jedoch mehr oder weniger bereitwillig bei ihrem Leben auf der Insel, indem sie ihr Vorräte besorgten, ihr einen Teil der schweren Arbeiten im Herbst abnahmen oder sie gelegentlich besuchten. Sie richtete sich bewusst und entschlossen in ihrem Leben ein, eingedenk der Tatsache, dass sie noch immer auf ein Ereignis wartete, das die große Veränderung bringen würde.

Zwei Jahre später, an einem heißen Sommernachmittag, als sie gerade im Leuchtturm war, sah sie ein Boot näher kommen. Den ganzen Tag war sie unruhig gewesen, hatte die Insel zweimal der Länge und Breite nach abgelaufen, bis an den äußersten Rand, als wolle sie die Grenzen testen, ähnlich einem rastlosen Tier, das die Gitterstäbe seines Käfigs erforscht. Sie war ins kalte Salzwasser gewatet und spürte, wie es langsam stieg, wie es durch und unter die Hosenbeine des Overalls ihres Vaters drang, der inzwischen wie eine Uniform für sie war. Sie ging weiter hinaus, das Wasser wurde immer tiefer, und sie spürte, wie sich die Steine unter ihren Füßen drehten. Als sie den Blick senkte, sah sie ihre im grünen Wasser verzerrten, von der Sonne gesprenkelten Beine. Sie schienen ihr nicht mehr zu gehören, sondern körperlos zu sein und fast waagerecht von ihr fortzuströmen. Wenn sie die Augen schloss, konnte sie ihre Beine deutlich spüren, schaute sie aber hin, dann sahen sie nicht so aus, wie sie sich anfühlten. Die Hunde lagen am Ufer, dicht hinter dem Spülsaum, und beobachteten sie. Sie hechelten in der Sommerhitze, von ihren roten Zungen fielen Wassertropfen.

Tropfnass watete sie ans Ufer und ging zu den Hütten. Die Hummersaison war vorbei, und die Fischer hatten kaum Spuren hinterlassen. Sie streifte zwischen den leeren Hütten umher und betrachtete die wenigen weggeworfenen Dinge, berührte sie und drehte sie manchmal mit den Zehen um: eine verschlissene Wollsocke, ein gespleißtes, verschlungenes Stück Tau, ein rostiges Messer mit abgebrochener Klinge, alte Tabakpackungen mit verblasster Aufschrift, ein Gummistiefel mit Loch. Es war, als liefe sie durch die männlichen Überreste einer aufgegebenen und untergegangenen Kultur. Sie ging zurück zum Haus, um sich einen trockenen Overall anzuziehen und den nassen draußen auf die Leine zu hängen. Als sie zum Leuchtturm gehen wollte, warf sie einen Blick über die Schulter und war gebannt vom Anblick des aufgehängten Overalls. Die herabhängenden Hosenbeine rieben sanft aneinander, und die Nässe hatte die Farbe bis zur Hüfte verändert. Tropfen fielen in das Sommergras, das wiederum vom schwankenden Schatten der Hosenbeine verzerrt wurde.

Im Boot befanden sich vier Männer, und sie begriff, dass sie Makrelen fischten und die Insel nicht unbedingt ihr Ziel war. Das Boot fuhr im Zickzack auf dem stillen, blaugrünen Wasser hin und her und hielt immer wieder an, damit die Männer die mit Gewichten beschwerten Leinen über Bord werfen konnten. In der Hoffnung, die Fische durch die Bewegung anzulocken, rissen sie die Leinen in einem bestimmten Rhythmus auf und ab. Manchmal tauchten sie die Hände in Kübel oder Wannen mit *gruth*, getrocknetem Hüttenkäse, und warfen dann Hände voll Weiß auf das Wasser, wartend und hoffend, dass die unsichtbaren Fische anbissen. Sie wandte den Blick zur anderen Seite der Insel. Vom hohen Leuchtturm aus sah sie – oder meinte zu sehen –, wie Makrelenschwärme das Wasser durchbrachen, unmittelbar hinter dem Treffpunkt und dem Felsentisch und der Bucht des Schiffbruchs. Sie glichen beweglichen, schwimmenden Inseln und verwandelten die klare, ruhige Oberfläche in wilde Wirbel, die an kochendes Wasser erinnerten.

Hastig stieg sie vom Leuchtturm und rief gestikulierend die Männer im Boot. Doch sie waren noch zu weit vom Ufer entfernt, und vielleicht sahen sie sie, konnten ihre Worte aber nicht verstehen. Sie steuerten das Boot in Richtung Insel. Als die Männer näher kamen, wurde ihr bewusst, dass ihre Armbewegung, mit der sie auf die andere Seite der Insel weisen wollte, einer lockenden Geste glich und von den Männern womöglich auch so gedeutet wurde.

Als sie in Hörweite waren, rief sie ihnen zu: »Die Makrelen. Auf der anderen Seite. Fahrt um die Insel herum.«

Sie stoppten das Boot und beugten sich vor, um sie besser zu verstehen. Einer der jüngeren Männer, vermutlich der mit dem besten Gehör, begriff als Erster und gab die Botschaft an die anderen weiter.

»Hinter der Insel?«, rief der älteste Mann mit um den Mund gelegten Händen.

»Ja«, rief sie zurück. »Bei der Bucht des Schiffbruchs.«

Fast hätte sie hinzugefügt: »Beim Treffpunkt«, aber ihr fiel ein, dass diese Bemerkung den Männern nichts sagen würde.

»Danke«, rief der älteste Mann. Er zog zum Gruß die Mütze in ihre Richtung, und sie konnte sein weißes Haar sehen. »Danke«, wiederholte er. »Wir fahren um die Insel.«

Sie änderten den Kurs und fuhren langsam um die Insel.

Sie rannte zum Haus, zog den Overall aus und schlüpfte in ein Sommerkleid, das sie hinten in einem Schrank fand. Begleitet von den Hunden ging sie über die Insel zum Treffpunkt, setzte sich auf den Felsentisch und wartete. Der Stein war noch heiß von der Sonne, und sie verbrannte sich ihre Schenkel und Waden. Vor der Bucht sah sie schwimmende Inseln von aufgeregten Makrelen. Sie waren mitten in der Laichzeit, und sie hoffte, dass sie noch da wären, wenn die Männer mit dem Boot kamen.

»Das dauert aber sehr lange«, sagte sie ins Leere. Und dann sah sie den Bug des Bootes um das hintere Ende der Insel biegen.

Sie erhob sich und zeigte auf die brodelnden, blubbernden Makrelen, aber die Männer hatten sie schon entdeckt, und noch während sie zurückwinkten, machten sie alle verfügbaren Leinen fertig. Lautlos glitt das Boot auf die Fische zu, und als der erste anbiss, stand es still. Die Makrelen schienen das Boot zu umschwärmen, und ihre Dichte färbte das Wasser schwarz. Ihre gierigen Mäuler schnappten nach allem, was ihnen zugeworfen wurde, und wenn die Männer die Leinen hochrissen, hingen manchmal zwei oder drei an einem Haken. Manchmal durchbrachen die Fische die Wasseroberfläche, als wollten sie ins Boot springen, und dann wieder drängten sie sich so dicht, dass die Haken in ihren Bäuchen oder Augen, Rücken oder Schwanzflossen hängen blieben. Der Geruch ihres eigenen, im Wasser sich ausbreitenden Blutes steigerte ihre Ekstase noch weiter, und sie fielen über ihre verstümmelten Artgenossen her und rissen ihnen das lebendige Fleisch von den Knochen. Auch die Männer bewegten sich wie in Ekstase, denn schließlich wollten sie mithalten. Haken bohrten sich in ihre Daumen, und die sirrenden, zischenden Leinen verbrannten ihnen die Hornhaut an den Händen. Die Fische füllten den Laderaum des Bootes und türmten sich allmählich als blaugrüner, zuckender, schnappender Haufen bis zu den Knien der Männer. Und dann waren sie plötzlich fort. Die Haken holten nur noch klare Wassertropfen und Seetangfetzen herauf. Nirgendwo eine Spur von den Makrelen, weder auf der Oberfläche noch darunter. Es war, als hätte es sie nie gegeben. Nur die schwere Last, die das Boot so tief ins Wasser drückte, zeugte noch von ihnen. Mit geschwollenen Händen wischten sich die Männer den Schweiß von der Stirn und ließen dabei andere Streifen zurück. Manche dieser Streifen waren eine Mischung aus ihrem eigenen Blut und Fischblut.

Die Männer schauten zum Ufer und sahen, wie sie sich vom Felsentisch erhob und bis zum Rand des Wassers auf sie zuging. Sie lenkten das Boot über das gläsern wirkende Meer, bis der Bug mit dumpfem Knirschen auf dem Kiesstrand auflief. Dann warfen sie ihr die Vorleine zu, und sie fing sie willig auf.

Den ganzen Nachmittag lagen sie auf dem Felsentisch. Zuerst schienen sie von der Ekstase all dessen getrieben, was ihnen widerfahren und nicht widerfahren war. Von der Hitze und der Einsamkeit und dem Warten und den vielen verschiedenen Ereignissen, die diesen Tag ausmachten. Die Kleidung der Männer war bespritzt mit Blut, das sich langsam schwarz färbte, mit dem goldenen Laich der weiblichen und dem milchigen Samen der männlichen Fische. Sie hatte noch nie sexuell erregte Männer gesehen, denn sie hatte ja nur einmal einen Mann erlebt und das auch nur in jener feuchten Dunkelheit und mehr durch Fühlen als durch Sehen.

Den ältesten Mann mit dem weißen Haar behielt sie bis an ihr Lebensende in Erinnerung: Wie er die Mütze abnahm und dann den schweren, marineblauen Pullover über die Schultern zog, ordentlich faltete und neben ihr auf den Felsen legte. Sie erinnerte sich daran, wie weiß seine Haut an Körper und Armen war, im Gegensatz zur bräunlichen Röte seines Gesichts und Nackens und der Röte seiner blutenden und geschwollenen Hände. Als wäre sein nackter Oberkörper in zwei Gewänder aus verschiedenem Material gehüllt. Sein Haar und seine Haut waren zwar weiß, und doch ganz unterschiedlich. Nachdem er den Pullover zusammengefaltet hatte, legte er die Mütze darauf. Es wirkte wie eine alte Gewohnheit, die er ausführte, wenn er sich zu seiner Frau legte. Sie erwartete fast, dass er sich die Zähne putzte.

Nach der ersten Ekstase wurden sie ruhiger und lagen ausgestreckt in der Sonne. Ab und zu stand einer der jüngeren Männer auf und ließ flache Steine über das Wasser springen. Die Hunde lagen hechelnd oberhalb des Spülsaums und beobachteten alles. Später sollte sie daran denken, wie oft sie ihnen bei der Ekstase der Paarung zugesehen hatte. Und wie sie gesehen hatte, dass man die überflüssigen Welpen in Jutesäcke steckte und mit Steinen beschwert vom Boot ins Meer warf.

Die Sonne begann unterzugehen, und die Ebbe setzte ein. Langsam wich das Wasser vom schweren Boot zurück, und es bestand die Gefahr, dass es strandete. Die Männer standen auf und richteten ihre Kleider. Einige entfernten sich ein Stück, um zu pinkeln. Sie kamen zurück, und alle vier stemmten ihre Schulter gegen den Bug, um das Boot ins Wasser zu schieben.

»Eins, zwei, drei – los!«, sagten sie, und bei der letzten Silbe setzten sie sich gemeinsam in Bewegung. Beim Schieben waren ihre Körper fast waagerecht ausgestreckt, und die Spitzen ihrer Gummistiefel stießen in die losen Strandkiesel. Das Boot bewegte sich, erst etwas schwerfällig, aber dann immer rascher, als das Wasser das Gewicht trug. Die Männer, nass bis zur Hüfte, kletterten am Bug und über die Seiten an Bord. Dann packten sie die Ruder und schoben das Boot weiter hinaus, bis sie genug Platz hatten, um es in Richtung Heimat zu drehen.

Sie stand am Ufer und beobachtete, wie sie abfuhren. Als das Boot aus der Bucht fuhr, sah sie ihre Unterwäsche, die zerknüllt am Rand des Felsentisches lag. Das Boot fuhr aufs Meer hinaus, immer weiter fuhr es, und die Männer winkten ihr zu. Sie ertappte sich dabei, dass sie die Geste fast unbewusst erwiderte. Der Mann mit dem weißen Haar zog seine Mütze. Und plötzlich wusste sie intuitiv, dass sie niemandem jemals etwas erzählen würden und die Ereignisse dieses Tages auch zwischen ihnen kein Thema wären. Sie wusste auch, dass sie nie wiederkommen würden. Als das Boot außer Sicht war, hob sie ihre Unterwäsche auf und warf sie ins Meer. Dann ging sie zum Leuchtturm. Sie berührte ihren Körper. Er war klebrig von Blut und Laich und menschlichem Samen. »Diesmal muss es passieren«, dachte sie, »denn es war so viel und ging so lange.« Sie verglich den Nachmittag mit ihrer kurzen Begegnung im Dunkeln.

Als sie den Leuchtturm erreichte, hörte sie die Schreie der räuberischen Möwen. Sie blickte in die Richtung, aus der das Geschrei kam, und sah, wie das Boot auf dem Weg zum Festland einen Keil ins ruhige Wasser schnitt. Die Männer standen tief gebückt an Deck und warfen die toten Makrelen mit Fischgabeln zurück ins Meer. Wie eine weiße Wolke kreisten die kreischenden Möwen über ihnen.

Zwei Jahre später war sie in einem Laden auf dem Festland, um Proviant für die Insel zu kaufen. Normalerweise half ihr einer ihrer Verwandten, die Vorräte vom Laden zum Ufer zu tragen und dann zur Insel zu bringen, doch an diesem Tag konnte sie den jungen Mann nicht finden. Sie hatte unter anderem einen Sack Mehl gekauft. Als sie die Rechnung bezahlte und besorgt zur Tür schaute, sah sie aus den Augenwinkeln den weißhaarigen Mann im marineblauen Pullover.

»Der ist doch zu schwer für Sie«, sagte er. »Ich helfe Ihnen«, und er bückte sich, packte den hundert Pfund schweren Mehlsack und warf ihn mühelos über seine Schulter. Als der Sack landete, puffte etwas vom Mehl heraus und bepuderte seinen blauen Pullover und die Mütze und das Haar. Sie erinnerte sich an seine weiße Haut unter dem blauen Pullover und an den ekstatischen Nachmittag unter der Sommersonne. Sie gingen gerade zur Tür hinaus, da trafen sie ihren jungen Verwandten.

»Moment, das mach ich schon«, sagte er und nahm dem Mann den Mehlsack ab.

»Vielen Dank«, sagte sie zu dem Mann.

»Keine Ursache«, sagte er und zog die Mütze in ihre Richtung. Mehlstaub rieselte von der Mütze und fiel zwischen ihnen auf die Erde.

»Ein wirklich netter Kerl«, sagte ihr junger Verwandter, als sie zum Ufer gingen. »Aber du kennst ihn natürlich nicht so gut wie wir.«

»Nein«, sagte sie. »Natürlich nicht.« Sie blickte über die Meerenge zur stillen Insel. Ihr erwünschtes Kind war nie gekommen.

Die nächsten zehn Jahre vergingen in einer verschwommenen Monotonie des Immergleichen. Sie merkte, dass sie ihre äußere Erscheinung vernachlässigte und man diese Vernachlässigung als einen weiteren Beweis für ihre Exzentrizität auslegte. Sie fuhr immer seltener auf das Festland und zog es vor, die Welt mit Hilfe des Radios zu verstehen. Ihre Tochter, inzwischen ein Teenager, behandelte sie hochmütig und wie eine Fremde und schien sich für ihre Mutter zu schämen. Die Familie ihrer Tante bezweifelte, ob es richtig war, das Mädchen großzuziehen, und eines Tages, als sie zu Besuch war, fragten sie das Mädchen, ob sie nicht mit ihrer »richtigen Mutter« auf der Insel leben wolle. Das Mädchen lachte nur und ging aus dem Zimmer.

Im Laufe der nächsten Jahre veränderten sich die Dinge weiter, aber so unmerklich, dass sie im Rückblick bestimmte Ereignisse keinen bestimmten Jahren zuordnen konnte. Vieles hatte mit Veränderungen auf dem Festland zu tun. Die Regierung ließ einen großartigen neuen Kai bauen, und im Frühling kamen keine Fischer mehr, um in den Hütten zu wohnen. Mit der Zeit verfielen sie, die Türen schlugen im Wind, und die Schindeln flogen von den Dächern. Manchmal studierte sie die Initialen, die die Männer früher in die Wände der Hütten geritzt hatten, auch wenn sie wusste, dass die seinen nicht darunter waren.

Man richtete gemeinsame Weideflächen ein, die von Hirten betreut wurden, und das lebendige Jungvieh und die lüsternen Schafböcke, die im Sommer auf der Insel gegrast hatten, blieben ebenfalls aus. Die huschenden Lichter der Autos wurden ein fester Bestandteil ihres nächtlichen Ausblicks, und sie glichen dem Strahl ihres einsamen Leuchtturms. Eines Abends stieg ihre Tochter nach einem Streit mit der Familie ihrer Tante in ein solches Auto und verschwand im rätselhaften Toronto. Sie erfuhr erst Wochen später davon, als sie auf dem Festland Vorräte einkaufte.

Der Kai auf der Insel begann zu verfallen, und Besuch kam nur selten. Wenn sie bei ihren Verwandten um Hilfe bat, hatte sie es jetzt häufig mit Mitgliedern der jüngeren Generation zu tun. Viele von ihnen waren mürrisch und zeigten wenig Interesse, die Inseltradition aufrechtzuerhalten, und wenn sie es taten, dann nur, weil ihre Eltern darauf beharrten.

Doch das Leuchtturmlicht schien immer noch, und die verschiedenen Briefe von und an »A. MacPhedran« wurden weiterhin von der Post befördert. Allerdings veränderte sich allmählich auch der Inhalt dieser Briefe. Die erste Generation ihrer Familie war in der Zeit der Segelschifffahrt auf die Insel gekommen, als die Kapitäne noch auf Gedeih und Verderb den Winden ausgeliefert waren. Sie selbst hatte das Aufkommen größerer Schiffe und die ständige Verbesserung der Technik erlebt. In all ihren Jahren auf der Insel hatte es weder einen Schiffbruch gegeben, noch hatten eisbedeckte, frierende Seemänner um Mitternacht an die Tür geklopft. Der Erste-Hilfe-Kasten mit seinem Proviantvorrat blieb von einer Inspektion zur nächsten unberührt.

Eines Sommers merkte sie erschrocken, dass sie aus dem Alter war, in dem man Kinder bekommen konnte, und dass dieser Teil ihres Lebens unwiederbringlich vorüber war.

Bootsunternehmer vom Festland warben jetzt um Touristen und boten »Rundfahrten um die Insel« an. Wegen der begrenzten Zeit solcher Fahrten legten die Boote nicht an, sondern fuhren nur um die Insel herum oder gingen kurz vor der Küste vor Anker. Wenn sich die Boote näherten, bellten die Hunde, und dann trat sie vor die Tür oder ging manchmal zum Strand. Anfangs war sie sich nicht bewusst, welches Bild sie den Touristen mit ihren Ferngläsern oder Kameras bot. Und sie war sich auch nicht bewusst, was die Fremdenführer auf den Booten über sie erzählten. Erst später begriff sie, dass sie, wenn sie da in ihren alten Männerkleidern und umgeben von knurrenden Hunden am Ufer stand, als legendäre Gestalt galt. Ohne es zu merken, war sie »die Verrückte auf der Insel« geworden.

Einige Jahre später, an einem heißen Sommertag, blickte sie auf das Gebell der Hunde hin aus dem Fenster und sah ein großes Boot kommen. Die Männer an Bord trugen hellbraune Uniformen, am Mast wehte die kanadische Flagge. Sie machten das Boot an der Ruine des Kais fest, und als sie die Hunde zurückpfiff, stiegen sie zum Haus hinauf. Man habe beschlossen, teilten sie ihr ruhig mit, während sie in der Küche saßen, den alten Leuchtturm umzurüsten. Sein Licht sollte weiter scheinen, allerdings betrieben von »moderner Technik«. Er würde automatisch funktionieren und zu bestimmten Zeiten im Jahr von Versorgungsschiffen oder, wie sie hinzufügten, im Notfall von Hubschraubern kontrolliert werden. Auf die derzeitige Art wollte man ihn noch ungefähr anderthalb Jahre betreiben. Danach, sagten sie, müsse sie »irgendwo anders leben«. Sie brachen wieder auf und dankten ihr für die jahrzehntelangen guten Dienste.

Nachdem sie verschwunden waren, lief sie kreuz und quer über die Insel. Sie wiederholte alle Ortsnamen, viele davon auf Gälisch, und wunderte sich darüber, dass die Orte bleiben, die Namen aber verschwinden würden. Wer würde dann noch wissen, überlegte sie, dass diese Stelle früher *achadh nan caoraich* hieß und jene *creig a bhoird*? Und wer, dachte sie, und dabei spürte sie einen Stich im Herzen, würde etwas von *Áite na cruinneachadh* wissen und von alldem, was dort geschehen war? Sie betrachtete die Landschaft und wiederholte die Ortsnamen, als wären es die von Kindern, die man aussetzen wollte, ohne dass sie ihre Namen kannten. Sie hatte das Gefühl, als müsste sie ihnen die Namen ins Ohr flüstern, damit sie sie nicht vergaßen.

Mit einem gewissen Schock wurde ihr bewusst, dass sie zwar seit Generationen als Leute »von der Insel« galten, ihnen rein rechtlich aber nie etwas davon gehört hatte. Genau genommen konnten sie keinen Stein auf der Insel ihr Eigen nennen.

Im folgenden Herbst und Winter verloren die gewohnten Rituale für sie jeden Sinn. Sie brauchte weniger Vorräte, denn die Zukunft war absehbar, und sie erledigte jede Winterarbeit in dem Bewusstsein, es zum letzten Mal zu tun. Als der Frühling näher rückte, erfüllte sie eine Sehnsucht, die ihren verwirrten Gefühlen entsprang. Sie, die fortgehen und zurückkehren und bleiben wollte, spürte den wachsenden Schmerz derer, die etwas Vertrautes aufgeben müssen. Vielleicht empfand sie wie jemand, der einen schlimmen Ort oder eine schwierige Situation oder eine schlechte Ehe hinter sich lässt. Wie jemand, der ein letztes Mal über die Schulter blickt und sich leise sagt: »Ach, in diese Sache habe ich so viel von meinem Leben gesteckt, aber so war es eben, so war ich eben. Und ganz gleich, wohin ich gehe, ich werde nie mehr dieselbe sein.«

Als das Eis im April aufbrach – zum letzten Mal für sie –, trocknete sie das Geschirr ab und sah aus dem Fenster. Wegen ihrer schlechten Augen sah sie das Boot erst, als es vor der Ruine des Kais lag, und ungewöhnlicherweise schlugen die Hunde nicht an. Sie beobachtete, wie sich der Mann bückte, um das Tau am Kai festzumachen, und als ihm dabei die Mütze vom Kopf rutschte, sah sie sein rotes Haar. In der Aprilsonne blitzte und glänzte es, als stecke die Kraft des Frühlings darin. Sie schlang das feuchte Geschirrtuch wie einen Verband um die Hand, und wickelte es dann ebenso rasch wieder ab.

Er ging auf dem Pfad auf das Haus zu, und die Hunde rannten fröhlich neben ihm her. Unsicher stand sie in der Tür. Als er näher kam, hörte sie ihn mit den Hunden sprechen; sein Akzent klang etwas fremdartig. Er war ungefähr zwanzig Jahre alt, und seine Augen waren sehr blau. Außerdem trug er einen Ohrring.

»Hallo«, sagte er und hielt ihr die Hand hin. »Ich weiß nicht, ob du mich erkennst.«

Es war so lange her, und in der Zwischenzeit war so viel passiert, dass ihr die Worte fehlten. Ihre Hände umkrampften das Tuch, das sie immer noch hielt. Sie trat zur Seite, damit er ins Haus gehen konnte, und sah zu, wie er sich auf einen Stuhl setzte.

»Lebst du immer hier?«, fragte er und sah sich in der Küche um. »Auch im Winter?«

»Ja«, sagte sie. »Meistens.«

»Bist du hier geboren worden?«

»Ja«, sagte sie. »Ich glaube schon.«

»Ist bestimmt sehr einsam«, sagte er, »aber manche Menschen sind einsam, ganz gleich, wo sie leben.«

Sie sah ihn an, als wäre er ein Geist.

»Möchtest du gerne irgendwo anders leben?«, fragte er.

»Ich weiß nicht«, sagte sie. »Vielleicht.«

Er fasste mit einer Hand an den Ohrring, als wollte er prüfen, ob er noch da war. Sein Blick glitt durch die Küche und schien auf jedem vertrauten Gegenstand kurz zu verweilen. Ihr wurde bewusst, dass sich die Küche seit jenem anderen Besuch im April kaum verändert hatte. Sie wusste nicht, was sie sagen sollte.

»Möchtest du Tee?«, fragte sie nach einem verlegenen Schweigen.

»Nein, danke«, sagte er. »Ich bin in Eile. Vielleicht später.«

Sie nickte, obwohl sie nicht genau wusste, was er damit meinte. Die Hunde lagen unter dem Tisch und klopften in Abständen mit dem Schwanz auf den Fußboden. Durch das Fenster sah sie die weißen Möwen über dem Meer schweben, auf dem immer noch Eisschollen trieben.

Er betrachtete sie genau, als würde er sich an etwas erinnern, und lächelte dann. Sie wirkten beide ziemlich unschlüssig.

»Gut«, sagte er und stand plötzlich auf. »Ich muss jetzt los. Wir sehen uns später. Ich komme wieder.«

»Warte«, sagte sie und erhob sich ebenso schnell, »bitte geh nicht.« Fast hätte sie das Wort »wieder« hinzugefügt.

»Ich komme zurück«, sagte er, »im Herbst. Und dann nehme ich dich mit. Wir werden dann irgendwo anders leben.«

»Ja«, sagte sie und fügte wie als Nachsatz hinzu: »Wo bist du gewesen?«

»In Toronto«, sagte er. »Dort bin ich geboren. Auf dem Festland haben sie mir erzählt, dass du meine Großmutter bist.«

Sie starrte ihn an, als wäre er ein genetisches Wunder, und das war er wohl auch.

»Oh«, sagte sie.

»Ich muss jetzt los«, wiederholte er. »Aber ich komme wieder. Wir sehen uns später.«

»O ja«, sagte sie. »O ja, das werden wir.«

Und dann war er fort. Wie gebannt saß sie da und wagte nicht, sich zu rühren. Ein Teil von ihr wollte ihm nachlaufen und ihn zurückrufen, und ein anderer Teil hatte Angst vor dem, was sie sehen könnte. Schließlich trat sie ans Fenster. Auf halbem Weg zum Festland war ein Boot mit einem Mann zu sehen, aber sie konnte ihn nicht richtig erkennen. Sie erzählte niemandem von diesem Besuch. Sie wusste nicht, wie sie das Thema taktvoll anschneiden sollte. Nach all den Jahren der Verschwiegenheit schien es gefährlich, ausgerechnet jetzt den rothaarigen Mann zu erwähnen. Hatte ihn denn außer ihr jemand gesehen? Sie wollte ihrem Ruf als »die Verrückte auf der Insel« nicht noch weiteren Zündstoff liefern. Sorgfältig las sie in den Gesichtern ihrer Verwandten, entdeckte aber nichts Verdächtiges. Vielleicht hatte er sie besucht, dachte sie, und sie hatten ihm davon abgeraten, zu ihr auf die Insel zu fahren. Vielleicht meinten sie auch, es sei besser, eine verwirrte Frau nicht noch weiter zu verwirren.

Während draußen der Oktoberregen fiel, legte sie noch ein Scheit ins Feuer. Der schwindende Vorrat an Schürholz störte sie nicht mehr, denn im Winter würde sie es nicht brauchen. Der Regen fiel und wurde allmählich zu Hagel, das konnte sie hören und auch noch sehen. Sie wandte den Blick von der Tür ab, wie damals, vor so vielen Jahren, das erste Mal beim Felsentisch. Als sie den Blick bewusst von der Richtung abwandte, aus der er zu erwarten war, damit sie nicht sehen musste, dass er *nicht* kam, sofern dies der Fall sein sollte. Sie wartete, horchte auf den regelmäßig fallenden Regen, und fragte sich, ob sie womöglich gleich einschlief. Plötzlich wurde die Tür aufgeweht und der hagelartige Regen prasselte auf den Fußboden. Die nassen Hunde krochen unter dem Tisch hervor, sie hörte es eher, als dass sie es sah. Vielleicht, überlegte sie, sollte sie den nassen Fußboden wischen, aber dann fiel ihr ein, dass sie das Haus ohnehin abreißen wollten und Reinlichkeit wohl nicht mehr so wichtig war. Der Wind trieb das Wasser in kleinen, rollenden Wellen über den Fußboden. Ein Hund kam zur Tür herein, seine Krallen klackerten auf dem Boden, und unter seinen tapsenden Pfoten spritzte Wasser hervor. Er kam zu ihr und legte den Kopf auf ihren Schoß. Sie stand auf und wagte kaum daran zu glauben. Draußen war es nass und windig, und sie folgte dem Hund auf dem dunklen Pfad. Und dann, im kreisenden Licht des hohen Leuchtturms, sah sie einen kurzen, weißen Moment lang den dunklen Umriss des Bootes, das am Kai auf den Wellen tanzte, und an der Ecke der Hütten seine aufrechte und tropfnasse Gestalt.

Sie gingen aufeinander zu.

»Oh«, sagte sie und grub die Fingernägel in seinen feuchten Nacken.

»Ich hab doch gesagt, dass ich wiederkomme«, sagte er.

»Oh«, stieß sie hervor. »O ja. Das hast du.«

Im Dunkeln fuhr sie ihm mit den Fingern über das Gesicht, und als das Licht erneut blinkte, sah sie das Blau seiner Augen und sein rotes, regendunkles Haar. Diesmal trug er keinen Ohrring.

»Wie alt bist du?«, fragte sie, peinlich berührt von dieser mädchenhaften, trivialen Frage, über die sie jahrelang nachgedacht hatte.

»Einundzwanzig«, sagte er. »Hatte ich dir das nicht erzählt?«

Er nahm sie bei den Händen und ging, das Gesicht ihr zugewandt, in der Dunkelheit rückwärts zu dem auf den Wellen tanzenden Boot und dem aufgewühlten Meer.

»Komm«, sagte er. »Komm mit mir. Es wird Zeit, dass wir irgendwo anders leben.«

»O ja«, sagte sie. »O ja, das werden wir.«

Sie grub die Fingernägel in seine Handflächen, als er sie über die gischtbedeckten Felsen führte.

»Ich muss das Boot«, sagte er, »noch vor der Dämmerung zurückbringen.«

Der Wind wurde stärker und es wurde kälter. Der hagelartige Regen war stechendem Schnee gewichen, und der Boden hinter ihnen begann zu überfrieren.

Ein Hund bellte kurz. Und als das Licht kreiste, fand sein verlassener Strahl keine MacPhedrans mehr, weder auf der Insel noch auf dem Meer.

Kahlschlag

Er erwachte am frühen Morgen, als der Hund an der Woll-decke zog, die ganz oben auf dem Bett lag. Die Decke war mittlerweile gelblich beige, obwohl sie irgendwann, dachte er, weiß gewesen sein musste. Sie war über ein halbes Jahr-hundert alt und aus der Wolle der Schafe gemacht, die er und seine Frau einmal gehalten hatten. Wenn sie im Früh-ling die Schafe schoren, legten sie immer einen Teil der bes-ten Wolle beiseite und schickten sie an die Condon's Woll-fabrik in Charlottetown; und nach ein paar Monaten kam, wie durch ein Wunder, ein Paket mit Decken zurück. Bei jeder Decke befand sich in der Ecke ein Etikett mit dem Aufdruck: »William Condon and Sons, Charlottetown, Prince Edward Island«, außerdem das Motto der Condons, das lautete: *Clementia in Potentia.*

Einmal, als sie schon viel älter waren, nahmen ihr verhei-rateter Sohn John und dessen Frau sie zu einem Ausflug nach Prince Edward Island mit. Es war Juli, und sie verlie-ßen Cape Breton an einem Freitag und kamen Sonntag-nachmittag zurück. Damals war das Anne-of-Green-Ga-bles-Fieber noch nicht ausgebrochen, und sie wussten nicht so recht, was sie auf der Insel besichtigen sollten, also sahen sie sich am Samstagvormittag Condon's Wollfabrik an, denn dieser Name sagte ihnen am meisten. Und da war sie dann. Er erinnerte sich, dass sie ihre besten Sachen angezo-gen hatten, obwohl es dafür keinen Grund gab, und dass er seinen Hut auf die Knie gelegt hatte, weil sich der Schweiß am Hutband und an seiner Stirn sammelte. Sie stiegen nicht aus dem Wagen, sondern betrachteten die Wollfabrik lediglich durch den Dunst der Julihitze. Vielleicht hatten sie damit gerechnet, dass Mr. Condon oder einer seiner Söhne eifrig Wolle zu Decken verarbeitete, aber sie sahen gar nichts. Später sollte seine Frau ihren Freunden erzählen: »Wir waren auf Prince Edward Island und haben die Condon's Wollfabrik besucht«, als hätten sie einen heiligen Schrein oder ein Denkmal von historischer Bedeutung besichtigt, und letztendlich, dachte er, stimmte es ja auch.

Früher, wenn seine Frau und er sich leidenschaftlich geliebt hatten, warfen sie die Decke manchmal über seine Schulter zurück ans Bettende, oder manchmal landete sie auch auf dem Boden neben dem Bett. Und wenn ihre Glut sich später gelegt hatte, holte er sie wieder und legte sie sorgsam seiner Frau und sich selbst über die Schultern. Seine Frau schlief immer an der Wand, während er außen lag, als wollte er sie beschützen. Er ging immer als Letzter ins Bett und stand als Erster auf. Schon seine Eltern und Großeltern waren dieser Schlafgewohnheit gefolgt.

Die Decke hatte auch auf ihnen gelegen, als seine Frau starb; sie starb ohne einen Laut oder ein Zucken. In der Dunkelheit des frühen Morgens hatte er eine Weile mit ihr geredet. Er lag in seiner dicken Stanfield-Wollunterwäsche da, sie in ihrem Winternachthemd, und das Bett war warm von ihrer gegenseitigen Hitze. Zuerst hatte er geglaubt, sie würde ihm einen Streich spielen, weil sie ihm nicht antwortete, oder dass sie vielleicht noch schlief, dann aber wurde er plötzlich hellwach und registrierte das Fehlen ihres regelmäßigen Atems, und in der Dunkelheit tastete er nach ihrem ruhigen Gesicht. Es fasste sich kalt an, weil es der winterlichen Luft ausgesetzt war, aber als er ihre Hand ergriff, die unter den Decken lag, war sie noch warm und schien sich um die seine zu schließen. Er stand auf und rief, um Ruhe bemüht, seine verheirateten Kinder an, die in der Nähe wohnten. Noch trunken von der frühen Morgenstunde, reagierten sie zuerst skeptisch und fragten ihn, ob er wirklich »sicher« sei. Schlief sie vielleicht nur etwas tiefer als sonst? Er sah seine weißen Knöchel, weil er den Hörer zu fest hielt, und versuchte, einen kühlen Kopf zu bewahren, nicht nur am Telefon, sondern in dieser ganzen beängstigenden Situation. Beim Überbringen der Botschaft, die er nicht überbringen wollte und die sie nicht empfangen wollten, versuchte er seine Stimme zu beherrschen und ruhig zu bleiben. Als sie schließlich überzeugt wirkten, hörte er, wie die Panik ihre Stimmen erfasste, während er die seine zu unterdrücken versuchte. Er ertappte sich dabei, dass er den tröstenden Tonfall anschlug, den er als junger Vater benutzt hatte, und mit seinen verheirateten, nicht mehr ganz jungen Kindern in einer Weise sprach, wie er es vielleicht vor dreißig oder vierzig Jahren angesichts irgendeiner kindlichen Katastrophe getan hätte. Dabei hatten er und seine Frau oft das Gefühl, dass *sie* die Kinder wurden, seit es Video und Mikrowelle und Computer und Digitalaufnahmen und so vieles mehr gab, und manchmal hörte er aus den Stimmen seiner Kinder den ungeduldigen Tonfall von Erwachsenen heraus, den er früher vielleicht selbst angeschlagen hatte. Manchmal grenzte ihr Ton für seinen Geschmack an Herablassung. Jetzt aber verkehrten sich die Rollen plötzlich wieder. »Wir müssen da durch, so gut wir können«, hörte er sich sagen. »Ich werde den Krankenwagen, den Arzt und den Priester anrufen. Es ist noch ziemlich früh, und die meisten schlafen wohl noch. Wir erledigen erst die offiziellen Dinge, bevor wir die Ferngespräche mit den Verwandten führen. Nein, es ist nicht nötig, dass ihr gleich vorbeikommt. Für's Erste geht es mir gut.«

Er ging wieder zum Bett und legte ihr die Wolldecke

übers Gesicht, zuvor aber hielt er noch seine Wange an die Stelle, wo er ihren zum Stillstand gekommenen Herzschlag vermutete.

Im Sommer davor hatte der Arzt ihr verschiedene bunte Pillen verordnet, aber sie hatten Schwindel und Schläfrigkeit und verschiedene Hautausschläge ausgelöst, sodass sie schließlich sagte: »Eigentlich sollte es mir besser gehen und nicht schlechter.« An einem Sommertag öffnete sie die Fliegengittertür und warf sämtliche Pillen in den Hof. Die Hühnerschar, die immer reagierte, wenn Tischkrümel aus der Tür geflogen kamen, stürzte sich sofort auf die Beute. Später fand man fünf der aggressivsten Hennen tot auf. »Wenn sie bei den Hühnern so wirken«, hatte sie gesagt, »was machen sie dann wohl mit mir?« Danach hatte er sich leicht widerstrebend auf einen heimlichen Pakt mit ihr eingelassen. »Die Kinder müssen nicht alles wissen«, hatte sie gesagt. »Das weißt du doch.«

Zehn Jahre waren inzwischen vergangen, und natürlich gingen ihm nicht alle diese Gedanken durch den Kopf, als der Hund an der Decke zog. Aber später holte ihn die Erinnerung wieder ein, so wie jeden Tag seit ihrem Tod.

Er lebte noch in dem Haus, das sein Großvater gebaut hatte. Es war ein großes Holzhaus im Stil der damaligen Zeit. Von außen hatte es immer ziemlich pompös gewirkt, aber im Inneren war es, vor allem oben, jahrelang unfertig geblieben. Für ihn und seine Frau war es ein gemeinsames Projekt gewesen, das sie in den Jahrzehnten ihrer Ehe fertig stellen wollten. Die geräumige Fläche im Obergeschoss hatten sie in einzelne Zimmer umgebaut, und immer wenn etwas Geld verfügbar war, wurden in einem Raum Rigipsplatten eingezogen oder ein anderer tapeziert. Als die Zimmer schließlich fertig waren, zogen die Kinder, für die sie gedacht waren, schon langsam wieder aus; die älteren Töchter gingen zuerst, so wie ihre Tanten, nach Boston oder

Toronto. Jetzt gab es nur noch ihn und seinen Hund, und wenn er durch die oberen Zimmer streifte, kamen sie ihm wie ein Museum vor, an dessen Entstehung er mitgewirkt hatte.

Als er ein Kind war, bestand das geräumige Oberge- schoss nur aus einem Zimmer mit einer Tür, und dort schlief sein Großvater. Den Rest hatte man provisorisch in eine Mädchenseite und, da er der einzige Junge war, eine viel kleinere Jungenseite geteilt. Die beiden Teile wurden durch eine Reihe verschlissener, über Draht gehängter De- cken voneinander abgetrennt. Seine Eltern hatten unten ge- schlafen, in dem Zimmer, das er jetzt benutzte.

Als einziger Sohn hatte er seinen Vater schon mit elf oder zwölf auf dem Fischkutter begleitet. Sein Großvater fuhr auch mit, er saß meist auf einem umgedrehten Ködereimer, kaute und spuckte Tabak und stand oft auf, um über Bord zu pinkeln. Wahrscheinlich, überlegte er jetzt, hatte der alte Mann unter Prostatabeschwerden gelitten, war aber in sei- nem Leben nie bei einem Arzt gewesen. Sein Großvater schien sich bestens mit dem Wetter und den Gezeiten aus- zukennen, und er wusste immer, wo es Fische gab, als ver- füge er über ein heimliches Radar. Sie fingen Hummer, Schellfisch, Hering und Seehecht. Im Sommer legten sie ihr ererbtes Lachsnetz aus.

Fast ihr ganzes Leben lang sprachen sie Gälisch, wie es schon die früheren Generationen seit mehr als hundert Jah- ren getan hatten. In den Jahren zwischen den beiden Welt- kriegen stellten sie jedoch fest, dass ihnen die Sprache zum Nachteil gereichte, wenn sie Rinder, Lämmer oder ihren Fischfang verkauften. Er erinnerte sich noch, wie sein Großvater unter seinem weißen Bart errötete, wenn er mit den Englisch sprechenden Käufern verhandeln wollte. Er sandte gälische Worte aus und bekam englische zurück, wobei ein Großteil des Gesprochenen irgendwo im Tal des

Nichtverstehens verloren ging, das sich zwischen ihnen auftat. Den Französisch sprechenden Akadiern auf der anderen Seite des Flusses schien es nicht anders zu ergehen, ebenso wie den Micmac im Osten. Sie waren alle im schönen Käfig ihrer geliebten Sprachen gefangen. »So geht es nicht weiter«, sagte sein Großvater gereizt. »Wir müssen Englisch lernen. Wir müssen weiterkommen.«

Er selbst hatte sich im Zweiten Weltkrieg freiwillig gemeldet, um der scheinbaren Armut zu entfliehen und vielleicht auch um Abenteuer zu suchen. Von Letzterem fand er mehr als genug, und er hatte in den Schützengräben neben den sterbenden jungen Männern gebetet und versprochen, dass er, sollte er mit dem Leben davonkommen, nach Hause zurückkehren und nie wieder fortgehen würde. Er hatte über die Flammen hinweg zu den deutschen Schützengräben geblickt und auf Gälisch gebetet. Auf Gälisch hatte er gebetet, weil es ihm unbewusst leichter fiel und er das Gefühl hatte, er könne sich Gott in den Gebeten seiner frühesten Sprache besser verständlich machen. Seine Gebete waren offenbar erhört worden, und in den folgenden Jahren gelang es ihm, die schlimmsten Erlebnisse zu verdrängen und sich stattdessen nur an eine wunderbare einwöchige Pause zu erinnern.

In jener Woche war er auf Fronturlaub in London und fuhr, ausgerüstet mit Zetteln, auf denen Namen und Adressen standen, mit dem Zug nach Glasgow. In Glasgow stieg er um und danach noch einmal. Je weiter er nach Nordwesten reiste, desto deutlicher fiel ihm der weiche Tonfall des Gälischen in seiner Umgebung auf. Am Anfang war er überrascht und er hörte die Sprache nur als unterschwelliges Flüstern, als der Zug aber in den kleinen ländlichen Bahnhöfen hielt und weiterfuhr, nahm die Gälisch sprechende Bevölkerung allmählich zu und die weiche Sprache dominierte. An einem Bahnhof stieg ein Schäfer mit seinem

Hund zu. »*Greas ort* (beeil dich)«, sagte er zu dem Hund, und dann: »*Dean suidhe* (setz dich).« Und als der Hund neben ihm Platz nahm und interessiert die vorbeiziehenden Moore und Berge betrachtete, sagte er: »*S'e thu fhein a tha tapaidh* (du bist ein ganz Kluger).«

Als er so in seiner kanadischen Uniform dasaß, wurde ihm bewusst, wie anders und ähnlich zugleich er war. Ruhig holte er die hingekritzelten Adressen und Tipps aus seiner Tasche. Dann sagte er zögernd zu dem Schäfer: »*Ciamar a tha shib?* (Wie geht es Ihnen) *Nach eil e lattha breagha a th'ann?* (Ein schöner Tag, nicht wahr?)«

Sofort legte sich Schweigen über das Zugabteil, und alle Blicke richteten sich auf ihn. »*Glé mhath. S'e gu dearbh. Tha e blath agus grianach.* (Sehr gut. Ja, es ist schön warm)«, entgegnete der Schäfer, und fügte, nachdem er das Schulterstück der Uniformjacke gesehen hatte, in gemessenem Englisch hinzu: »Sie kommen aus Kanada? Sie sind ein Spross der Vertreibungen?« Beide Bemerkungen äußerte er in Form von Fragen, wobei er das Wort »Vertreibungen« aussprach, als sei es ein Ort und nicht ein historischer Akt gewaltsamer Zwangsräumung.

»Ja«, erwiderte er, »könnte man sagen.«

Draußen erstreckten sich die unbewohnten Moore bis zum Fuß der dunstverhangenen Berge. Weiß schäumende Bäche stürzten an den Bergflanken hinab, und ein einsamer Adler kreiste über den Steinfundamenten eines verschwundenen Volkes.

»Es ist lange her«, sagte er zu dem Schäfer, »seit wir nach Kanada aufgebrochen sind.«

»Wahrscheinlich nur gut«, sagte der Schäfer. »Hier tut sich nicht mehr viel.«

Sie schwiegen eine Weile. Jeder hing seinen eigenen Gedanken nach.

»Aber sagen Sie«, fuhr der Schäfer fort, »stimmt es wirklich, dass man in Kanada ein Stück Land besitzen und behalten darf?«

»Ja«, erwiderte er, »das stimmt.«

»Donnerwetter«, entgegnete der Schäfer. Er war ein älterer Mann, der ihn an seinen Vater erinnerte.

Während der verbleibenden Woche versuchte er möglichst viel zu sehen. Unterstützt von den Hinweisen auf den Zetteln und seinen neu gefundenen Freunden und Freundesfreunden, fuhr er im Boot auf den Seen im Inland und überquerte die Meerengen zu den vorgelagerten Inseln, die vor allem von Wind und kreischenden Seevögeln bewohnt waren. Unter hüfthohem Adlerfarn fand er zerfallene Grabsteine, einige davon trugen seinen Namen. Wo einst Hunderte und Tausende von Menschen gelebt hatten, erstreckte sich jetzt nur die entvölkerte Leere der ausgedehnten Güter mit ihren von Schafen bedeckten Hügeln, oder die Inseln, die inzwischen Vogelschutzgebiete oder Jagdreviere für die Reichen waren. Er sah sich selbst als einen Abkömmling von Opfern der Geschichte und veränderter ökonomischer Zeiten, von Politik und Armut womöglich gleichermaßen betrogen.

An den Abenden, wenn die gastliche Whiskeyflasche die Runde machte, versuchte er die Landschaft von Cape Breton zu beschreiben.

»Wie könnt ihr das Land bebauen, wenn es nur Bäume gibt?«, erkundigten sich seine scheuen Gastgeber.

»Oh, die Bäume mussten natürlich erst gefällt werden«, erklärte er. »Ich glaube, mein Ururgroßvater fing damit an. Sie haben die Bäume gefällt und den Boden von Steinen befreit.«

»Und wirst du nach dem Krieg wieder in dein gerodetes Land zurückkehren?«, fragten sie.

»Ja«, erwiderte er, »wenn ich die Gelegenheit habe, werde ich zurückgehen.«

Am späten Nachmittag und frühen Abend blickte er manchmal im Westen über das Meer, über die Landspitze von Ardnamurchan hinweg und versuchte sich Cape Breton und seine Familie bei der Arbeit vorzustellen.

»Nach den Vertreibungen«, sagte sein Freund, der Schäfer, »blieben nicht viele Menschen übrig. Die meisten waren nach Kanada, Amerika oder Australien ausgewandert. Unsere jungen Männer sind jetzt größtenteils im Krieg oder in Glasgow, manche auch im Süden von England. Aber ich bin noch hier«, fügte er hinzu und rollte einen Heidekrautstängel zwischen den Fingern. »Ich arbeite für ein Gut und hüte Schafe, die nicht mir gehören. Aber der Hund gehört mir.«

Es war am späten Nachmittag seines letzten Tages, und er stand neben dem Schäfer und dessen stets wachsamem Hund und beobachtete die in der Ferne grasenden Schafe.

Er hatte den schönen Hund und dessen Gefährten gemocht, hatte ihre hoch entwickelte Intelligenz und ihr Bedürfnis, alles richtig zu machen, bewundert. »Ich will dir zeigen, wie man sie züchtet«, sagte der Schäfer. »Sie werden bei dir bleiben bis zum Ende.«

Nach dem Krieg kehrte er mit der entschlossenen Dankbarkeit derer zurück, die überlebt haben. Mit Hilfe seines Vaters rodete er ein weiteres Stück Land, das sich bis zum Meer hin erstreckte. Sie investierten Geld in bessere Rinder und Schafe. Sein Freund, der Schäfer, schickte ihm genau ausgearbeitete Unterlagen für die Zucht von Border Collies. Er bestellte Welpen, und als sie geschlechtsreif wurden, hielt er sie während der Läufigkeit der Hündinnen in Zwingern, damit ihre besonderen Eigenschaften nicht verloren gingen. Seine Frau unterstützte ihn bei all seinen Vorhaben und beklagte sich nie, auch nicht, als sie als jung verheiratetes Paar ins Haus seines Vaters zogen. Sein verwitweter Vater respektierte die Privatsphäre der jungen Eheleute und überließ ihnen das Schlafzimmer, das er früher mit seiner Frau bewohnt hatte, und zog in das Zimmer im Obergeschoss, in dem auch schon sein eigener Vater als alter Mann geschlafen hatte.

»Alles wird besser«, sagte sein Vater. »Wir kommen voran. Vielleicht können wir uns nächstes Jahr ein größeres Boot kaufen.«

Manchmal schaute er abends über das Meer und stellte sich vor, er könnte die Landspitze von Ardnamurchan und darüber hinaussehen. Und manchmal versuchte er seinem Vater und seiner Frau die Landschaft des schottischen Hochlands zu beschreiben, nur über seine Erlebnisse in den Schützengräben redete er nie.

Als er an jenem Tag aus dem Bett aufstand, schaute er aus dem Fenster auf die Dächer der Häuser, die er, so kam es ihm mittlerweile vor, vor ewigen Zeiten für seine beiden Söhne mitgebaut hatte. Er hatte ihnen das Grundstück einfach geschenkt und sich nicht die Mühe gemacht, Urkunden aufzusetzen, um festzulegen, ob und wo sein Besitz endete und ihrer begann. Alle hatten sich über die bevorstehenden Hochzeiten der jüngeren Männer gefreut; und alle waren daran interessiert, »voranzukommen« und ihr Bestes zu geben. Bis zum Tod seines zweiten Sohnes vor acht Jahren hatte er keine Gedanken an Grenzmarkierungen und Umrandungen verschwendet. Sein kräftiger, sportlicher Sohn hatte sich, als er den Kamin reinigen wollte, bei einem Sturz vom Dach das Genick gebrochen. Der unerwartete Todesfall war ihm grotesk vorgekommen, denn wie die meisten Eltern hatte er nicht damit gerechnet, seine Kinder zu überleben. Es gab weder ein Testament noch einen Rechtsanspruch auf das Haus des Verschiedenen, da ursprünglich niemand geglaubt hatte, dass ein solches Dokument jemals wichtig werden könnte. In einem Anfall später Reue ließ er eine Übertragungsurkunde aufsetzen, damit seine Schwiegertochter Anspruch auf ihr Haus und ein Stück Land ringsherum hatte. Aber so wenig wie er den Tod seines Sohnes erwartet hatte, so wenig hatte er damit gerechnet, dass seine Schwiegertochter sich in einen anderen Mann verlieben und nach Halifax ziehen würde. Sie verkaufte ihren Besitz an ein mürrisches Ehepaar, das den Sommer dort verbrachte und einen etwa zwei Meter hohen Zaun errichten ließ, hinter dem ein feindseliger Pitbull ruhelos umherschlich. Seit das Grundstück den Besitzer gewechselt hatte, war er nicht mehr in dem Haus gewesen, an dem er mitgebaut hatte.

Er blickte in die Richtung des Hauses, das seinem Sohn John gehörte, und hätte ihn beinahe angerufen, um ihn zu bitten, er möge ihn besuchen, aber er hatte das Gefühl, dass es noch zu früh war und der jüngere Mann vielleicht noch im Bett bleiben sollte. Er hegte großes Mitgefühl für John, in dem er inzwischen einen geschlagenen Mann in den mittleren Jahren sah. Um konkurrenzfähig bleiben zu können, hatte er ihm ein großes Boot mitfinanziert, aber dann wurden die Fangquoten geändert, und jetzt konnte ihm das Boot weder nützen, noch konnte es verkauft werden, und es lag untätig im Wasser. Die letzten zwei Saisons hatte John in Leamington, Ontario, verbracht und mit den portugiesischen Fischern gearbeitet, die er einst vor der Küste Neufundlands kennen gelernt hatte; im Eriesee fingen sie Hecht, Stint, See- und Flussbarsch. Er schlief in einem kleinen Zimmer in der Erie Street, mit einem ausziehbaren Sofa und einer Kochplatte. Auch am Eriesee folgten kreischende Möwen den Booten, sagte John, aber es sei eine andere Art.

John und seine Familie taten ihm Leid, wenn er sah, wie die älteren Kinder immer aufsässiger wurden und ihre Mutter immer verbissener und ausgemergelter. Er versuchte zu vermitteln, ohne aufdringlich zu wirken, wohl wissend,

434

dass ein Schwiegervater kein Ehemann war. Im Augenblick war John zu Hause, nachdem er tausendfünfhundert Meilen ohne Pause durchgefahren war, um den Geburtstag seiner Frau zu feiern.

Er zog sich langsam an und redete dabei mit dem Hund auf Gälisch. »*S'e thu fhein a tha tapaidh* (du bist ein ganz Kluger)«, sagte er. Von jeher hatte er mit dem Hund und dessen Vorgängern Gälisch gesprochen, weil er glaubte, er könnte damit eine Verbindung zur Vergangenheit seiner Familie und der seines Hundes aufrechterhalten. Er wusste, dass die Leute zugleich amüsiert und beeindruckt waren von seinem »zweisprachigen Hund«, wie sie ihn beharrlich nannten. Als er jetzt die Beflissenheit des Hundes sah, verspürte er eine leichte Traurigkeit wegen des ungenutzten Potenzials, das in dem Tier steckte. Mit dem Hund, überlegte er, verhielt es sich fast wie mit Johns unbenutztem teurem Boot, nur dass er durch und durch lebendig war. Er hatte ein wenig das Gefühl, dem Hund seine Bestimmung zu versagen, weil er keine Schafe und auch keine anderen Tiere mehr hielt, abgesehen von ein paar verstreut lebenden Hühnern.

Viele der benachbarten Höfe errichteten keine Zäune mehr, was das Halten von Tieren fast unmöglich machte. Manchmal ordnete sich der Hund hinter den verstörten Hühnern oder gar hinter den kleinen Enkelkindern ein, denn für diese Aufgabe war er ja geboren. Ihm war auch bewusst, dass der Hund seinen Sexualtrieb nicht ausleben konnte, ihm war bewusst, dass der Hund sich fortpflanzen wollte und mit einer Herde arbeiten wollte und seinem Herrn alles recht machen wollte, denn er sah ihn immer aus seinen hoffnungsvollen braunen Augen an und wartete ständig auf Anweisungen. Manchmal begleitete ihn der Hund auf dem Beifahrersitz seines Kleinlasters, guckte aus dem Fenster auf die vorbeiziehende Landschaft, und wenn er auf den Hügeln in der Ferne zufällig Tiere entdeckte, würde er ganz aufgeregt.

Der Hund war auch bei ihm gewesen, als er auf dem Parkplatz vor dem Supermarkt zurücksetzte und in den Kotflügel eines vorbeifahrenden Wagens gefahren war. Während er den Schaden taxierte, hatte er jemanden sagen hören: »Er ist viel zu alt zum Fahren. Ständig ist er abwesend. Der Hund könnte besser fahren.« Hinterher hatte er sich einem Fahrertest unterzogen und ihn mit Glanz und Gloria bestanden. »Ich wünschte, ich hätte Ihre Reflexe«, sagte der Prüfer.

Er war mit dem Hund gerade nach draußen gegangen, in den sonnigen Vormittag, als der Kleinlaster in den Hof fuhr. Obwohl er kurz überrascht war, erkannte er in dem jungen Fahrer einen von mehreren »Kahlschlägern«; sie hatten es auf die Fichten abgesehen, die auf dem Land, das er früher als junger Mann gerodet hatte, wieder nachgewachsen waren. Er war hin- und hergerissen zwischen Sympathie für die jungen Kahlschläger, die ehrgeizig waren und ihren Lebensunterhalt verdienen wollten, und Verärgerung über ihre Habsucht. Sie erwarben das Recht auf den Baumbestand auf einem Stück Land, fällten dann alles, was in Sicht war, und nahmen die wertvollen Stämme und das Weichholz mit und hinterließen eine Wüste aus Stümpfen, abgeschlagenen Ästen und minderwertigem Holz. Sie arbeiteten rasend schnell mit ihren Schwermaschinen, die manchmal Gräben in Mannshöhe hinterließen. Eigentümern wie ihm zahlten sie einen bestimmten Prozentsatz der geklafterten Holzmenge.

Der junge Mann stellte sich mit einem gälischen Familiennamen vor und fügte hilfreich hinzu: »Ich bin dein Cousin.«

Die Frechheit des jungen Mannes ärgerte ihn, und ihm fiel ein, dass ihm der Ruf nachhing, überall Chaos zu hinterlassen und es mit den Klafterzahlungen nicht besonders genau zu nehmen.

»Ich könnte ebenso gut dein Holz fällen«, sagte er. »Das wäre gut für dich und gut für mich. Man sollte es abholzen, bevor die Touristen alles kriegen.«

Die Touristen waren bei einigen Leuten ein wunder Punkt. Sie waren in das eingefallen, was sie als erstklassiges Erholungsgebiet sahen, und bewunderten das klare Wasser und die saubere Luft. Viele stammten aus der Gegend von Neuengland und immer mehr aus Europa. Sie schliefen lange und beschwerten sich häufig über das Heulen der Kettensägen. Im Sommer begannen die Kahlschläger oft schon um vier Uhr morgens mit der Arbeit, um der extremen Sommerhitze zu entgehen. Einige Touristen hatten die von den Kahlschlägern hinterlassene Verwüstung fotografiert und sie in Umweltzeitschriften veröffentlichen lassen.

»Ich versuche nur meinen Lebensunterhalt zu verdienen«, sagte der junge Mann. »Für mich ist das hier kein Erholungsgebiet. Es ist mein Zuhause. Und deines ebenfalls.« Er verspürte eine Welle der Sympathie für den jungen Mann, als er den vertrauten Tonfall in den Worten hörte.

»Was glaubst du?«, fuhr sein Besucher fort. »Bald wird den Touristen und der Regierung alles gehören. Sieh dir an, was mit der Fischerei passiert ist. Sieh dir deine Lachsnetze an. Sieh dir den Nationalpark im Norden an. Bevor wir uns versehen, leben wir alle in der Wildnis.«

Er wunderte sich, dass der junge Mann von seinen Lachsnetzen wusste. Seit Generationen hatten sie die feinen, schönen Lachsnetze ausgelegt, die für seinen Sohn eine Verheißung waren. Sie hatten immer mit der dunklen Ahnung gefischt, dass die Regierung irgendwann Traditionen wie die ihre abschaffen würde, weil man es für einträglicher hielt, wenn die wenigen Lachse in den Flüssen auf dem Festland den Urlaubsanglern zugute kamen. Und die Gerüchte hatten sich schließlich bewahrheitet.

Der Gedanke an den »Park« ließ auch ihn zusammenzucken. Im Norden gelegen, schien er langsam wie ein Gletscher gen Süden zu wandern und beanspruchte immer mehr Land, das in Wanderwege und Naturschutzgebiete umfunktioniert wurde, während die Familien, die im Weg waren, vor Räumungsmitteilungen Angst hatten.

»Leute wie du und ich«, sagte der junge Mann, »können es mit der Regierung und den Touristen nicht aufnehmen.«

»Ich denke darüber nach«, erwiderte er und bemühte sich trotz der wachsenden Enttäuschung um Höflichkeit.

»Nachdenken bringt nichts«, sagte der junge Mann. »Nachdenken ändert nichts an den Tatsachen. Hier ist meine Karte«, sagte er und reichte ihm ein weißes Rechteck, das er aus der Hemdtasche zog.

»Spar dir die Karte«, sagte er. »Ich weiß, wo ich dich finde.«

Der Kleinlaster fuhr davon, und seine Reifen versprühten einen Hagel aus kleinen Steinen.

Er hatte noch etwas sagen wollen wie: »Als ich in deinem Alter war, lag ich im Schützengraben«, aber er wurde das Gefühl nicht los, dass es eine Bemerkung war, wie man sie wohl von einem alten Mann erwartete, und vermutlich hätte es ohnehin nicht viel bewirkt.

Er hing immer noch seinen trüben Gedanken nach und hielt den Blick gesenkt, als er John kommen hörte. Er hatte sich leise über die Wiese genähert, die ihre Häuser voneinander trennte.

»Hallo«, sagte er leicht erschrocken, als John plötzlich vor ihm auftauchte. »Er will das Holz kaufen«, fügte er hinzu, um den Besucher von eben zu erklären.

»Ja«, erwiderte sein Sohn, »ich habe das Auto erkannt.«

Sie schwiegen eine Weile, stießen mit den Schuhen die

438

Kiesel in der Auffahrt hin und her und fühlten sich beide so unwohl mit ihren eigenen Gedanken, dass sie fast erleichtert den hellen neuen Wagen zur Kenntnis nahmen, der schnell, aber leise die Auffahrt heranrollte. Den dezent gekleideten Immobilienmakler kannten beide, das etwas förmlicher gekleidete Paar auf dem Rücksitz hingegen nicht.

»Hallo«, sagte der Makler, und schien mit einer einzigen Bewegung zugleich auszusteigen und die Hand auszustrecken. »Dieses Paar sucht ein Grundstück in Meerlage«, sagte er. »Wir sind schon vierzig Meilen gefahren, haben aber nichts gefunden, was ihnen besser gefällt als das hier. Sie kommen aus Deutschland«, sagte er, und dann leiser, »aber sie sprechen perfekt Englisch.«

»Oh, ich verkaufe nicht«, hörte er sich sagen.

»Sagen Sie das nicht, bevor Sie wissen, was die beiden bereit sind zu zahlen«, entgegnete der Immobilienmakler. »Die beiden meinen, in Europa gäbe es nirgends ein vergleichbares Grundstück zu kaufen.«

Er stellte fest, dass er zum zweiten Mal an diesem noch so frühen Tag ins Staunen geriet. Ihm war klar, dass der Immobilienmakler auf Kommissionsbasis arbeitete, aber er wusste nicht so recht, weshalb ihn das ärgern sollte.

Das deutsche Paar stieg aus dem Auto. Man schüttelte sich förmlich die Hand. »Schöner Tag«, sagte der Mann, während seine Frau freundlich lächelte. »Sehr schönes Grundstück«, fuhr der Mann fort. »Geht bis ans Meer?«

»Ja«, sagte er, »geht bis ans Meer.«

Das Paar lächelte, entfernte sich dann ein paar Meter und begann auf Deutsch zu sprechen.

John tippte ihn auf die Schulter und winkte ihn zu sich. Sie gingen ebenfalls ein paar Meter weiter, und es dauerte einige Sekunden, bis ihm bewusst wurde, dass John ihn auf Gälisch ansprach. »Du könntest fragen, ob sie das Holz brauchen«, sagte er. »Wenn du verkaufen willst, könntest du erst das Holz abstoßen und das Land später.«

Er war überrascht von diesem, wie er es empfand, familiären Betrug. Befangen setzten sie ihre Unterhaltung auf Gälisch fort, während sich das Paar ein kurzes Stück weiter auf Deutsch beriet. Der Immobilienmakler stand lustlos zwischen beiden Parteien, und die Julisonne trieb ihm den Schweiß auf die Stirn. Er wirkte leicht irritiert, dass ihn seine Einsprachigkeit in diese einsame Position verbannte.

»Fragen Sie die beiden, ob sie am Holz interessiert sind«, sagte John auf Englisch und ging auf den Immobilienmakler zu. Leise trug er sein Anliegen vor, und sein Gegenüber gab die Information an das Paar weiter, das sich aufgeregt auf Deutsch unterhielt.

Der Immobilienmakler kam zurück, scheinbar beeindruckt von seiner Rolle als klärender Unterhändler. »Das Holz interessiert sie nicht«, sagte er. »Sie meinen, es verstellt ihnen bloß die Sicht aufs Meer. Sie können damit machen, was Sie wollen. Die beiden würden das Grundstück erst ab nächstem Frühjahr in Besitz nehmen, bis dahin können Sie damit tun und lassen, was Sie wollen. Sie werden einen sehr guten Preis bieten.«

Der deutsche Herr trat näher und lächelte. »Sehr schönes Grundstück«, wiederholte er. Dann fügte er hinzu: »Nicht sehr viele Leute in der Gegend.«

»Nein«, hörte er sich sagen, »nicht mehr. Viele sind in die Staaten gezogen. Und von den Jüngeren sind viele in Halifax oder in Südontario.«

»Verstehe«, sagte der Mann. »Es ist schön und ruhig.«

Er spürte Johns Gestalt neben sich.

»Ich muss darüber nachdenken«, sagte er.

»Klar«, sagte der Immobilienmakler und reichte ihm seine Visitenkarte, »aber je früher, desto besser.«

Die Deutschen lächelten und gaben die Hand. »Sehr schönes Grundstück«, wiederholte der Mann. »Wir hoffen, bald von Ihnen zu hören.«

Sie stiegen ins Auto und winkten beim Wegfahren.

»Ich will dir keine Vorschriften machen«, sagte John, »aber ich habe auch fast mein ganzes Leben hier verbracht. Du hast immer gesagt, ›wir müssen weiterkommen‹ und ›alles wird besser‹. Wenn dieses Geschäft zustande kommt, könnte ich mit meiner Frau und den Kindern vielleicht noch eine Weile hier bleiben.« Er stand einen Augenblick unschlüssig da, fühlte sich etwas unwohl in der Nähe seines Vaters. Schließlich sagte er: »Also, ich muss jetzt los. Wiedersehen. *Sin e ged tha* (So ist das Leben).«

»Ja«, sagte er. »Wiedersehen. *Sin e ged tha.*«

»Heute wird es heiß«, sagte er zu sich, »so heiß wie damals, als wir Condon's Wollfabrik besucht haben.« Dann aber fiel ihm ein, dass es die Wollfabrik längst nicht mehr gab.

Zusammen mit dem Hund machte er einen Spaziergang hinunter zur Fischerhütte. Er öffnete die Tür und nahm die schönen Lachsnetze von den Haken. Als er die Korkbojen zwischen den Fingern rieb, zerbröckelten sie unter der Berührung. Er ging wieder hinaus und schloss die Tür. Betrachtete das Land, das einst sein Großvater gerodet hatte, und den Acker, den er selbst einmal von Bäumen befreit hatte. Fichten hatten dort gestanden und waren gerodet worden und jetzt waren sie wieder nachgewachsen. Sie kamen und gingen fast wie die Gezeiten, dachte er, obwohl ihm klar war, dass der Vergleich hinkte. Er blickte auf das Meer. Irgendwo dort draußen, jenseits seiner Sichtweite, stellte er sich die Landspitze von Ardnamurchan vor und die Landschaft, die dahinter lag. Er stand am Rand eines Kontinents, dachte er und blickte zum unsichtbaren Rand eines anderen. Er sah sich selbst als Mann in einem historischen Dokumentarfilm, der wahrscheinlich, dachte er, in Schwarzweiß gedreht war.

Er merkte, wie der Hund neben ihm nervös wurde und ein leises Knurren ausstieß. Als er sich umdrehte, sah er den Pitbull des Nachbarn auf sich zukommen. Das riesige Tier trug ein Halsband mit spitzen Nieten und bewegte sich zielstrebig und gemessenen Schrittes. Seine gewaltigen Lefzen waren fest zusammengebissen, und von den wulstigen violetten Lippen hingen Speichelfäden, die wie Perlenschnüre aussahen.

Er blickte kurz zu seinem eigenen Hund und sah, wie sich das schwarzweiße Nackenhaar entschlossen sträubte. »Dem sind wir beide nicht gewachsen«, dachte er, hörte sich aber leise auf Gälisch sagen: »*S'e thu fhein a tha tapaidh* (du bist ein ganz Kluger).«

Er sah zur Sonne hinauf. Sie hatte ihren Zenit erreicht und begann jetzt langsam zu sinken. Er sah wieder zu seinem Hund, der neben ihm zitterte. »Dafür wurde keiner von uns geboren«, dachte er, und dann hörte er aus weiter Ferne, über das Meer und über die Jahre hinweg, die Stimme seines Freundes, des Schäfers. Er senkte die rechte Hand, bis seine Fingerspitzen das gesträubte Haar im Hundenacken berührten. Eine kleine Geste, um sich gegenseitig Mut zu machen. Dann traten beide gleichzeitig einen Schritt vor. Und während ihm das Blut in den Ohren pochte, hörte er wieder die Stimme: »Sie werden bei dir bleiben bis zum Ende.«

Danksagung

Ich danke Kerstin Mueller von der *Eastern Counties Regional Libraries* und Roddy Coady von der *Coady and Tompkins Memorial Library*, die den sehr notwendigen und sehr geschätzten Raum zum Schreiben boten.

Außerdem danke ich A. G. MacLeod, Murdina Steward und der *University of Windsor* für die Hilfe und Zusammenarbeit. Die Übersetzungen der gälischen Lieder stammen aus *Beyond the Hebrides* (1977), hg. von Donald A. Fergusson. Auch hierfür meinen Dank.

Alistair MacLeod

Alistair MacLeod
Land der Bäume
Roman

Alexander MacDonald ist der letzte eines schottischen
Clans, dessen Mitglieder sich an ihren roten Haaren erkennen – und an ihren Geschichten. Wie die von dem Hund,
der ihrem Schiff beim Abschied von Schottland nach-
schwamm und ihnen bis Kanada, ins »Land der Bäume«
gefolgt wäre, hätte man ihn nicht an Bord genommen. Ein
bestechender kanadischer Roman von einem glänzenden
Fabulierer, der weiß, was Familien zusammenhält: Geschichten.

»Der größte zu entdeckende Schriftsteller unserer Zeit.«
Michael Ondaatje

»Ein Buch wie eine Ballade von Bob Dylan.
Ein Meisterwerk.«
Michael Krüger im Literarischen Quartett

Fischer Taschenbuch Verlag

fi 15507 / 1

Yann Martel
Schiffbruch mit Tiger
Roman
Aus dem Englischen von
Manfred Allié und Gabriele Kempf-Allié
384 Seiten. Gebunden

Pi Patel, der Sohn eines indischen Zoobesitzers und prakti-
zierender Hindu, Christ und Muslim erleidet mit einer
Hyäne, einem Orang-Utan, einem verletzten Zebra und
einem 450 Pfund schweren bengalischen Tiger namens
Richard Parker Schiffbruch. Bald hat der Tiger alle erledigt
– alle, außer Pi. Alleine treiben sie in einem Rettungsboot
auf dem Ozean. Eine wundersame Odyssee beginnt.

Verwegen. Atemberaubend. Wahnsinnig komisch.

»Schiffbruch mit Tiger ist ein sagenhaftes Buch,
es ist erfrischend, frech, originell, klug und raffiniert –
und prallvoll mit Geschichten.«
Margaret Atwood

»Schiffbruch mit Tiger ist ein manchmal
verteufelt spannender, dann wieder wunderbar
verspielter Abenteuerroman.«
Wolfgang Höbel, Der Spiegel

Ausgezeichnet mit dem Booker-Preis 2002

S. Fischer

fi 1-047825 / 1

Joseph O'Connor
Die Überfahrt
Roman
Aus dem Englischen von
Manfred Allié und Gabriele Kempf-Allié
464 Seiten. Gebunden

Irland 1847, die ›Stella Maris‹ legt mit Ziel New York ab.
Unter den Passagieren befinden sich der bankrotte Lord
Merridith mit seiner Familie, ein geheimnisvolles Kinder-
mädchen und Pius Mulvey, der den Lord umbringen muss,
um sein eigenes Leben nicht zu verlieren. Drei Menschen auf
See, drei Menschen auf der Flucht – vor dem Hunger, der
Vergangenheit und der Rache. Noch ahnen sie nicht, auf
welch tragische Weise ihre Schicksale miteinander verknüpft
sind. Ein packender Thriller mit unvergesslichem Ende.

Der neue Roman von Joseph O'Connor – eine Reise, in der
Geschichte zu Literatur wird.

»Dies ist Joseph O'Connors bestes Buch.
Es ist aufregend, unerschrocken, wundervoll,
und sehr, sehr klug.«
Roddy Doyle

S. Fischer

fi 1-054012 / 1

Andrew Sean Greer
Die Nacht des Lichts
Roman
Aus dem Englischen von Uda Strätling
384 Seiten. Gebunden

Auf einer Insel im Südpazifik trifft sich 1965 eine Gruppe kalifornischer Astronomen, um einen Kometen zu beobachten. Das Gestirn streicht vorbei, aber ein Junge stirbt – ein Erlebnis, das sie nicht mehr loslassen wird. Von nun treffen sich sich alle sechs Jahre, um den Kometen zu beobachten und ihr Leben neu zu vermessen.

Einfühlsam zeigt uns Greer die Farbe der Gefühle, die Räume aus Einsamkeit, die Kreuzungen aus Ehrgeiz und Passion. Der Roman ist ein Haus, in dem Helden wie Planeten kreisen.

Der Lauf der Geschichten verdichtet in erzählerischen Glanzstücken: ein Vermeer der Literatur.

S. Fischer

fi 1-027812 / 1